Rebekka Weiler

The Moment You Found Me

REBEKKA WEILER

The Moment YOU FOUND ME

Ravensburger

MIX
Papier | Fördert gute Waldnutzung
FSC® C111262

1 3 5 4 2

Originalausgabe

Dieses Buch wurde vermittelt von der
Literaturagentur erzähl:perspektive, München
(www.erzaehlperspektive.de)

Cover- und Umschlaggestaltung
unter Verwendung von Motiven von Dmitr1ch, Crazy Lady, LivDeco,
Ipochmak, janniwet (alle von Shutterstock)

Printed in Germany

ISBN 978-3-473-58624-0

ravensburger.com

Für

Opa Gustl, Oma Maria, Oma Hilda und Opa Fritz

Die Wurzeln meiner Familie

❤

Playlist

Down – Jack Curley
Josie – The Glorious Sons
Polaroid – Imagine Dragons
Little Bit Of Love – Tom Grennan
The Wire – Patrick Droney
Afterglow – Ed Sheeran
Lost – Blake Rose
Longest Night – Howie Day
Wrecked – Imagine Dragons
Róisín – Pa Sheehy
Things Are Different – Picture This
My Life – Imagine Dragons
Shivers – Ed Sheeran
Through The Fields – Pa Sheehy
Better Days – Dermot Kennedy
The Years Never Waited – Pa Sheehy
Do You Ever Think Of Me – Westlife
Easy On Me – Adele
Konstantine – Something Corporate
Lightning – Mads Langer

Crash – Clara Mae
All Too Well (10 Min) – Taylor Swift
Moments – Florian Christl
Shut Up & Kiss Me – Reese Mastin
Anyone For You (Tiger Lily) – George Ezra
Blurry Eyes – Michael Patrick Kelly
Keep Climbing – Delta Goodrem

1

ARIA

»Und? Zeig her.« Wesley ist genauso aufgeregt wie ich, als er nach dem Handy in meiner Hand greift, um auf den Bildschirm sehen zu können. Wortlos lasse ich es mir abnehmen und versuche, meinen rasenden Herzschlag zu beruhigen. Es sind nur zwei kleine Worte, die mir gerade den Boden unter den Füßen weggerissen haben.

»Nicht bestanden? Ernsthaft?« In Wesleys Stimme liegt pure Ungläubigkeit. Er gibt mir das Handy zurück und sieht mich aus großen dunklen Augen mitfühlend an. »Wie kann das sein? Wir haben uns den Arsch aufgerissen für diese Prüfung und …«

Ich will das nicht hören. Ich weiß, dass er es nur gut meint. Dass er die Schuld für mein Versagen bei jemand anderem suchen will. Doch er wird niemanden finden, denn ich allein bin verantwortlich für dieses Klausurergebnis. Ich und mein blödes Gehirn, das einfach nicht richtig funktioniert. Nicht einmal mit seiner Hilfe.

»Lass gut sein«, murmle ich und stehe auf. »Ich muss los.«

»Du musst … Was? Aber, Aria …« Er schüttelt heftig den Kopf. »Nein, bleib hier. Lass uns drüber reden.«

»Wozu?« Mir ist schon lange klar, dass ich eine Versagerin bin. Wird Zeit, dass auch Wes das versteht. Er ist mein Tutor und mittlerweile ein guter Freund, aber es ist egal, wie viel wir lernen und wie oft er mir Zusammenhänge erklärt, es wird nie genug sein. Wenn ich Glück habe, bestehe ich meine Prüfungen mit Ach und Krach. Knapp am F vorbei. Aber nicht selten leuchtet mir nicht nur ein Wort in der Uni-App entgegen, sondern zwei.

Nicht bestanden.

Ohne ihn noch einmal anzusehen, reiße ich meine Jacke vom Haken. Wes folgt mir und bleibt neben der Tür stehen. Seine Stimme klingt leise und besorgt, als er mich erneut anspricht. »Aria …«

»Keine Sorge. Du bekommst dein Geld fürs Lernen trotzdem.« Ich will mich an ihm vorbeischieben, doch er stellt sich mir in den Weg. Und mit einem Mal sieht er verdammt verärgert aus.

»Du weißt ganz genau, dass es mir nicht darum geht.« Suchend rast sein Blick über mein Gesicht, und ich habe Mühe, dem standzuhalten. Die schwarzen, verwuschelten Locken fallen ihm tief in die Stirn, auf seiner dunkelbraunen Haut glänzt der Schweiß, sein T-Shirt liegt irgendwo auf dem Boden. Es ist nicht zu übersehen, was wir noch vor einer halben Stunde getan haben, ehe ich so blöd gewesen bin, die App zu öffnen. »Komm schon, Aria. Dir geht es offensichtlich nicht gut. Du solltest jetzt nicht allein sein. Bleib einfach da. Wir bestellen was zu essen oder … Lass uns irgendetwas tun, was dir Spaß macht und dich ablenkt.«

Kurz bin ich versucht, sein Angebot anzunehmen. Ihn zurück in sein Bett zu schieben, die Klamotten erneut auszuziehen und zu vergessen, dass ich auch den Kurs für Prozessmanagement im nächsten Semester wiederholen muss. Aber das wäre nicht fair. Ich *mag* Wes. Er ist nicht nur mein Tutor, er ist auch ein Mensch, der mir viel bedeutet.

»Sei mir nicht böse.« Ich lege ihm eine Hand auf die Brust und spüre sofort, wie schnell sein Herz schlägt. »Aber ich brauche frische Luft.« Das – und meine Kreiden. Denn in solchen Momenten, wenn all meine Mühen sich wieder einmal als nutzlos erwiesen haben, hilft nur noch eins.

Wes lässt mich gehen. Er macht kein Geheimnis daraus, dass es ihm nicht gefällt, doch nachdem ich versprochen habe, ihn heute Abend anzurufen, tritt er zur Seite.

Fünf Minuten später erreiche ich meine Wohnung und schließe die Tür zu dem kleinen Reich auf, das ich mir mit Thao und Isobel teile. Sofort stolpere ich über ein Paar der unzähligen Laufschuhe, die Izzy besitzt. Ein leises Fluchen entfährt mir, doch ich schaffe es, das Gleichgewicht zu halten.

In der WG ist alles still, die beiden sind nicht da. Ich schnappe mir meinen Koffer mit den Pastellfarben, eine Packung Kekse und eine Flasche Wasser, dann eile ich die Treppenstufen schon wieder nach unten. Der Weg ist nicht lang. Ich muss nur drei Blocks laufen, bis ich die großen Bäume am Rand des Druid Hill Parks bereits erkennen kann. Augenblicklich werde ich ruhiger, obwohl ich innerlich nach wie vor zum Zerbersten angespannt bin. Ich verstehe einfach nicht, wieso mein Gehirn nicht in der Lage ist, sich zu konzentrieren und die simpelsten Sätze richtig zu formulieren. Ich kenne die Regeln. Wenn Wes mich fragt, wie ich mir die Schreibweise eines bestimmten Wortes herleiten kann, antworte ich ihm wie aus der Pistole geschossen. Aber sitze ich dann in der Prüfung … Meine Konzentration hält nie lange genug an.

Energisch straffe ich die Schultern. Es hat keinen Zweck, weiter darüber nachzudenken. Wes kann mir noch so oft sagen, dass ich nichts dafür kann oder dass er niemanden kennt, der sich so sehr anstrengt wie ich. Fakt ist und bleibt, dass ich es einfach nicht schaffe, gute Noten abzuliefern, obwohl ich es sollte.

Ich lege meinen Farbkoffer gerade auf der kleinen hölzernen Bank neben der Stelle ab, wo ich immer zeichne, als ich eine vertraute Stimme höre. »Ariana.«

Ich wirble herum. Es gibt nur eine Person in ganz Baltimore, die mich bei meinem vollen Vornamen nennt. »Oh, hi, Ted«, begrüße ich ihn und schiebe mir ein paar Haarsträhnen hinters Ohr. »Ich hab dich gar nicht gesehen.«

»Kein Wunder.« Er lacht und lässt sich neben meinen Kreiden auf der Bank nieder. Wie immer trägt er dieselben Klamotten: eine Stoffhose, die an den Enden etwas zerschlissen ist, und ein altes Shirt, das er fein säuberlich in den Bund gesteckt hat. Über seinem Arm hängt eine braune Jacke, die schon bessere Zeiten gesehen hat, und seine Haare wirken noch ein bisschen grauer als sonst. »Du sahst aus, als wärst du vollkommen in deinen Gedanken versunken gewesen. Wie eine Frau auf einer Mission.«

Ich nehme an, so kann man das Chaos in meinem Kopf auch bezeichnen. Sein Blick ruht auf mir, während ich weitere Farben auspacke und überlege, was ich heute zeichnen will. Es ist schon kurz nach vier, ich habe nur noch ein paar Stunden, bis die Sonne untergeht. Dann muss ich fertig sein und das Foto für Instagram gemacht haben, ehe der angekündigte Regen in der Nacht mein Bild hoffentlich wieder verschwinden lässt.

Aus den Augenwinkeln sehe ich, dass Ted mich immer noch beobachtet. Manchmal sieht er mir stundenlang beim Malen zu. Was bei jedem anderen Menschen gruselig wäre, ist bei Ted … einfach anders. Er wertet nicht. Ich kenne ihn schon seit zwei Jahren, als ich für mein Studium nach Baltimore gezogen bin. Der Park ist sein Zuhause, und obwohl es mir am Anfang seltsam erschien, mit einem Obdachlosen über meine *kleinen Kunstwerke* – Teds Worte, nicht meine – zu sprechen, gehört beides nun irgendwie zusammen. Ich zeichne und unterhalte mich nebenbei mit ihm. Nicht immer, hin und wieder schweigen wir auch. Aber im Laufe der Monate ist es zur Gewohnheit geworden, dass Ted da ist, wenn ich jedes Mal dieselbe Stelle im Druid Hill Park verschönere.

»Wie geht's dir?«, frage ich, um von mir abzulenken. Ich war seit ein paar Tagen nicht mehr hier, Prüfungsphase der Sommerkurse, und auch wenn ich immer noch wütend auf mich selbst bin, interessiert es mich wirklich, wie es Ted ergangen ist. »Was macht die Jobsuche?« Es hat eine ganze Weile gedauert, bis er mir erzählt hat, wie er auf der Straße gelandet ist. Mit Mitte vierzig hatte er sich selbstständig gemacht. Doch obwohl er rund um die Uhr gearbeitet hatte, waren die ersten Jahre hart gewesen und er konnte sich keine Krankenversicherung leisten. Genau das wurde ihm zum Verhängnis. Als er mit knapp fünfzig krank wurde, seinen Job aufgeben musste und die Arztrechnungen nicht mehr bezahlen konnte, hatte er kein Geld mehr für die Miete. Das ist nun fast zehn Jahre her.

»Ach.« Er winkt ab und lacht. »Wer würde mich alten Knacker denn noch einstellen?«

»Du bist sechzig, keine hundert«, halte ich dagegen und runzle die Stirn. Damit ist er jünger als meine Eltern. Und es macht mich wütend, dass ihm niemand eine Chance gibt.

»Alter Knacker, sag ich doch.« Sein Lachen verwandelt sich in ein verschmitztes Grinsen, und ich komme nicht umhin, ihn dafür zu bewundern. Seine Lage ist scheiße, anders kann man es nicht ausdrücken, und trotzdem hat er sich irgendwie damit arrangiert. Er macht sich keine Illusionen oder falsche Hoffnungen. Aber anstatt verbittert oder wütend auf die Welt zu sein, ist er notgedrungen zu einem Überlebenskünstler geworden. »Ohne Wohnung kein Job. Ohne Job keine Wohnung. Du weißt doch, wie das in unserem wunderbaren Land läuft.«

Falsch, schießt es mir durch den Kopf. *In unserem Land läuft so vieles falsch.*

»Also …«, fährt er fort, als könnte ihm nichts die Stimmung verderben. »Was malst du heute?«

Ein leises Seufzen entweicht mir, gleichzeitig schüttle ich den Kopf und muss schon wieder lächeln. Ted schafft es mit Leichtigkeit, mich auf andere Gedanken zu bringen – und mir ein schlechtes Gewissen zu machen. Im Gegensatz zu seiner Situation ist eine versemmelte Prüfung kein Weltuntergang. Ich kann den Kurs wiederholen, mit Wes dafür lernen und brauche dadurch eben ein bisschen länger für mein Studium als der Durchschnitt. Und auch, wenn ich meinen Eltern nicht mehr als nötig auf der Tasche liegen will, weiß ich, dass sie mich niemals drängen würden, schneller zu studieren.

Unschlüssig blicke ich auf meine Kreiden. An Tagen wie diesem muss ich überlegen, worauf ich Lust habe, während ich an anderen schon beim Betreten des Parks ganz genau weiß, was ich zeichnen werde.

»Wie wäre es mal wieder mit diesem putzigen kleinen Eichhörnchen? Das hast du schon länger nicht mehr gemalt.« Ted hat zwar recht, doch heute ist mir nicht nach einer niedlichen Kinderzeichnung.

Ich schüttle den Kopf und angle nach meiner Tasche, in der sich das Wasser und die Kekse befinden. »Hier.« Ich halte ihm die Packung hin, die er wie immer erst ablehnt und dann doch annimmt, als ich darauf bestehe. Es ist wie ein Spiel, das er jedes Mal verliert, weil ich nicht nachgebe. Ich kann nicht viel für ihn tun, aber auf das bisschen, was in meiner Macht liegt, werde ich nicht verzichten.

»Sind das die mit Schokolade?« Er grinst breit und wirkt plötzlich um einiges jünger, als er eigentlich ist. Ich brauche nicht viel Fantasie, um mir vorzustellen, wie er früher, in meinem Alter, ausgesehen haben muss.

»Die mit Schokolade«, bestätige ich und ziehe meine faltbare Schaumstoffunterlage aus dem Koffer. Während Ted die Packung öffnet, knie ich mich mit etwas Abstand auf den geteerten Weg und betrachte die leere Fläche vor mir. Die Unebenheiten, die kleinen Steine, die ich mit der Hand beiseitestreife. Und dann weiß ich, was ich zeichnen werde.

Ich ziehe die weiße Kreide aus der Box und fange an zu skizzieren. Grobe Umrisse, nur ganz zart. Meine Finger fliegen über den Boden, und je mehr Zeit verstreicht, umso klarer wird die Figur, die ich mit wenigen Handgriffen erschaffe. Ich höre Ted neben mir die Kekse essen, immer wieder bleiben Spaziergänger stehen und sehen mir beim Malen zu. Solange sie mich nicht ansprechen, stört es mich nicht. Ich habe keine Ahnung, warum ich damals für Ted eine Ausnahme gemacht habe, doch irgendetwas an seinen Fragen, mit denen er mich in ein Gespräch verwickelt hat, hat mich berührt. Er wusste, wovon er sprach, und ich hatte das Gefühl, dass er ganz genau verstand, was mir diese Bilder bedeuten. Das Zeichnen ist mein Ding. Und dass er manchmal hier bei mir sitzt, ist unseres geworden.

Ich bin so vertieft in meine Malerei, dass ich nicht bemerke, wie die Zeit verfliegt. Ted ist schon lange fertig mit seinen Keksen. Er isst immer nur die Hälfte, die andere hebt er sich auf. Für schlechte Zeiten, wie er mir einmal augenzwinkernd erklärt hat. Meine Hände sind voller Kreide, genau wie meine Jeans und die Ärmel meines Hoodies, als ich schließlich innehalte und mich aufrichte. Kritisch mustere ich die kleine Badewanne, in der sich ein Schaf den Duschkopf ins Gesicht hält und gleichzeitig versucht, das viele Wasser auszuhalten. Ich lege den Kopf schief und verreibe hier und da noch ein bisschen Farbe, bis ich zufrieden bin.

Es ist Teds Stimme, die mich aus meiner Trance reißt. »Wäre bestimmt spannend, jetzt einen Kunstexperten hinzuzuziehen.«

»Warum?« Ich erhebe mich und strecke mich einmal. So lange in derselben Position zu sitzen, lässt meine Muskeln unangenehm schmerzen. »Es ist doch nur ein Schaf in einer Wanne. Wozu brauchst du dafür einen Experten?«

»Gut. Ich korrigiere mich. Wahrscheinlich brauchst du niemanden, der das Bild für dich interpretiert.« Er klopft mit der Hand neben sich auf die Bank. »Setz dich zu mir und erzähl mir, was passiert ist.«

»Nichts ist passiert.« Ich wende den Blick von ihm ab und gehe zurück in die Hocke. Mit der Badewanne bin ich noch nicht ganz zufrieden. Ich muss mir dringend neue Grautöne besorgen, damit ich die Kanten besser betonen kann. Das Schwarz, das ich stattdessen benutzt habe, ist zu stark dafür.

»Warum bist du denn in Baltimore? Sind nicht Semesterferien?«

Meine Antwort ist ein Schulterzucken. »Sommerkurse.« Die nur die Streber oder absoluten Nieten belegen. Dumme Schafe wie ich. Ich beiße mir auf die Unterlippe, mache ein paar Schritte von dem Bild weg und zücke mein Handy. Noch ist es hell genug. Wie immer achte ich darauf, nichts zu fotografieren, was verraten könnte, wo die Zeichnung entstanden ist oder wer sie angefertigt haben könnte. Ich poste nicht für Ruhm und Ehre oder weil ich berühmt werden will, sondern nur für mich. Weil es die perfekte Art ist, ein digitales Fotoalbum anzulegen. Eine Sammlung all der Bilder, die längst weggespült wurden. Mit etwas Glück regnet es schon heute Nacht, spätestens aber morgen früh. Dann wird nichts mehr an meinen Frust erinnern.

»Ich nenne es *Mürrisches Schaf unterm Wasserfall.*« Teds Worte lassen mich den Blick wieder heben.

»Ernsthaft?«

»Aber sicher.« Er deutet mit dem Daumen auf meine Zeichnung. »Schau es dir doch an. Ich würde ja *Begossener Pudel* vorschlagen, aber ich glaube, dann ist das Schaf beleidigt.«

»Du bist verrückt.« Ich grinse und streife mir die dreckigen Hände an meiner Hose ab.

»Ich weiß. Und ich hab es schon wieder geschafft.«

»Was geschafft?«

»Du lächelst.« Damit steht er auf und tippt sich an den nicht vorhandenen Hut. »Danke für die Kekse, Aria.«

»Gern.« Ich sehe Ted hinterher, wie er sich auf den Weg macht. Wo er hingeht, weiß ich nicht. Außerhalb des Parks habe ich ihn noch nie gesehen. Aber das spielt auch keine Rolle. Wann immer ich male, taucht er früher oder später auf und macht, dass die Zeit gefühlt viel schneller vergeht als ohne ihn. Mit der Wasserflasche in der Hand betrachte ich noch einmal mein Werk. Das Schaf ist mir gut gelungen. Vermutlich deshalb, weil ich es ohne nachzudenken gezeichnet habe. Und weil die neuen Kreiden toll sind. Sie sind dünner als meine alten, und ich bin mehr als froh, sie in diesem kleinen Künstlerladen in der North Avenue entdeckt zu haben.

Ich bin gerade dabei, all meine Sachen zusammenzusammeln, als ich ein leises Klicken hinter mir höre. Dann noch eins. Und noch eins. Hastig drehe ich mich um und blicke direkt in das Gesicht eines jungen Mannes, das zur Hälfte von einer Kamera bedeckt wird. Als er sie sinken lässt, kommen tief braune Augen zum Vorschein, die mich an die Farbe von frischem Kaffee erinnern.

»Hi …« Er strahlt über das ganze Gesicht. Als hätte er gerade herausgefunden, dass der Weihnachtsmann doch existiert und leibhaftig vor ihm steht. Doch ich bin definitiv nicht Santa Claus und mir sehr sicher, ihm noch nie zuvor begegnet zu sein. Keine Ahnung, was er von mir will. Er macht drei große Schritte auf mich zu und deutet auf mein Bild. »Das ist unglaublich. Wie schnell du das gemalt hast … Es sah kinderleicht aus.«

Ich weiß wirklich nicht, was ich dazu sagen soll, deswegen starre ich ihn einfach nur misstrauisch an.

»Darf ich?«

Ehe ich reagieren kann, hält er sich schon wieder seine Kamera vors Gesicht und knipst wild drauflos. Das Objektiv ist auf meine Zeichnung gerichtet, und ich höre ein *Klick Klick Klick* nach dem anderen. Und es ist genau dieses Geräusch, das wieder Leben in mich bringt. Leben und Panik.

»Hey! Hör auf damit!«, fahre ich ihn an und stelle mich vor ihn, um ihm die Sicht auf den Boden zu versperren. Ich funkle ihn an und verschränke die Arme vor der Brust. »Was soll das?«

»Sorry.« Er macht sofort einen Schritt zurück und hebt abwehrend die Hände. Die Kamera baumelt an einem Band um seinen Hals. »Ich wollte nicht … Vielleicht sollte ich mich erst … Also, hi, ich bin Jack.« Er streckt mir seine Hand entgegen, die ich allerdings nicht ergreife. Sein ganzer Auftritt ist mir suspekt. »Ich bin Fotograf, wie du unschwer erkennen kannst.« Sein Blick senkt sich kurz auf seine Brust, ehe er mich wieder aus diesen tiefbraunen Augen ansieht. »Ich arbeite an einem Projekt über Street Art in Baltimore und suche seit Wochen nach einer weiblichen Künstlerin.« Die Worte prasseln auf mich ein, und ich habe Mühe, ihnen zu folgen. Projekt. Street Art. Baltimore. Künstlerin.

»Du suchst … *Was?*« Ich mustere ihn von oben bis unten. Er scheint ein paar Jahre älter zu sein als ich, trägt eine dunkle Jeans und ein blaues Hemd, dessen Ärmel er bis zu den Ellbogen nach oben gekrempelt hat. Um sein Handgelenk befindet sich ein schwarzes, dünnes Lederarmband, und seine Haare sehen so aus, als wäre er gerade erst aus dem Bett gefallen. Sie geben ihm einen verwegenen James-Dean-Look. Wer auch immer dieser Jack ist, er ist unglaublich attraktiv.

»Projektteilnehmer.« Er grinst und korrigiert sich sofort selbst. »Halt, nein. Eine Projektteilnehmer*in*.« Die letzten beiden Buchstaben betont er besonders. »Hast du Lust? Du wärst perfekt. Ich brauche nur Fotos von dir und deinen Kunstwerken und würde dir ein paar Fragen dazu stellen. Das ist auch schon alles und …«

Ich lasse ihn nicht weitersprechen. »Nein.« Entschieden schüttle ich den Kopf. Es kommt überhaupt nicht infrage, mich öffentlich zu meinen Bildern zu bekennen. Das tue ich auf meinem eigenen Instagram-Account nicht und ganz bestimmt auch nicht für das Projekt eines Fremden. Das hier ist mein sicherer Hafen, den ich nicht teilen möchte. Nicht teilen *kann*. »Auf keinen Fall.«

»Nein?« Das Strahlen verschwindet aus seinem Gesicht. »Aber … Warum nicht? Du bist gut!« Stirnrunzelnd schiebt er sich die Hände in die hinteren Hosentaschen. Plötzlich scheint er sich unwohl zu fühlen. »Wenn du willst, zeige ich dir Beispiele der bisherigen Teilnehmenden. Dann kannst du dir ein Bild von meiner Arbeit machen und …«

»Danke für das Angebot, aber ich habe kein Interesse.« Ruckartig wende ich den Blick von ihm ab und packe die restlichen Farben in meinen Koffer. Ich spüre deutlich, wie er mich dabei beobachtet, während ich meine Utensilien verstaue und das Schloss zuschnappen lasse. Das Sonnenlicht hat sich mittlerweile in ein warmes Abendrot verwandelt und lässt den Himmel strahlen, was bedeutet, dass es inzwischen später ist, als ich angenommen habe. Wesley wartet bestimmt schon auf meinen Anruf, während ich immer noch hier bin und mit einem Kerl diskutiere, den ich überhaupt nicht kenne. Und der nun Fotos von mir hat.

»Lösch die Bilder.«

»Was?«

»Die Bilder, die du schon gemacht hast.« Ich zeige auffordernd auf seine Kamera. »Ich möchte, dass du sie löschst.« Er ist ein Fremder, ich will keine Fotos von mir oder meinen Zeichnungen auf seiner Speicherkarte wissen.

»Ich soll sie löschen?« Er sieht mich ungläubig an. »Reicht es nicht, wenn ich dir verspreche, sie nicht zu verwenden? Was wirklich eine Schande wäre, dein Bild ist großartig, aber ich würde nie …«

Ich weiß, dass es unhöflich ist, ihn schon wieder zu unterbrechen, allerdings habe ich keine Zeit für unnötige Diskussionen. »Nein, das reicht nicht«, sage ich entschieden und schultere meine Tasche. Mein Griff um die Henkel verstärkt sich. Ich kann einfach nicht riskieren, dass er die Bilder doch für sein Projekt nutzt. Oder dass ich sogar auf einem davon zu sehen bin.

Für einen langen Moment sieht er mich regungslos an. Gerade als es unangenehm zu werden droht, seufzt er leise und schüttelt leicht den Kopf. »Okay. Wie du willst.«

Ich beobachte, wie seine Finger über das Kameradisplay rasen und er meiner Aufforderung nachkommt. Endlich.

»Erledigt.« Er mustert mich ein weiteres Mal eindringlich. »Falls du es dir doch noch anders überlegst, darf ich dir meine Nummer geben?«

»Ich werd's mir nicht anders überlegen. Danke fürs Löschen.« Nachdem er mich einen Blick auf den kleinen Bildschirm hat werfen lassen und ich keine Bilder mit mir oder meiner Zeichnung darauf erkennen konnte, schnappe ich mir meinen Farbkoffer und will gehen. Doch Jacks nächste Worte lassen mich noch einmal innehalten.

»Du hast wirklich Talent. Bitte. Denk noch mal drüber nach.«

Eine Sekunde lang schließe ich die Augen. *Du hast Talent.* Fast hätte ich gelacht. In dieser Welt spielt es keine Rolle, ob man halbwegs passabel zeichnen kann. Alles, was zählt, sind Leistung und gute Noten.

Ohne ein Wort zu sagen, laufe ich davon.

2

JACK

Es gibt angenehmere Dinge, als von lautem Hämmern, gefolgt von dem Lärm einer elektrischen Säge, geweckt zu werden. Doch wenn das dreimal in der Woche passiert, gewöhnt man sich daran. Irgendwie.

Müde reibe ich mir über die Augen, ehe ich einen kurzen Blick auf den Wecker werfe. Heute ist Aram früh dran. Es ist gerade einmal halb sieben und er hat bereits die schweren Geschütze aufgefahren. Als müsse er meine Gedanken bestätigen, ertönt im nächsten Moment ein rhythmisches Hämmern aus der Wohnung unter mir. Mir ist längst klar, warum mein kleines Apartment so verdammt günstig zu haben war. Ich ziehe mir mein Kissen über die Ohren, aber es hilft nichts. Das Hämmern wird nur unbedeutend leiser, was nichts anderes heißt, als dass meine Nacht zu Ende ist. Seufzend richte ich mich auf und schiebe die Beine aus dem Bett. Durch das Fenster dringt warmes Sonnenlicht, der Regen hat sich offenbar verzogen. Und damit ist auch das Bild verschwunden, das die namenlose Künstlerin im Park gezeichnet hat. Ihre vehemente Weigerung, sich fotografieren zu lassen, wundert mich noch immer. Sehnen sich nicht alle Kreativen nach Ruhm und

Anerkennung? Ich weiß, dass Aram sofort jede noch so kleine Möglichkeit ergreifen würde, die seinen selbst gebauten Holzmöbeln mehr Beachtung schenken würde. Doch die junge Frau im Park ... sie ganz eindeutig nicht.

Kopfschüttelnd erhebe ich mich und schlurfe unter die Dusche. Das Wasser tut gut, trotzdem bin ich immer noch hundemüde, als ich zehn Minuten später meinen Kühlschrank öffne und nur gähnende Leere darin vorfinde. Was die logische Konsequenz ist, wenn man vergessen hat, einkaufen zu gehen. Der gestrige Abend in der Galerie war lang und anstrengend, aber ich brauche den Job, wenn ich nicht bald meine Eltern um Unterstützung bitten will. Und das will ich definitiv nicht. Aus Sterling wegzuziehen, war richtig. Genau deshalb werde ich es ohne ihre Hilfe schaffen.

Mit Schwung lasse ich die Kühlschranktür wieder zufallen und mache mir einen Kaffee. Immerhin den habe ich noch da, auch wenn ich ihn heute schwarz trinken muss. Nach zwei Schlucken gestehe ich mir allerdings ein, dass er mit Milch deutlich genießbarer wäre, und schütte die Brühe in den Abfluss. Während ich mir mit einer Hand durch die nassen Haare fahre, schnappe ich mir mit der anderen mein Handy und rufe die Art-App auf, um nachzusehen, ob ich für neue Aufträge angefragt wurde. Auf dieser Plattform können verschiedenste Kunstschaffende sich und ihre Arbeit vorstellen und ihre Dienste anbieten. Ich bin als Fotograf gelistet, es gibt aber auch Angebote für Portraitzeichnungen oder solche, die sich eher auf einen comicartigen Stil spezialisiert haben. Wieder andere basteln und verkaufen jegliche Art von Grafiken oder erstellen kundenspezifische Webseiten. Seit meiner Ankunft in Baltimore benutze ich die App regelmäßig. Vor ein paar Tagen habe ich mein Profil auf Vordermann gebracht, und das hat in kürzester Zeit für mehr Anfragen gesorgt. Heute ist es jedoch nur eine junge Mutter, die wissen will, ob ich auch Neugeborenenshootings mache. Was so ziemlich das Einzige ist, wofür ich kein Händchen habe. Babys machen mir Angst, weil sie so klein und zerbrechlich sind. Mit einer freundlichen Nachricht sage ich ihr ab, schiebe das Handy in meine Hosentasche und greife nach meinen Schlüsseln. Ich muss zwar erst um neun in der Galerie sein, um die Reste der Eröffnungsfeier vom Vorabend zu beseitigen, aber ich glaube nicht, dass Kelly etwas dagegen hat, wenn ich früher anfange.

Mittlerweile ist das Hämmern verstummt, weshalb das Zufallen meiner Wohnungstür im ganzen Treppenhaus zu hören ist. Immer zwei Stufen auf einmal nehmend, mache ich mich auf den Weg nach unten und habe den Hausflur kaum erreicht, als Aram plötzlich seine Tür aufreißt. »Jack.« Er hält eine volle Kaffeetasse in den Händen und grinst mich fröhlich an. »So früh schon auf den Beinen?«

Mit hochgezogener Augenbraue mustere ich ihn. Ist das sein Ernst? »Unfreiwillig«, sage ich und unterdrücke ein Gähnen. »Die Nacht war kurz.«

»Besuch?« Er wackelt anzüglich mit den Augenbrauen, was so skurril aussieht, dass ich lachen muss.

»Leider nicht«, entgegne ich und schiele sehnsüchtig in seine Tasse. Ich muss mir wirklich dringend einen Becher Koffein besorgen. In XXL, wenn ich jetzt schon auf das hellbraune Zeug von Aram neidisch bin, das grundsätzlich mehr aus Mandelmilch als aus Kaffee besteht und nicht einmal eine Ameise wach machen würde.

»Hab ich dich geweckt?« Wie immer sieht er mich vollkommen unschuldig an. Und wie immer kann ich ihm nicht böse sein. Ja, ich bin nur seinetwegen schon auf den Beinen, aber ich habe auch nur seinetwegen diese Wohnung bekommen. Aram ist der Besitzer des Hauses und verlangt fast schon lächerlich wenig für mein kleines Apartment mit Balkon in Baltimores buntem Station-North-Künstlerviertel.

»Ich muss in die Galerie«, antworte ich also ausweichend. Es ist keine Lüge, aber es ist auch definitiv nicht der Grund, warum wir beide um diese Uhrzeit im Hausflur stehen.

Aram nickt wissend. »Die Arbeit, verstehe«, sagt er und nippt an seinem Kaffee.

In diesem Moment öffnet sich die Tür hinter ihm weiter und sein Freund tritt neben ihn. Trent trägt einen dunklen Anzug und hält einen schwarzen Koffer in der Hand. Ganz eindeutig ist er bereit für einen weiteren Arbeitstag in der Kanzlei. »Guten Morgen, Jack«, begrüßt er mich und deutet mit dem Kopf auf Aram. »Er war mal wieder zu laut, richtig?« Ein leises Seufzen folgt seinen Worten. »Ich hab dir schon so oft gesagt, dass deine Hämmerei vor acht nicht zu ertragen ist, Schatz.« Bevor Aram etwas erwidern kann, liegt Trents Blick schon wieder auf mir. »Warum kommst du am Wochenende nicht zum Essen vorbei? Samstag? Um neunzehn Uhr gibt es frischen Fisch und Gemüse nach einem Rezept meiner Mutter.«

Obwohl Aram und Trent mit ihren dreißig nur sechs Jahre älter sind als ich, komme ich mir in solchen Momenten wie ein absolutes Kind vor. Ich weiß noch nicht einmal, was ich heute frühstücken möchte, während die beiden bereits die ganze Woche vorgeplant haben. »Uhm …« Ein wenig überrumpelt sehe ich zwischen ihnen hin und her. »Okay? Warum nicht?«

»Großartig.« Trent schiebt sich an seinem Freund vorbei aus der Wohnung und gibt ihm im Gehen schnell einen Kuss auf die Wange. »Besorgst du den Wein? Ein Chardonnay würde gut passen.« In der nächsten Sekunde verschwindet er aus meinem Blickfeld, und ich bleibe mit Aram, einer Einladung zum Essen und dem stetig wachsenden Bedürfnis nach einer ganzen Wagenladung Koffein zurück.

»Du musst auch los, oder?« Gut gelaunt tritt er von einem Bein auf das andere. »Dann will ich dich nicht aufhalten.«

»Tust du nicht.« Ich unterdrücke ein erneutes Gähnen. »Aber ich sollte trotzdem langsam, ja.« Was ich brauche, sind Bewegung, Kaffee und ein Sandwich. Und zwar genau in dieser Reihenfolge.

Ich verabschiede mich von Aram und trete keine halbe Minute später hinaus in das angenehm warme Sonnenlicht. Der Weg zur Galerie ist nicht lang, und ich mag ihn. Die Straßen in Station North sind von bunter Street Art gesäumt. Überall befinden sich Graffitis an den Hauswänden und Zeichnungen auf dem Boden, und über Nacht kommen oft neue, wunderschöne Stücke dazu. Ich bin gespannt, was mich heute in der Graffiti Alley erwartet. Sie ist eine der beliebtesten Straßen in ganz Baltimore, und es vergeht kaum ein Tag, ohne dass ich Fotos der Kunstwerke schieße, die die Fassaden dort zieren.

Auch heute werde ich nicht enttäuscht. Irgendein Sprayer hat die Nacht genutzt. Ich ziehe mein Handy hervor, mache ein Bild und schicke es meiner besten Freundin Mia. Sie wohnt siebzig Meilen weit weg, in Sterling, und versteht, warum ich aus unserer Kleinstadt wegmusste. Im Gegensatz zu meiner Mom ist sie nicht beleidigt, weil ich hierhergezogen bin. Livia Bradford jedoch … Nein. Ich will nicht schon wieder darüber nachdenken, wie wenig sie und Dad meine Entscheidung akzeptieren. Aber die Aussicht, die nächsten sechzig Jahre in Sterling zu versauern, ohne auch nur die Chance zu haben, als Fotograf Fuß zu fassen, hat mir die Luft zum Atmen genommen. Und das nicht auf die gute Art. Seit vier Monaten bin ich nun in Baltimore, und ich liebe es hier. Die Stadt pulsiert, vibriert vor lauter Leben. An jeder Ecke begegnet einem die Kunst. Graffitis, Kreidezeichnungen, große Plakate mit Werbung für Vernissagen. Und mittendrin ich, mit dem unbändigen Wunsch, selbst irgendwann einmal in einem dieser Gebäude eine Ausstellung haben zu dürfen. Und nicht mehr auf die vielen kleinen Nebenjobs angewiesen zu sein, die die Art-App dann und wann für mich ausspuckt.

Wie erwartet, ist die Galerie leer, als ich ankomme. Zum Glück hat

Kelly mir vor ein paar Wochen einen Schlüssel gegeben. Ich husche hinein, und mein Blick rast über das ganze Chaos, das auf mich wartet. Es gibt einiges zu tun, aber es ist nicht so schlimm, wie ich befürchtet habe. Eine Vielzahl der ausgestellten Portraits wurde bereits gestern Abend verkauft. Kelly hat sie mit einem kleinen Punkt auf den Schildchen daneben markiert. Bevor ich loslege, nehme ich mir einen Moment Zeit, um die Bilder zu betrachten. Die Ausstellung steht unter dem Motto *Faces of Baltimore* und zeigt eindrucksvoll, wie vielfältig, bunt, schön und ernst das Leben in dieser Stadt ist. Die Fotografin hat ein unglaubliches Gespür dafür, Emotionen einzufangen. Die Portraits sind schwarz-weiß, und trotzdem leuchten die Menschen auf ihnen. Das Fehlen von Farbe gibt den Aufnahmen mehr Tiefe, aber noch faszinierender finde ich die Tatsache, dass Marlina Thompson pro Person nur ein einziges Foto geschossen hat. Hier drin hängen lediglich erste Versuche, und ich glaube, genau das macht die Ausstellung so besonders. Es ist nichts gestellt, nichts geschönt. Sie hat einfach nur fremde Menschen auf der Straße angesprochen und gefragt, ob sie ein Foto von ihnen machen darf. Ein bisschen so wie ich mit der Künstlerin im Park. Wie von selbst wandern meine Gedanken zurück zu ihr. Wegen des Regens in der vergangenen Nacht ist ihre Zeichnung wohl schon nicht mehr da, und ich kann nicht verhindern, dass ich diesen Umstand bedauere. Ihr Bild war unglaublich. Was sie innerhalb kürzester Zeit mit Kreide auf den grauen Asphalt gezaubert hat, ist nicht einmal im Ansatz mit dem zu vergleichen, was ich früher mit meinen Freunden auf die Straße gekritzelt habe. Und ich wage zu behaupten, dass ich nicht schlecht war, auch wenn es mich irgendwann immer mehr hinter die Kamera gezogen hat.

Ich bemerke erst, dass ich immer noch gedankenversunken auf das Foto einer alten Frau mit unzähligen Bändern im Haar starre, als mein Handy in meiner Hosentasche vibriert. Ich ziehe es hervor und werfe einen Blick auf das Display. »Hey, Mia«, begrüße ich sie und mache zwei Schritte von dem Portrait weg.

»Jack Bradford! Ist das dein Ernst?« Sie klingt empört, aber ich bin mir nicht ganz sicher, wie echt das ist. Denn in ihren Worten schwingt auch verdammt viel gute Laune mit.

»Ist was genau mein Ernst?«, frage ich und lasse mich auf einer alten Kiste nieder.

»Das war jetzt das fünfte Foto ohne Text.«

»Okay?« Ich weiß immer noch nicht, worauf sie hinauswill.

»Mann, Jack. Ich bin es nicht gewohnt, dich wochenlang nicht zu sprechen. Wie geht es dir?«

»Mir geht's gut.« Ihre Sorge lässt mich lächeln, und bevor ich mehr erzählen kann, plappert sie schon weiter.

»Du weißt, dass du mir sagen kannst, wenn es nicht so wäre. Es ist keine Schande, falls du …«

»Mia«, unterbreche ich sie. »Es geht mir *wirklich* gut. Ich muss nicht unter einer Brücke schlafen oder am Hungertuch nagen.« Noch kann ich zwar nicht von meinen Einnahmen als selbstständiger Fotograf leben, weshalb ich den Job bei Kelly brauche, aber ich bin weit von dem Horrorszenario weg, das Mia sich augenscheinlich in ihrem Kopf ausmalt. »Ehrlich gesagt, bin ich gerade sogar richtig gut beschäftigt.« Mit meiner Arbeit als Aushilfe in der Galerie, meinem eigenen Fotoprojekt, und nächste Woche stehen vier Shootings an, die mir die Miete für den nächsten Monat sichern werden.

»Wirklich? Du lügst mich nicht an?«

Ich bin mir ziemlich sicher, dass sie ihre Frage nur als Scherz meint. Trotzdem versetzen mir ihre Worte einen kleinen Stich, denn es ist erst etwas mehr als ein Jahr her, dass ich sie in der Tat eine ganze Weile lang angelogen habe. Oder ihr schlicht nicht die Wahrheit gesagt habe, dass ich in sie verliebt bin. *War.* Die Sache ist vorbei. Mia ist glücklich vergeben, und mittlerweile kann ich sogar zugeben, dass Nathan ihr nicht nur guttut, sondern auch ein echt feiner Kerl ist. »Nein, Mia. Es geht mir wirklich gut. Du kannst gern jederzeit vorbeikommen und dich selbst davon überzeugen. Ich muss dich nur vorwarnen, mein Vermieter baut zwar fantastische Möbel, aber er tut das mit Vorliebe morgens um sechs und …«

»Schon gut, schon gut«, unterbricht sie mich und lacht so offen und ehrlich, wie sie es lange Zeit nicht konnte. »Message angekommen. Es geht dir gut, und ich muss mir keine Sorgen machen.«

»Richtig.« Ich grinse und kneife mir kurz in die Nasenwurzel. »Wie geht es dir? Und Nate und Sarah und Peter?« Ich habe die Fragen kaum gestellt, da überkommt mich auch schon das schlechte Gewissen. Eigentlich muss ich mich nicht wundern, dass Mia mich derart vorwurfsvoll begrüßt hat. Ich bin wirklich miserabel im Kontakthalten. Zum Glück nimmt sie es mir nicht übel und erzählt stattdessen, was ich verpasst habe. Was eine ganze Menge ist. Sie berichtet mir von ihrem Bruder, dessen kleine Tochter inzwischen ein Jahr alt ist und zu laufen beginnt. Von Sarah und Peter, die vor Kurzem zusammengezogen sind. Und von ihrem Freund Nathan, der mithilfe seines Therapeuten große Fortschritte bei der Aufarbeitung seiner Vergangenheit macht. Und während ich Mia lausche, erwische ich mich dabei, wie ich mich einfach nur für ihn freue. Und für sie. Vor allem für sie. Da ist kein Groll mehr, weil sie sich in ihn und nicht in mich verliebt hat. Nach all den Jahren, in denen sie so sehr unter dem Tod unseres gemeinsamen Freundes Brant gelitten hat, hat sie endlich etwas Glück verdient.

»Und dann habe ich Alice davon überzeugt, dass wir dringend ein paar Lichterketten im Laden brauchen. Was erstaunlich leicht war. Ich glaube, seit sie eine Mom ist, hat sie ihren Sinn für Romantik entdeckt.« Mia kichert, und ich merke überhaupt nicht, wie schnell die

Zeit vergeht. Erst, als sie ankündigt, dass sie gleich den Blumenladen, in dem sie arbeitet, öffnen muss, realisiere ich, wie lange wir telefoniert haben. Fast eine halbe Stunde. Sie nimmt mir das Versprechen ab, das bald zu wiederholen, dann verabschiedet sie sich von mir, und ich mache mich ans Aufräumen. Ich sammle die benutzten Gläser und Schälchen mit übrig gebliebenen Nüssen von gestern Abend ein, werfe Servietten weg, fülle leere Sektflaschen in Kisten und zähle währenddessen, wie viele Fotografien noch zu haben sind. Fast die Hälfte ist bereits verkauft.

Ich bin gerade dabei, die Stehtische abzubauen, als Kelly die Galerie betritt. Sie trägt eine dunkle Sonnenbrille, und ihre blauen Haare stehen in alle Richtungen ab. Mit Ausnahme der Brille sieht sie also aus wie immer, nur vielleicht einen Tick älter als die achtunddreißig Jahre, die sie ist.

»Jackson«, begrüßt sie mich, und es ist egal, wie oft ich ihr sage, dass ich Jack heiße, sie besteht darauf, mich so zu nennen. Schließlich brauche jeder Künstler auch einen Künstlernamen. Meinen Einschub, dass ich Fotograf und noch lange kein Künstler sei, winkt sie jedes Mal mit einem demonstrativen »Ach, bitte, Jackson« ab. Irgendwann habe ich aufgehört, mit ihr zu diskutieren und mich ihrem Willen gebeugt.

»Bist du schon lange da?«, fragt sie, legt ihre Tasche ab und schiebt sich die Brille nach oben in ihre Locken. Ihre Augenringe sind mindestens so groß wie meine eigenen. Auch ihre Nacht scheint kurz gewesen zu sein. Nachdem sie sich umgesehen hat, kommt ihr Blick auf mir zum Liegen. »Hast du überhaupt geschlafen?«

»Habe ich.« Ich nicke und mache mich an den nächsten Tisch. »Was ist mit dir?«

»Geht so. Ich brauch erst mal Kaffee.« Sie schleicht an mir vorbei und macht sich im angrenzenden Hinterzimmer an der Maschine zu schaffen. Das Ding ist ihr Heiligtum, und ich fasse es nicht ohne

Erlaubnis an. Den Fehler habe ich einmal gemacht und nie wieder. »Willst du auch einen?«, ruft sie mir zu.

»Gern«, gebe ich zurück und bringe zwei weitere Tische ins Lager. Mit Kellys Hilfe sollten wir im Nu fertig sein. Was gut ist, denn sie plant, die Galerie und damit die neue Ausstellung am frühen Nachmittag für die Allgemeinheit zu öffnen. Immer für knapp zwei Monate zeigt sie die Werke eines Kunstschaffenden. Gestern Abend fand bereits die dritte Eröffnungsfeier statt, seit ich für sie arbeite. Vor den Fotografien jetzt waren es Holzschnitzereien gewesen, die die griechischen Götter dargestellt hatten. Kleine Figuren, die durch geschickte Lichtinstallationen lebensgroße Schatten an die Wand geworfen und den Raum beinahe in den Olymp verwandelt hatten. Und davor hatten wir mit dem Mund gemalte Landschaftsaquarelle präsentiert, die unglaublich beeindruckend und im Handumdrehen ausverkauft gewesen waren.

Die Galerie ist nicht sonderlich groß, nur ein Raum mit einer Fensterfront, durchzogen von mehreren Säulen. Aber Kelly schafft es dennoch, alle Ausstellungen besonders zu machen. Für jeden Künstler überlegt sie sich individuelle Möglichkeiten, wie sie die einzelnen Werke thematisch passend in Szene setzen kann. Für sie arbeiten zu dürfen, ist eine Ehre, auch wenn ich meistens nur als ihr Handlanger fungiere. Es ist trotzdem schön, Kunstluft zu schnuppern und nicht nur Fotos von den ausgestellten Stücken zu schießen, sondern auch kleine Erinnerungsvideos darüber zu drehen. Kelly ist ein bisschen wie eine Mentorin für mich. Und gleichzeitig ist sie ein eigenes Kunstwerk. Ihre Arme sind von bunten Tattoos geziert, ihre Haare sind jede Woche anders gefärbt, und dennoch strahlt sie eine Autorität aus, die jeden Kritiker überzeugt. Kelly hat Ahnung von dem, was sie hier tut und sich längst einen Namen in der Szene gemacht. Ich bin gespannt, wie viele Besucher sich heute in die Galerie verirren werden.

Mit zwei Tassen Kaffee in der Hand kommt sie zurück und zwingt mich, eine Pause mit ihr zu machen. Ich verkneife mir den Kommentar, dass bisher nur ich gearbeitet habe, und setze mich mit ihr auf die alte Bank neben dem Eingang. Immer wieder sieht sie sich im Raum um. Ich kann es ihr nicht verübeln. Obwohl ich seit einer ganzen Weile hier bin, ist der Anblick der vielen Fotos immer noch beeindruckend.

»Das da ist mein Lieblingsbild«, sagt Kelly plötzlich und zeigt nach rechts auf das Portrait eines jungen Mädchens. Sie hat ein Piercing in jeder Augenbraue und ihre linke Wange wird von einer tätowierten Blumenranke geziert. Es ist fesselnd und irritierend zugleich. Ich kann Kellys Faszination definitiv nachvollziehen, auch wenn ich andere Bilder um einiges ausdrucksstärker finde. Trotzdem kann ich nicht leugnen, dass sie den absoluten Blick für das Schöne, Einzigartige in dieser Welt hat. Irgendwann möchte ich hier drin meine eigenen Fotografien ausstellen.

Ein paar Minuten sitzen wir schweigend nebeneinander. Dann ist Kellys Tasse leer, und sie klatscht sich mit einer Hand auf den Oberschenkel. »Okay, genug getrödelt. Los geht's.«

Das ist der Startschuss. In den nächsten zwei Stunden bringen wir die gesamte Galerie auf Vordermann. Wir fegen, wir wischen, Kelly aktualisiert die Liste der verkauften Bilder. Und dann ist es früher Nachmittag, wir sind fertig, und sie schickt mich nach Hause. Nur, dass ich nicht nach Hause gehe, sondern aus einem Impuls heraus zurück in den Park. Die Chance, dass sie heute schon wieder da ist, ist vermutlich mehr als gering, aber ich habe Glück. Sie kniet auf dem Boden, vollkommen in ihre neue Zeichnung vertieft, die sich nur ein kleines Stück neben der Stelle befindet, wo sie gestern die Badewanne mit dem Schaf gemalt hat. Ihre braunen Haare sind zu einem wilden Dutt zusammengefasst. Sie trägt ein hellblaues Top, darüber ein offenes Jeanshemd, dessen Ärmel sie nach hinten gekrempelt hat. Und überall auf dem Stoff befindet sich Kreidestaub.

Obwohl ich hinter ihr stehe, hat sie mich bemerkt. »Tut mir leid, Jack, die Antwort ist immer noch Nein.«

»Noch habe ich nicht gefragt.« Aber ich will, das wissen wir beide. Langsam trete ich näher, bis ich neben ihr stehe und mir ansehen kann, in was sie den grauen Asphalt heute verwandelt hat. Ein kunterbunter Heißluftballon gleitet über vereiste Bergspitzen hinweg, die so echt aussehen, dass ich das Gefühl habe, mich in den Appalachen zu befinden. »Das ist gut«, sage ich. Was eine glatte Lüge ist. Es ist herausragend, und ich möchte sie und ihre Kunst so unheimlich dringend fotografieren.

Ihre einzige Reaktion auf mein Lob ist ein kurzes Kopfnicken, ehe sie weitermacht, ganz so, als wäre ich gar nicht hier. Großartig. Sie ist genauso gesprächig wie gestern.

Ich mache ein paar Schritte zur Seite, sodass ich ihr Bild aus einem anderen Blickwinkel betrachten kann. Wortlos sehe ich ihr zu, wie sie zeichnet, mit dem Finger schattiert, weiterzeichnet. Sie scheint meine Anwesenheit vollkommen auszublenden. Heute ist sie allein. Von dem Obdachlosen, der sich gestern mit ihr unterhalten hat, ist nichts zu sehen. Ich weiß nicht, was mich an ihr so fasziniert. Es gibt viele Street-Art-Künstler und auch ein paar -Künstlerinnen in Baltimore, doch ihre Kreidezeichnungen … Sie stechen hervor. Weil sie nicht nur unglaublich gut, sondern vor allem auch vergänglich, nur für den Moment sind. Sie sind das Hier und Jetzt, bleiben nicht. Ein Regentropfen genügt, um das gesamte Werk zu verändern. Weitere Tropfen löschen das ganze Bild in wenigen Minuten aus. Und ich will es festhalten. So sehr.

»Du gibst nicht auf, oder?« Ihr Tonfall ist eine Mischung aus genervt und gelassen. Vielleicht schwingt darin auch ein bisschen Bewunderung mit, weil ich so hartnäckig bin. Ohne mich anzusehen, malt sie weiter, aber ich weiß, dass ich nun ihre Aufmerksamkeit habe.

Ich lasse mich ein kleines Stückchen von ihr entfernt ins Gras sinken und stütze mich mit den Händen hinter meinem Rücken ab. Dank der Sommerluft ist der Rasen bereits wieder trocken. Mein Blick ruht auf ihren Fingern, mit denen sie die Schattierungen der Berge hervorhebt. Vor, zurück, schnell, wirsch und gezielt zugleich. Es ist mitreißend und beeindruckend.

»Ich gebe oft auf«, antworte ich ihr, und mir entgeht nicht, wie sie kurz zusammenzuckt. »Aber immer nur dann, wenn mir etwas egal ist.« *Und das hier ist es nicht.*

Darauf erwidert sie nichts. Doch sie sagt mir auch nicht, dass ich gehen soll, und das werte ich als ein gutes Zeichen.

»Ich fotografiere Street Art für ein Projekt«, fahre ich fort. »Aber es geht mir nicht nur um die Kunst, sondern auch um den Menschen dahinter.«

Sie reagiert wieder nicht auf meine Worte, doch ich glaube, dass sie mir immer noch zuhört. Also rede ich weiter. »Jede Woche stelle ich einen anderen Straßenkünstler auf meinem Instagram-Account vor. Ich kann dich nicht bezahlen, aber ich habe eine ganz ordentliche Reichweite und … Bisher waren es mit einer Ausnahme tatsächlich nur Männer, die mitgemacht haben, deshalb …« Sie wäre absolut perfekt. Sie und ihre Zeichnungen, die viel zu bewegend sind, als dass sie einfach dem Regen überlassen werden sollten. »Ich brauche nicht deinen echten Namen dafür, falls du dir deshalb Sorgen machst. Ich kann dich einfach Hanna nennen. Oder Polly. Oder Pocahontas. Was immer du willst.« Wichtig ist nur, dass ich nicht bloß ihre Zeichnungen, sondern auch sie als Urheberin fotografieren darf. Kunst und Künstlerin im Doppelpack.

Mein Blick ruht abwartend auf ihr, aber sie sieht mich immer noch nicht an. Stattdessen lässt sie sich Zeit. Sortiert ihre Kreiden, streicht mit den Fingern über den Asphalt. Doch dann sieht sie auf, und noch bevor sie die Worte ausspricht, weiß ich, was sie sagen wird. »Es tut mir leid.« Sie schüttelt den Kopf und klopft sich etwas Kreidestaub von den Beinen. »Ich möchte nicht mitmachen.« Eine weitere Erklärung bekomme ich nicht.

Das ist dann wohl das Zeichen, dass sie genug von mir hat. Eine zweite Abfuhr, die eindeutiger nicht sein könnte. Ich sollte gehen und sie in Ruhe lassen, aber … Ich weiß nicht, was an ihren Bildern, *an ihr*, es ist, das mich an Ort und Stelle hält. Ich weiß nur, dass ich es ein letztes Mal versuchen muss. »Okay, Vorschlag.« Ich richte mich wieder auf und ziehe die Beine an. Mein Blick ist auf sie gerichtet. »Sieh dir die anderen Projektteilnehmenden und meine Fotos dazu an. Alle bisherigen Beiträge findest du auf Instagram. Mein Profilname lautet Jacks_JPEGs, mit Unterstrich dazwischen. Ist ganz leicht zu finden. Ich würde mich wirklich freuen, wenn du …«

Weiter komme ich nicht, das Klingeln meines Handys unterbricht mich. »Sorry«, murmle ich, ziehe das Ding hervor und starre auf den Bildschirm. Die Nummer, die mir angezeigt wird, hat mich ewig nicht angerufen. Und genau das ist der Grund, warum mein Herzschlag sich augenblicklich verdoppelt und ich den Atem anhalte.

3

ARIA

In der einen Sekunde versucht er mich zu überreden, bei seinem Projekt mitzumachen. In der nächsten springt er auf und macht eilig ein paar Schritte von mir weg. Ich sehe ihm hinterher, beobachte, wie er den Anruf annimmt, sein Handy gegen das Ohr presst und zu reden beginnt. Und dann ist er auch schon aus meinem Blickfeld verschwunden, und ich starre immer noch in die Richtung, in die er so schnell gegangen ist.

»Ein Verehrer?« Teds Stimme lässt mich zusammenzucken. Ich wirble zu ihm herum und begegne seinem belustigten Grinsen.

»Nein.« Ich schüttle den Kopf und versuche, damit auch Jacks Worte loszuwerden. Doch es gelingt mir nicht. Obwohl ich ihm seine Bitte nun schon zweimal abgeschlagen habe, lässt er nicht locker. Oder vielmehr ließ, bis dieser Anruf ihn aufgescheucht hat. Ich sammle meine Kreiden zusammen und lasse mich auf dem Asphalt nieder. Die Arme auf die Knie gestützt, blicke ich zu Ted nach oben, der sich wie immer auf die Bank neben meine Zeichnung setzt.

»Sicher? Sieht doch ganz nett aus.«

»Hm.« Ich stopfe meine Farben zurück in den kleinen Koffer. »Ist mir gar nicht aufgefallen.«

Ich habe kaum zu Ende gesprochen, da lacht Ted auch schon schallend los. Es ist so laut, dass es mir fast schon unangenehm ist. »Ist dir nicht aufgefallen«, sagt er und grinst noch breiter als eben. »So, so, Ariana.«

Er weiß genau, dass ich lüge. Trotzdem versuche ich es weiter. Weil ich nicht darüber nachdenken will, wie gut Jack aussieht. Tut er nämlich. »Ich war beschäftigt. Die Bilder malen sich nicht von allein.«

Ted ignoriert mein Schulterzucken, ebenso wie ich meine Gedanken an Jack. »Zum Glück.« Er streckt die Beine aus und deutet auf meine Zeichnung. »Ich sehe dir gern zu.«

»Heute bist du zu spät.«

»Ich hatte Termine.« Er hebt eine Augenbraue, und nun bin ich diejenige, die grinst.

»Termine.« Ich kann es mir nicht verkneifen, ihn mit seinen eigenen Waffen zu schlagen. »So, so.«

»Schon gut, ich bin ruhig.« Er macht eine Drehbewegung vor seinem Mund, als wolle er ein Schloss abschließen. »Was hast du mir heute Schönes in mein Wohnzimmer gemalt?«

Wie immer, wenn Ted nicht von Anfang an da ist, lässt er sich mein Bild in allen Einzelheiten erklären. Heute ist es ein Luftballon, der zum Zerbersten angespannt ist und eigentlich platzen will, aber es einfach nicht kann. Also versucht er, über all die Berge und Steine in seinem Weg hinwegzufliegen. »Ich nenne es *Miss Balloon on Tour*«, zieht Ted sein Fazit aus meiner kurzen Beschreibung. »Ich mag den Sonnenuntergang hinter den Bergen. Das Rot ist schön.«

»Danke.« Ich lasse mich neben ihn auf die Bank sinken und überkreuze meine ausgestreckten Füße. »Aber eigentlich ist es ein Sonnenaufgang.« Weil das den Beginn eines neuen Tages symbolisiert.

Hoffnung. Und das ist etwas, was ich gerade dringend brauche. Der Fakt, dass ich durch die Prüfung gefallen bin, sitzt mir immer noch in den Knochen, auch wenn ich versucht habe, all meine Wut und Enttäuschung aus mir herauszumalen und gestern Abend noch lange mit Wesley darüber gesprochen habe. Aber offensichtlich hat es nicht funktioniert. Das Gefühl, versagt zu haben, will einfach nicht verschwinden, egal, wie sehr ich mich bemühe.

»Aria? Hörst du mir zu?« Sanft pikt Ted mich in den Arm.

»Hm? Was?« Ich zwinge mich, das Wirrwarr in meinem Kopf zu durchbrechen und mich auf den Menschen neben mir zu konzentrieren. »Sorry, ich war nur …«

»… in Gedanken.« Er lächelt wissend, sagt aber zum Glück nichts weiter dazu. Ted weiß, dass ich eine Träumerin bin. Allerdings geht er vermutlich davon aus, dass es schöne Dinge sind, über die ich nachdenke. Weil er keine Ahnung hat, dass für mich das Glas eben nicht immer halb voll ist. Manchmal befindet sich kein einziger Tropfen darin. Und hin und wieder habe ich das Gefühl, nicht einmal ein Glas zu besitzen.

Reiß dich zusammen, ermahne ich mich selbst und starre auf die Zeichnung zu meinen Füßen. Sie ist mir gelungen, und trotzdem bin ich froh, wenn sie bald wieder verschwunden ist. Ich ziehe mein Handy hervor, schieße ein paar Fotos und schiebe es wieder in meine Hosentasche. Den Post auf Instagram werde ich später in Ruhe machen.

Als ich Ted erneut ansehe, lächelt er mir zu. Und obwohl ich immer noch niedergeschlagen bin, kann ich nicht anders, als es zu erwidern. Die Spaziergänger im Park werfen uns manchmal komische Blicke zu, weil ich mich mit einem Obdachlosen unterhalte, aber ich habe schon vor langer Zeit gelernt, das auszublenden. Es sind nichts als Vorurteile. Vorurteile, die ich anfangs selbst hatte, doch nach meinem ersten richtigen Gespräch mit ihm abgelegt habe. Ted ist großartig, auch wenn er kein Geld und keinen feinen Anzug besitzt. Dafür hat er Humor und schafft es immer wieder, mich zum Lachen zu bringen, obwohl mir gar nicht danach ist.

Eine Weile unterhalte ich mich mit ihm, erzähle ihm schließlich sogar von Jacks Bitte. Ted findet die Sache spannend, drängt mich aber nicht dazu, bei dem Projekt mitzumachen. Dennoch ist zwischen den Zeilen herauszuhören, dass er denkt, ich solle zusagen. Ted glaubt an mich und meine Kunst – meistens sogar mehr, als ich es selbst tue.

Am späten Nachmittag muss ich los. Ich will noch mit meinen Mitbewohnerinnen zusammen essen, bevor ich mich auf den Weg zur Arbeit mache.

Als ich zu Hause ankomme, sind Thao und Isobel schon da. Nach einer schnellen Dusche stoße ich in der Küche zu ihnen. Die beiden stehen mit dem Rücken zu mir, und wieder einmal stelle ich fest, wie groß Izzy im Vergleich zu Thao ist. Die ist eher der Typ zierliche Elfe.

Mit drei Tellern in der Hand wirbelt Izzy zu mir herum. »Hey. Hunger?«, fragt sie und verteilt das Geschirr auf dem Tisch. Ihre Augen blitzen vergnügt, wie immer, wenn sie beim Sport war. Ihre langen blonden Haare sind noch feucht und zu einem Pferdeschwanz zusammengebunden.

»Und wie.«

Es duftet herrlich nach dem vietnamesischen Essen, das Thao gezaubert hat. Reisnudeln mit frischem Gemüse und unzähligen Gewürzen in der Soße nach einem alten Rezept ihrer Großmutter. Nur das Fleisch hat sie weggelassen, weil wir alle keine großen Fans davon sind.

»Ich liebe euch«, seufze ich und setze mich auf den freien Stuhl neben Izzy. Von irgendwoher hat sie sogar ein paar Blumen gezaubert, die mitten auf der winzigen Tischplatte stehen.

»Jups«, entgegnet Thao trocken und rührt seelenruhig weiter in der gelben Soße. Entweder Curry oder Kurkuma, ich bin mir nicht ganz sicher. Vielleicht ist es auch beides. »Du hattest wirklich Glück im Mitbewohnerinnen-Lotto.« Sie grinst mich über ihre Schulter hinweg an und pustet sich eine Strähne ihres pechschwarzen Haars aus dem Gesicht. Thao ist ein Wirbelwind und permanent mit mehreren Dingen gleichzeitig beschäftigt. »Und du«, sie fuchtelt mit dem Kochlöffel in Izzys Richtung, »erzählst uns jetzt bitte endlich von deinem Horrordate.« Im nächsten Moment dreht sie sich komplett zu uns um, und ihr Blick landet wieder auf mir. »Sie spannt mich nämlich seit Ewigkeiten auf die Folter, weil du noch nicht da warst.«

»Es waren maximal vierzig Minuten.«

»Wie auch immer. Es war zu lang. Los jetzt, oder ich versalze das Essen.«

»Das kannst du uns nicht antun, Iz.« Ich stoße sie leicht mit dem Ellbogen an. »Leg los.«

Und das tut sie. Während Thao weiter mit den Reisnudeln und dem Gemüse beschäftigt ist, ziehe ich die Beine an und lausche meiner Mitbewohnerin. Was sie erzählt, klingt ohne Zweifel nach dem schlimmsten Date, das man jemals erleben kann. Der Typ, den sie über eine Dating-App kennengelernt hat, las sich auf dem Papier wie ein absoluter Hauptgewinn. Doch was Izzy nun berichtet, ähnelt eher einem Albtraum.

»Er hat seine *Mutter* mitgebracht?« Nicht nur mir fällt es schwer, das zu glauben.

»Dein Ernst?«, fragt Thao.

»Ja.« Izzy nickt und verdreht dabei die Augen. »Weil sie es ihm nicht erlaubt, abends allein auszugehen.«

Fassungslos starren sowohl ich als auch Thao sie an. »Ist der Kerl minderjährig?«, platzt es schließlich aus ihr heraus.

»Nein, eher im Gegenteil. Er ist nicht dreiundzwanzig, wie es in seinem Profil steht, sondern mindestens doppelt so alt. Er könnte mein Vater sein.«

»Also war seine Mom …«

»Ungefähr hundertfünf, ja.«

Das ist der Moment, in dem ich nicht mehr an mich halten kann. Ich fange an zu lachen, Thao stimmt mit ein, und schließlich kichert auch Izzy los.

»Ich sollte es einfach lassen«, resümiert sie und zieht an meinen Haaren, die genau wie ihre noch nass sind. »Was ist eigentlich mit dir? Warst du im Park, oder wieso duschst du mitten am Tag? Das ist doch sonst mein Job.«

»Ja, war ich.« Ich nicke und wickle mir eine Strähne um den Finger. Meine Mitbewohnerinnen sind die einzigen Menschen, die sowohl von meinen Lernproblemen als auch von meiner Leidenschaft für das Kreidezeichnen wissen. »Musste ein bisschen Dampf ablassen, weil ich … mal wieder durchgefallen bin«, gebe ich zu und zwirble meine Haarsträhne weiter. »Also noch ein Kurs, den ich wiederholen darf.«

»Ach, Scheiße, das tut mir leid.« Izzy sieht mich mitleidig an. »Kann ich was für dich tun?«

»Nein.« Ich schüttle den Kopf, weil es schlichtweg nichts gibt. Bestünde eine Möglichkeit, hätte Wesley sie mit Sicherheit schon gefunden. »Ihr kocht Essen für mich. Das ist genug.«

»Und es ist auch gleich fertig.« Thao stellt die Reisnudeln auf den Tisch und sieht mich ernst an. »Und wenn du noch mehr Ablenkung brauchst, die nicht aus Kreide oder Geschichten über gruselige Dates besteht, dann lass es uns wissen, okay?«

Dankbar lächle ich sie an. Sie kennen mich nach über zwei Jahren, in denen wir nun schon zusammen wohnen und an der University of Maryland, Baltimore studieren, einfach zu gut. Ein paar Wochen habe ich es geschafft, ihnen zu verheimlichen, dass ich mit Wes nicht nur lerne. Dann haben sie mir beiläufig beim Essen gesagt, dass sie Bescheid wissen und er sich nicht mehr rausschleichen muss. Seit drei Monaten gibt er sich beim Gehen also keine Mühe mehr, nicht über Izzys diverse Turnschuhe zu stolpern.

Während Thao sich ein letztes Mal der Soße widmet und Izzy ein paar WhatsApp-Nachrichten beantwortet, nehme auch ich mein Handy in die Hand und mache den neuen Post fertig. Es ist einfach nur das Bild der Berge mit dem Ballon und eine kurze Caption. Ich schreibe nie viel dazu, will es meinen Followern selbst überlassen, wie sie die Zeichnungen verstehen. Kunst ist individuell und bedeutet für jeden Menschen etwas anderes. Für manche die Welt, für andere gar nichts. Und für mich sind meine Bilder Erinnerungen an die Momente, als ich sie gezeichnet habe. Augenblicke, die nun vergangen sind und so doch weiter bestehen. Ich vergesse ständig, wie man Worte richtig schreibt, kann einfach nicht abrufen, was ich gelernt habe. Aber was ich niemals vergesse, sind diese Minuten, in denen ich gezeichnet habe. Ohne Beobachtung. Ohne Druck. Einfach nur ich und meine Farben und die Vision in meinem Kopf.

Ich schicke den Post ab und erhalte unmittelbar danach die ersten Likes und Kommentare. Und dann halten meine Finger über dem Bildschirm inne.

Jacks_JPEG. Oder *Jacks_JPEGs*.

Ehe ich mich's versehe, gebe ich seinen Namen in das Suchfeld ein. Sofort werden mir einige Vorschläge gemacht. Ein paar sind definitiv nicht richtig, doch dann entdecke ich seinen Account. Und klicke ihn an.

Die Bilder laden und … »Was ist das?«

Izzys Stimme, als sie sich über meine Schulter beugt, lässt mich schlagartig zusammenzucken. Ich blicke vom Bildschirm auf und direkt in ihr fragendes Gesicht.

»Nichts« sage ich und will das Handy beiseitelegen, doch sie ist schneller. Sie hält mich auf, mustert das Display und runzelt die Stirn.

»Das sind ziemlich coole Fotos«, meint sie anschließend.

»Hm«, murmle ich und halte nun auch Thao das Handy hin, die mit dem Gemüse und der Soße näherkommt. »Der Fotograf hat mich heute im Park angesprochen.« Und gestern auch schon, aber das verschweige ich ihnen. »Er wollte mich fotografieren. Für sein Projekt.« Ich nicke mit dem Kinn in Richtung Bildschirm.

»Was für ein Projekt?« Izzys Neugier ist geweckt. Und weil ich weiß, dass sie nicht aufhören wird zu fragen, bis ich ihr alles erzählt habe, berichte ich ihnen, was ich über Jack und sein Vorhaben weiß. Was nicht viel ist. »Ganz ehrlich? Das klingt ziemlich cool«, zieht sie ihr Fazit, nachdem ich geendet habe, und sieht mich nachdenklich an. »Wieso willst du nicht mitmachen?«

»Das weißt du doch.« Ich greife nach einem Teller, den Thao mittlerweile gefüllt hat, und nach einer Gabel. »Diese Zeichnungen ... Sie sollen meins bleiben. Meine Art der Frustbewältigung und Entspannung und ... einfach meins, verstehst du? Abgesehen davon kann ich nicht riskieren, dass meine Eltern diesen Post von ihm entdecken.«

»Nichts für ungut, Aria, du weißt, dass ich deine Eltern liebe. Sie können gerne mal wieder vorbeikommen. Aber ... Sie leben in einer vollkommen anderen Welt. Bevor sie einen Post auf Instagram über dich finden, friert die Hölle zu.«

»Haha. Sehr witzig.« Ich verdrehe die Augen und probiere den ersten Bissen. Wie immer, wenn Thao gekocht hat, entsteht eine Geschmacksexplosion in meinem Mund. Am liebsten würde ich die Augen schließen und den Moment einfach nur genießen. Aber das geht nicht, solange Izzy mich anstarrt. Auf ihrem Gesicht kann ich alles ablesen, was sie nicht ausspricht. Im Gegensatz zu Thao, die ein perfektes Pokerface besitzt, wenn es drauf ankommt, ist Izzy ein offenes Buch.

Und im Moment steht da verdammt viel Unverständnis geschrieben. Unverständnis und auch ein bisschen Sorge.

»Selbst wenn sie diesen Post entdecken, was wirklich, wirklich, *wirklich sehr* unwahrscheinlich ist, ich meine, sind wir ehrlich, sie sind nicht gerade die Instagram-Typen ... dann wissen sie eben, dass du gerne zeichnest, auch wenn sie selbst nichts damit anfangen können. Aber von deinen Problemen ...«

»Ich habe alles im Griff«, unterbreche ich sie und spieße energisch ein Stückchen Paprika auf. Das ist keine Lüge. Ja, es fällt mir schwer zu lernen. Aber ich habe einen Tutor, ich belege jedes Jahr Sommerkurse, und auch wenn ich vielleicht ein oder zwei Semester länger brauchen werde als andere ... Ich werde mein Studium beenden, koste es, was es wolle. Und solange dieses Ziel in erreichbarer Nähe ist, gibt es keinen Grund, meinen Eltern irgendetwas zu sagen. Schon gleich gar nicht, dass ich nicht einmal ein lächerliches Business-Management-Studium ohne Hilfe schaffe. Sie sind logisch, analytisch denkende Menschen, die beide für eine große Bank arbeiten. Wer lernt und fleißig ist, hat Erfolg. Das ist ihr Motto. Dass das bei mir so nicht funktioniert, war schon schwer für sie zu akzeptieren, als ich noch auf die Highschool ging. Trotzdem haben sie mich bedingungslos unterstützt, mir Nachhilfe ermöglicht, und ich habe von meinen Lehrern sogar mehr Zeit für Tests und Klausuren bekommen. Aber nach jeder miesen Klassenarbeit habe ich die Enttäuschung und das Mitleid in ihren Gesichtern gesehen, und das war schlimmer, als schlechte Noten es je hätten sein können. Ich wollte ihnen keinen Kummer machen. Das will ich immer noch nicht. Also habe ich angefangen, auf ihre Fragen nur noch mit »Alles okay« zu antworten und mehr zu lernen. Wenn sie nun erfahren würden, wie es wirklich um meine Leistungen steht und dass ich oft Stunden in einem Park verbringe, um zu malen ... Sie würden es einfach nicht verstehen. Ich verstehe ja nicht einmal selbst, warum alles, was ich für gute Noten tue, oft nicht zum Erfolg führt. Ich weiß nur, dass es so ist und ich manchmal, statt noch mehr und noch mehr und noch mehr zu lernen, meine Zeit lieber in einem Park mit Kreide und einem Obdachlosen verbringe. Ohne Druck und ohne Zwang, Erfolg damit haben zu müssen. Ich kann diesem Jack nicht zusagen, auch wenn er nett war. Denn dass er das war, kann ich nicht leugnen. Dabei bin ich mir sicher, ihn mit meiner energischen Art, die Bilder zu löschen, überrascht zu haben. Es war ihm deutlich anzusehen, dass er damit nicht gerechnet hatte.

»Aria …« Izzy lässt nicht locker. Und während ich verstehe, warum sie so penetrant ist, will ich nicht weiter darüber reden.

Doch bevor ich ihr genau das sagen kann, mischt Thao sich ein. »Lass gut sein, Iz«, sagt sie und lächelt mir zu. »Aria weiß, was sie tut. Wenn sie nicht mitmachen will, ist das ihr gutes Recht.«

»Danke«, entgegne ich und erwidere ihr Lächeln. »Die Aktion ist cool, aber es reicht mir völlig, meine Bilder auf meinem eigenen Kanal hochzuladen.«

»Okaaaay.« Izzy seufzt übertrieben theatralisch. Das kann sie gut. Fehlt nur noch, dass sie die Hände über dem Kopf zusammenschlägt, doch sie kann es sich gerade so verkneifen. »Wahrscheinlich ist es eh zu spät. Du hast diesem Jack ja schon abgesagt. Dabei sind seine Fotos wirklich toll.«

Sie hat recht, und trotzdem weiß ich, dass es besser war, sein Angebot abzulehnen. Eigentlich ist es gewagt genug, meine Zeichnungen auf meinem eigenen Account hochzuladen. Doch ich zeige mich nie und habe damals einen Benutzernamen gewählt, der rein gar nichts mit meinem echten zu tun hat. Von bloßen Bildern auf mich zu schließen, ist quasi ein Ding der Unmöglichkeit.

Thao setzt sich zu uns, dann beginnt auch sie zu essen. Und ich liebe es. Wir waren alle drei nur ein paar Wochen zu Hause, ehe wir nach

Baltimore zurückgekommen sind. Ich für die Sommerkurse, Izzy, weil sie es bei ihren Eltern nicht ausgehalten hat, und Thao, weil sie die freie Zeit nutzen muss, um Geld zu verdienen. Sie hat zwar ein Stipendium, aber für ihren Lebensunterhalt sorgt sie selbst. Gerade wirft sie immer wieder schnelle Blick auf die große Holzuhr, die Izzys Großvater für uns gebastelt hat.

»Musst du los?«, frage ich und spieße meine letzte Nudel auf. »Wir können gleich zusammen gehen, wenn du willst.« Meine Schicht im *7-Eleven* fängt in einer halben Stunde an und liegt auf dem Weg zu der Bar, in der Thao kellnert.

»Ja, gern. Ich muss nur noch eben aufs Klo.« Sie nickt, und kurze Zeit später schlüpfen wir in unsere Schuhe, während Izzy sich um den Abwasch kümmert. Mitbewohnerinnenjackpot, eindeutig.

Draußen angekommen, ziehe ich meine Jacke unwillkürlich fester zu. Obwohl es Mitte August ist, fühlt sich die Abendluft überraschend kühl an. Zum Glück sind es nur ein paar Blocks, bis ich mich von Thao verabschiede und in den Supermarkt husche. Es ist nicht viel los, weshalb ich meiner Kollegin kurz winke und in den Personalbereich verschwinde, um meine Sachen in einem der Spinde einzuschließen. Dann wechsle ich mein Shirt gegen das rot-grüne mit dem Supermarktlogo drauf und binde mir die Haare zusammen. Der Job ist okay, aber ich hoffe trotzdem auf einen ruhigen Abend. Mit ein paar Büchern unter dem Arm gehe ich zurück nach vorne und löse Ella an der Kasse ab.

»Super, dass du schon da bist.« Sie schnappt sich ihre Trinkflasche und den Schlüssel und grinst mich an. »Ich muss los. Date. Du weißt schon.«

»Ah, verstehe.« Ich erwidere ihr Lachen und habe meine Sachen kaum abgelegt, da ist sie auch schon verschwunden. Ich höre nur noch ein »Bye, Aria, bye, Seth« von ihr, was mir verrät, dass ich nicht allein im Laden bin. Tatsächlich taucht mein Kollege nur wenige Sekunden, nachdem Ella abgerauscht ist, in meinem Sichtfeld auf.

»Hey«, begrüßt er mich mit leeren Kisten in den Händen. »Ich fülle noch fertig auf, dann bin ich auch weg, okay? Oliver müsste ja demnächst kommen.«

»Klar.« Ich nicke, und während er sich wieder an die Arbeit macht, räume ich den Bereich hinter der Kasse auf. Ich habe keine Ahnung, was Ella während ihren Schichten anstellt, aber sie hinterlässt immer ein Chaos.

In der nächsten Stunde sortiere ich, rechne Kunden ab, verabschiede Seth, begrüße seine Ablöse Oliver und schaffe es zwischendurch sogar, einen Blick in meine Bücher zu werfen. Ich lese die Zeilen immer und immer wieder. Leise, laut, leise, laut. Versuche, mir sowohl fotografisch als auch hörend den Inhalt zu merken. Trotzdem stolpere ich über einzelne Wörter, verwechsle Buchstaben und entstelle damit den Sinn der Sätze. Schließlich schreibe ich ein paar wichtige Abschnitte sogar ab, in der Hoffnung, mein Hirn möge sie auf diese Art und Weise besser speichern können.

Seufzend lasse ich irgendwann den Bleistift auf meinen Block fallen und streiche mir ein paar Haarsträhnen aus der Stirn. Ich weiß, warum ich das alles tue. Ich will die Prüfungen bestehen, mein Studium wenigstens mit ordentlichen Noten abschließen und mich endlich nicht mehr blamieren, weil meine Texte mit Fehlern gespickt sind oder ich es nicht schaffe, mich gut genug zu konzentrieren. Aber an manchen Tagen ist es einfach nur zermürbend. Ich brauche dreimal so lange wie meine Kommilitoninnen und Kommilitonen, um eine Hausaufgabe anzufertigen, weil meine Aufmerksamkeit so sehr schwankt. Und ich bringe sie nur deshalb zustande, weil Wesley mich unterstützt und sie am Ende für mich Korrektur liest. Ohne ihn wäre ich aufgeschmissen. Er rettet mir in regelmäßigen Abständen den Hintern, und auch wenn ich ihn für seine Hilfe bezahle und es sein Job ist, all meine Fehler aufzuspüren, ist es mir dennoch manchmal unangenehm, wie viele Buchstabendreher oder vergessene Wörter er in meinen Sätzen findet.

Der Abend im Laden bleibt so ruhig, wie ich es mir gewünscht habe. Irgendwann kommt eine Gruppe Studierender vorbei, die sich ausgelassen mit Chips, Softdrinks und Bier eindeckt. Und sie ist kaum zwei Minuten verschwunden, als die Ladentür erneut aufgeht. Ich erkenne den neuen Kunden sofort. »Hallo«, begrüße ich ihn lächelnd und klappe mein Buch zu. »Was machst du hier?«

»Dich besuchen.« Wesley zwinkert, schnappt sich eine Packung Kaugummi und lässt sich von mir abkassieren. »Und nachfragen, wie es dir geht. Du hast nicht auf meine Nachricht geantwortet. Ist alles okay?«

»Stimmt. Sorry.« Entschuldigend sehe ich ihn an. »Das habe ich voll vergessen.« Ich streife mir eine Haarsträhne hinter mein Ohr und seufze. »Ich bin immer noch sauer auf mich selbst«, gestehe ich und drehe den Bleistift zwischen meinen Finger hin und her. Mehr muss ich nicht sagen. Wesley weiß, wie sehr es mich jedes Mal trifft, wenn ich eine Prüfung verhaue oder einen Kurs nicht bestehe. Es kommt leider häufiger vor, als mir lieb ist.

»Dafür gibt es keinen Grund. Du tust so viel. Wenn du willst, können wir morgen wieder zusammen lernen. Ich habe den ganzen Nachmittag frei«, bietet er mir an und schiebt sich einen Kaugummi in den Mund. Dann hält er mir das geöffnete Päckchen entgegen. »Willst du auch?«

»Danke.« Ich ziehe einen hervor und wickle ihn bedächtig aus. »Du bist der einzige Tutor am ganzen Campus, der seine Sommerferien freiwillig mit seiner Nachhilfeschülerin verbringt, glaube ich.« Was ihn entweder zu einem Heiligen oder einem Idioten macht. Und definitiv zu meinem Retter.

»Gibt Schlimmeres.« Er lacht verschmitzt.

»Und allzu oft wird das auch nicht mehr passieren«, merke ich an. Wes ist zwei Jahre älter als ich und leider fast fertig mit seinem Studium. Über kurz oder lang werde ich mir jemand anderen suchen müssen.

»Wie lange musst du noch?« Er deutet auf die Kasse vor mir und blickt mich abwartend an.

»Mitternacht«, entgegne ich und kämpfe ein weiteres Mal mit einer Haarsträhne, die sich gelöst hat. »Warum?«

»Soll ich dich abholen? Wir könnten bei mir noch ein Bier trinken. Oder in deiner WG. Wie du magst.« Ich sehe das Leuchten in seinen Augen, weiß ganz genau, was er damit eigentlich fragen will. Es geht nicht um ein Bier. Das tut es nie. Aber irgendwie ist es zu unserem Ding geworden, danach zu fragen, wenn der Plan eigentlich ein ganz anderer ist.

Es wäre schlauer, abzulehnen. Wesley keine Hoffnungen zu machen, denn nichts anderes tue ich jedes Mal, wenn ich Ja sage. Aber heute bin ich nicht klug. Heute bin ich gefrustet und genervt und habe nicht genug gemalt. Die Anspannung sitzt immer noch in mir, und so spät am Abend gibt es nur eine Möglichkeit, wie ich sie loswerden kann.

»Okay.« Ich nicke. »Zehn nach zwölf am Hintereingang?«

4

JACK

Vielleicht ist es doch keine so gute Idee gewesen, Aram und Trent von der Künstlerin im Park zu erzählen. Die beiden sind Feuer und Flamme und geben mir seit einer geschlagenen halben Stunde Tipps, wie ich sie überzeugen kann, bei meinem Projekt mitzumachen.

»Du musst ihr zeigen, dass dir ihre Teilnahme wirklich wichtig ist.« Aram legt mir noch einmal Gemüse und Reis auf den Teller, obwohl ich nicht darum gebeten habe. »Und du darfst dabei nicht wie ein Creep wirken. Oder aufdringlich sein. Oder sie bedrängen.«

Mit gerunzelter Stirn sehe ich ihn an. »Ich habe sie zweimal gefragt, Aram, und sie hat beide Male Nein gesagt. Vielleicht muss ich einfach akzeptieren, dass sie nicht will.« Sie scheint ihre Gründe zu haben.

»Oder sie ist einfach nur misstrauisch, weil sie dich nicht kennt.« Trent schiebt sich ein Stück Fisch in den Mund und kaut, bevor er weiterspricht. »Versetz dich doch mal in ihre Lage. Sie malt vor sich hin, und plötzlich wird sie aus dem Nichts von einem fremden Kerl angesprochen, der sie fotografieren will. Liest du keine Nachrichten? Damit beginnen Horrorstorys, Jack.«

»Horrorstorys?« Ich greife nach meinem Weinglas und trinke einen großen Schluck. Meint er das ernst?

»Aber sicher.« Trent nickt und legt seine Gabel beiseite. »Fotograf spricht junge Frau an, lockt sie in sein Studio, und dann …«

»Woah, okay, langsam«, unterbreche ich ihn sofort, nachdem mir klar geworden ist, worauf er hinauswill. »Wie lange kennen wir uns nun? Ich hoffe, du weißt, dass das absoluter Blödsinn ist. Ich locke sie nirgendwohin. Schon gleich gar nicht … dafür. Himmel, es geht um Street Art!«, betone ich noch einmal. »Und sicher nicht um irgendwelche dubiosen Fotos in dunklen Lagerräumen.« Mal abgesehen davon, dass ich von einem eigenen Studio meilenweit entfernt bin. Momentan ist mir einfach nur wichtig, die Miete für meine Wohnung pünktlich zahlen zu können und trotzdem genug Zeit für meine eigenen Projekte zu haben.

»Ich weiß das.« Beruhigend legt Trent mir eine Hand auf den Arm. »Aber sie hat keine Ahnung, wer du bist.«

»Genau«, pflichtet Aram ihm bei. »Du musst ihr also zeigen, was für ein Mensch du bist.« Im nächsten Moment leuchten seine Augen auf. »Mag sie Kaffee? Bestimmt, oder? Jeder mag Kaffee. Bring ihr beim nächsten Mal einfach einen mit. Und deine Mappe. Du hast doch garantiert eine Fotomappe mit Beispielen deiner Arbeit, oder? Pack sie ein und zeig sie ihr.«

»Ich glaube nicht, dass das was bringt. Letztes Mal habe ich ihr den Namen meines Instagram-Accounts verraten.« Dort befinden sich die Fotos der ersten Projektteilnehmenden samt ihrer Kunst, und ich hatte gehofft, sie so überzeugen zu können. »Aber sie hat sich nicht bei mir gemeldet. Wahrscheinlich hat sie ihn sich nicht einmal angeguckt.« Seufzend schüttle ich den Kopf, doch Aram lässt meinen Einwand nicht zu.

»Du weißt ganz genau, dass das nicht das Gleiche ist wie eine Mappe.

Bring sie ihr mit, lass sie deine Fotos in die Hand nehmen und erzähl ihr dabei die Geschichten dahinter.«

»Du musst dich verkaufen«, fügt Trent hinzu. »Vermittle ihr ein gutes Gefühl und gleichzeitig die Sicherheit, dass du genau weißt, was du tust.«

»Oder du suchst dir eine andere Street-Art-Künstlerin.« Aram grinst. »Aber so, wie du über sie sprichst, gehe ich schwer davon aus, dass das keine Option ist. Du willst sie. Richtig?«

Ich nicke. *Richtig.* Und das liegt nicht nur daran, dass sie außergewöhnlich malt und ich unbedingt mehr über sie und ihre Zeichnungen erfahren will. Natürlich wäre sie perfekt für das Projekt, aber da ist noch etwas anderes. Ich hatte das Gefühl, sie zu kennen. Nicht, weil ich sie bereits irgendwo getroffen hatte, doch ihr in diesem Park gegenüberzustehen, in ihre Augen zu sehen, mit ihr zu reden … Ich kann das Gefühl, das diese Minuten in mir ausgelöst haben, nicht abschütteln. Es war so vertraut. Nachdenklich reibe ich mir über die Stirn. Es ist Tage her, dass ich sie im Park gesehen habe, aber sie schleicht sich immer wieder in mein Bewusstsein. Weil ich wirklich geglaubt habe, sie überzeugen zu können, bis wir von einem Anruf unterbrochen wurden, mit dem ich niemals gerechnet hätte. Diese Nummer auf dem Display zu sehen, dann ihre Stimme zu hören, so voller Optimismus … Gott, dieses Telefonat sitzt mir in den Knochen.

»Jack?« Arams Stimme reißt mich aus meinen Gedanken.

»Ja?« Ich versuche zu lächeln, doch es gelingt mir nicht. Die vergangenen Tage waren aufwühlend. Sie hat mich noch zwei weitere Male angerufen, und ich weiß einfach nicht, wie ich auf sie und ihren Enthusiasmus reagieren soll. Nun wieder Hoffnung zu haben, nach so langer Zeit, ist etwas verdammt Trügerisches.

»Jack!« Dieses Mal schnippt Aram sogar mit zwei Fingern vor meinem Gesicht. Ich blinzle kurz und konzentriere mich wieder auf ihn.

Sowohl sein Blick als auch der von Trent liegen besorgt auf mir. »Alles in Ordnung?«

»Klar.« Ich nicke wieder und dieses Mal gelingt mir das Lächeln sogar. »Sorry. Harte Woche. Eine große Vernissage und einige Aufträge über die Art-App.«

»Es läuft also?«

»Ja.« Es ist immer noch nicht das, was ich eigentlich machen will, aber ich kann mich nicht beschweren. Ich verdiene gutes Geld und habe Zeit für mein Fotoprojekt. »Im Moment werde ich besonders für Portraitaufnahmen angefragt.« Heute Nachmittag hatte ich ein Shooting mit einer jungen Nachwuchsautorin, die für ihren ersten Buchvertrag professionelle Bilder braucht. Wir waren in der Gegend der Old Town Mall und haben ziemlich coole Fotos für sie gemacht.

»Das freut uns.« Trent erwidert mein Lächeln und greift nach der Flasche Wein. »Willst du noch?«

»Gern.« Ich sehe ihm dabei zu, wie er mir einschenkt und drehe das Glas dann in meinen Händen hin und her. »Das Zeug schmeckt echt lecker.«

»Findest du?« Aram strahlt mich an. »Das ist einer der Weine, die für unsere Hochzeit in der engeren Auswahl sind. Noch konnten wir uns nicht einigen, welche wir wollen. Sie sind einfach alle so gut.« Er seufzt auf beinahe wehmütige Art und Weise. »Aber Monsieur hier hat an allem etwas auszusetzen. Zu süß. Zu herb. Zu dunkel. Nicht stark genug im Abgang.« Wieder entweicht ihm ein Seufzen, gefolgt von einem Kopfschütteln. »So wird das nie was, Trenton Andrew Miller.«

»Die Weinauswahl will wohlüberlegt sein, Schatz.« Trent lässt sich nicht aus der Ruhe bringen und schwenkt sein eigenes Glas sanft hin und her. »Du weißt, wie anstrengend meine Mom ist. Ich habe keine Lust, mir den halben Abend anhören zu müssen, dass wir schlecht beraten wurden, weil ihr der Wein nicht schmeckt.«

»Ach.« Aram macht eine wegwerfende Handbewegung. »Lass das mal meine Sorge sein. Camilla liebt mich fast so sehr wie du.«

Es ist ein bisschen wie bei einem Tennismatch mit den beiden. Amüsiert höre ich ihrem Schlagabtausch zu und nippe an meinem Wein. Aram hat recht, er schmeckt wirklich ziemlich gut. Andererseits bin ich nicht so anspruchsvoll wie Mrs Miller. Ein einziges Mal bin ich Trents Mom bisher begegnet, und sie ist definitiv eine beeindruckende Persönlichkeit, die ganz genau weiß, was sie will. Ich bin mir sicher, dass Trent es nicht immer leicht mit ihr hatte.

»Fragt Camilla doch einfach nach ihrer Meinung«, schlage ich schließlich vor. »Sie sagt euch bestimmt gern, was ihr nehmen sollt. Und welches Essen dazu passt. Oder welcher Käse.« Wenn mich mein erster Eindruck nicht getäuscht hat, gehört sie zu der Sorte Mensch, der alles bis ins kleinste Detail plant. Ein bisschen wie meine Mom, die das als Bürgermeisterin von Sterling im Gegensatz zu ihr jedoch beruflich macht.

»Eigentlich eine gute Idee.« Aram scheint über meine Worte nachzudenken. »Wir könnten unsere Mütter zur nächsten Kostprobe mitnehmen. Was hältst du davon?«

»Ich weiß nicht …« Trent sieht nicht überzeugt aus. »Am Ende entscheiden sie sich für unterschiedliche Weine für jeden Gang. Dann sind wir gleich weit wie jetzt.«

Ich trinke den letzten Schluck aus meinem Glas. »Was auch immer ihr tut, den hier solltet ihr ganz oben auf eure Liste setzen.« Ich greife nach der Flasche und fahre vorsichtig mit dem Finger über das Etikett. Die Schrift ist elegant und leicht erhaben und wird von grünen Weinreben umrankt. Allein diese Aufmachung schreit teuer, teuer, teuer. Aber wofür würde sich das Geld lohnen, wenn nicht für eine Hochzeit?

Es ist kurz vor zwölf, als ich mich bei den beiden für das Essen bedanke und nach oben in meine Wohnung gehe. Meine Schritte knarzen auf den Stufen der Treppe und hallen laut durch den Flur, während ich einen Blick auf mein Handy werfe.

Keine neuen Anrufe.

Ich weiß nicht, ob ich erleichtert oder enttäuscht darüber sein soll. Das letzte Telefonat mit Jennifer liegt nun schon ein paar Tage zurück, aber ihre aufgeregten Worte gehen mir dennoch nicht aus dem Kopf.

Es gibt eine neue Spur, Jack.

Eine Spur von Josie. Jahrelang hat sich nichts in ihrem Fall bewegt, die Polizei hat längst aufgehört, aktiv nach ihr zu suchen. Und ich war davon ausgegangen, dass Jennifer nach so langer Zeit besser mit dem Verschwinden ihrer Tochter zurechtkommt. Mir war immer klar, dass sie die Hoffnung nie aufgeben und Josie in jeder jungen Frau mit braunen Haaren und Augen suchen würde, doch irgendwann hatte sie ihrem Sohn und mir nicht mehr von diesen Begegnungen erzählt. Und nachdem Josh nach New York aufs College gegangen war, hatte ich Jennifer nur noch selten gesehen. Meistens dann, wenn wir uns zufällig in Sterling über den Weg gelaufen waren oder es den Ansatz einer neuen Spur gegeben hatte. Dass sie sich nun wieder bei mir gemeldet hat, kann also nur bedeuten, dass selbst die Polizei an die neuen Hinweise glaubt. Und ich habe keine Ahnung, was ich davon halten soll. Denn falls auch diese Spur im Sand verläuft wie all die Male zuvor, ist der Fall nur umso tiefer und der Aufprall umso härter.

Die Wohnungstür gleitet hinter mir ins Schloss, als ich mir mit einer Hand durch die Haare fahre, in der anderen immer noch mein Handy. Für ein paar Sekunden starre ich auf den schwarzen Bildschirm. Fast erwarte ich, im nächsten Moment einen Anruf von Jennifer zu erhalten. Sie hat mir angekündigt, sich zu melden, sobald es Neuigkeiten gibt. Doch mein Telefon bleibt stumm. Und das bleibt es auch bis zum nächsten Morgen, als ich endlich mal wieder ausschlafen kann. Aram hat gestern offenbar zu tief ins Glas geschaut, denn ich höre erst gegen Mittag Geräusche im unteren Stockwerk. Mit einer Tasse Kaffee sitze ich im warmen Sonnenlicht auf meinem Balkon und klicke mich wie jeden Tag durch die Art-App. Es befinden sich keine neuen Aufträge in meiner Mailbox, und ich will die App gerade wieder schließen, als mir plötzlich doch eine Nachricht angezeigt wird. Ich öffne sie und lese neugierig die Zeilen.

Sehr geehrter Mr Bradford,

Sie wurden mir von Kelly Jones wärmstens empfohlen. Ich bin Professor an der UMB und auf der Suche nach einem ausgebildeten Fotografen für einen externen Workshop zu unterschiedlichsten Themenschwerpunkten. Da der zuständige Kollege kurzfristig für längere Zeit ausfällt, biete ich Ihnen die Leitung des Kurses an.

Sind Sie interessiert? Dann melden Sie sich gern zeitnah bei mir.

Es grüßt Sie
Donovan Sinclaire

Ich muss nicht überlegen. Natürlich habe ich Interesse. Meine Finger fliegen über das Display, als ich eine kurze Antwort tippe und um weitere Informationen bitte. Zehn Minuten später erhalte ich eine zweite Mail von Donovan Sinclaire mit einem Terminvorschlag für ein persönliches Gespräch, dem ich direkt zustimme. Anschließend schicke ich Kelly eine Nachricht und bedanke mich für ihre heimliche Empfehlung. Ihre Antwort besteht aus einer Sammlung wilder Emojis, die mich zum Lachen bringt. Ihr so schnell nach meiner Ankunft in Baltimore begegnet zu sein und den Job in ihrer Galerie erhalten zu haben, war absolutes Glück gewesen. Oder Schicksal, wie Mia behaupten würde.

Als mein Kaffee leer ist, gehe ich zurück in meine Wohnung, um mir einen neuen zu holen. Während ich die Tasse randvoll fülle, fällt mein Blick auf meine große, schwarze Mappe, die seit Wochen unbenutzt neben der Tür zu meiner kleinen Abstellkammer steht. Vielleicht hat Aram recht. Vielleicht muss ich versuchen, die Künstlerin im Park nicht mit Worten, sondern mit meinen Bildern zu überzeugen.

Ich stelle den Kaffee beiseite und greife nach dem weichen Leder. Es ist ewig her, dass ich meine Bewerbungsunterlagen gebraucht habe, aber eigentlich ist das gar keine schlechte Idee.

Du musst dich verkaufen.

Mich und meine Arbeit und die Zusicherung, dass sie das letzte Wort hat. Nur was sie absegnet, wird Teil meines Projekts.

Ich lege die Mappe auf meinen Esstisch, schlage sie auf und schaue mir ein Foto nach dem anderen an. Und ich versuche, sie nicht aus meiner Perspektive, sondern durch ihre Augen zu betrachten. Die Sonnenblume an einer grauen Hauswand, die Graffitis, die die Arbeiten von Banksy imitieren sollen, die Schwarz-Weiß-Portraits … Was sieht sie darin? Will sie meine Bilder überhaupt sehen? Ich hatte erst zwei kurze Gespräche mit ihr, doch beide Male wirkte sie ziemlich stur. Ich brauche gute Argumente, wenn ich sie zum Mitmachen bewegen will.

Kritisch mustere ich jedes Foto, versuche diejenigen auszuwählen, in denen man leicht etwas Besonderes entdecken kann. Denn nichts anderes möchte ich erreichen. Ich will das Alltägliche hervorheben, sichtbar machen. Ständig laufen wir an den faszinierendsten Kunstwerken vorbei, aber ich will, dass die Leute innehalten. Dass sie richtig hinsehen. Die Schönheit im nicht so Offensichtlichen entdecken.

Es dauert, bis ich mit meiner Auswahl zufrieden bin. Und dann beschließe ich, nicht weiter darüber nachzudenken. Ich klemme mir die Mappe unter den Arm und mache mich auf den Weg in den Druid Hill Park, in der Hoffnung, dort auf sie zu treffen. Auf das Kreidemädchen.

Ich sehe sie schon von Weitem. Sie kniet auf dem Boden, an genau derselben Stelle, wo ich sie neulich bereits angesprochen habe. Wieder ist sie so vertieft in ihre Malerei, dass sie mich nicht bemerkt. Lautlos setze ich mich in einigen Metern Entfernung auf die Wiese. Ich bin Arams Empfehlung gefolgt und habe gleich vier Becher Kaffee in einem Karton mitgebracht, den ich nun auf meiner Mappe abstelle. Es ist einen Versuch wert. Einen letzten. Wenn sie mir heute noch einmal eine Abfuhr erteilt, gebe ich auf.

Die Sonne scheint mir warm ins Gesicht, während ich ihr beim Zeichnen zugucke. Sie lässt sich nicht aus der Ruhe bringen, ihre Fingerspitzen sausen über den Asphalt. Aus Strichen werden Schattierungen, neue Farbe kommt hinzu, vermischt sich mit anderen. Es sieht so einfach, so mühelos aus, dabei weiß ich, dass es das nicht ist. Sie schaut nicht ein einziges Mal auf, greift blind nach den Kreiden, als hätte sie nie etwas anderes gemacht. So muss es sein, wenn sich ein Mensch im absoluten Flow befindet. Ich bin mir nicht sicher, ob sie es überhaupt merken würde, wenn ich sie nun anspräche. Was ich nicht tue, weil es viel zu faszinierend ist, sie einfach nur zu beobachten. Wahrscheinlich ist sie es gewöhnt, ich bin mit Sicherheit nicht der Erste, den ihre Kunst so sehr in den Bann zieht.

Nachdem ich ihr eine Weile zugesehen habe, schließe ich die Augen und genieße den Moment. Der Duft von Sommer liegt in der Luft, ein paar Blätter rascheln leise im sanften Wind und …

»Echt jetzt?«

Ich reiße die Augen auf, als ein Schatten auf mich fällt. Für einen

Augenblick blinzle ich verdutzt gegen das Licht an, bevor sich mein Blick auf die Person vor mir fokussiert. »Hey«, entgegne ich und schirme die Sonne mit einer Hand ab, sodass ich sie ansehen kann. Dann erinnere ich mich an den Pappkarton neben mir. »Willst du Kaffee?« Bevor sie antworten kann, greife ich nach den ganzen Getränken und deute auf einen Becher nach dem anderen. »Ich habe jeweils einen mit Hafermilch, Mandelmilch, normaler Milch und schwarz. Falls du kein Milchfan bist oder sie nicht verträgst.«

Ein paar Sekunden lang sagt sie gar nichts, starrt mich einfach nur an. Auf ihrem Gesicht wechseln sich allerlei Emotionen ab. Unglaube. Verblüffung. Skepsis. Und schließlich Misstrauen. »Okay, was auch immer das hier werden soll«, sie wedelt mit ihrer Hand zwischen uns hin und her, »hör auf damit.« Mit diesen Worten dreht sie sich um und geht zurück zu ihren Kreiden.

Ich zögere keine Sekunde. Schnell stelle ich den Kaffee beiseite und schnappe mir stattdessen meine Mappe. »Warte«, rufe ich und laufe ihr hinterher.

Sie würdigt mich keines Blickes, und ich kann es ihr nicht einmal verübeln. Trent hat recht. Sie kennt mich nicht. Kaffee mitzubringen war eine nette Idee von Aram, aber ganz offensichtlich nichts, was mich vertrauenserweckend macht. Also bleibt mir nur eins: Ich muss meine Bilder sprechen lassen.

»Gib mir eine letzte Chance«, bitte ich, als ich sie eingeholt habe.

»Wozu?« Sie sieht mich nicht einmal an, kniet sich stattdessen wieder hin und lässt ihre Finger über die Kreiden gleiten. Ganz so, als würden nicht nur ihre Augen die Farbe auswählen, sondern als müssten auch ihre Hände spüren, welche davon sich richtig anfühlt. Ihre Art zu zeichnen fasziniert mich. Ich will alles darüber wissen. Ihre nächsten Worte holen mich zurück ins Hier und Jetzt. »Ich werde nicht mitmachen. Du kannst also aufhören, mich zu nerven.«

»Werde ich«, versichere ich ihr und nicke eifrig. »Wenn du mir noch diese eine Chance gibst.«

»Jack …« Sie seufzt, aber endlich blickt sie aus dunklen braunen Augen auf, die mir plötzlich so intensiv vorkommen, dass ich schlucken muss und einen Herzschlag benötige, um mich wieder zu sammeln.

»Ich habe Fotografie studiert«, beginne ich dann einfach zu erzählen. »In Sterling. Das ist eine Kleinstadt in der Nähe von Washington. Seit ein paar Monaten bin ich nun hier, und es ist wie eine andere Welt. Alles inspiriert mich. Baltimore ist so verdammt bunt und laut und gleichzeitig leise und sanft.« Ich habe keine Ahnung, woher das alles kommt. Aber einmal angefangen, kann ich nicht aufhören zu reden, weil ich sie wirklich, wirklich, *wirklich* von mir überzeugen will. Oder wenn nicht von mir als Person, dann wenigstens von meiner Arbeit. »Sieh dir meine Fotos an. Bitte!« Ich öffne meine Mappe, knie mich neben sie, ziehe das erste Bild hervor und halte es ihr entgegen. Weil ich glaube, sie nur überzeugen zu können, wenn sie erkennt, dass ich meine Kunst genauso sehr liebe wie sie ihre.

Sekundenlang starrt sie auf das Foto, und fast gehe ich davon aus, dass sie gleich wieder den Kopf schütteln und ablehnen wird. Doch dann streckt sie ihre Hand danach aus. Obwohl ihre Finger voller Kreidestaub sind, überlasse ich ihr das Bild sofort, beobachte, wie ihr Blick über das Foto wandert. Gespannt halte ich die Luft an und stoße sie erst wieder aus, als sie mir ihre Hand erneut entgegenhält.

Hastig ziehe ich ein weiteres Bild aus meiner Mappe und reiche es ihr. Wieder betrachte ich ihr Gesicht ganz genau, versuche in ihren Augen zu lesen, was sie davon hält. Aber ich erkenne nichts, sie trägt eine perfekte Maske, lässt sich nichts anmerken.

»Das hier …«, sage ich und tippe mit dem Finger auf das Foto. Es ist ein Graffiti und zeigt ein weinendes Kind mit einem zerplatzten

Luftballon in der Hand, das neben seiner erschossenen Mutter in einer Blutlache sitzt. »Das ist das neueste Bild. Ich folge dem Künstler schon eine ganze Weile online, und nachdem er dieses Graffiti gepostet hat, habe ich mich auf die Suche gemacht.« Ich weiß nicht, ob sie mir zuhört, sie zeigt keine Regung. Aber sie erweckt auch nicht den Anschein, als würden meine Worte sie nicht interessieren. Deshalb rede ich einfach weiter. »Ich hab's gefunden und ihn angeschrieben. Er wollte nur mitmachen, wenn ich seine Identität anonym halte. Moment.« Ich ziehe das Portrait des Künstlers aus der Mappe. Man sieht sein Gesicht kaum, es wird von der Kapuze seines Hoodies und den Lichtschatten verdeckt. Und trotzdem ist eindeutig zu erkennen, dass es sich um einen Graffitisprayer handelt. Auf seinem Hoodie befinden sich Flecken in denselben Farben, mit denen sein Bild gesprayt wurde. Weiß, grün und grau. Nur diese drei Farben, sonst nichts, und dennoch ist sein Werk unglaublich ausdrucksstark. Sozialkritisch. Und das erkennt auch das Kreidemädchen vor mir.

»Zerplatzte Kindheitsträume, weil Waffen immer noch erlaubt sind. Das ist … clever«, murmelt sie, hebt den Blick und gibt mir die Bilder zurück. »Hast du noch mehr?«

Ich kann ihre Worte kaum glauben. »Klar«, erwidere ich nickend und nehme zwei weitere Fotos aus der Mappe. Sie sind die allerersten meines Projekts und gleichzeitig zwei meiner absoluten Lieblingskunstwerke der Street-Art-Szene in Baltimore.

»*Fight For Your Dreams*«, liest sie vor, und es klingt nachdenklich und berührt und irgendwie auch traurig. Sie streicht mit der Fingerspitze über das abgebildete Graffiti. Es zeigt einen Menschen, der mit aller Kraft an Seilen zieht, die um einen Sack voller Farbdosen gebunden sind. Auf der anderen Seite stemmt sich ein großer Ordnungshüter dagegen. Ich mag die Art, wie der Künstler damit sowohl den äußeren als auch den inneren Konflikt seiner Figur darstellt. Zwei

Perspektiven, und jede hat ihre Berechtigung. »Ich will, dass er hier gewinnt«, sagt sie plötzlich und deutet mit dem Finger auf die kleinere der beiden Figuren.

»Hm«, stimme ich ihr zu und lächle. »Ich auch.« Wer für das, was er tut, so sehr brennt, verdient den Sieg. »Warte.« Ich ziehe mein Handy hervor und rufe meinen Instagram-Account auf. »Es gibt noch ein Zwillingsbild dazu, aber das habe ich nicht ausgedruckt.« Ich scrolle und scrolle, und es dauert ein paar Sekunden, bis ich gefunden habe, wonach ich suche. Dann halte ich ihr das Display entgegen. »Hier hat die Figur gewonnen.« Ich grinse, als sie mir die Bilder zurückgibt und dafür mein Telefon in die Hand nimmt und Kreideabdrücke darauf hinterlässt. Sie studiert auch dieses Foto eingänglich. Dieses Mal zeigt es keinen Polizisten, sondern einfach nur Umrisse des Dosensacks und der Figur und ein Schild, auf dem *The Winner Takes It All* steht. Das ganze Bild wirkt unfertig, als hätte der Sprayer mittendrin flüchten müssen. Kein Sieg für ihn, dafür einen für seine Figur. Und obwohl das Graffiti nie fertiggestellt wurde, hat es mindestens so viel Aussagekraft wie das Zwillingsbild.

»Wie findest du die Teilnehmenden deines Projekts?«

Ich nehme ihr mein Handy wieder ab und stecke es zurück in meine Hosentasche. »Ganz ehrlich?«, frage ich und warte, bis sie genickt hat. »Zufall.« Ich zucke mit den Schultern und umklammere die Mappe in meiner Hand fester. »Manchmal glaube ich, dass ich alles etwas anders sehe als der Rest der Welt.« Ich grinse schief. »Das klingt furchtbar naiv, oder?« Sie braucht mir meine Frage nicht zu beantworten. »Ich will damit auch im Prinzip nur sagen, dass ich einfach die Augen offen halte und mich viel umsehe. Ich biege gern in enge Gassen ab oder laufe neue Wege, weil sich dort oft wahre Schätze verstecken. Auf den ersten Blick nicht zu sehen, aber auf den zweiten sichtbar für alles und jeden. Ich mag das. Kunst in der Kunst. Und manchmal habe ich das

Glück, jemanden zu entdecken, der gerade dabei ist, die Welt ein bisschen schöner zu machen.« Wieder zucke ich mit den Schultern. »Wenn ich ein paar Minuten zugeguckt habe, weiß ich, ob ich denjenigen für mein Projekt haben will oder nicht. Und dann spreche ich die Leute an.« Anfangs hat es mich Überwindung gekostet. Aber je mehr Kunstschaffende ich kennengelernt habe, umso leichter fiel es mir. Und nun ist es überhaupt kein Problem mehr. Weil Kunst verbindet, egal, mit welchem Medium man sie erschafft.

»So, wie du mich ungefragt fotografiert hast?« Das Kreidemädchen sieht mich auf eine Art an, die mir keine andere Wahl lässt, als mich dafür zu entschuldigen.

»Es tut mir leid«, sage ich und fahre mir mit der Hand durch die Haare. Tut es wirklich. »Das war keine Glanzleistung von mir. Ich hätte dich erst ansprechen und fragen sollen, das weiß ich. Du hattest jedes Recht zu verlangen, dass ich die Bilder wieder lösche.« Es gibt tausend Gründe, warum ich einfach drauflosgeknipst habe. Aber keiner davon macht meine Grenzüberschreitung besser. »Verzeihst du mir?« Ich versuche mich an meinem Welpenblick, der laut Mia immer zieht. Doch im Gegensatz zu ihr ist die junge Frau mir gegenüber völlig unbeeindruckt von meinen Bemühungen.

»Warum ich?«, fragt sie. »Nur, weil ich eine Frau bin?«

»Nein«, entgegne ich sofort. Und dann: »Natürlich nicht.« Weil es schlicht nicht stimmt. Ja, ich will die Frauenquote meines Projekts erhöhen. Aber sie soll nicht nur deshalb ein Teil davon werden. Ganz im Gegenteil. Auch wenn ich bisher lediglich zwei ihrer Werke gesehen habe, weiß ich, dass ihre Zeichnungen das Herzstück dessen werden könnten. Es ist ein Gefühl, tief in mir, das mir unmissverständlich klarmacht, dass ich sie dafür will. Sie und ihre Kunst. »Deine Bilder sind unglaublich. Ich habe noch nichts Vergleichbares in Baltimore entdeckt.« Und auch sonst nirgendwo. Ich weiß nicht, wie sie es macht, aber ihre Art, die Kreiden zu benutzen, die Farben miteinander zu verwischen, die Schattierungen hervorzuheben … Das ist außergewöhnlich und hat eine ganz eigene Dynamik. »Außerdem liebe ich die Vergänglichkeit deiner Malerei.« In der einen Sekunde da, in der anderen fort. Weggespült vom Regen. Ich würde gern wissen, wieso ihr das so wichtig ist. Warum sie nicht an Stellen oder mit Farben malt, denen der Regen nichts anhaben kann. Wann sie damit angefangen hat und was sie im Winter macht, wenn die Straßen nass oder voller Schneematsch sind.

Aber ich frage sie nichts davon. Weil ich keine Chance dazu habe. Wieder wird unser Gespräch vom Klingeln meines Handys unterbrochen. Und obwohl ich gerade wirklich nicht gestört werden will, ziehe ich es hervor.

Nachdem ich einen Blick auf das Display geworfen habe, ist mir klar, dass ich den Anruf annehmen muss. »Sorry«, sage ich in ihre Richtung. Dann springe ich auf und presse mir das Telefon ans Ohr. »Hi, Jenn.«

5

ARIA

Nachdenklich starre ich Jack hinterher, bis er außer Hörweite ist. Wie neulich hat ein Anruf ihn weggezogen, doch dieses Mal muss er wiederkommen. All seine Sachen liegen noch hier.

Mein Blick fällt auf seine Bewerbungsmappe. Eigentlich ist es ziemlich niedlich, wie viel Mühe er sich gibt. Sein Projekt scheint ihm sehr am Herzen zu liegen. Und obwohl ich nicht leugnen kann, dass seine Bilder gut sind, er die Kunstwerke in exakt dem richtigen Licht und dem perfekten Winkel fotografiert hat … Bei dem Gedanken, Teil davon zu werden, ist mir immer noch nicht wohl. Ich will keine Anerkennung für meine Zeichnungen. Keinen Ruhm. Ich will mich einfach so fühlen, wie ich es nur beim Malen tue. Leicht und unbeschwert und frei. Und vor allem nicht so dumm wie in den Momenten, wenn ich mit Wesley lerne oder wieder eine schlechte Note kassiere.

Wahrscheinlich sollte ich warten, bis Jack zurückkommt, aber er hat gesagt, dass nicht seine Worte, sondern seine Fotos mich überzeugen sollen. Also kann er eigentlich nichts dagegen haben, wenn ich sie mir ansehe. Genau deshalb greife ich nach der Mappe und ziehe sie näher zu mir. Meine Finger schlagen um, meine Augen rasen über ein Bild nach dem anderen. Ich gehe Seite für Seite durch, ehe ich wieder nach vorne blättere und einzelne Fotos aufmerksamer betrachte. Jack hält fest, was andernfalls verschwindet oder zumindest nicht auffällt. Seine Fotografien sind Erinnerungen auf Papier. Momente, die bleiben. Die nicht vergänglich sind.

Und dann, ohne auch nur den Hauch einer Ahnung zu haben, woher er kommt, verspüre ich plötzlich den Wunsch, dass er auch meine Zeichnungen auf Papier bannt, damit ich sie in den Händen halten kann. Nicht nur auf einem kleinen Schnappschuss für Instagram. Sondern haptisch. Entwickelt. Vielleicht sogar das ein oder andere gerahmt, sollte ich mich trauen, sie aufzuhängen. »Nein, Aria«, sage ich zu mir selbst, als mir bewusst wird, was ich mir da gerade vorstelle. Es geht einfach nicht. Ich kann nicht riskieren, entdeckt zu werden und die eine Sache zu verlieren, die mich nicht vollkommen durchdrehen lässt. Die Zeit im Park gehört mir. Mir und meinen Farben.

Ich schiebe die Fotos zurück in die Mappe und lege sie beiseite. Im nächsten Moment werde ich so überraschend angesprochen, dass ich zusammenzucke. »Kaffee?«, fragt dieser Jemand grinsend und hält mir die vier Becher entgegen, die Jack mitgebracht hat.

»Gott, Ted«, entfährt es mir. Ich seufze und schüttle halb belustigt, halb vorwurfsvoll den Kopf. »Hör auf, dich an mich heranzuschleichen.«

»Ich war so laut wie zehn schimpfende Rohrspatzen.« Er setzt sich zu mir ins Gras und deutet noch einmal auf den Pappkarton. »Mach schon«, fordert er mich auf. »Bevor das Zeug ganz kalt wird.« Das Zwinkern, das er seinen Worten folgen lässt, verrät mir unmissverständlich, dass er genau weiß, woher der Kaffee kommt. Vermutlich schwirrt er schon eine ganze Weile durch den Park und hat mich mit Jack gesehen. »Ich nehme den hier«, verkündet er und zieht den Becher mit der Kuhmilch zu sich, während ich mich für den mit Hafermilch entscheide. Ted hat recht, allzu warm sind die Getränke nicht mehr.

Mit dem Kaffee in der Hand sehe ich mich nach Jack um. Er ist immer noch in Sichtweite, aber ich höre nach wie vor nicht, worum es geht. Es scheint ziemlich wichtig zu sein, er sieht ernst, beinahe schon angestrengt aus, als er mit wem auch immer redet.

Jenn. Er hat sie Jenn genannt.

Vielleicht seine Freundin. Oder eine Freundin. Seine Schwester. Eine Kollegin. Egal, wer es ist, eigentlich hat es mich nicht zu interessieren.

»Hat der junge Mann die Fotos gemacht?« Ted deutet mit dem Kopf in Richtung Mappe.

»Ja«, bestätige ich seine Vermutung, wende mich ihm zu und nicke. »Sie sind … echt gut.« *Echt gut* ist eine ziemlich traurige Umschreibung für Jacks Arbeit. Er hat wirklich ein Auge für die Details, und ich bin mir verdammt sicher, dass er richtig viel Geld mit seinen Fotografien verdienen könnte, wenn er das wollen würde. Vielleicht tut er das auch. Ich weiß schließlich nichts über ihn. Außer, dass er ziemlich attraktiv ist. Aber das spielt keine Rolle. Es ehrt mich, dass er meine Kreidezeichnungen so toll findet, doch dabei wird es bleiben.

Ich trinke zwei weitere Schlucke Kaffee, dann stelle ich den Becher beiseite und schnappe mir meine Farben. Das Bild ist noch nicht fertig, und ich bin nicht hier, um irgendeinen Typen anzustarren, der mit einer anderen Frau telefoniert. *Jenn.* Entschlossen straffe ich die Schultern, setze die Kreide an und male weiter. Zumindest versuche ich es, aber Ted ist heute ziemlich redselig.

»Kommt Jake nun öfter vorbei?«, fragt er und grinst verschmitzt. »Sag ihm, er soll nächstes Mal wieder Kaffee mitbringen. Der Kram schmeckt hervorragend.«

»Jack«, sage ich und male unbeirrt weiter, auch wenn es mir auf einmal um einiges schwerer fällt, mich zu konzentrieren. »Er heißt Jack.«

»Weiß ich doch. Steht auf dem Becher.« Ich brauche Ted nicht anzusehen, um zu wissen, dass er immer noch grinst. »Die viel spannendere Frage ist aber, ob er inzwischen weiß, wie du heißt ...«

»Nein.« Dafür gab es bisher keinen Grund.

»Ach, Ariana.« Missbilligend schnalzt er mit der Zunge. »Der Kerl ist jung und Künstler und offensichtlich an dir interessiert.«

»An meinen *Zeichnungen*. Nicht an *mir*«, betone ich und lasse die Kreide mit mehr Druck als nötig über den Asphalt sausen.

»Peanuts«, winkt Ted ab. »Das ist doch dasselbe.«

»Ist es nicht.« Ich kann genauso stur sein wie er. »Außerdem ist es völlig egal, woran er interessiert ist.« Ich trinke noch einen Schluck Kaffee. Er enthält die perfekte Menge Hafermilch. Als hätte Jack gewusst, wie ich ihn gern mag, dabei ist das nicht möglich. Er kennt mich nicht. Er kennt ja noch nicht mal meinen Namen.

»Du solltest darüber nachdenken, mitzumachen.« Ted sieht mich ernst an. »Nicht, um ihm einen Gefallen zu tun, sondern dir selbst, Aria.« Sein Blick fällt auf meine heutige Zeichnung. Ich hatte vorgehabt, ein Haus mit Flügeln zu zeichnen. Doch noch während ich den ersten Strich gemacht habe, wurde mir klar, dass ich kein Gebäude malen würde. Es ist ein Mädchen geworden, das sich im Spiegel ansieht. Es war nicht leicht, zweimal dasselbe Gesicht zu zeichnen, und eigentlich ist es auch noch nicht fertig. Aber ich mag, was ich bisher habe. Sie sieht glücklich aus.

»Du bist zu schade für diesen Park.« Das Lächeln, das Ted mir bei seinen Worten schenkt, ist traurig. »Versteh mich nicht falsch, ich habe dich gern hier. Und ich liebe es, dass du Farbe in meine Bude bringst, aber deine Bilder gehören in eine Ausstellung.«

»Du weißt, dass Jack keine Ausstellung plant?« Ich grinse und stoße mit meiner Schulter leicht gegen seine. »Es geht bloß um Instagram.«

»Um diese seltsame App.« Er rümpft die Nase. »Jaja. Ich weiß. Aber du solltest es dir trotzdem überlegen. Das könnte eine Chance für dich sein.«

»Eine Chance wofür?« Ich runzle die Stirn.

»Endlich das zu tun, was du liebst.« Ted stellt den ersten, mittlerweile leeren Kaffeebecher beiseite und schnappt sich den nächsten. »Selbst ein Blinder kann dir ansehen, wie sehr du das hier liebst.« Mit einer Hand macht er eine ausladende Bewegung. »Das Spiegelmädchen ist unglaublich. Genau wie das Schaf unterm Wasserfall neulich. Oder die Ballons über den Bergen.« In den nächsten Minuten hält er eine fast schon glühende Rede über mich und meine Kunst. Belustigt höre ich ihm zu. Mir ist klar, dass Ted ein ziemlich leidenschaftlicher und witziger Mensch ist. Aber nun begreife ich immer mehr, wie ernst er das meint, was er sagt. Er hält mich wirklich für gut genug, um bei Jacks Projekt mitzumachen.

»Also warum in Gottes Namen solltest du deine Zeit mit einem Studium verschwenden, das dir keinen Spaß macht?«, schließt er.

»Ich habe nie gesagt, dass es mir keinen Spaß macht.« Mein Protest ist nur halbstark. Weil Ted nicht ganz unrecht hat. Ich studiere an und für sich gern. Business Management ist spannend und definitiv etwas, das mich interessiert. In der Beziehung habe ich vielleicht doch mehr von meinen Eltern, als ich gedacht habe. Ich bin nicht nur Künstlerin. Ich mag auch Zahlen. Genauso wie Mom und Dad. Es ist nur jedes Mal absolut zum Kotzen, wenn ich wieder durchfalle oder maximal ein D erhalte, nachdem ich mir stundenlang den Hintern aufgerissen habe.

»Denk noch mal drüber nach. Wer dreimal fragt und sogar Argumente mitbringt, hat vielleicht eine Chance verdient, meinst du nicht?« Ted zwinkert mir zu, dann steht er auf, den Kaffee in der einen Hand. Mit der anderen klopft er sich unsichtbaren Staub von der Hose. »Bis bald, Aria«, verabschiedet er sich und zwinkert mir einmal aufmunternd zu.

Im nächsten Moment sehe ich Jack auf mich zukommen. Er hat sein Handy eingesteckt, doch alles an ihm wirkt angespannt. Eine Hand ist zur Faust geballt, auf seiner Stirn zeigt sich eine tiefe Furche, und seine gesamte Haltung schreit Abwehr. Bis er fast bei mir ist und Ted sich ihm in den Weg stellt. »Danke für den Kaffee, Junge«, höre ich ihn sagen. »Nächstes Mal bitte mit mehr Milch.«

Bevor Jack reagieren kann, läuft er auch schon weiter. Einen kurzen Augenblick lang sieht Jack ihm verwundert hinterher, ehe er sich wieder mir zuwendet und die letzte Distanz zwischen uns überbrückt. »Ich weiß zwar nicht, wer da gerade meinen Kaffee geklaut hat, aber er hat eindeutig Humor.« Mit diesen Worten setzt er sich neben mich. Er versucht zu lächeln, doch es erreicht seine Augen nicht. Das Telefonat mit dieser Jenn scheint ihn ordentlich aufgewühlt zu haben.

»Hat er.« Ich nicke und reiche Jack den letzten Becher. »Einer ist noch da. Ich hoffe, du magst deinen Kaffee schwarz.«

»Eigentlich nur nach durchzechten Nächten. Aber heute passt es auch.«

Er nimmt mir den Pappbehälter ab und nippt an seinem Getränk. Ich beobachte, wie er schluckt und sich sein Adamsapfel dabei leicht bewegt. »Heute?«, frage ich, ohne es verhindern zu können. Es geht mich nichts an, ich will nicht neugierig sein. Aber der Ausdruck in seinen Augen … Dieser Anruf beschäftigt ihn.

»Hm«, murmelt er und nippt weiter an seinem Kaffee. Es ist offensichtlich, dass er mir nicht näher antworten will. Mit der rechten Hand streicht er über seine geöffnete Mappe und schiebt ein paar Fotos hin und her. »Hast du sie dir angesehen?«

»Hab ich.«

»Und?«

»Soll ich raten?«

Gespannt sieht er mich an. »Ich bitte darum.«

»Du hast ein Künstlerherz. Du atmest Kunst. Nicht jede Form davon, niemand mag alles. Aber du hast ein Auge für die Besonderheiten der Welt. Und wenn du sie gefunden hast, fängst du sie ein. Damit.« Ich deute auf seine Fotos, weil er seine Kamera nicht dabeihat. Und das weiß ich zu schätzen. Er will keinen Druck aufbauen, mich sofort zu fotografieren, sollte ich doch einlenken und Ja sagen. Nein, er versucht einfach nur, mich für sein Projekt zu begeistern und dafür zu gewinnen. Mit den perfekten Argumenten. Und mit Kaffee. Irgendwie ist das süß.

»Habe ich recht?«, hake ich nach, als er auch nach ein paar Sekunden nichts zu meinen Worten sagt. Und es vergehen weitere, bis er schließlich nickt.

»Ja«, entgegnet er. Mehr nicht. Unentwegt sieht er mich an. Das Braun seiner Augen bohrt sich in meine, und mit einem Mal habe ich das Gefühl, ihn schon ewig zu kennen.

»Geht mir genauso«, sage ich leise und halte unseren Blickkontakt. Ich weiß nicht, was in den letzten Minuten passiert ist. Ob es an meinem Gespräch mit Ted liegt, an Jacks Fotos, an seiner versteiften Haltung, als er zurückkam. Aber plötzlich will ich mehr über ihn wissen. Mehr über ihn und seine Fotografie und ja, auch über sein Projekt. »Aria. Ich heiße Aria.«

Perplex starrt er zwischen meinem Gesicht und meiner ausgestreckten Hand hin und her, ehe er danach greift und sie schüttelt.

»Jack.« Ein Grinsen bildet sich auf seinen Lippen, und diesmal ist es umwerfend und echt. Umwerfend echt. »Aber das weißt du ja schon.«

Es ist so gut wie dunkel draußen, als Wesley mit einer Tüte voll thailändischem Essen vor meiner Tür steht.

»Wollten wir nicht lernen?«, begrüße ich ihn und trete zur Seite, sodass er hereinkommen kann.

»Wollten wir. Und werden wir.« Er drückt mir die Tüte in die Hand, dann schlüpft er aus seiner Jacke und wirft sie wie immer auf die kleine Kommode im Flur. »Aber das geht besser mit vollem Magen. Hi.« Zwinkernd beugt er sich zu mir und gibt mir einen schnellen Kuss. Das macht er oft, aber heute ist es mir irgendwie unangenehm. Ich erwidere sein Lächeln kurz, ehe ich mich umdrehe und mit der Tüte in der Küche verschwinde. Dort schütte ich den Inhalt der Boxen auf Teller, schnappe mir Besteck und kehre damit zu Wesley zurück.

»Essen wir in meinem Zimmer?« Ich deute ihm an, vorauszugehen. Er nimmt mir einen der Teller ab und drückt mit seinem Ellbogen den Türgriff zu meinem Reich nach unten. Dann macht er es sich auf dem Teppich vor meinem Bett bequem. Weil das unser Ding ist. Oder vielmehr meins. Ich sitze ständig auf dem Fußboden. Egal, wo. Wenn ich nachdenken oder mich konzentrieren muss, funktioniert das nicht an einem Tisch sitzend oder auf dem Sofa. Nach einer besonders frustrierenden Lernsession mit Wes, bei der ich mir rein gar nichts merken konnte, habe ich mich verzweifelt auf den Boden gelegt. Und er hat gemerkt, wie hilfreich dieser Ortswechsel für mich und meine Konzentrationsfähigkeit war. Seither sitzen wir immer auf dem Boden, wenn wir uns zum Lernen treffen.

»Die sind lecker.« Mit der Gabel zeige ich auf die gebratenen Nudeln vor mir. »Wo hast du sie geholt?«

»Gegenüber von dem kleinen asiatischen Supermarkt. Ich glaube, der Stand ist neu.«

»Muss ich mir merken.« Ich schiebe mir eine neue Ladung Nudeln mit Gemüse in den Mund und kaue genüsslich. Wie so oft esse ich viel zu schnell, weil ich nicht gemerkt habe, wie ausgehungert ich bin. Ich habe den halben Nachmittag im Druid Hill Park verbracht und gemalt. Und mich währenddessen eine ganze Weile mit Jack unterhalten. Über Kunst und Musik und wie beides zusammenpasst. Er hat mir noch einmal sein Projekt erklärt, und ich habe beteuert, wie spannend ich es finde. Mitmachen werde ich trotzdem nicht. Er war enttäuscht, das habe ich ihm deutlich angesehen. Und das tut mir immer noch leid. Dennoch werde ich meine Meinung nicht ändern. Denn auch wenn Ted meint, dass ich diese Chance nutzen soll, kann ich es einfach nicht. Nicht, ohne mich und meine Bilder öffentlich zu machen und sie damit ein Stück weit herzugeben. Ich schaffe es ja nicht einmal, simple Bleistiftzeichnungen in meinem Zimmer aufzuhängen, weil ich Besuchern dann erklären müsste, dass ich sie gemalt habe. Stattdessen befinden sie sich in einer Mappe unter meinem Bett.

»Aria?«

»Hm?« Ich bin tief in meinen Gedanken versunken, als Wes mich anspricht.

»Alles okay mit dir? Du starrst förmlich Löcher in die Luft.«

»Ich starre keine Löcher in die Luft«, entgegne ich sofort, schüttle den Kopf und widme mich wieder meinen Nudeln. »Ich hab nur nachgedacht.«

»Worüber?«

Über den Fotografen im Park. Über Jack.

Das wäre die ehrliche Antwort gewesen, doch Wes weiß weder von meinen Kreidezeichnungen noch von Jack. Und das soll auch so bleiben. Beide sind meine Geheimnisse. Nicht, weil es nötig ist, ich bin mir sicher, dass Wes zumindest mein Bedürfnis zu malen verstehen würde. Aber ich will den Park und alles, was dort drin passiert, nicht teilen. Genau deshalb gehe ich auch immer allein zu meiner Lieblingsstelle inmitten all des Grüns.

»Über den ganzen Stoff, den ich wiederholen muss.« Es ist in diesem Moment eine Lüge und entspricht dennoch der Wahrheit. Die viele Lernerei liegt mir im Magen. Und zwar immer. Ich habe keine Ahnung, wie ich ohne Wesley klarkommen soll. Dabei hat das Semester noch nicht einmal angefangen, und die Sommerkurse rauben mir schon jetzt den letzten Nerv. Leise seufzend stochere ich in meinem Essen herum. Hunger habe ich keinen mehr.

»Zum Glück bist du damit ja nicht allein.« Wes lächelt mir aufmunternd zu und greift nach einem der Bücher, die um uns herumliegen. Ich habe sie nach dem letzten Lerntreffen gar nicht erst beiseitegeräumt, was zur Folge hatte, dass er mitten in der Nacht, als er ging, beinahe über den Schmöker zum methodisch-strukturierten Arbeiten von Consultants gestolpert wäre.

Noch während wir essen, beginnen wir mit dem Lernen. Was vielmehr bedeutet, dass Wes mir eine Eselsbrücke nach der anderen baut, sodass ich mir die Namen und Schreibweisen der Consulting-Methoden merken kann. Irgendwann hole ich uns Kaffee und neue Stifte, und für einen kurzen Moment bedauere ich, dass das mein Leben ist. Nächtliches Lernen in den Ferien mit einem Menschen, den ich dafür bezahle, weil ich ohne ihn verloren wäre.

»Du grübelst schon wieder.« Wes tippt mir behutsam an die Stirn und reißt mich so aus meiner Starre.

»Tue ich nicht«, widerspreche ich, aber natürlich glaubt er mir kein Wort. Wes kennt mich und weiß, wie oft mein Gehirn nicht in der Lage ist, anständig zu funktionieren. Meine Konzentrationsfähigkeit ist einfach im Arsch.

»Doch.« Er grinst. »Tust du sehr wohl. Aber das ist okay. Vielleicht sollten wir für heute Schluss machen.« Mit einem überraschend lauten Knall klappt er das Buch in seinem Schoß zu und sieht mich an. »Du brauchst eine Pause. Was hältst du von einem Film?« Wesleys Vorschlag ist harmlos und naheliegend. Wir haben schon öfter nach dem Lernen Netflix angemacht und irgendeine Serie oder einen Film zusammen geschaut. Und meistens kommen wir nicht weit. Oft fängt er an, über meinen Arm zu streichen. Oder mir kleine Küsse auf die

Haut an meinem Hals zu hauchen. Manchmal bin aber auch ich diejenige, die den ersten Schritt macht. Ich mag Wes, und der Sex mit ihm ist gut. Aber heute … heute bin ich nicht in Stimmung.

Als würde er ahnen, was mir durch den Kopf geht, sieht er mich bittend an. »Du darfst auch den Film aussuchen.«

»Tue ich das nicht sowieso immer?«

»Ja, und ich bereue es jedes Mal. Ich hab die letzte rosarote Wir-sind-ja-alle-so-glücklich-Tanzkomödie immer noch nicht verkraftet. Aua.« Er lacht laut auf, als ich ihn in die Seite kneife.

»*Grease* ist ein Klassiker«, entgegne ich und ziehe meinen Laptop zu mir. »Es ist eine Schande, dass du dieses Meisterwerk der Filmgeschichte nicht kanntest.« Aus heutiger Sicht ist es ziemlich toxisch, aber die Musik macht das wieder wett.

»Das ist *Matrix* auch, und du weigerst dich trotzdem standhaft, den Film mit mir zu gucken.«

»Weil das Science Fiction ist. Du weißt genau, dass ich so was nicht mag.« Ich rufe Netflix auf und klicke mich durch meine Empfehlungen. Viele Filme davon habe ich bereits gesehen, und bei der anderen Hälfte glaube ich nicht, dass Wes sie zwei Stunden lang aushält. Vielleicht also doch eher eine Serie.

»Obwohl Keanu Reeves mitspielt?« Seine Mundwinkel zucken belustigt, weil er meine Antwort darauf bereits kennt. Wir führen diese Diskussion nicht zum ersten Mal.

»Nicht einmal für Keanu«, bestätige ich und scrolle weiter. »Was hältst du von *Blacklist*? Wir könnten endlich weiterschauen.« Und Staffel drei beenden, in der Hoffnung, die vierte möge wieder besser sein.

»Ja, warum nicht?«, stimmt Wesley mir zu und zieht wie immer ein paar Kissen von meinem Bett zu uns auf den Boden. Wir stopfen sie uns zwischen Rücken und Bettkasten, dann starte ich die neue Folge.

Ungefähr nach der Hälfte rückt er näher. Auf dem Bildschirm liefern sich Liz und Reddington mal wieder eine Verfolgungsjagd mit irgendwem, doch ich passe nicht mehr auf. All meine Sinne fokussieren sich auf Wes. Mit den Fingerspitzen streicht er mir sanft über den Unterarm und weiter nach oben, bis er den Stoff meines Shirts erreicht. Normalerweise löst er damit spielend leicht eine Gänsehaut auf meinem Körper aus, doch heute ist das vertraute Kribbeln nicht zu spüren. Kaum merklich versuche ich, etwas Distanz zwischen uns zu bringen. Und das ist neu. Ich lerne seit über eineinhalb Jahren mit Wes, seit einigen Monaten schlafen wir miteinander. Nicht oft, nur hin und wieder, weil es Spaß macht und wir beide gut damit klarkommen, dass es eben nur Sex ist. Ich bin noch nie vor ihm zurückgewichen. Bis jetzt.

Irritiert von mir selbst versuche ich mich wieder auf die Serie zu konzentrieren, aber es will mir nicht gelingen. Wesleys Nähe ist allgegenwärtig, und mit einem Mal ist mir das zu viel. Ich balle die Hände zu Fäusten und atme gezielt ruhig ein und aus. Ein. Und aus. Ich bin mir nicht sicher, ob Wes realisiert, wie angespannt ich bin, doch für den Rest der Folge macht er keinen weiteren Annäherungsversuch. Vielleicht spürt er intuitiv, dass ich heute nicht darauf eingehen werde.

»Noch eine?«, fragt er, nachdem der Abspann begonnen hat. Fast schon hoffnungsvoll sieht er mich an.

Ich schüttle den Kopf. »Nein, ich …« Himmel, was ist los mit mir? Ich will ihn nicht rauswerfen, aber die letzte Woche war lang, und mein Frustrationslevel wurde ziemlich herausgefordert. »Ich bin nur müde.« Was nicht komplett gelogen ist. Ich bin wirklich erschöpft und sehne mich nach einer ordentlichen Mütze Schlaf.

»Dann lass ich dich besser mal ins Bett gehen.« Wes nimmt es mir nicht krumm, auch wenn ich ihm die Enttäuschung ansehe. Das Lächeln auf seinen Lippen ist nicht echt.

»Es tut mir leid«, sage ich, stehe genau wie er auf und lege die Kissen zurück aufs Bett. »Wir sehen uns morgen, ja?« In der Uni, beim ersten offiziellen Tutorium des neuen Semesters. Wo er nicht nur mir beim Lernen hilft, sondern auch noch weiteren Studierenden, die bereits jetzt ihre Kurse nachbereiten wollen. »Dann bin ich wieder besser gelaunt, versprochen.«

»Hey.« Er fasst nach meiner Hand und zwingt mich somit, innezuhalten. »Du musst dich nicht dafür entschuldigen, dass du müde bist. Alles gut.« Er lächelt wieder, und dieses Mal erreicht es seine Augen. »Bis morgen, Ari.« Es ist fast schon zu liebevoll, wie er mich im nächsten Moment küsst. Nur kurz und auch nicht fest. Es ist kein Kuss, der nach Beziehung schreit. Weil wir die nicht haben und das auch beide wissen. Trotzdem ist es bittersüß und irgendwie traurig, als er einen Schritt von mir wegmacht. »Schlaf gut.«

In der nächsten Sekunde schnappt er sich unseren Müll und verschwindet aus meinem Zimmer.

Ich schaffe es nicht einmal mehr, Danke zu sagen.

6

JACK

»Prima. Dann freue ich mich auf die Zusammenarbeit.« Professor Sinclaire schüttelt mir die Hand. Er ist ein großer, stattlicher Mann und an den Schläfen bereits ergraut, dafür strahlen seine blauen Augen umso wacher. Und er trägt einen Anzug, was ich wirklich nicht von einem Dozenten für Fotografie erwartet habe. »Die Details klärt meine Assistentin mit Ihnen. Haben Sie eine Karte?«

»Ja, sicher.« Ich nicke und ziehe ein Exemplar aus meiner Hosentasche. Kellys Empfehlung an ihren Bekannten hat mir tatsächlich einen neuen Job eingebracht. Donovan Sinclaire hat mich als Ersatz für einen erkrankten Fachdozenten für einen mehrmonatigen Workshop für seine Studierenden gebucht. Jede Woche eine andere Truppe zu unterschiedlichen Themen. Die Ausgestaltung überlässt er mir, und das College zahlt sogar ganz ordentlich dafür. Natürlich ist es immer noch wenig, aber für jemanden wie mich, der gerade erst angefangen hat, als selbstständiger Fotograf zu arbeiten, ist es genug.

Nach ein paar weiteren Minuten Small Talk verabschiede ich mich von ihm und laufe die Stufen nach unten in die Cafeteria. Ein bisschen

Zeit habe ich noch, bis ich zu meinem nächsten Auftrag fahren muss, weshalb ich mich nach einem Kaffeeautomaten umsehe. Nicht, dass ich sonderlich scharf auf das Automatengebräu bin, aber die Preise sind human, und gleichzeitig kann ich damit die halbe Stunde totschlagen, die mir noch bleibt. Ich ziehe mein Portemonnaie aus der Hosentasche und werfe ein paar Münzen in den dafür vorgesehenen Schlitz. Für einen kurzen Moment muss ich grinsen, weil das ziemlich retro ist.

Während ich auf meinen Kaffee warte, vibriert mein Handy, und allein dieses Geräusch genügt, dass Adrenalin durch meine Adern schießt. *Jenn*, ist mein erster Gedanke. Jenn, die jedes Telefonat mit dem Versprechen beendet, sich bei Neuigkeiten wieder zu melden. Ihr letzter Anruf ist noch keinen Tag her, und obwohl sie immer noch so unfassbar aufgeregt und zuversichtlich klang, kann ich ihren Enthusiasmus nicht teilen. Zu oft habe ich mich von ihrer Hoffnung anstecken lassen, nur um dann wieder enttäuscht zu werden. Nichts hat uns bisher zu Josie geführt. Wieso sollte es dieses Mal anders sein?

Mit einem unguten Gefühl im Magen ziehe ich mein Handy aus der Hosentasche und starre auf den Bildschirm. Und was ich dort sehe, erleichtert mich augenblicklich. Nicht Jenn hat sich gemeldet, sondern meine Schwester, die mir ein lustiges Katzenmeme geschickt hat. Ich antworte Leah mit ein paar lachenden Emojis, dann nehme ich meinen Kaffee aus der Halterung des Automaten. Gott, ich muss damit aufhören, mich jedes Mal zu erschrecken, wenn ich eine Nachricht bekomme. Nicht jede davon ist von Josies Mom.

Ich puste gerade auf die dampfende Flüssigkeit, als ich sie sehe. Auf der anderen Seite der Cafeteria steht Aria. Und sie ist nicht allein. Ein großer Kerl mit Afrohaar steht neben ihr. Die beiden reden und lachen und wirken sehr vertraut. Ich weiß, dass es nicht okay ist, sie zu beobachten, aber ich kann einfach nicht wegsehen. Heute trägt sie ihre Haare nicht zusammen wie im Park, sondern offen. Sie fallen ihr locker über die Schultern, und immer wieder streicht sie sich eine lose Strähne hinters Ohr. Ich glaube nicht, dass ihr auffällt, wie oft sie das tut. Gemeinsam mit ihrer Begleitung setzt sie sich an einen freien Tisch und klappt ihren Laptop auf. Scheint, als wollen sie zusammen lernen. Ich sollte gehen, sie in Ruhe lassen. Ganz offensichtlich ist sie beschäftigt, obwohl das neue Semester gerade erst begonnen hat. Aber da ist etwas in mir, das mich an Ort und Stelle hält. Und dieses Mal sind es nicht ihre Zeichnungen. Denn nichts an ihr erweckt heute den Eindruck einer Künstlerin. Der Kreidestaub, die farbigen Finger, die Leidenschaft in ihren Augen, wenn sie auf ihre Kunstwerke blickt … All das fehlt. Auch wenn sie lacht, wirkt sie nicht ansatzweise so glücklich wie im Park.

Weil Menschen anders strahlen, wenn sie glücklich sind. Nur zu gut erinnere ich mich an diesen Satz. Mia hat ihn, kurz nachdem ich ihr eröffnet hatte, dass ich nach Baltimore ziehen würde, zu mir gesagt. *Tu, was dich glücklich macht.*

Vielleicht ist diese Erinnerung der Grund, aus dem ich plötzlich auf Aria zulaufe. Das, oder es ist der Wunsch, ihr Strahlen wieder echt werden zu lassen. Weil es nicht richtig ist, dass der Glanz in ihren Augen fehlt. Auch, wenn ich keine Ahnung habe, wie ausgerechnet ich das ändern soll.

Ein paar Meter trennen mich noch von ihr, als sie mich erkennt. Ihr Lächeln erstirbt, und wenn ich mich nicht täusche, huscht so etwas wie Verunsicherung über ihr Gesicht. Verunsicherung, aber auch Überraschung, weil sie hier nicht mit mir gerechnet hat. Ihrer Begleitung ist Arias Stimmungswechsel ebenfalls nicht verborgen geblieben. Er dreht sich in meine Richtung um und sieht mich mit gerunzelter Stirn an, eine stumme Frage in seinem Blick.

»Hey«, begrüße ich die beiden, als ich sie erreicht habe. »Ich bin

Jack«, stelle ich mich an ihn gewandt vor. »Ein … Freund von Aria.« Ich übertreibe maßlos, wir sind nicht einmal ansatzweise miteinander befreundet. Aber nach unserem letzten Aufeinandertreffen im Park, bei dem sie meine Mappe angesehen und sich mit mir unterhalten hat … Da war etwas. Aria hat es Künstlerherz genannt. Eine Verbindung unter Gleichgesinnten. Eine gemeinsame Leidenschaft. Und das Gefühl, sie zu kennen, obwohl mir klar ist, dass das nicht möglich ist.

»Wesley«, erwidert er knapp und nickt mir kurz zu. Er ist nicht unfreundlich, aber irgendetwas an ihm strahlt Feindseligkeit aus.

»Was machst *du* denn hier?« Arias Frage lenkt meine Aufmerksamkeit zurück auf sie. »Ich wusste gar nicht, dass du noch Student bist.«

»Bin ich auch nicht.« Ich ziehe einen Stuhl heran und setze mich zu den beiden. »Ich war bei einem Gespräch mit Professor Sinclaire. Er hat mich für ein paar Fotografie-Workshops gebucht.«

»Workshops?«

»Hm.« Ich nippe einmal kurz an meinem Kaffee. Das Zeug schmeckt wirklich furchtbar und war den Dollar, den ich dafür bezahlt habe, definitiv nicht wert. »Einmal die Woche, entweder Freitagnachmittag oder Samstagmorgen. Ich darf selbst entscheiden, was ich wann behandeln möchte, und er stellt den Kursteilnehmenden dann das Angebot vor.«

»Klingt cool. Und gut für dich, dass du freie Hand hast.« Sie versucht zu lächeln, wirft aber immer wieder kurze Blicke in Wesleys Richtung. »Sorry, Wes und ich wollten eigentlich noch mal durchgehen, was wir gerade im Tutorium gemacht haben.«

»Jup.« Er nickt und zieht demonstrativ Arias Notizen näher zu sich. Es ist eindeutig, dass er mich loswerden will. »Wir sollten dann auch anfangen. Ich muss in einer halben Stunde los.«

»Ja, ich weiß. Tut mir leid.« Sie dreht sich wieder zu mir. »War nett, dich zu treffen, Jack, aber …«

»Kein Problem.« Ich hebe abwehrend meine Hand und stehe auf. »Viel Spaß.« Doch bevor ich mich von den beiden entfernen kann, klingelt ein Handy. Es ist zum Glück nicht meins. Und auch nicht Arias.

»Scheiße«, flucht Wesley. »Tut mir leid, Ari, da muss ich rangehen. Meine Mom …«

»Klar.« Sie nickt sofort und greift nach ihren Unterlagen. »Mach ruhig. Ich warte.«

Er steht auf und nimmt den Anruf entgegen. Eine tiefe Sorgenfalte hat sich auf seiner Stirn gebildet. Ich kann den Blick, mit dem er mich ansieht, als er an mir vorbeirauscht, nicht deuten, aber eigentlich ist es mir auch egal. Nicht Wesley interessiert mich. Ich drehe mich zurück zu Aria, die ihm hinterhersieht.

»Alles in Ordnung?« Ich mache wieder zwei Schritte auf sie zu und setze mich aus einem Impuls heraus zurück zu ihr an den Tisch.

»Ja.« Sie lächelt und klappt ihren Laptop zu. »Das passiert manchmal. Seine Mom ist krank. Wahrscheinlich muss er ihr später neue Medikamente mitbringen.«

»Okay?« Das klingt nicht wirklich gut. »Was lernt ihr denn?« Ich nicke in Richtung ihres Laptops. »Lass mich raten.« Für einen Moment tue ich so, als müsse ich nachdenken, dabei gibt es eigentlich nicht viel, worauf ich tippen würde. »Kunstgeschichte?« Wobei Wesley ehrlich gesagt überhaupt keine Künstlervibes versprüht. Er wirkt auf mich eher wie jemand, der Mathe studiert. Oder irgendetwas anderes mit Zahlen.

Meine Vermutung lässt Aria leise lachen. Und leider Gottes sieht sie wunderschön aus, wenn sie das tut. Ihre langen braunen Haare wippen sanft hin und her, und obwohl sie so anders wirkt als im Park inmitten ihrer Zeichnungen, ist sie doch dieselbe junge Frau, die mich von Mal zu Mal mehr fasziniert, als sie sollte – wenn ich die Blicke, die Wesley mir zugeworfen hat, richtig gedeutet habe.

»Nein«, sagt sie und lacht immer noch. Aber inzwischen ist es kein amüsiertes Lachen mehr. Sie wirkt vielmehr betrübt. »Das fänden meine Eltern wahrscheinlich nicht so cool. Ich studiere Business Management.«

»Business Management?« Ich hebe eine Augenbraue. Wow. Damit habe ich nicht gerechnet.

»Ja.« Sie reckt das Kinn. Ganz so, als müsse sie ihre Fächerwahl vor mir rechtfertigen. »Stimmt was nicht damit?«

»Nein. Das ist super«, erwidere ich schnell. »Ich hätte nur einfach nicht erwartet, dass du dich dafür interessierst.« Business Management und ihre Kunst, das passt in etwa so gut zusammen wie ein Sportstudent, der plötzlich auf Jura umsatteln will.

»Tue ich aber.« Sie legt beide Hände auf ihren zugeklappten Laptop und nickt mir zu. »Dein Kaffee wird kalt.«

»Was?« Mein Blick folgt ihrem zu dem kleinen Becher vor mir, aus dem ich seit geraumer Zeit nicht mehr getrunken habe. »Ah. Na ja. Das Zeug schmeckt eh scheußlich.« Ich zucke mit den Schultern und grinse. »Sag mir nicht, dass du das Gesöff magst. Das würde den Kaffeeliebhaber in mir wirklich sehr treffen.«

»Es ist okay.« Nun ist sie diejenige, die mit den Schultern zuckt. »Man gewöhnt sich an alles.«

»Oder man verliebt sich in richtig guten Kaffee, dann ist diese Plörre hier eine Zumutung. Was machst du jetzt?«

»Was?«, fragt sie und runzelt die Stirn. Mein abrupter Themenwechsel scheint sie zu irritieren. Ein kleines bisschen überrasche ich mich damit selbst, doch Trents Worte gehen mir nicht aus dem Kopf. Ich kann sie nur von mir und meinem Projekt überzeugen, wenn sie mich kennenlernt. Wenn sie mir insofern vertraut, dass ich sie und ihre Kunst mit Wertschätzung behandle und präsentiere.

»Wesley ist verschwunden, oder? Und es sieht auch nicht so aus, als ob er wiederkommt.« Er hat seine Tasche mitgenommen, der Platz Aria gegenüber liegt verlassen da. »Außerdem hatte er doch eh nur dreißig Minuten Zeit, von denen mit Sicherheit schon fünfzehn vorbei sind.«

»Worauf willst du hinaus?«

»Wie schön, dass du fragst.« Ich schiebe meinen ungenießbaren Kaffee von mir und blicke Aria herausfordernd an. »Lust auf ein Abenteuer?«

»Kommt drauf an …« Sie verschränkt die Arme vor der Brust. »Wenn du mich jetzt für *richtig guten Kaffee*«, sie malt Anführungszeichen in die Luft, »zu Starbucks locken willst, muss ich dich leider enttäuschen. Von dem Zeug bekomme ich Bauchschmerzen.«

»Nein, kein Starbucks«, verspreche ich ihr. »Aber wenn du Zeit hast, hätte ich da eine Idee.«

»Die da wäre?«

»Bringt es was, wenn ich sage, dich überraschen zu lassen?«

Sie gibt mir die Antwort nonverbal.

»Okay. Dachte ich mir schon.« Mein Grinsen wird breiter, weil ich sie richtig eingeschätzt habe. »Ich habe gleich ein Shooting. Wenn du willst, kannst du mitkommen, und danach holen wir uns den besten Kaffee der Stadt.«

»Wohnst du nicht erst seit ein paar Monaten in Baltimore?«

»Gut aufgepasst. Aber den besten Kaffee habe ich trotzdem schon entdeckt.« Ich sehe einmal verschwörerisch nach links, dann nach rechts, ehe ich mich wieder auf Aria konzentriere. »Wenn du mir versprichst, es für dich zu behalten, verrate ich dir mein Geheimnis.«

»Du bist wirklich davon überzeugt, oder?« Ein Lächeln zupft an ihren Mundwinkeln.

»Aber hallo.« Ich lehne mich auf meinem Stuhl wieder etwas zurück. »Also. Hast du Lust? Oder brauchst du noch ein paar Argumente?«

»Hast du denn noch welche?«

»Sicher.« Ich strecke meine Hand aus und beginne zu zählen. »Erstens. Pool. Zweitens. Gutes Essen. Und drittens. Eine fette Party. Glaub mir, dieses Shooting willst du wirklich nicht verpassen.«

»Bitte sag mir, dass das nicht dein Ernst ist.« Fassungslos starrt Aria mich an. Dann die Hunde vor uns. Dann wieder mich. »Das soll die ober-mega-hammermäßig geile Poolparty sein? Willst du mich verarschen?«

Ich kann nicht anders, als zu lachen. Ihre Entrüstung ist einfach nur niedlich. »Sorry«, sage ich. »Aber dein Gesichtsausdruck war die kleine Lüge wert.«

»Kleine Lüge?« Sie klingt immer noch ziemlich empört. Was mich nur noch mehr lachen lässt. »Das hier sind Pudel. In pinken Tutus.« Ihr Blick wandert zurück zu den Hunden, die in einem perfekt gepflegten Garten hinter einem Holzzaun auf uns warten. Die Besitzerin hat eine Art Laufstall für sie errichten lassen, in dem sie sitzen und neugierig in unsere Richtung sehen.

»Richtig. Weil Miss Lucy Geburtstag hat.« Ich nicke bestätigend und lade weiter mein Equipment aus. Was im Prinzip nur verschiedene Objektive und meine Kamera sind. Mehr brauche ich nicht, um Lucys legendäre Geburtstagsparty mit ihren Hundefreundinnen fotografisch festzuhalten.

»Miss Lucy«, murmelt Aria neben mir und schüttelt den Kopf. »Ich glaub das nicht. Wer ist so bescheuert und bezahlt einen professionellen Fotografen für eine Hundepoolparty?«

»Juhu, Jaaaack!«, erklingt in diesem Augenblick eine ziemlich hohe, weibliche Stimme. Eine ältere Dame, deren Kleid farblich auf die Tutus ihrer Lieblinge abgestimmt ist, kommt aus dem Haus auf uns zugelaufen. Der Stoff weht im Wind, ihre Haare sind zu einem beeindruckenden Dutt zusammengebunden.

»Das wäre dann wohl sie«, raune ich Aria zu und bemühe mich um einen neutralen, wenn nicht sogar ernsten Gesichtsausdruck. Es fällt mir allerdings verdammt schwer, meine Belustigung über diese ganze Szenerie hier zu verstecken. Denn ich bin eindeutig Arias Meinung. Das alles ist einfach nur vollkommen überzogen.

»Jack! Hallo! Und Sie haben sogar Verstärkung mitgebracht! Wie wunderbar!« Voller Freude schüttelt die Dame des Hauses erst mir, dann Aria die Hand. »Ich bin Penelope, meine Liebe, aber Sie können ruhig Penny zu mir sagen. Das tun alle meine Freunde.«

Freunde. Um nicht schon wieder laut loszulachen, presse ich meine Lippen fest aufeinander und vermeide es, Aria anzusehen. Ich weiß genau, was sie denkt.

»Ja … Erm … Hallo. Penny?« Sie räuspert sich, und im nächsten Moment spüre ich ihren Blick auf mir. Aber ich kann sie immer noch nicht ansehen. Dieser Auftrag ist trotz allem wichtig für mich, und ich will ihn nicht vermasseln. »Hübsch haben Sie es. So …« Aria dreht sich nach links und rechts und sucht das passende Wort. »So idyllisch. Ein echtes Hundeparadies.«

»Finden Sie? Vielen Dank, Liebes. Ich gebe mir Mühe. Bisher hat sich meine Lucy noch nicht beschwert.« Penny kichert hinter vorgehaltener Hand, und ich glaube sogar, eine dezente Röte auf ihren Wangen zu erkennen. Offenbar freuen Arias Worte sie wirklich. »Kommen Sie rein. Wir gehen am besten direkt hier durch.«

Sie öffnet ein weiß gestrichenes Gatter im Zaun, ich nehme mein Equipment und folge ihr und Aria. Nachdem das Tor wieder sicher verschlossen ist, lege ich die Objektive auf einem abgesägten Baumstumpf ab und drehe mich zu unserer Gastgeberin um.

»Also, Penny.« Ich straffe die Schultern und hebe meine Kamera etwas höher. »Wie dachten Sie sich das? Soll ich einfach Schnappschüsse machen, oder wollen Sie auch ein kleines Shooting mit Miss Lucy und den anderen?« Ich bete, dass sie Nein sagt, habe keine Ahnung, wie ich einen Haufen Hunde dazu bringen soll, gleichzeitig still zu sitzen. Meine einzigen Erfahrungen, die ich mit Vierbeinern habe, beschränken sich auf Mias Hündin in Sterling. Und Luna ist ein ganz besonderes Tier und sicher nicht mit dieser Bande völlig überdrehter Vierbeiner zu vergleichen.

»O ja, sehr gern. Ein Gruppenbild wäre hervorragend.« Pennys Augen leuchten, und ich seufze lautlos. Na toll. *Der Kunde ist König*, rufe ich mir in Erinnerung. Und das bedeutet dann wohl, dass es mir irgendwie gelingen muss, die Meute hier zu bändigen. »Fangen Sie ruhig schon einmal an, Jack. Ich bereite drinnen den Kuchen vor. Rufen Sie einfach, wenn Sie mich brauchen.« Damit rauscht sie davon. Zurück bleiben Aria und ich und die Pudelbande.

»Du hast keine Ahnung, wie du alle sechs Racker auf einmal ruhig kriegen sollst, oder?« Arias Stimme reißt mich aus meinen Gedanken. Natürlich hat sie recht. Ich liebe Tiere, aber nachdem ich bei Mia gesehen habe, wie viel Arbeit sie erfordern, bin ich mir sicher, dass ich niemals ein eigenes haben werde.

Ein wenig überfordert grinse ich sie an und zucke mit der rechten Schulter. Weil ich das seit Neustem wohl gern tue, wenn ich nicht so recht weiterweiß: Ich grinse und schweige.

»Okay, lass mich kurz nachdenken. Wir kriegen das schon hin.« Aria nickt entschlossen. Im nächsten Moment krempelt sie die Ärmel ihres Jeanshemdes nach hinten. »Wir brauchen Leckerlis. Gibt es hier so etwas?« Suchend sieht sie sich um, ehe sie auf einen großen Tisch zuläuft, der in verflucht viel Rosa dekoriert ist. Rosa Tischdecke, rosa Dekoblumen und dazwischen sogar eine Lichterkette. Am helllichten Tag. Wie lange will Penny den Geburtstag ihres Pudels denn bitte feiern? Noch sind die sechs Hunde in einem abgegrenzten Bereich und können nicht zu uns. Nach unserem kurzen Gespräch gehe ich davon aus, dass alles perfekt sein muss, bevor die Hausherrin den offiziellen Startschuss gibt.

Ich mache gerade ein paar Probeaufnahmen und feile an den Kameraeinstellungen, als Aria zu mir zurückkommt. Mit einer großen Dose in der Hand und einem triumphierenden Lächeln auf den Lippen.

»Was ist das?«

»Bestechungsmaterial.« Sie schüttelt die Dose ein wenig hin und her. Sofort sind alle Hundeaugen auf sie gerichtet und die Ohren gespitzt. »Selbst gebackene Hundekuchen, steht zumindest drauf. Angeblich wirken sie immer. Vielleicht ist ja Gras drin.«

»Meinst du?«

»So überzogen, wie das alles ist? Zuzutrauen wäre es ihr.« Sie grinst. »Wollen wir die Sache testen?«

»Du hilfst mir?«

»Wenn ich schon mal hier bin ...« Lässig öffnet sie die Dose. »Aber dafür schuldest du mir was. Wenn das nachher nicht wirklich der allerbeste Kaffee in ganz Baltimore ist, dann ...«

Belustigt musterte ich sie. »Dann was?«

Das Funkeln in ihren Augen ist zurück. »Dann engagiere ich dich für die Geburtstagsparty meines Hamsters.«

Entsetzt reiße ich die Augen auf. »Du hast einen Hamster?«

»Natürlich nicht.« Sie streckt mir kurz die Zunge raus, dann hält sie mir einen der Kekse hin. Sie riechen nicht nach Gras, was ich fast schon bedauere. »Ich wollte immer ein Kaninchen haben, aber Haustiere gab es im Hause Gibson nicht.«

»Wie traurig.« Ich nehme ihr den Keks ab und folge ihr zu den Hunden im Laufstall. Wobei es eher so aussieht, als würden wir uns auf hungrige Hyänen zubewegen. Es sind zwar nur Pudel, aber Pennys extra gebackene Leckerlis scheinen eine Wunderzutat zu enthalten. Aus gierigen Augen beobachten sie jede Bewegung unserer Hände.

»Sitz!«, sagt Aria zu dem Hund, der ihr am nächsten ist. Und erstaunlicherweise kommt er ihrer Aufforderung sofort nach. »Wow«, raunt sie und sieht zu mir. »Ziemlich gut erzogen.«

»Stimmt.« Ich schließe zu ihr auf, halte den Keks in Sichtweite der Hunde und wiederhole anschließend Arias Befehl. »Sitz!« Dieses Mal nehmen sogar zwei Pudel Platz. »Faszinierend.«

»Warte, ich habe eine Idee.« Sie greift wieder in die Dose, die sie sich unter den Arm geklemmt hat, und zieht weitere Kekse hervor. Dann verteilt sie ein Leckerli nach dem anderen auf dem Zaun des Laufstalls und hebt jedes Mal mahnend einen Finger, wenn einer der Hunde sich bewegen will.

»Du bist ein Naturtalent«, bemerke ich und bin wirklich beeindruckt. Keine Ahnung, wie sie es anstellt, ob sie eine tierfreundliche Aura oder so etwas hat, doch alle sechs bleiben sitzen. Sie starren zwar auf die Kekse, aber keiner versucht mehr aufzustehen. Nicht einmal, als Aria sich bewegt und vorsichtig einen Schritt nach hinten macht.

»Jack?«

»Ja?« Mein Blick liegt immer noch auf den Hunden. Beinahe regungslos beäugen sie die versprochenen Leckerlis.

»Das wäre jetzt der Moment, in dem du das Foto machst.«

»Was?« Mein Kopf schnellt von den Hunden zu ihr. Auffordernd nickt sie mir zu. »Oh. Ja. Klar.« Schnell hebe ich die Kamera vor mein Auge, gehe in die Hocke und beginne zu knipsen. Sie hat recht. Ich erwische den perfekten Augenblick. Sechs Hunde in rosa Tutus, alle wartend und schwanzwedelnd. Ich schaffe es sogar, den angrenzenden Zaun abzuschneiden.

Ehe ich mich's versehe, habe ich unzählige Bilder geschossen. Klick für Klick für Klick. Ich bewege mich langsam, vorsichtig, um die Hunde nicht aus ihrer Trance zu reißen, und schaffe es so, auch ein paar schöne Fotos von der Seite zu machen. Wobei *schön* hier definitiv relativ ist. Diese Bilder würde ich mir niemals ins Wohnzimmer hängen. Aber Penny hat exakt das vor. Angeblich besitzt sie sogar bereits die Rahmen dafür.

»Nein, wie entzückend.« Ihre Stimme lässt sowohl mich als auch Aria zusammenzucken. Synchron drehen wir uns zu Penny um und sehen ihr dabei zu, wie sie mit einem riesigen Hundekuchen die Treppen nach unten in den Garten läuft und auf uns zukommt. Sie hat sogar Kerzen hineingesteckt und angezündet. Schnell nutze ich den Moment und mache auch von ihr und dem Kuchen ein paar Erinnerungsbilder, ohne dass sie es bemerkt.

Und dann geht die Party richtig los. Penny stellt den Kuchen ab, beugt sich zu den Hunden und öffnet das Gatter, sodass Miss Lucy und ihre Freunde den ganzen Garten zur Verfügung haben. Mir bleibt nichts anderes übrig, als meine Objektive zu retten und anschließend ein Bild nach dem anderen zu schießen.

Aria steht neben mir und lacht. »Ein Hundegeburtstag. Dafür schuldest du mir echt was.«

7

ARIA

»Okay, du hast recht.« Ich setze mich auf eine Steinmauer vor dem kleinen Café und warte, dass Jack es mir gleichtut. In der Hand halte ich einen Becher voll des Kaffees, den er mir heute Nachmittag so überschwänglich angepriesen hat. Und er hat nicht zu viel versprochen. »Was auch immer sie für eine Bohne verwenden, ich bin verliebt.«

Jack nimmt neben mir Platz und grinst. »Hab ich ja gesagt.« Er stößt mit seinem Becher leicht gegen meinen. »Am besten gefällt mir, dass es hier nicht diesen ganzen Schnickschnack gibt. Kaffee. Und fertig. Zurück zu den Wurzeln quasi.«

Er hat nicht ganz unrecht. Es ist in der Tat ziemlich cool, dass der Laden genau eine Sorte anbietet. Die einzige Auswahlmöglichkeit besteht in der Milch. Lächelnd nippe ich an meinem heißen Getränk und schließe für einen Moment die Augen.

Es ist Stunden her, dass ich Jack nach dem Ende meines Tutoriums begegnet bin und mich spontan dazu entschlossen habe, ihn zu seinem Fotoshooting zu begleiten. Warum ich mitgegangen bin, weiß ich immer noch nicht so genau, aber ich bereue es nicht. Auch wenn ich allen Ernstes den halben Nachmittag im Beisein von sechs Pudeln verbracht habe. Irgendwann hat Penny sogar ein paar Tränchen verdrückt, weil es sie so gerührt hat, wie viel Spaß ihre Lucy und die anderen Hunde hatten. Es fiel mir wirklich schwer, Jack dabei anzusehen und nicht haltlos zu lachen. Zwischendurch war ich mir absolut nicht sicher, ob Pennys Tierliebe nicht doch etwas ungesund ist.

Die Sonne strahlt mir warm ins Gesicht, und es fällt mir überraschend leicht, den Moment zu genießen und kein schlechtes Gewissen zu haben, weil ich nichts für die Uni mache. Ich sollte, das weiß ich, aber nach der Lernsession mit Wes gestern und dem Tutorium heute zusätzlich zu den ersten Vorlesungen ... Ich kann einfach nicht mehr. Was besorgniserregend ist, wenn man bedenkt, dass das Semester gerade erst angefangen hat und ich eigentlich jede freie Minute nutzen sollte. Doch diesen Nachmittag mit Jack würde ich auch rückblickend nicht gegen meine Bücher eintauschen. Er ist ... interessant. Verdammt attraktiv. Und Fotograf mit Leib und Seele. Ihn zu beobachten, während er die Pudel fotografiert hat ... Was für mich die Kreiden sind, ist bei Jack die Kamera. Und ich frage mich, ob er insgeheim auch etwas damit versteckt. Wie ich.

»Bist du eingeschlafen?« Sanft berührt er meine Schulter mit seiner. Ich öffne die Augen wieder und blicke nach links in seine Richtung. Er ist so groß, dass ich mich nur ein wenig nach hinten lehnen muss, damit er die Sonne verdeckt.

»Nein.« Ich lächle und drehe den Becher in meiner Hand hin und her. »Aber es ist schön, wenn man mit Menschen schweigen kann, findest du nicht?«

»Also schweigen wir gerade?« Er grinst mich an und fährt sich durch die Haare.

»Nun ganz eindeutig nicht mehr.« Ich verdrehe kurz die Augen, ehe ich sein Grinsen erwidere und weiter an meinem Kaffee nippe.

»Hab nichts gesagt.« Er legt sich einen Finger auf die Lippen und haucht mir ein »Shhh« entgegen. »Lass uns gemeinsam schweigen.«

Seine freche Art lässt mich belustigt den Kopf schütteln. »Spinner. Jetzt bin ich nicht mehr in Stimmung.« Ich stehe auf und mache ein paar Schritte rückwärts. »Kommst du?«

»Wohin?« Er mustert mich mindestens genauso amüsiert wie ich ihn eben.

»Du weißt vielleicht, wo es den besten Kaffee gibt. Aber ich weiß, wo es die besten Whoopie Pies gibt.«

Mit den Whoopie Pies in unseren Händen schlendern wir durch Baltimore. Und auch nachdem wir die kleinen Kuchen mit Marshmallow-Creme längst aufgegessen haben, laufen wir immer noch durch die Straßen. Jack zeigt mir ein paar Graffitis, die ihm besonders gut gefallen, und wir erkunden Ecken, die ich noch nicht kenne, obwohl ich seit über zwei Jahren hier wohne. Die Stadt ist bunter, als ich angenommen habe, und ich erwische mich dabei, wie ich jedes Kunstwerk, das wir entdecken, in mich aufsauge. Sie sind überall, und es gibt so viel mehr, als man vermuten würde.

»Das hier mag ich.« Ich bleibe stehen und deute auf das gesprayte Bild an einer Hauswand. Es ist ein Mädchen, das sich an Seifenblasen festhält und davon in den Himmel gezogen wird. Ein bisschen erinnert es mich an Banksy und doch hat es einen ganz eigenen Stil. Während ich das Graffiti betrachte, spüre ich Jacks Blick deutlich auf mir. Allein zu wissen, dass er nicht das Kunstwerk, sondern mich ansieht, lässt eine wohlige Wärme in meiner Brust entstehen. Und das ist ein Gefühl, das ich seit Jahren nicht mehr gespürt habe. Zum letzten Mal bei Connor, meinem Ex-Freund, zu Hause in Morgantown. Er ist ein Jahr älter als ich und hat Schluss gemacht, bevor er aufs College gegangen ist.

»Der Künstler lebt nicht mehr.« Jacks Worte reißen mich aus meinen Gedanken.

»Was?« Ich drehe mich zu ihm um.

»Hm.« Er nickt. »Krebs. Ich wollte ihn für mein Projekt haben, also hab ich seinen Account auf Facebook gesucht. Aber nicht er hat mir geantwortet, sondern seine Frau.«

»Oh. Wie furchtbar.« Nachdenklich trete ich näher an die Wand und fahre mit zwei Fingern die Linien nach. Die Liebe zum Detail ist beeindruckend.

Im nächsten Moment höre ich ein Klicken hinter mir. Ohne hinzusehen ist mir klar, dass Jack ein Foto von mir gemacht hat. Wie bei unserem ersten Treffen im Park. Doch dieses Mal ist es okay. Ich weiß, dass er nichts davon für sein Projekt verwenden kann. Das hier ist nicht mein Kunstwerk. Ich bin einfach nur jemand, den der tote Sprayer mit seinem Bild begeistert hat. Wieder ertönt das Klicken. Dieses Mal drehe ich mich um.

»Sorry«, sagt Jack sofort. Irgendetwas in meinem Blick scheint ihn dazu gebracht zu haben. »Ich weiß, du magst es nicht, fotografiert zu werden. Aber deine Haare im Wind und deine Faszination für das Mädchen …« Er wirkt ertappt.

»Ich habe nie gesagt, dass ich das nicht mag.« Meine Worte sind mit Bedacht gewählt. Weil sie stimmen. Ich habe nichts dagegen, dass Fotos von mir gemacht werden. Nur nicht in Kombination mit meinen Kreidezeichnungen.

Jack steht ein paar Meter von mir entfernt und blickt mich einfach nur an. Er kommt nicht auf mich zu, und auch ich bleibe dort, wo ich bin. Vor der Wand, neben dem Mädchen, das so lebendig aussieht, dass ich am liebsten selbst nach ihren Seifenblasen greifen und davonfliegen würde.

»Zeig mir die Bilder«, fordere ich ihn schließlich auf, und diese Bitte bringt Leben in ihn. Mit wenigen Schritten ist er bei mir und hält mir den Bildschirm seiner Kamera entgegen. Er hat nur zwei Fotos gemacht, und keines davon zeigt mein Gesicht. Man sieht einfach nur eine junge Frau, die mit der Hand über die bemalte Wand streicht. Doch es ist das zweite Foto, das mich wirklich beeindruckt. Es zeigt mich zwar von der Seite, aber ich sehe überhaupt nicht aus wie ich selbst. Mein Gesicht liegt zur Hälfte im Schatten, und trotzdem ist genau zu erkennen, wie fokussiert ich bin. »Wow«, murmle ich und gebe ihm die Kamera zurück. »Das ist …«

Er lässt mich nicht zu Ende sprechen. »Spielerei«, sagt er und lächelt unsicher. »Ich kann die Bilder wieder löschen, wenn du willst …«

Er überlässt die Entscheidung mir. Und während neulich im Park alles in mir danach geschrien hat, die Bilder, die er gemacht hatte, unwiderruflich zu entfernen, will ich das heute nicht. »Nein«, sage ich und schiebe meine Hände in die hinteren Hosentaschen meiner Jeans. »Du kannst sie behalten.«

»Ehrlich?« Erstaunt sieht er mich an.

»Ja.« Ich nicke. »Sie sind hübsch. Vielleicht lasse ich eins davon drucken und schenke es meiner Mom zu Weihnachten.« Eigentlich will ich damit die Stimmung zwischen uns wieder lockern, aber es gelingt mir nicht. Jack starrt mich weiterhin an. Die Intensität in seinem Blick geht mir so sehr durch Mark und Bein, dass ich mich von ihm abwende und ein paar Schritte von der bemalten Wand wegmache. Mit einem Mal kann ich nicht mehr ruhig stehen. Alles in mir kribbelt. »Gehen wir weiter?«, frage ich und setze mich in Bewegung. Jack zögert noch kurz, dann schließt er zu mir auf, und für eine Weile laufen wir schweigend nebeneinanderher. Bis ich die Stille durchbreche. »Woher kommt deine Faszination für die Fotografie?«

»Die hatte ich irgendwie schon immer. Ich war acht, als ich meine erste Kamera bekam«, erzählt er. Ich lausche ihm gebannt. Seine

Stimmfarbe ist dunkel und weich und klingt ziemlich sexy. »Es war eine ganz billige Digitalkamera, die Fotos hatten eine furchtbar schlechte Qualität. Aber das Ding war mein Ein und Alles. Ich habe sie überall mit hin geschleppt und ständig so viele Bilder gemacht, bis die Speicherkarte voll war. Früher ging das echt lästig schnell.« In jedem seiner Worte schwingen so viele Erinnerungen mit. So viel Liebe. Ich hatte recht mit meiner Einschätzung: In Jack steckt nicht nur unglaublich viel Leidenschaft für die Fotografie. Er *lebt* dafür. »Unser Haus war vollgepflastert mit meinen Fotos. Ich hab natürlich die typischen Anfängerfehler gemacht. Schiefer Horizont und so. Abgeschnittene Füße. Ich hab die falschen Objektive benutzt, überbelichtet und mit den Einstellungen gespielt. Aber im Laufe der Zeit wurde ich besser. Und vor allem neugieriger. Ich habe die verschiedensten Dinge ausprobiert, weil ich es unglaublich fand, einem Bild allein durch einen günstigen Winkel eine komplett andere Bedeutung zu geben.«

Jack redet weiter, ich lausche und erwische mich bei dem Gedanken, dass ich das ewig tun könnte. Ich liebe die Art, wie er über sich und die Kunst in der Stadt spricht. Über die Graffitis. Die eingestrickten Baumstämme, die Regenschirme, die als Dach in einer kleinen Seitengasse aufgespannt sind. Und Jack hält alles mit seiner Kamera fest. Wir schlendern gefühlt ewig durch Baltimore, entdecken Lichterspiele in den Blättern der Bäume und Schattentänze auf dem Boden.

»Das könnte ein Drache sein«, schlägt Jack vor.

»Und das eine Palme.« Ich deute auf die Stelle vor mir auf dem Asphalt.

»Hier ist eine Fledermaus.«

»Und das sieht aus wie zwei tanzende Bären.«

Noch eine Weile suchen wir Motive in den Schatten wie früher in Wolken und lachen über die Ideen des jeweils anderen, bis Jack plötzlich stehen bleibt. »Wir sind da.«

»Okay?« Überrascht mustere ich ihn. »Ich wusste gar nicht, dass wir ein Ziel haben.«

»Ich auch nicht.« Er grinst. »Aber dann habe ich das hier gelesen.« Mit dem Kopf nickt er in Richtung eines Schildes. Mein Blick rast über die Worte.

Indoor Flohmarkt. Täglich 8 bis 20 Uhr.

Jack zieht die schwere, schon etwas angerostete Eisentür der alten Lagerhalle auf, vor der wir gelandet sind, und macht eine galante Handbewegung. »Nach dir.«

Ich husche hinein, und augenblicklich ist es laut und hektisch um uns herum. Unzählige Stände sind aufgebaut, Verkäufer drängen sich dicht an dicht, lachen, scherzen und reden miteinander. Obwohl das Gebäude von außen komplett unscheinbar gewirkt hat, flimmert und flirrt es hier drin vor Energie. Staunend sauge ich den Anblick der vielen Verkaufstische in mich auf. Bunte Tücher, Klamotten, Schmuck, alte Metallschilder und Dosen, Bücher, gebrauchte Lederkoffer und Vintagemöbel … Es ist überwältigend. Und großartig.

»Nichts für ungut.« Ich grinse Jack breit an. »Aber das ist um einiges cooler als Hunde in Tutus.«

Meine Worte lassen ihn amüsiert lachen. »Kann ich nicht leugnen«, stimmt er mir zu, greift nach seiner Kamera und macht ein paar Bilder. »Sehen wir uns um?«

Ich nicke und folge ihm zum ersten Stand, an dem alte Schallplatten in Kisten aufgereiht sind. Jack hängt sich seine Kamera um die Schulter und beginnt, die Boxen durchzusehen.

»Hast du einen Plattenspieler?«

»Nein.« Er grinst mir kurz zu. »Aber ich mag die Teile trotzdem echt gern.«

»Ich auch.« Ich lasse meine Finger über einzelne Platten streifen, kippe eine nach der anderen nach vorne und lese mir die Interpreten durch. ABBA, The Beatles, Pink Floyd, The Who, ACDC, Deep Purple, The Doors. Bands, die meine Eltern oft hören, gemischt mit Musikern, die mir gar nichts sagen. Immer wieder ziehe ich eine Platte mit besonders hübschem Cover hervor, betrachte sie näher und zeige sie Jack. Und dann entdecke ich ein bemaltes Exemplar, das zur Dekoration am Stand aufgehängt wurde.

»Sieh mal.« Ich lege meine Hand auf seinen Unterarm und zeige mit dem Finger auf das runde Schmuckstück.

»Ist das … Das ist John Lennon, oder?«

Ich nicke und schaue die Platte weiterhin an. Jemand hat mit weißem Edding das Gesicht auf den schwarzen Untergrund gezeichnet, und es ist der Person ziemlich gut gelungen.

»Das ist cool.« Jack tritt näher zu mir, und ich spüre die Wärme, die von seinem Körper ausgeht. Und mit einem Mal kann ich es besonders intensiv riechen. Den Duft seines Duschgels, gepaart mit etwas, das nur Jack ist. Am liebsten würde ich einen Schritt nach hinten machen und mich einfach an ihn lehnen. Aber ich tue es nicht, weil das seltsam wäre. Auch wenn wir den kompletten Nachmittag miteinander verbracht haben und nun gemeinsam über einen Flohmarkt gehen … Eigentlich kenne ich ihn nicht. Und er mich auch nicht.

Ich atme tief durch und wickle mir eine Haarsträhne um den Finger. Meine Hände zittern, als ich eine weitere Platte aus der alten Holzkiste ziehe. »Danach wurde meine Mom benannt.« Ich tippe auf die Hülle von *Abbey Road* von den Beatles.

»Deine Mom heißt also Abbey?«

Ich nicke. »Eigentlich Abigail. Aber sie wird Abbey genannt. Deshalb steht dieses Album ungefähr zweihundert Mal zu Hause rum. Ich glaube, sie hat es auch als Kassette.«

»Und als Vinyl?« Jack deutet auf die Platte in meiner Hand. »Falls nicht, solltest du es ihr unbedingt mitnehmen. Sie würde sich bestimmt freuen.«

»Würde sie«, stimme ich ihm zu. »Aber sie hat es tatsächlich schon. Sogar signiert.« Schwungvoll schiebe ich das Album zurück in die Kiste.

Ein paar Minuten später lassen wir den Stand zurück und ziehen weiter. Jack setzt mir mindestens drei Hüte auf, von denen einer schrecklicher ist als der andere, und ich wickle ihm dafür den dicksten Schal, den ich finden kann, um den Hals. Am Ende befindet er sich unter so viel Stoff, dass nur noch seine Augen hervorblitzen. Lachend sehe ich ihm dabei zu, wie er sich aus seinem Schalmeer befreit. Aus Rache sucht er mir die scheußlichsten Ohrringe aus, die ich je gesehen habe. Sie bestehen aus riesigen, blauen Federn mit kitschigen weißen und goldenen Perlen. Ich klippe sie an meine Ohren, ziehe eine Grimasse, und Jack reagiert blitzschnell und fotografiert mich, während ich wie ein Papagei aussehe.

»Ey!«, protestiere ich und will ihm seine Kamera abnehmen, doch ich habe keine Chance. Er hält sie sich über den Kopf außerhalb meiner Reichweite und sieht mir mit vor Belustigung zuckenden Mundwinkeln dabei zu, wie ich vergeblich an ihm hochspringe. »Jack! Gib her!«

»Nein, tut mir leid.« Er lacht und schüttelt gleichzeitig den Kopf. »Ich bin der Fotograf. Du das Model.«

»Das war so nicht abgemacht.« Ich runzle die Stirn und versuche wieder, mir seine Kamera zu schnappen. Doch Jack ist gut. Erneut hält er sie sich über den Kopf und lässt mich dabei nicht aus den Augen. Auch, als ich mich ganz dicht vor ihn stelle und in sein Gesicht starre, bleibt er die Ruhe selbst. Ganz im Gegensatz zu mir. Mein Herz fängt schlagartig an zu rasen, und mir wird bewusst, wie nah ich ihm schon wieder bin. Ich sehe, wie sich sein Brustkorb mit jedem Atemzug hebt und senkt, und ich bilde mir ein, dass er noch einen kleinen Schritt auf mich zukommt. Kaum merklich, kaum sichtbar, und doch bin ich mir sicher. Mein Blick bohrt sich in seinen, er lässt die Kamera sinken, und eigentlich wäre das meine Chance. Aber ich ergreife sie nicht. Ich sehe ihn weiter an und bin völlig verwirrt. Was tun wir hier? Was tue *ich* hier? Um uns herum herrscht ein beeindruckender Lärmpegel, und trotzdem kommt es mir so vor, als wären wir in diesem Moment vollkommen allein auf der Welt.

Und dann klingelt ein Handy. Es dauert ein paar Sekunden, bis ich begreife, dass es Jacks ist. Auch er sieht für einen kurzen Augenblick verwirrt aus. Oder verärgert? Ich bin mir nicht sicher. Dennoch trete ich ein kleines Stück von ihm weg.

»Nimm an«, meine ich, ziehe die furchtbaren Ohrringe wieder aus und lege sie mit einem entschuldigenden Lächeln an den des Verkäufer zurück auf den Tisch.

Jack hält immer noch sein klingelndes Smartphone in der Hand und starrt auf das Display.

»Willst du nicht rangehen?« Ich kann nicht verhindern, dass ich ebenfalls auf seinen Bildschirm sehe. *Jennifer* blinkt mir entgegen. Jennifer wie … Jenn. Die Anruferin von neulich.

Meine Frage scheint ihn aus seiner Starre zu reißen. Jack hebt den Blick und sieht mich fest an. »Nein«, sagt er, atmet einmal tief durch und lässt seinen Daumen über dem roten Telefonhörer kreisen. »Nein, will ich nicht.« Dann drückt er sie weg und schaltet sein Handy sogar komplett aus.

»Und falls es wichtig war?«, frage ich erstaunt.

»Glaub mir, war es nicht.« Seine Antwort ist kryptisch, und auch wenn ich weiß, dass es mich nichts angeht, würde ich gern nachfragen. Ich tue es nur deshalb nicht, weil mich der Ausdruck in seinen Augen davon abhält. »Gehen wir weiter?«, fragt er, und ich nicke. Plötzlich ist etwas anders. Als hätte dieser Anruf einen dunklen Schatten über uns gelegt und die Gelassenheit von eben verdrängt.

Schweigend wandern wir weiter durch die Halle. Von Stand zu Stand. Hier und dort werden wir von einzelnen Verkäufern angesprochen, doch die meisten lassen uns in Ruhe. Wir sehen unzählige Schätze und den größten Schrott. Besonders lange verweilen wir vor einem Tisch mit alten Büchern, weil ich mich einfach nicht davon lösen kann. Behutsam streiche ich über die Buchdeckel, blättere durch ein paar Werke und entdecke sogar ein altes Lesezeichen zwischen den Seiten. Jack steht am anderen Ende des Standes und zieht ein Buch nach dem anderen aus der großen, schweren Holzkiste, die wie eine Art Schatztruhe unter dem Tisch hervorlugt. Eigentlich ist sie genau das. Eine Box voller besonderer Fundstücke. Und obwohl wir immer noch nicht reden, merke ich, dass sich die Stimmung langsam wieder entspannt.

»Sieh dir das an.« Plötzlich befindet sich Jack neben mir und hält mir ein Buch vor die Nase. »Eine Erstausgabe von Jules Verne.«

Ich betrachte das Cover. Es ist leicht vergilbt und an manchen Stellen eingerissen, aber immer noch lesbar. »*Die Reise zum Mittelpunkt der Erde?*«

Jack nickt. »Meine Mom hat mir das Buch bestimmt zwanzigmal vorlesen müssen. Die Geschichte hat mich als Kind einfach gefesselt. Und als ich genug davon hatte, wollte meine Schwester sie hören. Ich glaube, Mom hat uns irgendwann dafür gehasst.«

»Du hast eine Schwester?«

»Ja, Leah. Sie ist letzten Monat zwanzig geworden.«

»Dann ist sie so alt wie ich.« Ich lege das Buch in meiner Hand zurück und greife nach einem alten Bilderrahmen, der mit ein paar anderen auf dem Tisch verteilt liegt. Die weiße Farbe blättert an einer Ecke etwas ab, doch das kann ich problemlos neu streichen. Er wäre das perfekte Geschenk für meine Mom. Und kostet nur ein paar Dollar. Ich signalisiere dem Verkäufer, dass ich den Rahmen haben will und bezahle. Kurz darauf halte ich eine kleine Papiertüte in der Hand und erzähle Jack von meinem Vorhaben.

»Du willst deiner Mom also wirklich eins meiner Fotos von dir schenken?«

»Klar. Sie liebt Bilder von mir. Vor allem, weil es keine Babyfotos von mir gibt.«

»Warum nicht?« Interessiert mustert er mich, während wir ein paar Meter weiterlaufen. Vorbei an einem Krimskrams-Stand mit altem und, ehrlich gesagt, auch verflucht gruseligem Spielzeug und einem Angebot von Lederjacken und Boots.

»Sie sind verbrannt. Ich habe keine Erinnerungen mehr daran, aber anscheinend gab es damals ein Feuer, das so ziemlich alles vernichtet hat, was meine Eltern besaßen.«

»Scheiße.« Fast schon bestürzt sieht Jack mich an. »Das tut mir leid.«

»Muss es nicht.« Ich lächle und schwenke die Papiertüte neben mir her. »Es sind nur Fotos. Und Mom, Dad und mir ist ja nichts weiter passiert.«

»Also hast du keine Geschwister?«, schlussfolgert er.

»Nein, ich bin Einzelkind.« Ich biege am Ende des langen Gangs in den nächsten ab. »Aber das ist nicht so traurig, wie es klingt. Meine Kindheit war super. Mom war da, sobald ich aus der Schule kam, und am Wochenende haben wir zu dritt Ausflüge gemacht.« Meine Eltern hatten sich ständig etwas Neues überlegt. Wir sind nie zweimal am selben Ort gewesen.

Jack sagt nichts dazu, blickt mich stattdessen von der Seite an und scheint über meine Worte nachzudenken. Spielerisch stoße ich ihn mit der Schulter an. »Hey. Das ist wirklich okay, Herr Fotograf. Babys sehen sowieso alle gleich aus.«

»Das ist nicht wahr«, widerspricht er, doch bevor ich erneut dagegen argumentieren kann, greift er nach meiner Hand und hindert mich am Weiterlaufen. »Vielleicht finden wir ja hier ein Ersatzbild für dich.« Jack zwinkert mir zu und zieht mich an einen Stand. »Ich stelle mir das Bild einer kleinen Prinzessin vor. Langes Kleid mit Kragen und … Autsch!« Er lacht auf, als ich ihn in die Seite kneife. »Also gut. Wenn du lieber Sabberlatz und Strampler willst, finden wir da sicher auch was.«

Vor uns befindet sich eine Vielzahl an Boxen und Kisten mit alten Bildern und Postkarten. Wie die Bücher sind manche wirklich sehr alt und vergilbt und verströmen einen ganz eigenen Geruch. Allerdings hält das weder Jack noch mich davon ab, die Fotos durchzusehen. Eins nach dem anderen. Es ist mir ein Rätsel, wieso jemand so alte Familienstücke weggeben sollte, doch allem Anschein nach gibt es genug Menschen, die das problemlos tun. Immer wieder hält Jack mir ein Bild entgegen. Babys in furchtbar hässlichen Rüschenkleidern. Kleinkinder, die ganz offensichtlich Angst vorm Fotografen hatten und ihre Augen weit aufgerissen haben. Aber den krönenden Abschluss bildet das Bild, das er mir gerade zeigt.

»Dein Ernst?« Mein Blick spricht eine eindeutige Sprache. »Das ist ein Junge. In einer scheußlichen … Was soll das überhaupt sein? Eine Uniform für Babys?«

»Er sieht dir verblüffend ähnlich, findest du nicht?«

»Von wann ist das Foto überhaupt? Das ist doch mindestens achtzig Jahre alt.«

Jack dreht es um. »Zweiundachtzig, um genau zu sein.«

»Ach. Na dann.« Ich nehme es ihm aus der Hand und stecke es zurück in eine Box. »Am besten suche ich mir selbst ein Foto aus. Schau du dir lieber so was an.« Mit den Fingerspitzen ziehe ich eine Postkarte aus einem Stapel alter Briefe. Die Rückseite ist eng beschrieben, doch es ist eindeutig, dass es sich bei der Karte um eine Art Liebesbrief handelt. In jede Ecke sind Herzchen gemalt. Große, kleine, ausgemalt oder nur die Umrisse. Ich überfliege die Zeilen, aber ich kann die Buchstaben kaum entziffern.

»Zeig mal.« Jack kommt näher und beugt sich mit mir gemeinsam über die Karte in meiner Hand. »Liebe Adaline«, liest er vor und verstellt dabei sogar seine Stimme.

»Es sind jetzt drei Wochen ohne dich«, mache ich weiter und bemühe mich um einen sehnsüchtigen Tonfall, weil mir das viel zu viel Spaß macht.

»Du fehlst mir von Tag zu Tag mehr.«

»Ich zähle die Sekunden, bis wir uns wiedersehen, mein Liebling.«

»Da ist aber jemand ganz schön verliebt gewesen.« Jack grinst und dreht die Karte um, sodass wir die Vorderseite betrachten können. Es zeigt ein großes Herz, das den kleinen auf der Rückseite ziemlich ähnlich ist. Vielleicht hat der Absender es selbst gezeichnet. Noch eine Künstlerseele. Der Gedanke, dass schon damals Menschen gern gemalt haben, gefällt mir. Auch wenn es nur ein simples Motiv ist, er hat sich Mühe gegeben. Und das ist wichtiger als jede Perfektion.

Lächelnd schiebe ich die Karte zurück und sehe ein paar weitere durch, bis ich merke, dass Jack nicht mehr neben mir steht. Er ist zum nächsten Stand gewandert und hält eine Kamera in der Hand. Beim Näherkommen erkenne ich, dass es nicht seine eigene, sondern eine alte ist, die silbern glänzt. Vor Jack liegt eine lederne Umhängetasche, die wohl zu der alten Kamera gehört, die er beinahe andächtig hin und her dreht.

Als er mich bemerkt, sieht er mich mit einem Strahlen in den Augen an. »Das hier ist eine *Agfa Optima 1 Color Apotar S*, Aria. Original aus den Sechzigerjahren. Mein Gramps hatte früher so eine.« Mit flinken Fingern fährt er über die Knöpfe. Ich gestehe, dass ich seine Begeisterung nicht ganz nachvollziehen kann, aber mir gefällt, wie leidenschaftlich er über die Kamera spricht. »Weißt du, was so besonders daran ist?« Er sieht mir wohl an, dass ich keinen blassen Schimmer habe, und redet deswegen enthusiastisch weiter. »Sie wurde in Deutschland hergestellt. Gramps war als junger Mann in Europa und hat sich dort exakt dieses Modell gekauft. Und er hat es geliebt. Fast alle Kinderbilder meiner Mom wurden damit gemacht, und ich glaube, auch die ersten von mir. Irgendwann ging sie nicht mehr, er hat noch versucht, sie zu reparieren, aber das hat leider nicht geklappt.« Seine Finger fahren immer noch die Konturen der Kamera ab. »Bis vor ein paar Jahren stand sie in seiner Vitrine. Dann ist sie meiner Tante beim Abstauben runtergefallen.«

»Du solltest sie kaufen, wenn sie noch funktioniert.« Ich sage das Erste, was mir durch den Kopf schießt, und greife nach dem kleinen Schild, das am Gehäuse befestigt wurde. »Sechzig Dollar. Das ist okay, oder?« Ich kenne mich kein bisschen damit aus, aber teuer erscheint mir dieser Preisvorschlag nicht. Vielleicht kann Jack trotzdem noch handeln.

Und genau das tut er. Kurz darauf besitzt er eine neue, funktionsfähige Kamera samt Ledertasche – für fünfzig Dollar. Er strahlt wie ein kleines Kind an Weihnachten, das seine Geschenke ausgepackt und festgestellt hat, dass es genau das bekommen hat, was es sich sehnsüchtig gewünscht hat. Seine Freude ist ansteckend. Ich erwiderte sein Lächeln und biete ihm an, seine eigentliche Kamera zu tragen, damit er sich mit seinem neuen Baby beschäftigen kann.

»Dann brauchst du jetzt nur noch Filmrollen dafür.«

»Stimmt.« Jack nickt und reibt mit einem Stück seines T-Shirts über das Objektiv. »Aber das ist kein Problem. Ich glaube, ich habe zu Hause noch eine Rolle. Und sonst bestelle ich welche.«

»Werden die noch produziert?«

»Werden sie. Nicht ganz billig, aber solange ich nicht jeden Tag damit Fotos mache, geht das schon.« Wir laufen weiter, an eher unscheinbaren Ständen vorbei, bis wir an ein paar Essensbuden ankommen. Und langsam merke ich den Hunger. Die Whoopie Pies und der Kaffee liegen schon eine Weile zurück, und die vielen Köstlichkeiten, die hier angeboten werden, duften verlockend.

»Worauf hast du Lust? Ich lade dich ein.«

»Das musst du nicht …« Ich setze zu einem Protest an, doch Jack lässt mich gar nicht richtig zu Wort kommen.

»Ich weiß, dass ich das nicht muss. Aber ich möchte gern. Okay?« Der Blick, mit dem er mich bedenkt, ist offen und sanftmütig und lässt mir die Wahl. Intuitiv weiß ich, dass er mir nicht böse wäre, wenn ich darauf bestehen würde, selbst zu bezahlen.

»Okay.« Ich nicke und betrachte die großen Tafeln. Das Angebot ist riesig. Es reicht über die klassischen Hotdogs in allerlei Varianten, Sandwiches, bis hin zu gebratenen Nudeln. Und dann entdecke ich etwas, das ich unbedingt probieren möchte. »Sind das Pizza-Muffins?« Ich trete näher und linse durch die Glasscheibe, die mich von dem salzigen Gebäck trennt.

»Mit verschiedenen Füllungen, Signorina.« Den Mann hinter der Scheibe scheint meine Neugier zu amüsieren. Er lacht und entblößt dabei eine große Lücke zwischen beiden Schneidezähnen.

»Dann bitte zwei der Muffins und …« Jack sieht zu mir, ehe er weiterspricht. »Wollen wir uns noch ein Sandwich teilen?«

»Gern. Mit Avocado und Tomate?«

Er nickt und wendet sich wieder an den Verkäufer. »Und das Sandwich in zwei Teilen. Danke.«

»Aye, kommt sofort.« Der Mann macht sich pfeifend ans Werk.

Keine fünf Minuten später halten wir unser Essen in den Händen und schlendern Richtung Ausgang. Als wir die Lagerhalle verlassen, stelle ich fest, dass es bereits dämmert.

»Wow«, entfährt es mir. »Wie lang waren wir denn da drin?«

»Lange.« Jack grinst breit und beißt vergnügt in seinen Muffin. Ganz eindeutig schmeckt es ihm.

»Machen wir uns auf den Rückweg?« Nicht, dass ich das Ende des Abends herbeisehne, aber wir sind ein ganzes Stück gelaufen, bis wir den Flohmarkt erreicht hatten. Das alles zurückzugehen, wird dauern.

»Da vorne ist es.« Ich zeige auf das mehrstöckige Gebäude, in dem sich meine Wohnung befindet. Es brennt Licht, also sind Thao und Izzy oder wenigstens eine von beiden zu Hause. Normalerweise liebe ich gemeinsame WG-Abende, weil sie viel zu selten vorkommen, aber heute … Jack und mich trennen nur noch ein paar Meter vom Hauseingang. Und obwohl wir gefühlt eine halbe Ewigkeit miteinander verbracht haben, will ich nicht, dass der Abend jetzt endet. Ich fühle mich wohl in seiner Gegenwart. Er ist witzig und charmant, ohne aufdringlich zu sein, und er kann sich für Dinge begeistern, die ihm wichtig sind. Genau wie ich.

»Du wohnst nicht auf dem Campus?«

»Nein. Meinen Eltern ist es so lieber. Sie wollen nicht, dass ich zu sehr abgelenkt werde. Und da sie meine Miete bezahlen …« Ich lasse meinen Satz unbeendet in der Luft hängen. Anfangs hat es mich geärgert, nicht mittendrin zu sein und wie viele andere im Wohnheim zu wohnen. Aber dann sind Thao und Isobel eingezogen und meine Meinung hat sich geändert. Um nichts in der Welt würde ich unsere WG aufgeben.

»Du hattest also nicht wirklich Mitspracherecht. Verstehe.«

»Es ist echt okay.« Ich kicke einen kleinen Stein zur Seite und beobachte, wie er an einem Baum abprallt und auf die Straße rollt. »Ich brauche nicht lange zur Uni und werde nicht jede Nacht wachgehalten, weil auf irgendeinem Stockwerk Party ist.« Abgesehen davon brauche ich die Ruhe zum Lernen wirklich, doch das sage ich Jack nicht.

»Ich war seit Monaten nicht mehr richtig feiern.«

»Dann kommst du auf die nächste Party einfach mit.« Die Einladung ist mir über die Lippen gerutscht, ehe ich groß darüber nachdenken konnte. »So alt bist du ja noch nicht. Dreiundzwanzig?«, tippe ich und lege den Kopf schief.

»Vierundzwanzig. Aber danke für die Blumen.« Er grinst zurück.

Und dann stehen wir da. Unschlüssig, was ich tun soll, blicke ich auf den Boden. Wie verabschiedet man sich von jemandem, den man kaum kennt und dessen Gegenwart sich nach diesem Nachmittag trotzdem verdammt vertraut anfühlt? Und den man gern wiedersehen würde?

»War cool heute, oder?« Im Gegensatz zu mir wirkt Jack wie die Ruhe selbst.

»Ja.« Ich nicke und verstärke unwillkürlich den Griff um die Henkel der Tüte mit dem Bilderrahmen. Wieso fällt es mir auf einmal so schwer, ihn anzusehen? »Sorry, ich bin ...«, beginne ich, unterbreche mich dann aber selbst. »Das hier ist ... Keine Ahnung, wie man sich nach so einem Tag am besten verabschiedet.«

»Nach so einem Tag?« Er grinst noch immer.

»Du weißt schon ...« Ich wedle mit der Hand zwischen uns hin und her, was seine Belustigung nur weiter steigert. »Ich wurde noch nie auf eine Hundegeburtstagsparty mitgenommen.«

»Hat Spaß gemacht, findest du nicht?«

Erstaunlicherweise hat es das. »Ja, total, aber ...«

»Aber was?« Kaum merklich macht er einen Schritt auf mich zu. Sein Blick ruht unumstößlich auf mir, während ich nur noch auf seine Brust starre. Seine Brust, die sich deutlich unter dem Stoff seines Shirts abzeichnet. Jack hat keine übertriebenen Muskeln, aber dass er trainiert, ist nicht zu übersehen.

»Zum Glück war das kein Date«, platzt es aus mir heraus, und ich hebe den Kopf. »Sonst wären nun … bestimmte Erwartungen an diesen Moment geknüpft, und ich …«

»Aria.« Jacks Stimme klingt plötzlich viel tiefer, sein Blick wird noch eindringlicher. Noch intensiver. Ich wage kaum zu atmen. »Der Tag war schön, oder?«

Wortlos nicke ich, verliere mich in seinen Augen.

»Was dagegen, wenn ich ihn noch ein bisschen schöner mache?« Er wartet, bis ich den Kopf geschüttelt und ihm meine Zustimmung gegeben habe. Und dann küsst er mich. Er schließt die Lücke zwischen uns, beugt sich mir entgegen und legt seine Lippen auf meine. Ganz sanft, fast schon vorsichtig. Ein erstes behutsames Kennenlernen. Eine Absicherung, dass das hier genau das ist, was wir beide wollen.

Ich reagiere instinktiv. Die Tüte gleitet mir aus der Hand, fällt auf die kleine Wiese vor dem Hauseingang, und ich schlinge beide Arme um seinen Hals. Weil er viel größer ist als ich, stelle ich mich auf die Zehenspitzen, um ihm noch näher zu kommen. Gott, er riecht gut. Er schmeckt gut. Jack ist auf einmal überall, benebelt meine Sinne, raubt mir den Atem, bringt gleichzeitig Leben in mich und gibt mir das Gefühl, der begehrenswerteste Mensch auf der ganzen Welt zu sein.

Ich hole nicht einmal Luft, küsse ihn weiter und weiter. Wieder und wieder. Eine Minute lang. Fünf. Ein ganzes Leben. Mit geschlossenen Augen rücke ich noch ein Stückchen näher an ihn heran, lasse zu, dass er mich weiter auf das Grundstück schiebt und auf die erste Treppenstufe hebt. Schlagartig ändert sich der Größenunterschied zwischen uns, und es wird einfacher, ihn zu küssen. Nicht, dass es vorher schwer gewesen wäre. Ich glaube, mir ist noch nie etwas so leicht gefallen.

Jack schiebt seine Hände auf meinen Rücken, hält mich fest. Meine Brüste pressen sich gegen seinen Oberkörper, und ich lege meine Finger an seine Wangen. Sie sind rau, sein Dreitagebart kratzt auf meiner Haut, und plötzlich ist das das schönste Gefühl aller Zeiten.

Ich lasse meine Hände weiter in seinen Nacken wandern, vergrabe sie in seinen Haaren. Sie sind kurz, aber lang genug, sodass meine Finger problemlos hindurchgleiten können. Seine Lippen streichen über meine. Zart, sanft, fest, neckisch. Er weiß genau, was er tut, und ich will ihn näher und näher, versuche, noch enger an ihn zu rücken. Sein Atem streift mich, kitzelt, und wie von selbst lege ich den Kopf schief. Ich will mehr. Viel mehr. Jack fährt mit seinen Lippen über meine Mundwinkel, meine Kieferlinie entlang bis zu meinem Hals und löst damit ein Kribbeln auf meinem gesamten Körper aus. Im nächsten Moment saugt er an meiner Haut, erst leicht, dann fester, und ich weiß mit absoluter Sicherheit, dass ich morgen an exakt dieser Stelle einen Knutschfleck haben werde.

Dann geht das Licht im Treppenhaus hinter uns an, und wir fahren auseinander. Verlegen mache ich einen Schritt zur Seite, und Jack tut es mir gleich. Ich spüre immer noch die Wärme, die von seinem Körper ausgeht. Jede einzelne Nervenzelle in mir ist elektrisiert von seinen Berührungen. Wir lassen meinen Nachbarn Max aus dem zweiten Stock vorbei, ich nicke ihm kurz zu, dann fällt die Tür ins Schloss, und wir sind wieder allein. Und ich habe keine Ahnung, was ich nun sagen soll.

Danke für den Kuss? Können wir das noch mal machen? Willst du mit hochkommen?

Ich spreche nichts davon aus, weil ich mit einem Mal wieder nervös bin. Und Jack bemerkt das.

»Hey.« Er streicht mir eine Haarsträhne aus der Stirn und hinters Ohr. Genau so, wie ich es oft selbst tue. Ich sehe auf und blicke direkt in seine funkelnden Augen. »Alles okay?«

Ich nicke. Weil ich nicht weiß, was ich sagen soll. Und weil ich mir sicher bin, jetzt keine ganzen Sätze formulieren zu können. Ich habe diesen Kuss nicht erwartet. Himmel, ich habe *Jack* nicht erwartet. Als ich vor ein paar Wochen für die Sommerkurse zurück nach Baltimore gekommen bin, bin ich davon ausgegangen, dass alles so sein würde wie immer: Vorlesungen, lernen, arbeiten. Zwischendurch malen und mit meinen Mitbewohnerinnen Zeit verbringen. Dass ich knutschend vor meiner Haustür stehen würde, mit einem Kerl, den ich erst seit ein paar Tagen kenne, war definitiv nicht Teil meiner Vorstellung. Und trotzdem stehe ich nun hier und will eigentlich gar nicht damit aufhören, Jack zu küssen.

Also tue ich es noch einmal.

8

JACK

»Und dann wollte Camilla unbedingt Hellblau in die Liste aufnehmen.«

»Und Sapna ein dunkles Lila. Wie Flieder, nur in sehr kräftig.«

»Und jetzt wissen wir nicht, was wir machen sollen. Hellblau oder Dunkelflieder?«

Aram und Trent sehen mich erwartungsvoll an, nur habe ich leider keinen Schimmer, worum es genau geht. Seit einer knappen Stunde sitze ich mit den beiden in ihrem kleinen Garten im Hinterhof. Eigentlich nur für ein Feierabendbier, um mich von den Gedanken an Jenns Anruf, den ich gestern weggedrückt habe, abzulenken, doch irgendwie hat sich das alles hier zu einem Planungsmeeting entwickelt. Meiner Meinung nach mischen sich die beiden Mütter viel zu sehr in die Hochzeit ihrer Söhne ein.

»Warum nehmt ihr nicht einfach die Farbe, die euch gefällt?« Ich setze meine Flasche an und trinke einen kleinen Schluck. Vielleicht ist es sogar ganz gut, dass sie mich mit ihrem Problem beschäftigen. Es hält die Gedanken an Josie und ihre Mom zumindest ein bisschen in Schach. »Es ist doch eure Feier.«

»Uns gefällt so viel.« Aram seufzt und schiebt sich einen der Cracker in den Mund, die vor uns auf dem Tisch stehen. »Ich fände auch ein Moosgrün ganz fantastisch für die Dekoration. Oder ein pastellfarbenes Rosa. Aber das will mein Zukünftiger nicht.« Er wirft Trent einen vielsagenden Blick zu.

»Du willst ja auch kein Zitronengelb.«

»Weil ich Zitronen hasse.« Wieder seufzt Aram, und dieses Mal klingt es ziemlich theatralisch. »Ich möchte doch einfach nur heiraten. Keinen Deko-Wettbewerb gewinnen.«

»Dann haut ab.«

»Was?«, ertönt es sofort zweistimmig.

»Brennt durch. Verschwindet für ein paar Tage irgendwohin, heiratet dort in aller Ruhe und Zweisamkeit, und wenn ihr wieder da seid, schmeißt ihr eine Gartenparty.« Ich deute mit der Hand hinter uns. Ihr Grundstück ist nicht sonderlich groß, aber für eine ungezwungene Feier reicht der Platz auf jeden Fall.

Fassungslos wechseln die beiden einen Blick, ehe sie synchron die Köpfe schütteln.

»Meine Mom würde mich enterben«, erwidert Trent auf meinen Vorschlag.

»Und meine würde mich … keine Ahnung, was sie machen würde, aber es würde vermutlich wehtun.« Aram reibt sich über die Stirn. »Du kennst Sapna Patel nicht, Jack. Ich habe Angst vor ihr.« Seine zuckenden Mundwinkel verraten eindeutig, wie seine Worte gemeint sind. Er liebt seine Mutter über alles, auch wenn sie an manchen Tagen zu vergessen scheint, dass ihr Sohn dreißig Jahre alt ist und sein eigenes Leben lebt.

»Okay.« Diesmal bin ich derjenige, der seufzt. »Also kein Durchbrennen. Dann zeigt mal her.« Ich ziehe die Mappe mit den Farbproben zu mir und starre auf die Muster. Offenbar gibt es tatsächlich *alles.*

Nicht einfach nur Blau oder Gelb oder Lila, sondern jede Farbe auch noch in unzähligen Nuancen und Abstufungen.

Ich betrachte eine Seite nach der anderen, blättere um, kommentiere, was ich furchtbar finde, und lande schließlich bei einem Grünton, der mich unweigerlich an Aria erinnert. Das Oberteil, das sie gestern getragen hat, hatte genau diese Farbe. Sie am Ende des Tages zu küssen, war nicht geplant, aber die beste Idee gewesen, die ich seit Langem gehabt hatte. Den Nachmittag und den Abend mit ihr zu verbringen … Ich weiß nicht, wann ich mich das letzte Mal so schnell so wohl in der Gegenwart eines anderen Menschen gefühlt habe. Auch wenn ich so gut wie nichts über sie weiß, sind wir ziemlich vertraut miteinander gewesen. Mit ihr über den Flohmarkt zu schlendern, hat sich so angefühlt, als würden wir das regelmäßig machen. Und es fällt mir überhaupt nicht schwer, mir vorzustellen, wie wir das wieder und wieder tun. Nur dann ohne den Anruf von Jenn. Es war richtig, sie in diesem Moment wegzudrücken, und doch nagt das schlechte Gewissen an mir. Ich schulde es ihr, mit ihr zu sprechen. Das ist das Mindeste. Sie war früher wie eine zweite Mom für mich, und nachdem Josh inzwischen nichts mehr davon hören will, bin ich der Einzige, der noch übrig geblieben ist. Ich hätte sie wenigstens zurückrufen sollen. Aber jedes Telefonat erinnert mich unweigerlich an die Geschehnisse von damals. Und welche Rolle ich bei all dem gespielt habe.

»Hallo? Erde an Jack!« Aram schnippt mit zwei Fingern vor meinem Gesicht. »Was ist los mit dir?«

»Hm?« Ich hebe den Blick und sehe in das fragende Gesicht meines Vermieters. Trent ist verschwunden.

»Du starrst seit Minuten vor dich hin. Wo bist du denn mit deinen Gedanken?« In seinem Tonfall schwingt eine Mischung aus Belustigung und Besorgnis. Und da ich nicht will, dass er sich grundlos

Sorgen macht, beschließe ich, Aram zumindest zur Hälfte ehrlich zu antworten.

»Bei Aria«, gebe ich zu und blättere auf die nächste Farbenseite. Jenn und Josie erwähne ich nicht, denn Aram und Trent haben von den beiden keine Ahnung. Obwohl ich ihnen vertraue, will ich jetzt nicht darüber reden. Es ist anstrengend genug, das in regelmäßigen Abständen mit Jenn zu tun. Weil sie dann nicht nur von der neuen Spur berichtet, sondern auch in Erinnerungen schwelgt und mich damit immer tiefer mit sich zieht.

»Wer ist Aria?«, hakt Aram nach.

»Die Künstlerin aus dem Park«, entgegne ich.

Damit habe ich sein Interesse geweckt. »Ooooh. Erzähl mir mehr. Macht sie bei deinem Projekt mit?«

»Nein. Aber …« Ich bin mir nicht sicher, ob es so klug ist, Aram davon zu erzählen, aber ich will ihn auch nicht anlügen. »Ich habe sie geküsst.« Und dann kann ich das Lächeln, das sich auf meinen Lippen ausbreitet, nicht verhindern.

»Du hast *was*?« Überrascht reißt er die Augen auf. »Damit sie doch mitmacht?«

»Was redest du da? Scheiße, nein!« Ich schüttle heftig den Kopf. »Wir haben gestern nicht einmal über das Projekt gesprochen.« Aria wäre immer noch perfekt dafür, aber sie will nicht. Das hat sie mehr als einmal deutlich gemacht, und deswegen werde ich sie nicht mehr danach fragen.

»Wieso küsst du sie dann? Du verwirrst mich, Jack.«

Ich verwirre vor allem mich selbst.

Das sollte ich eigentlich sagen, doch stattdessen konzentriere ich mich auf seine Frage. »Weil ich es wollte.« Und *wie* ich es wollte. »Sie ist …« Ich stocke für einen Augenblick. »Sie ist ziemlich cool. Ich hab sie gestern zufällig in der Uni getroffen, weil ich dort einen Termin wegen eines Jobs hatte.« Und dann berichte ich Aram von unserem gemeinsamen Tag. Wie viel Spaß wir hatten. Und wie ich sie zum Abschied geküsst habe. Einfach, um den unangenehmen Moment vor ihrer Haustür besser zu machen. Ein kleiner Kuss, der ein Eigenleben entwickelt hat. Und den ich nur deshalb unterbrochen habe, weil ich gemerkt habe, dass ihr kalt wurde.

»Siehst du sie wieder?«

Ich nicke. »Hab ihr versprochen, im Park vorbeizukommen. Und nachdem ich nun weiß, wie sie ihren Kaffee trinkt …«

»… bringst du ihr noch mal welchen mit«, beendet Aram meinen Satz und sieht dabei sehr zufrieden aus. »Ich hab's doch gesagt, Kaffee überzeugt sie.«

»Nicht von der Projektteilnahme.«

»Aber von dir.« Er grinst breit. »Und ehrlich gesagt finde ich das sogar noch ein bisschen cooler.«

»Ich hab sie nicht von mir überzeugt«, widerspreche ich und greife nach meiner Flasche. »Es war nur ein Kuss.« Ein ziemlich guter, den ich gern wiederholen würde, aber das bedeutet nicht, dass sie das ebenfalls so sieht. Das werde ich erst noch herausfinden müssen.

»Du magst sie.« Aram grinst so breit, dass ich nicht anders kann, als mit den Augen zu rollen.

»Natürlich mag ich sie. Sie ist nett. Aber ich mag auch Pizza und Sushi und Apfelmus.«

»Der Vergleich hinkt ganz gewaltig, mein Lieber.« Aram blickt an mir vorbei, als Trent mit neuen Bierflaschen zu uns kommt und sich wieder setzt.

»Sorry, der Anruf hat länger gedauert. Was habe ich verpasst?«

»Jack hat geknutscht.«

»Ach ja?« Trent öffnet sich ein Bier und prostet mir zu. »Gut für dich, Mann. Mit wem?«

»Mit Aria. Aus dem *Park*«, erklärt Aram an meiner Stelle. »Und nein, sie macht trotzdem nicht bei Jacks Projekt mit.«

»Okay.« Gemütlich kuschelt Trent sich in seinen Gartenstuhl und mustert mich eindringlich. »Ich will die ganze Geschichte gehören. Leg los.«

Und erneut erzähle ich von meinem Tag mit Aria. Immerhin muss ich mich nun nicht mehr für eine Farbe entscheiden und mich entweder zum Feind von Arams Mom oder zu dem von Trents machen.

Aria ist da, als ich am nächsten Abend kurz nach fünf Uhr im Park ankomme. Sie trägt ein weißes Oberteil, darüber eine blaue Latzhose, deren einer Träger locker über ihrem Oberarm hängt. Ihre dunklen Haare sind zu einem wilden Dutt zusammengebunden, und für einen kurzen Moment bleibe ich in einigen Metern Entfernung stehen. Ich kann mir nicht helfen, sie sieht einfach wie eine waschechte Künstlerin aus.

Lächelnd setze ich mich wieder in Bewegung. Sie ist so konzentriert auf ihre Zeichnung, dass sie das kleine Eichhörnchen nicht einmal bemerkt, das ganz in ihrer Nähe auf der Wiese sitzt und an einer Nuss nagt. Erst, als es meine Schritte hört, hält es inne, sieht sich um und verschwindet schlagartig in den angrenzenden Büschen. Doch während das kleine Tier mich bemerkt hat, ist Aria immer noch vollkommen in ihre Arbeit vertieft.

»Hey«, spreche ich sie leise an, um sie nicht zu erschrecken, und halte ihr einen Becher vor die Nase. »Kaffeeservice.«

»Jack.« Sie blickt zu mir auf und blinzelt gegen die Sonne. Ich mache einen Schritt zur Seite, sodass mein Schatten auf sie fällt. »Hi. Danke.« Sie legt ihre Kreide beiseite und nimmt mir den Kaffee aus der Hand. Das Bild, das sie vor ein paar Tagen gemalt hat, ist heute noch immer deutlich zu sehen. Es hat seither nicht geregnet, doch offenbar hat Aria das nicht davon abgehalten, trotzdem zu malen. Nur dieses Mal eben ein Stück neben ihrer eigentlichen Stelle. Ich erkenne die Umrisse eines Mädchens mit Hut, das in einem Sonnenstuhl sitzt und ein Cocktailglas in der Hand hält.

»Urlaub«, sage ich und setze mich neben sie. »Du willst mal wieder in den Urlaub. Strand. Meer. Sonne. Richtig?« Ich sehe ihr dabei zu, wie sie einen Schluck ihres Kaffees mit Hafermilch trinkt.

»Klar. Wer will nicht gern in den Urlaub?« Sie zuckt mit der linken Schulter, wodurch der Träger ihrer Latzhose noch weiter nach unten rutscht. Ich bin versucht, die Hand danach auszustrecken und ihn zurück an seinen Platz zu schieben, aber ich bin mir nicht sicher, wie sie darauf reagieren würde. Nur weil wir uns geküsst haben, bedeutet das nicht, dass ich sie berühren kann, wann immer ich will.

»Darf ich?«, frage ich und deute auf die Farben in ihrem Kreidekoffer.

»Was hast du vor?« Sie wirkt skeptisch, nickt aber.

»Dir zeigen, mit wie viel Talent du gesegnet bist.« Ich stelle meinen eigenen Kaffee beiseite. »Pass auf.« Ich schnappe mir zwei Farben, springe auf die Füße und entferne mich etwas von ihr. »Wir wollen ja nicht, dass ich deine Kunst verschandle.« Ich knie mich knappe fünf Meter neben ihren Bildern auf den Boden und mache die ersten Striche. Ich bin nicht einmal mit Stift und Papier ein guter Zeichner, aber mit Kreiden ist es hoffnungslos. Den Baum, den ich auf den Asphalt male, hätte auch ein Erstklässler hingekriegt. Immer wieder linse ich zu Aria, die wirklich Mühe hat, sich das Lachen zu verkneifen. »Schon gut, mach dich ruhig über mich lustig.« Munter zeichne ich weiter. »Ich weiß, dass ich schlecht bin.« Und dennoch habe ich Spaß. Was einzig und allein ihrer Anwesenheit geschuldet ist. »Meine Talente liegen woanders.«

»Eindeutig.« Sie grinst, greift nach der hellgrünen Kreide und kommt zu mir herüber. »Ich rette dann mal, was zu retten ist, okay?«

»Nur zu.« Ich erschaffe einen Kinderbaum nach dem anderen, während Aria meinen Wald mit wenigen Handgriffen in ein Kunstwerk verwandelt. Sie schattiert, hebt hervor und vergrößert. Ich habe keine Ahnung, wie sie das macht, doch innerhalb kürzester Zeit haben wir gemeinsam ein Bild erschaffen, das beeindruckend ist. Es kann nicht mit ihren eigenen Werken mithalten, aber mir gefällt es. Und ich möchte es festhalten.

Nachdem ich die Kreiden zurück in Arias Koffer gelegt habe, ziehe ich mein Handy hervor. »Ist es okay, wenn ich das fotografiere? Nur das Motiv«, versichere ich ihr. »Nicht dich.«

Sie sitzt immer noch direkt vor unserer Zeichnung und bessert ein paar Baumkronen aus. Erst, als auch sie zufrieden wirkt, sieht sie auf. »Ja, ist es«, sagt sie und rutscht beiseite, um mir Platz zu machen.

Ich spüre ihren Blick auf mir, während ich die Fotos schieße. Von oben, seitlich, aus der Hocke. Es ist erstaunlich, wie anders das Bild je nach Winkel wirkt, aus dem ich fotografiere.

»Wo ist deine Kamera?«, fragt Aria nach einer Weile. »Ich dachte, man trifft dich nie ohne.«

»Stimmt auch.« Ich stecke mein Handy zurück in die Hosentasche und setze mich wieder neben sie. »Aber leider waren die Akkus nach meinem Termin vorhin leer, und ich habe vergessen, die anderen zu laden.« Wie auch immer mir das passieren konnte. Wobei, nein, ich weiß ganz genau, woran das lag. Dieses Mal war es eine Nachricht von Jenn mit einem Kinderbild von Josie und mir, das angeblich auf den Tag vor neunzehn Jahren entstanden ist.

»Was für einen Auftrag hattest du denn? Wieder irgendwelche Tiergeburtstage?«

»Schlimmer.«

»Schlimmer als Miss Lucys pinker Pudelgeburtstag?« Aria hebt beide Augenbrauen gleichzeitig an.

»Jap.« Ich nicke und grinse, als sie mich misstrauisch beäugt. »Es war ein Kindergeburtstag. Stell dir zehn Sechsjährige auf einem Haufen vor, die mich alle mit unzähligen Fragen löchern. *Warum blitzt deine Kamera? Darf ich das Foto sehen? Wieso sind da Knöpfe? Warum bist du so groß? Mein Daddy ist nicht so groß. Magst du Eis? Darf ich auch ein Foto machen?*«

Je mehr Fragen ich aufliste, umso schwerer wird es für Aria, nicht zu lachen. »Warum genau hast du diesen Auftrag angenommen?« Sie schmunzelt und stützt sich mit einer Hand hinter sich auf dem Weg ab. In der anderen hält sie wieder ihren Kaffee und nippt daran.

»Sicher nicht, weil es mein Lebenstraum ist, Kindergeburtstage zu fotografieren.« Ich strecke die Beine aus. »Willst du die ungeschönte Antwort?«

»Immer.«

»Ich brauche das Geld.« Meinen Worten folgt ein Schulterzucken. »Selbstständig zu sein ist toll. Aber eben nur, solange man genug verdient. Und noch bin ich nicht so weit, dass ich mir die Rosinen herauspicken kann.«

»Also sind es zwischendurch eben Hunde und Kinder, verstehe.« Sie lacht und legt den Kopf in den Nacken, um die letzten Sonnenstrahlen einzufangen. Allmählich ziehen Wolken auf, für die Nacht ist Regen angesagt. Regen, der diesmal auch unser gemeinsames Bild wegwaschen wird. Als hätte es den Zauberwald nie gegeben. Und obwohl ich ein Foto davon gemacht habe und weiß, dass genau das zu Arias Kunst dazugehört, bedauere ich diesen Umstand trotzdem.

»Ich habe übrigens auch einen Instagram-Account«, sagt sie plötzlich und durchbricht damit die eingekehrte Stille zwischen uns.

»Ja?« Ihre Worte überraschen mich. So vehement, wie sie sich dagegen gewehrt hat, an meinem Projekt teilzunehmen, habe ich nicht damit gerechnet.

»Er ist wie ein Erinnerungsalbum für mich. Ich habe ihn zwar auf öffentlich eingestellt, aber niemand weiß, dass ich diejenige bin, die diese Bilder zeichnet. Und es folgen mir auch nicht sonderlich viele Menschen.« Sie sieht mich wieder an, das Lächeln ist aus ihrem Gesicht verschwunden und einer gewissen Ernsthaftigkeit gewichen. Ihr ist diese Sache wirklich wichtig.

»Verrätst du mir, warum du anonym bleiben willst?« Ihre Gründe dafür interessieren mich brennend.

Aria zögert. Als müsse sie sich erst selbst davon überzeugen, mir zu antworten. Ich hoffe, dass sie den Mut dazu findet.

»Diese Momente hier … Die Bilder … Sie gehören mir. Ich habe immer nur für mich gemalt, weil das meine Art ist, abzuschalten. Ich will das nicht mit der ganzen Welt teilen.« Sie seufzt leise. »Hier im Park halten sich die Menschen zurück. Sie gucken manchmal zu, aber sie sagen nichts. Im Internet ist das anders. Und außerdem …« Wieder stockt sie, dieses Mal für eine ganze Weile. Ich schweige mit ihr gemeinsam. »Meine Eltern«, meint sie schließlich. Gedankenverloren dreht sie den Kaffeebecher in ihren Händen hin und her. »Sie … sie wissen nichts hiervon. Und das soll auch so bleiben.«

»Warum?« Ich kann mir nicht vorstellen, dass sie nicht stolz auf Arias Talent wären. Ihre Werke sind großartig. »Denkst du, sie würden deine Bilder nicht gut finden?«

»Ich weiß es sogar. Sie sind Revisoren in einer Bank und haben wirklich keinerlei Sinn für Kunst. Ich glaube, sie waren in ihrem ganzen Leben noch nicht ein Mal in einem Museum.« Mit ihrer Fingerspitze fährt sie über den Boden neben sich. »Was ja an und für sich nicht schlimm ist, aber mir … mir bedeutet das hier verdammt viel. Die Kreiden … Sie halten alles aus. Schlechte Laune, schlechte Noten, schlechte Tage. Sie sind das genaue Gegenteil meiner logisch denkenden Eltern. Ergibt das irgendwie Sinn?« Aria hat kaum zu Ende gesprochen, als sie auch schon das Gesicht verzieht. »Versteh mich nicht falsch, meine Eltern sind super.« Sie holt tief Luft. »Aber ich habe sie früher oft genug enttäuscht und will das einfach nicht mehr tun. Wenn ich ihnen nun sagen würde, dass ich viel lieber zeichne, als zu studieren … Ich kann ihre Gegenargumente schon hören.«

»*Du musst etwas Vernünftiges lernen, Kind. Womit willst du denn später dein Geld verdienen? Das ist brotlose Kunst.* Meinst du so etwas?« Ich kann ihre Bedenken gut verstehen.

»Ja. So in der Art.« Sie bemüht sich um ein Lächeln. »Und es ist ja auch nicht so, dass ich überhaupt nicht studieren will. Ich gehe gern zur Uni und mag Business Management. Zahlen sind mir lieber als Buchstaben, und es ist auch echt spannend, aber … Ich weiß nicht, ob ich das für den Rest meines Lebens machen möchte.«

»Willst du einen Rat?«

»Klar, schieß los.«

»Auch auf die Gefahr hin, dass das viel zu früh ist, weil wir uns kaum kennen … Wechsel dein Studienfach. Meine Eltern waren damals genauso. Vor allem für meine Mom war es ein halber Weltuntergang, dass ich nicht wie sie und Dad in die politische Richtung gehen wollte. Sie hat sich wohl immer erträumt, dass ihre Kinder irgendwann in ihre Fußstapfen treten. Ihr zuliebe habe ich angefangen, Politikwissenschaften zu studieren. Und ich war todunglücklich. Also hab ich heimlich gewechselt.«

»Heimlich?«

Ich nicke bestätigend. »Und ja, es war die Hölle los, als sie davon erfahren hat. Aber ich glaube, im Nachhinein hat es sie mehr verletzt, dass ich nichts gesagt habe als der Wechsel selbst.«

Aria lässt meine Worte sacken. »Vielleicht hast du recht.« Sie versucht sich an einem Lächeln, aber es erreicht ihre Augen nicht. Vielmehr wirkt es traurig. Und unsicher. »Ich will sie einfach nicht enttäuschen, verstehst du? Sie sind die besten Menschen der Welt, und ich …«

Sie will noch etwas sagen, doch plötzlich öffnet der Himmel über uns seine Schleusen.

»Mist.« Hastig sammelt sie ihre Kreiden ein und springt auf. »Ich habe noch kein Foto gemacht.« Hektisch sieht sie sich nach ihrem Handy um, das neben ihrem Kreidekoffer liegt.

»Warte, ich mach schon. Pack du deinen Kram ein.«

Für einen kurzen Moment sieht Aria zu mir. Ich halte bereits mein eigenes Telefon in der Hand. Dann nickt sie und räumt ihre Kreiden in den Koffer, während ich auch ihr Bild von allen Seiten fotografiere. Nicht für mich und mein Projekt, sondern einzig und allein für sie und ihren Account.

Es dauert keine zwei Minuten, alles einzupacken, aber wir sind trotzdem schon bis auf die Haut durchnässt. Während ich mir meine Hände über den Kopf halte, nutzt Aria ihren kleinen Koffer als Schutz. Wirklich viel bringt beides nicht.

»Kommst du mit zu mir?«, frage ich sie. »Ich wohne nicht weit von hier.« Gott, ich bete, dass sie mein Angebot annimmt. Wie vor zwei Tagen ist der Wunsch, Zeit mit ihr zu verbringen, beinahe übermächtig.

Endlich nickt sie. »Okay.« Und dann rennen wir los, während der Regen unsere Bilder hinwegspült.

Klatschnass erreichen wir meine Wohnung. Und ich kann nicht anders, als zu lachen, weil wir aussehen, als hätte jemand mehrere Eimer Wasser über uns ausgekippt. Aria lässt sich von meinem Lachen anstecken, was wiederum mich noch heftiger lachen lässt, und schließlich lachen wir beide Tränen.

Immer noch glucksend, führe ich sie die Treppe nach oben und schlüpfe vor der Tür aus meinen Schuhen. Aria tut es mir gleich, ehe ich aufschließe und sie eintreten lasse. »Warte, ich hol dir ein Handtuch.« Das wird zwar nicht viel bringen, aber vielleicht kann sie damit immerhin ihre Haare trocknen. »Einen Föhn habe ich leider nicht.« Ich deute auf meinen Kopf. »Nicht nötig hierfür.«

»Schon gut.« Sie folgt mir weiter in die Wohnung. »Ein Handtuch wäre prima.«

»Okay. Mach's dir bequem.« Mit diesen Worten verschwinde ich in mein Schlafzimmer und ziehe ein paar aus dem Schrank. Aber eigentlich ist das sinnlos. Was sollen Handtücher bringen, wenn ihre Klamotten völlig durchnässt sind? Kurz entschlossen nehme ich eins meiner T-Shirts und lege es mit auf den Stapel in meinen Händen, ehe ich ins Wohnzimmer zurückkehre.

Aria hat es sich tatsächlich bequem gemacht. Und zwar auf der Schaukel, die wie eine Art Trennung zwischen Wohnbereich und Küche fungiert. Aram hatte sie für meine Vormieterin gebaut. Eine Schwedin, die sich damit ein Stück ihrer Kindheit in das Apartment holen wollte.

Aria grinst mich breit an, als ich vor ihr stehen bleibe, und schwingt leicht hin und her. »Wie cool ist das denn bitte?«, ruft sie und lehnt ihren Kopf gegen das Seil. »Du hast eine Schaukel.«

»Hab ich.« Ich nicke und lege die Handtücher und das T-Shirt auf den Tisch. »Wenn du aus deinen nassen Sachen rauswillst …« Ich zeige hinter mich. »Dort ist das Bad. Du kannst einfach die Heizung aufdrehen.«

»Okay.« Sie steht auf und läuft mit dem trockenen Shirt und zwei Handtüchern in Richtung Badezimmer. Ihre langen Haare sind so nass, dass sie eine Spur aus Tropfen auf dem Boden hinterlassen. Ihr fehlen nur noch ein paar Schritte bis zur Tür, als sie stehen bleibt und sich zu mir umdreht. »Hey, Jack?«

»Ja?«

»Danke.« Sie hält die Sachen etwas höher, aber ich bin mir nicht sicher, ob sie nicht eigentlich etwas anderes meint. Ich kann den Ausdruck in ihrem Blick nicht lesen.

Als sie wiederkommt, tropfen ihre Haare nicht mehr. Dafür sind sie lockiger und fallen ihr in wilden Wellen über die Schultern. Doch das ist nicht das Einzige, das mich das Atmen vergessen lässt. Sie trägt tatsächlich mein T-Shirt, das an ihr wie ein knielanges Kleid aussieht, weil es so groß ist. Dazu hat sie Socken an, die sie in meinem Bad gefunden haben muss. Ich schlucke schwer. Meine Kehle ist staubtrocken, während ich sie dabei beobachte, wie sie sich wieder auf die Schaukel setzt. Aria hat keine Ahnung, wie mühelos sexy sie ist. Und wie unglaublich gut ihr mein Shirt steht.

»Willst du …« Ich räuspere mich und wende den Blick von ihr ab, weil ich nicht will, dass das hier gleich ziemlich peinlich für mich wird. »Willst du einen Tee?« Noch bevor sie antworten kann, nehme ich zwei Tassen aus dem Schrank.

»Gern«, entgegnet sie, und ich meine, ein Lächeln in ihrer Stimme zu hören.

Dann ist es nur noch das rhythmische Quietschen der Schaukel, das die Stille zwischen uns fällt. Ich gieße Wasser in den Kocher und hoffe, irgendwie abschütteln zu können, wie sehr mich ihr Anblick gerade aus dem Konzept gebracht hat. »Welche Sorte willst du?« Die Auswahl ist nicht sonderlich groß. Ich trinke selten Tee, meistens nur dann, wenn ich krank bin. Und augenscheinlich, wenn Aria zu Besuch ist. »Ich habe Schwarztee, Apfel, Salbei, irgendeinen Magen-Darm-Tee, den ich wirklich nicht empfehlen kann, und Orange-Ingwer.«

Sie lacht leise. »Orange-Ingwer klingt super.«

»Alles klar.« Ich ziehe zwei Beutel aus der Box und hänge sie in unsere Tassen.

»Vielleicht solltest du dich auch umziehen.«

»Was?« Ich sehe über meine Schulter zu ihr.

Ihr Blick gleitet an mir auf und ab. »Andere Klamotten. Deine sind doch auch nass.«

»Stimmt. Mach ich gleich. Ich will nur eben …« Ich warte, bis das Wasser kocht und gebe es in die Tassen. Dann drehe ich mich endlich komplett zu ihr um. »Bin gleich zurück«, sage ich. »Wenn dir kalt wird … Auf dem Sofa liegen Decken.«

»Okay.«

»Ich kann dir auch einen Pulli …«

»Jack!« Sie unterbricht mich belustigt, und ich kann nicht verhindern, dass mein Blick von ihrem Gesicht zu ihren nackten Beinen und wieder nach oben wandert. Scheiße, wieso dachte ich, es sei eine gute Idee, ihr mein Shirt zu geben? »Es ist quasi noch Sommer. Mir ist nicht kalt. Und wenn ich doch etwas brauchen sollte, rufe ich einfach nach dir. Deal?«

»Deal.« Meine Stimme klingt ziemlich kratzig. Ich hole einmal tief Luft und reibe mir mit dem Handrücken über die Brust. »Falls du …«

»Jack!« Diesmal lacht sie richtig und verdreht gespielt genervt die Augen. »Jetzt geh schon.« Demonstrativ holt sie leicht Schwung und schaukelt ein weiteres Mal hin und her. Das ist dann wohl mein Stichwort.

»Bis gleich«, sage ich und verschwinde in meinem Bad.

9

ARIA

Jack lässt sich Zeit. Und als er sein Badezimmer wieder verlässt, wünsche ich mir für den Bruchteil einer Sekunde, er wäre noch länger dringeblieben. Er trägt nur Boxershorts. Kein T-Shirt. Und vor allem keine Socken, so wie ich. Für einen kurzen Moment habe ich die perfekte Aussicht auf seinen trainierten Oberkörper. Auf das angedeutete Sixpack und die feine Haarlinie, die im Bund seiner Hose verschwindet. Unweigerlich ziehe ich die Beine enger an mich. Ich bin mittlerweile auf die Couch gewandert und halte meine Tasse in den Händen. Die für Jack steht vor mir auf dem Tisch.

Um ihn nicht weiter wie ein liebeskranker Teenager anzustarren, senke ich den Kopf und puste auf meinen dampfenden Tee. Er duftet fantastisch, nach frischer Orange und scharfem Ingwer und dem bevorstehenden Herbst. Doch auch das kann mich nicht von Jack ablenken.

Als ich den Blick wieder hebe, ist er in seinem Schlafzimmer verschwunden. Es dauert keine fünf Sekunden, dann ist er wieder da. Jetzt trägt er ein frisches T-Shirt und eine Jogginghose, aber immer noch keine Socken. Mit langsamen Schritten kommt er auf mich zu, greift nach seinem Tee, nimmt die zwei Sofakissen neben mir weg und setzt sich. Die warme Tasse in meiner Hand ist angenehm, aber der Regen hat uns komplett erwischt. Allmählich ist mir doch etwas kalt, obwohl mir die Ärmel von Jacks T-Shirt bis zu den Ellbogen reichen und der Stoff sogar meine Knie bedeckt. Vorsichtig nippe ich an dem heißen Getränk und versuche zu ignorieren, dass ich nun weiß, was sich unter Jacks Oberteil befindet. Muskeln, über die ich gern mit meinen Fingerspitzen fahren würde, um dann herauszufinden, wo seine Haarlinie hinführt. Gott, ich muss damit aufhören. Meine Wangen beginnen zu glühen, obwohl ich kaum von meinem Tee getrunken habe. Ich wage es nicht, Jack anzusehen, und schaue stattdessen zum Fenster. Es regnet immer noch in Strömen.

»Wir hatten Glück«, bemerkt er leise, und ich höre, wie er auf seinen eigenen Tee pustet.

»Hm«, murmle ich meine Zustimmung und wende den Blick nicht vom Fenster ab. Der Regen ist Kunst. Die wilden Linien, in denen das Wasser über die Scheibe läuft … Sie ergeben Sternbilder ohne Sterne. Tropfenketten, wie winzig kleine Flüsse. Irgendwie haben sie etwas Gemütliches an sich. Etwas Vertrautes. Oder dieses Gefühl liegt an Jack.

Ich verschränke die Beine zu einem Schneidersitz und drehe mich wieder zu ihm. Er sieht mich schweigend an, ein kleines Lächeln auf den Lippen. Als wisse er etwas, wovon ich keine Ahnung habe, auch wenn ich wirklich nicht sicher bin, was das sein soll. »Was ist?«, frage ich krächzend und trinke vorsichtig einen kleinen Schluck. Alles in mir kribbelt. Wie ist es möglich, dass ich mich so wohl und gleichzeitig so unsicher in seiner Gegenwart fühle? Seine braunen Augen mustern mich, intensiv und neugierig. Und plötzlich weiß ich es: Er ist genauso aufgeregt wie ich, nur versteckt er es besser.

»Zum Glück ist das hier kein Date.« Sein Lächeln wird breiter. »Sonst wären jetzt bestimmte Erwartungen an den Moment geknüpft und …«

Ich lasse ihn nicht weitersprechen. »Hey! Das ist gemein. Ich wusste wirklich nicht, wie ich mich von dir verabschieden sollte.« Und noch weniger kann ich glauben, dass er diesen Moment vor meiner Haustür anspricht. Aber augenscheinlich ist Jack niemand, der unangenehmen Gesprächen aus dem Weg geht. Dabei fühle ich mich seltsamerweise überhaupt nicht unbehaglich.

»Auf die einzige Art, die diesem Tag würdig war.« Er zwinkert und lacht, als ich die Augen verdrehe.

»Die einzige Art? Vielleicht fand ich dich ja doof.«

»Ganz bestimmt hast du das getan.« Er nickt und bemüht sich um eine Ernsthaftigkeit, die ihm nicht so recht gelingen will.

»Vielleicht war der Tag die Hölle, und ich habe fieberhaft überlegt, wie ich dich wieder loswerden kann.«

»Hm. Genau darüber hast du nachgedacht.« Jack nickt und streckt eine Hand über die Rückenlehne seines Sofas nach mir aus. Vorsichtig beginnt er, mit meinen Haaren zu spielen, dreht sie um seine Finger, bis er wie zufällig meinen Hals streift. Und ich vergesse, was ich sagen wollte. »Findest du mich immer noch doof?«

Ich nicke. Weil reden einfach nicht mehr geht.

»So wie neulich?«

Wieder nicke ich.

»Okay.« Jack zieht seine Hand zurück, nimmt mir meinen Tee ab und stellt beide Tassen auf den Tisch. Wortlos sehe ich ihm dabei zu, bis er sich wieder mir zuwendet. Und was ich nun in seinem Blick erkenne, dieses Verschmitzte, fast schon Spöttische, verrät mir unmissverständlich, was er plant.

»Dann muss ich das wohl ändern.« Seine Augen funkeln, in ihnen liegt ein Versprechen. Er beugt sich zu mir. Wieder langsam, wieder so, dass ich alle Zeit der Welt habe, um ihn zu stoppen, wenn ich wollte. Aber ich will nicht. Denn was ich will, ist Jack. Seine Lippen auf meinen, seine Hände an meinen Wangen oder in meinen Haaren oder überall auf meinem Körper. »Aria«, flüstert er und rückt näher. Stück für Stück. Sein Fuß streift wie beiläufig meinen und trotz der Socken durchzuckt mich ein wohliger Schauer. Und dann küsst er mir eine Gänsehaut in den Nacken.

Ich schließe die Augen, neige den Kopf zur Seite, um ihm besseren Zugang zu gewähren. Seine Lippen sind weich und sanft, streichen wie Federn über die empfindliche Haut an meinem Hals und nach oben hinter mein Ohr. Mein Puls rast unter seinen Berührungen, ich will mehr und alles, am liebsten sofort. Aber Jack lässt sich Zeit. Eine Ewigkeit lang sind es nur seine Lippen, mit denen er mich liebkost. Lippen, die so weich sind, so zärtlich, dass mir schwindelig zu werden droht. Ich strecke meine Hände nach ihm aus, fasse nach seinem T-Shirt, ziehe ihn näher zu mir. Und er folgt meiner stummen Aufforderung sofort. Er rutscht näher, ich tue dasselbe, bis wir uns auf seiner Couch direkt gegenübersitzen. Aber auch das ist nicht genug. Mit etwas Druck schiebe ich ihn näher an die Rückseite des Sofas und klettere auf seinen Schoß. Vergessen ist meine Nervosität. Vergessen die Unsicherheit. Vergessen die Anspannung, die das hier mit sich bringt. Weil es neu und aufregend ist und ich Jack erst seit Kurzem kenne. Aber das spielt keine Rolle mehr. Er hat ein Künstlerherz. Und ich will bei ihm sein. In diesem Moment gibt es keinen Ort auf der Welt, an dem ich lieber wäre.

Ich höre immer noch den Regen gegen die Fensterscheibe prasseln, weiß, dass unser Bild längst fort ist. Aber wir sind es nicht. Wir sind hier, beide, und meine Haut glüht, genau wie Jacks. Ich streiche über seine Wange, sie ist so rau, so kratzig durch den Dreitagebart, der ihn so verdammt attraktiv macht. Er sieht mir fest in die Augen, während ich mir die Konturen seines Gesichts einpräge. Sein Blick ist unergründlich, tief, bodenlos. Seine Hände legen sich an meine Hüfte, verharren dort, über dem Stoff, den er nur ein bisschen nach oben schieben müsste, um meine Oberschenkel zu erreichen.

Doch Jack tut es nicht. Er lässt seine Finger reglos dort liegen, sieht mich einfach nur an, wartet, wie ich reagiere. Da sind keine Erwartungen, keine Ungeduld. Einfach nur Hoffnung, dass ich das hier ebenso will wie er. Und das tue ich. Er hat keine Ahnung, wie sehr. Die Luft zwischen uns bebt, vibriert, und ich schlucke, als sein Blick von Sekunde zu Sekunde dunkler wird. Der Duft seines Duschgels umnebelt mich.

Langsam lehne ich meine Stirn gegen seine, spüre meinen rasenden Herzschlag. »Was tun wir?«

Seine Antwort kommt sofort. »Das Richtige.«

Mit den Lippen fährt er die Linie meines Kiefers nach, seine Finger vergraben sich im Stoff seines Shirts, das so weich und nun meins ist. Ich recke mich ihm entgegen und sehne den Moment herbei, wenn sein Mund endlich wieder auf meinen trifft. Als er es tut, vergesse ich zu atmen. Jack küsst mich, wie mich noch niemals zuvor ein Mensch geküsst hat. Mit der Zunge teilt er sanft meine Lippen, und ich schmecke noch den Kaffee, den er vorhin getrunken hat. Kaum merklich rutsche ich auf seinen Beinen näher, fühle seine Erregung, die meine eigene anstachelt. Ich schiebe meine Hände in seine Haare, presse mich gegen ihn und küsse ihn gierig, fast schon grob. Mit einem Mal steht meine Haut überall dort, wo er mich berührt, in Flammen.

Jacks Hände wandern tiefer, verlassen meine Taille, erreichen das Ende des Stoffes und streifen über meine Oberschenkel zu den Knien und wieder zurück. Er berührt mich kaum, und doch führt genau dieses Vorsichtige, dieses Sanfte dazu, dass ich mutig werde. Ich beiße ganz leicht in sein Ohrläppchen, ehe ich mit der Zunge darüberfahre und einen Kuss auf die Stelle hauche. Im nächsten Moment schnappe ich nach Luft, als seine Finger plötzlich unter mein T-Shirt gleiten. Bis sie links und rechts meine Hüfte erreichen und dort über den Bund meiner Unterwäsche streichen. Ganz behutsam, ganz neckisch, aber vor allem nie weit genug. Und das macht mich wahnsinnig. *Er* macht mich wahnsinnig.

Ich drücke noch mehr Küsse auf seinen Mund und warte darauf, dass er weitermacht. Egal wie, egal wo. Nur weiter. Einfach weiter. Ich rechne damit, dass seine Finger sich endlich ihren Weg unter den Stoff meines Slips bahnen, doch Jack überrascht mich. Er hält inne, ändert dann die Richtung, fährt beinahe quälend langsam über meinen Bauch und umkreist meinen Bauchnabel, lässt mich die Luft anhalten. Ich beiße mir auf die Lippe, bin zum Zerbersten angespannt und zugleich voller Vorfreude. Seine Finger malen kleine Kreise, Linien und Formen auf meine Haut. Er erkundet jeden Zentimeter, und ich erschaudere, als er weiter nach oben fährt und meinen BH erreicht. Hauchzart fährt er die Unterseite meiner Brust entlang und löst damit ein neues Kribbeln in meinem ganzen Körper aus. Unweigerlich schließe ich die Augen und gebe mich ganz seinen federleichten Berührungen hin. Mein Zeitempfinden habe ich längst verloren. Es fühlt sich nach einer Ewigkeit an, die ich nun schon auf ihm sitze und seine Hände über meine Haut streichen. Unsere Lippen lösen sich nicht einmal zum Luftholen voneinander.

Bis *Gotta Work* von Amerie ertönt.

Ruckartig mache ich mich von ihm los und sehe mich nach meinem Handy um. »Sorry, ich … Das ist mein Wecker.« Ich rutsche von Jacks Schoß und tapse über den Boden zu meiner Tasche, die neben der Wohnungstür an der Wand lehnt. Ich gehe in die Hocke, ziehe mein

Telefon hervor und seufze leise, bevor ich den nervtötenden Song ausschalte.

»Warum hast du dir einen Wecker gestellt?« Jacks Frage ist durchaus berechtigt, denn es ist erst kurz vor halb sechs am Abend.

»Weil ich in zweiunddreißig Minuten arbeiten muss.« Ich stopfe das Handy zurück in meine Tasche und drehe mich zu ihm um. »Wenn ich lange male, vergesse ich manchmal die Zeit.« So ähnlich wie eben mit ihm. Wir haben fast eine ganze Stunde auf seinem Sofa zugebracht.

»Also musst du los?« Jack richtet sich auf, und mein Blick fällt automatisch auf seinen Schritt.

»Tut mir leid.« Ich lächle entschuldigend. »Das war so alles nicht …« Mit einem Mal bin ich wieder nervös, dabei gibt es definitiv keinen Grund dafür. Wir sind beide erwachsen, und ich weiß mit unumstößlicher Sicherheit, dass wir nicht mehr aufgehört hätten, wenn mein Handy mir nicht ausgerechnet in diesem Moment meine Schicht angekündigt hätte.

»Schon gut.« Er erwidert mein Lächeln und steht auf. »Nicht deine Schuld.« Mit gleichmäßigen Schritten kommt er auf mich zu, ohne mich aus den Augen zu lassen. »Kommst du wieder?«, fragt er leise, als er vor mir zum Stehen kommt. Seine Stimme klingt rau.

»Meine Schicht dauert bis Mitternacht …«

»Ich meinte auch nicht unbedingt heute.« Vorsichtig streicht er mir ein paar Haare hinters Ohr. Dann lässt er seine Hand über meine Schulter und meinen Arm nach unten gleiten. Es kostet mich alles, was ich habe, mich nicht erneut meinem Verlangen hinzugeben. Wenn ich auch nur ansatzweise pünktlich sein will, muss ich los. Bis ich zu Hause bin, mich umgezogen habe und dann wieder zum Supermarkt gelaufen bin … Das wird verdammt knapp. »Aber vielleicht morgen? Oder am Wochenende? Ich kann auch zu dir …«

»Jack.« Sein Übereifer lässt meine Nervosität verschwinden. Grinsend schließe ich die kleine Distanz zwischen uns, stelle mich auf meine Zehenspitzen und gebe ihm einen kurzen, festen Kuss. »Natürlich komme ich wieder«, sage ich und lasse mich zurück auf meine Fußsohlen sinken. »Gib mir deine Nummer, dann können wir …«

Meinen restlichen Satz erstickt Jack in einem Kuss. Er dauert länger als meiner eben, und es fällt mir unglaublich schwer, meine Schicht nicht einfach sausen zu lassen. Denn die Wahrheit ist, dass ich nicht gehen will. Ich habe keinen Schimmer, was mich so sehr an ihm fasziniert, doch je mehr Zeit ich mit ihm verbringe, umso weniger kann ich leugnen, dass da etwas zwischen uns ist. Etwas, das ich bisher noch nie gefühlt habe. Weder bei meinem Ex-Freund noch bei Wesley oder sonst irgendjemandem.

»Ich fahr dich nach Hause, okay?« Jack entlässt mich aus seinen Armen. Wieder streift sein Blick an mir auf und ab. »So könnte es vielleicht etwas frisch werden.« Mit dem Kopf nickt er in Richtung Fenster. Es regnet immer noch.

»Es reicht auch, wenn du mir einen Schirm leihst.«

»Nein, das ist doch Quatsch. Ich fahr dich schnell.« Im nächsten Moment bückt er sich und drückt mir meine Tasche in die Hand. Perplex umklammere ich sie, während Jack sich meinen Kreidekoffer schnappt und nach seinen Autoschlüsseln greift. »Lass uns gehen.«

»Sorry, sorry, sorry.« Eine Minute nach sechs stürme ich in den Laden, an meinen Kollegen vorbei. Meine Verspätung ist einzig und allein Jacks Schuld. Obwohl er mich nach Hause gebracht, dann gewartet und mich anschließend zum *7-Eleven* gefahren hat, bin ich nicht pünktlich. Denn anstatt aus seinem Wagen zu springen, sobald er geparkt hat, habe ich mich auf einen weiteren Kuss eingelassen. Auf einen, der genauso wenig enden wollte wie alle zuvor.

Meine Lippen schmecken immer noch nach ihm, als ich meine Sachen im Spind verstaue und in mein Arbeitsshirt schlüpfe. Anschließend binde ich mir die Haare zu einem Pferdeschwanz zusammen und werfe die kleine Tür des Schließfachs ins Schloss. Meine Wangen sind heiß und mit Sicherheit deutlich gerötet, als ich den Verkaufsraum betrete und Oliver ablöse. Nach der Übergabe räume ich weiter die Regale ein, mit denen er angefangen hat, und dann bin ich auch schon allein im Gang mit den Konserven. Mechanisch sortiere ich die Dosen nach ihrem Haltbarkeitsdatum. Die am längsten haltbaren nach hinten, die anderen nach vorne. Es ist eine stupide Arbeit, die ich im Schlaf beherrsche. Ich muss mich nicht sonderlich konzentrieren, aber gerade das tut mir gut. Als ich zu Beginn meines Studiums nach einer Stelle gesucht habe, wollte ich genau so etwas. Eine Arbeit, mit der ich Geld verdiene, ohne mir groß Dinge dafür aneignen zu müssen. Der Job im *7-Eleven* ist perfekt dafür.

Eine ganze Weile bin ich mit den Konserven beschäftigt, singe im Kopf das Lied von Ed Sheeran mit, das durch die Lautsprecher dudelt, und werde nur hin und wieder von Kunden auf der Suche nach bestimmten Lebensmitteln angesprochen. Insgesamt ist es eine ruhige Schicht, weshalb ich kurz nach neun guten Gewissens meine Pause antreten kann. Mir ist klar, dass ich die Zeit zum Lernen nutzen sollte. Nicht umsonst befinden sich meine Bücher wie so oft in meiner Tasche. Doch anstatt meine Nase in die Unterlagen zu stecken, stehe ich über mein Handy gebeugt da und versuche, eine Nachricht an Wes zu formulieren. Ich muss dringend mit ihm reden. Auch wenn wir nicht zusammen sind, was ich von Anfang an klargemacht habe, verdient er eine Erklärung, warum ich nicht weiterhin mit ihm schlafen werde. Ich will ihm nicht wehtun. Wes ist mir wichtig, aber ich werde ihn und Jack auf keinen Fall belügen. Bleibt nur zu hoffen, dass er das irgendwie verstehen kann.

Seufzend reibe ich mir über die Stirn. Wenn ich ehrlich zu mir selbst bin, dann weiß ich, wie er reagieren wird. Thao und Izzy hatten mich gewarnt. *Affären gehen nie gut. Einer von beiden verliebt sich immer. Pass auf, dass du es nicht bist.* Und sie haben recht gehabt. Die Blicke, die Wes mir in den letzten Wochen zugeworfen hat … Himmel, er ist sogar früher aus seinen Ferien zurückgekehrt. Natürlich macht er das nicht aus reiner Nächstenliebe. Obwohl ich ihn für die Nachhilfestunden bezahle, hätte er auch durchaus sagen können, dass wir erst ab dem Semesteranfang wieder gemeinsam lernen würden. Wes ist einer von den Guten. Und er verdient die Wahrheit.

Hast du morgen Zeit? Ich muss mit dir reden.

Ehe ich es mir anders überlegen kann, habe ich die Nachricht abgeschickt. Sie wird mir kaum als gesendet angezeigt, da tippe ich auch schon die nächste. Dieses Mal an Izzy und Thao.

Ich brauche eure Hilfe, Mädels.

Denn ernsthaft? Ich habe nicht den blassesten Schimmer, wie man eine Affäre beendet, ohne gleichzeitig den besten Tutor der Welt zu verlieren.

»Hey.« Wesley strahlt mich an, als er mir die Tür öffnet. Seine Vorlesungen für den Tag sind bereits zu Ende, während ich gleich noch einmal losmuss. Aber ich kann nicht länger warten. Bevor ich mich auf irgendetwas mit Jack einlasse, werde ich für klare Verhältnisse sorgen.

Sei fair zu ihm. Die Stimmen meiner Freundinnen hallen in meinem Kopf wider, und ich weiß, dass sie recht haben. Ich muss ehrlich zu Wes sein, auch wenn das bedeutet, dass ich ihm wehtun werde.

»Komm rein.« Er lässt mich eintreten. »Hast du nun einen Abgabetermin für deine Hausarbeit? Ich hab mir überlegt, dass wir …«

Das ist der Punkt, an dem ich ihn unterbreche. »Nein«, sage ich und folge ihm weiter in sein Wohnheimzimmer. Es ist nicht sonderlich groß, aber er hat mir erzählt, wie froh er ist, ein Einzelzimmer bekommen zu haben und sich nur das Bad teilen zu müssen. »Ich bin nicht deshalb hier.«

»Oh.« Sein Lächeln verschwindet. »Okay? Willst du dich setzen?« Er deutet auf sein Bett, aber ich schüttle den Kopf. Ich habe nicht vor, lange zu bleiben. Wes sieht mich nachdenklich an und lässt sich dann auf dem Stuhl vor seinem Schreibtisch nieder. Gerade, als ich anfangen will zu reden, kommt er mir zuvor. »Es ist der Kerl von neulich, oder? Als meine Mom angerufen hat.«

Schweigend nicke ich. Es hätte mir klar sein müssen, dass er etwas ahnt. Wes ist nicht dumm. Ich bin einfach mit Jack verschwunden, obwohl wir lernen wollten, und habe ihm nur eine lausige Nachricht als Erklärung geschickt. »Ich mag ihn«, sage ich leise, schiebe mir die Hände in die Hosentaschen und zwinge mich, Wes weiter anzusehen. »Es tut mir leid.«

»Ach, wirklich?« Seine Worte klingen anklagend. Er hat sie kaum ausgesprochen, da springt er auch schon auf. »Und was war ich für dich?« Er macht zwei Schritte auf mich zu, im nächsten Moment drei zurück. Vergrößert damit fast sinnbildlich den Abstand zwischen uns.

Ich bleibe, wo ich bin. Ich mag Wes – aber nicht auf die Art, wie ich Jack mögen könnte. Irgendwann. Wenn wir uns länger kennen.

»War ich nur ein netter Zeitvertreib?« Er schnaubt leise, macht noch einen Schritt nach hinten und stößt mit dem Rücken gegen seinen Kleiderschrank.

»Nein, natürlich nicht. Das mit uns ist …« Ich weiß nicht, wie ich es ihm erklären soll, ohne es noch schlimmer zu machen. »Es tut mir leid«, wiederhole ich und zwinge mich, seine Enttäuschung auszuhalten. »Ich wollte dir nie wehtun, aber … Wir haben uns versprochen, ehrlich zu sein. Weißt du noch?« Damals, als wir zum ersten Mal miteinander im Bett gelandet sind. Als ich komplett überzeugt davon war, dass wir das hinkriegen würden, diese Freundschaft Plus, ohne dass einer von uns beiden verletzt wird. Und nun stehe ich hier und muss mir eingestehen, wie naiv das war. Auf Wes' Gesicht spiegeln sich eine Million Empfindungen gleichzeitig wider. Emotionen, die ich ihm am liebsten abnehmen will, aber mir ist klar, dass ich nicht die richtige Person dafür bin. In seinen Augen flackert Ungläubigkeit auf. Wut. Frust. Nichts davon kann ich ihm verübeln. Ich würde mich an seiner Stelle auch hassen.

»Was an ihm ist es?« Sein Blick bohrt sich so sehr in meinen, dass ich es nicht länger schaffe, ihn anzusehen. Ich drehe den Kopf zur Seite und starre auf den Boden. Halb unter seinem Bett liegen Bücher, die er nur meinetwegen besitzt. Er ist einige Semester vor mir und bräuchte sie eigentlich nicht mehr. Aber um mir besser helfen zu können … In diesem Moment verliere ich nicht nur einen guten Freund, sondern auch meinen Tutor.

»Wes, bitte …«

Er fällt mir ins Wort. »Was ist es? Sag schon!«

»Das spielt doch keine Rolle.« Ich schüttle leicht den Kopf. »Du hast nichts falsch gemacht.«

»Aber auch nichts richtig, hm?« Er klingt so bitter, dass ich ihn wieder ansehe. Und der Ausdruck in seinen Augen … Ich habe unterschätzt, wie tief seine Gefühle inzwischen gehen. Da ist so viel Schmerz, so viel Frust.

»Wieso hast du nichts gesagt?« Meine Worte sind kaum mehr als ein Flüstern.

»Damit du schon früher Schluss gemacht hättest?« Er malt mit den

Fingern Anführungszeichen in die Luft und lacht beinahe zynisch auf. »Genau.« Im nächsten Moment schüttelt er den Kopf. »Fuck, ich bin so ein Idiot.«

»Nein, bist du nicht, du bist …«

»Lass gut sein, Ari.« Und die Tatsache, dass er mich selbst jetzt, in dieser beschissenen Situation, Ari und nicht Aria nennt, zerreißt mir für eine Sekunde das Herz.

Er wendet sich von mir ab und setzt sich zurück an seinen Schreibtisch. »Kannst du bitte gehen?«, fragt er leise in Richtung Wand. »Ich wäre jetzt gern allein.«

Und weil das alles ist, was ich für ihn tun kann, komme ich seiner Bitte sofort nach.

»Es tut mir wirklich leid.« Ein letztes Mal muss ich es ihm sagen. Weil es die Wahrheit ist. Ich hatte nie vor, ihm wehzutun, auch wenn mir nun klar ist, dass ich mir etwas vorgemacht habe.

Affären gehen nie gut. Einer von beiden verliebt sich immer. Pass auf, dass du es nicht bist.

10

JACK

Es ist kaum halb sieben, als mein Handy am nächsten Morgen klingelt. Verschlafen blinzle ich, taste auf dem Nachttisch danach und nehme den Anruf an, ohne auf das Display zu schauen.

»Ja?« Meine Stimme klingt kratzig, es ist viel zu früh. Dabei ist heute nicht einmal Aram derjenige, der mich mit seinem Hämmern und Sägen geweckt hat. Ich drehe mich zurück auf den Rücken und starre in der Dunkelheit an die Decke.

»Jack! Die Hinweise verdichten sich. Wir können endlich … Es könnte sein, dass sie … Sie haben …« Jennifer klingt so aufgeregt, dass sie über ihre eigenen Worte stolpert. Sie findet kein Ende für ihren Satz, doch was sie gesagt hat, genügt. Schlagartig bin ich hellwach, und mein Pulsschlag verdoppelt sich.

»Was ist los? Was haben sie?« Mir ist klar, wen sie damit meint. Die Polizei und das Ermittlerteam, das so viele Jahre an Josies Fall gearbeitet hat. Wieder zusammengetrommelt wurde es bisher nur dreimal, und zwar immer dann, wenn es vielversprechende Hinweise gab.

»Sie haben doch vor zwei, drei Jahren dieses Bild von Josie erstellt, wie sie heute aussehen würde. Erinnerst du dich?« Sie wartet meine Antwort gar nicht erst ab. »Und jemand aus Harrisburg hat sich gemeldet, weil er glaubt, sie gesehen zu haben. Kannst du das fassen, Jack? Mein Baby lebt!«

Jennifer klingt so voller Hoffnung, dass sich alles in mir zusammenzieht. Und das nicht vor Freude. Obwohl ich mir nichts mehr wünsche, als dass sie recht hat, fühlt sich das hier wie ein furchtbar schlechtes Déjà-vu an. Denn es ist nicht das erste Mal, dass exakt solche Anrufe bei der Polizei eingegangen sind. Und bisher hat sich jeder davon früher oder später als null und nichtig erwiesen. Die Angst, dass es diesmal auch so sein wird, ist sofort allgegenwärtig. Eine kalte Hand schließt sich um mein Herz.

»Jennifer …« Ich weiß nicht, was ich sagen soll. Ich weiß es wirklich nicht. Sie braucht diese Hoffnung so sehr, aber … Wie kann sie immer noch daran glauben, dass Josie zurückkommt? Dass sie sie finden, lebendig und gesund und nicht … Ich kann den Gedanken nicht einmal zu Ende bringen. Alles in mir sträubt sich dagegen, mir vorzustellen, was mit ihr passiert sein könnte. Achtzehn Jahre. Fast zwei Jahrzehnte ist es her, dass sie verschwunden ist. Spurlos. Wie vom Erdboden verschluckt.

»Ich fahre hin.«

»Was?«

»Ich fahre nach Harrisburg. Ich muss mit dem Hinweisgeber sprechen. Vielleicht weiß er noch mehr und kann uns sagen, wo wir Josie finden.«

Gott. Ich lehne den Kopf nach hinten an die Wand, lege mir den Arm über die geschlossenen Lider und suche nach Worten, die ich sagen kann, ohne lügen zu müssen. Es könnte etwas dran sein, aber auch frühere Hinweise waren vielversprechend und haben letzten Endes dann doch in eine Sackgasse geführt. Und zugleich ist da dieser Teil in mir, der zutiefst hofft, dass es dieses Mal anders ist. Dass diese Aussage vielleicht wirklich der eine Tipp ist, der die Beamten zu Josie führt. Aber wenn auch der eine Enttäuschung wird … Ich weiß, wie sehr es Jennifer treffen wird, wenn diese Spur erneut ins Nichts verläuft. Und ich bin mir allmählich nicht mehr sicher, ob sie einen weiteren Rückschlag erträgt. Josh konnte es nicht.

»Rufst du … rufst du an und erzählst mir, was du herausgefunden hast?« Am liebsten würde ich mir auf die Zunge beißen. Auf der einen Seite will ich sie nicht anstacheln, aber auf der anderen ist mir auch klar, dass Jennifer sich sowieso nicht aufhalten lässt. Egal, was ich sage, sie wird nach Harrisburg fahren und Nachforschungen anstellen. Weil das seit über achtzehn Jahren ihr Leben ist. Das Einzige, weswegen sie noch durchhält, ist die Suche nach ihrer verschwundenen Tochter.

»Natürlich, Jack. Natürlich.« Sie lacht und zum ersten Mal seit langer Zeit klingt es ansatzweise echt.

Und das zerreißt mir das Herz.

An Schlaf ist nach Jennifers Anruf nicht mehr zu denken. Ich quäle mich aus dem Bett und beschließe, eine Runde joggen zu gehen. Es ist noch kalt, und die Feuchtigkeit vom Regen der letzten Nacht liegt in der Luft, aber das hält mich nicht auf. Ich laufe um den Block, biege nach links ab, dann nach rechts, bis ich den Eingang des Parks erreiche. Inzwischen nieselt es wieder, aber ich spüre nichts davon. Ich laufe und laufe, werde schneller und fokussierter. Und kann meinen Gedanken trotzdem nicht davonlaufen. Jennifers Stimme hallt in meinem Kopf nach.

Die Hinweise verdichten sich.

Jemand aus Harrisburg hat sie gesehen.

Ich fahre hin.

Ich verstehe sie. An ihrer Stelle würde ich vermutlich genau das Gleiche tun. Und trotzdem hasse ich es, dass sie jedes Mal mich anruft, wenn sie glaubt, neue Hinweise zu haben. Mich – und nicht ihren Sohn oder ihren Ex-Mann. Gleichzeitig kann ich sie nicht einfach ignorieren, denn … Ich bin es ihr schuldig, mir alles anzuhören. Jedes einzelne Wort.

Der Wind peitscht mir ins Gesicht. Aus dem Nieselregen werden dicke Tropfen, die mir beinahe die Sicht versperren. Ich senke den Blick, sehe, wie ich einen vor den anderen Fuß setze und laufe, laufe, laufe. Meine Sohlen machen leise Geräusche auf dem Asphalt, kleine Wassertropfen spritzen nach links und rechts, und nur vereinzelt sind Menschen unterwegs. Ein paar Jogger wie ich, die ebenfalls dem Wetter trotzen. Und eine Mutter, die versucht, ihr schreiendes Baby im Kinderwagen zu beruhigen. Wahrscheinlich hatte sie eine noch kürzere Nacht als ich.

Meine Lungenflügel brennen, mein Herz rast, die feuchten Haare kleben mir in der Stirn. Irgendwann werde ich langsamer und mache Liegestütze an einer Bank. Das Holz unter meinen Fingern ist glitschig, ich presse meine Hände mit noch mehr Druck auf die Sitzfläche, um nicht abzurutschen. Einmal, zweimal, dreimal. Hoch, runter, hoch, runter. Keine Ahnung, wie viele Push-ups ich mache, doch die Muskeln in meinen Armen zittern, als ich zurück auf meine Füße springe und mir durch die nassen Haare fahre.

Allmählich wird der Park trotz Regen voller, Baltimore erwacht. Was bedeutet, dass ich zurück und unter die Dusche muss, wenn ich um neun in der Galerie sein will. Kelly möchte ihre neue Ausstellung mit mir durchsprechen. Vielleicht tut mir die Ablenkung gut, auch wenn ich nicht glaube, dass das lange funktionieren wird. Die Telefonate mit Jennifer wühlen mich jedes Mal auf. Und ihre Worte heute erst recht. Am liebsten würde ich mit Josh reden, aber ich bin mir sicher, dass er meinen Anruf nicht annehmen würde. In den letzten Jahren hatten wir kaum Kontakt, weil wir früher oder später immer über Josie gesprochen haben und Josh einfach nicht verstanden hat, warum ich mich so sehr von seiner Mom vereinnahmen lasse. Denn im Gegensatz zu mir glaubt er nicht, dass ich es ihr schuldig bin.

Also bleibt mir nur eine Person. Mit dem Handtuch um die Hüfte verlasse ich nach meiner Dusche das dampfende Badezimmer und greife nach meinem Handy. Mias Nummer ist nach wie vor auf der Kurzwahl eingespeichert. Keine Ahnung, ob sie überhaupt Zeit hat, aber ich versuche es trotzdem. Einfach nur ihre Stimme zu hören, hatte schon früher eine beruhigende Wirkung auf mich.

Nach dem zweiten Klingeln nimmt sie ab. »Lieblingsjack!«, begrüßt sie mich vergnügt und schafft es damit direkt, ein Lächeln auf meine Lippen zu zaubern, nach dem mir eigentlich gar nicht ist. »Wie schön, von dir zu hören.«

»Ich bin der einzige Jack in deinem Leben. Oder hast du neuerdings mehrere?« Ich kann es nicht lassen, auf ihren Scherz einzusteigen. »Muss ich mir Sorgen um Platz eins machen?«

»Witzig.« Ich kann sie nicht sehen, aber ich höre ihr deutlich an, dass sie grinst. »Was verschafft mir die Ehre?«

»Das letzte Mal ist noch gar nicht so lange her«, widerspreche ich, dabei stimmt das nicht ganz. Es sind schon wieder fast zwei Wochen vergangen, seitdem wir uns das letzte Mal gesprochen haben, wenn ich von den Sprachnachrichten absehe, die sie mir alle paar Tage schickt.

»Okay, was ist los?« Mia kennt mich zu gut. Es ist mir schleierhaft, wie sie es anstellt, aber sie hört selbst auf die Entfernung, dass etwas nicht stimmt.

Kurz überlege ich, so zu tun, als wäre alles in Ordnung. Aber noch vor zwei Minuten wollte ich mich ihr anvertrauen, also fasse ich mir ein Herz. »Jennifer hat ein paarmal angerufen.«

»Oh.« Das ist alles, was sie dazu sagt. Weil sie weiß, was meine Worte bedeuten.

»Hm«, brumme ich und setze mich auf mein Sofa. »Es gibt neue Hinweise.«

»Wirklich?« Sie klingt skeptisch. »Sind sie stichhaltig?«

»Keine Ahnung.« Ich weiß es wirklich nicht. In wenigen Sätzen berichte ich Mia, was Jenn mir erzählt hat.

»Das ist nicht viel«, fasst Mia zusammen. »Meinst du, sie verrennt sich?«

»Ehrliche Antwort?« Ein tiefes Seufzen entweicht mir.

»Natürlich.«

Eine Sekunde lang bin ich hin- und hergerissen. Ist es Wunschdenken? Falsche Hoffnung? Oder könnte doch … Nein. *Nein!* Ich unterbreche diesen Gedanken sofort. Es gab im Laufe der Jahre dutzende Hinweise, besonders am Anfang. Nicht ein einziger hat uns Josie zurückgebracht. Und sich immer wieder neu darauf einzulassen, dass es dieses Mal anders sein könnte … Die Vorstellung genügt, dass sich mein Herz schmerzhaft zusammenzieht.

»Ja«, sage ich deshalb, und diese zwei Buchstaben genügen, um mich wie der größte Verräter auf Erden zu fühlen. Josie war meine beste Freundin, ihre Eltern und Josh eine zweite Familie für mich. Ist es nicht meine Pflicht, an jedem Strohhalm festzuhalten? Genau wie Jennifer es tut? Und sei er auch noch so klein? Ich zwinge mich trotzdem zu meinen nächsten Worten. »Ich will dran glauben, aber …«

»… du kannst es nicht«, beendet Mia meinen Satz. »Und das ist okay, Jack. Es ist einfach so lange her …«

»Ich wünschte, wir könnten damit abschließen.« Das allein nur auszusprechen, lässt einen unangenehmen Knoten in meinem Magen entstehen. Als würde ich Josie hintergehen und die erste Freundschaft, die ich in meinem Leben hatte, in den Dreck ziehen. »Aber Jenn …

Sie …« Ich verstehe so gut, dass sie nicht loslassen kann. Es geht um ihr Kind. Wer könnte da schon ignorieren, dass es womöglich eine neue Spur gibt?

»Sie macht es dir unmöglich.« Wie so oft trifft Mia den Nagel auf den Kopf.

Wieder brumme ich eine Zustimmung. »Es hat sie ihre Ehe gekostet.«

»Das machen Extremsituationen mit Menschen.« Mias Stimme klingt sanft, und ich brauche nicht viel Fantasie, um mir vorzustellen, wie sie nun ihre Hand tröstend auf meinen Arm legen würde, wenn wir uns im selben Raum befinden würden. »Im Prinzip trauert Jennifer seit über achtzehn Jahren und findet nicht aus diesem … Gefühlsmeer.«

Nur Mia schafft es, für diesen furchtbaren Zustand einen fast schon poetischen Begriff zu finden.

»Gefühlsmeer«, wiederhole ich leise und schließe die Augen. Genau das ist es.

»Ja. Weil die Trauer in Wellen kommt. Manchmal surft man auf ihnen, und manchmal ertrinkt man einfach nur.« Wenn jemand dafür Expertin ist, dann Mia.

»Wie geht es dir?«, frage ich und reibe mir über die Stirn. Auch wenn der Tod unseres Freundes mittlerweile fast sechs Jahre her ist, erwischen die Wellen vor allem Mia hin und wieder immer noch eiskalt. Sie war Brants beste Freundin, und sein Tod hat sie fast kaputt gemacht. Mit viel Zeit und Kraft und Mut sowie der Hilfe ihrer Therapeutin hat sie es zurück ins Leben geschafft. Und dennoch gibt es auch jetzt noch Tage, an denen es schwer für sie ist. Schwerer als an den meisten anderen.

»Gut«, sagt sie und klingt dabei so überzeugend und ehrlich, dass ich keinen Zweifel daran habe. »Sein Todestag war beschissen, aber Nate war da und …« Sie stockt. »Wir haben viel über ihn geredet, das hat gutgetan. Es ist inzwischen echt leichter, über die schönen Erlebnisse zu sprechen, die ich mit Brant hatte. Es wird immer ein Schatten über allem liegen, einfach, weil er nicht mehr da ist. Aber der Nebel lichtet sich.« Ohne dass sie es ausspricht, höre ich einen Wunsch in ihren Worten. *Und irgendwann ist alles Grau verschwunden und die Welt wieder bunt.*

Bunt wie die ganzen Kunstwerke, an denen ich tagtäglich in der Stadt vorbeilaufe.

»Tut mir leid, dass ich nicht da sein konnte.«

»Ach was. Hör auf. Du bist gerade erst umgezogen. Ich habe nicht erwartet, dass du kommst. Und Brant ganz sicher auch nicht.« Es ist erstaunlich, wie leicht ihr sein Name über die Lippen geht. Das war lange genug nicht so. »Wenn du willst, stelle ich ihm Blumen von dir hin. In einer Bierflasche.« Ihr Vorschlag ist so kurios, dass ich nicht anders kann, als zu lachen. Ich öffne meine Augen wieder und schüttle den Kopf, obwohl sie mich nicht sehen kann.

»Seine Mom würde mich steinigen.«

»Würde sie nicht. Sie fände das cool. Jeder weiß, dass du Brants heimlicher Bierbuddy warst. Ich kann die Flasche ja vergraben, sodass nur noch der Hals rausguckt.«

»Tu, was du nicht lassen kannst«, sage ich. Und dann: »Schick mir ein Foto. Und die Rechnung für die Blumen. Nicht, dass Alice ihren besten Kunden vergisst.«

»Würde sie niemals. Nicht wahr, Alice?« Mia lacht, und im nächsten Moment höre ich im Hintergrund Geräusche. Eine weibliche Stimme sagt etwas zu ihr, was Mia noch mehr lachen lässt. »Alles klar. Ich soll dir Grüße von ihr sagen. Die Blumen gehen aufs Haus.«

»Aber nur dieses eine Mal, Jack.« Offenbar hält Mia ihr das Handy entgegen, denn nun verstehe ich Alice klar und deutlich.

»Danke, Alice«, entgegne ich und stehe auf. Bis neun Uhr sind es nur noch knapp zwanzig Minuten. »Stell ihm eine Sonnenblume hin, okay? Meinetwegen auch in einer Bierflasche.«

»Mach ich«, versichert Mia mir. »Und du rufst an, wenn ich etwas für dich tun kann, okay? Versprich es mir.«

»Aye, aye.« Wir verabschieden uns voneinander und noch im Gehen ziehe ich mir das Handtuch von der Hüfte. Das Gespräch mit Mia hat gutgetan, aber Jennifers Anruf sitzt mir nach wie vor in den Knochen. Ich kann nur hoffen, dass sie nicht wieder enttäuscht wird. Um ihret- und um meinetwillen.

Kelly hält mich heute ganz schön auf Trab. Wir sprechen die nächste Ausstellung durch und beginnen mit den ersten Vorbereitungen. Auf einem großen Blatt Papier skizziert sie grob, wie sie sich den Aufbau vorstellt. Immer wieder streicht sie durch und radiert oder fängt von vorne an, was mich irgendwann die Frage stellen lässt, warum sie kein Tablet dafür benutzt.

Ihre Antwort ist ein bitterböser Blick und die Aussage, dass sie keine Lust auf diesen neumodischen Scheiß hätte. »Kunst muss man anfassen können, Jackson. Spüren. Aber ich fühle gar nichts, wenn ich auf einem Touchscreen hin und her wischen muss.«

»Okay, okay.« Ich verkneife mir ein Schmunzeln und hole uns mit ihrer Erlaubnis stattdessen neuen Kaffee. Wir sind Stunden beschäftigt, bis sie einigermaßen zufrieden ist und ihren Stift beiseitelegt.

»So sollte das funktionieren«, resümiert sie und rollt ihre Skizzen zusammen. »Kann ich dich für das Wochenende jeden Tag einplanen?«

»Klar.« Ich nicke und strecke mich. So lang gebeugt dazusitzen, hat meinem Nacken nicht sonderlich gefallen. Zum Glück habe ich heute Abend noch einen Fototermin, bei dem ich stehen kann. Und ich werde nicht allein dorthin gehen.

Als hätte sie meine Gedanken gelesen, öffnet sich in der nächsten Sekunde die Eingangstür zur Galerie.

»Wir haben geschlossen«, ruft Kelly, ohne aufzusehen.

»Oh, ich …«

Ich lasse Aria nicht zu Wort kommen. »Schon gut, Kelly.« Hastig springe ich von meinem Stuhl auf und eile in Richtung Tür. »Ich hab ihr gesagt, sie soll einfach reinkommen, wenn sie da ist. Hi.« Vor Aria bleibe ich stehen und begrüße sie mit einer kurzen Umarmung.

»Hi«, entgegnet sie lächelnd und löst sich wieder von mir. »Störe ich?« Sie wirft einen unsicheren Blick über meine Schulter. »Wenn ihr noch zu tun habt, kann ich auch draußen auf dich warten.«

»Haben wir nicht.« Ich schnappe mir ihre Hand und ziehe sie näher. »Das ist Aria. Und das ist Kelly. Ihr gehört die Galerie.«

»Hey.« Aria streckt ihr die Hand entgegen, die meine Chefin sofort ergreift und schüttelt. »Schön, dich kennenzulernen.«

»Gleichfalls.« Ihre Augen streifen an Aria auf und ab, ehe sie zu mir sieht. »Du hast gar nicht erzählt, dass du abgeholt wirst.«

»Aus gutem Grund.« Ich trinke den Rest kalten Kaffee aus meiner Tasse, dann schnappe ich mir meine Jacke und die Kameraausrüstung. »Du bist zu neugierig.«

»Und ich dachte, wir wären Freunde.« Kelly schnieft gespielt getroffen und presst sich beide Hände gegen die Brust.

»Genau deshalb habe ich nichts gesagt.« Ich grinse sie an und hänge mir die Kameratasche quer über die Schulter. »Du hättest mich nur mit Fragen gelöchert.«

»Verdammt richtig.« Kelly erwidert mein Grinsen und macht eine unmissverständliche Handbewegung. »Raus mit euch, ich räume auf und schließe ab.«

»Sind schon weg. Danke. Bis dann.« Wieder nehme ich Arias Hand in meine und ziehe sie mit mir.

»Hat mich gefreut«, ruft sie Kelly noch zu, dann öffne ich die Tür, und wir verlassen die Galerie.

Als wir vor dem Gebäude stehen, blicke ich Aria in die Augen. »Wie war dein Tag?«, frage ich und hänge mir die Jacke über den Arm. Im Laufe des Nachmittags hat es aufgehört zu regnen und wurde angenehm warm. Der Boden ist schon wieder trocken.

»Ganz gut.« Sie zuckt mit den Schultern, fährt sich mit der Hand durch die langen Haare und lächelt leicht. Wie von selbst fällt mein Blick auf ihren Mund. Auf ihre Lippen, die ich so sehr wieder küssen will, dass sich alles in mir zusammenzieht. Ich erinnere mich genau daran, wie weich sie waren. Und wie fordernd. »Die Vorlesungen waren langweilig, und danach hab ich …« Sie hält inne, scheint zu überlegen, ob sie aussprechen soll, was ihr auf der Zunge liegt. »Ich hab über ein Gespräch nachgedacht, das ich gestern hatte und das … nicht einfach war.«

»Willst du darüber reden?«

»Ehrlich gesagt, nein.« Sie sieht mich entschuldigend an. »Ist das okay?«

»Natürlich.« Ich ziehe an den Trägern meiner Kameratasche, damit sie bequemer auf meiner Schulter liegt, und setze mich in Bewegung. Bis zu dem Termin ist es nicht weit, wir können zu Fuß gehen. »Aber mein Angebot steht.« Ich stoße sanft meinen Arm gegen ihren. »Auch morgen noch. Oder übermorgen.« Und das ist nicht einfach so dahergesagt. Ich meine jedes Wort ernst, denn ich möchte für Aria da sein, wenn sie es braucht.

Gemeinsam laufen wir den Gehweg entlang, bis wir die Straßenseite wechseln und nach einer weiteren Querstraße die kleine Grünfläche erreichen, wo ich mit Tapir verabredet bin. Ich bin mir sicher, dass das nicht sein richtiger Name ist, aber weil es schwierig genug war, ihn überhaupt zu einem Treffen zu überreden, ignoriere ich diesen Fakt.

Solange er mir Rede und Antwort für mein Projekt steht und ich Fotos machen darf, nenne ich ihn von mir aus auch Teddybär oder Tiger, wenn er darauf besteht.

»Was genau ist das eigentlich für ein Shooting heute?«

Ich hatte Aria nicht viel erzählt, als ich sie gefragt habe, ob sie Lust auf einen weiteren Fototermin hat. Nur, dass es abends sein würde, da Licht involviert ist. Sie hat sofort zugesagt. Und nun sind wir hier, in diesem kleinen Park, in dem es lediglich Büsche, Bäume und Sträucher gibt. Keinen Spielplatz, nicht einmal Sitzbänke.

»Das wirst du gleich sehen«, sage ich und bin wirklich gespannt, wie sie meinen neuesten Projektteilnehmenden und seine Kunst finden wird. »Es ist ziemlich cool, pass auf.«

Obwohl ich Aria kaum kenne, weiß ich, dass es sie umhauen wird. Und ich werde nicht enttäuscht. Wir gehen noch einmal um die Ecke und befinden uns augenblicklich unzähligen knallbunten Skulpturen gegenüber.

»Woah.« Ruckartig bleibt sie stehen und betrachtet staunend die Kunstwerke. »Was ist das?«

»Müll«, antworte ich und kann mein Lachen nicht unterdrücken, als sie sich mit großen, empörten Augen zu mir umdreht.

»*Müll?*«, wiederholt sie auf eine Art und Weise, die mich unmissverständlich wissen lässt, dass sie glaubt, ich hätte den Verstand verloren. »Was redest du da? Das ist doch kein Müll!«

»Doch.« Grinsend ziehe ich sie näher. »Sieh genau hin.« Knapp zwanzig Zentimeter von einer Figur entfernt bleibe ich stehen. »Sie sind aus Müll angefertigt, den Tapir in der Stadt aufgesammelt hat.«

»Tapir? Was? Ist das nicht ein Tier?«

»Stimmt. Und es gibt nur noch fünf lebende Arten davon.« Eine dunkle, tiefe Stimme antwortet Aria. Sie zuckt zusammen, und wir wirbeln gleichzeitig um hundertachtzig Grad herum. Hinter uns steht ein Kerl in einem schwarzen Hoodie, die Kapuze tief ins Gesicht gezogen, die Hände in der Pullovertasche vergraben. Er trägt eine Sonnenbrille und verzieht keine Miene. Reglos starrt er uns an und wirkt dadurch fast schon gruselig. »Hey«, sagt er leise, und obwohl ich seine Augen nicht sehe, weiß ich, dass er mich fixiert. »Wolltest du nicht allein kommen?« Der Vorwurf ist nicht zu überhören.

»Ja«, sage ich und nicke schnell. »Das bin ich quasi auch. Sie ist meine Assistentin.«

»Assistentin?« Er klingt immer noch misstrauisch.

»Genau, hi«, steigt Aria sofort auf meine Lüge ein. »Ich bin Aria. Jacks rechte Hand. Und manchmal auch die linke.« Aus den Augenwinkeln linst sie kurz in meine Richtung, ehe sie sich wieder vollständig auf Tapir konzentriert. »Deine Skulpturen sind der Wahnsinn«, platzt es aus ihr heraus. »Wie machst du das? Arbeitest du mit Kleber? Man sieht überhaupt nichts.«

Für einen Moment mustert er sie mit leicht gerunzelter Stirn, doch dann scheint ihr Eifer ihn um den Finger zu wickeln. Weil Aria ein Mensch ist, der sich nicht verstellt. Zumindest nicht vor mir. Seine Kunst gefällt ihr wirklich.

»Nein. Ich arbeite mit einer bestimmten Falttechnik. Und manches wird einfach nur zusammengesteckt.«

»Ehrlich?« Ihr Blick wandert zu einer der Skulpturen. »Das ist ziemlich cool. Und klingt kompliziert.« In der nächsten Sekunde macht sie ein paar Schritte zur Seite und geht auf die Figur zu, die uns am nächsten ist, um sie genauer zu betrachten. »Darf ich sie berühren?« Sie hebt ihre Hand, wartet aber, bis Tapir es ihr erlaubt hat. Dann streicht sie mit zwei Fingern vorsichtig über die Skulptur, die aus alten Milchkartons besteht und die er zu einem großen Korb zusammengefaltet hat. »Unglaublich«, murmelt Aria, geht in die Hocke und betrachtet die Korbwand genauer.

»Das ist noch nicht alles.«

»Nein?« Sie hebt den Kopf bei Tapirs Worten.

»Nopes.« In der nächsten Sekunde leuchtet ein Scheinwerfer aus einem der Büsche auf und verändert damit alles. Nun werfen die Skulpturen Schattenspiele auf den Boden und leuchten noch intensiver.

»Du hast sie angemalt«, haucht Aria und klingt dabei fast schon ehrfürchtig. Was auch immer er für Farben benutzt hat, hat den Effekt, dass seine Werke nun regelrecht lebendig wirken. Als würden sie über das Gras tanzen. Es ist erstaunlich, was Tapir aus dem Müll gemacht hat.

»Wann hast du damit angefangen?«, frage ich, während ich meine Kamera auspacke. Ich habe mit ihm abgemacht, dass ich seine Kunst fotografieren darf, ihn jedoch nur seitlich, sodass sein Gesicht unkenntlich bleibt. Denn auch wenn er auf die Straße geworfenen Müll verarbeitet, stellt er seine Skulpturen immer noch ohne Genehmigung aus. Er will nicht erkannt werden – und das respektiere ich.

»Moment.« Aria sucht in ihrer Tasche nach ihrem Handy. »Ich mache Notizen, während du fotografierst, okay?« Sie wartet mein Nicken gar nicht erst ab. Ihr Blick ist wieder auf den Künstler im schwarzen Hoodie gerichtet, als wäre sie wirklich meine Assistentin. Und während Tapir erzählt, fliegen ihre Finger nur so über das Display. Sie tippt mit, ich mache die Bilder, und zugleich erfahre ich mehr über seinen Werdegang, als ich heute früh noch gehofft habe. Er beschreibt Aria seine Figuren und betont, wie wichtig es ihm ist, ein Zeichen zu setzen. Das Schöne im Schlechten zu finden. Aus alten Dingen Neues zu erschaffen. Und gleichzeitig beseitigt er so den achtlos weggeworfenen Müll. Ehe wir's uns versehen, hält Tapir eine glühende Rede über Umweltverschmutzung, Klimawandel und qualvoll verendende Tiere. Aria hängt an seinen Lippen und sieht so fasziniert aus, dass ich nicht anders kann, als auch ein Foto von ihr zu schießen. Sie bemerkt es nicht einmal. Je länger Tapir erzählt, desto dunkler wird es im Park, und irgendwann hängt der schwarze Nachthimmel schwer über uns.

»Was passiert mit den Figuren?«, fragt Aria schließlich und sieht von ihrem leuchtenden Display auf. »Du lässt sie doch bestimmt nicht ewig hier stehen, oder?«

Ihre Frage entlockt Tapir ein bitteres Lachen. »Es ist Müll«, sagt er. »Was glaubst du denn, was damit geschieht?« Er wartet einen Moment, doch als sie nichts dazu sagt, spricht er weiter. »Die Müllabfuhr sammelt sie ein.«

»Bitte was?« Entsetzt sieht sie von Tapir zu mir und wieder zu ihm.

Kaum merklich zuckt er mit den Schultern. »Müll gehört nun mal in den Müll. Deswegen sammle ich den Scheiß ja auf.«

»Aber das hier …« Sie wirkt immer noch fassungslos. »Das hier ist kein … Es ist Kunst! Du kannst doch deine Skulpturen nicht einfach wegschmeißen lassen.«

»Was soll ich sonst machen? Eine Garage mieten und Müllwerke darin sammeln?« Ich höre ihm deutlich an, wie lächerlich er diese Vorstellung findet.

»Aber …« Aria ist sprachlos. Zum ersten Mal, seit ich sie getroffen habe, weiß sie nicht, was sie sagen soll.

Ich mache einen Schritt auf sie zu, sodass ich nah bei ihr stehe. »Dir geht es also nicht um die Kunst an und für sich, sondern um den Effekt, den sie hat«, fasse ich zusammen. »Richtig?«

»Jeps.« Tapir nickt, zieht seine Hände aus der Hoodietasche hervor und reibt sie einmal aneinander. »Okay, hast du alles?«, fragt er, und ich bin mir nicht sicher, ob er damit Arias Notizen oder meine Fotos meint. Nichtsdestotrotz nicke ich. »Gut. Dann … Ich muss los.« Er macht ein paar Schritte rückwärts. »Falls du noch ein paar schießen willst, ich lass den Scheinwerfer bis Mitternacht an. Dann hole ich ihn.

Die Müllabfuhr kommt meistens gegen halb fünf, danach sind die Figuren weg.«

Ich nicke wieder. »Danke, Tapir.«

»Kein Ding.« Er tippt sich zweimal mit dem Zeige- und dem Mittelfinger gegen die Stirn, dann verschwindet er in die Nacht. Zurück bleiben Aria und ich, und ich habe das Gefühl, mit ihm einen wirklich außergewöhnlichen Teilnehmenden für mein Projekt gefunden zu haben.

»Der Kerl ist ein bisschen verrückt«, haucht Aria irgendwann. Sie klingt immer noch so fasziniert, dass ich leise lachen muss.

»Stimmt«, erwidere ich, hebe meine Kamera an und mache ein paar weitere Bilder von den Figuren, die bereits in wenigen Stunden im Müll landen werden. »Aber er hat echt was drauf.«

»Wir sollten morgen früh herkommen.«

»Was meinst du?« Ich lasse meine Kamera wieder sinken und sehe sie an.

»Wenn die Müllabfuhr kommt. Du solltest auch davon Fotos machen. Dass die Skulpturen weggeworfen werden, ist Teil ihrer Geschichte. Du musst sie ganz erzählen.« Sie spricht so energisch, dass ich nicht anders kann, als über ihren Vorschlag nachzudenken. Eigentlich hat sie recht. Das Ende der Kunst gehört zu Tapirs Beitrag dazu. Und wenn ich diesen Teil nicht nur beschreiben, sondern auch fotografisch belegen kann …

»Gute Idee. Kommst du mit?« Ich rechne eigentlich mit einem Nein. Dabei zuzusehen, wie Mitarbeitende der Stadtwerke Kunstfiguren beseitigen, stelle ich mir nicht sonderlich spannend vor. Schon gleich gar nicht frühmorgens. Doch Aria überrascht mich.

»Klar«, antwortet sie. »Hab ich doch gesagt. *Wir* kommen wieder.« Sie betont das Pronomen deutlich und grinst. »Vorausgesetzt, du nimmst mich mit. Ich kann morgens ganz schön grumpy sein.«

»Also einen doppelten Kaffee für dich, verstehe.«

»Und ganz viel Hafermilch. Und am besten sprichst du nicht mit mir, bis der Becher leer ist.«

Schmunzelnd betrachte ich sie. »Sonst noch etwas, das ich wissen muss?«

»Du könntest eine Decke mitnehmen, damit wir uns so richtig auf die Lauer legen können.«

»Kaffee. Hafermilch. Decke. Vielleicht noch Kekse?«

»Donuts wären toll. Aber bitte die mit Schokoglasur. Nicht dieses pinke Zuckerzeug.«

»Aha.« Ich gehe in die Hocke und verstaue meine Kamera und das Objektiv in der Tasche. »Möchtest du mir vielleicht noch sagen, welche Farbe die Servietten haben sollen? Und darf die Decke aus Wolle sein oder …«

Weiter komme ich nicht. Aria boxt mir wieder einmal gegen den Oberarm, und das tut so überhaupt nicht weh, dass ich nun richtig lache. Ich richte mich auf, schultere meine Tasche und wende mich ihr zu. Sie kräuselt die Nase und sieht damit unglaublich niedlich aus.

»Okay, Vorschlag. Wir gehen jetzt zu mir, ich koche dir Kaffee oder Tee oder was immer du willst. Dann bestellen wir Pizza, und während wir warten, übertrage ich deine Notizen für Tapirs Beitrag. Plan?«

»Plan.«

11

ARIA

Das Erste, was ich in Jacks Wohnung ansteuere, ist wieder die Schaukel. Grinsend beobachtet er mich dabei, wie ich mich auf dem hölzernen Sitzbrett niederlasse, ehe er sich an seiner Kaffeemaschine zu schaffen macht.

»Eigentlich ist das echt ein furchtbares Klischee«, sage ich und stoße mich vom Boden ab.

»Was meinst du?« Er wirft mir einen kurzen Blick über seine Schulter hinweg zu.

»Na, das hier.« Sanft schwinge ich hin und her. »*Kommst du noch für einen Kaffee mit hoch?*« Ich betone jedes Wort besonders. »Der universelle Code für … na ja … für *nicht Kaffee trinken.*«

»Ach ja?« Ohne mich erneut anzusehen, schüttet er etwas braunes Pulver in die Maschine. Sofort breitet sich ein angenehmer Duft im Zimmer aus. »Tut mir leid, dich enttäuschen zu müssen, aber es gibt wirklich gleich frischen Kaffee.« Er schließt den Deckel und drückt auf den Startknopf. Dann dreht er sich endgültig zu mir um und lehnt sich an die Arbeitsplatte seiner Küchenzeile. Seine Mundwinkel zucken verräterisch. »Ich bin aber durchaus auch offen für *nicht Kaffee.*« Die letzten beiden Worte betont er besonders. Sein Grinsen ist breit, und er wackelt so übertrieben mit den Augenbrauen, dass ich nur seufzen kann. Gleichzeitig schleicht sich ein eigenes Lächeln auf mein Gesicht.

Ich liebe es, wie leicht es ist, mit ihm zu reden. Ich musste nicht einmal darüber nachdenken, nach dem Treffen mit Tapir mit zu ihm zu gehen. Vielleicht sollte es mir Angst machen, wie schnell ich Gefühle für ihn entwickle. Aber das tut es nicht. Zeit mit Jack zu verbringen, fühlt sich richtig an. Und das liegt nicht nur daran, dass er verdammt gut küssen kann. Wie automatisch senkt sich mein Blick auf seine Lippen. So warm und weich. Zu deutlich ist die Erinnerung an meinen letzten Besuch in seiner Wohnung, als ich ihn geküsst habe und nicht mehr damit aufhören wollte.

»Aria?« Seine Stimme reißt mich aus meinen Gedanken.

Ich hebe den Kopf und schaue ihm wieder in die Augen. Der Schalk darin ist verschwunden, stattdessen sieht er mich auf eine Art und Weise an, die ich in meinem gesamten Körper spüre. Hinter ihm ist das leise Glucksen der Kaffeemaschine zu hören, aber dieses Getränk könnte mir im Augenblick nicht egaler sein. Und offenbar geht es Jack genauso. Er stößt sich von der Arbeitsplatte ab und kommt auf mich zu. Nicht langsam, nicht schnell, aber mit festen, zielstrebigen Schritten. Uns trennt nicht mehr viel, als er vor mir stehen bleibt und mir eine Strähne, die sich aus meinem Haarknoten gelöst hat, hinters Ohr streicht. Seine Berührung lässt ein Kribbeln in mir entstehen, und bevor er seine Hand wieder zurückziehen kann, greife ich danach. Sanft streiche ich über das schwarze Lederarmband, das er heute wieder trägt, bis ich auf seiner Haut lande und meine Finger mit seinen verschränke. Dann ziehe ich ihn näher zu mir. Seine Knie stoßen gegen meine Beine, und er beugt sich über mich, sodass ich den Kopf in den

Nacken legen muss, um ihn ansehen zu können. Und mit jedem Zentimeter, den er mir näher kommt, schlägt mein Herz heftiger.

»Was hältst du davon, wenn wir …« Seine Stimme versagt, und er räuspert sich leise. »Oder hast du Hunger? Dann bestelle ich die versprochene Pizza, und wir …«

Ich stehe ruckartig auf und lege Jack einen Finger auf die Lippen. »Nein«, sage ich und rücke enger an ihn. »Ich habe noch keinen Hunger.« Und weil bei meiner Antwort diese leicht kritisch wirkende Furche auf seiner Stirn entsteht, stelle ich mich auf meine Zehenspitzen und küsse sie einfach weg. Der Moment, als sich unsere Lippen berühren, ist wie eine Erlösung. Ich habe den ganzen Tag auf nichts anderes gewartet. Habe mich durch die Vorlesungen gequält und über Wesley nachgedacht. Die Enttäuschung, die Kränkung in seinem Blick hängt mir immer noch nach. Ich wollte ihm nicht wehtun, aber ich habe genau das getan. Weil es für ihn entgegen unserer Abmachung nicht nur Sex war. Und ehrlich gesagt, habe ich keinen Schimmer, ob er überhaupt noch mein Tutor sein will. Ich hoffe es, aber ich kann es ihm auch nicht übel nehmen, falls er das nicht mehr möchte. Diese Entscheidung liegt ganz allein bei ihm. Aber daran will ich nun nicht denken. Alles, was zählt, ist der Mann vor mir, dessen Arme mich umschlingen und festhalten, während ich ihn küsse und küsse und küsse. Gierig und wild, sanft und neckisch. Unendlich und frei.

Ich weiß nicht, wer sich zuerst in Bewegung setzt. Er oder ich oder wir beide gleichzeitig. Plötzlich taumeln wir durch sein Wohnzimmer und in den einzigen Raum, in dem ich noch nicht war.

»Bitte sag mir, wenn dir das zu schnell geht«, raunt er.

»Tut es nicht«, gebe ich sofort zurück und lasse mich zu seinem Bett ziehen. Scheiße, ich war noch nie so schnell so erregt von einem Mann. Jack schafft es nur mit seinen Küssen, dass ich alles vergesse. All meine Sinne sind auf ihn fokussiert. Auf seine Berührungen, seine Lippen, die von meinem Mund weiter zu meinem Hals wandern. Er küsst eine Spur auf meine Haut, Millionen kleiner Liebkosungen, die mich erschaudern lassen. Seine Hände liegen auf meiner Hüfte, und er drängt mich behutsam weiter in Richtung Bett. Bevor ich es erreiche, hebe ich meine Arme und lasse mir von ihm mein Oberteil über den Kopf ziehen. Dann zupfe ich an seinem Shirt, und auch das landet achtlos auf dem Boden. Gott, sein Körper ist makellos. Er macht Sport, das sehe ich ihm deutlich an. Und trotzdem ist es nicht zu viel.

Ich streiche über seine Seiten, seinen Bauch, seine Brust. Er atmet leise zischend ein, und ich grinse in unseren Kuss, weil ich nicht anders kann. Weil ich diejenige bin, die ihm diese Geräusche entlockt. Ein paar Sekunden später falle ich auf sein Bett, Jack schiebt sich über mich und stützt sich mit den Knien und den Ellbogen ab. Ich umfasse seine Wangen mit meinen Händen, ziehe ihn zu mir und drücke meine Lippen wieder auf seine. Es ist wie ein Rausch, Jack meine Droge, die meine Sinne benebelt, und zugleich ist alles glasklar. Ich will ihn. Ich will diesen Mann. Diesen Künstler, den ich noch vor gar nicht allzu langer Zeit zum Teufel gewünscht habe. Und nun liege ich hier, mit ihm, und kann es kaum erwarten, dass er seine Hose auszieht und auch mich von meiner Jeans befreit.

Doch mit einem Mal werden seine Bewegungen langsamer. Weniger drängend. Er lässt sich Zeit, wird ruhiger und vertieft unseren Kuss. Sein Dreitagebart kitzelt auf meiner Haut, er umfasst sanft meinen Kopf und streicht mir die Haare aus der Stirn. Dabei schaut er mir tief in die Augen. Minuten vergehen oder nur Bruchteile davon, in denen ich mich in seinem Braun verliere. Und obwohl es mir oft schwerfällt und ich es kaum aushalte, so intensiv von jemandem angesehen zu werden, ist es bei Jack kein Problem. Die Wärme in seinem Blick hält mich gefangen, bis er sich wieder weiter zu mir beugt und mit seinen Lippen über meine streift. Federleicht, und doch genügt diese sanfte Berührung, um das Verlangen in mir sofort neu anzustacheln. Ich lasse meine Hände zwischen unsere Körper wandern und öffne die Schnalle seines Gürtels. Dicht an meinem Mund lacht er leise, ehe er sein Gesicht in meiner Halsbeuge vergräbt und mir kleine Küsse auf die Haut gibt. Sofort ist die Gänsehaut zurück, und ich zerre erneut an der Gürtelschnalle. Jack ist mir keine große Hilfe dabei. Seine volle Konzentration liegt auf meinem Hals, und er macht es mir verdammt schwer, auch den Knopf seiner Jeans zu öffnen.

»Jack …« Ich dränge ihn ungeduldig. »Könntest du …«

Doch eindeutig kann er nicht. Er macht seelenruhig weiter, seine Lippen wandern zurück zu meinen, hauchen Küsse auf meine Mundwinkel, mein Kinn und schließlich auf die Wange unterhalb meines linken Auges, wo sich eine winzig kleine Narbe befindet, die ich meistens überschminke.

»Was hast du hier angestellt?«, fragt er und gibt mir auch einen Kuss auf diese Stelle.

»Zu viel Übereifer beim Spielen. Ich bin gegen einen Türgriff gerannt.«

»Autsch.« Dafür bekomme ich noch einen Kuss. »Gut, dass ich Narben sexy finde.«

»Jeder findet Narben sexy«, gebe ich zurück und schiebe meine Hände auf seinen Hintern.

»Jeder?« Er hebt eine Augenbraue.

»Na klar. In allen romantischen Filmen und in jedem Liebesroman kommt immer irgendwann die Stelle, wo einer der beiden eine Narbe hat und der andere dann sagt, dass das sexy ist.«

»Ernsthaft?« Ruckartig richtet er sich auf und mustert mich kritisch. »Ich bin also schon wieder ein Klischee?« Sein tatsächlich leicht verzweifelter Blick lässt mich lachen.

»Mach dir keine Sorgen.« Ich ziehe sein Gesicht wieder näher zu mir. »Du hast kein übertriebenes Sixpack, und du bist auch kein Bad Boy mit dunkler Vergangenheit. Es sei denn …« Ich stocke.

»Es sei denn, was?«

»Bist du Mitglied irgendeiner Lederjacken tragenden Motorradgang? Falls dem so ist, sag es mir besser direkt jetzt, dann kann ich noch abhauen und …«

Weiter lässt er mich nicht kommen, sondern unterdrückt mein Lachen mit einem festen Kuss, den er erst unterbricht, als ich ihm sanft in die Lippe beiße.

»Keine Gang«, beteuert er. »Kein Motorrad. Und auch keine Lederjacken. Sorry.«

»Schon okay«, gebe ich zurück. »Ich mag Lederjacken eh nicht.«

Und dann haben wir genug geredet. Jack schiebt sich endlich seine Hose von den Beinen, ich schlüpfe aus meiner Jeans, und wir liegen nur noch in Unterwäsche auf seinem Bett. Mit einem Finger fahre ich über seinen Bauch, male die Linien seiner Muskeln nach und beginne, Küsse auf seiner Haut zu verteilen. Bis ich den Bund seiner schwarzen Boxerbriefs erreiche.

»Die sind übrigens auch Klischee.« Ich zupfe an dem Stoff.

»Dann hast du ja Glück, dass ich sie gleich ausziehen werde.« Schwungvoll dreht Jack mich auf meinen Rücken und küsst nun ebenfalls meinen Bauch. Doch anstatt wie ich dabei tiefer zu wandern, schlägt er die Richtung nach oben ein und streift mir die BH-Träger von den Schultern. Im nächsten Moment hebe ich meinen Körper leicht an, schiebe meine Hände zwischen Rücken und Matratze und öffne den Verschluss meines BHs. Sofort sitzt der Stoff lockerer, und ich schüttle die Träger von meinen Armen, sodass Jack ihn aus dem Bett werfen kann.

Für einen kurzen Augenblick bin ich unsicher. Nicht, weil ich mich für meine Brüste schäme oder mich unwohl fühle. Aber es ist das erste

Mal, dass Jack mich so sieht, und das macht den Moment zu etwas Besonderem. Zwei Sekunden lang blickt er mich schweigend an, ich zähle mit. Dann lächelt er liebevoll, und verflucht, ich spüre es in meinem ganzen Körper. Als er mit seinen Küssen weitermacht und sich nun ganz ausführlich den beiden Stellen widmet, die bis eben noch von dunklem Stoff bedeckt waren, intensiviert sich dieses Gefühl. Ich kralle meine Finger in das Laken, schließe die Augen und fühle nur noch Jack. Seine Lippen, seine Hände, seinen Atem. Und seine Zunge, die mit mir spielt. Aber es ist noch immer nicht genug. Ich brauche mehr, so viel mehr.

Aus einem inneren Drang heraus umfasse ich Jacks Rücken. Ich will ihn an Ort und Stelle halten, und zeitgleich hoffe ich, dass er tiefer wandert. Keine Ahnung, ob ich diejenige bin, die ihn nach unten dirigiert, oder ob er selbst auf die Idee kommt. Aber plötzlich spüre ich seinen warmen Atem an meinem Slip. Er haucht einen Kuss auf den Stoff, dann noch einen, und noch einen. Und endlich schiebt er seine Hand unter das Bündchen und lässt mich damit nach Luft schnappen. Er rückt wieder ein Stück weiter nach oben, ich spüre seinen Blick auf mir, doch seine Hand bleibt, wo sie ist. Mit einem Finger reizt er mich, benutzt die perfekte Druckstärke, reibt und kreist, und mit jeder Sekunde mehr, die verstreicht, komme ich der Erlösung näher. Trotz meiner geschlossenen Augen weiß ich, dass er mich beobachtet. Meine Augenlider flattern, und ich bin mir sicher, dass es nicht mehr lange dauert. Jack ist geschickt in dem, was er tut. Ich presse meine Lippen aufeinander und widerstehe dem Verlangen, sein Handgelenk zu umfassen, damit er bloß nicht aufhören kann, bis ich den Punkt erreicht habe, an den er mich bringen soll. Jack nimmt einen zweiten Finger dazu, raubt mir damit den Atem, küsst mich auf den Mund, den Hals und leckt mit der Zunge eine feuchte Spur um meine Brüste. Jedes Mal, wenn er atmet, streift mich warme Luft und löst einen wohligen

Schauer auf meinem Körper aus. Alles in mir will erzittern, ich will fliegen und fallen gleichzeitig, aber noch fehlt das letzte bisschen. Wieder scheint Jack intuitiv zu wissen, was ich brauche. Er verändert den Winkel seiner Finger, saugt an meiner Haut, küsst mich, quält mich, neckt mich. Und dann durchfährt mich endlich diese ganz besondere Art von Strom. Meine Muskeln zucken, ich erschaudere, und Jack küsst mich weiter. Er küsst und küsst und küsst mich, bis ich wieder denken und die Augen öffnen kann.

Quälend langsam zieht er seine Hand zurück und rutscht ein kleines Stück von mir weg. Augenblicklich vermisse ich die Wärme seines Körpers, doch es dauert nicht lange, bis er wieder da ist. Seine Boxerbriefs fehlen, sein Blick ist dunkel und intensiv, und ich kann nicht mehr warten. Ich zerre an dem schwarzen Stoff meines Slips, versuche ihn auszuziehen, scheitere. Bis Jack mir hilft und erneut über mich krabbelt. Gierig küsse ich ihn, während meine Hände an seinem Körper nach unten gleiten. Dieses Mal zieht er scharf die Luft ein, als ich ihn zwischen den Oberschenkeln berühre. Ich kichere leise, schlinge meine Beine um seinen Hintern und drücke ihn noch dichter an mich.

»Bitte sag mir, dass du ein Kondom hast.« Ich würde es nicht ertragen, wenn er mir nun gestehen würde, dass er nichts zum Schutz dahat.

»Ja, hab ich.« Er streckt sich, zieht die Schublade seines Nachttischchens auf, und gleich darauf höre ich das Knistern von Folie. *Gott sei Dank.* Kurz bin ich versucht, vor lauter Dankbarkeit die Augen zu schließen. Doch ich will nicht verpassen, wie Jack sich das Kondom überstreift. Er macht sich von mir los, setzt sich auf, und ich stütze mich auf meine Ellbogen ab, den Blick fest auf ihn gerichtet.

»Klischee oder kein Klischee?« Er grinst mich an und wedelt mit der Kondomverpackung.

»Was wäre das Klischee?«, frage ich und klinge leicht außer Atem. Alles in mir vibriert vor lauter Vorfreude.

»Das hier.« Im nächsten Moment schiebt er sich die Folie zwischen die Zähne und zerrt an einer Ecke. Und ich kann nicht anders.

»O mein Gott«, entweicht es mir, und ich beginne zu lachen. Dann strecke ich meine Hand aus und ziehe das kleine Folientütchen aus seinem Mund. »Mach keinen Scheiß.«

»Schon gut, schon gut.« Er nimmt mir das Kondom wieder ab und streift es sich geschickt über. Eine Sekunde später ist sein Grinsen verschwunden, mein eigenes Lachen erstickt, und er krabbelt zurück über mich. Sein Blick hält meinen fest, und ich glaube, in seinen Augen zu ertrinken. Da sind nur noch wir beide. Er und ich und das, was wir im Begriff sind zu tun.

Mit beiden Händen umfasst er mein Gesicht, streicht mir die Haare beiseite, küsst mich. Und es fühlt sich wieder so an, als würde ich ihn schon ewig kennen. Als wäre das hier nicht unser erstes Mal, wir nicht zwei Menschen, die sich erst vor knapp zwei Wochen begegnet sind. Alles mit Jack fühlt sich so gut, so richtig, so wahr an. Und während er in mich eindringt, halte ich unseren Blickkontakt. Er ist sanft und lässt sich Zeit, und plötzlich entweicht mir ein Keuchen. Ich kralle meine Hände in seine Arme, meine Lider werden schwer, aber ich will meine Augen nicht schließen. Ich will ihn ansehen, will keine Sekunde verpassen, benötige einen Moment, um mich an ihn zu gewöhnen. Jack gibt ihn mir, hält still, küsst mich liebevoll auf die Stirn.

»Alles okay?«, fragt er leise und zieht sich ein Stück aus mir zurück. Ich nicke, weil ich nicht mehr reden kann, recke mich ihm entgegen, hauche einen Kuss an sein Kinn und verstärke den Druck meiner Beine auf seinen Hintern. Und dann beginnt er endlich, sich in mir zu bewegen. Rhythmisch, gleichmäßig, langsam, schneller. Schneller und schneller und schneller. Ein Stöhnen entweicht mir. Oder vielleicht uns beiden. Ich habe keine Ahnung mehr, wo er beginnt und ich aufhöre. Meine Hände gleiten über seinen Körper, streichen über seine perfekten Muskeln. Über seinen Rücken, seine Seiten, seine Schultern. Immer wieder stößt sein Becken gegen meins, und ich beginne wieder zu zittern. Er küsst mich, sein Körper bebt, genau wie mein eigener. Leise wispert er meinen Namen, ich flüstere seinen und halte mich noch mehr an ihm fest. Jacks Stöße werden unruhiger, unsteter, er presst sein Gesicht in meine Halsbeuge, hört nicht auf, treibt unsere Körper weiter an. Plötzlich spüre ich seine Hand zwischen uns. Und das gibt mir den Rest. Die Welle reißt mich mit und ist noch heftiger als beim ersten Mal. Und ich kann nichts tun, außer mich keuchend seinen Berührungen hinzugeben.

Eine ganze Weile liegen wir schweigend nebeneinander. Mein Herzschlag normalisiert sich nur langsam, und auch Jacks Atemzüge sind leise neben mir zu hören. »Okay, zwei Möglichkeiten.« Schwungvoll rollt er sich auf die Seite.

»Ja?«, frage ich und drehe mich ebenfalls, um ihn ansehen zu können. Unsere Gesichter sind sich ganz nah.

»Entweder«, er hebt einen Finger, »wir stehen auf, trinken unseren Kaffee und bestellen endlich die Pizza.«

»Oder?« Es ist fast schon amüsant, wie sehr er sich bemüht, nicht auf meine nackten Brüste zu starren.

»Oder wir bleiben einfach liegen und …«

»Nummer zwei«, unterbreche ich ihn, noch ehe er zu Ende gesprochen hat.

Mein Übereifer lässt ihn lachen. »Du weißt doch gar nicht, was ich sagen wollte.«

»Muss ich auch nicht.« Ich schüttle den Kopf und lege meine Hand auf seinen Oberarm. »Aber hier zu bleiben, klingt ziemlich verlockend, findest du nicht?« Ich male mit einem Finger auf seiner Haut herum, was eine Gänsehaut bei ihm auslöst.

»Tut es«, stimmt er mir zu. »Aber vielleicht sollten wir …« Er stoppt sich selbst und angelt nach seiner Decke, die wir im Eifer aus dem Bett geschoben haben. Dann breitet er sie über uns aus, und sofort ist mir wärmer. Und als würden wir das jede Nacht tun, legt er wie selbstverständlich einen Arm um mich. Mit einem Mal sind wir einander so nah, dass ich seinen Atem auf meiner Wange spüren kann. Jacks Duft umgibt mich wie ein Kokon, in dem ich für immer eingehüllt sein will. So nah bei ihm zu liegen, sollte ungewohnt sein, aber das ist es nicht. Ich fühle mich so geborgen, so sicher wie noch nie zuvor in meinem Leben. Und ich weiß, dass es nicht sonderlich klug ist, so zu empfinden. Ich kenne Jack kaum, auch wenn ich gerade mit ihm geschlafen habe. Doch ich kann den Moment jetzt einfach nicht zerdenken. Es ist viel zu schön, hier zu liegen und glücklich zu sein.

»Vielleicht solltest du einen Wecker stellen«, schlage ich nach ein paar weiteren Minuten der Stille vor. Mir ist so angenehm warm, dass es mit Sicherheit nicht mehr lange dauern wird, bis mir die Augen zufallen. »Wenn wir die Müllabfuhr nachher nicht verpassen wollen, ist das bestimmt eine gute Idee.«

»Mach ich«, verspricht er und gibt mir einen zarten Kuss auf den Scheitel. »Ich hol gleich mein Handy. Sobald ich aufstehen kann.«

»Müde, alter Mann?« Ich lache leise auf, als er sich sofort über mich schiebt, und vergrabe meine Hände in seinen Haaren.

»Von wegen alter Mann.« Er reibt sein Becken gegen meins, und ja, ich spüre sofort, wie wenig alt er ist.

»Ernsthaft? Schon wieder?« Ich lache immer noch und höre erst damit auf, als er mich mit einem langen Kuss zum Schweigen bringt. Ein Kuss, aus dem schlagartig mehr wird.

»Kondom«, raune ich, Jack zieht es aus der Schublade, und dann schlafen wir noch einmal miteinander. Langsamer dieses Mal, weniger gierig, doch genauso intensiv.

Hinterher liegt Jack atemlos neben mir, und ich hauche kleine Küsse auf seine verschwitzte Haut. Wieder hält er mich im Arm, und wieder ist da sofort dieses Gefühl von Heimat. Von Angekommensein.

Und von Hunger. Mein Magen knurrt lautstark, was Jack lachend dazu bringt, sich schließlich doch von mir zu lösen und sich auf die Suche nach seinem Handy zu machen. Als er telefonierend zurück ins Schlafzimmer kommt, habe ich sein Shirt angezogen und sitze im Schneidersitz auf seiner Matratze.

»Super, vielen Dank«, verabschiedet er seinen Gesprächspartner und legt sein Handy auf dem Nachttisch ab, bevor er zurück ins Bett kommt. »In einer halben Stunde ist die Pizza da.« Er krabbelt auf mich zu und gibt mir einen schnellen Kuss. Dann zupft er an dem Shirt, das ich trage. »Ist das meins?«

»Vielleicht?« Ich lege den Kopf schief und blicke an mir nach unten. »Jetzt bin ich das Klischee, oder?« Ist ja nicht so, als hätte ich nicht meine eigenen Klamotten wieder anziehen können. Aber es war zu verlockend, einfach in seine zu schlüpfen. Das T-Shirt riecht so gut nach ihm.

»Macht nichts«, sagt Jack und lehnt sich neben mir an das Kopfende seines Bettes. »Steht dir eh viel besser als mir.«

Für einen Moment überlege ich, ob er seine Worte wirklich ernst meint. Dann grinst er, und ich stoße ihn spielerisch in die Seite.

»Was?«, sagt er und hebt abwehrend die Hände, ehe er mich in seine Arme zieht. »Ich wollte nur höflich sein und wieder zum größeren Klischee von uns beiden werden.«

»Idiot«, grummle ich, lasse mich allerdings zu gern von ihm halten. In sanften Bewegungen fährt er mit den Fingerspitzen über meinen Oberarm. Auf und ab, auf und ab. Es fällt nur das Licht der Straßenlaterne ins Zimmer und malt eine Vielzahl von Schatten an die Wand gegenüber. Und vielleicht ist es genau das, der Schutz der Dunkelheit, der Jack dazu bringt, seine nächsten Worte auszusprechen.

»Du hast eine Verbrennungsnarbe auf der Schulter.«

»Hm.«

»Sie sieht aus wie eine Blume.«

Wieder nicke ich. »Ein Gänseblümchen.«

»Seit wann hast du das?«

»Seit dem Kindergarten. Ich hatte auf der Schulter ein rotes Blutschwämmchen, und weil es so schwulstig war, haben meine Eltern es weglasern lassen.«

»Verstehe.« Seine Stimme klingt erstickt, während er gedankenverloren über die Stelle streicht.

»Alles okay?«, frage ich und drehe mich leicht in seinen Armen, damit ich ihn besser ansehen kann. »Findest du sie schlimm?«

»Was?« Er runzelt die Stirn.

»Die Narbe. Findest du sie schlimm? Ich weiß, dass sich meine Haut an dieser Stelle komisch anfühlt, und es sieht auch nicht sonderlich schön aus, aber …«

»Himmel, Aria. Nein.« Nun richtet er sich auf, sodass auch ich mich richtig hinsetzen muss. Ernst blickt er mich an. »Es ist überhaupt nicht schlimm. Narben sind sexy, weißt du nicht mehr?« Er zwinkert mir zu, aber sein Lächeln erreicht seine Augen nicht. »Es ist nur …« Jack zögert, sucht nach den richtigen Worten. Geduldig warte ich, bis er weiterspricht, obwohl es mir auf der Zunge liegt, ihn zu bitten, es einfach auszuspucken. »Ich kannte mal jemanden, der auch ein Blutschwämmchen hatte.« Wieder streicht er mir über die Schulter.

»Oh. Okay.« Erleichtert kuschle ich mich an ihn, und er legt den Arm fest um mich. Wie von selbst beginnen meine Finger mit seinem Lederarmband zu spielen. »Ja. Das haben mehr Menschen, als man denkt. Oft befinden sie sich nur an Stellen, die niemand sieht. Oder im Gesicht. Ich hatte also echt Glück.« Zumindest, wenn ich den Erzählungen meiner Eltern Glauben schenken darf. Ich selbst erinnere mich nicht mehr an das Blutschwämmchen. Für mich ist dieses Stück Haut schon seit ich denken kann vernarbt.

»Hm. Hattest du.« Gedankenverloren fährt er mir in einem steten Rhythmus über den Arm. »Hat es wehgetan? Das Entfernen, meine ich.«

»Ganz ehrlich?« Ich zucke mit den Schultern. »Keine Ahnung. Ich war vielleicht vier? Maximal fünf. Es ist ewig her.« Wie Jack mich streichelt, ist unfassbar beruhigend. Vielleicht sollte er doch den Wecker stellen, bevor ich einschlafe. »Aber ich habe kein Trauma davongetragen, also nehme ich an, dass es harmlos war.« Meine Worte entlocken ihm immerhin ein kleines Lächeln. »Was ist mit dir?«, frage ich und lausche seinem Herzschlag. »Irgendwelche dunklen Geheimnisse?« Meine Frage lässt mich selbst grinsen. »Aber pass auf, was du sagst. Nicht, dass du am Ende doch noch zum Bad-Boy-Klischee wirst.«

»Keine dunklen Geheimnisse.« Er lacht leise irgendwo über meinem Kopf. »Nur ein paar traurige.«

»Traurige?« Ich wage nicht, mich wieder aufzusetzen, drücke mein Ohr stattdessen weiterhin gegen seine Brust.

»Ja. Aber eigentlich ist das kein Thema für ein …« Jack hält inne, scheint nicht zu wissen, wie er das, was zwischen uns ist, betiteln soll. Also lässt er es. Und schweigt.

»Erzählst du mir trotzdem davon?«

»Sicher?«

»Ganz sicher.« Ich würde gern noch ein Stückchen näher an ihn rücken, doch es ist kein Platz mehr zwischen uns.

Jack braucht einen Moment, dann fängt er an zu sprechen. Und erzählt mir Dinge, mit denen ich nicht gerechnet habe.

»Vor ziemlich genau sechs Jahren ist mein bester Freund gestorben. Er wurde auf einer Party erstochen und ist vor unseren Augen verblutet.«

Seine Worte sind kaum verklungen, als ich die Gänsehaut auch schon am ganzen Körper spüre. »Gott, Jack. Wie furchtbar. Das tut mir so unendlich leid.«

»Danke«, sagt er leise. »Es war … Heute weiß ich, dass es ein Unfall war, aber damals … Ich war so sauer. So wütend. So verzweifelt. Weil Brant … Brant war nicht einfach …« Er holt tief Luft. »Er war nicht der erste Mensch, der mir so wichtig und dann von einem Moment auf den anderen nicht mehr da war.«

»Wie meinst du das?« Ich traue mich die Frage kaum zu stellen, weiß nicht, ob ich die Antwort hören will. Ist noch jemand gestorben, der ihm ganz offensichtlich die Welt bedeutet hat? Scheiße, ich hoffe so sehr, dass ich falschliege.

»Hattest du früher eine beste Freundin? Oder einen besten Freund?«

»Wann früher?«

»In der ersten Klasse.«

»Ja. Klar. Wer hatte das nicht?« Ich hatte sogar viele beste Freunde und Freundinnen. »Jeden Tag war es jemand anderes. Ist das nicht normal in dem Alter?« Worauf will er hinaus?

»Ich hatte damals zwei Lieblingsfreunde. Josh und …« Es kostet ihn wahnsinnig viel Überwindung weiterzusprechen. »Josie.«

»Okay?« Ich starre auf einen Punkt mir gegenüber. Draußen windet es, die Schatten an der Wand bewegen sich wie kleine Geister hin und her.

»Kurz nach meinem sechsten Geburtstag ist Josie verschwunden.«

»Was?« Ruckartig rapple ich mich auf, stütze mich auf seinem Oberschenkel und der Matratze ab und sehe ihn entgeistert an. »Was soll das bedeuten?«

»Ich weiß es nicht.« Müde begegnet er meinem Blick, auf seinem Gesicht liegt das traurigste Lächeln, das ich je gesehen habe. Am liebsten will ich es wegküssen und ihn so lange halten, bis er wieder der gut gelaunte Jack ist, der mich im Park angesprochen hat. »Niemand weiß es. Wir haben gespielt, wie so oft, und plötzlich war Josie weg. Einfach verschwunden. Die Polizei geht … ging von Entführung aus.«

»Wurde sie … Also habt ihr … Ich meine, wurde sie irgendwann gefunden? Oder Lösegeld gefordert?«

Eigentlich brauche ich Jacks Antwort nicht. Intuitiv weiß ich genau, was er sagen wird.

»Nein.« Behutsam greift er nach einer meiner Haarsträhnen und dreht sie um seinen Finger. »Es fehlt bis heute jede Spur von ihr.«

12

JACK

Fuck! Wieso mache ich die Stimmung kaputt und erzähle Aria von Josie?

Weil sie dich darum gebeten hat, du Idiot. Die Stimme in meinem Kopf ist laut und unmissverständlich und sagt mir, was ich längst weiß. Ich bereue es dennoch nicht, ehrlich gewesen zu sein. Je besser ich Aria kennenlerne, umso wohler fühle ich mich in ihrer Gegenwart. Selbst jetzt ist es mir nicht unangenehm, ihr von Josies Verschwinden erzählt zu haben. Da ist kein Mitleid in ihrem Blick. Nur tiefes, ehrliches Mitgefühl.

»Das alles ist jetzt achtzehn Jahre her, und manchmal glaube ich immer noch fest daran, dass sie lebt.« Es laut auszusprechen, ist seltsam. Meistens schweige ich das Thema tot, und ja, mir entgeht die Ironie nicht. Die einzigen Menschen, mit denen ich darüber rede, sind Jennifer und Mia, und bis vor Kurzem habe ich selbst das lange nicht mehr getan.

»Natürlich glaubst du daran.« Aria setzt sich vor mich auf ihre Knie und ist damit schlagartig ein paar Zentimeter größer als eben noch.

Plötzlich ist es leicht, ihr direkt in die Augen zu sehen. »Du willst, dass sie lebt. Das ist vollkommen verständlich.«

»Aber wie groß sind die Chancen denn jetzt noch?« Achtzehn Jahre sind eine verflucht lange Zeit. Fast zwei Jahrzehnte, in denen wir sie nicht gefunden haben.

»Logik spielt keine Rolle«, sagt Aria und schüttelt den Kopf. »So funktionieren Wünsche und Hoffnungen nun mal nicht. Wozu auch? Wenn wir unserem Verstand sofort alles glauben würden, dann könnten wir alle direkt den Kopf in den Sand stecken und … und aufgeben. Aber wie kann man das tun, wenn man jemanden liebt?«

Ihre Worte ergeben Sinn. Und trotzdem fällt es mir schwer, ihr zuzustimmen. »Aber muss man nicht irgendwann einsehen, dass manche Wünsche eben nur das sind? Unerfüllte Hoffnungen, die einen eine Zeit lang durchs Leben gebracht haben, aber sich doch nie erfüllen werden. Ich meine, es sind bald zwanzig Jahre.«

»Und dann? Was passiert, wenn du deinen Wunsch aufgibst?«

»Vielleicht wird es leichter?« Ich zucke mit einer Schulter, bin selbst nicht sonderlich überzeugt von dem, was ich da von mir gebe.

»Ich denke nicht, dass du das willst.« Ganz sanft tastet sie über die Matratze nach meiner Hand.

»Sondern?«

»Du willst einen Weg finden, um loszulassen. Denn das kannst du nicht, solange du nicht weißt, was mit ihr passiert ist. Also hoffst du weiter.«

Ich lass mir ihre Worte in Ruhe durch den Kopf gehen. Und komme am Ende zu der Erkenntnis, dass Aria recht hat. Ich bin kein Stück besser als Jennifer. Genau wie sie klammere ich mich an eine Wunschvorstellung. Dass Josie irgendwann wieder da ist und Jennifer aufhört, mich anzurufen, weil es keinen Grund mehr dafür gibt. Ich bin in meiner Hoffnung nur vorsichtiger als sie.

»Manchmal frage ich mich, wie sie heute wohl aussieht. Aussehen würde.« Träge reibe ich mir über die Stirn. »Ich weiß noch nicht einmal, in welcher Zeitform ich über sie reden soll.« Weil ich keine Ahnung habe, ob sie überhaupt noch lebt oder ob sie nicht bereits seit Jahren tot ist. Aber dieser Gedanke raubt mir sofort die Luft zum Atmen. Ich kann mir einfach keine Welt vorstellen, in der es Josie nicht mehr gibt. In diesem Zustand der Unwissenheit kann ich mir immerhin noch einreden, dass sie irgendwo am Leben ist. Nur eben nicht bei uns.

»In der Zeitform, die sich richtig anfühlt.« Aria lächelt. »Das entscheidest du ganz allein.«

Und weil sie damit genau das sagt, was ich brauche, ziehe ich sie an mich und halte sie einfach nur fest. Eine ganze Weile liegen wir so da, die Decke halb über unseren Beinen. Immer wieder fahren Autos unten auf der Straße vorbei, bis schließlich eins stehen bleibt. Kurz danach klingelt es.

»Das sollte unsere Pizza sein.« Ich löse mich von ihr und steige aus dem Bett. Im Gehen werfe ich mir einen Pulli über und ziehe mir eine Jogginghose an. Für Socken reicht die Zeit nicht mehr. Barfuß eile ich die Treppen nach unten zur großen Eingangstür und nehme die Pizza in Empfang.

Als ich wieder oben bin, steht Aria in meiner Küche. Sie trägt nach wie vor nur mein T-Shirt und sieht darin immer noch unglaublich sexy aus. Ihre Haare sind nicht mehr so wild zerzaust wie eben, aber ihr Anblick ist auch jetzt umwerfend. Sie ist so mühelos schön, und für einen kurzen Moment erlaube ich es mir, sie einfach nur anzusehen. Wie ihr die dunklen Haare über die Schultern fallen, wie sie mit überschlagenen Beinen dasteht und leise vor sich hin summt, während sie Teller und Besteck sucht.

Schwungvoll werfe ich die Tür ins Schloss und gehe mit der Schachtel in der Hand auf sie zu. »Wir brauchen keine Teller«, sage ich und ziehe eine Schublade auf. »Und eigentlich auch keine Gabeln. Pizza wird am Stück gegessen.« Ich greife nach einem Messer, klemme mir die Küchenrolle unter den Arm und scheuche Aria zu meiner Couch. Lachend eilt sie davon und wickelt sich in meine Decke ein, die ich von Mia zum Einzug bekommen habe. Ich setze mich neben sie und balanciere unser Essen auf meinen Beinen.

»Was hast du eigentlich bestellt?«, fragt sie und hebt den Deckel einer Schachtel an. Zum Vorschein kommt eine wundervolle, dampfende Gemüsepizza. »Kein Fleisch?« Vielleicht täusche ich mich, aber sie wirkt beeindruckt.

»Nein«, entgegne ich. »Ich dachte, wer Hafermilch trinkt, isst bestimmt auch kein Fleisch.« Ich habe geraten, mehr ist es nicht.

»Stimmt.« Zufrieden greift sie nach dem ersten Stück und beißt ab. »Das hier ist übrigens auch Klischee«, sagt sie kauend. »Pizza essen sie in so ziemlich jedem zweiten Liebesfilm.«

»Dann solltest du dich wohl langsam daran gewöhnen.« Ich beiße in mein eigenes Pizzastück. »Wir sind die pure Definition von Klischee.«

Für einen langen Augenblick sieht sie mich an. »Damit kann ich leben.« Ihren Worten folgt ein ehrliches Grinsen, und ganz vielleicht ist das der Moment, in dem ich mich ein bisschen in sie verliebe.

Baltimore liegt in Stille da, als wir um kurz vor vier in Richtung Park laufen. Die Finger meiner rechten Hand sind mit Arias verwoben, in der linken halte ich die Tasche mit meiner Kamera.

»Als Kind fand ich den Müllwagen immer total spannend«, sagt sie und kuschelt sich etwas fester in die Jacke, die ich ihr gegeben habe. Vor allem nachts ist allmählich spürbar, dass der Sommer sich dem Ende neigt und wir inzwischen im September sind.

»Du fandest die Müllabfuhr toll?«

»Ja. Das blinkende Licht und das warnende Piepen. Sobald ich es gehört oder gesehen habe, stand ich am Fenster und hab die ganze Nachbarschaft beobachtet.« Sie springt vom Gehweg, als ich ihr andeute, die Straßenseite zu wechseln. »Sag bloß, du fandest dieses Blinken nicht auch beeindruckend? Und dass hinten immer diese zwei Männer mitfahren durften und sich nur mit einer Hand festgehalten haben. Das war so cool. Ich war sehr neidisch.«

»Auf Müllmänner?«

»Hey, ich war ein Kind.« Sanft stößt sie mit ihrer Schulter gegen meine. »Diese Typen mussten sich nicht anschnallen und haben leuchtend orangefarbene Westen getragen. Willst du raten, was ich mir zu Weihnachten gewünscht habe?«

»Eine orangefarbene Weste?«

»Fast.« Sie lacht, und es klingt strahlend hell in der dunklen Nacht. »Einen Pulli in genau dieser Farbe.«

»Und war Santa Claus nett zu dir?«

»O ja. Er hat mir sogar mein eigenes Müllauto gebracht.«

»Beeindruckend.«

»War es.« Ich sehe sie aus den Augenwinkeln nicken. »Es wurde mit Batterien betrieben und hat Geräusche und damit meine Eltern wahnsinnig gemacht. Ich glaube, sie haben es ziemlich schnell bereut, mir das Ding geschenkt zu haben.«

»Kann ich mir vorstellen.« Ich grinse und halte ihr das Eingangstor zum Park auf.

»Was ist mit dir?«, fragt Aria und schlüpft hindurch. »Wer waren deine Kindheitshelden?«

»Ganz klassisch. Die Feuerwehr. Das war meine Art von Blinklichtern und Sirenen.«

»Du warst also Mainstream, verstehe.«

»Ja. So cool wie deine Müllmänner war das tatsächlich nicht.« Es ist einfach so leicht, sich derart flapsig mit ihr zu unterhalten.

»Wolltest du dann auch mal Feuerwehrmann werden?«

»Nein. Das stand nicht zur Debatte. In meiner Familie war klar, wie die berufliche Karriere aussieht. Also habe ich ein passendes Studium angefangen, obwohl ich keine politischen Ambitionen hatte. Das war mir alles zu analytisch, zu trocken. Zu viel Schreibtisch und zu wenig Leidenschaft. Bis ich gewechselt habe.« Nun bin ich derjenige, der mit den Schultern zuckt. »Ich bin einfach nicht wie Leah.«

»Deine Schwester?«

»Und die zukünftige Präsidentin der Vereinigten Staaten von Amerika, wenn es nach Mom und ihr geht.« Ich liebe Leah, aber wir sind wie Feuer und Wasser und selten einer Meinung. »Meine Mom ist die Bürgermeisterin meiner Heimatstadt Sterling, in der Nähe von Washington. Leah will in ihre Fußstapfen treten und sich hocharbeiten. Erst Bürgermeisterin, dann Senatorin und dann …«

»Ab ins Weiße Haus.«

»Genau.« Ich nicke bedächtig.

»Und du bist hier gelandet.«

»Baltimore ist perfekt für einen Fotografen wie mich. Hier wimmelt es nur so von Kunstschaffenden.«

»Macht es das nicht schwieriger? Stichwort mehr Konkurrenz?«

»Mit Sicherheit. Aber es gibt eben auch mehr Optionen als in anderen Städten. Man muss sie nur finden.«

In der nächsten Sekunde erreichen wir Tapirs Skulpturen. Sie sind alle noch da, wir sind nicht zu spät.

»Okay, warte.« Ich löse die kleine Decke, die ich an meine Kameratasche geknotet habe, und breite sie in der Nähe eines großen Busches, der uns Schutz gibt, aus. Dann setze ich mich, und auch Aria lässt sich neben mir nieder.

»Das ist ziemlich beeindruckend«, meint sie irgendwann und zieht die Beine an, immer darauf bedacht, mit ihren Schuhen nicht auf die Decke zu treten.

»Was meinst du?«

Sie lässt sich Zeit mit ihrer Antwort. Dann dreht sie den Kopf zu mir und lächelt mich sanft an. »Dich. Ich meine dich. Du bist beeindruckend.«

»Warum?« Ich lasse die Kamera in meiner Hand sinken.

»Weil du deine Träume verwirklichst, obwohl deine Eltern etwas anderes für dich wollten. Das braucht ganz schön viel Mut. Habt ihr euch oft gestritten?«

»Ja.« Ich will ihr keine Lügen erzählen. »Anfangs war es wirklich schwer. Meine Eltern wollten einen sicheren Job für mich. Ein paar Bilder zu machen, gehört für sie nicht in diese Kategorie. Und sie hatten ja durchaus recht. Freie Kunstschaffende haben es schwer, weil es so viele von uns gibt. Aber …«

»Dein Herz hängt dran. Weil du ein Auge für das Schöne in dieser Welt hast«, beendet Aria meinen Satz wissend. »Ich wünschte, ich wäre auch so mutig wie du.«

»Du hast immer noch Zeit.« Ich taste nach ihrer Hand und streiche mit dem Daumen sanft über ihre Knöchel. »Denkst du, deine Eltern würden es verstehen, wenn du dein Studienfach wechselst?«

»Nein.« Sie schüttelt sofort den Kopf. »Meine Eltern sind wahrscheinlich noch mehr davon überzeugt als deine, dass Kunst reine Zeitverschwendung ist.«

»Ich will nicht sagen, dass du das Gleiche machen sollst wie ich, aber … In welchem Jahr bist du? Du könntest auch heimlich wechseln.«

»Das geht nicht. Ich kann nicht wieder von vorne anfangen.« Behutsam entzieht sie mir ihre Hand und schiebt sie unter ihren Oberschenkel. Mit einem Mal wirkt sie nervös.

»Warum nicht?«, frage ich leise und strecke die Beine aus. »Also, ja, du willst sie nicht anlügen, aber es kann doch nicht sein, dass du …«

»Das ist es nicht«, unterbricht sie mich. »Oder jedenfalls nicht nur.« Sie verzieht das Gesicht zu einem gequälten Ausdruck und beißt sich auf die Lippe. Das tut sie oft, wenn sie nicht entspannt ist. »Ich will mir selbst beweisen, dass ich es kann. Dass ich es schaffe, dieses Studium zu beenden, obwohl ich …« Sie stockt kurz. »Obwohl ich nicht gut im Lernen bin.«

»Also willst du nicht von vorne anfangen, weil du nicht noch mal Prüfungen schreiben möchtest?«

»Nein, das … Ich bin *wirklich* nicht gut im Lernen.« Sie seufzt und fährt sich durch die Haare. »Dass ich mein Studium überhaupt bis hierher geschafft habe, grenzt an ein Wunder.«

»Was meinst du damit?«

»Ich habe eine Lernschwäche. Aber frag mich nicht nach der genauen Diagnose. Keine Ahnung, ob es überhaupt einen Namen dafür gibt, der all meine Probleme umfasst. Eine Lese-Rechtschreib-Schwäche ist auf jeden Fall dabei und … und irgendwas stimmt mit meiner Merkfähigkeit nicht. Es ist egal, wie oft ich Sätze lese, ich kann mir den Inhalt nur sehr schwer und mit vielen Eselsbrücken merken. Angeblich kommt oft beides zusammen vor.«

»Hast du das schon immer?«

»Ja.« Sie nickt. »Anfangs dachten meine Lehrer, dass ich einfach ein Spätzünder sei. Manchmal brauchen Kinder einfach länger, aber als ich dann im zweiten oder dritten Schuljahr immer noch nicht richtig lesen und schreiben konnte … Es wurden einige Tests gemacht und am Ende war ich offiziell lernbehindert. Kein Witz. So hat mein Klassenlehrer das genannt.«

»Dein Ernst?!« Ich weiß nicht, ob ich fassungslos oder wütend sein soll. Oder beides.

»Ja.« Sie zuckt mit den Schultern, aber ich sehe ihr an, dass sie dieser dämliche Spruch immer noch nicht kaltlässt. »Das einzig Gute daran, *lernbehindert* zu sein«, sie verdreht die Augen, »war die Tatsache, dass mir mehr Hilfe zustand. Ich bekam Nachhilfe, und meine Mom hat ziemlich viele Bücher darüber gelesen. Sie hat alles, was es zu wissen gab, aufgesogen wie ein Schwamm. Und dann hat sie dafür gesorgt, dass ich auch im Unterricht spezielle Förderung gekriegt habe. Aber das war mir irgendwann so unangenehm, dass ich …« Aria stockt, zieht ein paar Grashalme aus dem Rasen, zerknüllt sie und wirft sie weg. Erst dann spricht sie weiter. »Ich hab angefangen, ihr nicht mehr zu erzählen, wie schwierig das Lernen wirklich für mich ist. Ich wollte sie einfach nicht länger enttäuschen. Meine Noten waren durch die viele Unterstützung und die zusätzliche Zeit, die ich für die Tests bekommen habe, ganz okay. Also hat sie mir geglaubt.«

Je länger Aria erzählt, desto mehr begreife ich, warum sie nicht bei meinem Projekt mitmachen will. Der Wunsch, ihre Eltern nicht unglücklich zu machen, sitzt immer noch tief in ihr.

»Nach dem Abschluss wollte ich es allein an der *UMB* schaffen. Und ich dachte wirklich, Business Management würde mir liegen. Mehr Zahlen, weniger Texte.« Sie wird wieder nachdenklicher. »Es hat nicht funktioniert. Also habe ich mir einen Job gesucht, damit ich die Nachhilfe bezahlen konnte. Aber … seit gestern habe ich keinen Tutor mehr, glaube ich.«

»Du glaubst?«

Sie nickt und beißt sich dieses Mal so fest auf die Lippe, dass es schmerzhaft aussieht.

»Hey.« Ich lege meine Kamera beiseite, rutsche zu ihr und lege meine Hand an ihre Wange. Mit dem Daumen streiche ich ihr über die Stelle, in die sie eben noch ihre Zähne gebohrt hat. »Warum hast du keinen Tutor mehr?«

»Weil ich Wes gesagt habe, dass … Gott. Das ist alles so bescheuert.« Sie will den Kopf wegdrehen, aber ich lege auch meine zweite Hand an ihr Gesicht.

»Hat er dir wehgetan?« Wenn auch nur ansatzweise etwas in diese Richtung passiert ist, bringe ich ihn um.

»Was?« Erschrocken reißt sie die Augen auf. »Nein! So etwas würde Wes niemals tun. Er ist ein großartiger Mensch.« Sie schüttelt heftig den Kopf. »Ich lerne schon mit ihm, seit ich hier studiere. Meine Eltern wissen nach wie vor nicht, wie schlimm meine Lernprobleme sind. Sie sind tolle Menschen, aber … Nach all der Zeit, die ich ihnen nun schon etwas vormache … Ich kann ihnen einfach nicht erzählen, wie schwierig es ist, die Prüfungen überhaupt zu bestehen. An gute Noten wage ich nicht einmal zu denken.« Aria redet auf einmal wie ein Wasserfall. »Sie wären so enttäuscht von mir, weil ich sie angelogen habe. Ihre einzige Tochter studiert zwar Business Management, aber sie schafft es nicht, ohne Hilfe zu lernen. Wes hatte so unendlich viel Geduld mit mir. Er ist toll, ich … ich mag ihn wirklich sehr. Und das nicht nur, weil er meine Hausarbeiten und meine Präsentationen korrigiert und …« Sie unterbricht sich selbst. »Willst du das wirklich alles hören?«

Ich nicke sofort. Ja, will ich. Ich will alles wissen.

»Also gut.« Sie holt tief Luft und blickt mir fest in die Augen. »Irgendwann habe ich angefangen, mit Wes zu schlafen. Aber nicht, weil ich geglaubt habe, ihm das schuldig zu sein«, beeilt sie sich zu sagen und sieht mich fast schon flehend an. »Ich wollte es. Zumindest bis …« Ihre Stimme wird mit jedem Wort leiser. »Bis du aufgetaucht bist. Deshalb bin ich nach dem Platzregen und meiner Schicht nicht direkt wieder zu dir gekommen. Ich wollte, aber ich musste erst die Sache mit Wes klären.«

»Und jetzt hast du keinen Tutor mehr.«

»Wahrscheinlich nicht, nein. Er war so wütend und enttäuscht, und das verstehe ich auch alles, aber …« Sie lächelt traurig. »Was soll ich denn machen? Da warst auf einmal du, und ich wollte *dich*, und …«

Was auch immer sie noch sagen möchte, ersticke ich in einem innigen Kuss. Weil sie nichts falsch gemacht hat. Und weil sie jetzt meinetwegen ohne ihren Lernpartner dasteht. Als ich mich wieder von ihr löse, sehe ich sie ernst an. »Ich helfe dir.«

»Was?«

»Ich helfe dir. Deine Hausarbeiten kann auch ich Korrektur lesen, und deine Präsentationen darfst du gern vor mir üben. Vorzugsweise wieder in meinem T-Shirt und in meinen Socken …«

»Jack!« Sie stößt mich in die Seite, aber immerhin lacht sie wieder.

»Das ist mein Ernst, Aria.« Ich beuge mich für einen weiteren Kuss zu ihr. »Ich bin quasi verantwortlich dafür, also helfe ich dir. Okay?«

»Okay.« Sie nickt und küsst mich ebenfalls. »Danke.« Das Wort ist nur ein Lufthauch an meinen Lippen und reicht doch aus, dass ich sie wieder küsse. Und wieder. Ich spüre ihr Grinsen, als ich sie an mich ziehe und mich nach hinten auf die Decke sinken lasse. Aria folgt mir, bis sie halb auf mir liegt. Ihre langen Haare umgeben nicht nur ihr Gesicht, sondern auch meins und kitzeln mich bei jeder kleinen Bewegung. Aber es ist mir egal. Wir brauchen das hier.

An der Jacke ziehe ich sie noch etwas näher, verschließe ihren Mund mit meinem und lege meine Hände auf ihren Rücken. Aria lacht leise. »Wenn wir so weitermachen und uns jemand sieht, haben wir eine Anzeige am Hals.«

»Hier ist niemand«, murmle ich und schiebe meine Fingerspitzen unter den Stoff ihrer Jacke. »Und falls doch, sagst du einfach, es ist meine Schuld.«

»Das würde mir niemand glauben«, entgegnet sie und drückt sich an mich. »Warum macht es so viel Spaß, dich zu küssen?«

»Biochemie«, erwidere ich und fahre mit den Händen höher. »Phenylethylamin.«

»Ich habe keinen Plan, wovon du redest.« Sie richtet sich auf und streicht sich die Haare zurück, damit sie mich besser ansehen kann.

»Von einem Hormon. Das wird beim Küssen freigesetzt und kurbelt die Produktion von Adenosintriphosphat an.«

Ihre Antwort ist nichts weiter als ein Stirnrunzeln.

»Betrachte Küssen einfach als Energiespritze. Oder eben als Spaßlieferant.« Ich zupfe an ihrem Ärmel, um sie wieder zu mir zu ziehen, doch sie stemmt beide Hände gegen meine Brust.

»Woher weißt du das?«

»Irgendwann mal gehört und mir gemerkt.«

»Also stimmt die Chemie zwischen uns«, schlussfolgert sie und nickt derart zufrieden, dass nun ich derjenige bin, der lacht.

»Aber hallo«, bestätige ich. »Können wir dann weitermachen? Ich kann dir gern auch noch ein bisschen was über die ganzen Glückshormone erzählen, die unsere Körper gerade ausschütten könnten, wenn du nicht …« Das nächste Wort verschlucke ich, weil sie sich ruckartig zu mir beugt und meine Lippen mit einem langen Kuss verschließt. Und ich kann regelrecht spüren, wie das Serotonin und die Endorphine durch meinen Körper rasen.

Wir machen so lange weiter, bis das Piepsen des Müllwagens erklingt. Ich öffne die Augen wieder und lasse Aria nur widerwillig los, doch sie ist bereits dabei, ihr Oberteil zu ordnen und die Jacke zu schließen.

»Komm schon«, fordert sie mich auf und drückt mir meine Kamera in die Hand. »Da wartet Arbeit auf dich.« Sie klingt erstaunlich euphorisch, und ich bin mir nicht sicher, ob das an meinem Projekt oder doch eher dem Müllwagen und den damit verbundenen Kindheitserinnerungen liegt.

Sie springt auf und versteckt sich noch etwas mehr hinter den Büschen. Inzwischen dämmert es, es muss also schon nach halb fünf sein. Ich schalte meine Kamera ein, prüfe die Einstellungen und lege mich auf die Lauer. Für einen Moment komme ich mir vor wie ein Paparazzo, der darauf wartet, irgendwelche Promis abzulichten. Dabei sind es nur Kunstfiguren, die verloren im Park stehen und die wir gleich ihrem traurigen Schicksal überlassen werden. Doch ich rechne nicht mit Aria. Die Mitarbeitenden der Müllabfuhr sind bereits in Sichtweite, als sie losrennt.

»Aria!«, rufe ich ihr leise hinterher, aber sie ignoriert mich. Im Gehen stülpt sie sich die Kapuze über den Kopf, eilt auf eine der Skulpturen zu und schnappt sie sich. Als mir klar wird, was sie da tut, führe ich die Kamera vor mein Auge und drücke ab. In Windeseile mache ich unzählige Fotos davon, wie Aria eines von Tapirs Kunststücken rettet. Heftig atmend kommt sie wieder zurück zu mir in unser Versteck. Keine dreißig Sekunden später sind die beiden Männer in den orangefarbenen Westen da und sammeln die Figuren ein. Alle bis auf die eine, die Aria in den Händen hält. Ich schieße Foto um Foto und hoffe, dass ein paar davon brauchbar sind.

Fast schon trotzig begegnet Aria meinem Blick, nachdem die Männer wieder weg sind. Als solle ich es bloß nicht wagen, sie zu kritisieren. Dabei habe ich das überhaupt nicht vor. »Neue Deko für dein Zimmer?«, frage ich und grinse so breit, dass auch sie lächelt.

»Vielleicht«, sagt sie und reckt das Kinn. »Ich konnte einfach nicht zulassen, dass gleich alles davon im Müll landet. Dafür sind die Figuren einfach zu gut.«

»Ganz deiner Meinung.« Ich beginne damit, das Objektiv von meiner Kamera zu schrauben und sie wieder einzupacken. »Deshalb ist es super, dass Tapir zeitnah neue Skulpturen baut und sie wieder hier aufstellt. Er macht das mindestens zweimal im Monat.«

»Sehr gut. Ich freu mich drauf.« Mit diesen Worten steht sie auf, sodass ich die Decke zusammenrollen kann.

»Mission completed, würde ich sagen.« Als auch ich wieder stehe und mein Zeug beisammen habe, halte ich Aria meine Hand entgegen. Allmählich verfärben sich die wenigen Wolken am Himmel lila und rosa. Es dauert nicht mehr lange, bis die Sonne richtig aufgeht. »Lust auf Frühstück?«

Für einen kurzen Moment überlegt Aria. Dann nickt sie, lächelt und greift nach meiner Hand. »Frühstück klingt super.«

13

ARIA

»Was für eine Überraschung. Eine ganz Fremde.«

Ich sehe von der Stelle auf, wo ich gerade meine Kreiden abgestellt habe, und schirme mit der Hand mein Gesicht gegen die Sonne ab. »Witzig«, gebe ich zurück und blinzle gegen das Licht.

»Ist doch so.« Wie immer setzt Ted sich auf die Bank in meiner Nähe. »Du warst lange nicht mehr hier.«

»Das stimmt doch gar nicht.« Es sind maximal zwei Wochen gewesen. Vierzehn Tage, von denen ich jeden einzelnen mit Jack verbracht habe. Mal nur wenige Stunden, wenn er einen Workshop in der Uni oder einen anderen Auftrag hatte, mal von morgens bis abends. Und inzwischen kann ich es nicht mehr leugnen, dass ich mich Hals über Kopf in Jack Bradford verliebt habe.

»Das liegt an diesem Kerl.« Ted deutet wissend mit dem Zeigefinger auf mich. »Ist er gut zu dir? Oder muss ich ein paar Takte mit ihm reden?« Er sieht so entschlossen aus, dass ich ihm seinen Eifer sofort abnehme.

»Nein, alles gut. Du musst dir keine Sorgen machen. – Hier.« Ich reiche ihm die Packung Kekse, die ich ihm mitgebracht habe. Die guten mit doppelt Schokolade. Wobei sie heute eher als Entschuldigung bezeichnet werden könnten. Denn Ted hat nicht unrecht. Ich habe mich tatsächlich ewig nicht mehr blicken lassen.

»Danke.« Er legt die Kekse neben sich und sieht mich interessiert an. »Also … Was malst du mir in mein Wohnzimmer?« Und so schnell ist das Thema gewechselt. Ich bin ihm dankbar dafür. Obwohl Jack natürlich der Grund dafür ist, dass ich so lange nicht mehr hier war, spreche ich mit Ted lieber über meine Bilder.

»Worauf hast du denn Lust?«, frage ich ihn und sortiere meine Kreiden. Bald wird es Zeit für neue, besonders die weißen und grünen neigen sich dem Ende zu. »Etwas Fröhliches? Oder lieber ein Tier? Bunte Blumen wären auch hübsch.«

»Wie wäre es mit einem Kuchen?«

»Mit einem Kuchen?« Ich sehe erneut zu ihm auf.

»Ja. Mit Sahne und Erdbeeren und Schokostreuseln.«

»Okay? Vielleicht auch noch Kaffee oder Tee dazu?«

»Sehr gern.« Er steigt sofort darauf ein. »Und dazu einen Blumenstrauß.«

»Rosen natürlich, richtig?«

»Jawohl.« Zufrieden überschlägt er die ausgestreckten Füße und hält sein Gesicht der Sonne entgegen. Tagsüber ist sie immer noch ziemlich warm, und er scheint jeden Strahl aufzusaugen, um für den kommenden Winter gewappnet zu sein.

»Dann lege ich mal los.«

»Lass dich nicht stören.« Ted zwinkert einmal, dann schließt er die Augen und lässt mich machen. Sein Wunsch ist leicht zu erfüllen.

Ich beginne mit einem Tisch, male Teller und Tassen und eine große Karaffe mit dampfendem Teewasser darauf. Daneben kommt die Vase mit den Blumen. Rote Rosen, gelbe, weiße. Es wird ein großer, bunter Strauß mit Schleierkraut und grünen Blättern. Ich zeichne sogar kleine Dornen an die Stängel. Erst zum Schluss entsteht der Kuchen. Viel Weiß, viel Rosa, rote Beeren und Sahnehäubchen, auf die ich die Schokoflocken male. Eine Herausforderung ist es nur deshalb, weil ich versuche, alles dreidimensional zu machen. Ted soll wenigstens das Gefühl eines richtigen Wohnzimmers haben. Ich bin so auf meine Zeichnung konzentriert, dass ich alles um mich herum vergesse. Der Tisch bekommt eine Decke und Stühle. Auf den Sitzflächen liegen gemusterte Kissen und verleihen der ganzen Szenerie etwas Gemütliches, Heimeliges und damit genau den Effekt, den ich erreichen will.

Je länger ich male, umso mehr verliere ich das Zeitgefühl. Ich weiß nicht, ob fünf Minuten oder fünf Stunden vergangen sind, als ich wieder zu Ted blicke. Er hat den Kopf in den Nacken gelegt und schnarcht leise vor sich hin. Der Anblick entlockt mir ein leichtes Schmunzeln. Er sieht friedlich aus. Zufrieden. Ich bin mir sicher, dass das hier nicht das Leben ist, das er sich vorgestellt hat, aber er wirkt dennoch nicht unglücklich. Und seine ständige gute Laune ist ansteckend.

Lautlos lasse ich mich neben meiner Zeichnung ins Gras sinken und verschränke die Arme unter meinem Kopf. Die Ruhe, die Ted ausstrahlt, lässt auch mich gelassener werden. Ich starre in den Himmel und beobachte die Wolken, die in gleichmäßigem Tempo vorüberziehen. Die oberen Schichten sind langsamer als die unteren und bilden lustige Figuren. Ich erkenne einen Dinosaurier und ein Kaninchen, einen tanzenden Bären und ein Herz. Und genau diese Form ist es, die mich an Jack denken lässt. Am liebsten würde ich über mich selbst lachen, weil ich so unfassbar verknallt in ihn bin. Ich denke ständig an ihn und kann es nach jedem Abschied kaum erwarten, ihn wiederzusehen. Seit unserem Morgen im Park habe ich alle Nächte mit ihm verbracht und bin direkt von seiner Wohnung aus zur Uni gefahren.

Wir sind die pure Definition von Hals über Kopf, und auch wenn mir mein Verstand immer wieder sagt, dass das viel zu schnell geht, fühlt es sich nicht so an.

Schließlich ist es das Piepsen meines Handys, das mich aus meinen Gedanken reißt und auch Ted aufweckt. Verschlafen sieht er zu mir, während ich die eingegangene Nachricht lese. Sie ist von Thao.

Heute Abend Sushi?

Mein erster Impuls ist es, abzulehnen. Weil ich immer noch nicht genug von Jack habe und den Abend lieber mit ihm verbringen würde. Aber ich habe ihr und Izzy in den letzten Wochen oft genug abgesagt und war so gut wie nie zu Hause. Vielleicht wird es endlich mal wieder Zeit für einen Mädelsabend in der WG.

Ich starre immer noch auf mein Handy und überlege, was ich antworten soll, als Ted mich anspricht. »Da fehlt noch was«, sagt er und steht mit kritischem Blick vor meiner Zeichnung.

Ich beschließe, Thao nachher zurückzuschreiben, und springe auf. »Wo fehlt was?« Ich stelle mich neben Ted und betrachte mein Bild ebenfalls. Tisch, Stühle, Kuchen, Blumen, Tee. Es ist alles da.

»Die Kerzen«, meint er und deutet auf den Sahnekuchen. »Wir brauchen einundsechzig davon.«

»Wir brauchen was?« Mein Kopf schnellt in seine Richtung. »Sag bloß, dass du heute Geburtstag und mir nichts verraten hast.«

Seine Antwort ist ein beinahe schon spitzbübisches Grinsen, das ihn wieder einmal deutlich jünger aussehen lässt.

»Ted!« Vorwurfsvoll mustere ich ihn. »Hätte ich das gewusst, hätte ich dir mehr als nur ein paar lausige Kekse mitgebracht.«

»Und genau deshalb habe ich dir nichts davon gesagt.« Er legt seine Hand auf meinen Unterarm und drückt ihn kurz. »Außerdem hast du mir damit das schönste Geschenk gemacht.« Mit einem Nicken deutet er auf meine Zeichnung. »Nur die Kerzen …«

»Jaja, schon verstanden.« Ich verdrehe die Augen und gehe vor dem Bild wieder auf die Knie. »Irgendwelche Farbwünsche dafür?«

»Nein.« Er trällert das Wort, setzt sich zurück auf die Bank und öffnet die Packung mit den Keksen. Ich höre ihn genüsslich kauen, während ich die Kerzen male. Und dann füge ich noch ein paar Luftschlangen hinzu und male ein Schild mit *Happy Birthday, Ted* daneben. Weil er das verdient hat.

Es ist noch niemand zu Hause, als ich aus dem Park zurückkehre. Nachdem ich darauf bestanden habe, Ted wenigstens einen Kaffee und ein richtiges Stück Kuchen zu spendieren, habe ich mich am frühen Abend auf den Heimweg gemacht. Vor unserer kleinen Wohnung klopfe ich mir den Kreidestaub von den Oberschenkeln und schlüpfe noch im Flur aus meiner Jeans. Sie landet direkt in der Wäsche, und ich tausche sie gegen eine bequeme Jogginghose. Nicht sonderlich hübsch, aber Thao und Izzy haben mich schon in weitaus schlimmerem Zustand gesehen. Im Gehen binde ich mir die Haare zusammen und checke auf dem Weg in die Küche mein Handy. Jack weiß Bescheid, dass heute Mädelsabend angesagt ist, aber er hat noch nicht darauf reagiert. Vermutlich steckt er wieder einmal mitten in einem Shooting, oder Kelly braucht ihn in der Galerie.

Ich will das Telefon gerade beiseitelegen, als mich eine neue Nachricht erreicht.

> Wird ein bisschen später, sorry. Das Ha Noi hat geschlossen, wir müssen zum Kappaniri rüberlaufen.

Izzys Nachricht folgen ein paar wild ausgewählte Emojis. Ich schicke ihr und Thao in unserer Gruppe den erhobenen Daumen und schenke mir anschließend ein Glas Orangensaft ein. Wenn die beiden gerade vor unserem Lieblingssushiladen stehen und nun zum anderen Japaner unseres Vertrauens müssen, dauert es noch mindestens eine Stunde, bis sie hier sind. Sechzig Minuten, die ich nutzen muss. Seit ich so viel Zeit mit Jack verbringe, lerne ich weniger. Und das sollte ich dringend ändern. Gerade, weil ich keine regelmäßigen Lerntreffen mehr mit Wesley habe, muss ich unbedingt wieder disziplinierter werden. Er ist mir gegenüber höflich, aber distanziert, wenn wir uns in der Uni oder während seines Tutoriums sehen. Ich habe ihm angeboten, nicht mehr dorthin zu kommen, weil ich es ihm nicht schwerer machen will, als es sowieso schon ist. Aber er hat abgelehnt und gemeint, ich solle mich einfach hinsetzen, wofür ich ihm verdammt dankbar bin. Die Tutorien tun mir gut und helfen, nur genügen sie nicht. Ich muss mir dringend etwas Neues einfallen lassen. Jack hat zwar gesagt, dass er Korrektur für mich liest und mich abfragt, aber das kann er erst tun, wenn ich mich endlich zusammenreiße und anfange zu lernen.

Lustlos setze ich mich an meinen Schreibtisch und beginne, die nächste Vorlesung meines Controllingkurses vorzubereiten. Ich mache mir zusammenfassende Notizen, bemühe mich, jedes Wort richtig abzuschreiben, oder suche im Internet nach der richtigen Schreibweise, wenn ich mir unsicher bin. Und das bin ich oft. Es dauert ewig, alles nachzuschlagen und meine Fehler immer wieder zu verbessern. Mein Blick rast über den Text, vor und zurück, ich lese jeden Satz mehrfach, versuche, mir den Inhalt einzuprägen, mache mir kleine ergänzende Skizzen, doch wie so oft kann ich mir die Sachen einfach nicht gut genug merken.

Frustriert werfe ich den Stift auf die Tischplatte und reibe mir über die Augen. Warum zum Teufel funktioniert mein Hirn nicht wie das eines jeden anderen Menschen auch? Meine ständigen Buchstabendreher und die fehlende Fähigkeit, den Inhalt von Sätzen nach dem ersten Mal lesen zu verstehen, machen mich wahnsinnig. Ich weiß, dass ich nicht dumm bin, aber in Momenten wie diesem fühlt es sich genau so an. Und dann ist plötzlich Wesleys Stimme in meinem Kopf. Wes, der sich im Tutorium zwar nichts anmerken lässt, aber nach wie vor völlig zu recht sauer und enttäuscht sein muss.

Verändere deinen Lernort, Aria. Das hat er mir oft genug gesagt. *Wenn es am Schreibtisch nicht funktioniert, setz dich auf den Boden. Oder in die Küche. Oder meinetwegen auch ins Bad.*

Und genau das tue ich. Mit zwei Büchern, einem Textmarker und einem Kugelschreiber verziehe ich mich in die leere Badewanne, strecke die Beine aus und versuche es erneut. Ich lese Satz für Satz, unterstreiche wichtige Stellen, mache mir Notizen an den Rand. Sie sind nicht fehlerfrei, aber ich verdrehe weniger Buchstaben als eben in meinem Zimmer. Und ich werde nicht vom Inhalt abgelenkt, indem ich ständig die Schreibweise von Wörtern nachschlage.

Ich sitze immer noch in der Wanne, als ich höre, wie die Wohnungstür aufgeschlossen wird. Gleich darauf ertönen die Stimmen meiner beiden Mitbewohnerinnen sowie Tütenrascheln. Sie waren also erfolgreich.

»Ari?«, ruft Thao. »Wir sind da. Wo bist du?«

»Im Bad«, gebe ich zurück und klappe gerade das Buch zu, als die beiden ihren Kopf durch den Türrahmen stecken.

»Was machst du denn da?«

»Lernen.« Ich winke mit der Lektüre und erhebe mich.

»In der Wanne?« Izzy sieht mich an, als hätte ich den Verstand verloren.

»Und noch viel wichtiger …« Thao runzelt die Stirn. »In der *lee-*

ren Wanne? Wieso badest du nicht wenigstens dabei? Warmes Wasser entspannt die Muskeln.«

»Vielleicht, weil ich wusste, dass meine beiden liebsten Mitbewohnerinnen gleich mit leckerem Essen nach Hause kommen werden?« Ich schnappe mir meine Unterlagen, schiebe Thao und Izzy vor mir her aus dem Zimmer und lege meine Bücher im Flur auf der Kommode ab, bevor ich ihnen in unsere Essküche folge.

»Ich hoffe, ihr habt an die Mochis gedacht.« Neugierig spähe ich in eine der Tüten, die Thao auf dem Tisch abgestellt hat.

»Natürlich, was denkst du denn? Himbeere für dich, Schoko für mich, und Madam hier hat sich, warum auch immer, für Grünteegeschmack entschieden.« Izzy holt Teller und die Sojasoße aus dem Kühlschrank. »Braucht jemand noch extra Wasabi?«

»Ich«, sagt Thao und beginnt, die Schalen voll frisch gemachtem Sushi auszupacken. »Und hör auf, über meine Mochi-Wahl zu meckern. Grüntee schmeckt fantastisch.«

Izzy ignoriert sie und sieht stattdessen mich an. »Keine Ahnung, was in sie gefahren ist. Vor Kurzem fand sie das noch widerlich.«

»Meinungen ändern sich, Sweety«, entgegnet Thao gut gelaunt und lässt sich neben mich fallen. »Gott, ich kann euch gar nicht sagen, wie sehr ich mich auf dieses Essen freue.«

»Hattest du das nicht erst letzte Woche?« Ich stupse sie an.

»Man kann nie genug Sushi essen, Aria. *Nie.*« Mit diesen Worten lädt sie ihren Teller voll. Grinsend tue ich es ihr gleich und habe keine zwei Bissen gegessen, als Thao mich auffordernd ansieht. »Erzähl!«, sagt sie nur und schiebt sich wieder ein Stück in den Mund.

»Erzähl was?«, frage ich kauend.

»Ernsthaft, Aria?« Sie rollt mit den Augen und fuchtelt mit ihren Stäbchen so heftig herum, dass ich vorsichtshalber ein bisschen zurückweiche. »Du verbringst jede Nacht bei dem Kerl. Jede!« *Und wir kennen ihn immer noch nicht.* Der stumme Vorwurf ist nicht zu überhören.

»Du musst dich nicht rechtfertigen«, kommt Izzy mir im nächsten Moment zur Hilfe. »Du bist verliebt, und das ist toll, und wir hoffen, du hast ganz viel Sex.« Ich schnappe bei ihrer direkten Aussage nach Luft, doch sie lässt mich nicht zu Wort kommen. »Aber wir würden ihn wirklich gern endlich mal treffen.«

»Was Izzy sagt.« Thao grinst und wedelt erneut mit ihren Stäbchen. »Wir sind neugierig auf deinen Fotografen.«

»Er ist nicht *mein* Fotograf.«

»Doch, Süße.« Sie tätschelt mir den Handrücken, als wäre ich nicht ganz bei Trost. »Vielleicht lässt du dich noch nicht von ihm ablichten, aber er ist trotzdem dein.«

»Sie hat zu viel Disney geguckt, oder?« Hilfe suchend blicke ich zu Izzy. »Er ist *mein*? Echt jetzt?«, wiederhole ich Thaos Worte und weiß nicht, ob ich lachen oder die Augen verdrehen soll.

»Du weißt, was sie meint.« Izzy grinst ebenfalls breit. »Und sie hat recht. Was auch immer da zwischen euch läuft …«

»… scheint gut zu sein«, beendet Thao ihren Satz und häuft sich weiteres Sushi auf den Teller. Runde eins hat sie bereits vertilgt. »Also kannst du ihn auch mal mitbringen. Wir sagen Hallo, und dann müssen Izzy und ich leider ins Kino und Timothée Chalamet anschmachten, und ihr habt eure Ruhe. Wie klingt das?«

»Ich kann ihn ja mal fragen«, antworte ich zögerlich. Weil ich keine Ahnung habe, ob Jack das überhaupt will. Wir haben nicht darüber gesprochen, was wir sind. Ob wir überhaupt etwas sind. Fakt ist, dass wir unheimlich viel Spaß zusammen haben. Egal, was wir tun. Sei es Filme gucken, zusammen kochen, Kunstwerke suchen, Fotos sichten oder sogar lernen. Wir lachen viel, und wir reden viel. Und ich mag ihn. So sehr, dass mein Herz schneller schlägt, wenn ich nur an ihn denke.

»Tu das.« Thao nickt betont ernst. »Wir können ihn auch mit Sushi bestechen, damit er herkommt. Mag er Sushi?«

»Bestimmt.« Ich lache leise über ihren Eifer. »Aber das wird nicht nötig sein. Wenn er kommt, tut er das mit Sicherheit freiwillig.«

»Na gut. Dann bestechen wir ihn eben nicht mit Essen. Aber wir würden. Also, wenn wir müssten. Du weißt schon.«

»Das weiß ich sehr zu schätzen.« Ich stoße Thao leicht mit der Schulter an. »Danke. Ehrlich.« Denn mir ist klar, dass hinter all diesen Neckereien nur eins steckt: Sie machen sich Sorgen und wollen, dass es mir gut geht und ich nicht verletzt werde. Dieses Wissen lässt einen klitzekleinen Kloß in meinem Hals entstehen, den ich nur mit Mühe hinunterschlucken kann. »Was ist der Plan für heute Abend?«, frage ich dann und balanciere ein neues Stückchen Sushi zu meinem Mund.

»Ich bin für Popcorn und Netflix.« Izzy taucht schwungvoll den Ingwer in die Sojasauce. »Ich brauch was Chilliges.«

»Klingt gut.« Ich nicke und sehe erwartungsvoll zu Thao. »Was ist mit dir?«

»Krieg ich salziges Popcorn?«

»Wenn du dir das widerliche Zeug selbst machst.« Izzy streckt ihr kurz die Zunge raus. »Wir bleiben bei süß, oder, Ari?«

»Tun wir«, bestätige ich und wappne mich innerlich für die nächsten Minuten. Wir werden leidenschaftlich debattieren, welchen Film wir anschauen wollen, und am Ende der Diskussion wird Thao gewinnen. Wie immer.

Es ist schon kurz vor Mitternacht, als wir beschließen, ins Bett zu gehen. Wir haben zwei Filme geschafft und sämtliches Popcorn vernichtet. Ich war als Erste im Bad und liege bereits unter meiner Decke, während Thao und Izzy immer noch zugange sind. Ich höre sie durch die Wand miteinander reden, aber das ist okay. Es gab schon Abende, an denen es in der WG wesentlich lauter war und ich trotzdem irgendwie eingeschlafen bin.

Ein letztes Mal an diesem Tag blicke ich auf mein Handy. Jack hat mir auf meine Nachricht, dass ich den Abend mit meinen Freundinnen verbringen würde, nur mit »Viel Spaß« geantwortet. Immerhin war ein lachendes Emoji dabei, aber seither hat er auf keine der Nachrichten, die ich ihm im Laufe des Filmabends geschickt habe, reagiert. Ich lese noch einmal durch, was ich geschrieben habe. Unverbindliches, Simples. Welche Filme wir schauen, dass das Popcorn in Zucker ertrinkt, dass Thao und Izzy ihn kennenlernen wollen … Und vor fünf Minuten, wie seltsam es ist, ohne ihn im Bett zu liegen. Unfassbar, wie schnell ich mich an ihn gewöhnt habe. Vor zwei Wochen lag ich noch jede Nacht allein in meinem Bett, und es war völlig normal. Aber jetzt? Mein Bett ist nicht sonderlich groß, aber ohne ihn ist es riesig.

Scheiße. Ich lege das Handy beiseite, reibe mir über die Augen und werde von meinen eigenen Gefühlen überwältigt. Ich habe nie an diesen Instant-Love-Quatsch geglaubt. Und das tue ich auch jetzt nicht. Man kann sich nicht auf den ersten Blick verlieben, wenn man einen Menschen noch überhaupt nicht kennt. Mein erstes Aufeinandertreffen mit Jack fällt auch garantiert nicht in diese Kategorie. Aber dann kamen die Tage und Wochen danach. Und nun habe ich ernsthaft ein Problem damit, allein in meinem Bett zu liegen, weil ich ihn vermisse. Wow.

»Stell dich nicht so an, Aria!«, sage ich zu mir selbst und greife doch noch einmal nach meinem Handy, um Jack eine gute Nacht zu wünschen. Meine Finger gleiten über das Display, allerdings komme ich nicht dazu, die Nachricht abzuschicken. Mittendrin werde ich von einem eingehenden Anruf unterbrochen.

Schlagartig bin ich hellwach und setze mich auf. »Hey«, melde ich mich.

»Hey«, entgegnet Jack, und ich weiß sofort, dass etwas passiert ist.

»Was ist los?«, frage ich und richte mich noch etwas mehr auf. Das hier ist kein Anruf, um mir eine gute Nacht zu wünschen. Er klingt angespannt und furchtbar erschöpft, und das kommt sicherlich nicht von einem anstrengenden Fototermin.

»Ich weiß auch nicht …« Jack seufzt leise, und es hört sich so an, als würde er irgendwo hin und her laufen. »Ich glaube, ich hab was Dummes gemacht.«

»Dumm im Sinne von?« Seine Worte führen dazu, dass mein Herzschlag schneller wird und Adrenalin durch meine Adern schießt.

»Ich war bei Jenn und …« Wieder unterbricht er sich selbst. »Ich hätte nicht hinfahren sollen. Ich hätte einfach nicht fahren sollen.«

»Nach Sterling?« Er redet nicht oft über Josie oder ihre Familie. Bisher vielleicht drei- oder viermal, und das auch nur, weil Jennifer wieder einmal angerufen hat, als ich bei ihm war. Es ist grausam, wie fertig ihn diese Telefonate jedes Mal machen.

»Ja, ich … Scheiße.«

»Wo bist du?« Ich schiebe meine Beine unter der Decke hervor. »Wenn du willst, komme ich zu dir, und wir können reden.« Und ich kann ihn in den Arm nehmen.

»Du musst nicht meinetwegen …«

»Jack.« Dieses Mal stoppe ich ihn. »Ich hab es dir angeboten, also will ich. Okay?«

»Ich stehe noch vor meinem Auto. Ich könnte in zehn Minuten bei dir sein und dich abholen.«

»Gut.« Ich nicke, obwohl er mich nicht sehen kann.

Zehn Minuten geben mir genug Zeit, um mich wieder anzuziehen und meine Sachen zu packen. Thao und Izzy sind noch im Bad. Ich verabschiede mich kurz von ihnen, bevor ich die Wohnung verlasse, will nicht, dass sie sich Sorgen machen, wenn ich morgen früh plötzlich nicht mehr da bin. Mit meinem Rucksack auf den Schultern eile ich die Stufen nach unten und warte am Straßenrand auf Jack. Es dauert nicht lange, bis mir die Scheinwerfer seines Autos entgegenleuchten. Er hält und öffnet von innen die Beifahrertür. Ich steige ein und drehe mich sofort zu ihm. Und was ich sehe, lässt mich erschrocken die Luft anhalten. Er sieht furchtbar aus. Seine Augen sind gerötet, darunter befinden sich tiefe Ringe. Doch am Schlimmsten ist die Mattheit, die er ausstrahlt. Er sieht erschlagen aus. Zutiefst erschöpft. Und das liegt nicht an fehlendem Schlaf. Es ist eine Müdigkeit, die sich über Jahre aufgebaut hat.

»Was ist in Sterling passiert?«, frage ich und lege meine Hand auf seine. Sie ist eiskalt. »Soll ich fahren?«

»Nein.« Er schüttelt den Kopf. »Geht schon. Ich …« Wie vorhin am Telefon sucht er nach Worten, und wieder findet er sie nicht. Ich umschließe seine Finger mit meinen und halte sie fest. Eine stumme Form der Aufmunterung und die Versicherung, dass ich da bin. Dass ich ihm zuhöre, wann immer er sich bereit zum Reden fühlt.

Ein paar Minuten sitzen wir schweigend bei laufendem Motor in seinem Wagen. Ich lasse seine Hand nicht los, streiche über sein Armband und male kleine Kreise auf seine Haut, was ihm hoffentlich ein gutes, bestärkendes Gefühl vermittelt.

Es dauert, doch schließlich fährt Jack an. Und im selben Moment beginnt er zu reden. »Heute wird Josie einundzwanzig. Oder vielleicht auch nicht, keine Ahnung. Aber für Jenn … Für Jenn wird sie das, deswegen hatte sie mich gebeten, vorbeizukommen. Josh war auch da und …« Er umklammert das Lenkrad so fest, dass seine Knöchel weiß hervortreten. »Sie haben gestritten. An Josies Geburtstag. Josh hat Jennifer vorgeworfen, dass sie einem Geist hinterherjagt. Dass sie endlich aufhören soll, daran zu glauben, dass Josie noch leben könnte. Er hat sie angebrüllt, weil Jenn … Sie ist einfach nicht mehr … Sie ist … Sie ertrinkt in ihrem Kummer. Seit über achtzehn Jahren besteht ihr komplettes Leben daraus, Josie zu suchen. Müsste Frank, ihr Ex-Mann, keinen Unterhalt für sie zahlen … Sie würde längst unter einer Brücke leben.« Je länger Jack erzählt, umso aufgebrachter wird er. Seine Stimme wird lauter, er redet schneller. »Ich habe versucht, zwischen ihr und Josh zu vermitteln, aber er ist auf andere Art genauso stur wie seine Mom. Ich weiß nicht, wie er es geschafft hat, sich damit zu arrangieren, dass er seine Schwester wohl nie wiedersehen wird, aber Jenn will nichts davon hören. Sie beharrt auf diesen neuen Hinweisen und hofft so sehr, dass sie der Weg zu Josie sind. Als Josh komplett abgeblockt hat, hat sie versucht, mich auf ihre Seite zu ziehen.« Jack setzt den Blinker und biegt an der nächsten Kreuzung ab. Es ist nicht mehr weit bis zu ihm. »Und ich verstehe das. Ich verstehe ihren Wunsch und ihre Hoffnung, aber sie ist so verbissen, dass sie noch nicht einmal andere Möglichkeiten in Betracht zieht. Vielleicht … vielleicht hat Josh ja recht und Josie ist tot.« Jedes Wort klingt gepresst, und ich höre ihm deutlich an, wie sehr er will, dass sein Kindheitsfreund falschliegt. Aber gleichzeitig wirkt er schrecklich resigniert und mutlos nach der langen Zeit, und alles, was ich will, ist, ihn irgendwie zu trösten. Ich habe nur keine Ahnung, wie ich das anstellen soll. Ihm falsche Hoffnungen zu machen, wäre genauso unangebracht, wie ihm jegliche zu nehmen, die er vielleicht noch hat.

»Irgendwann ist Josh abgehauen, und ich hab ihn darum beneidet. Jenn hat so sehr geweint … Ich konnte nicht einfach auch gehen. Also bin ich bei ihr geblieben, weil ich … weil ich …« Wieder hat er keine Worte. Er verstummt. Und bleibt stumm, bis wir die Straße erreichen, in der er wohnt. Jack parkt mit etwas Abstand, stellt den Motor ab und sieht mich an. »Ich bin geblieben, weil ich musste.«

»Warum musstest du?«

Gespannt warte ich auf seine Antwort, meine Hand immer noch auf seiner. Und was er dann sagt, ergibt absolut keinen Sinn. »Ich schulde es ihr.« Er klingt so überzeugt, dass ich keine Sekunde an der Ernsthaftigkeit seiner Worte zweifle. Trotzdem verstehe ich sie nicht.

»Was meinst du damit?« Ich suche seinen Blick, doch Jack hat sich längst wieder abgewandt. Er starrt durch die Windschutzscheibe geradeaus in den dunklen Nachthimmel und lässt sich Zeit. Ich kann nicht einmal erahnen, was in ihm vorgeht, doch schließlich holt er tief Luft und erzählt mir seine Version der Wahrheit.

»Es ist meine Schuld, dass Josie verschwunden ist.«

14

JACK

Es ist meine Schuld.

Es ist meine Schuld. Es ist meine Schuld. Es ist meine Schuld.

Meine Worte hallen nach. In meinem Wagen, in mir, und vermutlich auch in Aria. Aber ich kann sie nicht belügen. Wenn sie verstehen soll, muss ich ihr alles erzählen, und dazu gehört nun einmal auch diese unumstößliche Tatsache. Ich bin schuld an Josies Verschwinden.

»Jack …« Sie spricht meinen Namen so leise aus, dass ich es fast überhöre. In der nächsten Sekunde schnallt sie sich ab und rutscht über den Sitz zu mir. »Wieso glaubst du, dass es deine Schuld ist?«

»Ich glaube das nicht nur, Aria. Ich weiß es.« Ich reibe mir über die Stirn, ehe ich meine Schläfe gegen die Fensterscheibe lehne und die Augen schließe. Sofort ist der Moment wieder da. Ich habe nicht viele Erinnerungen an meine Kindheit. So richtig deutlich wird alles erst ab der Middle School. Doch diesen Tag, damals, auf dem Spielplatz in unserem Viertel … Ihn werde ich wohl nie vergessen. Jennifer lässt mich nicht.

»Josh, Josie und ich waren mit Jenn unterwegs. Erst haben wir Kastanien gesammelt, weil wir später damit Tierfiguren basteln wollten.

Und dann sind wir auf den Spielplatz um die Ecke. Wir waren oft dort und haben gespielt. Es gab ein neues Klettergerüst und eine Rutsche und eine Reifenschaukel. Das war das Paradies für uns.« Ich öffne meine Augen wieder und senke den Blick. »An diesem Tag …« Es ist so lange her, und dennoch fällt es mir unfassbar schwer, darüber zu reden. »Ich weiß noch, wie warm es war. Wir hatten Durst, aber Jenn hatte nichts zu trinken dabei. Der Stopp auf dem Spielplatz war nicht geplant gewesen, eigentlich wollten wir mit den Kastanien direkt wieder nach Hause.« Wir hatten gebettelt. So lange, bis Jennifer uns erlaubt hatte, eine halbe Stunde auf dem Spielplatz zu spielen. »Also hat Jenn … Sie hat zu uns gesagt, dass wir auf Josie aufpassen sollen. Sie wollte nur kurz auf die andere Straßenseite. Dort gab es einen kleinen Kiosk, der auch Getränke verkauft hat. Drei Minuten. Es waren nur drei beschissene Minuten, in denen sie weg war und wir Josie im Auge behalten mussten. Aber Josh und ich …« Ich merke selbst, wie meine Stimme brüchiger wird. Weil sich dieser Moment so tief in mein Gedächtnis eingebrannt hat. »Wir hatten keine Lust, mit Josie zu warten. Wir wollten klettern und an diesem neuen Seil schwingen, also haben wir … Wir haben …«

»Ihr habt sie aus den Augen gelassen«, beendet Aria meinen Satz flüsternd.

Ich schlucke hart und nicke. »Jenn hat geschrien, nachdem sie zurück war. Zuerst nach Josie, dann nach uns. Und als wir aufgetaucht sind, aber Josie nicht … da war die blanke Panik in ihrem Blick. Sie hat erst Josh geschüttelt, dann mich. Und immer wieder hat sie gefragt, wo Josie ist.«

»Aber ihr wusstet es nicht.«

»Nein.« Ich kneife mir mit Daumen und Zeigefinger in die Nasenwurzel. »Weil wir nicht aufgepasst haben. Wir haben verflucht noch mal nicht aufgepasst, weil wir keine Lust hatten.«

»Jack.« Aria will nach meiner Hand greifen und sie von meinem Gesicht ziehen, aber ich lasse sie nicht. Ich kann nicht.

»Verstehst du nun, warum es meine Schuld ist? Ich war der Älteste von uns und ich hatte genau eine Aufgabe. Eine einzige beschissene Aufgabe.«

»Du warst ein Kind!« Behutsam umfasst sie meine Hände und hält sie fest. Ich will ihr meine Finger entziehen, doch diesmal lässt Aria mir keine Chance. »Es ist nicht deine Schuld«, sagt sie und wiederholt ihre Worte gleich darauf noch einmal. Wie ein Mantra. Als würde ich es ihr glauben, wenn sie es nur oft genug sagt. »Es ist nicht deine Schuld.«

»Wessen dann?« Ich schüttle resigniert den Kopf. »Jenn hat uns nur kurz alleingelassen. Das ist okay. Wir waren schon in der ersten Klasse damals und …«

»Ihr zwei Jungs wart das, ja. Aber Josie nicht. Sie war noch nicht einmal im Kindergarten, oder?« Ihre warmen Hände streichen sanft über meine.

»Nein, war sie nicht«, presse ich hervor.

Aria nickt. »Also hätte Jenn sie mitnehmen müssen. Oder euch alle drei. Oder wenigstens schneller sein. Oder …«

»Es ist kein Ding, Kinder kurz alleinzulassen. Wir waren keine Zwerge mehr. Der Spielplatz lag in Blickweite, es waren nur fünfzig Meter.«

»Trotzdem war sie die Erwachsene. Nicht ihr. Nicht du. Vor allem nicht du.« Sie erhöht den Druck auf meine Hand. »Gibt sie … Gibt sie dir etwa auch die Schuld?« Arias Blick durchbohrt mich fast. »Glaubst du das deshalb? Weil sie dir das einredet?«

»Sie muss mir nichts einreden, was ich selbst am allerbesten weiß.«

»Jack!« Mit einem Mal ist Arias Stimme so laut, dass mein Kopf in ihre Richtung schnellt. »Hör auf damit! Wie kannst du auch nur ansatzweise denken, dass du schuld daran bist? Hast du dir mal angeguckt, wie klein Sechsjährige sind?« Sie wartet meine Antwort gar nicht erst ab. »Sie sind winzig. Und sie können garantiert nicht einschätzen, wie lange drei Minuten sind. Oder warum sie auf jemanden aufpassen müssen. Auf einem Spielplatz, wo keinerlei Gefahr bestehen sollte.«

»Ich weiß das, aber …«

»Du hast es nicht verinnerlicht.« Aria lässt meine Hände los und sieht mich an. »Wahrscheinlich hast du nie … Du hast das nie verarbeitet, oder? Hast du jemals mit jemandem darüber gesprochen?«

»Mit meiner Mom und meinem Dad? Sicher.«

»Nein, das meine ich nicht. Warst du mal bei einem Psychotherapeuten?« Sie mustert mich eindringlich. »Ich bin keine Fachfrau, aber … Du hast etwas Furchtbares erlebt. Das ist ein Trauma, Jack. Und ganz eindeutig ist es tief in dir verankert.« Ihr Blick liegt so fest auf mir, dass ich es nicht schaffe, woanders hinzusehen. Liebevoll legt sie beide Hände an meine Wangen. Auf ihrem Gesicht befindet sich ein ernstes Lächeln. »Du brauchst Hilfe«, sagt sie, rückt näher und lehnt ihre Stirn gegen meine. »So etwas kann man nicht allein verarbeiten.«

»Josh konnte es.« Für einen kurzen Moment muss ich die Augen zusammenkneifen und die Tränen zurückhalten. Weil ich so verdammt neidisch bin, dass er es geschafft hat, sich von Jenn und ihrer wahnsinnigen Suche nach Josie zu lösen. Er hat in New York studiert und ist danach einfach dort geblieben. Weit weg von seiner Mom und den Schatten der Vergangenheit. Ihr Verhältnis ist schwierig. Er kommt nicht oft nach Hause, und wenn er es tut, dann endet es meistens im Streit, so wie heute. Ich weiß, dass er Jenn liebt, aber manchmal macht sie es ihm unfassbar schwer. Inzwischen bin ich überzeugt davon, dass das auch ein Grund ist, warum er und ich ebenfalls nicht mehr viel Kontakt haben. Manchmal denke ich, dass allein mein Anblick ihn automatisch an das, was passiert ist, erinnert. Und er das nicht erträgt.

»Du bist nicht Josh.« Liebevoll streichelt Aria mein Gesicht. Ihr warmer Atem streift meine Lippen, und plötzlich will ich nichts mehr, als sie zu küssen. Mit ihr an meiner Seite dreht sich die Welt langsamer. Und obwohl mein Kopf immer noch schwer und voll ist, wird das Rauschen darin leiser und der Nachmittag bei Jennifer und Josh blasser.

Bevor ich meine Lippen auf ihre senken kann, legt sie mir eine Hand auf die Brust. »Wollen wir hochgehen?«, fragt sie und umfasst meine Finger. »Du bist eiskalt.«

Ein paar Augenblicke später sind wir in meiner Wohnung. Aria macht das Licht an und legt ihre Tasche ab. »Soll ich dir einen Tee machen?« Im Gehen dreht sie sich zu mir um und steuert die Küche an, in der sie sich mittlerweile auskennt. Sie weiß, hinter welcher Schranktür sich Tassen und Gläser befinden.

Ihre Hand liegt bereits am Knauf, als ich den Kopf schüttle. »Nein, ich …« Seufzend fahre ich mir durch die Haare. »Ich glaube, ich gehe schnell duschen.« Ich muss den Tag abwaschen und die Kälte vertreiben, die sich in den letzten Stunden in meinen Knochen festgesetzt hat.

»Okay.« Sie lächelt und lehnt sich an die Arbeitsplatte. »Das ist eine gute Idee.« Einen Moment lang sehen wir uns schweigend an. Ich bin froh, dass sie da ist, aber ich weiß einfach nicht, was ich noch sagen soll. Ihr von meinem Besuch bei Jenn zu erzählen, die ganze Geschichte auf den Tisch zu packen … Das hat mich ausgelaugt. Ich fühle mich so erschöpft wie seit Jahren nicht mehr.

Wortlos verschwinde ich in meinem Schlafzimmer und hole neue Handtücher. Als ich ins Bad komme, steht Aria bereits da und hat das Wasser aufgedreht.

»Hey.« Sie tritt einen Schritt zur Seite, um mir Platz zu machen. »Ich dachte, ich lass das Wasser schon einmal laufen.« Weil sie inzwischen auch weiß, dass es ewig braucht, bis es warm ist.

»Danke.« Ich lege einen Arm um sie und küsse sie auf den Scheitel. *Danke für das Wasser. Danke, dass du da bist.* Sie hat keine Ahnung, wie gut mir ihre bloße Anwesenheit tut.

»Keine Ursache.« Sie löst sich lächelnd aus meiner halben Umarmung. »Dann lass ich dich mal …« Sie deutet zwischen mir und der Duschkabine hin und her. »Ich warte im Wohnzimmer.«

Sie ist schon fast aus der Tür, als ich ihr Handgelenk umfasse. »Oder du bleibst …« Ich will zwar unter die Dusche, aber ich will auch nicht allein sein. Ohne Aria werden die Erinnerungen und Gedanken an den Nachmittag in Sterling bestimmt wieder lauter. Und das ertrage ich nicht. Nicht heute Nacht.

Sie versteht meine Bitte sofort. Ohne ein Wort zu sagen, streift sie sich ihre Jacke ab und den dünnen Pullover über den Kopf. Dann folgen ihre Schuhe, die Jeans und die Socken, bis sie nur noch in BH und Slip vor mir steht. Und das bringt endlich Leben in mich. Ich ziehe meine eigenen Klamotten aus und fahre mit den Fingern unter den Bund meiner Boxerbriefs. Ich schiebe sie im gleichen Moment nach unten, in dem Aria den Verschluss ihres BHs löst. Sie zieht sich die Träger über die Schultern und lässt ihn fallen. Nachdem sie auch aus ihrem Höschen gestiegen ist, stehen wir uns schweigend gegenüber. Sie ist wunderschön, und für einen Augenblick betrachte ich sie einfach nur. Ich sehe ihr tief in die Augen, und schließlich macht sie einen Schritt auf mich zu. Dann noch einen und noch einen. Bis sie nach meiner Hand greift und mich mit sich unter die Dusche zieht.

Das warme Wasser prasselt sofort auf unsere Körper. Und obwohl wir nackt sind und ich vollkommen verrückt nach dieser Frau bin, ist an dieser Situation nichts erotisch. Ich bin einfach nur froh, dass sie da ist und mich vor dem Ertrinken in meinen Schuldgefühlen bewahrt. Sie hat nicht ganz unrecht. Natürlich weiß ich, dass ich nicht verantwortlich dafür bin. Ich habe Josie nicht entführt und verschleppt. Und ich habe sie auch nicht alleingelassen. Doch dieses Wissen ändert nichts daran, dass Josh und ich versagt haben. Ich noch mehr als er, denn ich war derjenige, der ihn überredet hat, nicht zu warten und gleich mit mir auf das neue Klettergerüst zu steigen.

»Einen Penny für deine Gedanken.« Aria streicht mir mit zwei Fingern über die Stirn, ehe sie mir einen Kuss auf die nasse Brust haucht. Statt ihr zu antworten, nehme ich sie in den Arm. Sofort schiebt sie ihre Hände auf meinen Rücken und lehnt ihren Kopf gegen meinen Körper. Eng umschlungen stehen wir da, lassen das warme Wasser ewig auf uns niederprasseln und schweigen. So lange, bis ich wenigstens ansatzweise das Gefühl habe, nicht mehr zu frieren.

»Geht es dir besser?«, fragt Aria, als wir nach einer gefühlten Ewigkeit die Dusche wieder verlassen. Ich halte ein Handtuch für sie auf, in das sie sich einwickelt, bevor ich mir mein eigenes schnappe und mich abtrockne. Dann stehen wir uns gegenüber, und ich streife ihr eine nasse Haarsträhne aus dem Gesicht. Das ist irgendwie unser Ding geworden.

»Ein bisschen.« Ich nicke. Weil Ja zu sagen genauso gelogen wäre wie ein Nein.

Sanft lächelnd streckt sie sich mir entgegen und gibt mir einen Kuss. »Okay«, sagt sie und lässt sich zurück auf ihre Fußballen sinken. »Dann brauchen wir jetzt den Tee.«

Die Nacht ist lang. Während Aria irgendwann einschläft, tue ich es nicht. Es dämmert bereits, als ich immer noch wach bin und ihr beim Schlafen zusehe. Sie liegt auf dem Bauch, die Decke reicht ihr bis knapp unter die Schultern, was mir den perfekten Blick auf ihre Narbe ermöglicht. Die Stelle, wo sich das Muttermal befand, an der

Josie auch eins hat. Immer wieder landen meine Gedanken bei ihr und Jenn und Josh. Aria hat noch einmal betont, dass ich mir Hilfe holen soll. Holen *muss*. Und mir ist klar, dass sie recht hat. Ich weiß, dass es eine Chance ist, sich jemandem anzuvertrauen, der sich professionell mit Traumata auskennt. Vor sechs Jahren habe ich Mia dasselbe empfohlen, nachdem Brant gestorben war und sein Tod sie vollkommen fertiggemacht hat. Sie hat gezögert. Lange. Weil es damals wie heute unfassbar schwer ist, zu einer solchen Schwäche zu stehen. Dabei ist es überhaupt keine. Es ist normal, dass manche Erfahrungen einem den Boden unter den Füßen wegziehen. Egal, wie lange es her ist. Ein so einschneidendes Erlebnis kann nicht ohne Folgen bleiben. Es hinterlässt Spuren, und anscheinend sind auch achtzehn Jahre nicht genug, um allein damit fertigzuwerden.

Eine leichte Bewegung neben mir holt mich zurück ins Hier und Jetzt. Aria dreht sich auf die Seite und blinzelt verschlafen. »Hey«, murmelt sie träge. Ich höre ihr deutlich an, wie müde sie ist. »Warum bist du denn schon wach?« Sie schiebt ihre Hand unter der Decke hervor und tastet nach meiner. Ihre Finger verweben sich perfekt mit meinen. »Kannst du nicht schlafen?«

»Zu viele Gedanken im Kopf.« Ich lächle und spüre die Erschöpfung in jedem Knochen.

»Kopfchaos.« Ihr Griff um meine Finger wird fester. »Eigentlich bin ich nicht dafür, sofort Medikamente zu nehmen, aber … Vielleicht solltest du es heute ausnahmsweise mit einer Schlaftablette versuchen?« Ihr Vorschlag ist zaghaft. »Ich kann dir eine holen, wenn du magst. Im Badschrank, richtig?«

Sie will aufstehen, aber ich halte sie zurück. »Nein, ist … Ist schon gut. Ich bin auch kein Fan von Tabletten.« Zumindest nicht aus diesem Grund. »Lass uns einfach noch ein bisschen liegen bleiben, okay?«

»Okay.« Sie gähnt leise und kuschelt sich enger an mich. Ich lege den

Arm um sie und halte sie fest. Ihr Körper ist warm und weich, und längst ist der Duft ihres Shampoos für mich wie Nachhausekommen. Ich atme tief ein und schließe die Augen. Und endlich ist das Bild von Jenn und Josh, wie sie miteinander streiten, aus meinem Kopf verschwunden.

Als ich wieder aufwache, ist Aria weg. Für einen kurzen Moment bin ich irritiert, doch dann höre ich sie in meiner Küche mit Geschirr klappern. Es duftet nach Kaffee und gebratenem Ei, und augenblicklich knurrt mein Magen. Ich reibe mir einmal fest über die Augen, schlage die Decke zurück und schiebe meine Beine aus dem Bett. Aria scheint das Fenster geöffnet zu haben, als sie aufgestanden ist. Ein angenehm kühler Luftzug weht herein und die dunklen Gedanken der Nacht hinaus. Ich fahre mir über die Oberarme, ehe ich mich erhebe und den Geräuschen folge. Aria hat Musik angemacht und singt leise mit. Adele, glaube ich. Sie trägt wieder eins meiner T-Shirts und die Socken – und sie bemerkt mich nicht.

Als ich sie von hinten umarme und ihr einen Kuss in den Nacken hauche, zuckt sie leicht zusammen. »Oh, hi, Schlafmütze.« Sie legt den Kopf schief und lächelt mich über ihre Schulter hinweg an. »Hast du Hunger?«

Ich nicke, lasse sie aber immer noch nicht los. »Danke«, flüstere ich an ihrem Ohr.

»Wofür?« Ich sehe ihr Gesicht nicht, aber ich höre das Lächeln auf ihren Lippen.

»Letzte Nacht. Heute Morgen.« *Dafür, dass du da und du bist.*

Sie legt ihre Finger auf meine und drückt sie sanft. »Gern geschehen.« Dann haucht sie mir einen Kuss auf den Handrücken, dreht sich in meiner Umarmung um und sucht meinen Blick. »Ich muss in einer halben Stunde los, aber wenn du mich brauchst, schwänze ich. Ich hab noch nie gefehlt und …«

»Nein.« Ich beuge mich zu ihr und gebe ihr einen richtigen Kuss. »Kommt nicht infrage. Du machst nicht meinetwegen blau. Auch wenn das Angebot wirklich süß ist.« Aber ich kann nicht von ihr verlangen, dass sie zusätzlich zu ihrem Lernpensum und ihren Schwierigkeiten auch noch verpasste Vorlesungen nachholen muss. Ihre Kurse sind wichtig. »Frühstücken wir noch zusammen?«

»Ja. Es gibt Rührei. Mehr gibt dein Kühlschrank leider nicht her. Du solltest dringend mal wieder einkaufen gehen.«

»Mach ich«, verspreche ich mit einem weiteren Kuss. Dann löse ich mich von ihr, trete einen Schritt zurück und schnappe mir die beiden Tassen mit Kaffee, die sie bereits befüllt hat. »Schreib mir einfach eine Liste, was du gerne isst.«

Zweiunddreißig Minuten später fällt die Tür hinter Aria ins Schloss. Sie hat noch einmal angeboten zu bleiben, aber ich habe ihr diese Flausen aus dem Kopf geküsst und ihr versichert, dass sie heute Abend gern wiederkommen darf. *Nach* ihren Vorlesungen. Nur ist mit ihr auch ihr Lachen verschwunden und meine Wohnung plötzlich viel zu still. Bis zu meinem Shooting am Nachmittag dauert es noch eine Weile, und ich will auf keinen Fall Gefahr laufen, wieder in meinem Gedankenchaos verloren zu gehen. Deshalb beschließe ich, an meinem Street-Art-Projekt zu arbeiten und Tapirs Beitrag vorzubereiten. Ich habe mich immer noch nicht entschieden, welche Fotos ich benutzen will und wie ich all die Informationen über ihn und seine Kunst in den Begleittext packen soll.

Mit neuem Kaffee in der Hand setze ich mich vor meinen Laptop und beginne, die vielen Bilder erneut zu sichten. Sie sind gut geworden. Durch das Scheinwerferlicht wirken die Figuren fast mystisch und damit noch eindrucksvoller. Was Tapir aus Müll erschaffen hat, ist unbestreitbar Kunst. Je nach Winkel sehen die Skulpturen vollkommen anders aus und doch trägt alles seine Handschrift. Ich klicke mich von einem Bild zum nächsten, verschiebe die, die ich in die engere Auswahl nehme, in einen extra Ordner, und überlege mir parallel eine Reihenfolge für den Beitrag. Es sind viele Fotos entstanden, die ein perfektes Titelbild abgeben würden.

Ich bin so vertieft in meine Arbeit, dass ich die eingegangene Nachricht zunächst nicht bemerke. Erst, als mein Handy erneut aufleuchtet und dann wieder und wieder, wende ich den Blick von meinem Bildschirm ab und greife nach meinem Handy. Stirnrunzelnd betrachte ich den Absender der Nachrichten. Es ist Josh. Keine Ahnung, wann er mir das letzte Mal geschrieben hat. Es muss Monate her sein. Ich öffne den Chatverlauf und beginne zu lesen.

> Wusstest du davon????

> Sie hat ernsthaft eine Facebook-Suchseite für Josie eingerichtet.

> Sieh es dir an! Sie ist wahnsinnig geworden. Meine Mutter hat den Verstand verloren!

Die letzte Nachricht besteht aus einem Link. Ich klicke darauf und werde direkt zu einer Unterseite von Facebook geleitet. Und was ich sehe, erklärt mir Joshs Wut. Jenn hat einen Suchaufruf für Josie erstellt, mit Fotos, wie sie aussah, als sie verschwunden ist, und mit Bildern, die zeigen, wie sie im Laufe der Jahre hätte aussehen können. Als Grundschulkind, später als Teenager. Lange, braune Haare, große, dunkle Augen und immer noch die Stupsnase von früher. Ich erkenne sogar ein paar Pickel auf ihrer Haut. Was auch immer Jenn für eine

Webseite benutzt hat, um dieses Foto erstellen zu lassen … Das Ergebnis scheint mir verdammt gut zu sein. Realistisch. Ich brauche nicht viel Fantasie, um mir vorzustellen, dass Josie so hätte aussehen können.

Ich scrolle weiter, lese mir durch, was Jenn geschrieben hat. Der erste Post ist einige Monate alt. Sie berichtet vom Tag von Josies Verschwinden, was sie getragen hat, wie alt sie war. Dass es nur eine sehr kurze Zeitspanne gewesen ist, in der niemand auf sie aufgepasst hat. Und dennoch hat sie für eine Katastrophe gereicht.

Kurz schließe ich die Augen und kämpfe gegen die aufsteigende Wut an. Ich weiß, dass Jenn diese Seite nicht für mich erstellt hat. Aber jedes einzelne Wort liest sich wie ein Vorwurf. Weil Josh und ich unfähig gewesen waren, auf seine kleine Schwester aufzupassen. Gott, ich verstehe seinen Frust. Seine Wut. Er hat es satt, ständig an unseren Fehler erinnert zu werden. Es wundert mich kein bisschen, dass er nach dem Ende seines Studiums nicht zurückgekommen ist. Jenn erdrückt ihn. Sie erdrückt *mich.* Seit es diese neuen Hinweise gibt, ruft sie alle zwei Tage an, und ich … ich kann einfach nicht mehr. Die Schuldgefühle zerreißen mich, und gleichzeitig sehne ich nichts mehr herbei, als endlich zu vergessen, wie Josie aus unserem Leben verschwunden ist. Auch wenn ich weiß, dass das niemals funktionieren wird. Weil ich sie tief in mir drin genauso sehr zurückhaben will wie Jenn.

Ein tiefes Seufzen entweicht mir. Ich will nicht, aber ich lese mich weiter durch die vielen Posts. Bis ich an die Stelle komme, wo Jenn die Besucher der Seite bittet, ihr zu helfen.

Jeder Hinweis zählt. Jede Sekunde zählt.

Das ist der Moment, in dem ich endgültig nicht mehr kann. Ich lege mein Handy beiseite, lasse den Kopf auf die Tischplatte sinken und will einfach nur noch schreien.

15

ARIA

Das Ende meiner Schicht im *7-Eleven* kommt immer näher. Ungeduldig warte ich auf meine Ablöse, aber Oliver taucht nicht auf.

»Hast du es eilig?«, fragt mich Ella und grinst. »Jack?«

»Ja.« Welchen Zweck hätte es, das zu leugnen? Nachdem er mich letzte Woche einmal von der Arbeit abgeholt hatte, hat sie mich über den *unverschämt gut aussehenden Kerl mit dem Lederarmband und den krassen Augen* ausgefragt. Seither ist sie sein größter Fan, auch wenn sie nur Hallo und Tschüss zu ihm gesagt hat. »Wir sind verabredet.«

»Und du willst nicht zu spät kommen, verstehe.« Sie sieht mich wissend an. »Hau schon ab. Die paar Minuten, bis Oli auftaucht, kriegen wir überbrückt. Seth ist ja auch noch irgendwo. Wahrscheinlich versteckt er sich wieder hinten bei den Tiefkühlschränken.«

»Bist du sicher?« Ich will nicht, dass sie Ärger kriegt, wenn ich schon gehe.

»Na klar. Es ist doch nichts los.« Sie macht eine ausladende Handbewegung durch den Laden, der in der Tat ziemlich leer ist.

»Also gut. Danke, du bist ein Schatz.«

Ich verabschiede mich von Ella, dann husche ich nach hinten in den Mitarbeiterbereich und ziehe mich in Windeseile um. Heute früh in meine Vorlesungen und dann zur Arbeit zu gehen, war richtig. Aber diese Entscheidung hat nichts daran geändert, dass ich mir Sorgen um Jack mache. Nach seinem Besuch in Sterling war er so aufgewühlt. So erschüttert. Ich kann mir nicht einmal ansatzweise vorstellen, wie es ist, in seiner Haut zu stecken. Er muss nicht nur mit Josies Verschwinden klarkommen, sondern auch damit, dass er sich die Schuld daran gibt. Was absoluter Blödsinn ist. Nicht er trägt die Verantwortung, sondern diese Jennifer. Ich kenne sie nicht, aber allein, dass sie Jacks Schuldgefühle zulässt, sie vielleicht sogar noch verstärkt, führt dazu, dass ich sie nicht sonderlich mag. Sie tut mir leid, doch all ihren Kummer auf Jack abzuwälzen … Das ist nicht richtig.

Der Abend ist längst über Baltimore hereingebrochen, als ich mich auf den Weg zu ihm mache. Es sind nur ein paar Blocks, und die Bewegung tut mir gut. An der übernächsten Ecke halte ich kurz an und kaufe etwas zu essen für uns. Während ich darauf warte, schreibe ich Jack, dass ich gleich da bin, aber er antwortet nicht.

Mit der Tüte in der Hand klingle ich knapp eine halbe Stunde später bei ihm. Er öffnet mir sofort, doch ich habe die Treppe nach oben kaum erreicht, als eine andere Tür im Flur aufgeht und ein Mann Anfang dreißig erscheint.

»Du musst Aria sein«, sagt er und lächelt dabei so entwaffnend, dass ich nicht anders kann als zurückzulächeln.

»Stimmt. Und du bist …«

»Aram.« Er streckt mir seine Hand entgegen und kommt auf mich zu. »Jacks Vermieter.«

»Und Albtraum meiner schlaflosen Nächte.«

Ich drehe mich überrascht um, als ich Jacks Stimme höre. Er steht hinter mir, ich habe nicht bemerkt, wie er die Stufen nach unten gekommen ist.

»Ah.« Ich wende mich wieder Aram zu. »Dann bist du der Möbelbauer.«

»Ich bevorzuge das Wort Designer, aber ja, Möbelbauer trifft es wohl auch.« Er grinst zufrieden. »Wollt ihr reinkommen? Trent müsste auch gleich da sein und …«

»Ein andermal, okay?« Jack greift nach meiner Hand und umschlingt seine Finger mit meinen. »Aria war bis eben arbeiten, und wir wollten noch für ihre Prüfung lernen.«

»Na gut.« Aram nickt. »Ihr verpasst zwar hervorragenden Wein und eine Diskussion über die Sitzordnung, aber Ziehende soll man nicht aufhalten.«

»Reisende.«

»Was?«

»Es heißt Reisende. Reisende soll man nicht aufhalten.«

»Wie auch immer.« Aram winkt Jacks Einwurf ab. »Dann reist mal schön weiter.«

»Werden wir. Aber nur nach oben«, sage ich und lasse mir von Aram zum Abschied ein Küsschen auf die Wange geben. Er ist witzig, ich mag ihn.

Nachdem er in seiner Wohnung verschwunden ist, folge ich Jack zur Treppe. »Was meint er denn mit Sitzordnung?«

»Für seine Hochzeit. Er und Trent heiraten nächsten Sommer, und die Planung läuft auf Hochtouren. Neulich sollte ich darüber entscheiden, welche Farbe ihre Anzüge haben sollen, damit sie harmonieren.«

»Klingt nach Spaß.«

»Mit viel Bier ging es.« Er wirft mir einen gequälten Blick über die Schulter zu, dann erreichen wir seine Tür. Jack lässt mir den Vortritt.

In seiner Wohnung stelle ich die Tüte mit dem Essen ab und drehe mich zu ihm um. Mit zwei Schritten bin ich bei ihm und lege meine Arme um seinen Hals. »Wie geht's dir?«, frage ich und recke mich ihm für einen Begrüßungskuss entgegen.

»Besser«, sagt er, und weil er das mit einem offenen Lächeln tut, glaube ich ihm.

»Gut«, entgegne ich und sinke zurück auf meine Fußsohlen. »Wie war dein Tag?« Ich schnappe mir die Tüte wieder und ziehe ihn mit mir zum Sofa. Sein Laptop steht aufgeklappt auf dem Tisch. Offenbar hat er noch gearbeitet. »Ich hoffe, du hast Hunger.« Es ist zwar bereits kurz nach neun Uhr am Abend, aber inzwischen weiß ich, wie oft er zu essen vergisst, wenn er in seine Projekte vertieft ist. »Es gibt Pasta und Brot.«

Während Jack sich setzt, springe ich noch einmal auf, um uns Gabeln zu holen. Als ich zurückkomme, hat er die beiden Boxen schon geöffnet. Ich lasse mich wieder neben ihn fallen und ziehe die Beine auf die Couch. Manchmal kann ich es selbst nicht fassen, wie wohl ich mich in seiner Wohnung fühle. »Also. Wie war das Shooting heute Nachmittag?« Ich schiebe mir eine Gabel voll Nudeln in den Mund.

Und Jack beginnt zu erzählen. Von seinem Fotoshooting im Wald mit irgendeiner Influencerin, die sich erst als Elfe, dann als Hexe verkleidet hat. »Sie sah ziemlich krass aus. Warte.« Er zieht den Laptop näher und zeigt mir ein paar Bilder. Doch wie so oft ist es nicht das Motiv, was mich fasziniert. Es ist seine Art zu fotografieren. Jack hat das Talent, einfach immer den passenden Moment zu erwischen. Den richtigen Winkel. Das perfekte Licht. Er fotografiert nicht nur Menschen oder Tiere oder Skulpturen. Er fotografiert vor allem das, was sie hervorrufen sollen. Gefühle.

»Die sind unglaublich«, sage ich und lege meine Hand auf seine, damit er nicht sofort weiterklicken kann. »Hier fällt das Licht besonders schön, finde ich. So schräg von oben.« Ihr Kleid weht sanft im Wind, ihre Wangen sehen aus wie gemalt. Sie wird eingehüllt von Lichtstrahlen, die sie wirklich wie ein Wesen aus einer anderen Welt erscheinen lassen. »Wofür braucht sie die Fotos?«

»Für ihre Homepage. Sie will sie neu gestalten.«

»Richtig cool.« Ich nicke begeistert, und Jack zeigt mir noch ein paar Bilder mehr, während wir uns die Pasta schmecken lassen. Er wirkt um einiges entspannter als noch heute Morgen, und das erleichtert mich sehr.

Nach dem Essen verschwinde ich kurz unter die Dusche. Der Tag war lang, und zumindest die Stunden im Laden will ich abwaschen. Mit noch feuchten Haaren kehre ich schließlich zurück aufs Sofa, wickle mich in Jacks Decke und ziehe die Beine an. Ein paar Minuten lang sehe ich ihm dabei zu, wie er ein Bild fertig bearbeitet und anschließend speichert.

»Bin gleich so weit«, sagt er und wirft mir einen kurzen Blick zu. »Dann können wir uns deine Unterlagen ansehen.«

»Keine Eile.« Ich ziehe die Decke etwas fester um mich und lehne mich zurück. »Wir können das auch verschieben.« Ganz akut steht keine Prüfung an, und auch die Abgabe der nächsten Hausarbeit hat noch Zeit.

»Nein, ich habe versprochen, dir zu helfen.« Nach zwei weiteren Klicks schließt er den Laptop. »Und daran halte ich mich.« Ich bekomme einen kurzen Kuss, dann steht Jack auf und holt meine Tasche. »Womit fangen wir an?«

»Keine Ahnung.« Ich zucke mit den Schultern. Meine Lust hält sich definitiv in Grenzen. »Ist eh egal. Ich werde mir sowieso nicht alles merken können und die Prüfung wiederholen müssen.« Meine Worte sind direkt und ungeschönt, und ich sehe Jack deutlich an, wie sehr ihm meine Einstellung missfällt.

»Du weißt doch jetzt noch nicht, ob du bestehst oder nicht.«

»Erfahrungswerte.«

Mein Lächeln kauft er mir nicht ab. »Was genau ist das für eine Lernschwäche, die dich so desillusioniert hat?«

»Das weißt du doch. Meine Lesefähigkeit ist gestört, und das hat Auswirkungen auf meine Rechtschreibung.«

»Ja, aber woher kommt so etwas? Weiß man das?«

»Es ist angeboren. Ich hatte das schon immer. Egal, wie viel ich geübt habe, ich konnte einfach nicht richtig lesen.« Und ich hatte ständig geübt. Mit meiner Mom. Mit meinem Dad. Mit den Lehrern und meiner Nachhilfe. »Ich brauche auch heute noch ewig, um Texte zu lesen. Ich verrutsche oft in der Zeile, und auch wenn ich mit einem Lineal lese, vertausche ich die Buchstaben trotzdem und verstehe nicht, was dort steht. Es ist … Es ist wie Sand im Kopf. Ich weiß, wie ich eine Sandburg baue, was ich dafür brauche. Wasser und Schaufel und Eimer. Doch wenn ich nach dem Sand greife, zerrinnt er mir zwischen den Fingern. Genauso ist es mit Wörtern und Sätzen. Mir ist klar, wie ich sie lesen oder schreiben muss. Ich kenne jede verfluchte Rechtschreibregel, die es gibt. Aber wenn ich versuche, sie anzuwenden, zerbröseln sie in ihre Einzelteile, und ich sehe nur noch einen riesigen Haufen Buchstabensalat. Nichts ergibt mehr Sinn.« Jack lässt mich reden. Er hört einfach nur zu, wertet nicht oder gibt mir Tipps, die ich alle schon mehrfach gehört habe. Und das lässt mich weitersprechen. »Früher habe ich wirklich gedacht, ich sei dumm. Zu blöd, um ein simples Wort zu lesen. Aber dann gab es irgendwann diese Diagnose. Ich musste unzählige Tests machen, und meine Hirnströme wurden gemessen. Am Ende hieß es, dass ich sogar noch Glück hätte und die Dyslexie viel stärker ausgeprägt sein könnte.«

»Und dann hast du spezielle Förderung bekommen, richtig?«

»Genau. Und ich durfte ein Wörterbuch benutzen. Aber was bringt dir das, wenn du das Wort gar nicht erst findest, weil dein Gehirn nicht richtig funktioniert? Mit viel Nachhilfe und einer guten Freundin, die mir die ganzen Heftaufschriebe eingesprochen hat, damit ich sie mir immer und immer wieder anhören konnte, hab ich meinen Highschoolabschluss irgendwie geschafft.«

»Du bist also eine auditive Lernerin.« Jack schiebt meine Tasche vom Sofa und greift nach den Enden meiner Decke, um mich damit näher zu sich zu ziehen.

»Ja.« Ich nicke und rutsche ihm entgegen. »Ich kann den Stoff irgendwann. Nur hilft mir das in der Prüfung auch nicht, wenn ich keinen fehlerfreien Satz aufschreiben kann und der Korrekturleser nicht versteht, was ich da fabriziert habe. Das setzt mich unter Druck, und an ganz schlimmen Tagen weiß ich gar nichts mehr. Dann kann ich einfach nichts von dem abrufen, was ich gelernt habe, weil ich mich nicht konzentrieren kann.« Es ist so verdammt frustrierend, ständig wegen Blackouts oder unnötigen Rechtschreibfehlern durchzufallen, weil die Sätze keinen Sinn mehr ergeben.

»Okay.« Jack sieht mich entschlossen an. »Wir brauchen also einen Plan.«

»Einen Plan?«

»Ja.« Er nickt. »Du musst versuchen, in so vielen Kursen wie möglich eine mündliche Prüfung machen zu dürfen. Ich nehme deine Aufschriebe auf, und du hörst sie dir an. Wenn du mündlich abgefragt wirst, gibt es keine Rechtschreibung. Und wenn das nicht geht, bittest du um Vorträge und Referate. Die üben wir bis zum Umfallen. Und solltest du eine Hausarbeit schreiben müssen, kriegen wir auch das hin.«

»Du hast das wirklich ernst gemeint, oder? Mir zu helfen.«

»Hast du etwa daran gezweifelt?« Er lächelt sanft und wickelt sich eine Strähne meiner Haare um den Finger. »Natürlich war das ernst gemeint. Ich halte meine Versprechen.« Damit beugt er sich zu mir. »Wir schaffen das, Aria. Du kriegst deinen Abschluss.« Und weil er so überzeugt, so sicher klingt, kann ich nicht anders, als meine Hand nach ihm auszustrecken und ihn an mich zu ziehen. Ich muss ihn einfach küssen, und ich werde nicht mehr damit aufhören. Sonst würde er die Tränen sehen, die in meinen Augen brennen und die ich mit aller Macht versuche zurückzuhalten. Seine Ideen sind nicht neu. Auch Wesley hat mir geraten, so viele Prüfungen wie möglich mündlich abzulegen, sofern die Uni es erlaubt. Nur war diese Methode nicht immer genug. Ich bin trotzdem durchgefallen, aber mit Jack an meiner Seite, mit seinem Elan … Ohne es zu wissen, gibt er mir neue Hoffnung. Und vor allem gibt er mir das Gefühl, nicht so unfähig zu sein, wie ich nach jeder versemmelten Prüfung glaube.

Ich küsse ihn immer noch, doch allmählich werden wir langsamer. Jack streicht mit zwei Fingern über mein entblößtes Schlüsselbein und über die Stelle mit meiner Narbe. Ich habe den ganzen Tag wieder ein T-Shirt von ihm getragen, und es sitzt so locker, dass mir der Kragen auf einer Seite über die Schulter gefallen ist.

»Fangen wir an?«, fragt er und zieht seine Hand zurück, damit er nach meiner Tasche angeln kann. Er drückt sie mir in die Arme und sieht mich auffordernd an. Und mir wird klar, dass ich keine Chance habe. Jack hält sein Wort, wir werden lernen. *Jetzt.*

Lust habe ich immer noch nicht, aber ich nehme meine Unterlagen trotzdem heraus. Während mein Laptop hochfährt, sehe ich Jack an.

»Was?«, fragt er grinsend und winkelt ein Bein an.

»Nichts. Ich bin nur …« *Erstaunt. Von dir.* Das ist es, was mir auf der Zunge liegt, ich aber nicht ausspreche. Weil ich mit einem Mal unsicher bin, ob das nicht zu viel ist. Wir kennen uns nach wie vor kaum, es sind erst ein paar Wochen. Und auch, wenn es mir mittlerweile so viel länger vorkommt, wir gefühlt mittendrin sind, ist das hier der Anfang.

»Du bist nur …?« Er hält meinem Blick stand, sucht in meinem Gesicht nach der Antwort. Plötzlich habe ich das Gefühl, nackt zu sein. Aber nicht, weil ich auf einmal keine Klamotten mehr trage, sondern weil Jack bis in meine Seele schauen kann. Seine braunen Augen sind so tief, so unergründlich, so wissend, dass ich den Atem anhalte. Und ich stoße ihn erst wieder aus, als ich ihm antworte.

»Dankbar«, sage ich leise. »Ich bin einfach nur dankbar.« *Und zwar dir.* Das spreche ich zwar nicht aus, aber ich glaube, er versteht es dennoch.

Ein paar Sekunden lang sehen wir uns schweigend an, bis ich die Datei auf meinem Laptop öffne, in der ich während der letzten Vorlesung bei Professor Dixon so gut es ging mitgeschrieben habe. Manchmal redet er zu schnell, oder ich bin zu langsam, und dann komme ich nicht mit. Aber heute ist es mir gelungen, einigermaßen vernünftige Notizen zu tippen. Und genau diese Aufschriebe sind es nun, die Jack mit mir durcharbeitet und verbessert, obwohl es wirklich spät ist und ich eigentlich nur noch ins Bett möchte. Doch davon will Jack nichts hören. Er ergänzt meine Stichpunkte, nutzt dafür sogar kleine Symbole und Emojis, um es mir einfacher zu machen, und erklärt mir Zusammenhänge, die mir bisher nicht einmal aufgefallen sind. Und das, obwohl ich die Business-Management-Studentin bin und nicht er. Das kratzt an meiner Frustrationsgrenze, und ich muss gegen den Drang ankämpfen, nicht alles hinzuwerfen und mich doch hinter Ausflüchten zu verstecken. *Ich kann das nicht. Mein Hirn ist kaputt. Ich bin dumm.* Nichts davon bringt etwas. Am Ende sitze ich trotzdem noch hier und lerne auf meine Art. Oder versuche es zumindest. Ich weiß nie, was hängen bleibt und was nicht. Ich weiß nur, dass es anstrengend ist und meine Konzentration immer mehr verschwindet. Ganz zu schweigen von meiner Merkfähigkeit.

Kurz vor Mitternacht legt Jack den Stift beiseite, mit dem er gerade noch eine kleine Skizze angefertigt hat. »Du brauchst eine Pause, hm?«

»Ja?« Ich verziehe das Gesicht zu einer kurzen Grimasse. »Tut mir leid. Der Tag war lang …«

»… und die Nacht kurz.« Er nickt, und automatisch denke ich daran, wie wir zusammen in seinem Bett gelegen haben, ich in seinen Armen. Schweigend. Redend. Wieder schweigend.

»Das wollte ich nicht sagen, auch wenn es stimmt.«

Obwohl er entspannter ist als gestern, sehe ich ihm deutlich an, dass ihn sein Besuch in Sterling immer noch beschäftigt. Ein Schatten hat sich über sein Gesicht gelegt, das Lächeln auf seinen Lippen ist unecht.

»Hey.« Ich schiebe die ganzen Notizen, Bücher und den Laptop von mir und klettere auf Jacks Schoß. Behutsam lege ich meine Hände an seine Wangen und streiche sanft über seinen Kieferknochen. »Ich war freiwillig bei dir. Und selbst, wenn ich nicht viel geschlafen habe … Ich bereue keine Sekunde davon. Okay?« Ich sehe ihm fest in die Augen und warte, bis er ganz langsam genickt hat. »Ich bin da, wenn du mich brauchst. So wie du für mich …« Kurz deute ich mit dem Kopf hinter mich auf meinen Lernkram. »Das weiß ich wirklich zu schätzen.«

»Gern geschehen.« Jack dreht seinen Kopf ganz leicht, sodass er mit seinen Lippen meine Handfläche erreichen kann. Er drückt einen sanften Kuss hinein, und das ist so süß, dass ich die Berührung in meinem ganzen Körper spüre.

»Ich weiß nicht, wie du das gemacht hast, aber …« Ich stocke. Weil ich mir nicht sicher bin, ob meine nächsten Worte viel zu früh oder viel zu viel sind. Aber alles in mir schreit danach, sie auszusprechen.

Jack zu sagen, was ich empfinde, trotz oder gerade weil wir uns erst so kurz kennen. Er nutzt meine kleine Pause, um seine Hände auf meine Hüfte zu legen. Nicht fest, ganz zart, einfach als Stütze. Und das macht mich mutig. Mutiger, als ich es je zuvor in einer Beziehung zu diesem Zeitpunkt war. »Ich glaube, ich bin gerade dabei, mich in dich zu verlieben.«

Meine Worte lösen einen wahren Sturm an Gefühlen auf seinem Gesicht aus. Ich erkenne Überraschung und Unglaube, aber auch Freude und Stolz. *Glück*. Jack sieht glücklich aus, und das lässt mir einen riesigen Stein vom Herzen fallen, auch wenn er noch kein Wort gesagt hat. Er lächelt, und dieses Mal ist es allumfassend und strahlend schön. Mit jeder weiteren Sekunde, die verstreicht, vergehen auch die Überraschung und der Unglaube.

»Gut«, entgegnet er schließlich und zieht mich näher an sich. »Geht mir nämlich ganz genauso.«

»Ja?« Ich beiße mir auf die Unterlippe, kann das Grinsen, das sich auf meinem eigenen Gesicht bildet, aber nicht unterdrücken. Da ist ein Glücksgefühl in mir, das explodieren will. Und ich bin mir plötzlich sicher, dass das dieses Feuerwerk ist, von dem an solchen Stellen in Büchern immer die Rede ist. Nur ohne Raketen, dafür gefüllt mit purem Glück.

»Denkst du ernsthaft, wir würden die halbe Nacht hier sitzen und lernen, wenn das nicht so wäre?« Jack zupft an einer meiner Haarsträhnen, die inzwischen trocken ist und sich leicht wellt. »Oder ich würde dir von Josie, Josh und Jenn erzählen?«

»Vielleicht bist du einfach ein netter Mensch?« Ich meine die Worte nur halb ernst, aber sie lassen Jack laut auflachen.

»Tut mir leid, dich enttäuschen zu müssen, aber so nett bin ich dann auch nicht.« Seine Hände wandern von meinen Beinen zu meinem Rücken, und er richtet sich etwas auf, um mehr auf meiner Augenhöhe sein zu können. »Ich mag dich, Aria. Sehr sogar.« Sein intensiver Blick löst eine Gänsehaut auf meinem gesamten Körper aus. »Und ich hoffe sehr, dass das mit uns … weitergeht.«

»Wird es.« Die beiden Worte purzeln so schnell aus meinem Mund, dass ich nichts dagegen tun kann. Will ich aber auch gar nicht. Sie sind die Wahrheit. »Ich mag dich nämlich auch. Sehr sogar.« Vielleicht ist es gerade noch ein bisschen mehr geworden.

»Also können wir nun knutschen?«

Er sieht mich so hoffnungsvoll an, dass jetzt ich diejenige bin, die lachen muss. »Können wir«, bestätige ich. »Und wenn du dich anstrengst, könnten wir eventuell auch noch etwas mehr tun, als nur zu knutschen.«

»Sex?« Er hebt belustigt eine Augenbraue.

»Vielleicht? Du musst mich eben wachhalten und …«

»Herausforderung angenommen.« Er verschließt meinen Mund mit seinem und hält mich in den Armen. Fest und innig und mit einem Versprechen auf den Lippen, das keine Zweifel hinterlässt.

Das hier wird eine Nacht für die Erinnerung.

»Darf ich dich was fragen?« Meine Stimme klingt überraschend laut im dunklen Zimmer. Nur das Licht des Mondes erhellt den Raum etwas. Es ist kurz nach zwei, und wir haben vor einer ganzen Weile aufgehört, miteinander zu reden. Trotzdem spüre ich an Jacks Atmung, dass er auch noch nicht schläft.

»Hm?« Gedankenverloren streicht er mir über den Oberarm und ich rücke noch ein Stückchen näher an ihn. Sein Körper ist so warm und vertraut, und mittlerweile gibt es keinen Ort auf der Welt, an dem ich lieber wäre.

»Du darfst auch ablehnen«, sage ich und lege meinen Kopf an seine Brust. Sein Herz schlägt rhythmisch und gleichmäßig und ruhig. »Und du musst mir auch keine Begründung dafür geben. Wenn du nicht willst, ist das vollkommen in Ordnung.«

»Aria.« Im nächsten Moment vibriert sein Brustkorb, als er leise lacht. Behutsam zieht er seinen Arm unter mir hervor und dreht sich auf die Seite, sodass er mich besser ansehen kann. Unsere Nasenspitzen berühren sich fast, und sein Atem streift sanft mein Gesicht. »Frag mich doch erst einmal, bevor du mir direkt eine Möglichkeit gibst, abzulehnen.«

»Okay. Ja. Sorry.« Ich lächle und suche unter der Decke nach seiner Hand. »Ich bin nur … nervös.« Weil ich einen Mann noch nie gefragt habe, was ich Jack gleich fragen werde. Bisher bin ich mit niemandem an diesen Punkt gekommen.

»Warum?« Sein Lächeln ist beruhigend und sexy zugleich. Keine Ahnung, wie er das anstellt. Er verschränkt meine Finger mit seinen und malt kleine Kreise auf meinen Handrücken. Und seltsamerweise nimmt mir das tatsächlich ein bisschen der Nervosität, die mich überfallen hat.

»Weil ich dich damit vielleicht überrumple«, antworte ich ehrlich. »Aber ich frage trotzdem.«

»Ich bestehe darauf.« Jack grinst und gibt mir einen Kuss auf die Nasenspitze. »Raus damit.«

»Mein Dad hat in drei Wochen Geburtstag. Ich fahre das Wochenende über nach Hause und … Hast du Lust, mitzukommen?« Ich warte seine Reaktion gar nicht erst ab. »Ich weiß, dass das vielleicht etwas überstürzt ist. Und wie gesagt, du darfst auch jederzeit ablehnen, falls du … Also wenn du nicht willst, dann ist das echt okay. Ich wollte nur trotzdem einfach mal fragen, weil ich dich gern dabeihätte und denke, dass …«

Das ist der Moment, in dem er mich unterbricht. »Okay.«

»Okay?«

»Ja.«

»Heißt das …?«

»Genau.« Er nickt, und ich muss so perplex aussehen, dass er zu lachen anfängt und mich halb auf sich zieht. »Ich komme gern mit.«

»Sicher? Ich meine, ich freue mich, aber …«

Er legt mir einen Finger auf den Mund und bringt mich somit zum Verstummen. »Ich brauche keinen Ausweg und auch keine Ausrede. Sag mir einfach, wann es losgeht. Nehmen wir mein Auto?«

»Ich wollte eigentlich mit dem Bus nach Morgantown fahren.«

»Vergiss es. Wir nehmen keinen Überlandbus, der ewig braucht, wenn ich ein funktionierendes Auto habe.« Sein Entschluss scheint festzustehen.

Ich nicke. »Okay. Dann nehmen wir dein Auto. Darf ich fahren?«

»Wenn du unbedingt willst.« Er versucht mit den Schultern zu zucken, was liegend im Bett ziemlich komisch aussieht. Ich grinse, ehe ich mich für einen Kuss zu ihm beuge.

Und weil wir einfach immer noch in dieser Phase sind, in der alles rosarot und fluffig und wunderschön ist, hören wir für eine lange Zeit nicht mehr damit auf.

16

JACK

In den nächsten Wochen wird die Luft kühler und der Herbst golden. Jenn ruft nicht mehr so oft an, und ich lerne Arias Mitbewohnerinnen kennen. Wir essen gemeinsam Sushi, und Thao und Izzy unterziehen mich dem Beste-Freundinnen-Check, den ich zum Glück bestehe.

Je weiter der Oktober voranschreitet, umso schneller naht nicht nur der Geburtstag von Arias Dad, sondern auch Halloween. Ich bin kein großer Fan davon, aber ich muss zugeben, dass ich es liebe, wie sehr dieser Feiertag Baltimores Kunstschaffende inspiriert. Kelly zum Beispiel bereitet eine Ausstellung zum Thema Geister vor. Arias Straßenzeichnungen werden seltener, weil es ständig regnet. Dafür malt sie immer öfter mit Bleistift und Schattierungen auf Papier. Und ein neuer Graffiti-Sprayer ist in der Stadt unterwegs, dessen Identität ich unbedingt herausfinden will, um ihm die Teilnahme an meinem Projekt vorzuschlagen. Aria konnte ich nach wie vor nicht überzeugen, aber ich habe es auch länger nicht mehr versucht.

»Hey.« Außer Atem reißt sie die Tür meines Wagens auf, wirft ihre Tasche auf die Rückbank und lässt sich dann auf den Beifahrersitz fallen. Ich habe sie direkt von der Uni abgeholt, damit wir sofort weiterfahren und dem Feierabendverkehr entgehen können. Ihr ganzes Gepäck hatte sie schon gestern Abend in meinem Wagen deponiert. Es sah aus, als wolle sie für mindestens zwei Wochen verreisen und nicht nur für ein langes Wochenende.

Sie streckt sich über die Mittelkonsole und gibt mir einen Begrüßungskuss. »Fährst du das erste Stück? Und dann tauschen wir?« Aria sinkt zurück in den Sitz und schnallt sich an. Die Vorfreude, ihre Eltern bald wiederzusehen, ist ihr deutlich anzumerken. Sie strahlt gut gelaunt und angelt sofort nach der Tüte mit Proviant, den ich für uns besorgt habe. Sandwiches, Schokoriegel und eine Tüte von Arias Lieblingschips. Ich habe keinen Schimmer, wieso sie ausgerechnet auf Salt & Vinegar abfährt, aber ich habe gehört, dass das in Europa der heiße Shit sein soll.

Während sie isst, fädle ich uns in den laufenden Verkehr ein und fahre aus der Stadt. Es dauert nicht lange, bis wir den Kern von Baltimore hinter uns gelassen haben und auf die Interstate abgebogen sind. Drei Stunden und siebenundzwanzig Minuten, sagt das Navi.

Mit ihrem Käsesandwich in der Hand macht Aria es sich neben mir gemütlich. Sie zieht die Schuhe aus und die Beine an und beißt immer wieder von ihrem Brot ab. Gleichzeitig klickt sie sich durch meine eingespeicherten Radiosender, ehe sie entnervt aufgibt und über Bluetooth ihr Handy verbindet. Kurz danach erklingen die ersten Takte eines Liedes, das ich nicht kenne. Es ist ruhig und fast schon melancholisch, und es passt auf eine Art und Weise zu Aria, die ich nicht erklären kann.

»Wer ist das?«, frage ich nach dem zweiten Refrain.

»Pa Sheehy«, sagt sie und klopft auf ihrem Oberschenkel den Takt mit. »Ich liebe seine Stimme. Sie ist so sanft und kraftvoll und irgendwie … Ich weiß nicht … Kennst du das, wenn ein Lied zu dir spricht? Nicht, weil der Text so passend ist, sondern einfach die Energie stimmt? Genau so geht es mir mit so ziemlich allem, was Pa Sheehy veröffentlicht.«

»Schotte?«, vermute ich bei seinem Namen.

»Ire.« Sie schüttelt den Kopf. »Und ich liebe Spotify dafür, dass es ihn mir irgendwann mal vorgeschlagen hat. Ich habe eindeutig eine Schwäche für Singer-Songwriter. Du kannst nicht zufällig Gitarre spielen?«

Aus dem Augenwinkel nehme ich wahr, wie sie zu mir blickt und mit den Wimpern klimpert.

»Tut mir leid«, entgegne ich und erwidere ihr Grinsen. »Ich bin völlig unmusikalisch.«

»Schade.« Sie seufzt. »Aber na ja, macht nichts. Wäre auch fies, wenn du noch perfekter wärst.«

»Ich bin nicht perfekt.« Bei Gott nicht. Erst heute früh habe ich einen Anruf von Jenn ignoriert, weil ich mir das Wochenende bei Arias Eltern nicht verderben wollte.

»Ich weiß. Du stehst für Sport sehr früh auf. Und wenn du zu viel Bier getrunken hast, schnarchst du.«

»Tue ich nicht«, protestiere ich, doch Aria beachtet meinen Einwand überhaupt nicht. Munter macht sie weiter und listet mir einen angeblichen Fehler nach dem anderen auf. »Außerdem isst du Oreos falsch und …«

»Wie kann man Oreos denn bitte falsch essen? Es sind Kekse!«

»Allein, dass du diese Frage stellst, zeigt doch schon, dass du keine Ahnung von der richtigen Essweise hast.«

»Ach ja?« Meine Mundwinkel zucken. »Dann klär mich auf, Ms *Know-It-All.*«

»Sehr gern, Mr *You-Know-Nothing.*«

»Das war Jon Snow, aber danke. Leg los.«

»Bin schon dabei.« Sie wühlt in unserer Provianttüte nach den Keksen, die ich für die Fahrt gekauft habe. Mit einem Ruck reißt sie die Verpackung auf und hält einen der runden Kekse zwischen uns in die Luft. »Wie isst du die Dinger?«, fragt sie, und ich bin mir nicht sicher, ob das eine Fangfrage sein soll.

»Mund auf, Keks rein, Mund zu.«

»Genau.«

»Und das ist falsch, weil …?«

»Weil du es so überhaupt nicht genießen kannst. Pass auf.« Sie teilt den Keks in zwei Hälften, sodass eine Seite ohne Creme, die andere mit übrig bleibt. »Und dann musst du die Creme mit den Zähnen abkratzen. Und erst, wenn alles weg ist, isst du die Keksteile.« Sie demonstriert mir das Vorgehen mit einer Ernsthaftigkeit, die es mir wirklich schwer macht, nicht loszulachen. Zuletzt wandern die beiden Kekshälften in ihren Mund und sie kaut zufrieden. Nachdem sie geschluckt hat, sieht sie mich erneut an. »Verstanden?«

»Ich bin mir nicht sicher«, ziehe ich sie auf. »Kannst du mir vielleicht noch mal zeigen, wie genau man die Kekse trennen muss?«

Ihre Antwort ist ein Fingerpiks zwischen meine Rippen. »Haha. Sehr witzig. Aber ja, ich zeig es dir liebend gern noch mal.« Ihre Hand verschwindet in der Kekspackung und sie beginnt von Neuem. Dieses Mal noch genüsslicher als eben.

»Okay, gib mir einen Keks.«

»Aber wie willst du ihn richtig essen? Dafür braucht man beide Hände.«

»Dann teilst du eben den Oreo für mich und gibst mir eine Hälfte nach der anderen.« Ich mache eine auffordernde Bewegung.

»Na gut.« Wieder ertönt das Knistern der Verpackungsfolie, und ein paar Sekunden später hält sie mir die erste Hälfte in sicherer Entfernung entgegen. Die mit Creme. »Aber wehe, du isst einfach alles auf einmal. Dann sind wir geschiedene Leute.«

»Das werde ich nicht riskieren. Jetzt gib schon her.« Ich linse zu ihr und schnappe mir den Keks. Einen Moment lang bin ich versucht, mir tatsächlich alles direkt in den Mund zu schieben. Einfach, um sie ein bisschen zu ärgern. Aber dann beschließe ich, ihre Methode auszuprobieren. Und muss zugeben, dass das auch ganz lecker ist.

Die Fahrt vergeht wie im Flug. Obwohl wir schon mehr als zwei Stunden unterwegs sind und nur einen schnellen Stopp einlegen, um die Plätze zu tauschen, kommt es mir nicht so lange vor. Kurz überlege ich, ob ich Jenn doch noch zurückrufen soll, aber Aria lenkt mich ab. Je näher wir ihrem Elternhaus kommen, umso aufgeregter wird sie. Allmählich erinnert sie mich an einen Flummi, so unruhig wie sie auf dem Fahrersitz hin und her rutscht.

»Soll ich vielleicht wieder übernehmen?«, frage ich schmunzelnd.

»Nein.« Sie schüttelt den Kopf und setzt den Blinker, um die Interstate zu verlassen. »Du weißt nicht, wo es langgeht.« Das Navi hat sie längst ausgemacht, sie kennt den Weg auswendig. »Außerdem haben meine Hände so etwas zu tun.« Für eine Sekunde löst sie beide gleichzeitig vom Lenkrad und wackelt mit den Fingern. »Ich freu mich einfach so auf Mom und Dad und was sie zu dir sagen werden.« Das Lächeln, das sie mir dabei zuwirft, bestätigt ihre Worte. Aria ist glücklich. Aufgeregt, aber glücklich.

Aus einem Impuls heraus lege ich meine Hand auf ihr Knie und drücke es sanft. »Ich werde mich von meiner besten Seite zeigen«, verspreche ich. »Ich esse Oreos richtig, falls es welche gibt, und ich habe extra mein bestes Hemd mit den *Everybody's Darling*-Vibes eingepackt.«

»Du hast was?« Wieder schnellt ihr Blick für den Bruchteil einer Sekunde zu mir. »Muss ich Angst haben?«

»Nein.« Ich greife nach ihrer Hand. »Aber ich will auch, dass deine Eltern mich mögen, also habe ich vorgesorgt.«

»Mit einem Hemd?« Sie klingt skeptisch.

»Jap. Und mit Geschenken. Blumen für deine Mom, Wein für deinen Dad. Immerhin beherbergen sie mich das ganze Wochenende.«

»Und das tun sie gern. Vorausgesetzt, ich bringe keinen Serienmörder mit. Zitat Dad. Er hat einen seltsamen Humor.« Sie verdreht die Augen, löst ihre Hand aus meiner und legt sie zurück aufs Lenkrad.

Ich lache und angle nach meinen Schuhen, als Aria am Ortsschild ihrer Heimatstadt vorbeifährt. Für die Fahrt hatte ich sie ausgezogen, weil das einfach bequemer ist. »Dann haben wir ja Glück, dass ich kein Serienmörder bin. Oder zählen auch Stechmücken als Opfer? Dann wäre ich vielleicht doch einer.«

»Himmel, dein Humor ist genauso scheußlich wie Dads.«

»Wir werden uns großartig verstehen«, versichere ich ihr und versuche damit nicht nur Aria zu beruhigen, sondern auch mich selbst. Denn die Wahrheit ist, dass ich ebenfalls nervös bin. Ich überspiele es nur vor ihr, weil ich nicht will, dass sie sich Sorgen macht. Aber es ist mir wichtig, dass ihre Eltern mich mögen. Weil ich ihre Tochter mag und plane, den beiden noch öfter zu begegnen.

Arias Dad ist riesig. Das ist das Erste, was mir durch den Kopf schießt, nachdem er die Haustür geöffnet hat und auf die Veranda getreten ist. Hinter ihm folgt seine Frau. Sie ist um einiges kleiner als er und perfekt gestylt. Ihre blonden Haare sind fein säuberlich nach oben gesteckt, sie trägt einen hautengen Rock und eine weiße, blütenreine Bluse und wirkt damit wie das komplette Gegenteil von Aria. Deren dunkle Haare fallen ihr offen und gewellt über die Schultern, und im Gegensatz zu ihrer Mom trägt sie Jeans, Pullover und Turnschuhe und sieht irgendwie fehl am Platz neben den beiden Bänkern aus.

»Schatz.« Sie fallen ihrer Tochter gleichzeitig um den Hals, was ich ziemlich süß finde.

Aria lässt sich von beiden fest umarmen, ehe sie sich zu mir umdreht. »Mom, Dad. Das ist Jack. Und das …«, mit dem Finger deutet sie zuerst auf ihre Mutter, dann auf ihren Vater, »… sind meine Eltern. Die besten Menschen der Welt.«

»Freut mich sehr, Sie kennenzulernen.« Ich halte ihrer Mom die Hand hin, doch sie fackelt nicht lange. Energisch zieht sie mich in eine Umarmung und überrumpelt mich damit etwas.

»Schön, dass du mitgekommen bist«, sagt Mrs Gibson und lacht herzlich. »Aria hat schon viel von dir erzählt.«

»Bevor du fragst«, Aria grinst, »natürlich nur Gutes.«

»Also wissen sie noch nichts vom Oreo-Desaster?«

Damit ist das Eis gebrochen. Aria lacht auf und stößt mich in die Seite, ihr Dad klopft mir zur Begrüßung kräftig auf die Schulter, ehe auch er mir die Hand gibt, und ihre Mom scheucht uns mitsamt unseren Taschen ins Haus.

»Bitte nenn uns einfach Abigail und Jonathan, Jack.« Sie dreht sich im Gehen halb zu mir um. »Ich hoffe, ihr habt Hunger. Ann-Marie müsste gleich mit dem Essen so weit sein.«

»Ann-Marie?«, raune ich Aria zu.

»Unsere Köchin zu besonderen Anlässen. Wahrscheinlich bereitet sie schon das Essen für morgen vor und macht uns für heute auch was. Bin gleich wieder da.« Sie drückt mir einen Kuss auf die Wange und eilt ihrer Mom hinterher, um besagte Ann-Marie zu begrüßen. Ich bleibe zurück und finde mich im nächsten Moment Mr Gibson – *Jonathan* gegenüber. Sein Blick liegt freundlich, aber musternd auf mir.

»Also, Jack«, beginnt er, und ich kann mir spielend leicht vorstellen, wie er vor einer Menschenmenge steht und Reden über Geldanlagen schwingt. »Du bist Fotograf?«

»Ja, genau.« Ich nicke und bemühe mich um ein Lächeln. Es ist Jahre her, dass ich zum letzten Mal den Vater einer Frau, die ich mag, kennengelernt habe. Damals war ich ein Teenager, und es war mir nicht annähernd so wichtig wie jetzt, einen guten Eindruck zu hinterlassen. »Ich helfe in Baltimore in einer Kunstgalerie aus, gebe samstags Fotografie-Workshops an der Uni, und unter der Woche kann man mich für Aufträge jeglicher Art engagieren.« Mein Street-Art-Projekt erwähne ich nicht. Das ist nichts, womit ich etwas verdiene, und Geld scheint eine große Rolle in Jonathans Leben zu spielen.

»Zum Beispiel?« Er winkt mich mit sich ins Wohnzimmer.

»Alles Mögliche«, antworte ich und lasse meinen Blick durch den Raum schweifen. Die Einrichtung ist edel. Dunkle Möbel, hohe Regale und Schränke. Und unzählige Fotos von Aria an den Wänden. »Neulich hatte ich ein Shooting mit einer Familie, die immer im Oktober ein Mehrgenerationenbild macht. Seit diesem Jahr sind es vier.« Ich trete auf die Bilder von Aria zu. Sie war unheimlich niedlich mit ihren Pausbäckchen und den bunten Kleidern, die sie auf jedem zweiten Foto trägt.

Jonathan stellt sich neben mich, seinen Blick ebenfalls auf die Bilder gerichtet. »Süß, nicht wahr?« Seine Stimme wird wärmer, weicher, wenn er über Aria spricht. Der Stolz auf seine Tochter schwingt in jeder Silbe mit. »Und sie hatte es faustdick hinter den Ohren.«

Das glaube ich ihm aufs Wort. Offenbar wusste Aria schon immer, was sie will – und was eben nicht. Jonathan deutet auf ein paar Fotos und erzählt mir die Geschichten dahinter. Aria an ihrem fünften Geburtstag. Aria am Tag ihrer Einschulung. An Weihnachten vor ein paar Jahren. An Halloween als Geist verkleidet. Und Aria, bevor sie auf den Abschlussball ging. Sie trug ein bodenlanges, silbernes Kleid, was ihr unglaublich gut stand. Der Kerl an ihrer Seite ist ihr Ex-Freund Connor, wie Jonathan mir freundlicherweise verrät.

»Blamierst du mich gerade vor Jack, Dad?« Aria stößt zu uns und umschlingt die Hüfte ihres Vaters. Sofort legt er seinen Arm um ihre

Schultern und zieht sie an sich. Es ist nicht zu übersehen, wie glücklich beide sind, einander wiederzusehen.

»Angst?« Ich grinse Aria an, ehe ich sie beruhige. »Er hat mir nur erzählt, was für ein zuckersüßer Engel du warst.«

»An Weihnachten vielleicht.« Sie zeigt auf das Bild, auf dem sie tatsächlich als Engel verkleidet zu sehen ist. Allerdings zieht sie eine Grimasse dabei und sieht wenig begeistert aus. »Und auch das nur unter Protest. Diese Flügel waren furchtbar unangenehm und haben tierisch gejuckt.«

»Du sahst trotzdem ganz bezaubernd aus, Schatz.« Jonathan drückt ihr einen Kuss aufs Haar, dann lässt er Aria wieder los. »Also, ihr zwei.« Sein Blick wandert zwischen uns hin und her. »Wann habt ihr euch denn kennengelernt?«

Und damit beginnt das väterliche Verhör. Aria stöhnt auf und sieht ihren Dad flehend an. »Muss das wirklich sein?«, jammert sie und zieht mich ein Stück von den Bildern weg. »Ich bin keine sechzehn mehr.«

»Zum Glück«, sagt Jonathan und lacht, als Aria ein genervtes »*Dad!*« von sich gibt.

»Was nicht heißt, dass ich mir nun keine Sorgen mehr um dich mache.« Er wird wieder ernst. »Ganz im Gegenteil. Also bitte verzeih mir mein Interesse an deinem Leben.«

»Na gut.« Sie seufzt und zieht mich mit sich auf die Couch. »Was willst du wissen? Du hast zehn Minuten. Und wir beantworten nur, was wir beide verraten wollen.« Sie sieht zu mir und wartet auf meine Zustimmung. Ich gebe sie ihr in Form eines belustigten Nickens. Auch, wenn Jonathan vielleicht etwas zu neugierig ist, kann ich es ihm nicht verübeln. Wahrscheinlich wird man so, wenn die einzige Tochter irgendwann zum Studieren auszieht und dann plötzlich einen fremden Kerl für das gesamte Wochenende mit nach Hause bringt.

Jonathan nutzt seine Zeit. Aria beantwortet bereitwillig seine Fragen, und ich springe nur ein, wenn sie mir ein Zeichen gibt. Als er wissen will, wo wir uns kennengelernt haben, schweigt Aria kurz. Weil sie nicht lügen möchte. Aber sie kann ihrem Dad auch nicht sagen, warum sie Stunden im Druid Hill Park verbringt, wenn sie nicht gleichzeitig von ihren Zeichnungen erzählen will. Anscheinend sind die nach wie vor ein Geheimnis.

»In einem Park in Baltimore«, sagt sie nach ein paar Sekunden. »Jack hat Fotos gemacht, und irgendwie kamen wir ins Gespräch.«

Ihre Antwort beeindruckt mich, denn sie entspricht nur halb der Wahrheit. Und trotzdem lügt Aria nicht. Geschickt aus der Affäre gezogen.

Schließlich ist Abigail diejenige, die die Fragerunde beendet und uns zum Essen ruft.

»Sag Mom, dass wir sofort kommen, okay?«, bittet Aria ihren Dad und schickt ihn voraus.

»Lasst uns nicht zu lange warten.« Er streicht ihr über die Schulter, lächelt kurz, dann verlässt er das Zimmer. Die Tür bleibt jedoch offen.

Als wir allein sind, schlingt Aria ihre Arme um mich und sieht mich lächelnd an. »Alles okay?«

»Klar.« Ich gebe ihr einen Kuss und nicke. »Dein Dad ist nett.«

»Und neugierig, aber das war er schon immer.« Sie schüttelt leicht den Kopf. »Ich glaube, er mag dich.«

»So schnell?«

Dieses Mal ist ihre Antwort ein Schulterzucken. »Dad hat eine gute Menschenkenntnis.«

»Also sende ich keine Serienkiller-Vibes aus?«

»Nein. Eher *Everybody's Darlings*-Vibes. Du hast es selbst gesagt. Deine Klamotten wirken.« Schnell klaut sie sich einen weiteren Kuss, dann greift sie nach meiner Hand, und wir machen uns auf den Weg in Richtung Esszimmer, wo uns ein regelrechtes Festmahl erwartet.

Nach dem Abendessen gibt Aria mir eine kleine Führung durch das Haus, während sich ihre Eltern mit einem Glas Wein ins Wohnzimmer verziehen. Das untere Stockwerk haben wir schnell hinter uns. Küche, ein geräumiges Esszimmer, Wohnzimmer, ein Büro, ein Bad und ein riesiger Flur. Auf dem Weg nach oben nehmen wir unsere Taschen mit. Auch an der Wand neben der Treppe hängen unzählige Bilder von Aria in jedem Alter. Die einzigen Rahmen, die nicht sie zeigen, enthalten Bilder von Jonathans und Abigails Hochzeit.

»Ich weiß«, seufzt sie, als sie bemerkt, wie ich stehen bleibe und die Fotos genauer betrachte. »Meine Eltern übertreiben gern ein bisschen. Es war eine kitschige Märchenhochzeit damals.«

»Also bist du ihre verhätschelte kleine Prinzessin?« Ich grinse und wehre ihren Stoß in die Seite ab, den sie mir für diesen Spruch geben will.

»Hey, ich kann nichts dafür, dass ich Einzelkind bin.« Sie setzt sich wieder in Bewegung. »Und dass ich keine Prinzessin bin, solltest du langsam doch wissen. Königliche Nachfahrinnen verbringen sicher nicht halbe Nächte auf der Lauer liegend in einem Park und warten auf die Müllabfuhr.«

»Nächte?« Ich kann nicht anders, ich grinse breit. »Verschweigst du mir da was? Soweit ich mich erinnern kann, haben wir das in *unseren Nächten* nur ein einziges Mal gemacht.«

»Du weißt, was ich meine.« Sie verdreht auf diese für sie so typische Art die Augen, ehe sie mich auffordernd mustert. »Kommst du? Wir haben noch ein paar Zimmer vor uns.« Aria läuft weiter, während ich für einen weiteren Moment stehen bleibe. Auch die Bilder an dieser Wand sind süß. Abigail hat definitiv ein Händchen für Outfits. Aria sieht auf den meisten Fotos genauso perfekt gestylt aus wie ihre Mom heute. Erst, als sie das Teenageralter erreicht, ändert sich ihr Look. Ihre Haare sind plötzlich gefärbt, ihre Klamotten entweder ziemlich kurz oder ziemlich schwarz. Sie hatte eindeutig eine kleine Emo-Phase.

»Jack!«, ruft sie und klingt ziemlich drängend. Ich löse den Blick von den Bildern und eile ihr hinterher.

Oben ist alles genauso akkurat und sauber wie unten. Und es sind verflucht viele Türen, die in allerlei Richtungen führen. Eine davon ist geöffnet, und genau aus diesem Zimmer höre ich Geräusche. Aria scheint hin- und herzulaufen und ein paar Sachen aufzuräumen.

Als ich in den Raum linse, steht sie gerade vor ihrem Bett und wühlt in ihrer Tasche, die sie auf der Matratze abgelegt hat. Ihre Bettwäsche ist geziert von kleinen, bunten Blümchen, was überhaupt nicht zu ihr passt. Belustigt lehne ich mich an den Türrahmen und sehe ihr beim Auspacken zu.

»Tada«, sagt sie und dreht sich mit ausgestreckten Händen zu mir um. »Mein Zimmer.« Es ist größer als das in ihrer WG, aber nur halb so gemütlich. Die vielen Kissen, die immer auf ihrem Bett in Baltimore liegen, fehlen, und ich entdecke auch keine Lichterketten oder Pflanzen. Lediglich an den Wänden sind Poster von irgendwelchen Bands befestigt, die dort mit Sicherheit schon eine ganze Weile hängen. An einer Zimmerwand hat sie sich eine kleine Galerie angelegt mit vielen Sprüchen und Landschaftsaufnahmen. Und in einem Rahmen befindet sich eine Zeichnung, die mit ziemlich hoher Wahrscheinlichkeit von ihr selbst stammt. Arias Stil ist mittlerweile unverkennbar für mich.

Ich gehe auf das Bild zu. »Das ist toll«, sage ich und fahre über das Glas, das die kleine Zeichnung tanzender Mäuse schützt. Obwohl es nur schwarz-weiß ist, habe ich das Gefühl, die Musik regelrecht hören zu können, zu der die drei Mäuse sich bewegen. Es ist auf so subtile Art und Weise beeindruckend, dass ich die Finger erst wieder sinken lasse, als ich spüre, wie Aria hinter mich tritt. Sie schiebt ihre Arme um mich und lehnt ihren Kopf an meinen Rücken.

»Danke«, höre ich sie murmeln und spüre, wie sie ihre Umarmung intensiviert.

»Weil mir dein Bild gefällt?« Ich lache leise und lege meine Hände auf ihre.

»Nein. Weil du mitgekommen bist.« Im nächsten Moment löst sie sich von mir und huscht zwischen mich und die Bilder an der Wand. »Es ist schön, nicht allein hier zu sein.« Ihr Lächeln ist beinahe verlegen, dabei gibt es überhaupt keinen Grund dafür.

Ich lege meine Arme um ihre Schultern und ziehe sie an mich. »Danke, dass du mich mitgenommen hast«, entgegne ich und halte ihrem sanften Blick stand.

Ein paar Sekunden lang vergessen wir vollkommen die Zeit, sehen einander nur in die Augen und sagen kein Wort. Ich bin niemand, der an perfekte Momente glaubt, aber dieser kommt meiner Vorstellung davon verdammt nah.

17

ARIA

Den Abend mit Mom, Dad und Jack zu verbringen, fühlt sich seltsam an. Aber seltsam gut. Ich glaube, sie mögen ihn. Dad hat endlich sein Schutzschild abgelegt und löchert Jack nicht mehr mit Fragen. Inzwischen unterhält er sich normal mit ihm. Über seine Fotografie, über alte Filme, über seinen Wagen. Fast fühlt es sich so an, als würden meine Eltern ihn schon lange kennen und hätten ihn nur ewig nicht mehr gesehen. Und das macht mich glücklich. Zumindest bis zu dem Moment, als meine Mom mich nach meinem eigenen Studium fragt.

»Wie läuft es denn? Sind nicht bald Zwischenprüfungen, Schatz?« Gespannt sieht sie mich an. Ihre Frage ist nicht böse gemeint. Sie stellt sie mir jedes Mal, wenn wir uns sehen oder telefonieren. Aber heute will ich nicht an die Uni denken. Ich will den Tag genießen und wenigstens dieses Wochenende nicht mit meinem Lernpensum konfrontiert werden. Der Berg ist längst so groß, dass ich keinen Schimmer habe, wie ich das alles trotz Jacks Hilfe schaffen soll.

»Ja, bald sind die ZPs«, antworte ich ihr und bemühe mich zu lächeln. »Ich muss noch ein bisschen lernen, aber …« Den Rest meines Satzes verschlucke ich. Weil ich nicht weiß, was ich sagen soll, ohne dass sie sich Sorgen macht.

»Ich helfe ihr dabei, Abigail.« Während mir das Lächeln nicht gelingen will, ist es für Jack überhaupt kein Problem. »Wir sind Lernbuddys.«

»Seid ihr?« Mom sieht ihn überrascht an. »Ich dachte, du bist fertig mit deinem Studium?«

»Bin ich auch.« Jack nickt. »Aber Aria abzufragen ist trotzdem kein Problem. Ich finde Business Management spannend.« Tut er nicht, aber er bringt die Worte trotzdem problemlos über seine Lippen. Es ist fast schon beeindruckend, wie er nicht einmal ansatzweise rot wird bei seiner kleinen Lüge. Letztens haben wir uns stundenlang mit der Relevanz von Corporate Biodiversity Controlling im bewussten Umgang mit Ressourcen beschäftigt, und das fand er genauso knochentrocken wie ich. Nur mit dem Unterschied, dass er die Inhalte nach unserer Lerneinheit quasi aus dem Ärmel schütteln und ich mir nicht einmal die Hälfte davon merken konnte.

In der nächsten Viertelstunde unterhält er sich mit meinen Eltern über dieses Thema, während ich danebensitze und neidisch bin. Neidisch, weil er mühelos mehr lernt als ich, wenn er mich abfragt. Weil mein Hirn … Nein! Stopp! Ich darf nicht wieder in diese Spirale verfallen. Es ist nicht meine Schuld, dass ich schwerer lerne als andere Menschen. Jack hilft mir, und das ist gut. Ich werde die Prüfungen trotzdem schaffen, auch wenn es mich mehr Zeit und Arbeit kostet. Und dieses Wochenende habe ich frei. Ich brauche diese Pause und werde sie mir nicht durch meine eigenen Gedanken kaputtmachen.

Ich bin so gefangen in meinem Kopf, dass ich nur rudimentär wahrnehme, wie Dad mit seinem Handy den Raum verlässt und Mom mich anspricht.

»Aria?« Jack stupst mich an, in seinem Blick liegt eine stumme Frage. *Was ist los?*

»Ja?« Ich blicke zwischen den beiden hin und her. »Sorry, ich war in Gedanken.«

»Das hab ich gemerkt.« Mom lacht und drückt mein Knie. »Möchtest du auch etwas Tee? Dann koche ich mehr.« Sie kann ihre britischen Wurzeln nicht leugnen. Seit ich denken kann, gibt es bei meinen Eltern zu Hause abends frischen Tee. Dieses kleine Ritual vermittelt Mom ein Gefühl von Heimat, und irgendwann haben Dad und ich angefangen, es ihr gleichzutun.

»Gern. Danke, Mom. Brauchst du Hilfe?«

»Ach, nein. Bleibt ruhig sitzen. Vielleicht beginnt ihr schon einmal mit dem Fotoalbum.« Sie steht auf und geht vor dem großen Wohnzimmerschrank in die Hocke.

»Welchem Fotoalbum?«, frage ich misstrauisch.

»Das mit deinen Kinderbildern.« Mom blickt kurz zu mir und lacht noch mehr, als ich die Augen entsetzt aufreiße.

»Bitte was?« Ist das ein Witz?

»Ich habe Jahre darauf gewartet, dass du endlich jemanden mitbringst, dem ich sie zeigen kann. Und nun ist es sogar ein Fotograf.« Sie zwinkert mir zu, ehe sie weitersucht. Kurz darauf hält sie ein dickes Album in den Händen und kommt damit zu uns zurück. Sie drückt es Jack in die Hand. »Viel Spaß. Wenn du Fragen hast … Ich bin gleich wieder da.«

»Bis dahin ist er fertig damit.«

»Bin ich nicht.« Jack grinst und schlägt die erste Seite auf. »Danke, Abigail.«

»Bin gleich zurück.« Damit verschwindet auch Mom und lässt uns allein.

»Das ist so kitschig.« Schon wieder. Seit ich ihn kenne, tappe ich ständig in irgendwelche Klischeefallen. »Müssen wir uns das echt angucken?«

»Es sind Fotos. Was denkst du denn?« Unablässig blättert Jack weiter. Die Bilder sind nicht gut, manche sind unscharf oder verwackelt, aber Mom hat trotzdem jedes einzelne eingeklebt und beschriftet. Ich kann nicht leugnen, dass sie sich Mühe gegeben hat. All ihre Fotoalben erinnern mehr an liebevoll gestaltete Scrapbooks. Aber sie enthalten dennoch unzählige Fotos, die mir peinlich sind.

»Badest du da in einer Zinkwanne?«

»Ja.« Ich recke das Kinn. »Sag mir nicht, dass du das nie gemacht hast. Wenigstens in einem Wäschezuber? Sonst war deine Kindheit echt traurig.« Ich habe nicht viele Erinnerungen an das, was vor meiner Schulzeit war, aber den Tag, als dieses Foto aufgenommen wurde, habe ich klar vor Augen. Ich war vier oder fünf und diese riesige Wanne im Garten meiner Großeltern mein neuer Lieblingsplatz. Direkt nach dem Aufstehen wollte ich baden gehen. Ich erzähle Jack davon und schließe mit den Worten: »Ich glaube, ich war ein ziemlich nerviges Kind.«

»Warst du nicht.« In diesem Moment kommt Mom zurück ins Zimmer. Sie balanciert ein Tablett mit Tassen und einer Teekanne vor sich her. Jack schafft sofort Platz auf dem kleinen Holztisch vor der Couch, sodass sie es abstellen kann. Nachdem sie uns eingeschenkt hat, setzt sie sich auf Jacks andere Seite, um besser ins Album blicken zu können. Mit dem Finger deutet sie auf ein weiteres Bild von mir. »Aria wollte unbedingt eine Meerjungfrau an Halloween sein. Es war ihr egal, dass sie mit dieser riesigen Flosse kaum laufen konnte.«

»Hättest du mich eben nicht so viel H2O gucken lassen. Selbst schuld.« Ich blättere weiter, und dann passiert etwas, womit ich nicht gerechnet habe. Auch wenn ich die Vorstellung, mir mit meinem Freund und meiner Mom alte Kinderbilder anzusehen immer furchtbar fand, habe ich Spaß. Es ist schön, in Erinnerungen zu schwelgen und an meine Kindheit zu denken. Wir haben tolle Urlaube gemacht, waren in vielen Freizeitparks, und Mom war immer da, wenn ich aus der Schule nach Hause kam. Den einzigen Wunsch, den sie mir nicht erfüllt haben, war ein Geschwisterchen. Nach mir konnte Mom keine Kinder mehr bekommen.

Wir sind immer noch mit dem Album beschäftigt, als Dad zurückkommt. »Tut mir leid, tut mir leid. Ein Klient hatte ein dringendes Problem mit seinem Portfolio.«

»Kein Problem. Du verpasst nur meine Kinderfotos.« Es gibt wirklich unzählige. Mom hat eindeutig übertrieben.

»Ach ja. Die süße kleine Aria.« Dad wuschelt mir durch die Haare und lacht, während ich protestiere und mich halb hinter Jack verstecke. Grinsend legt er den Arm um mich, sodass ich außer Reichweite meines Dads bin.

»Die kleine Aria, die langsam genug davon hat.« Ich schiebe das Album ein Stück von mir. »Wenn ich deine Eltern kennenlerne, will ich deine Kinderbilder auch sehen. Und zwar jedes einzelne.«

»Nur zu.« Jack grinst. »Mom wird sie dir sicher liebend gern alle zeigen. Und wenn nicht sie, dann Leah. Ich war nämlich nicht so niedlich.«

»Ach ja?« Ich richte mich wieder auf und wackle mit den Augenbrauen. »Erzähl mir mehr. Hattest du eine Zahnspange?«

»Ja. Und Pickel und absolut keinen Sinn dafür, welche Klamotten zusammenpassen und welche Farben und Muster man vielleicht eher nicht kombinieren sollte.«

»Okay, wir müssen dringend nach Sterling.«

»Aber nicht mehr dieses Wochenende.« Mom schnappt sich das Fotoalbum von Jacks Beinen und klappt es zu. »Jetzt seid ihr erst einmal hier und feiert mit uns.« Bei diesen Worten wirft sie Dad einen strengen Blick zu. »Morgen bleibt dein Handy aus, Jonathan.«

»Du weißt, dass das nicht geht.«

»O doch. Und wenn die Welt an deinem Geburtstag untergehen will, dann tut sie das eben ohne uns. Es reicht, wenn wir diese Info erst übermorgen kriegen.« Mom steht auf, schiebt das Album in den Schrank zurück und macht ein paar Schritte auf Dad zu. Vor ihm bleibt sie stehen und küsst ihn auf die Wange. »Gehen wir schlafen? Wir haben morgen viel zu tun, bis die Gäste kommen.«

»Machen wir.« Dad nickt und legt Mom eine Hand auf die Hüfte. Dann gibt er ihr einen richtigen Kuss. »Und ihr zwei bleibt nicht mehr so lange wach, ja? Wir haben das Gästezimmer für dich vorbereitet, Jack.«

»Danke«, sagt er im selben Moment, in dem ich entrüstet »Euer Ernst?« frage. »Ganz ehrlich, Dad. Wir sind erwachsen. Ich darf in Baltimore wohnen und studieren und habe in den letzten Wochen öfter in seinem als in meinem eigenen Bett geschlafen. Was glaubst du denn, was wir …«

»Okay, stopp.« Jack geht dazwischen und sieht zwischen meinen Eltern und mir hin und her. »Natürlich schlafe ich im Gästezimmer. Das ist kein Problem.«

»Aber das ist völlig sinnlos. Das Gästezimmer teilt sich mit mir das Bad. Die Verbindungstür …«

»… ist uns durchaus bewusst, Schatz.« Auf Moms Lippen liegt ein belustigtes Lächeln. »Schlaft gut, ihr zwei.« Sie schnappt sich Dads Hand und zieht ihn aus dem Zimmer. »Gute Nacht«, höre ich ihn noch sagen, dann sind beide weg und die Tür fällt hinter ihnen ins Schloss.

Eine knappe halbe Stunde später lösche ich das Licht im Bad und husche zu Jack ins Gästezimmer. Er lehnt mit dem Rücken gegen das Kopfteil seines Bettes, hält ein Buch in den Händen und blickt lächelnd auf, als er mich hört.

»Hey«, sagt er, legt seine Lektüre beiseite und schlägt die Decke zurück. Ich schlüpfe zu ihm und werde sofort von einer angenehmen Wärme umhüllt. Mit einem Arm deckt er uns wieder zu, und ich kuschle mich noch enger an ihn. Er riecht gut, nach Grapefruit und Minze, und seine Haare sind nach dem Duschen fast schon trocken, obwohl ich kaum zehn Minuten länger im Bad gebraucht habe als er.

»Wollen wir einen Film schauen?«, fragt er und nickt in Richtung des großen Fernsehers. Eigentlich ist er völlige Geldverschwendung, weil nicht oft jemand bei meinen Eltern übernachtet. Aber wenn es doch einmal jemand tut, kann sich derjenige wie im Hotel fühlen. »Wir könnten es nutzen, einen Fernseher direkt gegenüber vom Bett zu haben.«

»Könnten wir.« Ich lege meine Hände auf sein T-Shirt und grinse ihn an. »Oder wir ärgern meine Eltern und knutschen ein bisschen.«

Mein Vorschlag lässt ihn leise lachen. »Wie können wir sie ärgern, wenn sie uns dabei nicht sehen können?« Sein Lachen verstummt. »Worüber ich übrigens sehr froh bin. Nichts für ungut, aber ich fände es sehr befremdlich, sie als Zuschauer zu haben.«

»Dann sind wir uns ja einig.« Ich recke mich ihm entgegen und streife seine Lippen mit meinen. Es dauert nur ein paar Sekunden, dann rollt er mich auf den Rücken und sich halb über mich.

»Das war einfach.« Ich kichere und schiebe meine Hände unter sein Shirt. Bei seiner Hüfte halte ich inne und sehe ihm fest in die Augen. Liebevoll streicht er mir ein paar Haare aus dem Gesicht und berührt mit den Fingerspitzen meine Wangen. Sein Atem streift meine Haut, und ich will nichts lieber, als endlich von ihm geküsst zu werden. Richtig geküsst zu werden. Langsam beugt er sich zu mir, den Blick immer noch auf mich gerichtet. Sanft wie Federn treffen seine Lippen auf meine. Und dieser Moment lässt mich vergessen, dass meine Eltern nur ein paar Zimmer nebenan liegen. Ich bin mir nicht sicher, ob sie bereits schlafen, aber ich werde es auf keinen Fall riskieren, von ihnen gehört zu werden. Es ist, wie Jack gesagt hat. Ich will auch keine Zuschauer. Und genauso wenig will ich Zuhörer.

Eine ganze Weile liege ich in seinen Armen, während er meinen Hals küsst, und erschaudere, als er mein Schlüsselbein und die Stelle mit meiner Narbe erreicht. »Okay, okay.« Ich ziehe meine Hände unter seinem T-Shirt hervor und lege sie auf seine Brust. »Du musst aufhören, wenn du nicht vorhast, das bis zum Ende fortzuführen.« Mittlerweile kenne ich ihn gut genug und bin mir ziemlich sicher, dass er nicht mit mir schlafen wird, solang sich meine Eltern in der Nähe befinden. Und wenn ich ehrlich zu mir selbst bin, muss ich zugeben, dass es mir ebenso geht.

Ergeben lässt er seine Stirn auf meinen Oberkörper sinken. »Du hast recht«, höre ich ihn brummen. »Ich habe sowieso keine Kondome dabei, weil ich nicht davon ausgegangen bin, dass wir …«

Ich verkneife mir den Hinweis, dass wir auch ohne Kondome viel Spaß haben könnten. Aber das wäre im Moment definitiv nicht hilfreich. Weder für ihn noch für mich.

Er rollt sich von mir und bleibt neben mir auf dem Rücken liegen. Meine Brust hebt und senkt sich schnell. Allein von Jack so ausdauernd geküsst zu werden, setzt jede Faser meines Körpers in Aufruhr. Ein Blick zu ihm verrät mir, dass es ihm ganz genauso geht. Auch er atmet schneller. Mit einer Hand fährt er sich durch die Haare, und wieder einmal wird mir bewusst, wie gut er aussieht. Selbst mit zerzausten, feuchten Haaren und in einem alten T-Shirt, das ich ihm liebend gern ausziehen würde.

Nicht hilfreich, Aria!, ermahne ich mich selbst und drehe den Kopf in Jacks Richtung. Er starrt immer noch an die Decke. Okay, wir brauchen dringend ein neutrales Thema, das die Stimmung killt.

»Vielleicht sollten wir über unsere Großeltern reden«, schlage ich vor. Es ist das Erste, was mir einfällt.

»Wir sollten *was?*« Sein Blick schnellt zu mir.

»Großeltern. Reden. Du und ich.«

»Warum?«

»Weil uns das ablenkt von …« Ich wedle mit der Hand zwischen uns hin und her. »Dem hier«, schließe ich und verziehe das Gesicht kurz zu einer Grimasse. »Sorry. Vielleicht sollte ich einfach rüber in mein Zimmer gehen und dort …«

»Vergiss es.« Jack umfasst unter der Decke mein Handgelenk. »Du bleibst hier. Wir sind brav, okay? Erzähl mir von deinen Großeltern.«

»Soll ich wirklich?«

»Ja.« Er rollt sich wieder auf die Seite und stützt seinen Kopf mit der Hand ab. Interessiert wartet er, dass ich anfange zu reden.

»Ich kenne nur die Eltern meiner Mom. Du hast ja gemerkt, dass mein Dad schon etwas ergraut ist. Die beiden waren Mitte vierzig, als sie mich bekamen, und mein Grandpa hat damals schon nicht mehr gelebt. Granny Mae war Anfang siebzig und ist gestorben, als ich … sieben war? Ich hab sie nicht oft gesehen, weil sie in der Nähe von Columbus gelebt hat.«

»Das ist ein ganzes Stück weg.«

»Hm.« Ich nicke. »Moms Eltern wohnen ein bisschen näher, aber auch Gran und Gramps habe ich nicht oft gesehen. Meistens an den Feiertagen. Ich weiß nicht, woran das lag, aber wenn wir bei ihnen waren oder sie bei uns … Die Stimmung war immer irgendwie seltsam.«

»Wie meinst du das?«

»Ich weiß nicht. Es ist schwer zu beschreiben. Alle waren immer sehr höflich, aber nie herzlich zueinander. Außer zu mir. Mom wollte nicht darüber reden, als ich sie gefragt hab, und Gran hat nur gesagt, dass manchmal Dinge passieren, die man nicht in der Hand hat.«

»Das klingt ziemlich kryptisch.«

»Ich weiß.« Ich seufze leise und drehe mich auch auf die Seite. »Was ist mit dir? Leben deine Großeltern noch?«

Er nickt. »Ja. Alle vier. Bevor ich nach Baltimore gezogen bin, hab ich sie mindestens einmal im Monat gesehen. Meine beiden Grannys haben immer am ersten Sonntag zusammen für uns alle gekocht. Mom flippt zwar jedes Mal fast aus, weil sie ihre Küche in ein Schlachtfeld verwandeln, aber das ist es wert.«

»Klingt toll.« Allein die Vorstellung davon löst ein warmes Gefühl in mir aus. »So etwas kenne ich nicht. Es gibt nur meine Eltern und mich.«

»Keine Tanten und Onkel?«

»Nein.«

»Wir könnten nächsten Sonntag hinfahren, wenn du möchtest.«

»Zu deiner Familie?«

»Ja. Du willst doch auch noch ein gewisses Fotoalbum sehen, wenn ich mich richtig erinnere.«

»Stimmt.« Ich grinse Jack an. »Warn deine Mom schon mal vor. Sie muss mir alle Geschichten erzählen. Alle!«

»Es wird ihr eine Freude sein.« Er verdreht die Augen, lacht aber leise dabei. »Immerhin gibt es kein Meerjungfrauenbild von mir.«

»Sondern eins als Meerjungmann?«, stichle ich.

»Das würde dir gefallen, oder?«

»Durchaus, ja.«

»Ich muss dich leider enttäuschen. Gibt's auch nicht.«

»Schade.«

»Dafür gibt es furchtbar peinliche Bilder von meiner Geburt. Keine Ahnung, was meinen Dad geritten hat, *das* zu fotografieren. Nicht einmal ich würde meine Kamera mit in den Kreißsaal schleppen.«

»Du warst bestimmt ein sehr süßes Baby.« Ich streiche über seine Brust.

»Hast du mir nicht vor ein paar Wochen erst gesagt, dass alle Babys gleich aussehen?« Er umschließt meine Hand mit seiner, seine Mundwinkel zucken belustigt.

»Hab ich«, bestätige ich. »Tun sie ja auch. Aber ich glaube trotzdem, dass du sehr niedlich warst.«

»Darüber kannst du dich dann ja mit meiner Mom austauschen.«

»Und mit deinen Grannys. Grannys sind noch viel überzeugter davon, dass ihre Enkel die süßesten auf der Welt sind.«

»Sind sie das? Kommen deine Großeltern morgen auch? Dann kann ich diese Theorie direkt an ihnen testen.«

»Ja, sie kommen.« Ich nicke und kann den kleinen Stich nicht verhindern, den dieses Wissen in mir auslöst. Sie nach Monaten wiederzusehen, freut mich riesig, aber mir ist auch klar, dass Jack dann live miterleben wird, was ich mit der angespannten Stimmung gemeint habe.

»Machst du dir Sorgen, dass sie mich nicht mögen könnten?« Jack deutet meine kurze Antwort falsch. »Keine Angst, Großeltern lieben mich.«

»Ach ja?«

»Jup.« Er nickt und verschränkt unsere Finger miteinander. »Mia hat es einmal den Großelterneffekt genannt. Sie fressen mir aus der Hand.«

»Wie viele Großeltern gab es denn schon, die du von dir überzeugt hast?«

»Lass mal sehen.« Er rollt sich wieder auf den Rücken, aber unsere Hände bleiben verschränkt. »Da waren die Großeltern von meinen Ex-Freundinnen Meghan und Kira. Dann die von Mia. Und meine eigenen natürlich.«

»Natürlich.« Ich lege mein Kinn auf seine Brust, sodass ich ihn ansehen kann. »Du bist der Großeltern-Flüsterer.«

Wieder einmal bin ich fasziniert davon, wie einfach es ist, sich mit Jack zu unterhalten. Zwar ist es oft nur Blödsinn, aber gleichzeitig weit mehr als Small Talk. Mit jedem Gespräch, das wir führen, lerne ich ihn besser kennen. Und allmählich glaube ich, dass es nichts auf dieser Welt gibt, was dieser Mann sagen könnte, das meine Meinung über ihn ändern würde.

18

JACK

Es ist kurz nach Mitternacht, als ich beschließe, noch einmal aufzustehen und mir ein Glas Milch aus der Küche zu holen. Das hat mir früher immer beim Einschlafen geholfen, obwohl mir heute natürlich klar ist, dass das nicht an der Milch lag, sondern am Ritual drum herum. Mom, die bei mir gesessen hat, bis ich fertig getrunken hatte. Mom, die mich danach in den Arm genommen hat. Mom, die mich zurück ins Bett gebracht und fest zugedeckt hat.

Mir ist das alles bewusst, und dennoch steige ich leise aus dem Bett und schleiche auf Zehenspitzen aus dem Zimmer, um Aria nicht aufzuwecken. Vielleicht liegen meine Einschlafprobleme an den vielen neuen Eindrücken, die der Tag mit sich gebracht hat. Arias Eltern, das ungewohnte Haus. Ich bin niemand, der in fremden Betten sofort gut schlafen kann.

Lautlos gehe ich die Stufen nach unten. Mein Handy leuchtet mir den Weg. Erst in der Küche traue ich mich, das Licht einzuschalten. Auch dieser Raum ist genauso stilvoll eingerichtet wie alle anderen. In der Mitte befindet sich eine riesige Kochinsel mit einem Herd und daneben viel Ablagefläche. Alles funkelt und ist blitzeblank geputzt. Im Kühlschrank finde ich die Milch, zwei Schränke daneben stoße ich auf Gläser. Ich gieße mir ein wenig ein und nippe langsam daran. Es ist wie damals, das kühle Getränk tut gut. Nachdem ich die Packung zurückgestellt habe, laufe ich mit dem Glas in der Hand durch die Küche. Nirgends befindet sich ein Staubkorn, und trotzdem wirkt der Raum nicht steril oder kühl. Was den Bildern geschuldet ist, die auch hier die Wände schmücken.

Ich trete näher und mustere einige Zeichnungen, die wohl aus Arias Kindheit stammen. Immer wieder trinke ich kleine Schlucke meiner Milch, während mein Blick weiter über die Fotos wandert. Auf einem entdecke ich zwei ältere Menschen, die wohl die Eltern von Arias Mom sind. Die Gesichtszüge der beiden ähneln Abigails sehr. Zwischen ihnen steht Aria und grinst in die Kamera. Sie scheint maximal drei Jahre alt zu sein und hält einen großen Kuschelbären in der Hand.

Und es ist der Ausdruck auf ihrem Gesicht, das Strahlen in ihren Augen, umrahmt von ihren dunklen Haaren, das mich den Atem anhalten lässt. Ich blinzle ein paarmal, aber das Bild vor meinen Augen verändert sich nicht: Aria ist der Josie in meiner Erinnerung wie aus dem Gesicht geschnitten. Innerhalb von Sekundenbruchteilen beschleunigt sich mein Herzschlag, und ich stürze aus der Küche in den Flur. Dort reiße ich meine Jacke vom Haken, suche in der Tasche nach meinem Portemonnaie, und als ich es gefunden habe, eile ich zurück in die Küche. Im Gehen öffne ich es und schiebe meine Finger in das hinterste Fach. Im nächsten Moment habe ich ein altes Polaroid in den Händen. Es ist an den Ecken eingerissen, weil ich es schon so oft betrachtet habe. Ich halte das kleine Foto neben das gerahmte Bild von Aria und ihren Großeltern. Und dieses Mal bleibt mein Herz gefühlt für einen Augenblick stehen. Meine Erinnerung hat mich nicht getäuscht. Aria gleicht Josie auf diesem Foto bis aufs Haar.

Ich kann nicht aufhören, die beiden Bilder anzustarren. Josie. Aria. Josie. Aria. Wie ist es möglich, dass sie sich so ähnlich sehen? Ich kneife die Augen zusammen, warte einen Moment, öffne sie wieder, doch es hat sich nichts geändert. Die beiden Mädchen auf den Fotos sehen immer noch gleich aus.

Kraftlos lasse ich mich nach hinten sinken, stütze mich an der Kochinsel ab und blicke weiter unaufhörlich auf das Bild an der Wand, dann auf das kleine Polaroid. Josie, wie sie neben Josh und mir steht und grinst. Ihre Haare sind nur minimal kürzer als Arias, aber sie sind genauso braun und voller sanfter Locken. Wie kann das sein? Wie kann sie dieselbe Haar- und Augenfarbe haben und auf die exakt gleiche Art grinsen wie Aria?

Ich setze mich auf einen Stuhl und lege das Foto vor mich. Den halben Abend haben wir Arias Kinderfotos angesehen. Und ja, sie ist optisch derselbe Typ Mensch wie Josie. Aber ich habe nie … Ich habe nicht … Meine Gedanken überschlagen sich. Die Ähnlichkeit ist verblüffend, und ich habe keine Ahnung, wieso sie mir erst jetzt auffällt. Die kleine Josie, die aussieht wie die kleine Aria. Aria, von der es keine Babyfotos gibt. Zerstört bei einem Brand. Aria mit dem gleichen Muttermal wie Josie, nur dass ihres entfernt wurde.

Alles in meinem Magen zieht sich zusammen. Mit einem Mal ist mir kotzübel, und ich ertrage den Geruch der Milch nicht mehr. Ich springe auf und leere den Rest weg. Doch auch das Glas unter den Wasserstrahl zu halten und dabei das Waschbecken auszuspülen, lässt den Milchgeruch nicht verschwinden. Mechanisch trockne ich erst das Glas ab, dann das Becken, aber ich kann nicht aufhören, darüber nachzudenken, was diese Ähnlichkeit bedeutet. Bedeuten könnte. Vielleicht sehe ich Gespenster. Vielleicht bin ich verrückt geworden und kompensiere mit diesen Gedanken lediglich Jenns Anrufe. Jennifer, die so verzweifelt nach ihrer Tochter sucht und die eventuell doch recht haben könnte mit ihrer Vermutung, dass Josie noch lebt.

»Fuck!« Ich reibe mir über die Stirn, die Augen, den Mund. Blicke wieder auf das Polaroid, dann auf das Bild an der Wand. Das kann nicht sein. Ich muss …

Ruckartig erhebe ich mich. Ein Bild genügt nicht. Mit schnellen Schritten verlasse ich die Küche und gehe hinüber ins Wohnzimmer. Dorthin, wo ich noch vor wenigen Stunden mit Aria und ihren Eltern gesessen und mir unzählige Fotos angesehen habe. Ich schalte das Licht an, öffne den Schrank und ziehe das Album hervor. Ich will es gerade aufschlagen, als mein Blick auf ein zweites, dickeres Album fällt. Kurz entschlossen ziehe ich auch dieses heraus, lege es auf das andere und öffne es. Sofort lacht mir Aria entgegen. Aria im Kindergarten, Aria in der Schule. Beim Spielen im Garten, an einem See. Beim Essen am Tisch, mit einer großen Zuckerwatte auf dem Rummelplatz. Doch es sind nicht diese Bilder von Aria, die ich suche. Ich brauche Fotos, auf denen sie wie auf dem in der Küche maximal drei Jahre alt ist. Vielleicht dreieinhalb.

Ich blättere Seite um Seite um, Abigail hat nicht chronologisch geklebt. Und dann finde ich Bilder, auf denen Aria jünger ist. Es sind nicht viele, doch jedes davon schnürt mir die Kehle zu. Aria und Josie sehen aus wie Zwillinge, nur weiß ich mit absoluter Sicherheit, dass Josh bloß eine einzige Schwester hat. Es ist egal, neben welches dieser Fotos ich das Polaroid halte … Aria sieht jedes Mal aus wie Josie. Und ich habe keine Ahnung, was ich mit dieser Erkenntnis machen soll. Ich weiß nur, dass ich nicht an Zufälle glaube.

Minutenlang sitze ich vor dem geöffneten Album und versuche zu verstehen, was mein Gehirn mir sagen will.

Aria ist Josie. Josie ist Aria.

Ohne darüber nachzudenken, reiße ich eins der Fotos von der Seite.

Dann schiebe ich das Album zurück in den Schrank und stehe auf. Mit dem Polaroid und dem Foto in der Hand kehre ich zurück in die Küche. Ich schnappe mir mein Portemonnaie von der Kücheninsel und schiebe beide Bilder in eines der Fächer. Bevor ich das Licht lösche, blicke ich ein letztes Mal auf das Bild von Aria an der Wand. Oder vielleicht ist es auch Josie.

Hastig wende ich mich ab und eile die Treppen zurück nach oben. Ich habe keine Ahnung, was ich mit meinem neuen Wissen anfangen soll, aber es gibt nur einen einzigen Menschen, dem ich mich jetzt anvertrauen will. Leise öffne ich die Tür zum Gästezimmer. Die kleine Lampe über dem Nachttisch brennt immer noch und taucht den Raum in ein warmes Licht. Aria liegt im Bett, die Augen geschlossen, ihre Brust hebt und senkt sich gleichmäßig. Sie schläft tief und fest, und Gott, wie dankbar ich in diesen Sekunden dafür bin. Ich könnte nun nicht mit ihr reden. Nicht, nachdem ich die Fotos …

Mit zwei Schritten bin ich beim Nachttisch und greife nach meinem Handy. Ich umklammere das Gehäuse und betrachte die schlafende Aria vor mir. Sie sieht so friedlich aus. Zufrieden. Voller Vorfreude auf den Tag morgen. Und sie hat keine Ahnung. Sie weiß nicht, dass sie als Kind aussah wie Josie, weil sie noch nie ein Foto von ihr gesehen hat.

Scheiße.

Mit einem Mal ist der Kloß in meinem Hals riesig. Ich will das nicht. Sie kann nicht Josie sein. Das würde bedeuten … Ich kann auf die Schnelle nicht einmal ansatzweise begreifen, was das bedeuten würde. Und deshalb brauche ich Hilfe.

Ich schließe die Tür des Badezimmers geräuschlos hinter mir. Dann laufe ich hindurch, bis ich in Arias Zimmer stehe. Weit genug von ihr, aber auch weit genug von ihren Eltern entfernt, damit niemand von ihnen mich hören kann, sollten sie aufwachen.

Langsam lasse ich mich auf den Rand von Arias Matratze sinken. Ich habe kein Licht angemacht, es ist stockdunkel in ihrem Zimmer. Nur der Bildschirm meines Handys leuchtet unangenehm hell. Ich wähle die Nummer, halte das Telefon an mein Ohr und lausche dem Rufaufbau.

Es dauert, bis er sich meldet. Was kein Wunder ist, schließlich ist es mitten in der Nacht.

»Jack?« Josh klingt furchtbar verschlafen und alarmiert zugleich. »Was ist los?«

Ich weiß nicht, was ich sagen soll. *Ich habe deine verschwundene Schwester gefunden* ist mit Sicherheit nichts, was ich einfach so raushauen sollte. Schon gar nicht mit diesen Worten. Aber es ist das Einzige, was mir über die Lippen kommt.

»Ich glaube, ich habe Josie gefunden.« Meine Stimme ist nur ein Flüstern, aber in der Stille der Nacht klingt sie unnatürlich laut. Auch, nachdem ich die Worte ausgesprochen habe, wird der Druck auf meiner Brust nicht weniger. Ich kann es nicht fassen, dass ich hier sitze und Josh von meinem Verdacht erzähle. Und noch weniger rechne ich mit seiner Reaktion.

»Hast du sie noch alle, Mann?«, fährt er mich an. »Deshalb rufst du mich mitten in der Nacht an? Soll das ein Witz sein? Hat Mom es echt geschafft, dich nun auch verrückt zu machen? Josie ist tot! Das weißt du genauso gut wie ich.«

»Ist sie nicht«, entgegne ich, aber es ist so ein schwacher Protest, dass Josh ihm keinerlei Bedeutung schenkt.

»Hast du eine Ahnung, wie spät es ist? Was soll der Scheiß, Jack?« Er klingt wütend. »Warum könnt ihr es nicht endlich gut sein lassen?«

»Ich habe Fotos entdeckt. Und das Mädchen darauf … Sie sieht genauso aus wie Josie.« Wahrscheinlich ergeben meine Worte in seinen Ohren keinen Sinn. Aber es fällt mir immer noch schwer, meine Gedanken zu sortieren.

»Was für Fotos? Wovon zum Teufel redest du? Glaubst du ernsthaft …«

Ich lasse ihn nicht zu Ende sprechen. »Es gibt keine Babyfotos von ihr. Die ersten Bilder … Da ist sie drei Jahre alt. Vielleicht ein paar Monate mehr. Oder weniger. Keine Ahnung. Aber auf diesen Fotos sieht sie … Ich habe das letzte Bild, das es von uns dreien gibt, daneben gehalten, Josh. Dieses Polaroid. Und Josie … Sie … Sie sieht aus wie Aria. Oder Aria sieht aus wie sie.«

»Wer zur Hölle ist Aria?« Seine Frage klingt gepresst, als wolle er sie gar nicht stellen. Ich kann es ihm nicht verübeln. Mitten in der Nacht aus dem Bett geklingelt und mit einer solchen Vermutung konfrontiert zu werden … Ich wäre an seiner Stelle auch sauer.

»Meine … Sie ist meine Freundin. Ich bin bei ihrer Familie zu Hause und …«

Diesmal unterbricht er mich. »Und ganz offensichtlich hast du den Verstand verloren. Wie oft hat Mom dich in letzter Zeit angerufen? Sie muss endlich damit aufhören. Geh einfach nicht mehr ran!«

»Du weißt, wieso ich das nicht tun kann.«

»Und du weißt, dass das Bullshit ist. Wir waren Kinder!«

Joshs Worte entsprechen der Wahrheit. Wir waren Kinder und viel zu jung. Und trotzdem fühle ich mich schuldig.

»Es ist nicht deine Aufgabe, Josie zu finden. Die Chancen, dass sie überhaupt noch lebt, sind verschwindend gering. Dass deine Freundin Josie auf ihren Kinderbildern ähnlich sieht, mag stimmen, aber damit wird sie nicht der einzige Mensch auf dieser Welt sein. Interpretier da nicht zu viel rein, Jack. Bitte. Das ist nicht gesund.«

»Ich interpretiere nicht.« Meine Stimme wird nicht lauter, aber eindringlicher. »Ich fotografier dir die beiden Bilder ab. Dann kannst du dich selbst davon überzeugen. Moment.« Ohne seine Antwort abzuwarten, nehme ich mein Handy vom Ohr und rufe meine Kamera auf.

Ich fische die Bilder wieder aus meinem Geldbeutel, lege sie nebeneinander auf das Bett und schalte die Nachttischlampe ein. Es dauert nicht lange, bis ich Josh das Foto geschickt habe. »Sieh es dir an«, sage ich. »Und dann sag mir noch mal, dass du das für einen Zufall hältst.« Es kann keiner sein, dazu ist die Ähnlichkeit viel zu groß.

»Jack, bitte.« Mit einem Mal schwingt Verzweiflung in seinen Worten mit. »Warum bist du so verbissen …«

»Sieh es dir an!«, wiederhole ich und starre selbst noch mal auf die beiden Fotos. Vielleicht ist es das Licht, doch in diesem Augenblick sehen die kleine Aria und die kleine Josie nicht nur ähnlich, sondern nahezu identisch aus.

Während ich darauf warte, dass Josh etwas sagt, beiße ich mir auf die Unterlippe. Ich bin zum Zerbersten angespannt. Wie soll ich mich nun neben Aria legen und einschlafen, wenn in meinem Kopf das blanke Chaos herrscht? Wenn ich weiß, dass ich morgen früh mit ihr darüber reden muss? Wenn ich keinen Schimmer habe, wie sie darauf reagieren wird? Der einzige Beweis für meine Vermutung sind die Fotos und der Fakt, dass es vor Arias drittem Lebensjahr keine Bilder von ihr gibt.

»Ja, ich kann eine gewisse Ähnlichkeit nicht leugnen, aber das bedeutet noch lange nicht, dass sie es wirklich ist.«

»Eine gewisse Ähnlichkeit?« Ich stoße ein frustriertes Lachen aus. »Ich bitte dich, Josh. Was du da siehst, ist ein und dieselbe Person.«

»Und was, wenn nicht? Hast du Mom davon erzählt?«

»Nein, ich …« *Ich habe die Fotos gerade erst gefunden.*

»Es wird sie umbringen, wenn du ihr von diesem Verdacht erzählst und es am Ende nur wieder eine Sackgasse ist. Bitte sag ihr nichts, Jack. Ich flehe dich an. Alte Fotos sind keine Beweise.«

»Ich weiß.« Und wie ich das weiß. »Aber zum ersten Mal seit zehn Jahren habe ich das Gefühl, dass es eben keine Sackgasse ist. Aria hatte sogar ein Muttermal an derselben Stelle wie Josie. Es wurde ihr entfernt, als sie ein Kind war.«

Doch auch dieses Argument ist nicht stichhaltig genug für Josh. »Das ist doch irre, Jack. Mom sucht seit fast zwanzig Jahren erfolglos nach ihr, und jetzt willst ausgerechnet du Josie nicht nur gefunden haben, sondern mit ihr zusammen sein?«

Ich verstehe seine Skepsis. Man muss nicht Mathematik studiert haben, um zu wissen, wie gering die Wahrscheinlichkeit dafür ist. Und trotzdem ... »Es könnte möglich sein«, beharre ich. Zum ersten Mal verstehe ich die Hoffnung, die Jennifer in jeden Hinweis legt, wirklich.

»Es könnte theoretisch auch möglich sein, dass ich morgen eine Million Dollar gewinne. Aber praktisch ist die Chance minimal, weil ich kein Glücksspiel betreibe. Gib es auf, Jack. Sollte Jo noch leben, werden wir es nie erfahren. Gute Nacht.« Mit diesen Worten beendet er seinen Anruf. Im nächsten Moment höre ich nur noch das Freizeichen der Leitung.

Ganz langsam lasse ich mein Handy sinken. Wenn nicht einmal der direkte Vergleich der beiden Fotos Josh überzeugen kann, liege ich vielleicht falsch. Aber tief in meinem Inneren nagt etwas an mir. Gedanken in meinem Kopf, die so viel Sinn ergeben, dass ich meinen Verdacht einfach nicht aufgeben kann. Das Mädchen ohne Babyfotos, die optische Ähnlichkeit, dasselbe Alter.

Alles passt.

Alles.

Aria ist Josie.

Ich weiß nicht, wie lange ich auf ihrem Bett sitze und mich einfach nicht bewegen kann. Achtzehn Jahre vergebliche Suche, und nun soll es so einfach sein? Ich musste einfach nur nach Baltimore ziehen und in einem Park über Kreidezeichnungen stolpern?

Sofort ist Joshs Stimme in meinem Kopf. *Das ist doch irre, Jack. Das ist irre.*

Aber egal, wie verrückt und unwahrscheinlich und unmöglich diese Option ist … Irgendetwas sagt mir, dass ich nicht falschliege. Es ist mehr als seltsam, dass es keine Babyfotos von Aria gibt. Sollte es diesen Brand wirklich gegeben haben, müssten auch alle anderen Fotos, die vor ihrer Geburt entstanden sind, vernichtet worden sein. Doch unten hängen die Hochzeitsbilder ihrer Eltern. Und Fotos der beiden auf dem Abschlussball, weil sie sich schon in der Schule kennengelernt haben. Es ergibt einfach keinen Sinn, dass nur Arias Babyfotos angeblich nicht mehr existieren.

Schlagartig bin ich völlig erschöpft von meinen eigenen Gedanken. Ich vergrabe mein Gesicht in meinen Händen und reibe mir fest über die Haut.

Was auch immer die Ähnlichkeit mit Josie zu bedeuten hat und was auch immer mit den Babyfotos von Aria passiert ist, eins weiß ich mit absoluter Sicherheit: Ich muss mit ihr darüber sprechen.

19

ARIA

Jack ist nicht da, als ich aufwache, die Matratzenhälfte neben mir ist leer und kalt. Er muss also schon vor einer Weile aufgestanden sein.

Verschlafen schlage ich die Decke zurück, schiebe die Beine aus dem Bett und richte mich gähnend auf. Dann fällt mein Blick auf seine Tasche, die halb geöffnet neben der Tür liegt. Als hätte er den Reißverschluss nur ein Stück weit aufgezogen, damit mich das Geräusch nicht weckt. Was irgendwie süß ist.

Lächelnd laufe ich an der Tasche vorbei und gehe ins Bad. Nachdem ich mir das Gesicht gewaschen und die Zähne geputzt habe, trete ich durch die andere Tür in mein eigenes Zimmer. Das Sonnenlicht fällt für Ende Oktober überraschend warm durch das Fenster. Der Himmel ist wolkenlos, es verspricht, ein wundervoller Tag zu werden. Perfekt für Dads Geburtstag, der zwar erst morgen ist, aber mit seiner Party heute Abend feiert er bereits hinein. Er hat nicht allzu viele Menschen eingeladen. Ein paar Kollegen mit ihren Familien, Moms Eltern, einige Nachbarn. Jack und mich. Trotzdem weiß ich, dass wir beide das Thema des Abends sein werden. Wie sich das für eine Kleinstadt mitten in West Virginia gehört. Genau deshalb bin ich gern in Baltimore. Ich mag die Anonymität. Jeder kümmert sich um seinen eigenen Kram und steckt die Nase nicht in Dinge, die ihn nichts angehen.

Nachdem ich mir ein paar Klamotten aus dem Schrank genommen und mich umgezogen habe, binde ich mir die Haare zu einem lockeren Dutt zusammen. Von unten höre ich gedämpft Stimmen, Mom und Dad sind wohl schon in der Küche. Und da von Jack immer noch keine Spur zu sehen ist, gehe ich davon aus, dass er ihnen Gesellschaft leistet. Sie haben sich gestern gut verstanden, was mich ungemein erleichtert hat. Denn erst in dem Moment, als sie voreinander standen, wurde mir bewusst, wie sehr ich tatsächlich wollte, dass sie Jack mögen. Und er sie.

Gut gelaunt gehe ich die Treppe nach unten und biege nach rechts in Richtung Küche ab. Mom und Dads Stimmen werden immer lauter. Sie lachen und scherzen wie verliebte Teenager miteinander. Es wäre mir peinlich, wenn sie nicht so verdammt niedlich wären.

»Hey«, begrüße ich sie und lasse meinen Blick durch die Küche schweifen. Kein Jack.

»Morgen, Schatz.« Mom kommt auf mich zu und schließt mich für einen kurzen Moment in ihre Arme. »Gut geschlafen?«, will sie wissen und sieht so verschmitzt dabei aus, dass ich mein eigenes Lächeln kaum verstecken kann. Will ich auch gar nicht, denn ich habe in der Tat hervorragend geschlafen.

»Jup.« Ich nicke und klaue mir eine Erdbeere aus der kleinen Schale, die sie bereits vorbereitet hat. Es wartet ein regelrechtes Festmahl auf uns. Frisches Obst, Pancakes, Rührei und Dads geliebter Speck. Alles steht bereit und verströmt einen unheimlich leckeren Duft.

»Wo ist Jack?«, frage ich kauend und setze mich auf einen der Barhocker, die auf einer Seite der Kücheninsel wie Thekenstühle angeordnet sind.

»Wir dachten, bei dir.« Dad runzelt die Stirn. »Schläft er nicht mehr?«

»Nein.« Ich schüttle den Kopf und greife nach einem Stück Ananas. »Er war schon vor mir wach. Ich habe nicht einmal bemerkt, wie er aufgestanden ist.«

Mom späht aus dem Fenster. »Sein Wagen steht im Hof. Vielleicht ist er eine Runde spazieren gegangen. Oder macht er Sport?«

»Tut er«, bestätige ich. »Er joggt gern.« Und eigentlich ergibt Moms Vermutung Sinn. Ich weiß, dass Jack in fremden Betten nicht gut schläft. Als er das erste Mal bei mir übernachtet hat, lag er die halbe Nacht wach.

»Dann ist er bestimmt nur laufen. Die Wege bieten sich hier ja an.« Dad lächelt mir kurz zu, ehe er Mom dabei zusieht, wie sie die letzten Pancakes wendet. Sie sind auf beiden Seiten goldbraun und bereit, gegessen zu werden. Fehlt nur noch Jack.

»Ich sehe mal nach, ob er draußen irgendwo trainiert.« Bevor Mom und Dad etwas sagen können, rutsche ich von meinem Stuhl und verschwinde aus der Küche. Im Flur schnappe ich mir eine Jacke, nehme einen Haustürschlüssel aus der kleinen hölzernen Box neben der Garderobe und schlüpfe in meine Boots. Obwohl die Sonne herrlich scheint, bin ich mir sicher, dass es draußen ziemlich frisch ist.

Ich öffne die Haustür und trete hinaus auf die Veranda. Jeps. Es ist kalt. Schnell ziehe ich den Reißverschluss meiner Jacke höher und laufe die Stufen nach hinten in den Vorgarten. Von Jack ist nichts zu sehen. Auch hinter dem Haus entdecke ich ihn nicht. Vielleicht hat Dad recht, und er ist doch joggen gegangen. Zuzutrauen wäre es ihm.

Ich will gerade zurück ins Warme, als ich Schritte auf dem Kiesweg hinter mir höre. Hastig wirble ich herum. »Jack!«

Er sieht fürchterlich übernächtigt aus, scheint tatsächlich kaum geschlafen zu haben. Die Augen sind blutunterlaufen, das Gesicht ist blass, die Jacke schief zugeknöpft. Als hätte er überhaupt nicht darüber nachgedacht, was er tut. Mit ein paar großen Schritten bin ich bei ihm. »Was ist passiert?«

Er gibt keinen Ton von sich, blickt mich einfach nur aus diesen traurigen Augen an, die ich so noch nie an ihm gesehen habe.

»Hey …« Diese stoische, fast schon unheimliche Ruhe, die von ihm ausgeht, macht mir Angst. Ich weiß, dass es nur eine dumme Redewendung ist, aber Jack sieht tatsächlich aus, als hätte er ein Gespenst gesehen. Ich greife nach seinen Händen, doch er entzieht sie mir. Und dann macht er einen Schritt von mir weg und senkt den Kopf.

»Was ist denn los?«, frage ich, meine Stimme ist nur noch ein Flüstern. Ich habe keine Ahnung, was hier gerade passiert. Warum entfernt er sich von mir? Mein Herz beginnt zu rasen, mein Magen verknotet sich unangenehm. Als wisse mein Körper mehr als mein Verstand.

»Können wir … Können wir ein Stück gehen?« Er spricht so leise, dass ich Mühe habe, ihn zu verstehen.

»Jetzt?«, entgegne ich und sehe kurz über meine Schulter in Richtung Haus. »Es gibt gleich Frühstück. Mom hat extra Pancakes für uns gemacht.« Vielleicht muss er einfach nur etwas essen. Vielleicht ist er unterzuckert, oder so. Nach einer miesen Nacht gibt ihm das bestimmt neue Energie.

Doch Jack ignoriert meinen Einwurf. »Ich muss mit dir reden. Allein. Es ist wichtig. Bitte, Aria.«

»Okay.« Er sieht mich so eindringlich an, dass ich sofort zustimme. Das Frühstück kann warten. »Gehen wir ein Stück. Da lang?« Ich deute nach links und setze mich in Bewegung. Er tut es mir gleich. Schweigend läuft er neben mir her. Der Kies knirscht unnatürlich laut unter unseren Schuhen. Als wir außer Sichtweite vom Haus sind, frage ich Jack erneut, was los ist. Und endlich antwortet er mir.

»Kannst du … Kannst du mich ausreden lassen, bevor du was dazu sagst?«

Ich schlucke. »Okay?« Das ungute Gefühl in meinem Magen intensiviert sich.

»Ich bin gestern Nacht noch einmal in eure Küche, weil ich nicht schlafen konnte. Und dort hab ich das Bild gesehen. Das von dir und deinen Großeltern. Als du so zweieinhalb, vielleicht drei warst?«

»Ja.« Ich weiß, welches er meint. Es hängt schon immer dort. »Was ist damit?«

»Du siehst darauf aus wie Josie.«

»Na und?« Ich runzle die Stirn.

»Ihr habt beide dunkle Haare und die gleiche Stupsnase und dunkle Augen und …«

»Jack.« Ich bleibe stehen und lege eine Hand auf seinen Arm. Er schüttelt sie nicht ab, und das macht mir Hoffnung, zu ihm durchzudringen. »Ich weiß, dass du Josie vermisst und Jenn dich nicht zur Ruhe kommen lässt, aber …«

»Ich glaube, dass du Josie bist.«

Ruckartig ziehe ich meine Hand zurück und starre ihn entsetzt an. »Was?«

»Ich glaube, dass du Josie …«

»Ich hab dich schon verstanden«, falle ich ihm ins Wort, obwohl er mich darum gebeten hatte, ihn ausreden zu lassen. Aber ich kann nicht anders. Was er da sagt, was er damit impliziert … Das ist absurd. Vollkommen absurd. »Ich bin ganz sicher nicht deine verschwundene Kindheitsfreundin, Jack. Das ist doch irrsinnig.« Heftig schüttle ich den Kopf. »Nur, weil es ein Bild gibt, auf dem ich ihr angeblich ähnlich sehe, heißt das noch lange nicht, dass ich sie bin.«

»Das ist nicht alles, Aria. Überleg doch mal. Es existieren keine Babyfotos von dir. Nicht ein einziges. Aber Fotos deiner Eltern, die wesentlich älter sind … die gibt es massig. Du kannst mir nicht sagen, dass du das nicht auch absolut seltsam findest. Bei welchem *Brand*«, er betont das Wort besonders nachdrücklich, »werden bitte nur Babyfotos zerstört?«

Fassungslos starre ich ihn an. »Was willst du damit sagen? Dass es überhaupt kein Feuer gab?« Wieder schüttle ich den Kopf, dieses Mal heftiger. Ich kann nicht glauben, was er da von sich gibt. »Hörst du dir überhaupt selbst zu? Du klingst völlig wahnsinnig.« Wahnsinnig und paranoid und einfach nur ... Nein. *Nein!* Es ist mir ein Rätsel, woher dieser Unsinn kommt, aber ich bin mir sicher, dass es nicht nur an einem blöden Bild liegt. »Hör zu, ich weiß, dass dich die Sache mit Josie mitnimmt. Aber du kannst mir doch nicht ernsthaft erzählen wollen, dass du auf einmal glaubst, ich sei sie. Wo kommt das her, Jack?« Haben ihn Jennifers Anrufe mittlerweile so fertiggemacht, dass er ihr diesen Schwachsinn, den sie ihm ständig erzählt, nun allen Ernstes abkauft? Dass er sogar glaubt, Josie in mir gefunden zu haben? Ausgerechnet in *mir?!*

»Hier!« Er kramt in seiner Hosentasche und zieht ein Stück Papier hervor. Wobei ... Nein, es ist kein Papier. Es sind Fotos. Zwei Stück, und er hält sie mir auffordernd entgegen. »Sieh es dir selbst an. Das ist Josie.« Er bohrt seinen Zeigefinger regelrecht in das Bild. »Und das bist du. Ihr seht völlig gleich aus. Sogar die Haarlänge stimmt. Und die widerspenstige Locke rechts auch.«

Ich werfe einen Blick auf die Fotos. »Das kann alles Zufall sein ...« Nur widerwillig gestehe ich mir ein, dass es tatsächlich eine gewisse Ähnlichkeit zwischen Josie und mir gibt. Aber das werde ich Jack auf keinen Fall sagen. Ich will seinen Verdacht nicht befeuern. Diesen Verdacht, der so abwegig ist, dass ich wirklich nicht weiß, was ich davon halten soll.

»Und wie erklärst du dir dann die fehlenden Fotos? Und sag mir bitte nicht, dass du das Märchen mit dem Brand immer noch glaubst.«

»Das Märchen mit dem ...? Hast du sie noch alle?« Ich mache einen

Schritt zur Seite, starre ihn an und frage mich ernsthaft, ob er den Verstand verloren hat. Was er hier andeutet, was er damit meinen Eltern unterstellt … Wenn Josie und ich in der Tat ein und dieselbe Person wären … Nein. Auf keinen Fall! Ich habe nichts mit seiner verschwundenen Freundin zu tun. »Als ob meine Eltern einfach in eine ein paar Stunden entfernte Stadt gefahren sind, um sich dort ein kleines Mädchen von einem Spielplatz zu klauen.« Wenn ich es laut ausspreche, klingt es noch absurder, noch abwegiger als in meinen Gedanken. Himmel, ich würde mich daran erinnern, wenn ich einen großen Bruder hätte und … und entführt worden wäre. Wie kann er das auch nur für eine Sekunde glauben? Er hat meine Eltern kennengelernt. So etwas würden sie niemals tun. Ein Kind entführen … Was zur Hölle hat er sich da zusammengesponnen?

»Und wie erklärst du dir dann, dass es die Hochzeitsfotos von Abigail und Jonathan noch gibt?« Jack lässt nicht locker. Er umklammert die Bilder in seiner Hand, als wären sie sein Rettungsanker. Der Beweis dafür, dass Josie noch lebt und dass … dass mein Leben eine Lüge ist. Und das kann nicht sein. Das ist einfach nicht möglich.

»Wahrscheinlich hatten meine Großeltern noch Abzüge davon.« Ich zucke mit den Schultern, schüttle den Kopf und will mir am liebsten die Ohren zuhalten. Ich will diesen Quatsch nicht länger hören. »Oder meine Eltern haben sie nachmachen lassen. Was weiß ich. Es gibt tausend Möglichkeiten.« Und keine davon beinhaltet die Tatsache, dass Josie und ich dieselbe Person sind. Jacks Vermutung nur aufgrund dieser alten Fotos ist vollkommen hirnrissig, doch er ist so überzeugt von seiner Theorie, dass er meine Antwort nicht einmal in Betracht zieht.

»Ach, komm schon, Aria. Sei nicht so naiv. Du bist so alt wie Josie. Ihr saht früher identisch aus. Du hattest das gleiche Muttermal wie sie auf der Schulter, das dir extra entfernt wurde, damit dich niemand daran erkennt. Es gibt keine Fotos vor deinem dritten Lebensjahr. Und du siehst deinen Eltern kein bisschen ähnlich.« Unnachgiebig knallt er mir ein Argument nach dem anderen um die Ohren, und jedes davon fühlt sich wie eine schallende Ohrfeige an.

»Hör auf«, entfährt es mir. »Hör auf damit.« Ich trete einen Schritt nach hinten. Dann noch einen. Und noch einen.

»Aria …«

»Nein!« Ich funkle ihn an und hebe abwehrend eine Hand. »Was du hier behauptest … Was du da sagst … Willst du meinen Eltern wirklich …« Ich bringe das nächste Wort kaum über die Lippen. »Willst du ihnen wirklich Kindesentführung unterstellen? Entführung, Jack! Denkst du das ernsthaft von ihnen?«

Er muss mir meine Frage nicht einmal beantworten. Alles an ihm schreit Ja. Ja, ja, ja! Und dann spricht er es aus. »Ja, ich unterstelle ihnen genau das.« Er blickt mir fest in die Augen. Und das halte ich keine Sekunde länger aus.

»Verschwinde.« Meine Stimme klingt gefährlich leise. Und ruhig. Zu ruhig. Dieses eine Wort verlangt mir alles ab. Ich ertrage es nicht. Ich ertrage es nicht, dass er genau das von ihnen annimmt. Dass er diese schrecklichen Sachen von meinen Eltern denkt. Von Mom und Dad, die im Haus mit selbst gemachten Pancakes und Rührei auf uns warten und keine Ahnung haben, was hier draußen gerade passiert. »Hau ab!« Ich laufe los, zurück zum Haus, werde mit jedem Meter schneller und schneller, muss weg von ihm und diesen kranken Gedanken.

Jack folgt mir, ich höre seine Schritte hinter mir. »Aria, warte! Bleib stehen!«

Ich reagiere nicht.

»Bitte!«

»Nein!« Ich drehe mich nicht zu ihm um, weigere mich, diesem dämlichen Unfug auch nur eine weitere Sekunde zuzuhören. »Meine Eltern sind keine Verbrecher.« Sie sind die besten Menschen der Welt. Es ist genau dieses Wissen, das mich dazu bringt, doch noch einmal stehen zu bleiben und mich ihm zuzuwenden. »Wie kannst du es wagen, so etwas über sie zu behaupten? Das ist gelogen und respektlos und … und einfach nicht wahr.« Inzwischen laufen mir Tränen übers Gesicht, ich kann sie nicht länger zurückhalten.

»Es tut mir leid.« Mit zwei Schritten ist Jack bei mir. Da ist Bedauern in seinen Augen. Bedauern und eine stumme Entschuldigung, und trotzdem weiß ich mit absoluter Sicherheit, dass er seine Worte nicht zurücknehmen wird. Weil er sie glaubt. Jack Bradford ist felsenfest davon überzeugt, in mir seine verlorene Kindheitsfreundin wiedergefunden zu haben. »Aber die Wahrheit …«

»Die Wahrheit ist, dass du völlig durchgeknallt bist.« Ich stoße mit den Händen gegen seine Brust. »Hol deine Sachen und hau ab.« Ich will ihn nicht mehr sehen. Ich *kann* ihn nicht mehr sehen. Jack muss verschwinden.

Aber offenbar ist es ihm egal, was ich sage. »Wir müssen mit deinen Eltern reden«, beharrt er und blickt mich so durchdringend an, dass mir beinahe schwindelig wird.

»*Wir* werden gar nichts tun«, fahre ich ihn an. »Hast du sie noch alle? Denkst du ernsthaft, ich lasse dich da jetzt reinlaufen und Mom und Dad Kindesentführung vorwerfen? Wegen ein paar dämlichen Bildern und der gleichen Haarfarbe?« Das kann nicht sein Ernst sein. Das kann einfach nicht sein beschissener Ernst sein.

Er will nach meiner Hand greifen, aber ich entziehe sie ihm sofort. Ohne auf eine Reaktion zu warten, stürme ich auf das Haus zu, eile die Stufen nach oben und schiebe meine Hand auf der Suche nach meinem Schlüssel in die Jackentasche. Ich zittere so sehr, dass mir der Bund klirrend zu Boden fällt. Ich bücke mich im selben Moment danach wie Jack. Hastig entreiße ich ihm die Schlüssel und richte mich wieder auf.

»Aria«, höre ich ihn sagen, doch ich ignoriere ihn. Weiter mit ihm zu streiten … Ich kann nicht. Ich kann das keine Sekunde länger, es ist unerträglich.

Die Tür springt auf, nachdem ich es endlich geschafft habe, den Schlüssel ins Schloss zu stecken. Sofort höre ich das Lachen von Mom und Dad aus der Küche. Im Hintergrund dudelt das Radio. Und das ist der Moment, in dem es mich erdrückt. In dem das, was Jack behauptet, wie Ziegelsteine auf mich einschlägt und mir die Luft zum Atmen nimmt.

»Hol deinen Kram.« Irgendwie schaffe ich es, die Worte auszusprechen. Jack bleibt bewegungslos neben mir stehen. »*Hol. Deinen. Kram!*«, zische ich noch einmal und umklammere die geöffnete Tür so fest, dass meine Knöchel weiß hervortreten.

»Bitte lass uns mit ihnen sprechen.« Er nickt mit dem Kopf in Richtung Küche. »Vielleicht gibt es eine Erklärung, oder sie können uns …«

Ich schneide ihm das Wort ab. »Nein!« In wenigen Stunden kommen die Gäste und wir feiern in Dads Geburtstag rein. Ich werde ihm ganz sicher nicht den Tag mit Jacks abstrusen Theorien versauen. »Geh einfach!«

Ich halte mich an der Tür fest, habe das Gefühl, umzukippen, wenn ich loslasse. Minutenlang sieht Jack mich an. Vielleicht sind es auch nur Sekunden oder eine halbe Ewigkeit. Ich weiß es nicht. Und ich weiß auch nicht, wonach er in meinem Blick sucht. Ich weiß nur, dass es mich alles kostet, was ich habe, hier zu stehen und nicht selbst durchzudrehen. Mein Kopf ist ein Scherbenmeer, in dem jeder Gedanke wehtut. *Bitte geh!*, flehe ich ihn stumm an. Und schließlich scheint er sich geschlagen zu geben.

Wortlos dreht er sich um und steigt die Stufen nach oben. Erst jetzt bemerke ich, dass ich die Luft angehalten habe. Ich schnappe nach Sauerstoff, drücke mir eine Hand gegen die Brust und versuche, ruhig zu atmen. Es gelingt mir kaum. Alles in mir ist in Aufruhr, brodelt. Schneller, als mir lieb ist, taucht Jack wieder auf. Seine Tasche in der einen, den Rucksack in der anderen Hand. Ich sage kein Wort, als ich die Tür weiter aufstoße. Ein unmissverständliches Zeichen, dass er gehen soll. Er hat hier nichts mehr zu suchen. Nicht nach diesen abscheulichen Unterstellungen.

Schweigend sieht er mich an, ein ganzer Ozean an Emotionen huscht über sein Gesicht. Trauer. Verwirrung. Hilflosigkeit. Und Wut. Plötzlich ist da so viel Wut, und intuitiv weiß ich, dass er gleich etwas Dummes tun wird. »Es tut mir leid, Aria«, sagt er, lässt seine Taschen fallen und wendet sich um. »Aber ich muss mit ihnen reden, bevor ich gehe.«

»Was? *Nein!*« So schnell ich kann, lasse ich die Tür los, renne ihm hinterher und stelle mich Jack in den Weg. Mit aller Kraft, die ich aufbringen kann, stemme ich mich mit beiden Händen gegen seine Brust. »Das wirst du nicht tun. Du wirst nie wieder ein Wort mit ihnen reden, hörst du?« Ich bin so wütend, dass ich nicht einmal mehr weinen kann. Jack muss endlich verschwinden.

»Was ist hier los?« Die laute Stimme meines Dads lässt mich zusammenzucken. Ruckartig ziehe ich meine Hände zurück, und auch Jack bleibt wie angewurzelt stehen. Ich drehe mich zu Dad um, sein Blick liegt fragend und besorgt auf mir. »Alles in Ordnung, Schatz?«, will er wissen und kommt auf mich zu. Hinter ihm entdecke ich Mom, die mich beunruhigt mustert.

»Ja, alles gut, Dad.« Ich lüge. Ich lüge wie gedruckt und schaffe es dabei sogar, ansatzweise zu lächeln. »Jack muss nur … Er muss gehen. Ein … familiärer Notfall.«

»Oh?« Dads Blick wandert von mir zu Jack. »Ist es schlimm?«

»Ich … Ich weiß es nicht.« Mit seiner Antwort ist er so viel ehrlicher als ich. »Aber ich wollte noch mit euch re…«

»Du wolltest los!«, unterbreche ich ihn, bevor er irgendetwas sagen kann, was er nicht sagen soll. Was er niemals sagen darf. Mein Blick bohrt sich in seinen. *Tu mir das nicht an! Bitte!* »Ist … ist schon gut. Lass deine Eltern nicht länger warten.« Ich muss reden. Solange ich das tue, kann er nicht zu Wort kommen und Dinge von sich geben, die völlig absurd sind. »Die Strecke ist lang, und wenn viel los ist, solltest du keine Zeit vertrödeln.«

»Sicher, ja. Fahr!« Dad nickt ihm zu. »Wir verstehen das. Schön, dass du da warst. Wir freuen uns, wenn du bald wieder zu Besuch kommst. Und bestell deiner Familie unbekannterweise Grüße von uns.«

»Ja.« Mom nickt zustimmend. »Aber warte bitte noch einen Moment.« Sie hebt eine Hand zum Zeichen, dass wir uns nicht bewegen sollen. Dann verschwindet sie in der Küche und kommt mit einer Wasserflasche und einer großen Packung Kekse wieder. »Proviant für die Fahrt«, sagt sie und drückt Jack beides in die Hand. Verdutzt nimmt er ihr die Sachen ab. Und es bringt mich beinahe um, das zu beobachten. Weil die Frau, die keine Ahnung hat, was er ihr insgeheim vorwirft, so nett zu ihm ist. Dad, der ihm freundlich auf die Schulter klopft und ihm eine gute Fahrt wünscht. Und ich, die einfach nur danebensteht und dabei zusehen kann.

»Gute Fahrt, mein Junge. Wir warten in der Küche auf dich, Aria.« Mom streicht mir liebevoll über den Arm. »Du willst Jack sicher noch zum Auto begleiten.«

Will ich nicht, aber das kann ich ihr nicht sagen, ohne Fragen aufzuwerfen. Also nicke ich, packe Jack am Oberarm und ziehe ihn energisch mit mir von den beiden weg. Je eher wir aus ihrem Blickfeld verschwunden sind, umso besser.

Erst, als wir draußen auf der Veranda sind, lasse ich ihn los. Dann drehe ich mich wortlos um und will zurück ins Haus. Es gibt nichts mehr zu sagen. Aber Jack fasst nach meiner Hand und hindert mich somit am Gehen. Ich wirble zu ihm herum und will schreien. Ich will einfach nur noch schreien und ihn anbrüllen, warum zum Teufel er nicht endlich verschwindet. Aber etwas in seinem Blick lässt die Worte auf meiner Zunge zu Staub zerfallen. Plötzlich kann ich gar nichts mehr sagen, bin einfach nur leer und erschöpft und traurig. So unendlich traurig, weil dort der Mann vor mir steht, in den ich mich verliebt habe. Und der mit einem Mal an so furchtbare Dinge, an dieses ekelhafte Verbrechen glaubt, dass er nicht mehr wiederzuerkennen ist.

»Geh«, flüstere ich, und es klingt genauso verzweifelt, genauso hilflos, wie ich mich fühle. Die Tränen in meinen Augen sind zurück, Wut wechselt sich mit Trauer ab. Mein gesamter Körper tut weh, weil die Emotionen ihn von allen Seiten erdrücken. Ich sehe an Jack vorbei zu Boden, spüre die ersten Tränen fallen, und dann zieht er mich in seine Arme. Ich bin so überrumpelt davon, dass ich mich nicht wehre. Stattdessen weine ich noch mehr, weil gerade alles zerbricht, was ich so mühsam zusammengehalten habe, seit er mir zum ersten Mal seinen Verdacht um die Ohren geschleudert hat.

Ich glaube, dass du Josie bist.

Ich glaube, dass du Josie bist.

Ich glaube, dass du Josie bist.

Dieser eine Satz wiederholt sich in meinem Kopf wie eine Endlosspirale. Wie ein Karussell, aus dem ich nicht aussteigen kann. Dabei ist es völlig ausgeschlossen. Ich kann nicht Josie sein. Ich wüsste es, wenn ich irgendwo einen Bruder und eine andere Mom und einen anderen Dad hätte. Ich wüsste es. Aber da ist nichts. Es gibt keine Erinnerungen, weil ich nie entführt worden bin.

Energisch mache ich mich von Jack los. Ich schüttle seine Hände ab, trete von ihm weg und schlinge stattdessen meine eigenen Arme um mich. Ich friere erbärmlich, und das hat nichts mit der Außentemperatur zu tun. Die Kälte kommt von ganz tief innen.

»Fahr!«, sage ich und schlucke. Mein Hals fühlt sich an wie Schmirgelpapier.

»Du willst wirklich, dass ich gehe?« Jack steht mit Rucksack, der Tasche und Moms Proviant da und sieht mich unentwegt an.

»Ja«, entgegne ich und umschlinge mich noch fester. Ich weiche seinem Blick keine Sekunde aus. Er soll nicht glauben, dass ich an meiner Entscheidung zweifle, nur weil ich mich von ihm habe halten lassen.

Als er schließlich nickt und »Okay« sagt, ist es wie eine Erlösung. Ich kann mich nicht rühren, während ich ihm dabei zusehe, wie er die Stufen nach unten geht und seinen Wagen ansteuert. Er schließt auf, wirft sein Gepäck auf den Rücksitz und schaut noch einmal in meine Richtung. Ganz so, als warte er nur darauf, dass ich ihn aufhalte.

Aber das tue ich nicht. Das kann ich nicht. Und vor allem will ich es nicht. Nicht, solange er meine Eltern für Verbrecher hält.

Nach einer gefühlten Ewigkeit steigt er in seinen Pick-up und fährt los. Er ist schon lange aus meinem Blickfeld verschwunden, als ich zurück ins Haus laufe, in mein Zimmer flüchte und dort weine, weine, weine, wie ich noch nie zuvor geweint habe.

20

JACK

Fuck. Fuck, fuck, fuck, fuck, fuck!

Mit beiden Händen trommle ich auf das Lenkrad ein, weil es die einzige Möglichkeit ist, meinen Frust loszuwerden. Ich wollte Aria nicht wehtun, aber ich habe genau das getan. Und das Schlimme ist, dass ich es wieder tun würde. Ihr meinen Verdacht zu verschweigen, ist einfach keine Option gewesen.

Letzte Nacht habe ich kein Auge zugetan und noch in der Dämmerung das Haus verlassen. Getrieben von der Hoffnung, so den Kopf freizukriegen, hatte ich die kalte Luft tief in meine Lunge gezogen, doch ich konnte die Gedanken nicht abschütteln. Je länger ich nachgedacht habe, umso sicherer bin ich geworden. Es passt alles zusammen. Das Aussehen, das Alter, die Fotos. Und dann das entfernte Muttermal, dieses Blutschwämmchen auf Josies Schulter, das ich als Kind viel zu oft betrachtet habe, weil ich es so faszinierend fand …

Aria ist Josie. Und das bedeutet, dass sie als Kind entführt und ihr ganzes Leben lang angelogen wurde. Und ich verstehe nicht, wie sie das nicht sehen kann. Wie sie leugnen kann, was so dermaßen offensichtlich ist, wenn man erst einmal die Puzzleteile zusammengesetzt hat.

Ich folge dem Navi aus der Stadt. Die Gebäude am Straßenrand fliegen an mir vorbei, aber ich nehme nichts davon wahr. Meine Finger umklammern das Lenkrad, ich bin immer noch zum Zerbersten angespannt. Aria so vor vollendete Tatsachen zu stellen, war nicht meine beste Idee gewesen. Ich habe keinen Augenblick darüber nachgedacht, wie sehr ich sie damit überfalle. Wie ich mit wenigen Worten ihr Leben zerstöre. Es sollte mich nicht wundern, dass sie mir nicht geglaubt hat. Dass sie wütend geworden ist, mich aus dem Haus geworfen hat und nichts davon hören wollte.

»Scheiße.« Während ich die ganze Nacht meine Gedanken gewälzt und das Rätsel gelöst habe, kam das für sie komplett aus dem Nichts. Fest reibe ich mir über die Stirn, drücke mit den Fingern auf meine linke Schläfe. Langsam melden sich die Kopfschmerzen, die ich immer bekomme, wenn ich nicht genug geschlafen habe. Zu Hause würde ich direkt eine Schmerztablette einwerfen. Aber ich bin nicht zu Hause, sondern irgendwo zwischen Morgantown und Baltimore. Und ich habe nach über achtzehn Jahren herausgefunden, wo Josie ist.

Josie. Aria. Aria. Josie.

Es will nicht in meinen Kopf, wie sie die ganze Zeit über so nah sein konnte. Morgantown ist nur ein paar Autostunden von Sterling entfernt. Wie ist es möglich, dass die Polizei sie bisher nicht entdeckt hat?

An der nächsten Ausfahrt, die mir eine Raststätte anzeigt, fahre ich ab. Wenn ich meine Kopfschmerzen irgendwie in Schach halten will, muss ich schlafen oder mich mit Koffein vollpumpen. Da mir nur Option zwei bleibt, parke ich den Wagen vor *Danny's Stop* und gehe hinein. Hinter der Kasse steht ein junges, Kaugummi kauendes Mädchen und sieht mich gelangweilt an.

»Kaffee. Schwarz. In XXL, bitte«, sage ich und schiebe ihr fünf Dollar zu. »Der Rest ist für dich.«

Kommentarlos schnappt sie sich das Geld und fängt an, mir mein Getränk zu machen. Es dauert nicht lange, bis ich wieder im Wagen sitze und den Motor erneut starte. Laut Navi bin ich noch eineinhalb Stunden von Baltimore entfernt. Für einen Moment lasse ich mir die warme Luft der Heizung ins Gesicht pusten, doch die Gedanken in meinem Kopf bleiben. Genau wie das Bild von Aria, wie sie mir vor dem Haus ihrer Eltern gegenüberstand und geweint hat. Dieser Anblick hat mir das Herz zerfetzt. Und weil ich sie einfach nicht leiden sehen konnte, habe ich sie in den Arm genommen. Gott, ich hätte … Ich wäre niemals gegangen, wenn ich nicht davon überzeugt gewesen wäre, dass es genau das ist, was sie wollte.

Ich reibe mir mit beiden Händen fest übers Gesicht und klatsche mir gegen die Wangen, um meinen Kreislauf anzuregen. Ich muss wach bleiben und weiterfahren. Nachdem ich zweimal an meinem heißen Kaffee genippt habe, biege ich wieder auf die Straße ein. Das ist der Moment, in dem mein Handy klingelt. In der Hoffnung, es könnte Aria sein, greife ich, während ich fahre, danach und nehme den Anruf an, ohne auf den Namen auf dem Bildschirm zu achten.

»Ja?«, sage ich, aber leider ist es nicht Aria, die mir antwortet. Sondern Jenn. Ausgerechnet Jenn. Als hätte sie geahnt, dass mein Kopf gerade ein Minenfeld ist.

»Jack.« Sie klingt fröhlich. *Zu* fröhlich. »Wie geht es dir? Ist alles in Ordnung in Baltimore?« Sie wartet nicht auf eine Antwort, sondern spricht direkt weiter. »Die Tageszeitung in Harrisburg bringt demnächst einen detaillierten Artikel über Josie. Ist das nicht toll? Sie rollen die Suchaktion ganz groß und neu auf. Mit brandaktuellen Bildern, wie sie heute aussehen würde. Die Polizei hat extra dafür welche angefertigt. Wenn du willst, schicke ich sie dir.«

Sie redet ohne Unterlass. Und es macht mich wahnsinnig. Ich will die angeblichen neuesten Entwicklungen nicht hören. Josie ist nicht in Harrisburg. Ich will einfach nur … Ich weiß nicht, was ich will. Zurück zu Aria. Josie. Aber das ist keine Option.

»Jack, hörst du mir zu?« Jenns energische Stimme unterbricht mein Gedankenwirrwarr.

»Ja, klar, ich … Sorry, ich bin grad im Auto und …«

»Telefonierst du etwa beim Fahren? Dann lass uns am besten später in Ruhe reden, ja?«, sagt sie und klingt immer noch ziemlich fröhlich. »Ich schick dir die Fotos und ruf dich heute Abend noch mal an, einverstanden?«

Und weil ich müde bin, so unendlich müde, körperlich wie mental, nicke ich, murmle »Okay« und verabschiede mich von Jenn. Dann schmeiße ich das Handy auf den Beifahrersitz und greife wieder nach meinem Becher. Der Kaffee ist bitter und schmeckt furchtbar, aber er erfüllt seinen Zweck und hält mich wach. Zumindest so lange, bis ich in Baltimore ankomme, Aram verspreche, zum Abendessen bei ihm vorbeizuschauen, und anschließend in mein Bett falle. Obwohl ich hundemüde bin, kann ich nicht einschlafen. Die Fotos, die Jenn mir geschickt hat … Das Mädchen darauf gleicht Aria wie ein Ei dem anderen. Und ich kann nicht fassen, dass ich diese Ähnlichkeit bisher übersehen habe. Ich rufe die Facebook-Seite auf, die Jenn für Josie angelegt hat, und scrolle mich durch die Bilder. Obwohl ich sie schon kenne, wirken sie nun vollkommen anders auf mich. Jetzt sehe ich dort nicht mehr nur ein braunhaariges Mädchen mit dunklen Augen und Stupsnase. Ich sehe Aria, als sie in die Grundschule ging. Aria als Jugendliche, kurz vor ihrer Emo-Phase. Und vor allem sehe ich auf den neuesten Fotos der Polizei Aria, wie sie heute aussieht. Der einzige Unterschied sind die sanften Wellen in ihren Haaren, die der Bild-Josie fehlen.

»Du siehst furchtbar aus. Komm rein.« Mit diesen Worten begrüßt Aram mich, als ich kurz nach sieben bei ihm klopfe. Trent ist noch bei einem Termin und wird erst später dazustoßen. Aram hat sein berühmtes Chili sin Carne gekocht, nur dass man das Fehlen von Fleisch nicht einmal bemerkt. Keine Ahnung, wie er das macht.

»Vielen Dank auch.« Ich folge ihm in die Küche, aus der es bereits verführerisch duftet. Meine Augen brennen immer noch, weil ich kaum geschlafen habe. Immer wieder habe ich die Bilder angesehen und mit welchen von Aria auf meinem Handy verglichen. Als ich schließlich doch eingenickt bin, war es nur für eine gute Stunde. Und diese Zeitspanne hat eindeutig nicht gereicht, um die bleierne Müdigkeit aus meinen Knochen zu vertreiben.

»Setz dich«, sagt Aram und rührt in seinem Topf. »Trinkst du Wein?« Wie immer, wenn er diese Frage stellt, bedeutet das, dass er welchen will. Und während er sich weiter um das Essen kümmert, öffne ich eine Flasche und schenke uns ein. Als wir beide ein Glas in der Hand halten, dreht er sich zu mir um und sieht mich fragend an. »Also?«

»Also was?«

»Was ist los?«

Kurz überlege ich, mich ihm anzuvertrauen. Ihm die ganze Geschichte zu erzählen. Von Josie, von Aria, von meiner Vermutung. Aber ich bin immer noch müde und will nicht mehr reden. Für den Moment möchte ich einfach nur hier sitzen, leckeres Chili essen und nicht mehr nachdenken.

»Nichts«, antworte ich deshalb und nippe an meinem Wein. Natürlich weiß Aram, dass das gelogen ist. Er sieht mir an der Nasenspitze an, dass gar nichts in Ordnung ist. Und trotzdem ist er ein echter Freund. Er fragt nicht weiter nach, füllt stattdessen mein Glas noch etwas auf und prostet mir zu.

Ein paar Minuten essen wir schweigend. Wie immer schmeckt

Arams Chili fantastisch und trotzdem stochere ich nach ein paar Löffeln bereits missmutig auf meinem Teller herum. Ich will nicht reden, aber ich könnte trotzdem einen Rat gebrauchen. »Hast du dich schon mal so sehr mit Trent gestritten, dass du danach nicht mehr wusstest, ob ihr noch zusammen seid?«

Aram antwortet sofort. »Ja.«

»Okay.« Nachdenklich lege ich meinen Löffel beiseite und nehme mir ein Stück Brot.

»Es ist ewig her.« Aram lächelt mich über den Tisch hinweg an. »Wir waren erst ein paar Monate zusammen, als er mich betrogen hat.«

Ich verschlucke mich fast an meinem Wein. »Er hat *was* getan?«

»Mit einer Frau.« Das Lächeln auf Arams Gesicht wird nicht weniger, und ich habe keine Ahnung, wie er das hinkriegt. Allein der Gedanke, Trent könnte … Nein, ich kann es mir nicht vorstellen. Das passt nicht zusammen.

»Reden wir von demselben Trent? Der dir an Silvester einen Heiratsantrag gemacht hat und danach jeden Tag wieder gefragt hat, bis du endlich Ja gesagt hast?«

»Jup.« Aram nickt und grinst noch breiter.

»Aber … Wieso hast du überhaupt Ja gesagt, wenn er … du weißt schon?« *Dich betrogen hat.* Ich glaube nicht, dass ich an seiner Stelle noch in der Lage gewesen wäre, mich auf ihn einzulassen. Schon gar nicht mit einem Ring am Finger und dem Versprechen, ihm für den Rest meines Lebens selbst treu zu sein. Derart heftig zerstörtes Vertrauen wieder aufzubauen … Keine Ahnung, ob ich das könnte.

Arams Antwort ist genauso einfach wie kompliziert. »Weil ich ihn liebe.«

»Und deshalb hast du ihm vergeben?«

»Nein. Natürlich nicht.« Er schüttelt den Kopf und wird wieder ernster. »Ich habe Zeit gebraucht, bis ich bereit war, mich mit ihm zu treffen und darüber zu reden. Viel Zeit. In den Wochen danach haben wir unfassbar viel miteinander gesprochen. Über Treue im Speziellen und über Beziehungen im Allgemeinen. Darüber, wie es dazu kommen konnte. Ich glaube, deswegen konnten wir unsere Beziehung retten. Trent hat mir Zeit gegeben, genau wie ich ihm. Und wegen der vielen, vielen ehrlichen Gespräche … Es gibt Augenblicke im Leben, in denen muss man einfach schonungslos ehrlich sein. Und das waren wir, auch wenn es nicht leicht war. Und bevor du fragst, ja, ich habe geweint. So viel wie nie zuvor in meinem Leben. Genau wie Trent. Es hat ihm das Herz gebrochen, mich so sehr verletzt zu haben. Ich weiß nicht, ob du jemals einem Menschen begegnet bist, der aus tiefstem Herzen bereut, was er getan hat.« Bei seinen Worten kommt mir sofort Mias Freund Nathan in den Sinn. Langsam nicke ich. »Dann weißt du ja, wie echte Reue aussieht. Und dieses Bild nimmst du jetzt bitte und potenzierst es. Das war Trent.« Arams Lächeln wird sanfter, weicher. »Manchmal ist er das heute noch. Er bereut. Auch Jahre danach. Und immer mal wieder bedankt er sich für die Chance, die ich ihm gegeben habe. Weil es irgendwann nur noch zwei Möglichkeiten für uns gab. Entweder ich verlasse ihn, oder ich bleibe. Wofür ich mich entschieden habe, muss ich dir ja nicht erklären.« Fast schon gedankenverloren spielt er mit dem Ring an seinem Finger. »Wenn er mir also sagt, dass er so etwas nie, nie, nie wieder tun wird, dann glaube ich ihm.«

»Hm.« Seine Worte machen mich nachdenklich. In ihnen liegt so viel Zuversicht, so viel Vertrauen. Und augenscheinlich ist er nur deshalb an diesem Punkt angekommen, weil er mit Trent geredet hat. In Ruhe und oft und über alles. Vielleicht ist das der Schlüssel. Einfach miteinander sprechen, ohne sich dabei an die Gurgel zu gehen. Und kein Überfall, so wie ich es heute früh getan habe.

»Aria?«, rät Aram, und ich nicke wortlos. Leise entweicht mir die Luft aus der Lunge, und ich drehe das Weinglas in meiner Hand hin und her. Hier bei Aram zu sitzen, tut gut, auch wenn ich nach wie vor nicht weiß, wie ich das mit ihr wieder hinbiegen soll.

»Was auch immer passiert ist …« Aram lehnt sich über den Tisch und sieht mich nachdrücklich an. »Du kannst jederzeit mit mir reden, ja? Ich hoffe, das weißt du.«

Wieder besteht meine Antwort nur aus einem Nicken. »Danke.« Das weiß ich tatsächlich. Auch wenn ich erst seit ein paar Monaten hier wohne, ist Aram mehr als nur mein Vermieter. Er ist ein Freund, und er wird nicht urteilen, sollte ich mich ihm irgendwann anvertrauen.

Nach dem Essen verziehen wir uns auf die Couch. Ich stopfe mir ein paar der bunten Kissen in den Rücken und lege die Beine auf dem kleinen Hocker ab, der an einer Seite des Sofas steht.

»Du hast die Wahl.« Aram wirft mir die Fernbedienung zu, ehe er eine Tüte Chips, Schokorosinen und getrocknete Früchte aus dem Schrank nimmt und vor uns abstellt. Sein Süßigkeitenvorrat ist beeindruckend. Oder er hat bereits für Halloween aufgestockt. »Action, Horror oder Psychothriller?«

Abwartend sieht er mich an. Und weil meine Nerven etwas Ablenkung dringend nötig haben, entscheide ich mich für Horror.

Zwei Stunden später, als der furchtbar schlechte Film endlich zu Ende ist, wird ein Schlüssel im Schloss gedreht, und kurz darauf steht Trent im Türrahmen.

»Hallo«, begrüßt er uns und blickt skeptisch auf den Wohnzimmertisch, den Aram im Sommer selbst gebaut hat. Mittlerweile stehen dort zwei leere Weinflaschen sowie vier Biere. Arams zweites ist noch voll, meins habe ich bereits halb geleert. Und da die Gedanken in meinem Kopf immer noch zu laut sind, und ich keinen Schimmer habe, wie ich sie zum Schweigen bringen soll, wird dieses Bier vermutlich nicht mein letztes am heutigen Abend sein.

»Was wird denn hier gefeiert?«, fragt Trent und deutet auf das

Durcheinander. Er betritt das Zimmer und schnappt sich zwei Chips aus der geöffneten Tüte.

»Das Leben«, antwortet Aram und zwinkert ihm zu. Dann krabbelt er vom Sofa und gibt ihm einen schnellen Begrüßungskuss. »Essen steht im Ofen und müsste noch warm sein. Hol dir was und komm zu uns. Wir warten so lange, bis wir den nächsten Film starten.«

»Danke, Schatz.« Trents Blick wandert immer noch zwischen seinem Verlobten und mir hin und her. Ich zucke mit den Schultern und halte mein Bier in die Höhe, bevor ich es an meine Lippen setze und einen großen Zug nehme. Alkohol ist keine Lösung, aber im Moment das, was dem am nächsten kommt.

Es dauert, bis Trent mit dem Essen in der einen und einer eigenen Bierflasche in der anderen Hand zu uns zurückkommt. Er trägt immer noch seinen Anzug, auch wenn die Krawatte gelockert und der oberste Hemdknopf geöffnet ist.

»Ich habe Jack erzählt, dass du mich mal betrogen hast.«

Sofort bleibt Trent stehen. »Du hast *was* getan?« Er starrt Aram betroffen an. »Warum?« Es ist offensichtlich, wie unwohl er sich fühlt. Reue, ehrliche, tiefe Reue liegt in seinem Blick.

»Weil Jack auch so ein Problem hat.« Aram schnappt sich seine Flasche vom Tisch und balanciert sie auf seinem angezogenen Knie. »Vielleicht kannst du mit ihm reden und ihm helfen.«

Langsam stellt Trent seinen Teller ab, setzt sich neben Aram auf den Rand der Couch und mustert mich mit gerunzelter Stirn. »Du hast deine Freundin betrogen?«

»Nein, natürlich nicht«, beeile ich mich zu sagen. Doch dann wird mir mit einem Mal klar, dass ich vielleicht nicht genau das gemacht, aber Aria auf jeden Fall verletzt habe. Oder Josie. Wie auch immer ihr Name ist. Es spielt keine Rolle. Ich liebe diese Frau, und ich habe sie aus dem Nichts mit meinem Verdacht überfallen und ihr keine Chance gelassen, auch nur darüber nachzudenken. Fuck. Ich lege den Kopf in den Nacken und schließe kurz die Augen. Egal, wie ich es drehe und wende, ich habe das unausgesprochene Versprechen, immer füreinander da zu sein und sich gegenseitig zuzuhören, gebrochen. Gott, ich hoffe, ich habe ihr Vertrauen nicht komplett verloren.

»Wenn du einen Fehler gemacht hast …« Trent hält inne, greift nach Arams Hand und nimmt sie in seine. »Wenn sie dich liebt, kann sie dir verzeihen. Das hat Aram mir beigebracht. Weil er dieses unfassbar große Herz hat, das ich nicht verdient habe. Ich wüsste nicht, ob ich an seiner Stelle genauso gehandelt hätte.«

»Natürlich hättest du das.« Spielerisch stößt Aram ihn mit der Schulter an. Er hat so viel Wein getrunken, dass er nicht bemerkt, wie die Leichtigkeit der letzten Stunden verflogen und einer bedrückenden Schwere gewichen ist, die nur Trent und ich zu spüren scheinen. Weil nur wir beide wissen, wie es ist, unverzeihliche Fehler zu machen und dennoch auf Vergebung zu hoffen.

Hastig springe ich auf, wobei ich fast die Bierflaschen auf dem Tisch umstoße. »Ich werde …« Mein Blick wandert zur Eingangstür. Ich weiß nicht, was ich tun werde. Ich weiß nur, dass ich mit Aria reden muss. Anders, als ich es heute Morgen getan habe. Wir können Josie nicht ausklammern und so tun, als würde es die eindeutigen Zeichen nicht geben. Aber wir müssen über Fehler sprechen – und im besten Fall auch über Vergebung.

Aram und Trent nicken und lächeln sanft. Als wüssten sie genau, was ich vorhabe, sobald ich zurück in meiner Wohnung bin.

Noch während ich die Stufen nach oben laufe, überlege ich mir, wie ich Aria kontaktieren soll. Ich habe keine Ahnung, wie ich mich am besten bei ihr entschuldigen kann. Ihr zu schreiben, erscheint mir zu wenig. Sie anzurufen, zu viel. Ich bin mir sicher, dass sie nicht abnehmen würde.

Mit dem Handy in der Hand setze ich mich auf meine Couch. Immer wieder öffne ich unseren Chatverlauf. Die letzte Nachricht war vor ein paar Tagen, bevor wir zusammen zu ihren Eltern gefahren sind. Sie hat mir ein Bild geschickt, auf dem sie mir lachend den erhobenen Daumen zeigt, weil sie ihre Hausarbeit beim ersten Versuch bestanden hat. Ihr Strahlen ist ansteckend, sie sieht glücklich aus. Ich will ihr schreiben, wie leid es mir tut. Dass ich für sie da bin und ihr helfe, wie auch immer es richtig für sie ist. Aber ich weiß nicht, ob sie meine Hilfe will. Ob sie überhaupt noch einmal mit mir reden wird.

Zweimal erwische ich den Moment, in dem sie ebenfalls online ist. Nur ein paar Sekunden, dann verschwindet die kleine Anzeige wieder, und ich starre weiter auf die Tastatur vor mir. Es ist kurz vor Mitternacht, wahrscheinlich startet in wenigen Augenblicken der Countdown für den Geburtstag von Arias Dad. Ich gehe nicht davon aus, dass sie mit ihren Eltern gesprochen hat. Und das bedeutet, dass sie gleich auf einen Mann anstoßen werden, der mit sehr hoher Wahrscheinlichkeit ein Verbrecher ist.

Allein die Vorstellung genügt, dass mir übel wird. Ich ziehe die Beine an und drehe mich auf die Seite, das Handy nach wie vor in meiner Hand. Wieder betrachte ich das Foto von ihr, und wieder zieht sich alles in mir zusammen. Ich weiß, dass ich nicht anders konnte, als ihr von meinem Verdacht zu erzählen. Nur macht mich das in ihren Augen zu demjenigen, der versucht, ihr ganzes Leben infrage zu stellen. Und irgendetwas sagt mir, dass sie mir das nicht verzeihen wird.

Mein Herz pocht schnell in meiner Brust, als ich nun doch in das Chatfeld tippe. Es sind nur ein paar Worte, und noch während ich sie schreibe, weiß ich nicht, ob ich sie abschicken werde. Aber weil ich nichts mehr zu verlieren habe, drücke ich schließlich doch auf Senden.

Eine Antwort erhalte ich nicht.

21

ARIA

Können wir noch mal reden?

Vier Tage ist es her, dass Jack mir geschrieben hat. Und genauso lange habe ich ihm nicht geantwortet. Ich kann nicht. Nachdem er gefahren ist, habe ich Mom und Dad ein weiteres Mal diese Lüge vom Notfall in Jacks Familie aufgetischt. Und seither frage ich mich ununterbrochen, sowohl in Morgantown als auch jetzt, zurück in Baltimore, ob es tatsächlich sein könnte, dass sie mich ebenfalls anlügen. Ob die beiden Menschen, die ich über alles liebe, wirklich ein so abscheuliches Verbrechen begangen haben könnten, wie Jack es ihnen unterstellt. Ich will nicht an ihnen zweifeln. Es gibt keinen Grund dafür. Aber vier Tage, in denen mein Gehirn ununterbrochen Jacks Worte wiederholt hat, haben offenbar genügt, um selbst keinen klaren Gedanken mehr fassen zu können. Vier Tage, in denen ich eine heile Welt vorgespielt habe, obwohl in mir nichts mehr heil ist.

Während der Geburtstagsfeier habe ich mich unter Dads Kollegen und den Freunden meiner Eltern schrecklich verloren gefühlt. Auch die Gespräche mit meinen Großeltern konnten mich nicht davon ablenken, mir Jack herbeizuwünschen, nur um mir diese Sehnsucht im nächsten Moment zu verbieten. Ich bin nicht Josie. Egal, welche Beweise er dafür zu haben glaubt, ich weiß, dass ich nicht sie bin. Ich würde mich erinnern, wenn ich die ersten zweieinhalb oder drei Jahre meines Lebens nicht bei meinen Eltern verbracht hätte. Trotzdem haben mich seine Unterstellungen so fertiggemacht, dass ich angefangen habe zu recherchieren. Die ersten Erinnerungen werden ab dem Alter dauerhaft gespeichert, in dem Josie verschwunden ist. Wäre ich sie, müsste ich es also wissen. Müsste zumindest einzelne Bilder oder Momente vor Augen haben. Aber da ist nichts. Die einzigen Menschen, die in meiner frühesten Erinnerung auftauchen, sind Mom und Dad. Und nicht Jack, dieser Josh oder Jenn. So viele, wie angeblich dafür spricht, mindestens genauso viel spricht gegen Jacks Theorie. Allem voran die Tatsache, dass ich jünger bin als Josie. Sie ist bereits einundzwanzig, ich werde das erst im nächsten März.

Es nieselt schon wieder, als ich das *7-Eleven* verlasse. Ich bin froh, dass ich heute nur die halbe Schicht hatte und bereits um kurz nach neun Uhr gehen konnte. Schwungvoll wickle ich mir meinen Schal ein paarmal um den Hals und spanne den Schirm auf. Seit ich aus Morgantown zurück bin, regnet es quasi ununterbrochen, was meine Laune nicht unbedingt gesteigert hat. Vor allem, weil ich deshalb nicht in den Park gehen und malen konnte. Meine letzte Zeichnung ist zehn Tage her und längst vom Regen weggespült worden.

Ich laufe schneller, den Blick auf den Boden gerichtet. Wenn ich Glück habe, sind Thao und Izzy oder wenigstens eine von beiden schon zu Hause und haben gekocht. Oben brennt Licht, als ich in unserer Straße ankomme. Ich lasse mich ins Gebäude und eile die Treppe hoch. Den Schlüssel noch in der Hand, bleibe ich allerdings ruckartig stehen, als ich die letzte Stufe erreiche.

»Hey.« Neben der Wohnungstür sitzt Jack. Hastig rappelt er sich auf und streicht sich über die Ärmel seiner Jacke, ehe er den Blick wieder hebt. Er sieht aus, als hätte er tagelang nicht richtig geschlafen. Aus seinem Bartschatten ist mittlerweile ein richtiger Bart geworden, seine Augenringe sind riesig, die Haare das pure Chaos.

Wortlos bleibe ich, wo ich bin, habe keine Ahnung, was ich zu ihm sagen soll. *Wie bist du reingekommen? Was willst du hier? Verschwinde! Lass mich in Ruhe.* All diese Sätze schießen mir durch den Kopf, und doch scheint mir keiner davon passend zu sein. Der Griff um den Schlüssel in meiner Hand verstärkt sich, während ich auf seine Erklärung warte.

»Du hast nicht geantwortet, aber … Können wir … Können wir trotzdem reden?« Jacks Stimme klingt rau und kratzig und bricht fast bei seinem nächsten Wort. »Bitte.«

Mein erster Impuls ist es, einfach an ihm vorbei in meine Wohnung zu laufen und ihm die Tür vor der Nase zuzuschlagen. Ich habe keine Lust, mir noch einmal seine hirnrissigen Unterstellungen anzuhören. Aber irgendetwas hält mich davon ab, ihn stehen zu lassen. Vielleicht liegt es an ihm, vielleicht auch an den Zweifeln, die er gesät hat. Sie sind klein, und eigentlich will ich nichts lieber, als sie zu ignorieren, aber … es geht nicht. Ihn nun zu sehen, in seine glanzlosen Augen zu blicken … Jack geht es dreckig, und das würde es nicht, wenn er nicht wirklich davon überzeugt wäre, Josie gefunden zu haben. Auch wenn das bedeutet, dass in dieser Gleichung *ich* seine Kindheitsfreundin bin.

Schweigend schließe ich die Tür auf und betrete die Wohnung. Aus der Küche dringen Stimmen und lautes Lachen zu uns. Thao und Izzy sind also da, wie ich es mir gewünscht habe, und doch wäre es mir in diesem Moment lieber, mit Jack allein zu sein. Ich habe ihnen noch nichts von seinem Verdacht erzählt und bin ihnen stattdessen, seit ich zurück bin, aus dem Weg gegangen. Allzu lang werde ich das nur nicht mehr können, das ist mir bewusst. Sobald sie etwas mehr Zeit mit mir verbringen, werden sie mir sofort ansehen, dass etwas nicht stimmt.

Leise drückt Jack die Tür hinter uns ins Schloss, und wir gehen in mein Zimmer, ohne die Jacken und Schuhe auszuziehen. Offenbar sind meine Mitbewohnerinnen so in ihr Gespräch vertieft, dass sie uns nicht bemerken. Gut so. Erst, als auch meine Zimmertür zu ist, drehe ich mich zu ihm um.

»Also?« Das ist alles, was ich sage. Weil mir in den dicken Klamotten allmählich warm wird, streife ich den Schal und die Jacke ab und schmeiße sie auf mein Bett.

Jack steht immer noch unbeweglich vor meiner Tür. Er sieht so aus, als wäre er in den vergangenen Tagen um Jahre gealtert. Aber wahrscheinlich liegt das nur an seinem Bart und dem übernächtigten Blick. Er reagiert nicht auf meine Frage, sieht mich einfach nur an. Als könne er nicht fassen, dass wir nun tatsächlich in einem Raum sind. Ein bisschen kann ich es selbst kaum glauben. Nicht nach dem, wie wir am Freitagmorgen auseinandergegangen sind.

Ich weiß nicht, wohin mit meinen Händen. Kurz überlege ich, sie in meinen Hosentaschen zu vergraben, entscheide mich dann aber doch dafür, sie vor meiner Brust zu verschränken.

»Ich nehme nicht zurück, was ich gesagt habe, Aria«, sagt Jack nach einer halben Ewigkeit. Mit einem Mal ist seine Lethargie verschwunden. »Nur … nur die Art und Weise, wie ich dich damit überfallen habe … Es tut mir leid. Das war nicht fair.«

»War es nicht«, presse ich hervor und kralle meine Hände in meine Arme. Als müsse ich mich an mir selbst festhalten, wenn ich nicht komplett zerbrechen will.

»Ich würde dir gern, wenn ich darf, in Ruhe erklären, woher meine Theorie kommt.« Sein Blick weicht nicht von mir ab. Er ist so sehr auf mich fokussiert, dass es unangenehm ist. Mein Magen krampft sich zusammen, und ich spüre die Übelkeit, gegen die ich seit Tagen ankämpfe, überdeutlich. Ich weiß nicht, ob ich es ertrage, mir seine Argumente noch einmal anzuhören. »Bitte.« Er spricht leise, aber eindringlich. »Es wäre … es wäre mir wichtig.«

Da ist so viel Ehrlichkeit, so viel Ernsthaftigkeit in seinen Worten, dass ich nicht anders kann. Ich nicke und flüstere ein zitterndes »Okay«.

»Ja?«

Ich nicke wieder. Ein einziges Mal.

»Gut. Okay.« Offenbar hat Jack nicht damit gerechnet, mich so schnell überzeugen zu können. Aber die Gefühle für ihn … sie lassen sich nicht einfach so abstellen.

Mein Herz rast, und das Blut rauscht in meinen Ohren, als er sich nun an meiner Zimmertür zu Boden gleiten lässt und ich mich ihm gegenüber auf das Schafsfell vor meinem Bett setze. Meine Hände sind eiskalt, ich schiebe sie unter meine Oberschenkel, und dann warte ich wieder. Darauf, dass er spricht. Dass er redet und dabei vielleicht nicht mehr wie der Wahnsinnige von Freitagfrüh klingt.

»Seit über fünfzehn Jahren trage ich ein Foto von Josie, Josh und mir mit mir herum. Es wurde einen Tag vor ihrem Verschwinden aufgenommen. Anfangs war ich zu klein, habe nicht verstanden, warum dieses Bild so besonders sein soll, aber es stand … es *steht* seit damals in Jenns Wohnzimmer. Auf dem Kaminsims. Weil es eben das letzte Foto von ihr ist.« Jack schluckt, und ich sehe ihm an, wie schwer es ihm fällt, darüber zu sprechen. »Als die Jahre … Je mehr Zeit verging, umso weniger konnte ich mich daran erinnern, wie Josie ausgesehen hat. Manchmal bin ich nachts aufgewacht. Meistens dann, wenn ich tagsüber mit Josh gespielt hatte und … Es war egal, wie sehr ich mich bemüht habe, aber ich konnte mich einfach nicht daran erinnern, wie sie aussah.« Er fährt sich mit der Hand durch das Chaos auf seinem Kopf. »Also habe ich Jenn nach einem Bild gefragt, und sie hat mir eine Kopie von diesem letzten Foto gegeben. Ich habe es lange nicht mehr angesehen, aber als ich dann bei deinen …« Er unterbricht sich, kann das Wort nicht aussprechen. »Als ich bei euch in der Küche saß und das Bild von dir entdeckt habe … Dieser Moment war so skurril. Ich wollte nicht glauben, was ich mit eigenen Augen …« Wieder fährt er sich durch die Haare. »Du siehst auf diesem Bild aus wie Josie. Und nicht nur auf dem.« Er lässt seine Hand wieder sinken. »Es sind einige. Wenn man es erst einmal weiß … Du hast die gleiche Mundpartie, die gleiche Haarfarbe und -länge, die gleichen Augen, das Blutschwämmchen …«

»Das ich nicht mehr habe«, werfe ich ein. Automatisch streiche ich über meine Schulter, wo es sich früher befunden hat. »Das ist kein Beweis, Jack. Unzählige Menschen haben so was. Auch an der gleichen Stelle.«

»Nein, ich weiß, du hast recht.« Er lenkt sofort ein. »Und wenn es nur das wäre, hätte ich auch niemals was gesagt. Aber …« Es ist nicht nur das. Seine Liste an Gründen, aus denen er meine Eltern für Verbrecher hält, ist weitaus länger. Jack seufzt leise. »Es passt zeitlich alles zusammen. Die ersten Fotos von dir mit … Jonathan und Abigail sind entstanden, nachdem Josie verschwunden ist. Im selben Sommer. Ich habe nachgerechnet.« Sein Blick sucht meinen. »Du bist schon einundzwanzig, Aria.«

»Jack …« Ich ziehe meine Hände unter meinen Beinen hervor, will aufstehen und dann … keine Ahnung was tun. Nur nicht länger zuhören.

»Nein, bitte.« Er rutscht schneller über den Boden zu mir, als ich mich aufrichten kann. Er umfasst meine Unterarme, und obwohl ich es nicht will, bemerke ich sofort, wie warm seine Finger sind. Sein

Armband kitzelt auf meiner Haut. »Bitte hör mir zu. Ich weiß, dass das viel und schwer zu begreifen ist, aber Aria – kannst du wenigstens versuchen, nicht jedes Argument sofort abzuschmettern?«

»Nein, kann ich nicht.« Ich mache mich von ihm los. »Wenn ich das tue, dann … dann …« Dann hintergehe ich Mom und Dad. Dann ziehe ich in Erwägung, dass an Jacks Vermutung etwas dran ist. Und das würde bedeuten, dass mein gesamtes Leben eine Lüge ist. Was nicht sein kann. Es gibt keine Gründe dafür. »Ich wüsste es, wenn irgendwo da draußen Menschen wären, denen ich … entrissen worden bin. Aber ich habe keine Erinnerungen daran.« Weil es keine gibt. Weil es nicht wahr ist.

»Es gibt eine Möglichkeit, wie du herausfinden kannst, ob Jonathan und Abigail wirklich deine Eltern sind.« Jack spricht ruhig und überlegt, und das macht mir fast mehr Angst als seine Worte selbst.

»Was?« Ich schüttle den Kopf. »Wovon redest du?«

»Einem DNA-Test. Wenn du Proben von ihnen und eine von dir an ein Labor schickst, kannst du überprüfen lassen, ob ihr miteinander verwandt seid.«

»Ich soll … Ist das dein Ernst?« Fassungslos starre ich ihn an, aber er ist noch nicht fertig.

»Und gleichzeitig kannst du deine DNA an diese Organisation für verschwundene Kinder schicken. *FMC*, oder so. Sie haben eine riesige Datenbank mit DNA-Analysen von Eltern, deren Kinder entführt wurden, und bei Übereinstimmung werden …«

Das ist der Moment, in dem ich ihn unterbreche. »Hör auf!« Ich halte abwehrend beide Hände vor mich und rutsche weiter von ihm weg. »Bitte hör auf damit.« Und weil das alles viel zu viel und unerträglich ist, kann ich die Tränen nicht länger zurückhalten. »Du hast keine Ahnung, was du da von mir verlangst, Jack. Ich soll einfach ihre DNA irgendwo einschicken, nur damit *du* Gewissheit hast?«

»*Ich?*« Er sieht mich verständnislos an. »Nein. Nicht ich. *Du* brauchst Gewissheit, Aria. Ich will nur …«

»Natürlich geht es hier um dich.« Die Haare fallen mir wild ins Gesicht, Tränen laufen über meine Wangen, und ich werde immer lauter. »Du willst wissen, ob ich Josie bin. Ob meine Eltern Kindesentführer sind.« Meine Stimme bricht, ich verschlucke mich beinahe an dem Kloß in meinem Hals. »Und dann? Was ist dann? Wenn du falschliegst? Wenn sie keine Verbrecher sind?« Ich reibe mir übers Gesicht, aber es hilft nichts. Ich kann nicht mehr aufhören zu weinen. Jack beantwortet meine Fragen nicht, sieht mich einfach nur an, und es liegt so viel Schmerz in seinem Blick, dass mir schlecht wird. »Weiß Jenn mittlerweile davon? Glaubt sie diesen Schwachsinn auch?«

»Ich habe ihr nichts gesagt.«

»Warum nicht?« Ich kann nicht mehr auf dem Boden sitzen, muss mich bewegen. »Wenn du so sicher bist, dass ich Josie bin, wieso hast du es ihr nicht direkt erzählt?«

Wieder schweigt er, während es mich von Sekunde zu Sekunde mehr zerreißt. Und dann wird mir klar, was das alles zu bedeuten hat. »O Gott.« Ich presse mir die Hand vor den Mund, schüttle den Kopf, habe das Gefühl, keine Luft mehr zu bekommen. Ich atme schneller und schneller, und trotzdem ist da nicht genug Sauerstoff in meiner Lunge.

»Aria.« Jack mustert mich, tiefe Sorge liegt in seinem Blick. »Versuch, ruhig zu bleiben.«

»Du bist nur deshalb mit mir zusammen, oder?«

Er sieht aus, als hätte ich ihm eine Ohrfeige verpasst. »Was?«

»Weil du denkst, dass ich sie bin.« Ich kann nicht aufhören, den Kopf zu schütteln. Das Atmen fällt mir immer noch schwer, der Druck auf meine Brust wird größer und größer. »Du denkst, dass ich Josie bin, und deshalb bist du mit mir …«

»Das ist doch absoluter Blödsinn und ergibt überhaupt keinen Sinn.« Jack überwindet die Distanz zwischen uns und legt seine Hände an meine Wangen. Ich will sie abschütteln, aber er lässt mich nicht. Sein Griff tut nicht weh, aber er ist trotzdem fest genug, damit ich ihn ansehen muss. In seine Augen, die so tief und unergründlich sind und die mich neue Tränen weinen lassen. »Ich liebe dich, Aria. *Dich.* Das hat nichts mit Josie zu tun. Die letzten Wochen waren … Denkst du ernsthaft, das war nur gespielt? Aria, ich …« Er streicht mir über die Haut, wischt die Tränen weg, doch es kommen sofort neue nach. »Vier Tage. Es sind erst vier Tage, seit ich das Foto von dir gesehen habe. Alles davor hatte rein gar nichts mit Josie zu tun. Und nur mit dir, verstehst du?« Nein, ich verstehe nicht. Ich verstehe gar nichts mehr. Wie kann er all das sagen und mir dann weismachen wollen, dass Josie keine Rolle spielt? »Es geht mir um dich«, beteuert er. »Ich will dir helfen und …«

»Du behauptest ernsthaft, dass das hier nichts mit Josie oder Jenn zu tun hat?« Meine Worte kommen abgehakt aus meinem Mund, ich schluchze und versuche zu atmen und das Chaos in meinem Kopf irgendwie zu sortieren. »Du lässt dich seit achtzehn Jahren von Jenn quälen. Natürlich hat es mit ihr zu tun. Das wäre dein Ausweg aus dieser … aus dieser Endlosschleife.« Ich mache mich von ihm los, schiebe seine Hände von meinen Wangen. »Aber du tust es auf meine Kosten, Jack. Es geht dir nur um dich selbst. Und vielleicht ein bisschen um Jenn.« Aber ganz sicher nicht um mich. Das ist eine Lüge. Alles ist eine Lüge. Und ich ertrage sie nicht mehr.

Keine Ahnung, wie es mir gelingt, aber ich schaffe es, Jack bei meinen nächsten Worten fest anzusehen. »Ich denke, es ist für uns beide besser, wenn du jetzt gehst. Und …« Ich räuspere mich. Ich will es nicht aussprechen, aber ich muss. »Und nicht mehr wiederkommst.«

Er begreift sofort. »Du machst Schluss mit mir?« Seine Augen sind glasig. Das Ticken der Uhr an meiner Wand ist mit einem Mal ohrenbetäubend laut. Ich zähle die Sekunden, die verstreichen, nicht mit, aber ich weiß, dass es viele sind. Bis ich schließlich nicke und alles in mir zerbricht, was zerbrechen kann. »Das willst du nicht wirklich.« Seine Stimme klingt genauso dünn wie meine.

»Doch.« Wieder nicke ich, kann nichts mehr sagen. Er soll gehen und mich in Ruhe lassen und nicht mehr jedes Mal an Josie denken, wenn er mich sieht. *Scheiße.* Diese Erkenntnis lässt mich noch mehr heulen. In seinem Kopf bin ich nicht mehr Aria für ihn, sondern seine verdammte Kindheitsfreundin.

Das Schweigen ist unendlich. Tränen laufen über meine Wangen und schließlich auch über seine, als er begreift, dass es das war. Dass er gehen muss und nicht mehr Teil meines Lebens ist, egal, wie sehr ich mir wünsche, dass es anders wäre.

Wortlos steht er auf, während ich die Beine enger an mich ziehe. Sein Blick liegt immer noch auf mir, intensiv und eingehend und so geschlagen, dass sich mein Magen erneut zusammenkrampft. Obwohl ich diejenige bin, die unsere Beziehung beendet hat, will ich schreien: *Verlass mich nicht. Bitte bleib bei mir. Ich liebe dich.* Aber ich sage nichts davon. Weil es keine Rolle mehr spielt. Das zwischen uns ist kaputt. Und nichts in der Welt kann es kitten.

Schritt für Schritt entfernt er sich von mir. Ich erhöhe den Druck um meine Beine, presse sie fester gegen meinen Oberkörper, spüre meinen eigenen Herzschlag bis in den Magen. Gleich hat er die Tür erreicht, gleich ist er weg, wenn ich nichts sage. Gleich, gleich, gleich.

Die Hand auf dem Griff bleibt er noch einmal mit dem Rücken zu mir stehen. Und wartet. Darauf, dass ich meine Meinung ändere. Ihn bitte, doch zu bleiben. Und wahrscheinlich auch darauf, dass ich ihm verspreche, diesen DNA-Test zu machen. Weil es hier um Josie geht und nicht um mich.

Ich beiße mir so fest ich kann auf die Lippen, sage nichts. Kein Wort. Also tut er es. »Mach's gut, Aria.«

Und dann bin ich allein.

Seine Worte hallen noch nach, als die Tür längst hinter ihm ins Schloss gefallen ist. *Aria.* Der Name, der laut Jack nicht meiner ist. Wieso er mich weiterhin so nennt, obwohl er fest davon überzeugt ist, dass ich Josie bin, weiß ich nicht. Aber es ist mir auch egal. Jack ist weg und mit ihm alles, woran ich in den letzten Wochen geglaubt habe. Kraftlos krabble ich auf mein Bett, lasse meinen Kopf auf die Knie sinken und sitze bewegungslos da, weil alles in mir erstarrt ist.

Jack ist kaum verschwunden, als Izzy und Thao vorsichtig durch den Türspalt linsen. Im nächsten Moment sitzen sie auf dem Bett neben mir. Sie riechen nach Curry und gerösteten Mandeln. Offenbar haben sie Indisch gekocht, doch ich kann jetzt nichts essen. Mir ist viel zu übel dafür. Besorgt legt Izzy den Arm um mich, Thao reibt mit ihrer Hand über mein Knie. Beide sagen kein Wort. Sie lassen mich weinen, bis keine Tränen mehr kommen. Und das dauert. Lange. Erst dann fragen sie, was passiert ist. Und weil ich einfach nicht mehr kann, weil ich mit jemandem reden muss, der auf meiner Seite ist, erzähle ich ihnen alles. Von Anfang an. Ich wiederhole, was Jack gesagt hat und schaffe dabei keine zwei Sätze ohne Schluckauf oder Schluchzen. Ihre Augen werden immer größer, während sie mir aufmerksam zuhören.

»Was für ein Arsch«, resümiert Thao nach einer Weile und nimmt meine Hände in ihre. »Du weißt, dass ich ihn mag, aber das … Wow. Das macht ihn echt zu einem Arsch.«

»Na ja …« Zu meiner puren Überraschung ist Izzy anderer Meinung. »Nicht so ganz«, sagt sie und verzieht das Gesicht.

»Nicht so ganz?« Thao runzelt die Stirn. »Hast du Aria nicht zugehört?«

»Doch, hab ich.« Izzy nickt. »Ich kann trotzdem verstehen, wo Jacks Vermutung herkommt. Das heißt nicht, dass ich ihm zustimme«, beeilt sie sich sofort zu sagen, als Thao den Mund öffnet. Sie legt mir eine Hand auf den Arm. »Aber ich kann nachvollziehen, wieso er diese Gedanken hat.«

»Geht's noch?« Thao schiebt Izzys Hand beiseite und schüttelt den Kopf. »Für ihn mag sich das vielleicht alles sinnvoll und logisch anhören, aber für uns? Als Außenstehende ohne diesen ganzen emotionalen Ballast? Ich bin da echt bei Ari. Das ist doch Quatsch. Als ob ihre Eltern fähig wären, ein Kind zu entführen und damit bald zwanzig Jahre unentdeckt zu bleiben.« Sie wirft mir einen festen Blick zu. »Deine Eltern sind zu klug, um so etwas zu tun. Und vor allem wären sie dann mit Sicherheit nicht so naiv zu glauben, dass sie nie damit auffliegen würden. Ich meine, deine Mom backt großartigen Schokokuchen und serviert ihn mit frischem Erdbeerpüree. Welche Entführerin würde so etwas tun?«

Obwohl mir kein bisschen nach Lachen zumute ist, bringt Thao mich mit ihrer Aussage für einen winzig kurzen Moment doch zum Schmunzeln. Allerdings lässt das Zupfen an meinen Mundwinkel sofort wieder nach. Weil die Situation einfach nicht witzig und mein Herz gebrochen ist.

»Dir ist schon klar, dass auch Menschen, die nach außen hin gut wirken, Verbrecher sein können?«, wendet Izzy ein. »Was immer noch nicht bedeutet, dass ich an Jacks Theorie glaube, okay? Tue ich nicht«, betont sie noch einmal. »Ich kann sie nur verstehen. Das ist alles.«

»Aber denkst du nicht, Aria wüsste es, wenn sie … du weißt schon …« Thao wedelt mit der Hand zwischen uns hin und her. »Wer weiß, ob sie dieser Josie überhaupt so ähnlich sieht, wie Jack behauptet. Woher will er das denn wissen? Er hat doch keine Ahnung, wie sie inzwischen aussieht.«

»Es gibt Fotos«, werfe ich leise ein. Meine Augen brennen und meine Brust schmerzt. Und ich bin müde. So unfassbar müde. »Keine echten«, ergänze ich und reibe mir über die Lider. »Aber man kann wohl anhand von Kinderbildern mit irgendwelchen Programmen ausrechnen und darstellen lassen, wie sie heute aussehen müsste.«

»Ehrlich? Quasi ein Fahndungsfoto?«

»So ähnlich.« Ich nicke und wünsche mir, dass der Druck auf meinen Schultern nachlässt. Doch die Schwere bleibt, nimmt vielmehr von Minute zu Minute an Gewicht zu. Kraftlos lehne ich mich an Izzy, während Thao mir im Schneidersitz gegenübersitzt und mich entschlossen ansieht.

»Okay.« Sie nickt. »Nach allem, was du erzählt hast, gibt es online bestimmt ganz viel über diese Josie zu finden, oder?« Im nächsten Moment springt sie vom Bett und stürzt aus dem Zimmer. Bevor ich Izzy fragen kann, was Thao vorhat, ist sie auch schon wieder da und lässt sich schwungvoll neben uns auf die Matratze fallen. In ihren Händen hält sie ihr Handy und tippt wild darauf herum. »Josephine, nehme ich an?«

»Ja«, bestätige ich.

»Und wie weiter?«

»Rhodes?« Ich bin mir nicht sicher. »Aus Sterling.«

»Josephine Rhodes. Sterling.« Thao spricht leise vor sich hin und ist weiterhin mit ihrem Telefon beschäftigt. Es dauert ein paar Sekunden, dann hebt sie ihren Blick. »Okay. Hab die Facebookseite gefunden, die ihre Mom angelegt hat.«

»Wozu?«, fragt Izzy.

»Weil wir uns diese Fotos nun ansehen werden. Wahrscheinlich ist die Ähnlichkeit gar nicht so dramatisch, wie Jack behauptet.« Wieder streicht Thao über den kleinen Bildschirm. Und dann hält sie plötzlich inne. Sie erstarrt regelrecht, sagt gar nichts und sieht einfach nur auf das Display. Es ist genau diese Reaktion, die mir schlagartig Angst macht.

»Was hast du gefunden?« Ich traue mich kaum, die Frage auszusprechen, bin mit einem Mal nicht mehr sicher, ob ich die Antwort darauf hören möchte. Ob ich sie verkrafte.

Ganz langsam dreht sie ihren Kopf zu uns. »Das ist …« Sie schluckt. »Das ist ein bisschen gruselig. Hier.« Thao hält mir ihr Handy entgegen, und ich blicke auf das Bild, das sie eben noch angestarrt hat. Es ist, als würde ich in einen Spiegel sehen.

»Woah«, entfährt es Izzy neben mir. Sie nimmt Thao das Telefon ab und hält es näher vor unsere Gesichter. »Jack hat wirklich nicht übertrieben«, sagt sie. Und ich kann nicht anders, als ihr schweigend zuzustimmen. Das Mädchen auf dem Display sieht aus wie ich. Als wäre ich sie. Oder sie ich.

»Gib her.« Ich reiße Izzy das Handy beinahe aus der Hand, wische mit dem Finger über den Touchscreen, swipe ein Bild nach dem anderen weiter und weiter und weiter. Doch es ist egal, welches Foto aufleuchtet. Das Mädchen darauf sieht jedes einzelne Mal aus wie ich. Wie ich mit fünf, wie ich mit zwölf, wie ich mit sechzehn. Und vor allem, wie ich mit zwanzig. Und trotzdem … »Das beweist gar nichts.« Ich werfe Thao das Handy wieder zu. »Diese Programme sind Bullshit. Ungenau und …«

»Hey.« Bevor ich mich in Rage reden kann, legt sie mir wieder eine Hand auf den Arm. »Vor uns musst du dich nicht rechtfertigen.« Sie wirft Izzy einen schnellen Blick zu. »Ja, die Ähnlichkeit ist verblüffend, aber ich glaube auch nicht, dass du sie bist. Du bist wie deine Mom.« Aufmunternd drückt sie meinen Arm. »Ihr wickelt euch beide immer eine Haarsträhne um den Zeigefinger und …« Sie denkt kurz nach. »Ihr seid beide laktoseintolerant. Das hast du mit Sicherheit von ihr geerbt.«

»Das trifft auf zig Millionen andere Menschen auch zu.« Ich weiß Thaos Versuch, mich zu beruhigen, zu schätzen, aber meine Mom und ich sind nicht die einzigen Amerikanerinnen, die Probleme mit Milchprodukten haben und gerne mit ihren Haaren spielen.

»Dann nimm deinen Dad«, sagt Izzy. »Ihr habt dieselbe Augenfarbe, und ihr esst beide Poptarts mit Ketchup.« Sie hat die Worte kaum ausgesprochen, da gibt sie auch schon Würgegeräusche von sich. »Ehrlich, es ist mir immer noch vollkommen schleierhaft, wie ihr das tun könnt. Das ist widerlich.«

»Ja, und manchmal rümpfst du die Nase wie Abigail.« Thao versucht, die Bewegung zu imitieren und schafft es nicht. »Das ist bestimmt genetisch bedingt. Wie das Zungerollen. Das kann ich auch nicht. Siehst du.« Sie scheitert erneut kläglich, genau wie Izzy. Nur ich kann beides. Die Nase rümpfen und die Zunge rollen. Wie meine Mom.

Sie haben recht. Egal, wie ähnlich ich der jungen Frau auf diesen Fotos sehe, ich bin nicht Josie. Ich bin die Summe aus Mom und Dad. Nicht die Tochter einer Frau, die Jacks Leben auch nach Jahren mit einer kranken Mischung aus Schuld und Pflichtgefühl bestimmt.

22

JACK

Obwohl ich schon seit Monaten nicht mehr hier war, fühlt es sich so vertraut an wie immer. Als würde ich nach wie vor so ziemlich jede Woche vor ihrer Tür stehen. Ich drücke auf die Klingel, reibe die kalten Hände aneinander und warte, bis mir geöffnet wird. Es dauert, doch schließlich höre ich Schritte. Nur ist es nicht meine beste Freundin, die die Tür aufmacht, sondern ihr Freund.

»Jack!« Nathan sieht mich erstaunt an. »Was machst du denn hier?« Seine Reaktion zeigt eindeutig, dass er nicht mit mir gerechnet hat. Kein Wunder, schließlich sollte ich eigentlich in Baltimore sein und *meine Träume verwirklichen*. So hat Mia es genannt, als ich ihr verkündet habe, dass ich den Job in Kellys Galerie angenommen habe.

»Überraschung.« Ich grinse schief, auch wenn mir überhaupt nicht danach zumute ist. Es kommt mir vor wie eine Ewigkeit, dass ich ihn zuletzt gesehen habe.

»Komm rein.« Nathan macht einen Schritt beiseite, damit ich die Wohnung betreten kann. »Mia ist gerade mit Luna unterwegs. Aber sie müsste gleich zurück sein.«

Ich nicke wortlos und folge ihm ins Warme. In den letzten Wochen ist es bitterkalt geworden, selbst tagsüber werden es nur noch ein paar Grad über null. Und dieses Jahr scheint alles noch kälter zu sein.

»Willst du einen Tee?«, will Nathan wissen, nachdem er mein Frösteln bemerkt hat. Ich bin ihm dankbar, dass er nicht sofort nachhakt, warum ich derart unerwartet in der Stadt bin. Mia hätte mich direkt mit tausend Fragen gelöchert, doch er hat ein Gespür dafür, wann es besser ist, nichts zu sagen. Oder zumindest so lange zu warten, bis ich bereit bin, auch zu antworten.

»Gern.« Ich steige aus meinen Schuhen, hänge die Jacke auf und setze mich dann in Mias kleine Essnische. Nichts hat sich verändert, seit ich weg bin, und doch wird deutlich, dass Nate inzwischen mehr bei ihr als zu Hause bei seiner Grandma ist. In den Regalen stehen nun auch einige seiner Bücher, im Flur hängen mindestens drei Jacken von ihm, und ich weiß, dass Mia ihm, noch bevor ich nach Baltimore gezogen bin, eine Hälfte in ihrem Schrank leer geräumt hat. Das mit den beiden ist ernst, und trotz meiner anfänglichen Skepsis habe ich irgendwann eingesehen, dass Nathan gut für sie ist. Sie sind beide gut füreinander.

Nach ein paar Minuten stellt er eine dampfende Tasse vor mir ab. Es duftet nach Apfel und frischen Zimtstangen und damit exakt nach dem Tee, den wir vor einem Jahr in der Vorweihnachtszeit immer zusammen getrunken haben. Ein Lächeln schleicht sich auf meine Lippen, als ich die große Tasse mit beiden Händen umfasse. Sie ist angenehm warm.

»Willst du erzählen, warum du hier bist?« Nathans Stimme klingt leise und sanft, es ist nicht zu überhören, dass er mit meinem Besuch nicht gerechnet hat. Ich will ihm antworten, aber ich muss meine Gedanken erst einmal sortieren. Bis vor ein paar Stunden war mir selbst noch nicht klar, dass ich jetzt in Sterling sein würde.

Ich setze gerade zu einer Antwort an, als ein Schlüssel im Schloss gedreht wird. Keine zwei Sekunden später springt die Tür auf, Luna stürzt herein, und ich höre Mia schimpfen.

»Nein, Lu, warte, nicht so … Himmel, Hund!« Sie unterbricht sich selbst, dann legt sie den Schlüssel auf ihrer Kommode ab, während ein flauschiges Wollknäuel schwanzwedelnd auf mich zurast. Sofort gehe ich vor Luna in die Knie und streichle ihr weiches Fell. Mias Hündin ist kaum zu beruhigen, sie ist so stürmisch, dass ich mich nur schwer auf den Beinen halten kann.

»Hey, meine Hübsche«, begrüße ich sie und kraule kräftig ihre Ohren. Aufgeregt tippelt sie vor mir hin und her, versucht, meine Hände abzulecken und mir feuchte Hundeküsse auf die Nase zu geben.

»Nate?«, dringt es plötzlich aus dem Flur. »Hier stehen Schuhe, die nicht deine sind. Hast du Besuch?«

»Ja«, ruft er zurück und grinst mich an. »Komm rein.«

Einen Herzschlag später steht Mia vor mir und mustert mich mindestens genauso erstaunt wie eben noch ihr Freund. »Jack!« Ungläubigkeit ziert ihr Gesicht. Aber ansonsten sieht sie aus wie immer. Ihre langen, dunklen Haare fallen ihr bis über die Schultern, ihre Nasenspitze ist von der Kälte leicht gerötet, und um ihren Hals hängt noch immer die Kette, die ich ihr zu ihrem letzten Geburtstag geschenkt habe. Der Anhänger daran ist ein kleiner Mond, für Luna.

»Hey, Mia.« Ich lasse ihre Hündin los und richte mich wieder auf.

Im nächsten Moment fällt sie mir um den Hals und umarmt mich so fest, wie sie es noch nie zuvor getan hat. »O mein Gott, was machst du denn hier?« Sie lässt mich immer noch nicht los, ganz im Gegenteil. »Also nicht, dass ich mich nicht freue, dich zu sehen, aber … Wolltest du nicht erst an Weihnachten wieder herkommen?«

»Vielleicht solltest du ihn erst mal loslassen, Schatz«, schlägt Nathan leise lachend vor und zupft an Mias Ärmel. »Dann kann er dir auch antworten.«

»Nein«, entgegnet sie und erhöht den Druck ihrer Arme um mich noch etwas mehr. »Ich hab ihn viel zu lange nicht gesehen.«

»Streng genommen, siehst du mich auch jetzt immer noch nicht«, murmle ich in ihre Haare. »Dazu müsstest du mich nämlich in der Tat loslassen.«

»Klugscheißer.« Ich weiß, dass sie grinst. »Also gut.« Sie macht einen Schritt von mir weg und fasst nach meinen Händen. Mit jeder Sekunde mehr, die verstreicht, sieht sie mich durchdringender an. »Okay, was ist passiert?« Und da ist er. Mias Röntgenblick. Ich muss nichts sagen, sie bemerkt trotzdem sofort, dass etwas nicht in Ordnung ist. »Setz dich. Ich will alles hören.« Mit sanfter Gewalt schiebt sie mich zurück auf meinen Platz. Dann holt sie sich eine eigene Teetasse aus der Küche, kippt das noch immer heiße Wasser hinein und wirft Äpfel und eine Zimtstange dazu. Dann quetscht sie sich neben Nathan auf die kleine Eckbank, pustet auf ihren Tee und nickt mir zu. »Leg los.«

Leg los.

Ihre simple Aufforderung hallt in meinem Kopf nach. In meinem Kopf, wo jeder Gedanke an das, was passiert ist, zentnerschwer wiegt. Ich öffne meinen Mund, will etwas sagen, schließe ihn wieder, weil sich nichts richtig anfühlt. Drei Wochen sind vergangen. Einundzwanzig Tage, in denen mit den letzten Blättern von den Bäumen auch meine Hoffnung verschwunden ist, jemals wieder von Aria zu hören. Ich habe es versucht. Habe ihr geschrieben und sie angerufen und ihr auf die Mailbox gesprochen, ob wir noch einmal miteinander reden können. Aber sie hat nie abgenommen, und sie hat auch keine meiner Nachrichten beantwortet. Es ist, als hätte es uns nie gegeben. Nur mit dem Unterschied, dass in meinem Wohnzimmer immer noch ein Schal von ihr liegt, der längst nicht mehr nach ihr riecht und den ich ihr dennoch nicht bringe. Solange er bei mir ist, kann ich mir weiterhin einreden, dass es nicht ganz vorbei ist. Dass *wir* nicht vorbei sind.

Und dass ich Josie mit ziemlich hoher Wahrscheinlichkeit gefunden habe.

»Jack?« Behutsam legt Mia ihre Hand auf meine. Mir entgeht der Blick nicht, den sie Nathan im Bruchteil einer Sekunde zuwirft. Sie macht sich Sorgen. Und es ist nicht fair, dass ich hier sitze und nichts sage.

»Es geht um Josie«, beginne ich und lege meine Hände wieder um meine Tasse. Ich muss mich an etwas festhalten. »Ich glaube, sie lebt.«

»Du glaubst?«, hakt Mia vorsichtig nach. »Was soll das heißen?«

»Wenn ich recht habe, und ich glaube, dass ich das habe, dann ja. Josie lebt. Ich habe sie gefunden.«

»Du hast …« Fassungslos sieht Mia mich an. »Okay, warte. Fang von vorne an. Waren die Hinweise, denen Jenn nachgehen wollte, hilfreich? Habt ihr echt eine Spur?« Sie sieht so verwirrt aus, dass ich tue, worum sie mich gebeten hat. Ich erzähle ihnen alles. Jedes kleine Detail, das meine Vermutung bestärkt. Ich lasse nichts aus, rede zehn Minuten ohne Unterbrechung, erzähle, wie ich Aria kennengelernt und mich in sie verliebt habe, zeige ihnen das Kinderfoto von Josie und das von Aria, erwähne die fehlenden Babyfotos und die noch existierenden Hochzeitsbilder ihrer Eltern, das Blutschwämmchen, dass sich ihre Verwandtschaft zerstritten hat und sie ihren Eltern überhaupt nicht ähnlich sieht. Es sind so viele Punkte, so viele Belege, und doch kann ich Mia und Nate nicht überzeugen. Ich sehe es in ihren Gesichtern, dem skeptischen Blick, ihrem Schweigen.

»Bin ich verrückt geworden?«, frage ich am Ende und reibe mir über die Augen. »Hat Josh recht und Jenn hat mich angesteckt mit ihrem … Wahn?«

»Du bist nicht verrückt.« Mia rutscht näher zu mir. »Aber du musst zugeben, dass das alles wirklich weit hergeholt klingt. So viele Zufälle gibt es nicht.«

»Das hat Josh auch gesagt.« Und eigentlich wäre ich seiner Meinung, wenn es … wenn es nicht um Josie ginge. »Aber es spielt sowieso keine Rolle. Aria spricht nicht mehr mit mir.«

»Kannst du ihr das echt verübeln?« Mia legt den Kopf schief. »Überleg doch mal … Du hast einen DNA-Test von ihr verlangt und ihre Eltern eines absolut grausamen Verbrechens bezichtigt. Und gerade wir zwei wissen doch, wie wichtig es ist, erst beide Seiten zu kennen, ehe man verurteilt.«

Wie von selbst fällt mein Blick auf Nate. Schweigend sitzt er da, doch Mias Worte zaubern ein kaum sichtbares Lächeln auf seine Lippen. Er wird niemals aufhören, dankbar für ihr großes Herz zu sein.

»Ich weiß.« Leise seufze ich und nippe an meinem Tee. Ich habe so viel geredet, dass er mittlerweile Zimmertemperatur hat.

»Was ist dir wichtiger, Jack?« Mia greift über den Tisch wieder nach meiner Hand. »Willst du Josie finden und Aria verlieren? Oder willst du Aria … Na ja.« Sie zuckt mit den Schultern. »Ist es von Bedeutung, wer sie auf dem Papier ist?« Sie schaut mich eindringlich an. »Oder ist es nicht eher vollkommen egal, wie sie heißt? Sie ist derselbe Mensch, Jack. Ob Aria, ob Josie … Die letzten zwanzig Jahre haben sie zu der Frau gemacht, in die du dich verliebt hast.« Behutsam drückt sie meine Finger, ehe sie zu Nate sieht. »Gefühle folgen keinen Regeln. Ich weiß das besser als jede andere.« In der nächsten Sekunde drückt sie Nate einen Kuss auf die Wange, und strahlt ihn dabei an, als wäre er die Sonne in ihrem Leben. Die Sonne, die Sterne und der Mond zugleich. Dann dreht sie sich wieder zu mir. »Sie ist dir wichtig, oder?«

»Ja.« Ich nicke und schüttle gleichzeitig den Kopf. Denn sie ist mir nicht nur wichtig. Aria ist so viel mehr als das. Die Vorstellung, sie nicht mehr in meinem Leben zu haben, ist schlimmer als die, dass sie Josie sein könnte. Mia hat vollkommen recht. Es spielt keine Rolle, ob sie als Josie geboren wurde. Jetzt ist sie Aria und der Mensch, der mir alles bedeutet.

»Du solltest ihr das sagen.« Dieser Vorschlag kommt von Nate. Ernst mustert er mich. »Nach allem, was du erzählt hast … Wenn dein Verdacht sie auch nur annähernd so heftig getroffen hat, wie ich vermute, dann muss sie das hören, Jack. Lass sie nicht in dem Glauben, sie könnte dir nur deshalb etwas bedeuten, weil du denkst, Josie in ihr gefunden zu haben.«

»Ich habe es ihr gesagt.« *Ich liebe dich, Aria. Dich. Das hat nichts mit Josie zu tun.* »Ich weiß nur nicht, ob sie …« Die Erinnerung an diesen Moment in ihrem Zimmer legt sich wie ein Schatten über mich. Sie hat so verzweifelt ausgesehen, so verloren. Absolut niedergeschlagen und enttäuscht. »Ich gehe nicht davon aus, dass sie mir geglaubt hat.«

»Logisch. Weil sie Angst hat. Die habt ihr beide. Eigentlich sogar vor derselben Sache, nur aus unterschiedlichen Perspektiven. Sie hat Angst davor, das Leben zu verlieren, das sie kennt. Und du hast Angst davor, sie zu verlieren, wenn es stimmt, was du sagst.«

»Ist das von deiner Therapeutin? Doc Sullivan?« Ich sehe meine beste Freundin an.

»Nein. Von Doc Mia.« Sie grinst und drückt aufmunternd meine Hand. »Sprich noch einmal mit ihr. Wenn sie so für dich empfindet wie du für sie, dann wird sie dir zumindest irgendwann zuhören.«

»Weil Liebe alles überwindet?« Es kostet mich wirklich Mühe, nicht resigniert zu lachen. So einfach ist das Leben nicht. Und gerade Mia sollte das wissen.

»Ja.« Ihrer Antwort folgt ein simples Nicken und ein ernster Ausdruck in ihren Augen, der mir unmissverständlich klarmacht, wie sehr sie hinter ihren Worten steht.

Dennoch bin ich nicht überzeugt. »Nicht jede Geschichte hat ein Happy End, Mia.«

»Deine vielleicht schon«, sagt sie und trinkt einen kleinen Schluck Tee. »Wer weiß.«

»Du kennst Aria nicht«, beginne ich, doch Mia unterbricht mich sofort.

»Aber ich kenne *dich.*« Ihr Lächeln wird weich. »Und diesen Glanz in den Augen habe ich noch nie bei dir gesehen.«

»Hast du mir nicht zugehört? Sie hat mit mir Schluss gemacht.«

»Verständlicherweise.« Nun umfasst sie meine beiden Hände und sieht mich nachdrücklich an. »Du bist manchmal etwas … stürmisch.«

»Stürmisch?«

»Übertrieben?« Sie schürzt die Lippen. »Lass mich ausreden, bevor du dich aufregst, okay?« Sie wartet, bis ich genickt habe. »Erinnerst du dich an unseren Streit letztes Jahr, als du überzeugt davon warst, dass Nate nicht gut für mich wäre?«

Das war keine meiner Sternstunden gewesen. »Natürlich, aber was hat das …«

»Du bist ziemlich leidenschaftlich, wenn du von etwas überzeugt bist, Jack. Dann auch nur den Gedanken zuzulassen, dass etwas nicht so ist, wie es zu deiner Wahrheit passt … Das fällt dir verdammt schwer.« Sie linst kurz zu ihrem Freund. Er sitzt schweigend neben ihr. Weil er das oft tut. Zuhören, die Lage abchecken, nachdenken. Und am Ende sagt er mit wenigen Worten so viel mehr aus als andere mit ewig langen Monologen. »Aber Nate hast du am Ende auch eine Chance gegeben, und genau wie du damals braucht jetzt Aria eine Chance, das alles zu verdauen. Und wenn es für sie das Richtige ist, eben auch allein. Ohne deine Hilfe. Wenn es stimmt, was du sagst, stellt das ihr ganzes Leben auf den Kopf. Und wenn es nicht stimmt, dann … müsst ihr die Josie-Sache irgendwie aufarbeiten. Vielleicht zusammen, vielleicht allein. Das liegt in ihrer Hand. Und du musst es akzeptieren, wie auch immer sie sich entscheidet.«

»Also willst du damit sagen, dass ich ihr … was? Zeit geben muss?«

»Ja.« Mia nickt.

Und Nathan ergänzt. »Egal, was am Ende die Wahrheit ist«, sagt er bedacht. »Sie braucht Zeit. Und du brauchst Geduld. Schreib ihr, dass du für sie da bist. Immer. Und dann warte ab, was passiert.«

»Ich hasse warten«, brumme ich und rutsche auf meinem Stuhl hin und her. Dabei stoße ich Luna an, was sie mit einem wenig begeisterten Ton kommentiert. »Sorry, Lu.« Ich strecke meine Hand unter den Tisch und streichle sie für einen kurzen Moment.

»Niemand wartet gern. Aber manchmal ist das alles, was man tun kann.«

»Das. Und sich entschuldigen.« Nate lächelt schief. »Entschuldigen ist immer gut.«

»Aber ich kann mich nicht für etwas entschuldigen, wovon ich überzeugt bin.«

»Das meinte ich auch nicht.« Er wird wieder ernst. »Aber ihr beide habt offenbar andere Überzeugungen und müsst das akzeptieren.«

»Und das am besten, ohne dass sich jemand einmischt«, meint Mia. »Hast du Jenn von deinem Verdacht erzählt?«

»Nein.« Ich schüttle den Kopf. »Ich hatte es vor, aber sie … Sie hat sich so auf diese Spur in Harrisburg verbissen. Wenn ich ihr jetzt sage, dass ich glaube, Josie gefunden zu haben … Sie würde Aria verschlingen.« Mit Haut und Haaren. »Das kann ich ihr …« Ich fahre mir durch die Haare und schlucke. »Das kann ich ihr nicht antun«, sage ich schließlich etwas leiser. »Sie ist doch selbst vollkommen überfordert. Wenn ich ihr jetzt auch noch Jenn aufdränge, obwohl sie das gar nicht will … Vielleicht sollte ich es ihr sagen, aber …« Die Vorstellung, was Jenn dann machen würde, hält mich davon ab. Ich kann Aria nicht so dermaßen in den Rücken fallen.

»Willst du einen Rat?« Mia überlässt die Entscheidung mir. Schnell nicke ich. »Erzähl Jenn nichts davon, solange du nicht schwarz auf weiß irgendeinen Beweis hast. Das ist für beide besser.«

»Hm.« Eine ganze Weile starre ich in meinen Tee und denke über Mias und Nates Worte nach.

Das ist für beide besser.

Ich bin mir nicht sicher, ob es für Jenn besser ist, aber für Aria definitiv. Allein daran zu denken, wie viel Kummer meine Vermutung in ihr ausgelöst haben muss, wie viel Schmerz, lässt ein heftiges Ziehen in meiner Brust entstehen. Ich wollte ihr nie wehtun, aber ich konnte sie auch nicht anlügen. Einfach nichts zu sagen, ist keine Option gewesen.

»Hey.« Mias Stimme reißt mich aus meinen Gedanken. »Du hast uns, okay? Wenn du mit jemandem reden musst, ruf einfach an.«

»Okay.«

»Und wenn du Seelentrösterin Luna brauchst, kommst du vorbei.« Mia lächelt. Sie weiß genau, dass ihre Hündin immer noch auf meinen Füßen liegt. Luna spürt, wie durcheinander ich bin und will mir damit zu verstehen geben, dass ich nicht allein bin. Sie ist da. Genau wie Mia und Nate.

»Danke, Leute.« Meine Stimme bricht. Mit einem Mal habe ich einen Kloß im Hals, den ich auch durch mehrmaliges Schlucken nicht vertreiben kann.

»Nicht dafür, Jack«, entgegnet Mia. »Nicht dafür.«

Ich bemühe mich um ein Lächeln. Erst für sie, dann für Nate. Und ich kann nur hoffen, dass sie verstehen, was ich ihnen damit sagen will.

Doch. Auch dafür.

Ich habe mehrere Stunden bei Mia und Nate verbracht. Irgendwann sind wir vom Tisch zur Couch gewandert, die beiden auf dem Sofa, ich bei Luna auf dem Boden. Sie ist wirklich eine Seelentrösterin. Nichts ist besser geworden, und doch fühlt sich alles wenigstens ein bisschen leichter an. Dieser Nachmittag bei meinen Freunden ist genau das, was ich gebraucht habe. Und es fällt mir verflucht schwer, mich am frühen Abend von ihnen zu verabschieden und wieder auf den Weg nach Baltimore zu machen.

Zumindest ist das der Plan, als ich in mein Auto steige, ihnen noch einmal winke und losfahre. Nach und nach werden sie kleiner im Rückspiegel, Mia und Nate, sein Arm liegt über ihren Schultern, Luna steht daneben, weil sie zu den beiden gehört wie meine Kamera zu mir. Ich habe sie auch heute mitgenommen, obwohl ich wusste, dass ich sie nicht brauchen werde. Es ist kein Tag für Fotos.

Nachdenklich fahre ich durch die Stadt, in der ich aufgewachsen bin. Alles ist so vertraut, gleichzeitig fremd und trotzdem Heimat. Ich sehe meine alte Schule, die Turnhalle, die vielen kleinen, bunten Läden an der Main Street, von denen ständig die Besitzer wechseln. Das *Wild Lily's*, in dem Mia arbeitet. Die Kirche mit dem kleinen Platz davor, wo Brants Beerdigung stattgefunden hat, daneben der Stadtbrunnen, dem im Winter das Wasser abgestellt wird. Sterling ist eine amerikanische Bilderbuchkleinstadt und gleichzeitig ein Ort, an dem Verbrechen geschehen.

Als der kleine Spielplatz auftaucht, von dem Josie damals verschwunden ist, zögere ich. Ich hatte nicht vor, Jenn zu besuchen, während ich hier bin. Aber jetzt … Es ist ein Impuls, der mich in die kleine Straße abbiegen lässt, an dessen Ende Josies Elternhaus liegt. Ein Haus, das früher voll mit Leben war und in dem nun bloß noch Jenn wohnt. Ich halte am Straßenrand, schließe den Wagen ab und jogge über den Asphalt. Es sind nur ein paar Meter, dann stehe ich im Vorgarten von Jennifer Rhodes und halte inne. In der Küche brennt Licht, sie scheint also zu Hause zu sein.

Willst du einen Rat? Mias Worte schießen durch meinen Kopf. *Erzähl Jenn nichts davon.*

Es wäre klüger, kehrtzumachen. Umzudrehen, zurück nach Baltimore zu fahren und statt mit Jenn vielleicht doch noch einmal mit Aria zu sprechen. Es bringt mich um, dass ich nicht weiß, wie es ihr mittlerweile geht. Drei furchtbare Wochen und kein Ton von ihr. Und das letzte Mal, als ich sie gesehen habe … Da hat sie geweint. Meinetwegen. Weil ich ihr mit meinen Worten Angst gemacht habe. Manchmal bin ich kurz davor, einfach ihren Mitbewohnerinnen auf Instagram zu schreiben, um nachzufragen, wie es Aria geht. Aber ich glaube nicht, dass sie mir antworten würden. Weil sie Aria damit genauso in den Rücken fallen würden, wie wenn ich Jenn von ihr erzählen würde.

Mein Blick wandert zu der Veranda vor mir. Es sind nur noch ein paar Meter, aber plötzlich will ich wieder gehen. Ohne Hallo gesagt zu haben. Doch Jenn kommt mir zuvor. Im nächsten Augenblick öffnet sie die Haustür, eine Mülltüte in der Hand. »Jack!« Sie wirkt noch überraschter als Nate und Mia vor ein paar Stunden. Fast schon erschrocken. Es ist Wochen her, seit wir einander zum letzten Mal begegnet sind.

Sie sieht aus wie immer. Kurz geschnittene Haare, die an den Schläfen allmählich grau werden. Matte, blaue, verquollene Augen, rote Wangen, belegte Stimme. Sie hat geweint, und das lässt meinen Herzschlag noch mehr rasen.

»Hey.« Ich trete lautlos näher.

»Was machst du in Sterling?«, fragt sie, lässt den Müllbeutel achtlos auf den Boden fallen und streicht sich schnell über die Wangen, um die letzten Tränen verschwinden zu lassen.

»Hab Mia und Nate besucht.« Das ist zwar keine Lüge, aber auch nicht die ganze Wahrheit. Ich habe sie nicht einfach nur besucht, weil das lange überfällig war. Ich bin hier, weil meine ganze Welt implodiert und ich augenscheinlich nichts dagegen tun kann und daher dringend meine beste Freundin sehen musste.

»Oh.« Sie nickt und versucht zu lächeln, doch es gelingt ihr nicht. »Wie schön.« Sie schlingt die Arme um sich. »Willst du reinkommen?«

Ich zögere. Dieser Ort ist nicht einfach nur ein Gebäude für mich. Das Kindheitszuhause meiner Freunde ist so viel mehr. Allem voran ein Sammelsurium an Erinnerungen. Guten wie schlechten. Aber Jenn sieht so traurig aus, dass ich nicht ablehnen kann. »Ein bisschen Zeit habe ich noch«, nehme ich ihr Angebot an und springe die Stufen nach oben, immer zwei auf einmal. Dann stehe ich vor ihr und erkenne zum ersten Mal, wie alt die vergangenen Jahre sie gemacht haben. Tiefe Sorgenfalten zieren ihre Stirn, und ihre Mundwinkel sind so angespannt, als hätte sie seit Jahren nicht mehr richtig gelacht. Und das Schlimme ist, dass ich genau weiß, dass sie das tatsächlich nicht getan hat.

Im Flur ziehe ich die Schuhe und meine Jacke aus und folge ihr ins Wohnzimmer. Sie hat ein offenes Feuer im Kamin gemacht, der Raum ist angenehm warm. Heimelig. Und trotzdem wirkt alles eiskalt. Ich setze mich auf das Sofa, während Jenn Gläser und eine Flasche Wasser holt. Eigentlich habe ich keinen Durst, aber sie schenkt mir einfach ein. *Wie früher*, schießt es mir durch den Kopf. *Genau wie früher.* Ich trinke ein paar kleine Schlucke, ehe ich das Glas wieder abstelle und Jenn mustere. Sie sieht wirklich nicht gut aus.

»Alles in Ordnung?«, frage ich, obwohl ich weiß, dass nie alles in Ordnung ist. Das kann es gar nicht, doch heute … Heute wirkt sie besonders niedergeschlagen. Und das weckt ein ungutes Gefühl in mir.

»Die Polizei hat vorhin angerufen.« Sie spricht überraschend gefasst dafür, dass sie eben noch geweint hat. »Die neuesten Hinweise … Sie sind …« In der nächsten Sekunde bricht ihre Stimme, wird leiser. »Sie sind hinfällig, Jack. Sie haben einfach nichts ergeben.« Die Tränen sind zurück. Mit neuer Wucht überfallen sie Jenn, sie schluchzt und hustet.

Ich war nie gut darin, mit solchen Situationen umzugehen, und trotzdem bleibe ich hier sitzen, auf diesem grauen Sofa, und halte ihre Hand. Weil sie weint und weint und weint und ich keine Ahnung habe, was ich tun soll. Wie tröstet man jemanden, der fast sein halbes Leben lang schon untröstbar ist?

»Ich weiß einfach nicht, was ich noch tun soll«, schnieft sie. »Jedes Mal, wenn ich glaube, einen Schritt weiterzukommen, zerschlägt sich alles und … Ich war so sicher, Jack. Ich war mir so sicher, dass ich sie dieses Mal finde. Und dann …« Sie verstummt, schüttelt den Kopf, weint weiter, putzt sich die Nase, nur um sogleich erneut in ihrer Trauer zu ertrinken.

Und plötzlich fällt es mir so verdammt schwer, ihr Aria zu verschweigen. Ihr von meiner Vermutung zu erzählen, würde ihren Kummer schlagartig in Luft auflösen. Aber ich kann nicht. Ich kann ihr einfach nichts davon sagen. Das Gespräch mit Mia und Nate hat mich aufgewühlt. Für den Fall, dass ich doch danebenliege und Aria nicht Josie ist, wäre ich dafür verantwortlich, dass Jenns Herz erneut in Scherben liegt. Und so, wie sie neben mir sitzt, so gebrochen und verzweifelt, bin ich mir nicht sicher, ob man es dann noch kleben kann. Also schweige ich. Weil man immer bei den Menschen schweigt, mit denen man eigentlich sprechen sollte. Und weil ich Mias Worte nicht aus dem Kopf bekomme. Sie hat recht, ich habe nach wie vor keinen unmissverständlichen Beweis für meinen Verdacht. Nur massenhaft Hinweise, die in ihrer Gesamtheit schwer und erdrückend und überzeugend sind. Es fehlt lediglich das letzte Puzzleteil. Ein Testergebnis, das alles bestätigen wird. Oder alles zum Einstürzen bringt.

Nachdem Jenn sich etwas gefasst hat, spricht sie weiter. »Sie haben mir gesagt, dass sie auch den letzten Hinweis ausführlich geprüft haben, es aber keine neuen Erkenntnisse gibt. Keine Erkenntnisse. Nichts. Rein gar nichts. Deshalb wollen sie … Sie wollen die Ermittlungen erneut einstellen.« Wieder schluchzt sie so laut, dass ihr ganzer Körper bebt. »Wie kann das sein, Jack?« Aus tränenverhangenen Augen sieht sie mich an. »Wie kann es sein, dass mein Baby immer noch wie vom Erdboden verschluckt ist und niemand sie findet?« Ihre Finger umklammern meine so fest, dass ihre Knöchel weiß hervortreten. Ich bin ihr Anker, der Mensch, der sie am Ertrinken hindert, weil ihr Ex-Mann und ihr eigener Sohn es nicht können. Nicht *wollen*. Sie wollen es nicht mehr, weil Jenns Kummer sie genauso erdrückt hat wie mich. Im Laufe der Jahre wurde es nicht besser, sondern immer schlimmer. Seit ihr Mann die Scheidung eingereicht und Sterling verlassen hat, hat sie nichts mehr, nur ihre verzweifelte Hoffnung, Josie könnte doch noch auftauchen. Und je länger ich bei ihr sitze, in dem Haus, in dem Josie, Josh und ich ständig miteinander gespielt haben, umso heftiger schnürt sich mir die Luft ab.

Ich kann nicht mehr. Alles in mir schreit danach, aufzustehen, zu gehen und die Tür hinter mir ins Schloss zu werfen. Aber das würde bedeuten, Jenn in ihrem Zustand alleinzulassen. Und das kann ich noch viel weniger. Deshalb bleibe ich sitzen und schweige. Lasse mir von Jenn die Hand zerquetschen und höre mir jedes einzelne Klagewort an, das ihr über die Lippen kommt. Und es sind viele. So verdammt viele.

»Vielleicht sollte ich hier aufs Revier gehen. Wenn ich Officer Halstead bitte, noch einmal nachzuforschen …« Sie beendet ihren Satz nicht. Vermutlich, weil sie weiß, wie zwecklos diese Bitte wäre. Josies Fall wird immer nur dann neu geöffnet, wenn es wirklich vielversprechende Hinweise gibt. Was nicht oft vorkommt. Die Polizei in Sterling hat längst das getan, wovor Jenn sich auch nach bald zwanzig Jahren scheut: Sie hat aufgegeben. Schon vor Jahren. Aber manchmal glaube ich, dass Jenn das nie tun wird. Und vielleicht ist das so, wenn man Mutter ist. Wahrscheinlich wird sie für den Rest ihres Lebens nach Josie suchen.

»Bleibst du zum Essen?«, fragt sie irgendwann. »Wir könnten Pizza bestellen.« *Wie früher.* Sie sagt es nicht, aber genau das haben die Rhodes damals ständig getan. Als alles noch in Ordnung gewesen ist. Pizza gegessen. Zu besonderen Anlässen und manchmal auch einfach nur, weil sie Lust darauf oder Josh und Josie gebettelt hatten.

Es ist genau diese Frage von Jenn, die mir klarmacht, dass ich auf keinen Fall bleiben werde. Weil es dieses Früher nicht mehr gibt und auch Nostalgie und Pizza nichts an der Situation ändern werden. »Nein«, lehne ich deshalb ab und versuche zu lächeln. »Ich muss zurück nach Baltimore. Morgen früh gebe ich wieder einen Fotografie-Kurs für ein paar Studierende.«

»Oh. Das ist … schön.« Die Hoffnung in Jenns Blick verschwindet, und obwohl ich sofort spüre, wie mein Kopf seine Meinung ändern will, zwinge ich mich dazu, diese innere Zerrissenheit auszuhalten. Ich will nicht bei Jenn bleiben. Hier zu sein … Ich würde es einzig und allein aus falschem Pflichtgefühl tun.

Sie begleitet mich zur Tür. Dort angekommen, zieht sie mich an sich. Ihre Arme um meinen Körper fühlen sich an wie ein Schraubstock, der von Sekunde zu Sekunde enger wird. Auch, nachdem sie mich wieder losgelassen hat, ist dieses Druckgefühl immer noch da. Ich atme tief durch und mache einen Schritt rückwärts.

»Mach's gut, Jenn«, sage ich zum Abschied.

»Fahr vorsichtig«, entgegnet sie und lächelt wieder auf diese unechte Art und Weise, die sie über die Jahre perfektioniert hat. Ich glaube, sie weiß gar nicht mehr, wie ein ehrliches Lächeln aussieht, geschweige denn wie es sich anfühlt. Mit beiden Händen klammert sie sich an der

Tür fest und sieht mir nach. Die Mülltüte liegt immer noch auf dem Boden.

Ich trete die Stufen der Veranda nach unten und werde augenblicklich von der kühlen Nachtluft umhüllt. Es sind nur wenige Schritte bis zu meinem Wagen, aber sie kommen mir ewig vor. Ich überquere die Straße, steige ein, hole tief Luft und bemerke erst jetzt, wie flach ich in den letzten Minuten geatmet habe. Meine Haut kribbelt, während ich mir mit beiden Händen abwechselnd auf den Brustkorb klopfe. Eine Übung, die Mia mir vor Jahren gezeigt hat. Angeblich beruhigt sie, doch heute wirkt es nicht. Der Sturm, der schon seit Tagen unaufhörlich in mir tobt, tobt auch jetzt weiter.

Erst, als Jenn längst wieder im Haus ist, starte ich den Motor und mache mich auf den Weg zurück nach Baltimore. Die Musik dröhnt laut aus den Boxen, irgendein neuer Song von Ed Sheeran, und ich habe die naive Hoffnung, mich so ablenken zu können. Doch es funktioniert nicht. Meine Gedanken kreisen um Aria, um Jenn. Um Josie, um Mia und Nate. Mit beiden Händen umklammere ich das Lenkrad. Meine Freunde haben recht, ich muss Aria Zeit geben. Und vor allem darf ich ihr keinen Druck machen.

Du bist ziemlich leidenschaftlich, wenn du von etwas überzeugt bist, Jack.

Mias Worte lassen mich nicht mehr los. Leidenschaftlich ist nur eine nette Umschreibung für stur und starrsinnig. Vielleicht sogar für verrückt. Am Ende hat Josh recht, und ich bin genauso einem Wahn verfallen wie Jennifer. Seit ihren zahlreichen Anrufen im Spätsommer, habe ich so viel über Josie nachgedacht wie Jahre zuvor nicht mehr. Es gab so lange keine neuen Hinweise, und dann war ich auch noch in der Trauer um Brant gefangen. Doch nun … Seit drei Wochen kreisen meine Gedanken um Aria. Jede Minute, die ich nicht abgelenkt bin, gehört ihr. Oder Josie. Oder beiden zusammen.

Und dann passiert es. Im letzten Moment drücke ich so fest auf die Bremse, dass die Reifen quietschen. Nur Zentimeter vor meinem Auto steht ein Kerl mit Hut und funkelt mich zornig an.

»Hast du sie noch alle?«, brüllt er so laut, dass ich ihn sogar durch die geschlossenen Scheiben verstehen kann. Mit der flachen Hand schlägt er auf meine Motorhaube. »Die Ampel ist rot, verdammt.«

Reglos bleibe ich sitzen, starre auf den Mann, der immer noch vor meinem Wagen steht. Zentimeter. Es waren nur Zentimeter, die verhindert haben, dass ich ihn umfahre und wer weiß wie schlimm verletze. Oder gar umbringe.

Eine unsichtbare Hand legt sich um meine Kehle, während ich ihm dabei zuhöre, wie er mir »Blödes Arschloch!« entgegenbrüllt und schließlich weiterläuft. Und ich bin immer noch da. In meinem Wagen, mitten auf der Kreuzung, vor dem Überweg, irgendwo hinter mir eine rote Ampel, die ich übersehen habe.

Fuck. *Fuck, fuck, fuck!*

Ich spüre jeden Schlag meines Herzens überdeutlich in meinem Körper. Es pocht schneller als normal, so fest, dass ich glaube, es könnte mir aus der Brust springen. Wie konnte das geschehen? Wie, verflucht noch mal?

Als mir allmählich klar wird, was hier gerade passiert ist oder beinahe passiert wäre, fahre ich über die Kreuzung und an den Straßenrand. Ich mache den Motor aus, schnalle mich ab und springe aus dem Wagen.

Der Mann ist weg. Ich stelle mich auf die Zehenspitzen, drehe mich hin und her, doch ich kann ihn nicht mehr entdecken.

Okay. Alles ist gut. Es ist nichts passiert.

Je länger ich an der frischen Luft bin, umso mehr lässt das Adrenalin nach. Mein Puls rast immer noch, doch mein Herz schlägt nicht mehr so schmerzhaft gegen meine Brust wie eben noch. Ich atme ein und aus. Noch einmal. Ein. Und aus. Ganz langsam spüre ich, wie mein Körper wieder ruhiger wird. Dafür überschlagen sich nun meine Gedanken. Ich war abgelenkt, habe nicht richtig aufgepasst, weil sich in meinem Kopf alles nur noch um Josie, Josie, Josie dreht. Um sie, um Jenn, um Aria. Um die Fotos. Um alles. So sehr, dass ich die Ampel übersehen habe.

Ganz langsam setze ich mich zurück hinters Steuer. Doch als mein Blick auf meine Hände am Lenkrad fällt, stelle ich fest, wie sehr ich zittere. Nicht nur meine Hände, mein gesamter Körper. Ich drehe die Heizung auf, aber es nützt nichts. Der Schock sitzt tief in mir. Ich habe beinahe einen Menschen angefahren, weil ich ein Gefangener meiner eigenen Dämonen war. *Bin.* Die Gedanken sind nach wie vor da. Und sie machen mich krank. *Verrückt.* Gott, ich habe … Ich starre auf die Windschutzscheibe, und es ist fast so, als würde ich ihn dort immer noch stehen sehen, diesen Mann, zornerfüllt, mindestens so geschockt wie ich.

Scheiße, das muss aufhören. Ich kann Jenns Kummer nicht länger zu meinem Kummer machen. Er ist gefährlich und das ganz offensichtlich nicht nur für mich. Für einen Moment schließe ich die Augen, beiße mir auf die Unterlippe, spüre die Anspannung in meinen Schultermuskeln unnatürlich stark. Es ist furchtbar, dass Josie verschwunden ist. Und wahrscheinlich werde ich mich für den Rest meines Lebens immer wieder fragen, was mit ihr passiert ist. Aber ich darf nicht … Ich kann nicht zulassen, dass die Suche nach ihr … dass Jenn weiterhin so viel Einfluss auf mich nimmt.

Das muss aufhören.

Sofort.

23

ARIA

Seit drei Tagen regnet es durchgehend. Mal heftig und ekelhaft, dann ist es leiser Nieselregen, der die Haare kraus werden lässt. Genervt blicke ich durch die Fenster der Cafeteria. Alles ist trüb und grau, und so soll es noch zwei Tage weitergehen.

Großartig, denke ich und nippe an meinem Kaffee. Er ist lauwarm und schmeckt nicht mehr, aber ich muss noch eine knappe halbe Stunde bis zu meiner nächsten Vorlesung totschlagen. Bis vor einigen Wochen war das immer mein Zeitfenster, das ich zum Lernen mit Wes genutzt habe. Und nun sitze ich hier, allein, vor einem Berg an Unterlagen. Ohne Freund, ohne Tutor und ohne Freundinnen, weil Izzy und Thao in anderen Gebäuden ihre Seminare haben und ich eigentlich sowieso lernen sollte.

Aber ich kann nicht. Es ist, als hätten Jacks Worte mich kaputtgemacht. Ich kann mich noch weniger konzentrieren als sonst, alles ist anstrengender und kostet mehr Kraft. Ich mache mir Notizen und vergesse sie im selben Moment. Die Buchstaben verschwimmen, und nicht einmal Eselsbrücken helfen, weil ich sie nicht anwenden kann.

Die Worte vor mir sind Buchstabensalat. Sie ergeben keinen Sinn. Und ich tue das auch nicht mehr. Ich bin leer geweint, ein Zombie. Izzys Worte, nicht meine. Ich weiß, dass sie und Thao sich Sorgen machen. Wir kochen momentan viel zusammen, schauen Filme. Spielen Spiele. Es ist ihre Art, auf mich aufzupassen. Liebeskummer ist es, sagen sie. Aber ich glaube eher, dass es Menschenkummer ist. Weil ich nicht der Liebe nachweine, sondern Jack. Und weil ich weiß, dass ich den Jack, in den ich mich verliebt habe, nie wieder zurückhaben kann. Es gibt ihn nicht mehr. Es hat ihn nie gegeben. Und ich bin selbst schuld daran. Das mit uns hat viel zu schnell und zu intensiv angefangen, wir kannten einander kaum. *Ich* kannte ihn kaum. Zu wenige Wochen, zu viele Gefühle. Und nun ein Scherbenmeer, weil er glaubt, dass ich jemand anderes bin.

Als wüsste er, dass ich gerade an ihn denke, blinkt eine neue Nachricht von ihm auf meinem Handy auf.

Ich bin für dich da. Immer.

Es ist die erste Nachricht seit Tagen. Ich glaube, langsam versteht er, dass es nichts mehr zu sagen gibt. Es sollte mich erleichtern, aber das tut es nicht. Weil meine Gefühle genauso wie die Buchstaben sind. Gefühlssalat. Ich kann sie nicht ordnen oder abschalten oder zwingen, Sinn zu ergeben. Mein Herz will Jack, mein Kopf schreit Nein. Nein, nein, nein, nein. Denn ich weiß, dass er nicht an mir interessiert ist, sondern an Josie. Und das ist toxischer Bullshit.

Ich stelle den halb vollen Kaffeebecher ab und will gerade meine Sachen zusammenpacken, als ich angesprochen werde. »Hi.«

Ich blicke auf und sehe direkt in Wesleys Gesicht. Er lächelt mich freundlich an. Zuerst will ich ihn fragen, was er hier macht, doch das ist dumm. Er ist hier, weil er Student ist. Und montags immer zwischen halb zwei und zwei Uhr Zeit hat, weil das unser Lernslot war.

»Du sprichst wieder mit mir?« Die Frage rutscht mir über die Lippen, bevor ich darüber nachdenken kann. Aber vielleicht ist das auch gut so. Wahrscheinlich hätte ich sie sonst nicht gestellt.

»Ich habe nie nicht mit dir gesprochen.« Er deutet auf den Stuhl mir gegenüber. »Darf ich?«

Ich nicke und betrachte ihn. Er trägt eine dunkle Jeans, ein graues Shirt und darüber ein dunkelblau kariertes, geöffnetes Hemd. Sein schwarzes Haar ist kürzer als vor einigen Wochen, und an seinem Hals blitzt ein neues Tattoo hervor. Wes sieht gut aus, und das freut mich für ihn. Ich wollte ihm nie etwas Schlechtes.

Er zieht den Stuhl unter dem Tisch hervor und setzt sich. »Lernst du?«, fragt er mit einem Blick auf den ganzen Kram vor mir.

»Hab's versucht.« Ich raffe ein paar Papiere zusammen. »Aber ich kann's nicht.«

»Brauchst du Hilfe?« Wes lächelt so offen, so nett, dass ich verwundert innehalte.

»Ist das dein Ernst?«, frage ich und meine damit eigentlich: *Ist das dein Ernst nach allem, was war?*

»Klar. Warum nicht? Ich bin nicht … nennen wir es nachtragend.«

»Aber …« Ich weiß nicht, was ich sagen soll. Das habe ich nicht verdient. Ich habe ihn abgeschossen für jemanden, der letzten Endes nur seine verschwundene Kindheitsfreundin in mir gesehen hat.

»Das Herz will, was es will.« Er zuckt nonchalant mit den Schultern. Und lächelt. Er lächelt verflucht noch mal schon wieder. »Klingt wie ein Klischee, oder?«

Ich nicke und denke an Jack und wie oft er und ich ein Klischee waren und wie sehr wir uns über uns selbst lustig gemacht haben. Und jetzt sagt Wes das Gleiche, und ja, es ist ein Klischee, und trotzdem ist etwas Wahres dran.

Das Herz will, was es will.

Und meins will definitiv nicht Josie sein. Josie, die mir so ähnlich sieht. Josie, die so alt ist wie ich. Josie, die … Nein! Ich will nicht darüber nachdenken. Ich will nicht über *sie* nachdenken.

»Danke«, flüstere ich, weil es nicht selbstverständlich ist, was Wes hier tut. Klischee hin oder her. Er könnte auch einfach nur für sich allein zu dieser Erkenntnis gekommen sein. Mir weiterhin aus dem Weg gehen. Nicht einmal Hallo sagen. Aber so ist er nicht. Er war verletzt, weil ich mich für Jack entschieden habe. Wir haben die Nachhilfe gecancelt, obwohl er das Geld braucht und ich Unterstützung. Und nun bietet er mir seine Hilfe trotzdem an. Weil er dieser großartige Mensch ist.

»Also, wollen wir lernen? Was nehmt ihr grad durch?«

Ich weiß sein Angebot zu schätzen. So sehr. Aber es anzunehmen, würde bedeuten, ihn auszunutzen. Und das hat er nicht verdient. Nicht Wes. »Nein, ich …« Mein Blick fällt auf den kalten Kaffee. Und vielleicht ist es genau so zwischen uns. Vielleicht ist er wirklich nicht mehr verletzt, und dennoch ist es nicht fair, mir jetzt von ihm helfen zu lassen. Langsam packe ich meine Sachen zusammen, ohne ihn dabei anzusehen. »Ich muss eigentlich los. *Prinzipien des Marketing* bei Professor Annington.« Ein Kurs, auf den ich keine Lust habe und der trotzdem sein muss.

Wesley nickt. »Verstehe.« Ernst sieht er mich an, dann holt er tief Luft. »Geht es dir gut, Aria?«

Nein, will ich sagen. Oder besser schreien. *Nein, es geht mir überhaupt nicht gut. Mein Freund ist mittlerweile mein Ex, weil er glaubt, meine Eltern könnten Verbrecher und ich seine verschwundene, entführte Freundin aus Kindertagen sein. Und das Schlimmste ist, dass ich inzwischen einfach nicht mehr weiß, was ich denken soll.*

Aber ich sage nichts davon. Weil es noch unfairer wäre, ihn damit zu belasten, als mit ihm zu lernen. Wesley hat mit meinen Problemen nichts zu tun. Er hat genug eigene Sorgen mit seiner kranken Mom.

»Aria?« Seine Hand auf meiner reißt mich aus meinem Gedankenchaos.

»Ja, ich …« Ich bin so eine furchtbar schlechte Lügnerin. Und das weiß auch Wes. Trotzdem straffe ich die Schultern, lächle und lüge nur halb weiter. »Ich bin müde. Waren ein paar anstrengende Wochen.« Die schlimmsten meines Lebens.

»Du brauchst eine Pause«, erwidert Wes und hat keine Ahnung, wie recht er damit hat.

»Ja.« Ich stopfe die Bücher und meinen Laptop in den Rucksack und ziehe den Reißverschluss zu. »Das stimmt wohl.«

»Fährst du an Thanksgiving nach Hause?«, fragt er.

Ich stelle meinen gepackten Rucksack zurück auf den Boden und nicke. »Klar. Du auch?«

Er imitiert meine Kopfbewegung. »Meine Cousine bringt ihr Baby mit, und Granny wird wieder ihren Truthahn machen, der wie immer halb verbrannt sein wird, weil sie es nie schafft, ihn rechtzeitig aus dem Ofen zu holen. Dann werden wir ihr alle sagen, dass es trotzdem großartig schmeckt, obwohl jeder sich insgeheim denkt, dass das Fleisch wie Gummi ist.« Wesleys Augen funkeln, als er von seiner großen Familie erzählt. Da ist so viel Liebe, so viel Vorfreude, während in mir gar nichts mehr ist. Ich weiß nicht, ob ich mich auf meine Eltern freue. Mom und Dad, denen Jack diese grausamen Dinge unterstellt. Mom und Dad, die die einzige Familie sind, die ich habe.

»Das klingt toll«, sage ich und hebe die Mundwinkel an. Weil es das wirklich tut und weil Wes das verdient hat. »Vielleicht stellst du diesmal die Zeit, die der Truthahn im Ofen sein muss, einfach heimlich ein paar Minuten vor. Dann gibt es eine Punktlandung.«

»Eigentlich eine gute Idee.« Er grinst und stützt sein Kinn mit einer

Hand ab. »Fragt sich nur, wie ich das anstelle. Die Küche ist Grannys Bereich, Zutritt verboten.«

Ich kenne Wesleys Großmutter nicht, aber so, wie er sie beschreibt, scheint sie eine resolute, energische Frau zu sein. Ich brauche nicht viel Fantasie, um mir vorzustellen, wie sie alle aus der Küche scheucht oder zumindest Aufgaben delegiert. Und mit einem Mal fehlt mir das. Ich möchte auch eine Großmutter, die den Kochlöffel schwingt. Eine Cousine, die ihre Kinder mitbringt und uns an den Feiertagen vorstellt. Eine Familie, die so groß ist, dass man den Überblick verlieren kann. Aber ich habe nichts davon. Es gibt nur Mom und Dad und Großeltern, mit denen sie mehr oder weniger zerstritten sind. Sie waren an Dads Geburtstag zwar da, aber ich sehe sie frühestens an Weihnachten wieder. Während das Haus bei Wesley mit Leben gefüllt sein wird, werden es Mom, Dad und ich ruhig haben. Weil bei drei Personen nur schwer Feiertagsstimmung aufkommen kann. Mom wird sich Mühe mit dem Essen geben, der Truthahn wird perfekt aussehen und schmecken, aber der Tag wird nicht perfekt sein. Er wird sein wie immer, obwohl ich bis vor ein paar Wochen noch angenommen hatte, die diesjährigen Feiertage auch mit Jack zu verbringen. Thanksgiving. Weihnachten. Silvester. Ich hatte mich darauf gefreut und schon überlegt, was ich ihm schenke.

Und nun hat sich das alles in Luft aufgelöst. Wahrscheinlich wird es also nicht so sein wie immer, weil nun dieser verfluchte Gedanke in meinem Kopf sitzt. Ich will ihn nicht haben, aber ich kann ihn nicht mehr verdrängen. Tag für Tag wird er größer, mächtiger. Zwei Wochen lang habe ich ihn in Schach gehalten, habe mir gesagt, dass nichts an Jacks Vermutung wahr sein kann. Wahr sein darf. Doch irgendwann in der letzten Woche hat sich das *Niemals* in ein *Und was, wenn doch?* verwandelt. Zunächst war es winzig klein und eigentlich immer noch unmöglich. Aber ich kann die Ähnlichkeit zu Josie nicht von der

Hand weisen. In den vergangenen Tagen habe ich die Bilder von ihr so oft angesehen, dass sie ständig vor meinem inneren Auge erscheinen. Vor Izzy und Thao habe ich zwar behauptet, dass diese Grafikprogramme scheiße seien, doch die Fotos sehen so täuschend echt aus, so sehr nach mir, dass es nur noch zwei Optionen gibt: Entweder ist Josie eine meiner sieben Doppelgängerinnen, die angeblich jeder auf der Welt hat. Oder an der Sache ist wirklich etwas faul.

Ruckartig erhebe ich mich und schwinge mir den Rucksack auf den Rücken. »Tut mir leid, Wes. Ich … Ich muss los. Happy Thanksgiving, wenn es so weit ist.«

»Danke.« Perplex sieht er mich an. »Dir auch.«

Ich nicke, dann eile ich davon. Raus aus der Cafeteria, raus aus dem Gebäude, rüber in den fünfstöckigen Betonkomplex zu einer Vorlesung, auf die ich keine Lust habe. Es ist die letzte, bevor ich morgen nach Hause fahre. Und vielleicht … Ganz vielleicht fahre ich nicht zu meinen Eltern, sondern in ein Leben, das eine Lüge ist.

Es ist fünf nach elf, als Mr Welsh von nebenan die Beleuchtung der Lichterkette an seiner Veranda ausschaltet. Und es ist zehn nach elf, als er und seine Frau ins Bett gehen. Weil man das in der Vorstadt so macht. Vor zwölf ins Bett, alle Lichter aus. Dunkelheit und Ruhe. Auch meine Eltern haben sich vor einer halben Stunde in ihr Schlafzimmer verabschiedet.

Und seither sitze ich in meinem Zimmer auf dem Fensterbrett, starre nach draußen und versuche das Gefühl abzuschütteln, dass ich nicht hierhergehöre. Dabei ist alles wie immer. Mom und Dad haben mich zusammen vom Busbahnhof abgeholt und sich riesig gefreut, als sie mich in ihre Arme ziehen konnten. Zu Hause hat es nach dem Pumpkin Pie geduftet, den Mom jedes Jahr zu Thanksgiving backt, und alle Räume sind bereits weihnachtlich geschmückt. Viel Gold und

Rot und überall grüne Tannenzweige. Das ganze Haus gleicht einem Wald und weckt Erinnerungen an Weihnachten und meine Kindheit. Doch es sind genau diese Gedanken an damals, die seit dem späten Nachmittag an mir nagen. Es gab immer nur Mom und Dad und mich. Uns drei. Selten noch meine Großeltern. Als hätten sie sich vor der Welt verborgen. Versteckt. Als hätten sie *mich* versteckt.

Ich ziehe die Beine an und lehne mich gegen die kühle Scheibe. Mein Kopf tut weh, jeder neue Gedanke gleicht einer explodierenden Landmine. Scheiße, ich will nicht hier sitzen und den beiden Menschen misstrauen, die ich über alles liebe. Aber Jacks Worte, sein Blick dabei … Er hat es geschafft, dass ich genau das tue. Jede Faser in mir ist angespannt, meine Schultern schmerzen. Ich weiß noch, wie oft ich meine Eltern um Geschwister angebettelt habe. Ich wollte nicht verstehen, wie andere Kinder aus der Schule Brüder und Schwestern haben konnten und ich nicht. Also habe ich mir jedes Jahr zu Weihnachten eine Schwester gewünscht. Weil Jungs doof waren. Nur erfüllt wurde der Wunsch der achtjährigen Aria nie. Und auch der neunjährigen nicht. Oder der zehnjährigen. Ich glaube, ich war vierzehn, als ich es schließlich aufgegeben habe, denn das war der Zeitpunkt, an dem mir Mom erklärt hat, dass sie keine Kinder mehr kriegen könne. Ab diesem Moment war mir klar, dass ich ein Einzelkind bleiben würde. Nur vielleicht bin ich das gar nicht. Wenn Jack recht hat, wenn ich nicht ich, sondern Josie bin … Dann habe ich einen älteren Bruder. Josh.

Behutsam schiebe ich meine Beine vom Fensterbrett. Sollte auch nur ansatzweise etwas an Jacks Vermutung dran sein, muss es Beweise geben. Ich habe keine Ahnung, wie die aussehen sollen, aber es muss irgendetwas existieren, das seinen Verdacht bestätigt.

Ein DNA-Test.

Jacks Vorschlag ist augenblicklich in meinem Kopf und dennoch nichts, was mich weiterbringt. Es ist bald Mitternacht, ich habe keine

DNA-Proben und … Was zum Teufel denke ich hier überhaupt? Meine Eltern sind keine Verbrecher. Gott, ich muss aufhören, mich selbst verrückt zu machen. Jack ist nur deshalb so überzeugt davon, weil Jenn ihm diesen Floh ins Ohr gesetzt hat.

Barfuß tapse ich zu meinem Bett und sinke auf die Matratze. Es ist alles gut. Mom und Dad schlafen nebenan, sie sind tolle Menschen. Und vor allem lieben sie mich. Daran gibt es keinen Zweifel. Ich lasse mich nach hinten in die Kissen sinken, aber das ungute Gefühl bleibt. Meine Gedanken kreisen und kreisen, suchen nach Gründen, warum ich einfach liegen bleiben und schlafen sollte. Doch ich bin so aufgewühlt, dass ich mich ruckartig wieder aufrichte und das Gesicht in meinen Händen vergrabe.

Warum ich letzten Endes aufstehe und mein Zimmer lautlos verlasse, weiß ich nicht. Es ist ein innerer Drang, der mich antreibt. Ich schleiche die Stufen nach unten und überspringe die eine, die knarzt. Und dann stehe ich vor Dads Büro. Die Tür ist offen. Vorsichtig schiebe ich sie ganz auf, ehe ich in den kleinen Raum husche. Er ist vollgestopft mit Kisten und Akten und Ordnern in unzähligen Regalen. Von draußen fällt ein wenig Licht herein, doch das reicht mir nicht. Ich knipse eine kleine Lampe an und umrunde den dunkelbraunen, massiven Schreibtisch. Ich habe keine Ahnung, was ich hier mache oder was ich mir davon erhoffe, jetzt in Dads Büro zu schnüffeln. Aber sind die Arbeitszimmer nicht immer die Orte, an denen Geheimnisse versteckt sind?

»Du hast zu viele Filme geguckt, Aria«, sage ich vor mich hin und ziehe den schweren Stuhl zurück, sodass ich mich setzen kann. Das schwarze Leder quietscht leise, während ich meine Ellbogen auf dem Tisch abstütze. Automatisch fällt mein Blick auf die gerahmten Bilder, die Dad seit Jahren hier stehen hat. Eins der drei Fotos zeigt mich, wie ich im Kindergarten einen Pokal beim Malwettbewerb gewonnen habe. Daneben befindet sich besagtes Bild. Es ist ein Mädchen in einem Boot auf einem Meer. Ich weiß nicht mehr, warum ich ausgerechnet eine solche Szene malen wollte, aber ich erinnere mich genau an den Moment. Und wie stolz ich damals war, als Dad es auf seinem Schreibtisch platziert hat. Das dritte Foto zeigt uns alle drei. Mom trägt mich, Dad hat den Arm um Moms Schultern gelegt, und ich umklammere Mr Bear, meinen geliebten Teddy. Mein Kopf ruht an Moms Halsbeuge, und ich lächle in die Kamera. Wir sehen glücklich aus. Eine Familie wie aus dem Bilderbuch. Die Erinnerungen an diesen Tag lassen mich schlucken, weil daraufhin sofort die nagenden Gedanken zurückkommen. Was, wenn das alles nur Schein ist? Was, wenn ich mein ganzes Leben lang angelogen wurde? Ich wende den Blick von den Bildern ab, lasse ihn stattdessen durch den ganzen Raum schweifen. Dad hat unglaublich viele Regale und noch mehr Ordner und Kisten. Wo soll man anfangen, wenn man noch nicht einmal weiß, wonach man überhaupt sucht?

Ich schiebe den Stuhl zurück und erhebe mich. Kurz darauf stehe ich vor einem Regal und ziehe wahllos einen Ordner hervor. Darin befinden sich alte Kontoauszüge, die ich sofort wieder beiseiteschiebe. Ich glaube nicht, dass die mich weiterbringen werden. Stattdessen nehme ich einen anderen aus dem Regal, schlage ihn auf und finde alte Zeugnisse von Mom und Dad. Auszeichnungen, die die beiden während ihrer eigenen Highschoolzeit erhalten haben. Ich runzle die Stirn. Wie kann das sein? Neugierig blättere ich durch die Unterlagen, betrachte die Papiere, die eigentlich gar nicht mehr existieren dürften. Der Brand hat damals alles vernichtet. Zumindest haben sie mir das jedes Mal erzählt, wenn das Thema zur Sprache kam. Und ich habe ihre Antwort nie hinterfragt. Wozu auch? Es gab keinen Grund dafür.

Bis jetzt. Bis Jack versucht hat, mir klarzumachen, wie seltsam es ist, dass es trotzdem die Hochzeitsfotos von Mom und Dad gibt. Ihre Abschlussballfotos. Unzählige weitere aus ihrer Zeit vor meiner Geburt. Und nichts von mir. Keine Tauffotos. Keine Bilder von meinem ersten oder zweiten Geburtstag. Keine von Weihnachten. Oder Ostern. Oder anderen Feiertagen. Das passt nicht zusammen.

Ich blättere weiter, sehe den ganzen Ordner durch und finde doch nichts, was mir hilft. Also ziehe ich den nächsten Ordner aus dem Regal, setze mich auf den Boden, schlage Seite um Seite um. Es sind alte Werkstattrechnungen. Ich überfliege die Unterlagen kurz, ehe ich auch diesen Ordner zurückstelle. Und den nächsten. Und noch einen. Irgendwann nehme ich eine Box aus dem untersten Regalfach, öffne den Deckel und wühle mich auch durch diese Papiere. Es sind alte Basteleien und Kinderzeichnungen von mir, von denen ich nicht einmal wusste, dass meine Eltern sie aufgehoben haben. Auf jedem haben sie fein säuberlich das Datum und mein Alter notiert.

Ich habe keinen Schimmer, wie lange ich in Dads Büro auf dem kalten Boden sitze. Irgendwann fröstele ich und rutsche auf den Teppich, wo ich noch mehr Dokumente durchsehe. Aber ich finde nichts, was mir auch nur ansatzweise erklärt, wieso es so viele Unterlagen gibt, die vor meinem dritten Lebensjahr ausgestellt wurden, aber kein einziges Foto von mir aus diesen Jahren.

Frustriert schließe ich für ein paar Sekunden die Augen. Ich hole tief Luft und atme den Staub ein, der mittlerweile in der Luft hängt, weil ich so viele Kisten und Ordner bewegt habe. Es kann einfach nicht sein, dass ich nichts finde. Irgendwo hier muss etwas sein, das mir Antworten gibt.

Ich öffne die Augen wieder und ziehe neue Papiere aus dem Regal. Es sind so viele. Wenn ich alle durchsehen will, brauche ich bestimmt die ganze Nacht. Meine Bewegungen werden hektischer, ich überfliege noch schneller. Versicherungsunterlagen, Rechnungen von Möbeln und Elektrogeräten. Manche davon sind fast vierzig Jahre alt. Und das bedeutet, dass Mom und Dad mich angelogen haben. Das ganze Zeug dürfte nicht existieren, wenn es dieses Feuer wirklich gegeben hat. Ich werde noch fahriger. Das ergibt keinen Sinn. Wieso sollten sie mir seit Jahren diese Märchen erzählen? Wieso zum Teufel gibt es keine Babybilder von mir? Mein Frust wird immer größer. Ich blättere so hastig um, dass ich ein paar Papiere einreiße. Es ist mir egal. Ich will einfach nur Antworten. Alter Ordner ins Regal, neuer Ordner raus. Aufschlagen, durchsehen, zumachen. Zurück ins Regal und wieder von vorne. Ich höre nur das Geräusch raschelnden Papiers und spüre das Herz in meiner Brust rasen.

Und dann liegt er vor mir. Der Beweis, dass hier etwas ganz und gar nicht stimmt. Ganz hinten in einem Ordner, auf dessen Rücken dick und fett *Rezepte* steht. Aber es sind keine Kochanleitungen, die sich dort drin befinden. Es sind unzählige Rechnungen, jede davon über mehrere Tausend Dollar. Sie beginnen zehn Jahre vor meiner Geburt. Und sie enden genau sechs Wochen davor.

Mit einem Mal ist mein Mund staubtrocken. Ich nehme die letzte Rechnung heraus und studiere jedes einzelne Wort und jede einzelne Zahl.

IVF. In-vitro-Fertilisation.

Als mir klar wird, was das bedeutet, setzt mein Herzschlag gefühlt für einige Sekunden aus. Ich wusste, dass Mom und Dad jahrelang versucht haben, ein Kind zu bekommen. Und dass ich die absolute Erfüllung ihrer Träume war. Aber ich hatte keine Ahnung, dass sie Patienten in einer Kinderwunschklinik waren und es über eine künstliche Befruchtung probiert haben. Der letzte Versuch fand sechs Wochen vor meiner Geburt statt. Und das kann nicht sein. Zu diesem Zeitpunkt war Mom … Sie hätte hochschwanger mit mir sein müssen.

Meine Hände zittern, als ich die Rechnungen aus dem Ordner nehme. Mein Kopf ist ein Schlachtfeld, ich überprüfe mehrmals, dass die Jahreszahl stimmt und ich mich nicht vertue. Doch alles passt. Mein Geburtsjahr ist das Jahr dieser Rechnungen, und das bedeutet … Ich kann nicht ihr Kind sein. Es ist weder rechnerisch noch biologisch möglich.

Wie versteinert sitze ich auf dem Teppich, starre auf die Papiere in meiner Hand und versuche zu verstehen. Ich versuche zu begreifen, was das heißt. Was meine Eltern getan haben. Doch egal, wie ich es drehe und wende, es bleibt nur eine einzige Sache übrig: Sie lügen mich an. Seit fast einundzwanzig Jahren erzählen sie mir eine Lüge nach der anderen.

24

JACK

»Du rettest mir das Leben, Jackson.« Kellys Wangen sind gerötet, und es ist ihr eindeutig anzusehen, dass sie im Stress ist. Aber es ist die gute Art von Stress. Sie strahlt, als sie mir ein Glas Sekt in die Hand drückt und mit mir anstößt. »Schnell, bevor die Bude voll wird.« Sie grinst verschwörerisch und nippt an ihrem Getränk.

Mir ist nicht nach Feiern zumute, aber ihr zuliebe trinke ich auch einen Schluck. Sie hat es verdient. Die gesamte Galerie leuchtet. Anders kann ich dieses Lichtermeer nicht beschreiben. Die neue Ausstellung besteht aus den Gemälden einer jungen Nachwuchskünstlerin, die alle von Lichterketten umrahmt und beleuchtet werden. Durch die vielen kleinen Glühbirnen wirken die Bilder geheimnisvoller, die Farben intensiver und die Kontraste stärker. Wir haben zwei Tage gebraucht, um alles so zu gestalten und zu dekorieren, wie Kelly sich das vorgestellt hat. In wenigen Minuten wird sie die Lichterketten ausschalten und die Galerie für die geladenen Gäste öffnen. Und erst zur Eröffnungsrede der Künstlerin werden die Lichter wieder angemacht.

»Lieb, dass du dein Thanksgiving für mich opferst.« Kelly stößt mit ihrer Schulter gegen meine. »Danke, Jackson.«

»Kein Ding«, sage ich und drehe das Glas in meiner Hand hin und her. »Hatte eh nichts anderes vor.« Ich lasse meinen Worten ein Zwinkern folgen, damit sie nicht bemerkt, wie ätzend ich es in Wahrheit finde, keine Feiertagspläne mehr zu haben. Natürlich hätte ich jederzeit nach Hause fahren können, doch ich weiß, dass meine schlechte Laune dort nicht unentdeckt geblieben wäre. Und die Arbeit bei Kelly lenkt mich zumindest ab. Ich habe ihr nicht nur beim Aufbau geholfen, sondern bin heute Abend auch als Fotograf engagiert.

»Okay.« Kelly setzt ihr Glas an und trinkt den Rest in einem Zug aus. Dann wedelt sie auffordernd mit ihrer Hand in meine Richtung. »Beeil dich, gleich geht es los.« Die Vorfreude steht ihr ins Gesicht geschrieben. Es ist fast schon amüsant, wie aufgeregt sie ist. Nicht nervös, dazu ist sie viel zu routiniert. Aber sie kann den Beginn des Abends definitiv kaum mehr erwarten. Kelly liebt es, im Mittelpunkt zu stehen. Mit fremden Menschen zu sprechen, den Künstler oder die Künstlerin vorzustellen, Fragen zu den Bildern zu beantworten. Und vor allem hat sie ein Talent dafür, selbst den härtesten Kritiker um den Finger zu wickeln. Für heute Abend haben sich einige angekündigt.

Aus dem Hinterzimmer stoßen Samantha und Evie zu uns. Die beiden sind heute für das Catering zuständig. Sie werden Häppchen servieren und darauf achten, dass die Gläser der Besucher nie leer sind. Kelly gibt letzte Instruktionen und nimmt dann die junge Künstlerin in Empfang, was mir die Möglichkeit gibt, ein paar erste Bilder der noch leeren Galerie zu schießen. Einen Großteil davon wird niemand zu Gesicht bekommen. Doch darum geht es auch gar nicht. Nicht jedes Foto muss gesehen werden. Wichtiger ist, das Gefühl einzufangen, das diese Bilder an diesem Abend in dieser Galerie vermitteln. Und während ich mich durch den großen Raum bewege, die Kamera beinahe immer vor dem Gesicht, weiß ich ganz genau, welches Gefühl ich heute einfangen möchte. *Metanoia.* Der Titel der Ausstellung passt perfekt.

Kelly hat die Bilder auf eine Weise angeordnet, die eine doppelte Entwicklung zeigt. Sowohl die der Fähigkeiten der Künstlerin als auch die des Wandels, den die Figuren auf den Bildern durchlaufen. Auf jedem ist eine junge Frau zu sehen. Erst mit kurzen Haaren, dann mit immer längeren. Und gleichzeitig verliert sie mehr und mehr an Kleidung. Doch es ist nicht ihre äußere Erscheinung, die beeindruckend ist. Es ist der Fakt, dass Noemi Middlestone es mit gerade einmal achtzehn Jahren geschafft hat, auch die innere Haltung ihrer Figur zu zeigen, die sich mit jedem Bild weiter wandelt und verändert. Den krönenden Abschluss bildet das kleinste und doch zugleich stärkste Werk der Ausstellung. Es hat das Format eines durchschnittlichen Taschenbuches, und dennoch strahlt alles an der Frau, die sie darauf gezeichnet hat.

Ich stehe immer noch davor und betrachte es, als die Türen geöffnet werden. Obwohl es der Freitag nach Thanksgiving ist, füllt sich die Galerie schnell. Sanfte Musik spielt im Hintergrund. Klavierstücke, die perfekt zu den Farben der Bilder passen. Direkt neben dem Eingang entdecke ich Noemi. Sie ist klein und zierlich und trotzdem schreit alles an ihr: *Das ist mein Tag!* Unweigerlich hebe ich die Kamera und fotografiere sie auf die Distanz. Sie ist komplett in Schwarz gekleidet und wirkt damit um einiges älter, als sie eigentlich ist. Aber sie sieht auch glücklich aus, und nur das zählt.

Ich winke ihr kurz zu, dann mische ich mich unter die Gäste, mache Schnappschüsse, wenn ich darum gebeten werde, oder fotografiere die Leute, wenn sie nicht damit rechnen. Ohne das Wissen, gerade abgelichtet zu werden, verhalten sich die Menschen natürlicher. Sie verstellen sich nicht, lachen offen und ehrlich oder wirken nachdenklich. Manche sogar verträumt. Einigen kann ich an ihren Gesichtern ablesen, was sie denken, und ich versuche, auch diese Gedanken festzuhalten. Ich schieße Fotos, stoße mit Noemi auf ihren Erfolg an und halte ihre Rede für die Ewigkeit fest. Als sie endet, macht Kelly die Lichterketten an und erntet begeisterten Applaus dafür.

Es ist kurz nach neun, als die Eingangstür aufgeht und ich sie sehe. *Aria*, schießt es mir beim Anblick der dunkelhaarigen Frau durch den Kopf. Gleichzeitig verknotet sich mein Magen, weil sie nicht allein ist. Sie hat sich bei einem großen, blonden Kerl untergehakt, der einen Manbun trägt. Die beiden kommen näher, und dann erkenne ich, dass ich mich geirrt habe. Das ist nicht Aria. Die junge Frau sieht ihr nur verdammt ähnlich.

Auch lange, nachdem ich begriffen habe, dass ich sie verwechselt habe, geht mein Herzschlag so schnell, dass ich ihn in meinem ganzen Körper spüre. Vielleicht hat sie doch recht, und ich werde wahnsinnig. Nur, weil sie auf ihren Kinderbildern aussieht wie Josie … Habe ich mich am Ende doch von Jenn anstecken lassen? Ich kann nicht leugnen, dass mich ihre vielen Anrufe in den letzten Monaten beschäftigt haben. Dass ich Jenns Übereifer zwar zu viel fand, aber dann, bei dem Besuch bei Arias Eltern, in genau dieselbe Falle getappt bin. Wer Hinweise sucht, findet sie auch. Und ich war so sicher, dass alle zusammenpassen wie ein Puzzle. Aber das bedeutet dennoch nicht, dass sie wahr sind. Ein Puzzle ergibt nur ein Bild, nicht die Realität. Scheiße. Mit zwei Fingern reibe ich mir über die Stirn. Vielleicht muss ich den Gedanken zulassen, dass zwar immer noch alles zusammenpasst, ich aber dennoch falschliege. Und Aria nichts mit Josie zu tun hat.

Ich wende den Blick von dem Pärchen ab und sehe mich suchend nach Samantha und Evie um. Eine von beiden muss mir dringend noch ein Glas Sekt besorgen. Oder am besten zwei. Aber eigentlich sollte ich nicht trinken, während ich arbeite. Seufzend halte ich mir die Kamera wieder vors Gesicht, versuche, mich zu konzentrieren, und komme der Aufgabe nach, wegen der ich hier bin. Ich schnappe mir Noemi, mache Fotos von ihr vor und mit und neben ihren Kunstwerken. Immer wieder lacht sie und strahlt dabei über das ganze Gesicht. Sie hat allen Grund dazu, ihre Bilder kommen sagenhaft gut bei den Besuchern an. Heute kann noch nichts ersteigert werden, den Auktionsabend gibt es erst am Ende ihrer dreiwöchigen Ausstellung. Aber es haben sich bereits jetzt unzählige Interessenten gemeldet. Als Noemi ein Interview gibt, stelle ich mich unauffällig in ihre Nähe und fotografiere sie dabei. Sie ist absolut in ihrem Element und wie für dieses Leben als Malerin gemacht.

Irgendwann gesellt sich Kelly zu mir. Auch sie scheint äußerst zufrieden mit dem Verlauf des Abends zu sein. Und ist mittlerweile mindestens bei Glas fünf. Als hätte sie meine Gedanken gelesen, hält sie mir ein neues Sektglas entgegen. »Auf uns, Jackson!«, sagt sie und prostet mir erneut zu. »Ich habe so viele Anfragen für zukünftige Projekte. Bald muss ich dich in Vollzeit anstellen, weil ich es allein nicht mehr schaffe.« Sie grinst vergnügt. »Natürlich nur, wenn du Interesse hast. Ich weiß ja, dass dein Herz eigentlich an etwas anderem hängt.« Ihr Blick fällt auf die Kamera in meinen Händen, und ja, sie hat recht. Es gibt nichts Schöneres für mich, als durch die Linse zu schauen und Momente festzuhalten. Große, kleine, wichtige, unwichtige. Ich liebe es, Erinnerungen auf Papier zu pressen. Oder immerhin auf ein Speichermedium. Aber ich muss auch Geld verdienen, und meine Arbeit bei Kelly ist perfekt dafür. »Lass uns nach Weihnachten über den Job sprechen, wenn ich weiß, wie meine Jahresplanung aussieht, okay?« Sie legt ihre Hand auf meinen Unterarm und drückt ihn ganz kurz. Und dann ist sie wieder verschwunden, ohne dass ich überhaupt ein Wort dazu sagen konnte. Typisch Kelly. Ich liebe ihre überfallartige Art.

Kopfschüttelnd sehe ich ihr hinterher, ehe ich das Glas ansetze und an meinem Sekt nippe. Aus dem Nichts taucht Samantha auf und hält mir die Häppchenplatte vor die Nase. »Hey«, sagt sie und grinst. »Du siehst hungrig aus. Horsd'œvre?«

»Unbedingt«, gebe ich zurück, schnappe mir einen der runden Teigtaler mit Käsefüllung und schiebe mir das ganze Ding auf einmal in den Mund, was Samantha kichern lässt.

»Okay. Du hast wirklich Hunger. Nimm dir noch eins.«

Ich komme ihrer Aufforderung nach, und im nächsten Augenblick hält sie ihr Tablett schon einem der Gäste vor die Nase und preist auch dort die echt leckeren Vorspeisehäppchen an.

Es ist kurz nach dreiundzwanzig Uhr, als sich die letzten Besucher auf den Weg machen. Samantha und Evie räumen Gläser, benutzte Servietten und leere Nussschälchen auf, Kelly spricht mit Noemi, die immer noch wie eine 500-Watt-Glühbirne strahlt, und ich beschließe, dass ich genug Fotos gemacht habe.

Ich bin gerade dabei, meine Kamera in der gepolsterten Tasche zu verstauen und mich zu verabschieden, als sich die Galerietür noch einmal öffnet und das leise Läuten der Glocke ertönt. Neugierig, wer so spät hier auftaucht, hebe ich den Kopf. »Aram, Trent.« Ich lasse mein Equipment sinken und richte mich auf. »Was macht ihr denn hier?« Sie hatten sich am Mittwochabend für das lange Wochenende von mir verabschiedet, weil sie ihre Familien besuchen wollten.

»Wir feiern Thanksgiving mit dir nach.« Erst jetzt fällt mir auf, dass Aram große Stofftaschen in beiden Händen hält. »Oder vielmehr mit euch. Wo ist deine Chefin?«

»Sie verabschiedet Noemi«, antworte ich und trete näher. »Wolltet ihr nicht …« Ich unterbreche mich selbst. »Wenn eure Moms mir auf der Hochzeit den Kopf abreißen, weil ihr heute nicht bei ihnen seid, dann …«

»Wowowow, ganz langsam.« Trent stellt seine eigene Tüte auf einem der Stehtische ab. »Niemandem wird der Kopf abgerissen. Weder dir noch uns. Arams Eltern unterstützen unseren Überfall hier vollkommen. Nicht wahr, Schatz?«

»O ja.« Aram nickt und fängt an, eine Vielzahl an Tupperdosen auszupacken. »Es gibt Kürbiskuchen, Süßkartoffelpüree, glasierte Karotten und Hähnchenfilet. Den Truthahn macht meine Mom erst wieder am Sonntag, und der von gestern ist schon weg, aber sie meinte, Hauptsache Geflügel.«

»Und wenn Sapna das sagt, dann ist es auch okay.« Trent grinst und entfernt die Deckel von den Dosen, ehe er Besteck und Pappteller hervorzaubert. Im Handumdrehen richten die beiden ein Festmahl auf zusammengeschobenen Stehtischen her.

»Leute …« Ich kann es nicht fassen. »Das wäre …«

»… absolut nötig gewesen?« Aram nickt. »Ja, fanden wir auch.« Er stößt mich sanft mit dem Ellbogen an. »Besorgst du uns Getränke? Und wo ist Kelly? Ich will sie endlich persönlich kennenlernen.« Er reckt den Hals und sieht sich in alle Richtungen um. Meine Chefin steht immer noch bei Noemi. »Kommt her«, ruft er den beiden zu und winkt sie zu uns. »Und ihr auch.« Damit sind Evie und Samantha gemeint. »Es ist genug für alle da.« Bei den Massen an Tupperdosen glaube ich ihm das sofort. Es sieht fantastisch aus. Arams Mom hat sich selbst übertroffen.

»Holst du jetzt die Getränke?«, fordert er mich noch einmal auf. »Sonst wird das Essen kalt, und das will niemand, glaub mir.« Mit wedelnden Handbewegungen scheucht er mich davon.

Ein paar Minuten später bin ich zurück und werde Zeuge davon, wie Aram Kelly um den Hals fällt, als wären sie alte Freunde. Dabei kennen sie sich bisher nur von ein paar Telefonaten, wie ich erfahre. Anscheinend haben die beiden diesen Plan hier gemeinsam ausgeheckt, damit wir zusammen essen und Thanksgiving feiern können. Trent begrüßt sie etwas weniger stürmisch, und nachdem sich auch Evie, Samantha und Noemi vorgestellt haben, beginnen wir mit dem Festmahl. Alles, was die beiden mitgebracht haben, schmeckt unglaublich. Wir trinken, wir essen. Und vor allem lachen wir. Es könnte der perfekte Abend mit guten Freunden sein, ehe man am nächsten Morgen wieder zur Familie fährt.

Doch etwas fehlt. *Jemand* fehlt. Meine Gedanken wandern immer wieder zu Aria, und ich frage mich, was sie wohl jetzt gerade in diesem Moment tut. Vermutlich ist sie zu ihren Eltern gefahren – die vielleicht gar nicht ihre Eltern sind. Oder doch?

Ich nehme einen großen Schluck aus meinem Weinglas und lausche dem geschäftigen Erzählen meiner Freunde als stiller Beobachter. Was ist, wenn ich mich getäuscht habe? Die junge Frau vor einigen Stunden hat mich auch an Aria erinnert. An Josie, wie sie heute aussehen würde. Aber was zum Teufel ist, wenn das alles nur ein perfider Zufall ist und ich deswegen meine Freundin verloren habe?

Weil ich angetrunken bin und melancholisch noch dazu, ziehe ich mein Handy aus der Hosentasche. Von der alkoholgeschwängerten, sentimentalen Hoffnung getrieben, vielleicht eine Nachricht von Aria vorzufinden, starre ich auf das Display. Mia hat mir geschrieben, Nate ebenfalls. Doch keine Nachricht von Aria. Und das bedeutet, dass es Zeit wird, der unangenehmen Wahrheit ins Gesicht zu blicken. Sie wird sich nicht melden. Weil ich vollkommen überreagiert habe. Ich bereue es nicht, ihr von meinem Verdacht erzählt zu haben. Aber wie ich es getan habe, war ein Fehler. Einer der Art, den man nicht wiedergutmachen kann.

Trent bemerkt irgendwann, wie still ich bin. Leicht stößt er mich an und beugt sich zu mir herüber. »Alles okay?« Ich nicke und versuche mich an einem Lächeln. Es gelingt mir nicht, Trents Blick bleibt besorgt. »Es wird besser«, sagt er mitfühlend. Er füllt mein Weinglas fast bis zum Rand auf, und ich bin ihm dankbar dafür. Ich bin *all* diesen Menschen an diesem Tisch dankbar für ihre Anwesenheit. Für ihre Freundschaft. Für sie.

Ich trinke einen weiteren Schluck und stoße insgeheim auf Aria an. Und auf Josie. Wo auch immer sie sein mag.

Es ist weit nach Mitternacht, Noemi, Evie und Samantha haben sich längst verabschiedet, als Aram, Trent, Kelly und ich immer noch in der Galerie sind. Die drei verstehen sich erstaunlich gut. Mittlerweile stehen wir nicht mehr um die Tische herum, sondern haben es uns auf alten Decken, die Kelly irgendwo in einem Hinterraum aufbewahrt, auf dem Boden gemütlich gemacht. Über uns funkeln die Lichterketten wie Sterne, wir haben Sekt und Wein und immer noch massig Kürbiskuchen, und für ein paar Momente schaffe ich es, alles auszublenden, was in den vergangenen Wochen los war. Ich denke nicht an Jenn und ihren Kummer und auch nicht an Josie. Nur die Gedanken an Aria bleiben. Weil ich sie vermisse. Weil es mir fehlt, mit ihr auf dem Boden zu sitzen, mit ihr zu lernen und ihr dabei die Füße zu massieren. Mit ihr zu kochen, ihr im Park beim Malen zuzusehen, sie zu fotografieren, während sie in meinem Bett liegt und das Sonnenlicht durch die Fenster auf sie fällt. Sie von der Arbeit abzuholen und neue Graffitis in den Straßen Baltimores zu entdecken. Mir fehlt einfach alles mit ihr. Und am allermeisten sie.

In Gedanken versunken, stochere ich in einem Stück Kuchen herum und pike schließlich ein paar größere Krümel auf. Ich schiebe sie mir in den Mund und bemerke nicht, wie ich angesprochen werde. Erst, als Aram mit den Fingern vor meinem Gesicht schnipst, erwache ich aus meiner Trance. »Ja?« Ich blicke in drei fragende Gesichter. »Was ist los?«

»Kelly hat dir gerade eine eigene Ausstellung angeboten, und du sagst nichts dazu. Das ist los!« Aram mustert mich besorgt und überrascht zugleich. Doch es sind seine Worte, die mich wirklich ins Hier und Jetzt zurückholen.

»Was?« Ich wende mich Kelly zu, die weniger besorgt und eher amüsiert aussieht. »Ist das wahr?«

»Natürlich.« Sie nickt und lächelt. »Was hältst du von einer Ausstellung im Sommer?«

»Aber ich dachte, du bist ausgebucht.«

»War ich auch.« Sie zuckt mit den Schultern, als wäre das, was sie mir da gerade gesagt hat, nicht etwas absolut Unglaubliches. »Neulich hat allerdings jemand abgesagt, und bevor ich wen Neues suchen muss … Wenn du willst, plane ich dich als Ersatz ein.«

»Das würdest du …« Ich starre sie an, nicht sicher, ob es der Alkohol ist, der aus ihr spricht, oder ob sie ihr Angebot tatsächlich ernst meint. »Ehrlich?«

»Ja.« Wieder ein Schulterzucken. »Ich will das Street-Art-Projekt. Wie viele nehmen bisher teil?«

»Ich … keine Ahnung. Fünfundzwanzig?«

»Männer?«

»Und zwei Frauen.«

»Okay.« Kelly nickt. »Bis zum Sommer sollten es ein paar mehr sein. Ich gebe dir ein, zwei Nummern von Künstlerinnen, die sich gut dafür eignen würden, wenn du willst.« Bevor ich reagieren kann, spricht sie schon weiter. »Ich stelle mir das so vor …«

Und dann erhalte ich eine genaue Beschreibung, wie sie sich die Sache ausgemalt hat. Immer wieder werfe ich kurze verblüffte Blicke zu Aram und Trent, die ihr ebenso fasziniert zuhören wie ich. Kelly hat eindeutig eine Vision, und ich habe keine Ahnung, wann sie sich das alles überlegt hat. Es klingt durchdacht und stimmig, und ja, ja, ja, ich will unbedingt Teil davon sein. Kelly sorgt dafür, dass einer meiner größten Träume wahr wird. Aber auch wenn ich weiß, dass ich vor Freude durch die Galerie tanzen sollte, kann ich die Melancholie nicht ganz abschütteln. Ich möchte diesen Traum mit Aria teilen. Diesen und alle folgenden. Doch das geht nicht mehr.

Weil ich das Beste zerstört habe, was mir jemals passiert ist.

25

ARIA

Mom steht am Herd und bereitet das Rührei zu. Wie immer. Dad nippt an seinem Kaffee, während er in der Tageszeitung blättert. Wie immer. Ich sitze auf meinem Platz am Fenster und beobachte die beiden dabei. Wie immer. Alles fühlt sich vertraut an. Vertraut, wie immer, und doch vollkommen falsch. Diese Menschen, zu denen ich mein Leben lang ein unerschütterliches Urvertrauen hatte, haben mich angelogen. Ich weiß nicht, wer sie sind. Oder was sie für mich sind. Ich weiß nicht einmal mehr, wer ich selbst bin.

Ohne, dass es mir auffällt, wickle ich mir eine Haarsträhne um den Finger. Wie Mom, wenn sie nervös ist, weil ich mir das von ihr abgeschaut habe.

»Möchtest du auch Eier, Schatz?« In diesem Moment dreht sie sich samt Pfannenwender in der Hand zu mir um und lächelt. Sie lächelt, als wäre alles in bester Ordnung und mein Leben nicht gerade dabei, in tausend Teile zu zerspringen. Am liebsten würde ich schreien. So laut, bis die Fassade über uns zusammenbricht. Diese heile Welt, die überhaupt keine ist.

»Klar«, presse ich hervor, lege Besteck und Serviette beiseite, und Mom befüllt meinen Teller. Das Glas mit Orangensaft steht auch bereits da, und im Hintergrund dudelt das Radio. Es läuft derselbe Sender, den Dad schon gehört hat, als ich noch in die Grundschule ging. Es ist alles so furchtbar idyllisch, dass ich es kaum aushalte.

Nachdem Mom auch ihren eigenen Teller und den von Dad beladen hat, setzt sie sich zu uns. Er legt die Zeitung beiseite, und wir beginnen zu essen. Ich schweigend, Mom und Dad halten Small Talk, doch ich höre nicht richtig zu. Es ist mir egal, ob Mr Becker seinen Laubbläser schon morgens um sieben benutzt oder ob Nicole von nebenan nun acht statt vier Hasen in ihrem Garten hält. Das ist nichts, was mich interessiert, was ich wissen will oder was eine Rolle spielt.

Ich kann nicht fassen, dass sie wirklich so normal vor mir sitzen. Seit zwanzig Jahren spielen sie mir eine glückliche Familie vor, erzählen mir Märchen und Lügengeschichten. Und ich musste erst mit der Nase drauf gestoßen werden, dass in meinem Leben etwas faul ist. Die Rechnungen liegen oben in meinem Zimmer, ich habe sie die halbe Nacht studiert. Doch das Ergebnis ist immer dasselbe geblieben: Mom hatte sechs Wochen vor meiner Geburt eine weitere Behandlung zur Vorbereitung einer künstlichen Befruchtung. Ich kann nicht ihr Kind sein. Es ist zeitlich unmöglich. Und das bedeutet … Meine Gedanken drehen sich im Kreis. Ich muss die beiden zur Rede stellen, aber ich habe verflucht noch mal keine Ahnung, wie.

Ach, übrigens, ich weiß, dass ich nicht eure Tochter bin.

Woher komme ich? Habt ihr mich entführt? Zufällig in Sterling?

Was ist mit meiner echten Familie? Wo sind meine leiblichen Eltern?

Wer seid ihr?

Alles in mir ist zum Zerbersten angespannt. Ich will nicht hier sitzen und mit ihnen frühstücken und so tun, als wäre alles okay. Nichts ist mehr in Ordnung. Gar nichts.

Nach zwei Bissen Rührei wird mir schlecht. Ich lege die Gabel beiseite und trinke einen kleinen Schluck Saft. Als ich das Glas wieder abstelle, spüre ich Moms besorgten Blick auf mir.

»Schatz, ist alles okay?«, fragt sie und greift über den Tisch hinweg nach meiner Hand. Es kostet mich alles, was ich habe, meine Finger nicht sofort zurückzuziehen.

»Du vermisst Jack, nicht wahr?« Dad sieht mich wissend an. »Schade, dass er nicht mitkommen konnte. Nachdem er beim letzten Mal so überstürzt fahren musste … Wir hätten uns gefreut, ihn wiederzusehen. Ein netter junger Mann.«

»Hm.« Das ist alles, was ich dazu sage. Sie haben keinen Schimmer, dass Jack und ich längst nicht mehr zusammen sind. Ich habe ihnen nichts davon erzählt. Das hätte Fragen aufgeworfen, die ich nicht hätte beantworten können, ohne selbst … Was eigentlich? Zu lügen? Ich schulde diesen beiden Menschen mir gegenüber gar nichts. Sie haben mich mein Leben lang betrogen. Es geht sie nichts an, was mit Jack und mir ist.

»Bringst du ihn an Weihnachten mit?« Mom drückt aufmunternd meine Hand. »Dann kannst du ihn deinen Großeltern vorstellen und wir könnten ihn noch besser kennenlernen und …«

»Liebling.« Dad unterbricht Moms Redeschwall. »Aria wird uns schon rechtzeitig informieren, ob er mitkommt. Lass die Kinder ihre eigenen Pläne schmieden.«

»Ja, du hast recht«, stimmt Mom ihm sofort zu. »Entschuldige. Ich freu mich einfach nur, dass du hier bist. Dich bloß alle paar Wochen zu sehen, ist immer noch schwer.« Sie lächelt mich auf eine Art an, als würde ich ihr die Welt bedeuten. Und das macht mich rasend. Wie kann sie so sein, wenn sie ganz genau weiß, was sie getan hat?

»Ach ja?«, frage ich und muss mir nicht einmal Mühe geben. Ich klinge genauso zynisch, wie ich mich fühle. »Ist es das?«

Moms Lächeln erstirbt. Verwundert sieht sie zu Dad, dessen Stirn in tiefen Falten liegt. »Aria, was …«

Ich lasse ihn nicht zu Ende sprechen. Energisch werfe ich die Gabel auf den Tisch. »Hört auf. Hört endlich auf, mich anzulügen.«

»Schatz, was ist denn in dich …«

Auch Mom lasse ich nicht aussprechen. »Was in mich gefahren ist? Vielleicht zwanzig Jahre Lügen und Märchengeschichten. Hattet ihr jemals vor, mir zu sagen, dass ich nicht eure Tochter bin?«

Das Blut rauscht in meinen Ohren, rast durch meinen gesamten Körper. Mein Herz hämmert in meiner Brust, ich bin außer Atem und fühle mich nach diesen wenigen Sätzen, als wäre ich einen Marathon gerannt. Ich blicke Mom fest ins Gesicht und werde Zeugin davon, wie alle Farbe daraus entweicht. Wie sie einen schnellen Blick mit Dad wechselt. Und das sagt mir alles. Sie wissen ganz genau, wovon ich rede. Weil es die Wahrheit ist.

Ich bin nicht ihr Kind.

Es dauert nur ein paar Sekunden, dann ergreift Dad das Wort. Und versucht zu leugnen. »Was redest du für Unsinn, Aria? Du bist unsere …«

»Verkauf mich nicht für dumm, *Dad.*« Ich betone das Wort ganz besonders. »Wir wissen beide, dass ich recht habe. Ich habe die Rechnungen gefunden. IVF. Sechs Wochen vor meiner Geburt. Mom kann nicht gleichzeitig mit mir schwanger gewesen sein. Das ist nicht möglich.«

Meine Worte sitzen. Sie schweigen mich an, und ich sehe in ihren Gesichtern, dass sie nach einer Möglichkeit suchen, auf meine Anschuldigungen zu reagieren. Es gibt nur zwei. Entweder sagen sie mir die Wahrheit. Oder sie lügen weiterhin. Und ganz ehrlich? Ich habe nicht den leisesten Schimmer, wofür sie sich entscheiden. Weil diese Menschen mir gegenüber plötzlich wie Fremde für mich sind.

Es vergehen ewige Sekunden. Ich weiß nicht, wie lange wir so dasitzen, ich mit rasendem Herzschlag und so viel Wut im Bauch, dass mir immer noch übel ist. Keiner sagt ein Wort, dabei gibt es so viele Fragen, auf die ich Antworten brauche. Antworten, die nur sie mir geben können.

»Redet!«, sage ich irgendwann und balle eine Hand unter dem Tisch zur Faust. »Redet, oder ihr seht mich nie wieder.« Ich meine es ernst. Ich kann nicht länger mit Menschen in einem Raum sein, die mich mein ganzes Leben lang angelogen haben. Die Entschlossenheit in meiner Stimme lässt sie zusammenzucken. Mom, die nicht meine Mutter ist. Und Dad, der nicht mein Vater ist.

»Okay.« Er nickt. Ganz langsam und bedächtig. Und es sind diese vier mickrigen Buchstaben, die eine Lawine an Gefühlen in mir auslösen. Weil sie die verdammte Bestätigung aus seinem Mund sind, dass es wirklich und wahrhaftig stimmt.

Ich wurde belogen. Ich bin nicht Aria Gibson. Ich weiß nicht, wer ich bin, aber definitiv nicht Ariana Gibson aus Morgantown.

»Jonathan …« Mom wirft Dad einen verzweifelten Blick zu. »Du kannst nicht …«

»Wir müssen, Liebling.« Er umfasst ihre Hände und führt sie an seine Lippen. Als wolle er ihr versichern, dass alles gut werden würde, küsst er ihre Fingerknöchel. »Wir wussten immer, dass dieser Tag irgendwann kommt.«

»Aber …« Tränen sammeln sich in Moms Augen. Sie ist vollkommen überfordert. Und ich glaube, sie hat Angst. Wovor auch immer. Der Wahrheit? Oder dass ich sie nie wiedersehen will? Zumindest Letzteres ist durchaus im Bereich des Möglichen.

»Ich weiß, dass du uns das vermutlich nicht glauben wirst, wenn ich dir das jetzt sage, Ari …« Dad sieht mir bei jedem Wort in die Augen. Er hält immer noch Moms Hände umklammert. Sie zittert und weint stumme Tränen. »Aber wir wollten dich nie anlügen.« Er blinzelt nicht einmal. »Du musst wissen, dass wir uns seit vielen Jahren … seit *sehr* vielen Jahren ein Kind gewünscht haben, bevor du zu uns kamst.« Ich sehe, wie er tief Luft holt und schwer ausatmet. »Das damals … Es war keine leichte Zeit für uns. Wir waren Mitte zwanzig und wollten so sehr ein Baby.«

Während Dad spricht, fangen Moms Schultern an zu beben. »Wir haben es versucht und versucht und versucht, aber es hat nicht geklappt.« Leise seufzt er und umklammert Moms Hände weiterhin. »Kurz vor meinem dreißigsten Geburtstag wurde Abigail dann doch schwanger. Wir waren so erleichtert, so unsagbar glücklich und dankbar. Es war ein Apriltag, und es hat überraschenderweise geschneit und … Das spielt keine Rolle, entschuldige.« Er versucht, sanft zu lächeln und schüttelt gleichzeitig den Kopf. »Aber ein paar Wochen später hat Abbey … Sie hat das Baby verloren. Unser absolutes Wunschkind war einfach weg. Abbey konnte nichts dafür, manchmal passiert das einfach. Es passiert sogar ziemlich oft.« Ein Schatten legt sich über sein Gesicht, während Mom immer heftiger weint. Als würde es ihr das Herz zerreißen, Dad diese Geschichte erzählen zu hören. Meine Brust verkrampft sich. Ich will kein Mitgefühl mit ihnen haben, will mich von ihren Tränen und seinen Worten nicht manipulieren lassen. Trotzdem zieht sich alles in mir schmerzhaft zusammen.

»Es war die erste Fehlgeburt von vielen. Und jede weitere hat unseren Schmerz immer größer werden lassen, bis wir irgendwann eine Pause einlegen mussten, weil es zu viel für Abigails Körper wurde. Wir haben Zeit verloren, weil sich das über Jahre hingezogen hat. Und schließlich haben wir diesen Arzt gefunden, der uns an eine Kinderwunschklinik vermittelt hat.«

»Die Rechnungen«, sage ich leise.

»Genau.« Dad nickt. »Aber auch all diese Versuche schlugen fehl, egal, wie viele Hormonbehandlungen wir gemacht haben. Fünfzehn Jahre, Aria. Wir haben es fünfzehn Jahre lang versucht, und das war unglaublich zermürbend. Und ehrlich gesagt hat mir der Kummer deiner Mom das Herz gebrochen. Abigail hat so gelitten, dabei wollten wir doch einfach nur ein Kind haben. Ein kleines Baby, das unsere Familie komplett machen würde.« Seine Stimme bricht. Schnell dreht er den Kopf beiseite und räuspert sich. Es dauert ein paar Sekunden, bis er mich wieder ansieht. »Deshalb blieb uns irgendwann nur noch eine Adoption.«

»Also bin ich adoptiert?« Ich knete meine Finger unter dem Tisch, habe immer noch einen Stein im Magen. Ruhig sitzen zu bleiben, fällt mir wahnsinnig schwer. Alles in mir schreit danach, aufzustehen und wegzulaufen. Aber dann bekomme ich keine Antworten mehr. »Warum habt ihr mir das nie gesagt?« Ich habe keine Ahnung, wie ich darauf reagiert hätte, aber alles wäre besser gewesen, als mein ganzes Leben lang angelogen zu werden.

Mein Blick wandert zwischen Mom und Dad hin und her. Zwischen diesen beiden Menschen, denen ich bedingungslos vertraut habe. Ich erwarte Ausflüchte, irgendwelche fadenscheinigen Begründungen, die überhaupt keinen Sinn ergeben oder lächerlich sind. Doch was Dad schließlich sagt, lässt mich stutzen.

»Wir wollten dich schützen.«

»Wovor? Dass durch meine Adern anderes Blut fließt als durch eure?« Vielleicht hätte ich damit zu kämpfen gehabt, ganz sicher sogar, aber … Es werden ständig Kinder adoptiert. Sie hätten es mir schonend beibringen, mit mir darüber reden können und dann …

Dad unterbricht meinen Gedanken. »Nein. Nicht deshalb.« Er schüttelt wieder den Kopf, tiefe Reue liegt in seinen Augen. »Die Adoption war … Sie war nicht …« Für den Bruchteil einer Sekunde sieht er zu Mom. Als müsse er sich versichern, dass es okay ist, was er im

Begriff ist zu sagen. Doch Mom hat den Blick auf den Tisch gesenkt. Immer noch laufen ihr stille Tränen über die Wangen und tropfen auf die Tischdecke. Seit Minuten hat sie keinen Ton mehr gesagt.

»Sie war was?« Ich spüre, wie ich ungeduldig werde. »Sag schon.«

»Sie war nicht legal.«

»Sie war … *was?*« Meine Stimme ist schlagartig nur noch ein Flüstern. Wovon redet er da?

»Als wir uns entschlossen haben, ein Kind zu adoptieren, wurden wir für den Adoptionsprozess nicht mehr zugelassen.«

»Was soll das heißen? Wurde ich … Habt ihr mich …« Scheiße, scheiße, scheiße, scheiße. Jack hat recht. Meine Eltern sind Verbrecher! Ich reiße die Augen auf. »Habt ihr mich entführt?«

Das ist der Moment, in dem Mom endlich aus ihrer Starre erwacht. »Was? Aria, nein. Nein! Wir haben dich nicht … Nein! So etwas würden wir nie tun!«

Ich will ihnen glauben, aber ich weiß nicht, ob ich das noch kann. »Warum musstet ihr mich dann … illegal adoptieren? Was soll das überhaupt bedeuten?« Es gibt keine illegalen Adoptionen. Entweder ist eine Adoption rechtens, oder sie ist ein Verbrechen.

»Die Jahre in der Kinderwunschklinik …« Dad ist derjenige, der mir antwortet. »Sie lagen nicht nur an Abigails Fehlgeburten. Ich hatte Krebs, Aria.«

»Du hattest was?« Fassungslos starre ich ihn an. Auch davon wusste ich nichts, er hat mir nie etwas erzählt.

»Das war lange, bevor du zu uns kamst. Ich war Mitte dreißig, als ich die Diagnose Hodenkarzinom bekam.«

»Hodenkarzinom? Was soll das sein?«

»Ein bösartiger Tumor. Hodenkrebs. Und es war klar, dass ich nach der Behandlung keine Kinder mehr würde zeugen können. Also haben wir vorgesorgt. Ich habe Samenzellen einfrieren lassen, aber auch, als ich zwei Jahre später wieder gesund war und wir einen neuen Versuch mit der Kinderwunschklinik gewagt haben … Es hat nicht funktioniert. Und irgendwann waren die Spermien aufgebraucht.«

»Also deshalb die … Adoption?« Alles in mir wehrt sich, die Sache so zu nennen.

»Das war unser Plan, ja.« Dad nickt. Er hält nach wie vor Moms Hand. »Als wir den Antrag gestellt haben, mussten wir Fragen zu unserem Gesundheitszustand beantworten. Ich war wieder genesen und wir zuversichtlich, dass wir bald ein Baby bekommen würden. Wir hatten sichere Einkommen, ein großes Haus, und die Odyssee mit der Kinderwunschklinik hat den Sachbearbeitern gezeigt, wie ernst es uns ist.« Dad stockt. Schluckt hart. Und dann spricht er weiter. »Aber mitten im Bearbeitungsprozess kam der Krebs zurück.«

Sprachlos sehe ich ihn an, kann nicht glauben, was ich da höre. Mein Dad hatte zweimal Krebs, und ich wusste rein gar nichts davon.

»Das ganze Spiel begann von vorne. Ich musste mich wieder einer Chemotherapie unterziehen. Niemand konnte mir sagen, wie lang ich behandelt werden musste. Und wir wurden älter und älter, und die Verzweiflung … Sie wurde unermesslich groß. Irgendwann wurde uns dann mitgeteilt, dass wir unter diesen Umständen nicht länger für eine Adoption infrage kämen. Es täte ihnen leid, aber wir erfüllten die Kriterien nicht mehr.« Dad löst eine Hand von Moms und reibt sich über die geschlossenen Lider. Als er sie wieder öffnet, sind seine Augen gerötet, und ich sehe ihm deutlich an, wie viel Mühe es ihn kostet, weiterzusprechen. »Das Schlimmste ist, dass ich das Amt verstehen konnte. Es ist fatal, ein Kind zu adoptieren, während man Krebs hat.«

»Wieso … wieso bin ich dann trotzdem bei euch … gelandet?«

Dieses Mal besteht die Antwort aus Schweigen. Dad sagt nichts, Mom auch nicht. Wieder blicken sie sich einen Moment lang an, der mir vorkommt wie eine Ewigkeit. Und der mir eindeutig sagt, dass das immer noch nicht alles ist, obwohl mir allmählich der Kopf schwirrt. Fehlgeburten, Krebs, Adoption, doch keine Adoption. Illegale Machenschaften.

»Vielleicht sollten wir später weiterreden«, schlägt Dad vor, aber ich lehne diesen Vorschlag sofort entschieden ab. Ich habe offenbar zwanzig Jahre mit einer Lüge gelebt. Ich will endlich die Wahrheit wissen. Die komplette Wahrheit. Egal, wie hässlich sie ist. Ich brauche keine Pause. Was ich brauche, sind Antworten.

»Erzähl es mir jetzt!«, fordere ich Dad auf. Ich bin selbst erstaunt, wie fest meine Stimme klingt, während alles in mir in Aufruhr ist.

Mom entfährt wieder ein Schluchzen, doch Dad redet schließlich weiter. »Der Sachbearbeiter, der uns betreut hat, war korrupt. Er hat gemerkt, wie verzweifelt wir waren, wie sehr wir dieses Baby wollten, trotz meiner Krebserkrankung. Und an hoffnungslos verzweifelten Menschen kann man Geld verdienen. Also hat er uns einen … Vorschlag gemacht.«

Unweigerlich halte ich die Luft an, obwohl ich weiß, worauf das hinausläuft. Immerhin sitze ich gerade hier. Bei Menschen, von denen ich bisher dachte, dass sie meine Familie sind.

»Für viel Geld würde er uns ein Kind besorgen und eine gefälschte Geburtsurkunde zukommen lassen können. Der Plan wäre wasserdicht, er hätte so etwas schon öfter in die Wege geleitet, wir würden nur wegziehen müssen. Und weil wir dich so sehr wollten, Ari, haben wir zugestimmt. Deshalb wohnen wir hier und deine Großeltern so weit weg. Hier wusste niemand, dass Abigail gar nicht schwanger gewesen war. Für die Leute in Morgantown sind wir einfach nur eine Familie, die jobbedingt umziehen musste.«

»Aber Gran und Gramps … Sie wussten doch, dass ihr … dass du …« Ich blicke zu Mom, sehe ihre Tränen, den Kummer in ihrem Gesicht.

»Sie haben keine Ahnung, wo wir dich herhaben, Aria. Sie denken, du bist adoptiert. Dass wir irgendwann statt einem Baby eben auch ein Kleinkind genommen haben. Weil das leichter ist … Je älter ein Kind ist, umso schwerer findet das Amt adoptionswillige Eltern. Die meisten wollen Babys. Wie wir anfangs. Deine Großeltern … Sie sind nur deshalb wütend auf uns, weil wir in einer Nacht-und-Nebel-Aktion weggezogen sind und sie dadurch keine Chance hatten, dir beim Aufwachsen zuzusehen.«

»Ihr habt mich also … gekauft?« O Gott, das klingt genauso furchtbar wie entführt. Nach Menschenhandel. Nach einem Verbrechen. Das muss ihnen doch klar gewesen sein. »Wie konntet ihr nur?«

»Du musst verstehen, wie verzweifelt wir waren«, schaltet Mom sich ein, und es ist ihre Wortwahl, die mich rasend macht.

Ich lasse eine Faust auf den Tisch knallen. Das Geschirr klirrt, Mom zuckt zusammen, Dad sieht mich traurig an. Weil er es weiß. Er weiß, dass es falsch war. Dass es falsch *ist*. Sie haben zugelassen, dass ich meiner richtigen Familie entrissen wurde. Sie wollten sogar, dass das passiert. Damit ihr größter Wunsch erfüllt wurde, während irgendwo anders eine Familie zerbrach. »Ich muss gar nichts«, fauche ich sie an. »Ihr habt mich vielleicht nicht selbst entführt, aber ihr wolltet, dass jemand anderes genau das für euch tut.«

Meine Worte sind kalt, gepresst und schneidend, und sie führen dazu, dass Mom neue Tränen weint. »Ich weiß«, schluchzt sie. »Glaub mir. Das ist uns jeden Tag bewusst. Wir haben immer gehofft, dass du ein Findelkind bist, aber …«

»Das ist ziemlich naiv«, zische ich. »Glaubst du nicht, dass ein Findelkind regulär über das Jugendamt vermittelt worden wäre? Ihr es davor hättet besuchen dürfen?« Was für ein Bullshit! Ich fasse es nicht. Ich kann nicht glauben, was ich gerade erfahren habe. »Wisst ihr, wo ich herkomme? Aus welcher Stadt? Oder wenigstens aus welchem Staat?«

»Nein, wir haben dich nur überreicht bekommen. Ohne jegliche Information, wo du vorher …«

»Wie viel habt ihr für mich bezahlt?«, unterbreche ich sie. *Wie viel bin ich euch wert gewesen?*

»Das spielt doch keine Rolle, Schatz. Wir …«

Vielleicht tut es das nicht, aber ich will es trotzdem wissen. »Sagt es mir!«

»Zweihundertfünfzigtausend.« Es ist Dad, der mir die Summe nennt. Und die so schwindelerregend hoch ist, dass mein Mund staubtrocken wird.

»Zweihundertfünfzigtau…« Ich verstumme. Eine viertel Million Dollar? »Ihr habt so viel Geld bezahlt?«

»Wir wollten dich unbedingt haben.« Dad will nach meiner Hand greifen, aber ich entziehe sie ihm sofort. Auf keinen Fall darf er mich nun anfassen. Auf gar keinen Fall.

»Der Typ hat sich also eine goldene Nase verdient.« Vor allem, wenn ich nicht das erste Kind war, das er so verkauft hat. »Großartig.«

»Es war nicht alles für ihn.«

»Was meinst du damit?«

»Er hat … Er hat mit einer Art Agentur zusammengearbeitet. *Hopeful Days.* So hat er sie genannt. Zweihunderttausend wollten sie für dich haben, fünfzigtausend waren für ihn. Vermittlungsgebühr, oder so etwas. Ich weiß nicht mehr, wie er das genau bezeichnet hat.«

»Was zum …« Ich habe keine Ahnung, wie ich so lange hier bei ihnen sitzen konnte. Energisch schiebe ich meinen Stuhl nach hinten, springe auf und funkle sie an. »Das ist widerlich. Pervers und perfide und grausam. Wie konntet ihr mir das antun? Meiner leiblichen Familie! Irgendwo da draußen sind Menschen, denen ihr Kind gestohlen wurde, nur damit ihr eins haben könnt. Das ist doch krank!«

»Aria, bitte.« Mom steht ebenfalls auf, umrundet den Tisch und will auf mich zukommen, doch ich halte abwehrend die Hände nach oben. *Bleib, wo du bist!*

»Nein. Ihr seid die egoistischsten Menschen, die mir jemals begegnet sind. Auch wenn ihr euch mehr als alles andere ein Kind gewünscht habt … das rechtfertigt gar nichts. Wer seid ihr nur?« Ich bemerke nicht, wie ich selbst anfange zu weinen. Wie alles in mir zusammenstürzt, weil es wahr ist. Jacks Verdacht ist wahr. Ich bin nicht das Kind meiner Eltern. Ich wurde entführt und verkauft. Und vielleicht bin ich seine Josie. Allein dieser Gedanke genügt, dass ich in die Knie gehe, weil ich die Übelkeit nicht ertrage. Ich will nicht Josie sein. Ich *kann* nicht sie sein. Nicht seine Kindheitsfreundin. Nicht seine!

Stuhlbeine rücken, sofort sind Mom und Dad neben mir. »Aria!« Eine Hand legt sich besorgt auf meine Schulter, aber ich schüttle sie ab. Die Übelkeit steigt bis in meinen Hals. Sie schnürt mir die Luft ab und mein Magen verkrampft.

»Es tut uns leid«, höre ich Dad irgendwo hinter mir sagen. »Es tut uns so unendlich leid. Wir lieben dich, Aria.«

Ich glaube ihm nicht. Das Einzige, was ich ihnen noch abnehme, ist die Tatsache, wie sehr sie sich ein Kind gewünscht haben. Aber dass es ihnen wirklich leidtut, was sie getan haben, um sich diesen Wunsch zu erfüllen … Nein, das kaufe ich ihm nicht ab. Ihnen beiden nicht.

Mit der letzten Kraft, die ich noch habe, richte ich mich wieder auf und blicke in ihre blassen, niedergeschlagenen Gesichter.

»Fahrt zur Hölle«, sage ich. Dann stürme ich aus der Küche.

Im Bad lasse ich mich vor der Kloschüssel auf die Knie fallen. Es tut weh, aber ich ignoriere den Schmerz. Stattdessen würge und würge ich, doch ich kann mich nicht übergeben. Weil alles, was ich loswerden will, in meinem Kopf und nicht in meinem Magen ist. Kraftlos sinke ich neben der Toilette auf den Boden, ziehe die Beine an und lege meinen Kopf auf meinen Knien ab. Wie zur Hölle kann das mein Leben sein? Wie ist es möglich, dass ausgerechnet die beiden Menschen, die ich am allermeisten liebe, zu so etwas fähig sind? *Wie?*

Ich umklammere meine Beine fester, versuche zu begreifen, was sie mir erzählt haben. Aber da ist etwas in mir, das sich weigert. Ich will es nicht verstehen, ich will einfach nur mein Leben zurück. Unwissenheit ist ein Segen – nie war etwas wahrer.

Mein ganzer Körper schmerzt, während ich in meinem kleinen Badezimmer sitze und unaufhörlich über Dads Worte nachdenke und Moms flehenden Blick vor meinem inneren Auge sehe. Kummer und Schuld und doch keine Reue. Weil sie ihre Taten nicht bereuen. Weil sie mich lieben. Weil sie es vermutlich wieder getan hätten.

Wir lieben dich, Aria.

Mein Herz tut so sehr weh, dass ich mir die Hand auf die Brust drücke. Aber mein Puls beruhigt sich nicht, weil die Wut in mir nicht kleiner wird. Und auf einmal weiß ich mit absoluter Sicherheit, dass ich nicht länger hierbleiben kann. In diesem Haus, bei ihnen. Tränen treten mir in die Augen, als mir klar wird, dass ich Mom und Dad nicht mehr so nennen kann. Weil sie es nicht sind. Sie sind nicht mehr meine Eltern, nicht meine Familie, weil sie es nie waren.

Mit verschleiertem Blick gehe ich in mein Zimmer, ziehe meinen Rucksack unter dem Bett hervor, stopfe alles hinein, womit ich gekommen bin. Klamotten, Laptop, Ladekabel, Handy, Portemonnaie, meine Bücher zum Lernen. Es ist nur das Notwendigste, und trotzdem ist der Rucksack schwer, als ich fertig bin.

Ich verliere keine Zeit. Ohne nach links oder rechts zu sehen, eile ich die Treppe nach unten, schnappe mir Schal, Schuhe, meine Mütze und reiße die Jacke vom Haken. Das ist der Moment, in dem Mom und Dad … nein, Abigail und Jonathan mich bemerken. Sie kommen aus der Küche, aber ich beachte sie nicht. Ich will nicht in ihre Gesichter blicken, ich will sie überhaupt nicht mehr ansehen.

»Aria, nein.« Abigail geht neben mir in die Hocke, greift nach meinen Händen, will verhindern, dass ich mir die Schuhe binde. Wortlos schiebe ich ihre Finger beiseite, schnüre weiter und richte mich wieder auf. Ich sage kein Wort, als ich in meine Jacke schlüpfe.

»Wo willst du hin?«, fragt Jonathan und zieht Abigail an sich. Sie weint schon wieder, und ich ertrage es nicht. Ich ertrage es einfach nicht, weil nicht sie diejenigen sind, die ihr gesamtes Leben lang angelogen wurden.

»Baltimore.« Das ist alles, was ich sage, ehe ich die Tür aufreiße, den Rucksack schultere und das Haus verlasse.

»Aria!«, ruft Abigail mir hinterher. Die Verzweiflung, die Panik in ihrer Stimme ist nicht zu überhören.

Es ist mir egal. Soll sie doch verzweifelt sein. Nicht ich habe sie betrogen und belogen.

»Ich kann dich fahren.« Jonathans Schritte sind auf dem Kies hinter mir zu hören. Ich bleibe dennoch nicht stehen, laufe weiter und weiter. Ich gebe keine Reaktion von mir. Als ob ich in sein Auto einsteige. Der Busbahnhof ist ein ganzes Stück entfernt, aber das ist immer noch besser, als mich von ihm fahren zu lassen und mir weiter anhören zu müssen, wie leid es ihm tue.

Je weiter ich laufe, umso leiser werden seine Schritte. Und irgendwann verstummen sie ganz. Das Zeichen, dass er aufgegeben hat. Er folgt mir nicht länger, und diese Erkenntnis treibt mir die Tränen in die Augen. Dabei ist das genau das, was ich wollte.

Ich marschiere weiter, die Finger fest um meine Rucksackträger geschlungen. Tiefgraue Wolken hängen über der Stadt, es würde mich nicht wundern, wenn es in den nächsten Minuten anfangen würde zu regnen. Wie passend.

Ich beiße mir auf die Lippe, aber auch dieser Schmerz lenkt mich nicht von dem in meinem Herzen ab. Mit jedem Schritt mehr, den ich mache, wird es unmöglicher, mich aufrecht zu halten. Ich zwinge mich, weiterzugehen, bis ich eine leere Bank am Straßenrand entdecke. Dort lasse ich mich nieder und weine wie noch nie zuvor in meinem Leben.

26

JACK

Fünfhundertzwölf Fotos. Das ist die Ausbeute des gestrigen Abends. Mit einer Tasse Kaffee in der Hand beginne ich zu sortieren, verschiebe unscharfe Bilder in den Mülleimer und überlege mir beim Sichten bereits Möglichkeiten für die Bearbeitung. Hier etwas schärfer, dort etwas heller. Am Ende wird Noemi die Originalfotos und die bearbeitete Version bekommen.

Weil Aram und Trent wieder bei ihren Familien sind, kann ich die Musik so laut aufdrehen, wie ich will. Bryce Fox' durchdringende Stimme schallt durch mein Wohnzimmer und lässt mich den eingehenden Anruf beinahe überhören. Mein Handy fällt mir nur auf, weil ich aus den Augenwinkeln das Leuchten meines Displays wahrnehme. Arias Name wird mir auf dem Bildschirm angezeigt. Hastig stoppe ich den Song und greife nach meinem Telefon.

»Hallo?«, melde ich mich und halte den Atem an. Mein Puls verdoppelt sich, es ist Wochen her, dass ich das letzte Mal mit ihr gesprochen habe. Sie hat keine meiner Nachrichten beantwortet oder meine Anrufe angenommen. »Aria?« Ich stehe auf, folge dem plötzlichen

Drang, mich zu bewegen. Stille erwartet mich am anderen Ende der Leitung. Stille und dann … ein Schluchzen? »Aria?«, sage ich noch einmal. »Bist du das?« Es ist ihre Nummer, die mich angerufen hat, aber vielleicht hat sie auch ihr Handy verloren und es ist jemand anderes dran.

Bevor ich weiter darüber nachdenken kann, höre ich ihre Stimme. »Jack …«

Allein die Art, wie sie meinen Namen ausspricht, verrät mir, dass etwas ganz und gar nicht in Ordnung ist. Unweigerlich umklammere ich mein Handy fester. »Was ist passiert?«, frage ich und mache hastig ein paar Schritte hin und her.

»Ich habe … Du hast …« Aria bringt keinen ganzen Satz zustande und unterbricht sich selbst. Dann schluchzt sie wieder, und dieses Geräusch ist wie eine Hand, die sich um mein Herz legt und zudrückt. Irgendetwas ist passiert, und der Wunsch, jedem wehzutun, der ihr wehgetan hat, wird schier übermächtig.

»Aria …«, versuche ich es erneut, nachdem sie wieder einige Sekunden lang nichts gesagt hat. »Du machst mir Angst. Was ist los?«

Ich weiß nicht, ob es meine Aussage oder meine Frage ist, aber schließlich antwortet sie mir. »Du hattest recht«, sagt sie und klingt dabei so verzweifelt, dass ich intuitiv weiß, worauf sie anspielt. Trotzdem warte ich, bis sie weiterspricht und meine Vermutung bestätigt. »Ich bin nicht das Kind meiner … meiner … Fuck. Ich kann sie nicht einmal mehr so nennen.« Ihre Stimme bricht erneut, und wurde mein Herz gerade noch zerquetscht, so wird es nun in tausend Stücke gerissen.

»Wo bist du?«, will ich wissen. »In Morgantown?« *Bei ihnen?*

»Ja. Ich … Ich warte auf den Bus nach Baltimore.« Sie hat Schluckauf vom Weinen. »Ich kann nicht … Ich kann einfach nicht bei ihnen bleiben, Jack. Ich musste weg und …«

»Okay.« Ich unterbreche sie. »Wann kommst du an? Ich hol dich ab.«

»In vier Stunden.«

»Ich werde da sein«, verspreche ich ihr. Und ich glaube, ich habe noch nie in meinem Leben etwas so ernst gemeint.

»Okay«, flüstert sie. »Danke … Danke, Jack.«

»Natürlich.« Mit einer Hand fahre ich mir durch die Haare. »Wann kommt der Bus?« Wenn sie in vier Stunden hier sein wird, kann es nicht mehr allzu lange dauern.

»In einer Viertelstunde.« Im Hintergrund höre ich die Geräusche einer Durchsage.

»Gut. Wenn du … Wenn du willst, warte ich mit dir. Ich bleibe am Telefon, und wir … warten gemeinsam. Einverstanden? Du musst auch nichts sagen, wenn du nicht willst.« *Oder nicht kannst. Du kannst einfach weinen.*

Es dauert, bis sie mir antwortet. Leise murmelt sie »Okay«, und ich merke, wie ich erleichtert ausatme.

»Okay«, wiederhole ich und setze mich auf mein Sofa. Und dann warte ich. Darauf, dass sie etwas sagt. Oder dass wir gemeinsam schweigen. Ich überlasse es ihr, wie ich es versprochen habe.

Ein paar Minuten vergehen, in denen sie keinen Ton von sich gibt. Einzig ihre Atmung zeigt mir, dass sie noch am anderen Ende der Leitung ist.

»Es tut mir leid«, sagt sie schließlich. »Ich hätte dir glauben sollen. Du hattest einfach recht. Von Anfang an. Sie sind nicht meine Eltern.«

»Hey, nein«, entgegne ich sanft. »Du musst dir keine Vorwürfe machen.«

»Doch!« Ihre Stimme wird energischer. »Sie haben mich angelogen. Mein ganzes Leben lang.« Wieder mischt sich ein Schluchzen unter ihre Worte. »Und ich wüsste es bis heute nicht, wenn du … wenn du nicht …« Sie stockt erneut, und ich habe keine Ahnung, was ich dazu sagen soll. »Wenn du nicht gewesen wärst.« Sie flüstert schon fast. Und ich weiß immer noch nicht, was ich sagen soll. Aber das muss ich auch nicht. Aria hat in einen Redefluss gefunden, den ich nicht stoppen will. Ich bin viel zu froh, dass sie überhaupt wieder mit mir spricht. »Ich habe angefangen zu suchen. Nach irgendetwas, weil ich nicht mehr aufhören konnte, über deine Worte nachzudenken. Und diese blöden Fotos …« Sie gibt ein schnaubendes Geräusch von sich. »Ich sehe aus wie Josie, aber dass ich wirklich sie sein könnte? Das ist völlig verrückt.« In der nächsten Sekunde verstummt sie. »Oder ist es nicht. Ich könnte sie sein. Ich meine, ich bin ganz offensichtlich keine Gibson. Also bin ich vielleicht eine Rhodes. Oder … hat die Spur in Harrisburg etwas ergeben?«

Ihre Frage bringt mich für einen Moment aus dem Konzept. Ich denke zurück an meinen Besuch bei Jenn und wie verzweifelt sie war. »Nein«, entgegne ich leise. »Hat sich … Hat sich zerschlagen.« Vielleicht sollte ich ausführlicher antworten, ihr mehr erzählen, aber jetzt geht es nicht um Josie oder Jenn. Sondern um Aria. Um Aria und ihren Kummer, und am liebsten würde ich sie in den Arm nehmen, wenn sie nicht so weit weg wäre.

»Okay.« Sie stößt ein Seufzen aus. »Also noch ein Grund, dass ich wirklich sie sein könnte. Wow.«

Meine nächsten Worte überraschen mich selbst, aber vielleicht haben der Tag in Sterling und die Verwechslung in Kellys Galerie doch mehr in mir ausgelöst, als ich angenommen habe. »Versteif dich nicht zu sehr darauf. Vielleicht bist du sie auch nicht und …«

»Warte!« Sie stoppt mich. »Was redest du da? Auf einmal denkst du, ich bin doch nicht Josie?«

»Nein«, beschwichtige ich sie sofort. »Es kann durchaus immer noch sein.« Die Möglichkeit besteht nach wie vor, aber seit gestern Abend ist sie in meinem Kopf nicht mehr so riesig und so unumstößlich, wie sie das bis vor wenigen Tagen noch war. »Nur musst du gleich fast vier Stunden in einem Bus sitzen, ohne dass wir dabei telefonieren können. Ich will einfach nur nicht, dass du die ganze Fahrt über von diesen Gedanken gequält wirst.«

»Das werde ich doch sowieso.« Wieder seufzt sie, aber immerhin scheinen da für den Moment keine Tränen mehr zu sein. »Ich muss jetzt auch auflegen. Der Bus kommt.«

»Okay.« Ich nicke, obwohl sie mich nicht sehen kann. »Schreib mir, wenn was ist, ja?« Telefonieren mag im Bus nicht erlaubt sein, Nachrichten hin- und herschicken ist es aber allemal.

Die vier Stunden ziehen sich wie Kaugummi. Ich kann mich auf nichts mehr konzentrieren, klappe irgendwann entnervt meinen Laptop zu und fahre mir mit beiden Händen gleichzeitig durch die Haare. Nervös. Das ist es, was ich bin. Weil ich Aria so lange nicht gesehen habe. Und weil ich nicht weiß, wie ich sie begrüßen soll, immerhin sind wir nach wie vor getrennt, auch wenn sie mich angerufen hat. Mich, und nicht ihre Freundinnen. Keine Ahnung, was das zu bedeuten hat.

Um mir die Zeit zu vertreiben, gehe ich joggen. Das Handy immer griffbereit, falls sie sich meldet. Dann checke ich die Art-App nach neuen Aufträgen und beginne damit, einen weiteren Workshop für die Uni vorzubereiten.

Kurz nach zwei steige ich in meinen Wagen und fahre los. Es ist kaum Verkehr, was dem Feiertagswochenende geschuldet ist, deswegen erreiche ich den Busbahnhof früher als geplant. Mein Blick fällt auf die großen Anzeigebildschirme, und ich scanne den für die Ankünfte von oben nach unten ab. Arias Bus müsste an Steig zwölf ankommen. Die Hände tief in den Hosentaschen vergraben, laufe ich los. Ein paar Minuten habe ich noch. Der Wind in der halb geöffneten Halle ist eisig. Ich wusste, dass Baltimore im Winter eklig sein würde, aber mit so viel Kälte habe ich nicht gerechnet. Unruhig wippe ich auf meinen Füßen hin und her, bis der Bus in die Parkbucht fährt.

Aria ist die Vorletzte, die aussteigt. Und sie sieht aus, als bräuchte sie eintausend Umarmungen. Intuitiv mache ich einen Schritt auf sie zu und ziehe sie in meine Arme. Es ist egal, was wir sind. Freunde oder mehr. Ein Ex-Paar oder nicht. In diesem Augenblick braucht sie jemanden, der sie einfach nur hält, und ich werde derjenige sein. Ihre Arme schlingen sich ebenfalls um mich, und sie klammert sich so sehr an mir fest, wie sie das noch nie zuvor getan hat. Mit einem Mal fängt ihr ganzer Körper an zu beben, und sie weint bitterlich.

Minutenlang stehen wir da, der Bussteig ist längst leer, der Fahrer verschwunden. Es sind nur noch wir beide und der leere Bus hinter uns. Ich halte Aria wortlos, so lange, wie sie das möchte. Sie vergräbt ihr Gesicht an meiner Brust, ihre Schultern zittern, ihre Arme umgeben mich wie ein Schraubstock. Und obwohl ich nicht will, dass sie so leidet, obwohl ich alles dafür geben würde, es irgendwie besser zu machen, fühlt es sich einfach nur gut an, sie wieder umarmen zu dürfen. Vertraut. Weil sie die Frau ist, die ich liebe.

»Sorry«, murmelt sie schließlich schniefend und löst sich von mir. »Ich wollte nicht …«

»Schon gut.« Ich streiche ihr die Haare sanft hinter die Schulter. Es gibt nichts, wofür sie sich entschuldigen muss. »Wollen wir los?« Sie trägt zwar einen dicken Schal, aber es ist trotzdem kalt.

Aria nickt, und ich strecke die Hand nach ihrem Rucksack aus. »Darf ich?«

»Du musst nicht …«

»Ich weiß.« Dennoch greife ich nach dem Henkel und schwinge mir das Teil auf den Rücken. »Aber ich will.« Dann führe ich sie aus der Halle zu meinem Wagen.

Als wir drinsitzen, starte ich sofort den Motor und die Sitzheizung, ehe ich mich noch einmal zu ihr drehe. »Willst du nach Hause?«, frage ich. Weil die Tatsache, dass sie zwar hier bei mir ist, nicht automatisch auch bedeutet, dass sie mit zu mir kommen wird. Nicht nach den vergangenen Wochen.

»Nein.« Sie schüttelt den Kopf, und ich sehe die endlose Traurigkeit in ihren Augen. »Thao und Izzy sind nicht da, und … Ich will nicht allein sein. Können wir zu dir?«

»Sicher.« Ich fahre los und bemerke, wie sie ihre Hände aneinanderreibt. Vor Kälte oder vor Anspannung, ich weiß es nicht. Alles an ihr schreit Verzweiflung. Ich kann mir nicht einmal vorstellen, was es für sie bedeuten muss, nun definitiv zu wissen, dass sie nicht die Tochter von Abigail und Jonathan ist.

Es ist nicht weit bis zu meinem Zuhause. Wir kommen gut durch die Stadt und schweigen die gesamte Fahrt über. Aria scheint einen Moment Ruhe zu benötigen.

In meiner Wohnung angekommen, lege ich den Rucksack im Flur ab und steige aus Schuhen und Jacke. Aria tut es mir gleich. Noch immer sagt sie kein Wort, aber sie folgt mir in die Küche.

»Tee?«, frage ich und wackle mit der Packung ihrer Lieblingssorte.

Für einen Augenblick sieht sie mich nachdenklich an. Dann schüttelt sie den Kopf und deutet mit dem Daumen über ihre Schulter. »Darf ich …« Sie räuspert sich leise. »Ist es okay, wenn ich kurz duschen gehe? Mir ist kalt und …«

»Klar.« Ich unterbreche ihre Erklärung und lege den Tee wieder beiseite. »Du musst nicht fragen.« Mit zwei großen Schritten bin ich bei ihr und trete an ihr vorbei in Richtung Schlafzimmer. Während Aria im Bad verschwindet, hole ich frische Handtücher für sie. Sie hat die Tür bereits geschlossen, weshalb ich zweimal klopfe, ehe ich öffne. Sie steht etwas verloren mitten im Zimmer und starrt in den Spiegel.

»Hier.« Ich lege die Handtücher auf dem Toilettendeckel ab und drehe mich zu ihr um. Mein erster Impuls ist es, sie zu fragen, ob alles in Ordnung ist. Dabei ist das völliger Blödsinn. Ich weiß, dass gar nichts in Ordnung ist. Dass sie verzweifelt und wütend ist und die Kälte, die sie spürt, nicht nur am windigen Herbstwetter liegt. Vorsichtig trete ich hinter sie und suche über ihre Schulter hinweg ihren Blick im Spiegel. Sie versucht sich an einem Lächeln, aber es sieht so angestrengt, so gequält aus, dass ich nicht anders kann. Ich mache noch einen Schritt auf sie zu, schließe die Lücke zwischen uns und schlinge meine Arme von hinten um sie. Ihr Rücken sinkt gegen meine Brust, und ich halte sie fest, während sie erneut in einem Tränenmeer ertrinkt. Ihr gesamter Körper bebt.

Es dauert, bis sie sich wieder von mir löst, sich über die feuchten Wangen wischt und sich zu mir umdreht. »Machst du … Machst du uns doch den Tee, solange ich …« Wieder beendet sie ihren Satz nicht, aber es ist eindeutig, was sie von mir möchte.

Ich nicke und gehe rückwärts auf die Tür zu. Sie so zerbrechlich zu sehen, macht etwas mit mir. Ich möchte ihr den Schmerz abnehmen, den ich zwar nicht versursacht, aber indirekt ausgelöst habe, will ihr ins Ohr flüstern, dass morgen die Welt wieder anders aussieht, wenn wir nur fest daran glauben. Aber es gibt Dinge, die werden nicht durch Tee, einen neuen Tag oder einen sehnlichen Wunsch wieder gut. Manche Dinge bleiben kaputt, egal, wie sehr wir auf das Gegenteil hoffen.

Aria duscht lange. Als sie zurückkommt, ist der Tee längst kalt. Sie trägt meine Jogginghose und einen dicken Pullover, ihre Füße stecken wieder in Socken von mir, die Haare sind zu einem unordentlichen Dutt zusammengeknotet. Schweigend kommt sie näher und setzt sich auf meine Schaukel, während ich mich um neues Wasser kümmere. Ihre Wangen sind von der Wärme im Bad gerötet, und ihre Augen haben immer noch diesen Glanz, der verrät, dass sie vor Kurzem geweint hat. Mit den Händen hält sie sich an den Seilen fest und bewegt sich sanft hin und her. Einzig das leise Quietschen der Schaukel und das Blubbern des kochenden Teewassers durchbrechen die Stille.

»Ich habe … Ich habe Rechnungen entdeckt«, fängt sie schließlich an zu sprechen.

»Okay.« Mehr sage ich nicht, als ich mich an die Arbeitsplatte lehne und sie unentwegt ansehe, gespannt darauf, wie sie herausgefunden hat, dass sie angelogen wurde. Und dann sprudelt nur so aus ihr, was sie an diesem Morgen erfahren hat. Und es ist noch abstruser als alles, was ich mir ausgemalt habe.

»Sie haben sich auf dubiose Machenschaften einer *Agentur* eingelassen?« Ich male mit den Fingern Gänsefüßchen in die Luft. »Für eine viertel Million Dollar?«

Aria nickt. Sie schaukelt immer noch leicht hin und her, aber inzwischen hat sie den Kopf an das Seil gelehnt. Plötzlich wirkt sie einfach nur müde. Müde und erschöpft und so verloren, dass ich sie am liebsten sofort wieder in meine Arme ziehen würde. Es bricht mir das Herz, sie so zu sehen.

»*Hopeful Days*«, sagt sie und lacht zynisch auf. »Lustig, oder? Hoffnungsvolle Tage für jemanden wie Abigail und Jonathan, aber absolute Horrortage für meine leiblichen Eltern. Vielleicht habe ich Geschwister, Jack. Brüder und Schwestern, von denen ich rein gar nichts weiß. Wie können Menschen so etwas tun?« Ruckartig stoppt sie die Schaukel und steht auf. Sie läuft an mir vorbei, schenkt heißes Wasser in die Tassen und dreht sich anschließend zu mir um. »Da draußen gibt es Menschen, die Kinder entführen, um sie dann an verzweifelte Ehepaare zu verkaufen. Oder was weiß ich, vielleicht verkaufen manche Mütter auch freiwillig ihre Kinder und …« Sie unterbricht sich selbst. »Wie krank sind diese Leute? Das ist doch pervers.« Die Wut kehrt zurück. Mit jedem Wort, das sie von sich gibt, schüttelt sie einen Teil ihrer Traurigkeit ab. Oder überlagert sie mit Zorn. Aria ist nicht nur wütend, sie ist regelrecht zornig. In ihr tobt ein Krieg an Gefühlen, den ich ihr so gern abnehmen würde. Aber ich kann es nicht. Weil ich mitverantwortlich bin, dass sie sich nun überhaupt in dieser Situation befindet. Das Einzige, was ich tun kann, ist, ihr irgendwie aus dieser Hölle herauszuhelfen.

»Darf ich einen Vorschlag machen?«, frage ich, drücke ihr eine der Tassen in die Hand und bedeute ihr, mit mir ins Wohnzimmer zu gehen. Wir setzen uns auf das Sofa, und wie immer zieht Aria sofort die Beine an und lehnt sich gegen die Rückseite der Couch. Es ist ein so vertrautes Bild, dass mir kurz der Atem stockt, und ich benötige einen Moment, um mich wieder zu sammeln.

»Was schlägst du vor?«, fragt sie und pustet auf ihren Tee, bevor sie vorsichtig daran nippt.

»Es gibt … Möglichkeiten, wie du herausfinden kannst, ob du Geschwister hast.« Ehe sie etwas dazu sagen kann, spreche ich schnell weiter. »Ich kann dir nicht versprechen, dass es funktioniert und du am Ende Antworten bekommst, aber … es könnte einen Versuch wert sein.«

»Was meinst du?« Neugierig mustert sie mich. Und die Tatsache, dass sie nicht sofort abblockt, macht mir Mut.

Ich stelle meine eigene Tasse auf dem Tisch ab, dann schnappe ich mir meinen Laptop und klappe ihn auf. Es dauert nur ein paar Sekunden, bis das Gerät betriebsbereit ist und ich einen Suchbrowser öffnen kann. Ich tippe ein paar Worte ein und warte, bis sich die Internetseite aufgebaut hat. Als mir die Startseite entgegenblinkt, drehe ich den Laptop so, dass Aria auf den Bildschirm sehen kann.

»Was ist das?«, fragt sie und zieht meinen Computer ein Stückchen näher zu sich. »*Find-my-child.com?*«, liest sie vor.

»Ja. *FMC*. Ich habe dir vor ein paar Wochen schon davon erzählt, bevor du … bevor du mit mir Schluss gemacht hast.«

Ihr Blick verdunkelt sich kurz, als ich diesen Tag erwähne. Dann allerdings nickt sie. »Ich erinnere mich.«

»*Find My Child* ist eine Seite für verschwundene Kinder, die direkt mit dem Gegenstück *Find My Parents* verknüpft ist. Jeder, der ein verschwundenes Kind hat, kann sich dort registrieren.« Vor Jahren ist Jenn auf diese Seite gestoßen. Einige Wochen lang war das ihre größte Hoffnung, um Josie wiederzufinden. Sie hatte erst Josh, dann mir davon erzählt und sich sofort angemeldet. Bis heute allerdings erfolglos.

»Okay?« Aria runzelt die Stirn. »Und was soll mir das bringen? Ich weiß doch nicht einmal, aus welchem Bundesstaat ich eigentlich komme.«

»Nein, aber das ist auch nicht wichtig. Die Seite listet nicht nur die Namen der Betroffenen auf und gibt Informationen über die verschwundenen Kinder, sondern du kannst auch eine DNA-Probe einschicken und hinterlegen lassen. Und zwar sowohl als Elternteil als auch als Kind. Wenn es Übereinstimmungen gibt, erfährt zuerst das registrierte Kind davon. Sollte es bereit sein, sich mit seinen leiblichen Eltern zu treffen, werden diese ebenfalls informiert.«

»Man wird also sozusagen … gematcht?« Arias Augen werden groß.

»So in etwa.« Ich nicke und klicke auf einen Unterpunkt im Menü. »Das hier sind ein paar Erfolgsgeschichten.« Es sind nicht viele, aber immerhin konnten bisher einige Dutzend Familienzusammenführungen durch die Seite stattfinden. Jenn hat jede einzelne davon unzählige Male gelesen, angetrieben von dem Wunsch, selbst irgendwann dort gelistet zu werden.

Aria rutscht näher, blickt auf den Bildschirm und fängt an zu lesen. Sie ist mir so nah wie seit Wochen nicht mehr. Der Duft ihres Shampoos dringt mir in die Nase, und augenblicklich erinnert mich das an die vielen Momente, in denen sie in meinen Armen gelegen hat und ihre langen Haare mich an meinem Hals gekitzelt haben. Das Gefühl von Sehnsucht wächst. Ich will sie umarmen, sie einfach nur halten und ihr immer wieder versichern, dass alles gut werden wird. Aber ich glaube nicht, dass sie das im Augenblick hören möchte. Weil keiner von uns beiden weiß, was sein wird. Konzentriert starrt sie nach wie vor auf den Bildschirm. Immer wieder scrollt sie ein Stück nach unten und liest einen Abschnitt, ehe sie ein weiteres Mal innehält. Wortlos warte ich, bis sie fertig ist. Ich weiß, wie überfordernd die Seite sein kann.

Aria wirkt nachdenklich, als sie schließlich ihren Kopf hebt und mich ansieht. »Das hat alles nur durch diese DNA-Proben geklappt?«

»Wenn ich das richtig verstehe … Ja.«

»Und Jenn ist dort auch angemeldet, hast du gesagt?«

Ich nicke erneut, und sie imitiert meine Kopfbewegung.

»Wenn ich also meine Probe einschicke, die sie analysieren und es einen Treffer gibt …« Sie wird leiser, beißt sich auf die Lippe. »Dann bin ich Josie.«

Was bleibt mir anderes übrig, als ihr zuzustimmen? »Vielleicht, ja. Es kann aber auch andere Übereinstimmungen geben«, werfe ich ein. »Ich habe irgendwo gelesen, dass jedes Jahr mehr als achthunderttausend Kinder in den USA entführt werden. Gott sei Dank tauchen die meisten schnell wieder auf.«

»Und die anderen …?« Sie stockt und sieht dabei unglaublich verloren aus.

»Einige von ihnen finden ihre Eltern durch *Find My Child* wieder, wenn sie wie du irgendwann feststellen, dass etwas nicht stimmt. Es ist eine Chance. Eine kleine, aber es ist eine Chance.«

Und Aria braucht jede Hoffnung, auch wenn sie noch so winzig ist. Ich bin mir auch jetzt, während sie neben mir sitzt, nicht mehr so sicher wie noch vor ein paar Tagen, dass sie wirklich Josie ist. Aber selbst wenn nicht, wenn sie nicht die Tochter von Jennifer und Frank Rhodes ist, besteht immer noch die Möglichkeit, dass sie durch diese Seite ihre leiblichen Eltern finden kann.

»Wie funktioniert das?« Sie fährt mit ihren Fingern über das Mousepad und klickt sich weiter durch das Menü, bis sie den Unterpunkt findet, den sie gesucht hat. Die Erklärung, wie die DNA-Probe eingeschickt werden soll. »Okay.« Ehe ich mich's versehe, nimmt sie mir den Laptop ab und fängt an, das hinterlegte Formular auf der Webseite auszufüllen.

»Was tust du da?«, frage ich und blicke über ihre Schulter auf den Bildschirm.

»Ich fordere das Test-Set an.« Fast schon energisch hämmert sie auf die Tasten ein. »Wie du neulich gesagt hast … Wenn ich Gewissheit haben will, dann geht es nur so. Wenn ich Glück habe, sind meine leiblichen Eltern dort registriert.« Sie tippt weiter ihre Adresse ein, ohne einmal aufzublicken. »Und dann sollte ich zur Polizei gehen und Anzeige erstatten.«

»Gegen *Hopeful Days*?«

»Ja. Und gegen meine … Keine Ahnung, wie ich sie nennen soll. Eltern sind sie ja nicht. Ein Vermögen für ein Kind bezahlen, das einer anderen Familie weggenommen wurde … Wer tut so was?« Ihr Blick ist immer noch starr auf den Bildschirm gerichtet. Sie setzt den Haken für das Test-Set und schickt ihre Anfrage ab. Dann gibt sie mir den Laptop zurück.

Ich nehme ihn ihr ab und lege ihn beiseite, ohne sie aus den Augen zu lassen. »Willst du das wirklich tun? Anzeige erstatten?« Ich verstehe sie so gut. Das drängende Bedürfnis, etwas gegen diese Ungerechtigkeit tun zu müssen … Das gleiche Gefühl treibt Jenn seit bald zwanzig Jahren an, und das war auch der Grund, aus dem ich Aria an diesem Morgen, nachdem ich die Fotos entdeckt hatte, mit meinem Verdacht überrannt habe. Aber keinen von uns hat dieser Aktionismus ans Ziel geführt.

»Ja!«, sagt sie mit Nachdruck. Sie sieht derart entschlossen aus, dass ich gar nicht mehr hören muss.

Und obwohl ich sie verstehe, obwohl ich bis vor Kurzem vermutlich genauso reagiert hätte … »Jede Geschichte hat zwei Seiten, Aria«, höre ich mich selbst sagen. Wenn mir der Besuch bei Mia und Nate eins gezeigt hat, dann das. »Als du mir erzählt hast, wie verzweifelt und hoffnungslos sie waren …«

»Aber das rechtfertigt doch nicht so ein widerliches Verbrechen«, fällt sie mir aufgebracht ins Wort.

»Ich weiß. Tut es nicht«, stimme ich ihr sofort zu und nehme ihre Hände in meine. Für einen kurzen Moment gehe ich davon aus, dass sie sie mir direkt entziehen wird, doch Aria überrascht mich. Sie lässt sich halten, und das gibt mir die Zuversicht, meine Gedanken laut auszusprechen. »Überleg dir trotzdem gut, ob du wirklich direkt zur Polizei gehen willst. Wenn du sie anzeigst, müssen sie mit ziemlich hoher Wahrscheinlichkeit ins Gefängnis. Wer weiß für wie viele Jahre und ob du sie dann jemals wiedersiehst.« Ich bemerke, wie sie den Mund öffnet und zu einer Erwiderung ansetzt, aber ich halte sie auf. »Ich verteidige sie nicht«, beteuere ich sofort. »Du weißt, dass ich sie am Wochenende, als ich bei euch war, am liebsten selbst zur Rede gestellt hätte. Aber seither … Ich habe nachgedacht.« Ständig. Über Josie, über Jenn, über Aria, über ihre Eltern. »Du hast jedes Recht, sauer auf sie zu sein. Sie sogar zu hassen. Und vielleicht willst du wirklich nie wieder mit ihnen sprechen. Das wäre vollkommen okay. Ich bin auf deiner Seite, Aria. Immer. Egal, was du tun wirst, ich stehe hinter dir. Aber …«

Nachdenklich reibe ich mir über die Stirn. Weil mir in den letzten Minuten klar geworden ist, dass es nicht so einfach ist, wie ich dachte. Alles, was Aria erzählt hat … Die pure Verzweiflung von Jonathan und Abigail war sogar in ihren Worten deutlich spürbar. Und wenn jemand weiß, wie weit Menschen gehen, wenn sie glauben, in ihrem Kummer zu ertrinken, dann ich. Ich habe es oft genug erlebt. Nicht nur bei Jenn und ihrer Suche nach Josie, auch Mia und Nate sind an Brants Tod beinahe zerbrochen. Und ich selbst habe die Schuldgefühle viel zu lange zugelassen, weil ich geglaubt habe, es nicht anders verdient zu haben. Bis ich Aria verloren habe.

»Auch, wenn du es momentan nicht glauben kannst … Sie lieben dich, davon bin ich überzeugt. Ich habe gesehen, wie sie mit dir umgehen, Aria. Die beiden haben dich großgezogen, und dein Leben mit ihnen hat dich zu der Frau gemacht, die du heute bist.« Die Frau, die ich liebe. Ich denke es, aber ich sage es nicht. »Es war, ist und bleibt absolut und ohne jeden Zweifel falsch, was sie getan haben. Und wenn du das wirklich tun willst, dann zeig sie an. Ich gehe mit dir aufs Revier und bestätige alles, was du dort aussagst.« Ich streiche mit meinen Daumen über ihre Handrücken. »Aber nachdem ich erlebt habe, wie unendlich verzweifelt Jenn nach Josie gesucht hat und immer noch sucht … Ich glaube, irgendwann bist du an einem Punkt, wo du alles tust, um dein Kind zu finden. Oder, in dem Fall, überhaupt eins zu bekommen. Selbst, wenn es illegal ist.«

Nach meiner kleinen Rede schweigt Aria. Es wirkt so, als lasse sie meine Worte in ihrem Kopf noch einmal Revue passieren. »Denkst du wirklich, dass einen Verzweiflung irgendwann so weit bringt?«, fragt sie nach einer Weile, legt den Kopf in den Nacken und starrt an die Decke.

»Willst du eine ehrliche Antwort?«

»Immer.«

»Ja. Tue ich.« Mein Blick ruht auf ihr, während sie weiterhin nach oben sieht. »Wenn Menschen keinen anderen Ausweg mehr sehen, von ihrer Verzweiflung fast aufgefressen werden … Ja, ich glaube, dann tust du irgendwann alles. Sei es, um dein Kind wiederzufinden.

Um Vergebung zu erfahren. Oder wie bei Abigail und Jonathan, um deinen größten Wunsch zu erfüllen.« Meine nächsten Worte sind ein Risiko. »Aber das macht sie nicht zu schlechten Menschen. Sie haben diesen einen gigantischen Fehler gemacht, aber so, wie ich sie erlebt habe … Sie lieben dich, Aria«, sage ich noch einmal. »Für sie bist du ihre Tochter. Egal, wie es dazu kam oder wo du herkommst.«

»Nein, bin ich nicht«, stößt sie hervor. Und obwohl es wütend klingen soll, hört sie sich einfach nur traurig an. Traurig und selbst zutiefst verzweifelt. Das Geständnis ihrer Eltern hat alles ins Wanken gebracht, woran sie jemals geglaubt hat. Vermutlich kann ich mir nicht einmal ansatzweise vorstellen, wie verloren sie sich gerade fühlt.

»Es tut mir leid«, sage ich. »Es tut mir so leid.«

Und das ist der Moment, in dem ihre Dämme brechen. Wir haben genug geredet. Sie muss nicht jetzt, nicht einmal heute oder morgen, entscheiden, was sie tun will. Vielleicht genügt es für den Augenblick, wenn sie spürt, dass sie nicht allein ist. Ich bin da, und ich werde immer da sein, wenn sie mich lässt.

Ihr gesamter Körper verspannt sich. Sie zieht die Beine an, legt ihre Stirn auf die Knie und wird von einem Weinkrampf geschüttelt, der mir durch Mark und Bein geht.

Ohne darüber nachzudenken, schlinge ich meine Arme um sie und halte sie, so fest ich kann.

27

ARIA

Annalise Keating dabei zu beobachten, wie sie ihre Studierenden intellektuell herausfordert, hilft mir zwar nicht, mein persönliches Drama zu vergessen, aber es lenkt mich immerhin ab. Indem ich versuche, mich auf die Serie zu konzentrieren, gelingt es mir, wenigstens ein bisschen runterzukommen. Von dem emotionalen Ausnahmezustand. Der Wucht der Erkenntnisse. Den hämmernden Gedanken in meinem Kopf, die einfach keine Ruhe geben wollen.

Jack sitzt neben mir auf dem Sofa. Zwar ist genug Abstand zwischen uns, und doch ist er mir näher, als es ein platonischer Freund sein sollte. Er scheint zu spüren, dass ich seine Nähe brauche. Und egal, was zwischen uns vorgefallen ist, ich bin dankbar, dass er da ist. Dass er mir erst Taschentücher, dann Popcorn und anschließend neuen Tee gebracht hat und ich nun die Macht über die Fernbedienung haben darf.

How to Get Away with Murder flimmert seit zwei Folgen über den Bildschirm. Und genauso lange sitzen wir schweigend nebeneinander. Dabei gibt es so viel, worüber wir reden sollten. Müssten. Denn die Wahrheit ist, dass Jack der Erste war, an den ich gedacht habe, nachdem ich aus dem Haus gestürmt war. Nicht an meine Freundinnen, nicht an Wes, nicht an sonst irgendjemanden. Nein, ich habe meinen Ex-Freund angerufen, weil ich ihn vermisst habe. Weil seine Vermutung doch nicht so sehr aus der Luft gegriffen war, wie ich dachte. Ganz im Gegenteil. So, wie die Dinge liegen, hatte er von Anfang an recht.

Ein leises Seufzen entweicht mir, was Jacks Aufmerksamkeit auf mich lenkt. »Alles okay?«, fragt er und schiebt sich Popcorn in den Mund. Er weiß natürlich, dass nicht alles in Ordnung ist. Aber darauf zielt seine Frage auch gar nicht ab. Er will nur wissen, wie meine Verfassung im Moment ist.

Ich drehe mich zu ihm um und zucke mit den Schultern. »Keine Ahnung«, antworte ich ehrlich. Ich bin einfach nur müde vom Weinen und Nachdenken und spüre, wie ich allmählich Kopfschmerzen bekomme. Ich greife nach meinem Tee und trinke einen kleinen Schluck. Behutsam stelle ich die Tasse zurück auf den Tisch, dann rutsche ich ein Stück näher zu ihm. Weil das hier Jack ist. Der Mann, den ich immer noch liebe. Dessen Nähe beruhigender ist als alles andere. »Es tut mir leid«, murmle ich und lege meinen Kopf vorsichtig an seine Schulter. So, wie ich es schon oft getan habe.

»Was meinst du?«

»Alles. Die letzten Wochen. Dass wir gestritten haben.« *Dass ich dir nicht geglaubt habe.* »Ich war gemein und unfair, und das hattest du nicht verdient.«

»Hey.« Jack richtet sich ein wenig auf, sodass er mich besser ansehen kann. »Du musst dich nicht entschuldigen. Oder wenn, dann müssen wir es beide. Ich war auch nicht fair zu dir. Dich so zu überfallen und nicht zu bedenken, was für ein Schlag ins Gesicht das für dich sein muss … Es tut mir auch leid.« Sanft streicht er mir eine Haarsträhne hinters Ohr. »Und ich verstehe, dass dich meine Aussagen getroffen haben. Du bist nicht naiv. Nicht einmal ansatzweise.«

»Und du bist nicht durchgeknallt.« Vorsichtig lege ich eine Hand auf seine Brust, an die Stelle, wo sein Herz schlägt. Kräftig und lebendig und vielleicht ein winziges bisschen schneller.

»Ich wollte dir nie wehtun.« Er spricht so leise, dass ich es kaum höre. Dennoch glaube ich ihm sofort. Weil Jack keinen einzigen unehrlichen Knochen in seinem Körper hat.

Während Annalise Keating im Fernseher eine Rede schwingt, richte ich mich auf und setze mich auf meine Knie. »Ich weiß«, antworte ich und blicke Jack fest in die Augen. »Ich weiß.« Auf seinem Gesicht zeigen sich hunderte Emotionen gleichzeitig. Hoffnung, Angst, Unsicherheit, Dankbarkeit. Und Liebe. Sein Blick ist so intensiv, dass ich beinahe den Kopf wegdrehe. Aber ich zwinge mich, ihn weiterhin anzusehen. Alles in mir verlangt danach. Denn das, was ich als Nächstes sagen werde, ist wichtig. Für ihn. Für mich. Und vor allem für uns. »Kriege ich … Kriege ich noch eine Chance? Bei dir? Ich verspreche auch, dass ich dich nicht mehr wegschicken werde, wenn wir streiten. Nicht, dass ich davon ausgehe, dass das so bald wieder passiert, aber … Falls doch, dann … Ich werde dir zuhören, Jack. Egal, wie schwer es mir fällt. Ich werde zuhören.«

An diesem Punkt unterbricht er mich. »Ich liebe dich.«

Schlagartig entweicht mir alle Luft aus der Lunge, und ich vergesse, was ich eben noch sagen wollte. »Du … Was?«

»Ich liebe dich, Aria.« Ein sanftes Lächeln umspielt seine Lippen. »Du kriegst jede Chance der Welt.«

»Auch, wenn ich schwierig bin?«

»Auch, wenn du schwierig bist.« Er nickt und streckt eine Hand nach mir aus. »Kriege ich dasselbe? Eine Chance, meine ich.«

»Ja«, erwidere ich schnell und umfasse seine Finger. Sie sind warm und weich und fühlen sich nach Zuhause an. Vielleicht habe ich das Zuhause, in dem ich aufgewachsen bin, verloren, aber bei Jack habe ich ein neues gefunden. Und die Gewissheit, dass er mich bei sich haben will, dass er mir verzeiht und mich liebt.

Ich rutsche zu ihm und schließe die restliche Lücke zwischen uns. »Ich liebe dich auch«, flüstere ich und hauche einen Kuss direkt neben sein Armband auf seinen Handrücken.

»Ernsthaft?«, fragt er und sieht fassungslos zwischen meinem Gesicht und seiner Hand hin und her. »Ich warte seit über vier Wochen, dass du endlich wieder bei mir bist, und dann … küsst du meine Hand?! Und nicht … Nein. Moment!« Er zieht mich so schwungvoll auf seinen Schoß, dass beinahe unsere Köpfe aneinanderstoßen. Bevor ich mich wieder aufrichten kann, lehnt er jedoch seine Stirn gegen meine. »Hi.«

»Hi«, gebe ich zurück und spüre das erleichterte Zucken meiner Mundwinkel. Jacks Atem streift meine Haut, und die Wärme seines Körpers hüllt mich ein wie eine Decke. Es vergehen mehrere Sekunden, in denen wir uns einfach nur schweigend festhalten. Ich schließe die Augen, verliere mich in seinem Duft nach Grapefruit und Minze und rücke kaum merklich näher.

Trotzdem ändern diese wenigen Zentimeter alles. Ich spüre ihn. Überall und besonders dort, wo er mich viel zu lange nicht mehr berührt hat. Seine Lippen suchen meine, und dann vermischt sich unser Atem, wird zu einem. Federleicht streift er meinen Mund, küsst meine Mundwinkel, mein Kinn, meine Kieferlinie und schließlich die empfindsame Stelle unter meinem Auge. Als würde er mich neu entdecken. Und vielleicht tut er das auch. Vielleicht tun wir das beide, weil wir heute andere Menschen sind als noch vor einem Monat. Ich blinzle und schlucke die Tränen weg, die mir bei diesem Gedanken kommen.

Jack merkt es sofort. Er hält inne, löst sich von mir und betrachtet mich besorgt. Anstatt wieder zu fragen, ob alles okay ist, streicht er mir hauchzart mit dem Daumen über die Wange, bereit, jede Träne sofort aufzufangen, sollte sich doch eine aus meinen Augenwinkeln stehlen. »Wir müssen nicht …«, beginnt er und stoppt sich sogleich selbst. »Wir können auch einen Mord planen, wenn dir das lieber ist.« Mit dem Kopf deutet er in Richtung Fernseher. »Ich helfe dir, Bonnie.«

»Bonnie? Wirklich?« Ich grinse kurz, ehe ich den Kopf schüttle. »Ich weiß das Angebot zu schätzen, Frank, aber das hier«, ich zeige mit dem Finger zwischen uns hin und her, »ist mir gerade tausendmal lieber.« Ich beuge mich zu ihm und küsse ihn lang und innig. »Vielleicht sogar tausend und ein Mal lieber.«

»Gut zu wissen«, raunt er an meinem Mund und beißt mir spielerisch in die Unterlippe. »Aber du weißt, dass du es dir jederzeit anders überlegen darfst. Ich rede auch die ganze Nacht mit dir über …«

»Zur Kenntnis genommen«, unterbreche ich ihn und gebe ihm einen kurzen Kuss. »Und ich werde auf das Angebot sicher irgendwann zurückkommen. Aber nicht jetzt.« Jetzt will ich nicht reden. Definitiv nicht, während ich auf seinen Beinen sitze und spüren kann, was das mit ihm macht. »Okay?«

Er nickt. »Okay.«

Ich will mich wieder zu ihm beugen, doch er hält mich ein weiteres Mal auf. »Nur eins noch …«

»Ja?«

»Glaubst du mir?«

»Glaube ich dir was?«

»Glaubst du mir, dass es keine Rolle für mich spielt, wer du bist?« Jack hat kaum zu Ende gesprochen, da verzieht er auch schon das Gesicht. »Nein, warte, in meinem Kopf klang das besser.« Er holt tief Luft und startet einen neuen Versuch. »Was ich eigentlich sagen will … Es ist mir egal, wer du auf dem Papier bist. Denn es ist nichts weiter als das. Ein Stück Papier. Was zählt, ist der Mensch dahinter. Das hier.«

Behutsam legt er seine Hand über meine linke Brust an die Stelle, unter der mein Herz schlägt. Es pocht und pocht und pocht, und in diesem Augenblick tut es das hauptsächlich für ihn. »Wenn du diesen Test gemacht hast … Du muss mir nicht sagen, was rauskommt. Ich will es nicht wissen, das Ergebnis ist nicht wichtig für mich. Ob du Josie bist oder nicht … Nur du zählst, Aria. Einzig und allein du. Die Frau, die du in dieser und in jeder anderen Sekunde bist.«

Bevor er weiterreden kann, verschließe ich seinen Mund mit meinen Lippen. Weil dieser Mann alles für mich ist. Und am meisten mein Zuhause. Ich glaube ihm, und ich vertraue ihm. Egal, wer ich bin, er liebt mich. *Mich.* Die Aria, die er kennt. Die vielleicht als Josie geboren wurde – oder als jemand ganz anderes. Aber das spielt keine Rolle. Weil er nicht eine andere Version von mir liebt, sondern die, die hier vor ihm sitzt. Die, die ich bin. Mit allen Konsequenzen.

Unser Kuss ist endlos. Endlos lang, endlos intensiv. Endlos liebevoll. Jacks Bart kratzt auf meiner Haut, und es ist das schönste Gefühl der Welt. Seine Finger wandern über meinen Rücken und streichen meine Wirbelsäule entlang. Nach oben, nach unten, Gänsehaut überall. Und für den Moment vergesse ich alles. Die Enthüllungen. Die Konsequenzen. Den ganzen beschissenen Vormittag. Meine Augenlider brennen immer noch vom Weinen, meine Schultern sind angespannt. Aber in Jacks Armen verblassen die Geschehnisse. Seine Berührungen werden mutiger, fester. Er lässt seine Hände unter meinen Pullover wandern, zeichnet mit einem Finger kleine Figuren und Kreise auf meine Haut. Doch das reicht mir alles nicht. Ich will mehr. *Ihn.*

Entschlossen löse ich meine Hände von seinem Gesicht und zupfe am Bund seines Shirts. Ich sehe ihm in die Augen, während ich es Stück für Stück nach oben schiebe. Jack kommt mir entgegen, indem er seine Arme anhebt und es mir so leichter macht, ihm sein Oberteil auszuziehen. Ich werfe es auf den Boden und beuge mich zurück zu ihm. Küsse seine Mundwinkel, sein Kinn, seinen Hals. Sein Schlüsselbein, seine Brust. Weiter und weiter. Ich kann nicht mehr aufhören, jeden Zentimeter seiner Haut damit zu bedecken. Es ist viel zu lange her, dass ich ihm so nah war.

Jack löst meinen Dutt, vergräbt seine Hände in meinen Haaren, und dabei liegt sein Blick so eindringlich auf mir, dass ich ihn in jeder Faser meines Körpers spüre. In seinen Augen spiegeln sich unzählige Gefühle, und alle davon lassen das Herz in meiner Brust rasen. Weil ich weiß, dass jede einzelne seiner Empfindungen für mich ist. Er liebt mich. Und ich liebe ihn.

Lächelnd streiche ich ihm ein paar der wirren Haarsträhnen aus der Stirn. Sie sind in den letzten Wochen ein gutes Stück gewachsen, aber es passt zu ihm. Zu ihm und seiner Kamera und all den Fotos, die überall in seiner Wohnung herumliegen.

»Sie sind zu lang, oder?« Er greift sich ebenfalls in die Haare.

»Nein.« Ich schüttle den Kopf und ziehe seine Finger zurück. »Steht dir.« Es wirkt wild und verwegen und ein bisschen geheimnisvoll.

»Findest du?« Seine Hände sind wieder an meiner Taille und spielen mit dem Bund meines Pullovers.

»O ja.« Ich lege meine Finger auf seine und gemeinsam schieben wir mein Oberteil und das darunter liegende Trägertop nach oben. In der nächsten Sekunde landet es bei Jacks Shirt auf dem Boden.

Behutsam fährt er unter den Träger meines BHs und streift mir erst den linken, dann den rechten von der Schulter. Und als das Stückchen Stoff schließlich auf den Boden fällt, ist die Gänsehaut zurück.

»Ist dir kalt?«, fragt Jack sofort und greift bereits neben sich nach der Decke, in die ich mich immer eingekuschelt habe. Obwohl ich verneine, legt er sie mir trotzdem um die Schultern.

»Das ist etwas kontraproduktiv, meinst du nicht?« Ich lege den Kopf schief und hebe die Augenbrauen. »Eigentlich ist das Ziel ein anderes.«

»Dir ist kalt«, entgegnet er und gibt mir einen schnellen Kuss auf den Mund.

»Aber das heißt nicht …« Ich seufze leise und lehne mich ihm entgegen. »Drehen wir die Heizung auf oder gehen wir ins Schlafzimmer?«

»Da ist es auch nicht viel wärmer als hier.« Er lacht, als ich mit den Augen rolle.

»Dann Bad und noch mal Dusche?«

»Weil wir das ja so gut können.«

Er hat recht. Der letzte Versuch, in der Dusche miteinander zu schlafen, war ziemlich umständlich. Die Kabine ist viel zu eng dafür.

»Also gut.« Ich klettere von seinem Schoß und laufe die drei Schritte zu seiner Heizung. Schwungvoll drehe ich sie ganz auf. Dann marschiere ich in Jacks Schlafzimmer.

»Uhm, Aria?«, ruft er mir hinterher.

»Bin gleich wieder da«, gebe ich zurück. Ich nehme die Decken und Kissen vom Bett, fische die Kondompackung aus seiner Nachttischschublade und stapfe damit zurück ins Wohnzimmer. Neben der Heizung schmeiße ich alles auf den Boden und schnappe mir anschließend auch die Kissen und die anderen Decken von seiner Couch.

»Was wird das?« Belustigt beobachtet er mich bei meiner Aktion.

»Ich baue uns ein Lager am wärmsten Ort deiner Wohnung.« Ich schiebe die Decken und Kissen hin und her, bis ich zufrieden bin. Dann schlüpfe ich aus meiner Hose, halte Jack meine Hand entgegen und ziehe ihn auf die Beine. »Kommst du?«

Er folgt mir grinsend und bleibt dann stehen, während ich mich mitten in das provisorische Lager lege. Die Heizung lässt die Luft hinter mir bereits angenehm warm werden. Einige Herzschläge lang betrachtet Jack mich auf eine Art und Weise, bei der mir ein Schauer über den Rücken läuft. Ich kann es kaum erwarten, dass er endlich zu mir kommt. Mit schnellen Griffen öffnet er seinen Gürtel und den

Jeansknopf. Es ist nicht das erste Mal, dass er sich vor mir auszieht, aber es ist das erste Mal nach einer viel zu langen Zeit. Und das macht es neu und aufregend und vertraut zugleich. Das Herz schlägt mir bis zum Hals, als er zu mir kommt und sich halb über mich schiebt. Ich lasse mich nach hinten auf die Kissen sinken und ziehe Jack zu mir. Mit den Lippen suche ich den Punkt an seinem Hals, wo ich seinen Puls deutlich fühlen kann und übersäe seine Haut an dieser Stelle mit unzähligen kleinen Küssen. Er erschaudert unter meinen Berührungen und schiebt ein Knie zwischen meine Beine. Dann umfasst er meinen Kopf mit den Armen und beugt sich zu mir. Das pure Verlangen in seinen Augen raubt mir den Atem. Seine Lippen treffen auf meine, und für wenige Augenblicke schließe ich die Augen und gebe mich ganz dem Gefühl hin, von Jack gehalten zu werden. Ich will nie wieder etwas anderes tun als das. Ich will ihn küssen und mich von ihm umarmen lassen und auf diesem Deckenchaos liegen und ihn lieben. Es ist leichter als alles, was ich bisher erlebt habe. Und obwohl mein Leben immer noch eine Katastrophe ist … Wir sind es nicht, und wenn es nach mir geht, werden wir das auch nie mehr sein.

Mit seiner Zunge streift er ganz sanft über meine Lippe. Ich habe keine Ahnung, wie lange ich unter ihm liege, sein Gewicht auf mir, und wir uns einfach nur küssen. Mit all den angestauten Gefühlen der vergangenen Wochen. Jack berührt mich auf eine Art und Weise, wie das noch niemand vor ihm getan hat, und wieder begreife ich, dass das hier genau der Platz ist, an dem ich sein will. Mein sicherer Hafen. Der Ort, wo ich zur Ruhe finden kann. Und gleichzeitig ist alles in mir in Aufruhr, weil Jacks Finger unaufhörlich über meinen Körper streichen, über jede Stelle, die er erreichen kann. Er streift meinen Rippenbogen, und ich schnappe nach Luft, weil es kitzelt. Und weil ich trotzdem nicht will, dass er damit aufhört. Niemals. Ich stehle mir einen Kuss, vergrabe meine Hände in seinen Haaren und dränge mich ihm entgegen. Sacht beiße ich in seine Unterlippe, was ihm ein kleines Stöhnen entlockt.

»Aria …« Er seufzt und drückt sich noch enger an mich. Und ich liebe es. Dieses Mal ist die Gänsehaut, die sich auf meiner Haut ausbreitet, ganz sicher nicht der Kälte geschuldet. Instinktiv schlinge ich meine Beine um seine Hüfte und ziehe ihn ein Stückchen näher an mich. »Aria …«, sagt er wieder, sieht mir in die Augen, und da ist so viel Zuneigung in seinem Blick, dass ich mir sicher bin, mit ihm an meiner Seite alles schaffen zu können. Egal, was in den nächsten Wochen oder Monaten auf mich wartet, ob ich Aria oder doch Josie heiße oder ganz anders, mit ihm zusammen kann ich es ertragen.

Wir liegen Brust an Brust, mein Herz rast, und es würde mich nicht wundern, wenn er spüren kann, wie schnell es für ihn schlägt. Er streicht über meine Wangen, meine Stirn, meine Haare, und ich glaube, in seinen Armen, in *ihm*, zu versinken. Mit den Fingerspitzen fahre ich über seine Wangenknochen, male die Konturen seines Gesichts nach, recke mich ihm entgegen, und er küsst mich, wir werden aufgeregter, schneller, verlieren uns ineinander. In Küssen, in Berührungen, in der Zeit. Ich will diese Momente mit Jack einfrieren, mich für immer und ewig daran erinnern, wie es sich anfühlt, mit ihm auf diesem Boden zu liegen, ihn zu lieben und von ihm zurückgeliebt zu werden.

Seine Lippen wandern an meinem Körper nach unten, er zieht eine Spur von Küssen, die mich erschaudern lassen. Und gleichzeitig schreit alles in mir nach mehr. Nach mehr Küssen. Mehr Jack. Einfach nach mehr.

Als er meinen Slip erreicht und sanft mit der Hand über den Stoff fährt, halte ich die Luft an. Er ist so nah und doch nicht nah genug. Als hätte er meine Gedanken gelesen, hält er inne und sieht zu mir auf. »Darf ich?«, fragt er und streicht wieder über das dunkle Höschen. Wahrscheinlich hätte ich in diesem Moment zu allem Ja gesagt. Ich nicke, kann nicht mehr sprechen, will ihn endlich spüren. Besonders dort, wo seine Finger mich durch den Stoff reizen.

Ich versuche, die Beine anzuziehen und mir den Slip abzustreifen, doch Jack ist schneller. Er hakt beide Zeigefinger in den Stoff und zieht das Höschen nach unten. Langsam, fast so, als wolle er mich auf die Folter spannen. Oder sich selbst, wenn ich seinen dunklen Blick richtig deute. Dann liegt mein Slip irgendwo neben ihm bei unseren anderen Klamotten. Jack drückt einen Kuss auf die Innenseite meines Oberschenkels, knapp über meinem Knie. Noch einen und noch einen, und irgendwann spüre ich seinen warmen Atem dort, wo ich mich so sehr nach ihm sehne. Es dauert nicht lange, bis ich den Atem anhalte und das Pochen in mir stärker wird. Gott, Jack ist so verflucht gut darin. Er weiß genau, was er tun muss, um mich um den Verstand zu bringen. Spätestens jetzt vergesse ich alles, alles, alles. Da ist nur noch Jack. Er spielt mit mir, reizt mich, und ich schließe instinktiv die Augen, was alles nur noch intensiver macht.

Und dann hört er auf. Ich öffne die Augen wieder und sehe, wie er nach der Kondompackung greift. Er zieht ein Folienpäckchen daraus hervor, schlüpft aus seinen Boxerbriefs und streift es sich über. Mein Körper bebt immer noch von seinen Berührungen, als er bereits wieder über mir ist. Und ich kann es nicht mehr erwarten. Ich lege meine Hände auf seinen Rücken, spüre das Spiel seiner Muskeln überdeutlich, während ich ihn an mich ziehe. Es ist viel zu lange her, dass wir einander das letzte Mal so nah waren. Haut an Haut, Herz an Herz.

Jack blickt mir tief in die Augen, und ich sehe alles, was er nicht sagt und doch da ist. Seine Liebe, die stumme Zusicherung, dass er immer auf meiner Seite stehen wird, egal, was passiert. Und es ist dieses Vertrauen, dieses Gefühl absoluter Sicherheit, was mich dazu bringt, mich ihm noch weiter entgegenzurecken. Bis ich ihn fühlen kann und keine Ahnung mehr habe, wo er anfängt und ich aufhöre.

28

JACK

Als ich am nächsten Morgen aufwache, ist die Matratze neben mir leer und die Tür nur angelehnt. Aus dem Wohnzimmer dringt leises Tastaturgeklapper, und der Duft nach frischem Kaffee verirrt sich ins Schlafzimmer. Gähnend schiebe ich die Beine aus dem Bett, schlüpfe in ein T-Shirt und eine Jogginghose und tapse barfuß nach vorne.

»Guten Morgen«, begrüßt Aria mich von der Couch. Sie hat meinen Laptop auf ihren Knien, eine Decke um die Schultern und sieht nur kurz zu mir auf. Dann konzentriert sie sich direkt wieder auf den Bildschirm. Vor ihr steht eine Kaffeetasse auf dem Tisch, aber ich glaube nicht, dass sie schon davon getrunken hat. Sie ist immer noch randvoll.

»Morgen«, erwidere ich und genehmige mir meine eigene Tasse. »Was machst du denn da?«, frage ich, nachdem ich den ersten Schluck getrunken habe. Der Kaffee ist ziemlich stark, aber nach dem Tag gestern braucht Aria das wohl. Ich laufe zu ihr, setze mich auf die Seitenlehne des Sofas und blicke ihr neugierig über die Schulter.

»Ich recherchiere«, antwortet sie, dreht sich zu mir und gibt mir einen schnellen Kuss.

»Okay.« Ich runzle die Stirn. »Für ein Uni-Projekt?«

»Nein. Dieses *Hopeful Days.*« Nun sieht sie mich doch etwas länger an, und ich erkenne die tiefen, dunklen Ringe unter ihren Augen.

»Du siehst müde aus«, bemerke ich und streiche über ihren Arm.

»Konnte nicht schlafen.« Sie lächelt bemüht, aber ich sehe ihr deutlich an, wie erschöpft sie ist.

»Hast du etwas Interessantes herausgefunden?«

»Wie man's nimmt. Anzeigen brauche ich sie wohl nicht mehr.« Seufzend zieht sie an ihrer Decke, damit sie ihr nicht von den Schultern rutscht.

»Wie meinst du das?«

»Diese *Agentur* gibt es nicht mehr.« Sie fährt mit den Fingern weiter über das Mousepad. »Vor ein paar Jahren sind sie aufgeflogen. Anscheinend war es ein richtig heftiger Skandal. Es scheinen einige Zeitungen und auch das Fernsehen darüber berichtet zu haben, aber ich habe nichts davon mitbekommen, obwohl die ihren Hauptsitz gar nicht so weit weg von hier hatten.«

»Wurden die Drahtzieher verurteilt?«

»Ja«, bestätigt Aria. »Alle bekamen lebenslänglich. Für Menschenhandel und Entführung und zig andere Verbrechen.«

»Sehr gut.« Ich nicke ebenfalls und nehme ihre Hand in meine. »Das macht nicht wieder gut, was sie getan haben, aber es sind immerhin nicht nur ein paar Jahre auf Bewährung.«

»Stimmt«, murmelt sie zustimmend und verschränkt unsere Finger miteinander. »Angeblich haben sie in ganz Amerika mehr als zweitausend Kinder entführt und verkauft.«

»So viele?«

Wieder nickt sie, und ich sehe, wie sie sich für einen kurzen Moment auf die Lippe beißt. »Es haben sich damals, als diese Organisation zerschlagen wurde, einige Opfer gemeldet. Manche waren schon erwachsen, aber die Minderjährigen … Sie wurden ihren Adoptiveltern weggenommen und zurück zu den leiblichen Eltern gebracht. Was ja richtig ist, aber … diese Kinder haben es gehasst.« Arias Blick sucht meinen. »Ich habe ein Interview gelesen von einem Paar, dessen Sohn entführt wurde, und …« Sie holt tief Luft. »Sie haben erzählt, wie er sich mit Händen und Füßen gegen sie gewehrt hat. Weil für ihn nicht sie seine richtigen Eltern waren, sondern eben die, bei denen er die letzten zehn Jahre aufgewachsen war.«

»Das klingt furchtbar.« Und leider auch nachvollziehbar. Wie soll ein Kind so etwas verstehen? Ich drehe die heiße Tasse in meinen Händen hin und her, unsicher, was ich dazu sagen soll. »Ich hoffe, die Betroffenen haben therapeutische Unterstützung bekommen?«

»Ja. Zumindest die, die sich gemeldet haben und es wollten. Nicht alle Adoptiveltern haben sich nach der öffentlichen Bekanntmachung zu erkennen gegeben.« Wieder presst sie ihre Lippen für einen Moment zusammen, ehe sie weiterspricht. »Meine ja auch nicht.«

»Sie hatten Angst vor einer Strafe.«

»Wahrscheinlich.« Aria zuckt mit den Schultern. »Dabei ist den meisten nicht viel passiert. Ein paar Monate auf Bewährung, weil sie glaubhaft versichern konnten, nichts von diesen Machenschaften gewusst zu haben. Als ob. Das kannst du mir echt nicht erzählen.«

»Manche waren vielleicht wirklich ahnungslos.« Ich sehe, wie Aria nach Luft schnappt und lege ihr eine Hand auf den Arm. »Nein, lass mich ausreden. Ich kann mir vorstellen, dass nicht alle die genauen Hintergründe kannten. Und einige haben es sich bestimmt auch irgendwie schöngeredet und irgendwann nur noch an ihre eigene Version geglaubt. Aber ich denke, dass viele es gespürt haben. Auf einer anderen Ebene. Weißt du, was ich meine?«

Aria lässt sich meine Worte durch den Kopf gehen. Schließlich nickt sie bedächtig. »Was es nicht besser macht.«

»Natürlich nicht«, stimme ich ihr sofort zu. »Aber es ist eine Erklärung.«

»Hm«, murmelt sie leise und lässt ihren Blick gedankenverloren durch den Raum schweifen. Ich lasse ihren Arm wieder los und betrachte sie schweigend. »Ich würde trotzdem gerne wissen, wo ich herkomme. Vielleicht haben sich meine leiblichen Eltern wirklich auf *Find My Child* registriert. Vorhin habe ich eine Mail bekommen, dass das Test-Set schon am Montag geliefert wird.«

»Das ist echt schnell.« Ich umfasse meinen Kaffee fester. »Bist du nervös?«

»Ja«, antwortet sie sofort. »Willst du … Willst du dabei sein, wenn ich den Abstrich mache?«

»Wenn du das möchtest.« Ich führe ihre Hand zu meinem Mund und drücke ihr einen liebevollen Kuss auf die Haut. Was ich gestern zu ihr gesagt habe, meine ich auch so. Ich bin an ihrer Seite.

»Okay.« Sie lächelt, aber die Erschöpfung ist ihr nach wie vor anzusehen. »Danke.«

»Gern.« Nach einem weiteren Kuss lasse ich ihre Finger wieder los. »Hast du schon gefrühstückt?«

Aria schüttelt den Kopf. »Nein. Ich hatte keinen Hunger.« Im selben Moment knurrt ihr Magen und straft ihre Worte Lügen.

»Da scheint es sich jemand gerade anders überlegt zu haben.« Ich trinke einen großen Schluck Kaffee, dann erhebe ich mich und gehe zurück in meine Küche. »Worauf hast du Lust?« Schwungvoll öffne ich den Kühlschrank und blicke hinein. »Ich kann dir Sojajoghurt mit Früchten anbieten. Oder ich mache uns frischen Haferbrei mit Zucker und Zimt. Oder lieber Eier?«

Als ich hinter der Tür hervorsehe, steht Aria direkt vor mir. »Haferbrei mit Obst?«, schlägt sie vor. »Ich kümmere mich um den Brei, du schneidest die Früchte?«

»Mach ich.«

Doch anstatt nach einem Topf und den Haferflocken zu greifen, macht sie einen Schritt auf mich zu, schlingt die Arme um meine Hüfte und drückt sich an mich. »Danke«, höre ich sie an meiner Brust sagen. Ich habe keine Ahnung, wofür sie sich bedankt, aber es gibt in dieser Sekunde nichts Schöneres für mich, als sie zu halten.

Ich lege meine Hände auf ihren Rücken und vergrabe mein Gesicht in ihren Haaren. Minutenlang stehen wir so da, und ich verstehe, was Mia gemeint hat, als sie gesagt hat, dass nicht jeder Mensch Umarmungen kann. Weil die meisten es nicht richtig tun. Ein kurzes Aneinanderdrücken reicht nicht, um sich dafür zu qualifizieren. Aber das hier mit Aria, das ist eng und lang und die stumme Versicherung, füreinander da zu sein. Nicht nur ein Halten, sondern auch ein *Ich halte zu dir*. Egal, was war. Egal, was kommt.

Den ganzen Sonntag und damit den letzten Tag des Thanksgiving-Wochenendes verbringen wir zusammen auf meiner Couch. Weil wir das viel zu lange nicht mehr getan haben, aber das immer die schönsten Augenblicke sind. Ich zeige Aria meine neuesten Fotos und erzähle ihr von Kellys Angebot.

»O mein Gott, ehrlich?« Fast schon hektisch richtet sie sich auf. »Jack! Das ist toll. Du kriegst deine eigene Ausstellung!« Und dann sagt sie es noch einmal, nachdrücklicher: »O mein Gott.«

Da ist so viel Freude in ihren Blick, dass ich nicht anders kann, als zu lachen. »Komm wieder her«, sage ich und strecke meine Hand nach ihr aus.

Doch Aria sieht mich immer noch begeistert und fasziniert zugleich an. »Wieso erzählst du das erst jetzt?« Im nächsten Moment pikt sie mir mit zwei Fingern gespielt empört gegen die Brust.

Ich schnappe mir ihre Hand und umschließe sie mit meiner. »Weil ich es selbst erst seit Kurzem weiß und wir Wichtigeres zu besprechen hatten. Es steht noch gar nichts fest. Ich weiß kein Datum und …«

»Und das ist völlig egal, weil es darum nicht geht.« Sie grinst immer noch und lehnt sich wieder neben mich. »Du bekommst deine eigene Ausstellung. In einer Galerie mitten in Baltimore. Das ist so sehr verdient und einfach nur großartig.«

»Ist es.« Und es ist auch spannend und aufregend, und es wird eine absolute Qual werden, eine Auswahl meiner Bilder zu treffen, weil ich am liebsten alle zeigen würde.

»Hast du schon eine Idee, wie du deine Fotos präsentieren willst?« Aria kuschelt sich an mich, und ich lege einen Arm um ihre Schultern.

Draußen dämmert es mittlerweile. Wir haben den ganzen Tag vertrödelt, aber das war genau das, was wir beide so dringend gebraucht haben. Und vielleicht haben wir auch unser Lager vor der Heizung noch einmal benutzt, weil man durch das Dachfenster die vorbeiziehenden Wolken beobachten kann.

»Nein«, beantworte ich ihre Frage und streiche sanft über ihren Arm. »Ich habe mir noch keine Gedanken gemacht. Vielleicht will Kelly das auch entscheiden. Sie ist der Profi und hat schon einige Ideen.«

»Du solltest sie anrufen und fragen.« Arias Übereifer ist niedlich. Und offenbar hat sie ganz im Gegensatz zu mir bereits eine Vision, denn sie redet direkt weiter. »Du könntest jedes Bild in einen übergroßen Rahmen stellen. Also nicht einrahmen, sondern wirklich nur reinstellen. Und dann am besten auf Tische oder Regale oder Erhöhungen packen. Warte.« Sie rappelt sich erneut auf und blickt sich suchend um. »Ich brauche Stift und Papier.« Sie steigt vom Sofa und kommt nur ein paar Sekunden später zurück zu mir. Doch anstatt sich wieder auf die Couch zu setzen, lässt sie sich auf den Boden fallen, wie sie das so oft tut, und fängt an zu zeichnen. Sie skizziert grob, was ihr vorschwebt. Schweigend beobachte ich sie dabei, wie ihre Finger regelrecht über das Papier fliegen. Im Handumdrehen hat sie einen Entwurf angefertigt, für den ich garantiert Stunden gebraucht hätte.

»Wow.« Ich nehme ihr das Blatt ab und betrachte es näher. Ihre Zeichnung genügt, um mir exakt vorzustellen, wie die Ausstellung aussehen würde, wenn wir Arias Ideen umsetzen. »Das könnte funktionieren.«

»Ohne viel Schnickschnack, um den Fokus nicht von deinen Bildern zu nehmen.« Sie grinst und legt den Stift wieder beiseite. »Mein Vorschlag wäre, dass du die Fotos in Schwarz-Weiß ausstellst, nur brauchst du dann irgendwie anders Farbe in der Galerie.« Sie klingt, als würde sie laut nachdenken. »Rot wäre perfekt. Oder vielleicht Grün? Ein sattes Moosgrün?«

Ich will ihr antworten, aber Aria dabei zuzusehen, wie sie mit ihren Beschreibungen und Skizzen Bilder zwischen uns in die Luft malt, fasziniert mich. Und mir wird klar, dass das hier, dieser Moment mit ihr, so viel besser ist, als ein Foto es je sein könnte. Eine Fotografie ist nur eine Abbildung. Aber dieser Augenblick wird eine Erinnerung, die sich für den Rest meines Lebens in meinen Kopf einprägen wird. Eine, die nur uns gehört.

Als Aria merkt, dass ich nicht reagiere, hält sie inne. »Ich übertreibe, oder?« Sie lässt den Stift sinken, Unsicherheit spiegelt sich in ihren Augen. »Es ist deine Ausstellung. Ich sollte mich nicht einmischen und … Scheiße, das ist übergriffig.«

»Hey, hey, hey, nein!« Ich stoppe sie, bevor sie noch mehr Unsinn von sich geben kann. »Das ist überhaupt nicht übergriffig. Wenn ich deine Ideen nicht hören wollen würde, hätte ich dir nichts davon erzählt und dich stattdessen einfach irgendwann zu Kelly geschleppt und *Überraschung* gesagt.« Ich streiche ihr die Locke, die sie immer so gern eindreht, hinters Ohr. »Aber so läuft das bei uns nicht. Ich will deine Meinung wissen. Bei allem. Okay?«

Über Arias Gesicht huschen einige Emotionen gleichzeitig, doch am

Ende strahlt sie vor Freude. »Okay.« Sie nickt und reckt sich mir über den Tisch entgegen. »Darf ich Jack Johnson zitieren, ohne dass du mich für kitschig hältst?«

Meine Antwort ist eine hochgezogene Augenbraue, was Aria als ein Ja deutet.

»*Better together.*« Sie grinst und summt die Melodie des Liedes vor sich hin. Und auch wenn das vielleicht kitschig und übertrieben ist und ich bis vor Kurzem selbst noch die Augen gerollt hätte, ist es nun schlicht und ergreifend die Wahrheit. Wir sind besser zusammen. Vor allem an verregneten Sonntagen, während wir über die Erfüllung von Träumen sprechen.

Kurz nach sieben klingelt Arias Handy. Sie wirft nur einen schnellen Blick darauf, macht aber keinerlei Anstalten, danach zu greifen.

»Willst du nicht …?« Ich nicke mit dem Kopf in Richtung Tisch.

»Nope.« Sie sieht nicht einmal auf. Ihre Augen sind weiterhin auf meinen Fernseher gerichtet, nachdem wir beschlossen haben, Annalise Keating und ihrer Crew noch eine Chance zu geben.

Und obwohl ich Aria klar und deutlich verstanden habe, aber das Klingeln einfach nicht aufhört, greife ich nach meiner Fernbedienung und stoppe die Serie. »Vielleicht ist es wichtig«, gebe ich leise zu bedenken.

»Es sind Abigail und Jonathan.« Jedes ihrer Worte klingt gepresst. »Und es ist mir scheißegal, was sie wollen.« Sie starrt immer noch stur geradeaus. »Können wir bitte weitergucken?«, sagt sie mit Nachdruck.

Ich ignoriere ihre Frage. »Willst du wirklich nie wieder mit ihnen reden?« Auch wenn ich niemals gutheißen werde, was sie getan haben, ist Aria für die beiden seit fast achtzehn Jahren ihr Kind. Laut ihren Erzählungen haben sie keinen anderen Weg mehr gesehen. Und das verstehe ich immer noch. Ich muss nur Jenn dafür ansehen.

»Hör auf, dich für sie einzusetzen«, murrt Aria. »Das haben sie nicht verdient.«

»Ich setze mich nicht für sie ein«, versichere ich ihr. »Nur würde ich dennoch gern wissen, was dein Plan ist.«

»Was mein Plan ist?«, wiederholt sie und runzelt die Stirn. »Wozu? Ich bin erwachsen. Ich brauche die beiden nicht.« Obwohl sie die Worte energisch ausspricht, nehme ich sie ihr nicht ab. Dazu ist viel zu viel Schmerz und Kummer in ihren Augen. Ich glaube nicht, dass sie Jonathan und Abigail wirklich nie wiedersehen will.

»Die Frage ist nicht, ob du sie brauchst.« Obwohl sie das zumindest finanziell tut, immerhin bezahlen sie ihr das Studium. Ich lege meine Hand auf ihre und lockere ihre verkrampften Finger. »Sondern, ob du sie in deinem Leben haben *willst.*«

»Ganz ehrlich?« Sie wartet mein Nicken gar nicht erst ab. »Im Moment eher nicht.«

»Okay«, entgegne ich und reibe über ihre Fingerknöchel.

»Okay? Mehr nicht?«

»Nein. Mehr nicht. Du hast jedes Recht, dich so zu entscheiden.« Ich lasse ihre Hand wieder los und beuge mich für einen kurzen Kuss zu ihr. »Aber du hast auch das Recht, dich jederzeit wieder umzuentscheiden. Vergiss das nicht. Manchmal sind zweite Chancen nämlich gar nicht so verkehrt.« Ich gebe ihr noch einen Kuss und sehe ihr fest in die Augen. »Nimm uns beide. Unsere zweite Chance war die beste Entscheidung seit Langem, findest du nicht?«

»Auf rhetorische Fragen antworte ich grundsätzlich nicht.« Sie versucht, ernst zu bleiben, hat aber Mühe, sich ein Grinsen zu verkneifen. »Außerdem ist das mit uns etwas völlig anderes.«

»Ich deute das mal wieder als ein Ja.« Und bevor sie protestieren oder mir widersprechen kann, verschließe ich ihre Lippen erneut zu einem ewigen Kuss.

29

ARIA

Zehn Tage. So lange dauert es, bis ich diesen weißen, unscheinbaren Umschlag aus dem Briefkasten ziehe und sofort Herzklopfen bekomme. Ich habe nicht so schnell damit gerechnet. Und vor allem wird mir mit einem Schlag bewusst, wie viel Angst ich wirklich vor dem Ergebnis habe. Was mache ich, wenn es eine Übereinstimmung gibt? Und was, wenn da keine ist? Wenn ich zwar weiß, dass ich nicht mit Abigail und Jonathan verwandt bin, aber keine Ahnung habe, wer dann meine leiblichen Eltern sind? Mit einem Mal ist mir übel. Was dumm ist, weil die Probe schon längst ausgewertet ist und es nun sinnlos ist, nervös zu sein. Das Ergebnis steht ohnehin fest, ich halte es in meinen Händen. Es wird sich nicht mehr ändern.

Mit schweren Schritten gehe ich die Treppe nach oben, schließe die Tür auf und werde von Izzy in Empfang genommen. »Hey.« Sie grinst mich an, ein Toastbrot mit Marmelade in der Hand. »Sorry. Ich weiß, wir wollten später kochen, aber ich verhungere.«

»Schon gut.« Ich winke ab, hänge meine Jacke auf und will in mein Zimmer gehen, als sie mich aufhält.

»Ist alles in Ordnung? Du wirkst … abgelenkt.« Der Blick, mit dem sie mich mustert, ist besorgt. Izzy schiebt sich den Rest ihres Toasts in den Mund und kommt dann kauend auf mich zu. »Ist wieder was mit Jack?«

»Nein, alles prima.« Ich versuche mich an einem Lächeln, aber sie kennt mich einfach zu gut.

»Okay, spuck es aus.« Unaufgefordert folgt sie mir in mein Zimmer und macht es sich auf meinem Bett bequem, während ich den Brief auf meinem Schreibtisch ablege. Mir ist immer noch übel.

»Da drin steht etwas, von dem ich nicht mehr sicher bin, ob ich es wissen will.«

»Okay?« Sie rutscht weiter nach hinten, bis sie sich an die Wand lehnen kann. »Worum geht es?«

»Ich habe meine DNA abgleichen lassen. Mit der von Menschen, deren Kinder verschwunden sind, und in diesem Brief steht, ob es einen Treffer mit einem anderen Registrierten gibt.« Ich habe Izzy und Thao nach Thanksgiving alles erzählt – bis auf die Tatsache, dass ich diesen Test gemacht habe. Davon weiß nur Jack, weil er derjenige war, der mir von der Seite erzählt hat und dabei war, als ich den Abstrich gemacht habe. Ich weiß nicht, warum ich meinen Freundinnen bisher nichts von dem DNA-Abgleich gesagt habe. Vielleicht, weil es das gänzlich real gemacht hätte. Aber nun liegt dieser Umschlag neben mir, und mir ist klar, dass ich ihn früher oder später öffnen muss. Am besten zögere ich es nicht länger hinaus.

Ich schnappe mir den Brief, fahre mit dem Finger unter das Papier und reiße den Umschlag auf. Darin befindet sich nur eine einzige Seite. Ich ziehe sie hervor, falte sie auseinander, hole tief Luft. Und dann beginne ich zu lesen.

Sehr geehrte Ms Gibson,

es tut uns leid, Ihnen mitteilen zu müssen, dass der Abgleich unserer Datenbank mit Ihrer DNA keine Übereinstimmungen ergeben hat.

Ich halte inne.

»Und?« Izzy rutscht näher, ihr Blick ist besorgt. »Was steht drin?«

»Nichts«, sage ich tonlos und lasse das Blatt sinken. Mein Herz rast immer noch, und mir ist nach wie vor schlecht. Nur liegt das nun nicht mehr an der Aufregung, sondern an der Enttäuschung. »Es gibt keinen Treffer.«

»Scheiße, Aria. Das tut mir leid.« Sie greift nach meiner Hand und zieht mich zu sich aufs Bett, um mich zu umarmen. Ihr Atem riecht nach Erdbeermarmelade. »Vielleicht melden sie sich in ein paar Wochen oder Monaten noch mal bei dir. Dein Profil bleibt ja sicher gespeichert«, vermutet sie und lässt mich wieder los. »Wenn sich da immer wieder neue Leute registrieren, sind hoffentlich irgendwann deine leiblichen Eltern dabei.«

»Ja, vielleicht.« Ich schaffe es nicht einmal, mit den Schultern zu zucken. Kraftlos lasse ich mich nach hinten auf meine Matratze fallen. Es fühlt sich an, als hätte mir jemand den Stecker gezogen und all meine Energie wäre explosionsartig verpufft.

Izzy legt sich neben mich, und gemeinsam starren wir an die Decke. Wir schweigen eine ganze Weile, bis sie sich schließlich auf die Seite rollt. Obwohl ich immer noch nach oben blicke, weiß ich, dass sie mich ansieht. »Du brauchst Sterne«, sagt sie, und ich habe keine Ahnung, wovon sie spricht.

»Sterne?«, frage ich deshalb leise.

»Sterne.« Sie nickt, klettert umständlich über mich drüber und verlässt erst mein Bett, dann mein Zimmer. Kurz darauf höre ich sie in ihrem eigenen Zimmer rumpeln. Die Minuten ohne sie geben mir Zeit, den Brief noch einmal zu lesen.

Es sind höfliche Standardfloskeln, doch der Inhalt bleibt derselbe. Niemand weiß, wo ich herkomme. Zu wem ich gehöre. Wer oder was meine Wurzeln sind. Ich bin weder mit Abigail und Jonathan noch mit Jenn verwandt, die Jack zufolge dort immer noch registriert ist. Demnach bin ich auch nicht Josie, und obwohl ich mir für Jack mehr als alles andere wünsche, dass er irgendwann erfährt, was mit ihr passiert ist … Ich bin verdammt froh, dass ich nicht sie bin.

Als Izzy zurück ist, hält sie kleine, sternförmige Kleber in der Hand. Sie steigt zurück auf mein Bett, doch anstatt sich wieder neben mich zu legen, stellt sie sich auf die Zehenspitzen und klebt ein paar der Sticker an die Decke. »Sternbilder geben Hoffnung«, erklärt sie. »Früher haben Sie den Seefahrern als Orientierungshilfe gedient, und ich glaube, das kannst du gerade auch gut gebrauchen.«

»Hoffnung?«

»Orientierung.« Schwungvoll lässt sie sich wieder neben mich fallen, rollt sich auf den Rücken und sieht wie ich nach oben an die Decke. Nur ist dort nun statt weißer Tapete ein kleines Sternenmeer zu sehen. Ich habe keine Ahnung, ob sie richtige Sternbilder aufgeklebt hat, aber die linke Seite sieht aus wie ein Herz. »Betrachte sie einfach als deine Wegweiser am Nachthimmel.«

»Warum noch mal studierst du nicht Astronomie?«, versuche ich das Thema zu wechseln, weil ich sonst vor Rührung anfange zu heulen. Und geweint habe ich in den vergangenen eineinhalb Wochen wahrlich mehr als genug.

»Weil es mir vermutlich keinen Spaß mehr machen würde, wenn ich mich jeden Tag damit beschäftigen müsste. Also lebe ich die Hobbyastronomin nur bei Thao und dir aus.«

»Verstehe«, murmle ich und blicke weiter zu den Klebesternen. Ich bin zwar nicht Josie, ich weiß aber auch nicht, wer ich sonst bin. Es gibt nur eins, was ich weiß, und das ist der Fakt, dass ich ohne meine Freundinnen und ohne Jack verloren wäre. Sie sind nun meine Familie.

Irgendwann wird die Haustür geöffnet. »Hallo? Ist jemand da?« Thaos typische Begrüßung lässt mich trotz allem schmunzeln.

»Wir sind in meinem Zimmer«, rufe ich.

Keine Sekunde später geht die Tür auf und unsere Mitbewohnerin erscheint im Rahmen. »Was macht ihr da?«, fragt sie und steigt aus ihren Schuhen. Wie immer lässt sie sie an Ort und Stelle fallen. Dann kommt sie auf uns zu, wedelt mit der Hand, und wir machen Platz, damit sie sich zu uns quetschen kann. In der nächsten Sekunde entdeckt sie meine Sterne und deutet mit dem Finger nach oben. »Neu?«

»Jups«, antwortet Izzy.

»Hübsch.« Thao seufzt und greift nach unseren Händen. »Mädels, ich habe News!«, sagt sie dann und legt eine bedeutungsvolle Pause ein. »Heute Abend kommt Besuch.«

»Okay?«

»Trace hat mich endlich gefragt, ob wir zusammen was machen wollen.« Obwohl ich ihr Gesicht nicht sehen kann, bin ich mir ziemlich sicher, dass sie breit grinst.

»Was? Thao, das ist … Glückwunsch.« Begeistert setzt Izzy sich auf. »Brauchst du dic Wohnung? Sollen wir verschwinden?«

»Ich bitte dich, Isobel. Sex beim ersten Date. Wer macht denn so was?«

»Du«, kommt es trocken von ihr, und das lässt uns alle drei lachen, weil es die Wahrheit ist.

»Ja, also schön, genau. Ich hätte heute Abend gern die Wohnung. Ist das okay?«

»Klar.« Ich nicke. »Kein Problem. Ich schlafe bei Jack.«

»Und ich bettle Anna um Asyl an. Oder ziehe notfalls für eine Nacht unter eine Brücke.«

»Das würdest du für mich tun? Awww.«

»Natürlich, Baby.« Izzy haucht ihr einen Luftkuss zu, ehe sie über uns drüber klettert und halb aus dem Bett stolpert. »Allerdings muss ich dann jetzt noch ein paar Sachen erledigen, bevor ich aus meinem eigenen Zuhause geschmissen werde.« Sie schnieft theatralisch.

»Ich mach dir bald mal wieder Sushi dafür, okay?«, ruft Thao ihr noch hinterher.

»Mit ganz viel Avocado«, kommt es aus dem Flur. »Und Gurke!«

»Was immer du willst«, verspricht sie ihr lachend.

Dann liegen nur noch Thao und ich auf meinem Bett, und ich spüre, wie sie den Kopf in meine Richtung dreht. »Alles okay? Du bist so still.«

»Ja.« Ich seufze leise. »Ich habe heute nur erfahren, dass ich definitiv nicht Jacks Josie bin. Was gut ist, aber … Ich weiß auch nicht, wer ich sonst bin.« Das ist der Startschuss, und ich berichte ihr ebenfalls von dem Brief. Im Gegensatz zu Izzy klebt Thao mir am Ende keine Sterne an die Decke, sondern hält so lange meine Hand, bis es Zeit für mich ist, die Wohnung zu räumen.

Jack findet es super, dass ich mich für die Nacht bei ihm einquartieren muss. »Thao kann gern öfter Männerbesuch haben«, sagt er zwinkernd und legt die Arme um mich.

»Als ob wir das als Ausrede brauchen.« Ich verdrehe die Augen und lehne mich an ihn. »Wir wissen beide, dass ich mehr hier bin als zu Hause.«

»Ich habe nichts dagegen.« Er gibt mir einen sanften Kuss auf die Haare, weil ich klein bin und er so groß ist. Wenn er es versuchen würde, könnte er sein Kinn sogar auf meinen Scheitel legen.

Einen Moment lang gebe ich mich seiner wohligen Umarmung hin.

Genieße das Gefühl von Sicherheit und *Hier gehöre ich her.* Obwohl unsere Geschichte erst vor wenigen Monaten begonnen hat, bin ich überzeugt davon, dass uns nichts mehr trennen kann. Nicht nach den vergangenen Wochen. *Better together.* Ich lausche Jacks Herz. Es schlägt ruhig und gleichmäßig und ist das schönste Geräusch der Welt. Unweigerlich wandern meine Gedanken zurück zu dem Brief von *FMC*, der in der WG auf meinem Schreibtisch liegt. Jack hat mir versichert, dass es keine Rolle für ihn spielt, was drinsteht. Dass er das Ergebnis nicht wissen will. Trotzdem überlege ich für ein paar Sekunden, es ihm doch zu sagen. Einfach, damit auch die letzten Zweifel aus dem Weg geräumt sind. Er hat so lange nach Josie gesucht, war so sehr überzeugt davon, sie in mir gefunden zu haben. Er verdient die Wahrheit.

Aber bevor ich dazu komme, sie ihm zu sagen, löst er sich von mir. »Ist es okay, wenn ich noch ein bisschen arbeite? Ich bin etwas im Verzug und sollte dringend diesen Auftrag abschließen.«

»Natürlich. Klar.« Ihm jetzt von dem Ergebnis zu erzählen, würde seine Arbeitspläne zunichtemachen. Also sage ich nichts, denn eigentlich hat er ja auch recht. Dieser Brief ist nicht wichtig für uns und unsere Beziehung.

Wir verbringen den Abend damit, Fotos seines neuen Auftrags zu sichten. Er hat einen Kindergeburtstag fotografiert, und angeblich war das noch anstrengender als unser Tag bei Penny und den Pudeln. Stunde um Stunde sortieren wir Bilder aus, Jack fängt an, sie zu bearbeiten, und irgendwann vertiefe ich mich in meine Bücher. Seit Thanksgiving fällt es mir noch schwerer, mich auf das Lernen zu konzentrieren. Und gleichzeitig habe ich nun auch eine Erklärung dafür, warum ich so anders bin als Abigail und Jonathan. Lernschwächen werden oft vererbt, und da ich nicht mit den beiden verwandt bin, kann ich auch nicht ihre Art von Gehirn haben. Sie versuchen mich immer wieder zu erreichen, aber ich nehme ihre Anrufe nie an. Weil ich nicht bereit dafür bin. Ich weiß nicht, ob ich es je sein werde, aber Jack hat mir versichert, dass das okay ist. Alles, wofür ich mich entscheide, ist okay.

Mein Blick fällt auf ihn, wie er konzentriert neben mir sitzt und arbeitet. Sein Bart hat heute die perfekte Länge, seine Haare sind verwuschelt, und seine Augen strahlen unheimlich hell. Wäre ich nicht längst haltlos in ihn verliebt, wäre ich es spätestens jetzt.

»Du sollst lernen«, sagt er, ohne mich anzusehen.

»Tue ich«, versichere ich ihm und schaue kurz in mein Buch, ehe ich wieder den Kopf hebe.

»Ach ja?« Er klingt skeptisch.

»Ja.« Ich nicke. »Gerade studiere ich zum Beispiel den Verlauf deiner Wangenknochen.«

Nun hält auch er inne und sieht mich verwundert an. »Warum das denn?«

»Vielleicht will ich dich irgendwann einmal zeichnen. Dann muss ich vorbereitet sein.«

»Du weißt schon, dass ich dir auch Modell sitzen kann.«

»Nicht, wenn du gerade arbeiten musst.« Ich schüttle entschieden den Kopf. »Wie läuft eigentlich dein Workshop in der Uni?«

»Gut. Professor Sinclaire hat gefragt, ob ich Lust habe, das nun regelmäßig zu machen. Es haben sich wohl bereits interessierte Studierende aus den unteren Jahren für die nächsten Semester angemeldet.«

»Das klingt großartig.«

»Tut es«, stimmt er mir zu. »Und jetzt lern weiter. In dreißig Minuten löchere ich dich.«

»Na gut«, murre ich, senke meinen Blick aber wieder auf die staubtrockene Lektüre vor mir. Er hat recht, ich muss dringend mehr tun, ob ich will oder nicht.

Jack hält sein Wort. Nach einer halben Stunde fragt er mich ab und für jede richtige Antwort bekomme ich einen Kuss. Irgendwann werden seine Fragen so leicht, dass nicht einmal mehr ich Fehler machen kann. Und dann vergessen wir beide meine Bücher und alles, was drinsteht, und schaffen neue Erinnerungen aus Zuneigung, Vertrauen und Liebe. Jack ist mein Anker in dieser verrückten Version der Realität, die mir bis vor wenigen Wochen noch unmöglich schien.

30

JACK

Es riecht nach Farbe und Klebstoff, als ich das kleine Gebäude betrete, in dem die neue Kunstausstellung der *Baltimore School of Arts* auf mich wartet. Unzählige Werke von Teenagern wurden hier in Szene gesetzt, die ich für Kelly fotografieren soll. Vielleicht befindet sich unter den Jugendlichen tatsächlich ein besonderes Nachwuchstalent für ihre Galerie. Ein paar der jungen Kunstschaffenden schwirren durch den großen Raum, kichern immer wieder und sehen unheimlich stolz aus.

Das Bild, vor dem ich gerade stehe, ist beeindruckend. Es soll eine Landschaft sein, gibt dem Zuschauer aber das Gefühl, durch ein Fenster zu sehen. Die Dämmerung, die über dem kleinen Dorf heraufzieht, verwischt den Hintergrund zu einem Ozean aus tiefem Blau und schwarzen Schatten. Die Übergänge sind fließend und geben dem Farbspiel etwas ganz Eigenes. Was vor allem daran liegt, dass über die dunklen Farben gelbe Tupfen gesprenkelt wurden. Wie Sommersprossen auf einem Gesicht. Ich verweile etwas länger als nötig vor dem Gemälde, die Kamera fest in der Hand. Neben dem Rahmen klebt ein kleiner Zettel. *David, 14 Jahre.* Intuitiv weiß ich, dass Kelly von seinem Bild begeistert sein wird. Ich mache noch zwei Bilder, ehe ich zum nächsten Kunstwerk weiterziehe. Eine Statue, die nur aus Schnüren besteht und dennoch sehr massiv aussieht.

Ich bin gerade dabei, ein paar Schritte nach hinten zu treten, um den perfekten Winkel für das Foto zu finden, als mein Handy vibriert. Mein erster Gedanke gilt Aria. Sie wollte sich melden, wenn sie entschieden hat, was ich später zum Essen mitbringen soll. Nervennahrung, weil sie für eine anstehende Prüfung lernt. Ich ziehe das Handy hervor und blicke auf das Display. Doch es ist nicht ihr Name, der mir entgegenblinkt. Für einen kurzen Moment schließe ich die Augen. Ich will diesen Anruf nicht entgegennehmen. Allein zu wissen, dass Jenn am anderen Ende der Leitung ist, löst einen unangenehmen Druck auf meine Brust aus.

Ich kann das nicht.

Ich kann nicht, aber vor allem will ich nicht. Doch das Vibrieren hört nicht auf. Mit dem Handy in der einen und meiner Kamera in der anderen Hand stehe ich da, und obwohl die Kamera größer ist, wiegt das Telefon so viel schwerer. Weil es so viel mehr als ein simpler Anruf ist.

Sekundenlang starre ich auf den Bildschirm. Bis das Vibrieren stoppt, um nur zehn Sekunden später wieder anzufangen. Und dieses Mal warte ich nicht länger. Ich drücke Jenn sofort weg, um ihr zu verstehen zu geben, dass ich keine Zeit habe. Das hier ist mein Job. Kelly braucht die Fotos noch heute Abend. Ich kann mich jetzt nicht in ein Gespräch mit Jenn verwickeln lassen.

Ich schiebe das Handy zurück in meine Hosentasche, halte mir die Kamera vors Auge und schieße ein Foto der Statue. Dann noch eins. Und noch eins. Drei Bilder. So lange dauert es, bis mein Handy wieder vibriert. Und dieses Mal fühlt es sich noch heftiger an, auch wenn ich weiß, dass das nicht möglich ist. Fuck. Ich lege meine Kamera beiseite, setze mich daneben auf die kleine Besucherbank mitten im Raum und ziehe es wieder hervor.

Jenn.

Der Knoten in meinem Magen wird größer. Weil ich weiß, dass das der Moment ist. Der Jetzt-oder-nie-Moment. Mein Daumen schwebt über dem grünen Hörerbutton. Ein paar Millimeter trennen mich noch von Jenns Stimme. Und dann tue ich es. Ich nehme an und führe das Handy zu meinem Ohr. Nicht, weil ich will, sondern, weil ich muss. »Ja?«

»Jack! Oh, Gott sei Dank.« Ihrem Satz folgt ein Schluchzen, das mir durch Mark und Bein geht. Unweigerlich ist mir klar, dass etwas passiert ist. »Er hat sie gelöscht. Ohne vorher mit mir zu reden. Er hat sie einfach gelöscht.«

Ich habe keinen Schimmer, wovon sie spricht. »Wer hat was gelöscht?« Ich habe die Frage kaum ausgesprochen, als ich mir auch schon auf die Lippe beiße. Scheiße. Jede Nachfrage meinerseits stachelt sie nur noch mehr an.

»Josh! Er hat die Seite für Josie einfach gelöscht. Ich weiß nicht einmal, woher er das Passwort hat.« Sie schluchzt wieder, ihre Stimme bricht. »Ich wollte mich vorhin einloggen, aber das geht nicht mehr. Weil mein eigener Sohn die Seite gelöscht und das Passwort geändert hat, damit ich sie nicht wiederherstellen kann.«

»Okay?« Ich weiß wirklich nicht, was ich dazu sagen soll. Finde ich es okay, dass Josh augenscheinlich das Passwort seiner Mutter geknackt hat? Nein. Andererseits verstehe ich ihn. Wenn sie ihn in den letzten Wochen auch nur halb so oft angerufen hat wie mich …

»Okay? Das ist nicht okay, Jack! Ganz im Gegenteil. Die Seite hatte so viele Abonnenten. Wenn die alle die Augen aufgehalten hätten, würde es vielleicht irgendwann neue Hinweise geben, aber jetzt …«

Aus ihrem Schluchzen wird ein wütendes Schnauben. »Kannst du mit ihm reden? Bitte, Jack. Auf dich hört er bestimmt.«

»Das bezweifle ich.« Die Worte verlassen schneller meinen Mund, als ich darüber nachdenken kann. »Josh und ich haben nicht mehr viel Kontakt.« In den letzten Monaten gab es nur meinen Anruf bei ihm und Josies Geburtstag, als wir bei Jenn in Sterling waren. Und beides ist nicht sonderlich gut ausgegangen. Er wird mit Sicherheit nicht auf mich hören.

»Kannst du es trotzdem versuchen?« Jenn fleht regelrecht. Und das macht mich wütend. Sie reflektiert nicht. Seit Jahren ist sie so in ihrer Trauer gefangen, dass sie überhaupt nicht bemerkt, was sie Josh und mir und auch ihrem Ex-Mann antut.

»Nein, Jenn.« Meine Stimme klingt überraschend fest. »Das ist eine Sache zwischen dir und Josh. Ich kann dir nicht helfen.« Es fällt mir unglaublich schwer, diese Worte auszusprechen. Doch ich weiß, dass sie sein müssen.

»Aber … Jack!« Sie klingt fassungslos. Und verzweifelt. Immer noch so unsäglich verzweifelt. Aber auch, wenn ich das verstehe … Ich kann sie nicht länger derart in mein Leben eingreifen lassen.

»Sprich am besten selbst mit ihm.« Ich bin mir nicht sicher, ob er ihr zuhören wird, doch auch das liegt nicht in meiner Hand.

»Willst du Josie denn nicht mehr finden?«

Es ist diese Frage, die mich schlagartig wieder ein Kind sein lässt. Den sechsjährigen Jungen, der nicht versteht, was passiert ist. Das Kind, das nur weiß, dass seine kleine Freundin verschwunden ist. Das Mädchen, auf das er hätte aufpassen sollen. Die Schuldgefühle sind sofort wieder da. Ich schließe für einen Moment die Augen, atme tief ein, sauge wieder den Duft nach Farbe und Klebstoff in mich auf. Doch das beklemmende Gefühl bleibt. Wahrscheinlich werde ich es niemals komplett los. Zumindest nicht, solange ich mich von Jenn weiterhin so beeinflussen lasse. »Ich spiele dieses Spiel nicht mehr mit.« Meine Worte überraschen mich selbst. Aber noch während ich sie ausspreche, spüre ich, wie richtig und wichtig und längst überfällig sie sind.

»Welches Spiel? Wovon redest du, Jack?« Sie klingt verwirrt, und das glaube ich ihr sogar. Ich bin mir sicher, dass sie keine Ahnung hat, wie sehr sie den kleinen Jungen in mir jahrelang gesteuert hat.

»Das alles. Deine Anrufe … die Suche nach Josie …« Ich hole noch einmal Luft, bevor ich weiterspreche. »Ich kann nicht mehr die Person sein, die du anrufst, wenn du glaubst, neue Hinweise zu haben oder wenn Josh diese Seite löscht oder wenn irgendeine Spur ins Nichts führt.« Unruhig rutsche ich auf der Bank hin und her, halte das Handy fest umklammert und an mein Ohr gepresst.

Lange Augenblicke sagt Jenn gar nichts. Meine Worte haben sie getroffen. Wie sehr, kann ich vermutlich nicht einmal erahnen. Es ist das erste Mal seit über achtzehn Jahren, dass ich wirklich ausgesprochen habe, was ich will. Und das ist ein glückliches Leben, ohne Schatten der Vergangenheit. Ohne ihre Anrufe. Ohne falsche Hoffnung. Josie wird mir immer fehlen. Und wahrscheinlich werde ich mich in regelmäßigen Abständen fragen, was mit ihr passiert ist. Vielleicht habe ich sie in Aria gefunden. Vielleicht nicht. Das alles spielt keine Rolle mehr. Wenn Josie am Ende tatsächlich so wie Aria über eine Agentur verkauft worden ist und heute noch leben sollte, wäre es vermutlich sogar besser, wenn sie nie davon erfährt. Wenn sie nicht wie Aria unter dem Fakt leiden muss, dass ihre Eltern gar nicht ihre leiblichen Eltern sind.

»Es tut mir leid … Ich wollte nie … Ich hab doch nur dich.« Jenns Stimme bricht erneut, und es ist egal, wie sehr ich hart bleiben und mich nicht wieder in ihren Sog ziehen lassen will … Ihre Worte treffen mich.

»Ich weiß«, entgegne ich, schüttle den Kopf, schlucke und versuche, mich auf das Bild an der Wand mir gegenüber zu konzentrieren.

Schwarze Striche, weiße Wellen, pinke Kreise. Ich muss mich im Hier und Jetzt verankern. Denn je intensiver sich die kleine Ausstellung in mein Bewusstsein gräbt, desto weniger kann das Gefühl, es Jenn schuldig zu sein, meine Wahrnehmung steuern. »Trotzdem muss das aufhören. Ich kann nicht länger derjenige sein, der dich auffängt.«

Ihre Antwort darauf habe ich nicht erwartet. »Es tut mir leid«, sagt sie noch einmal. »Das war … Das war nicht meine Absicht. Ich wollte keine Last für dich sein.« Im nächsten Moment verlässt ein brüchiger, fast schon schmerzhafter Ton ihre Lippen. Sie leidet, und das ist mir mehr als bewusst, aber … Verdammt! Ich kann einfach nicht länger ihr Sicherheitsnetz sein.

»Das ist nicht …« Ich stocke, kneife mir mit Daumen und Zeigefinger in die Nasenwurzel und ignoriere das unangenehme Pochen, das sich allmählich hinter meiner Stirn bildet. Ihr zu sagen, dass sie keine Last für mich ist, wäre eine Lüge. Denn genau das ist sie. Ein tonnenschweres Gewicht auf meinen Schultern, das mich daran hindert, zu leben. »Es ist einfach zu viel«, sage ich schließlich und lasse meine Hand wieder sinken. Jenn braucht Hilfe und zwar die der professionellen Art. Jemanden wie Mias Therapeutin. Ich habe mit eigenen Augen beobachtet, wie gut es meiner besten Freundin getan hat, in regelmäßigen Abständen zu Doc Sullivan zu gehen.

»Zu viel.« Leise wiederholt Jenn meine Worte. »Das hat Frank auch gesagt. Und Josh. Dem war es auch zu viel.« Mit jedem Wort wird ihre Stimme kräftiger, das Schluchzen weniger.

Der stumme Vorwurf ist nicht zu überhören. *Du bist genauso wie sie.* Und Jenn hat recht. Ich bin exakt wie Josh und sein Vater. Ein Mensch, der schon viel zu lange unter einem Berg von Schuldzuweisungen, schlechtem Gewissen und Verständnis für ihre Situation zu ersticken droht. Die beiden haben sich schon vor Jahren davon befreit. Vielleicht, weil sie Jenns Schmerz noch näher waren als ich. Frank hat die Scheidung eingereicht, Josh ist nach New York geflüchtet. Zurück blieb nur ich. Aber nun … Ich kann das einfach nicht mehr. Will es nicht mehr.

»Warum hilfst du mir nicht und redest mit Josh?«, fragt sie erneut und lässt mich gar nicht erst zu Wort kommen. »Schließlich war es eure Schuld, dass mein kleines Mädchen …« Sie bringt es nicht fertig, den Satz zu Ende zu sprechen. Aber das muss sie auch nicht.

Ich zucke heftig unter ihren Worten zusammen. Bis zum heutigen Tag hat sie nie so klar artikuliert, was ich mir insgeheim seit Jahren selbst vorwerfe. Ist es meine Schuld, dass Josie verschwunden ist? An manchen Tagen denke ich das. Und wahrscheinlich werde ich es nie ganz abschütteln können. Doch objektiv weiß ich, dass ich damals selbst ein Kind war. Ein kleiner, sechsjähriger Junge, der nichts falsch gemacht hat. »Ich lege jetzt auf Jenn. Ruf mich bitte nicht mehr an.«

Und dann tue ich genau das. Ich beende den Anruf, blockiere Jenns Nummer, stecke das Handy weg und starre vor mir auf das Bild an der Wand.

Schwarze Striche, weiße Wellen, pinke Kreise. Tiefe Erleichterung. Und das Gefühl, endlich für mich selbst eingestanden zu sein und das Richtige getan zu haben.

31

ARIA

Der Asphalt ist ziemlich kalt, aber das hindert mich trotzdem nicht daran, mich auf meinen Knieschutz auf dem Boden sinken zu lassen und meine Kreiden auszupacken. Es ist ewig her, dass ich zum letzten Mal hier war, und noch länger, dass ich mit so viel Elan zu malen begonnen habe wie heute. Ich bin so vertieft, dass ich gar nicht bemerke, wie sich jemand neben mich stellt.

»Sieh an, sieh an.« Das Schmunzeln in seinen Worten ist deutlich hörbar. »Die Fremde.«

»Ted.« Ich lächle ihn an und stehe auf. »Hi.«

»Lange nicht gesehen, Ariana.« Er legt den Kopf schief und mustert mich eindringlich. »Du siehst aufgewühlt aus.«

Wie immer trifft er den Nagel auf den Kopf. »Bin ich auch.« Ich bücke mich und ziehe die Packung Kekse aus meiner Tasche, die ich ihm mitgebracht habe. »Hier. Ich dachte, du willst vielleicht mal etwas Neues ausprobieren.«

»Dunkle Schokolade mit Himbeeren?«

»Ja.«

»Ausgezeichnet.« Mit seinen Keksen in der Hand setzt er sich auf die freie Bank. Inzwischen trägt er zwei Jacken übereinander und eine Mütze, und obwohl er nicht so aussieht, als wäre ihm kalt, beschließe ich, ihm in den nächsten Tagen noch einen dicken Schal mitzubringen. Der Winter in Baltimore ist eisig. »Was zeichnest du heute für mich?« Neugierig blickt er neben meine Füße auf den Boden, wo ich gerade begonnen habe, ein Mädchen zu malen, an dem sowohl links als auch rechts Hände zerren. Ich bin noch lange nicht fertig, aber die Umrisse sind bereits erkennbar.

»Ich weiß nicht«, sage ich und gehe zurück in die Hocke. »Sag du es mir.« Titel sind schließlich sein Metier.

Für einen kurzen Augenblick denkt er nach. »Wir nennen es *Gefangenes Mädchen im Limbo.*«

»Perfekt.«

Einige Minuten male ich schweigend weiter, während er seine Kekse isst. Nur zwei, und beide sehr langsam. Ted genießt. Nicht nur den Snack, sondern den ganzen Moment. Und das ist bewundernswert. Vor allem in seiner Lage, denn nach außen hin gibt es allem Anschein nach nicht viel, was er tatsächlich genießen könnte. Er hat nach wie vor kein Zuhause und ist arbeitslos. Und dennoch ist Ted einer der wenigen Menschen, die nicht unglücklich wirken. Sondern das Gegenteil davon.

»Verrat mir dein Geheimnis«, sage ich nach einer Weile und halte inne. »Wie schaffst du es, so zufrieden zu sein?«

»Was meinst du?« Er mampft immer noch an seinem Keks. Es scheint ihm zu schmecken.

»Du ruhst in dir. Das möchte ich auch können. Also, was ist dein Geheimnis?« Ich lege die Farbe beiseite und klopfe meine Hände an einem alten Tuch ab. Sauber werden sie nicht mehr, der Kreidestaub hängt bereits überall.

»Ich bin dir gut vierzig Jahre voraus.«

»Also Zeit?«

»Zeit und Verzicht und Gelassenheit. Die meisten Dinge kann man im Leben sowieso nicht ändern. Oder der Einfluss, den man hat, ist sehr begrenzt. Wozu aufregen?«

»Du akzeptierst einfach so die Umstände?«

»Wenn ich keinen Einfluss auf sie habe, ja. Ich wäge ab, und dann entscheide ich mich bewusst für eine Reaktion.«

»Hm.« Ich verschiebe meinen Knieschutz ein Stück nach hinten, sodass ich mich draufsetzen kann. »Aber nicht alles im Leben ist eine bewusste Entscheidung. Wenn ich sauer bin, bin ich sauer. Darauf habe ich keinen Einfluss.«

»Doch, meine Liebe. Den hast du.« Sorgsam packt Ted die restlichen Kekse wieder ein. »Es ist in Ordnung, sauer zu sein. Oder wütend. Oder sogar zornig. Vor allem, wenn du das Gefühl hast, dass die ganze Welt an dir zerrt.« Er nickt mit dem Kopf in Richtung meines Bildes. »Aber nicht jeden Tag. Das vergiftet dich auf Dauer und macht dich krank.« Irgendetwas in seinem Blick sagt mir, dass er ganz genau weiß, wovon er spricht. »Vertrau mir.«

Nachdenklich nicke ich. »Vielleicht hast du recht.«

»Streich das *Vielleicht* aus deinem Satz. Und am besten gleich aus deinem ganzen Wortschatz. *Vielleicht* ist nicht konkret genug. Es ist nicht mehr als eine Eventualität, die keine Zuverlässigkeit verspricht. Dabei ist das so wichtig. Menschen brauchen Zuverlässigkeit, weil wir nur dann vertrauen können. Können wir uns nicht auf jemand anderen verlassen, ist das Vertrauen weg.«

»Kann man es wieder aufbauen?«, frage ich, denke an Abigail und Jonathan und knabbere im Gegensatz zu Ted nicht an einem Keks, sondern an meinem Fingernagel. Er schmeckt nach Kreide, aber ich höre trotzdem nicht damit auf.

»Ich glaube schon. Weil es nicht nur Vertrauen in andere gibt, sondern vor allem auch das in uns selbst.«

Schweigend sehe ich Ted an und lasse mir seine Aussagen durch den Kopf gehen. Weil ich nichts dazu sage, bietet er mir einen der Kekse an. Ich greife danach und drehe ihn gedankenverloren in meiner Hand hin und her.

»Ich habe kein Vertrauen in mich«, gestehe ich ihm schließlich leise. Es ist das erste Mal, dass ich die Worte laut ausspreche. Und sie ziehen einen Stöpsel. Alles, was mich seit Wochen verrückt macht, purzelt aus mir heraus. Dass meine Eltern nicht meine Eltern sind. Dass Jack Josie vermisst und vermutet hat, sie in mir gefunden zu haben. Die Lernschwäche, die mich beherrscht, und dass ich keine Ahnung habe, wo ich nach meinen Wurzeln suchen soll.

»Du suchst an der falschen Stelle, Aria.« Ted spricht sanft und leise und gleichzeitig mit unglaublich fester, sicherer Stimme. »Du suchst im Außen, dabei liegt die Antwort im Innen. Dein Fokus sollte nicht auf deinen vermeintlichen Schwächen liegen, sondern auf dem, was du kannst.« Mit seiner keksfreien Hand deutet er auf meine Zeichnung. »Du bist eine Künstlerin. Darin liegen deine Wurzeln. In deiner Kreativität. Und nicht darin, irgendwelche Fakten auswendig zu lernen, die du nach der Prüfung nie wieder brauchst.«

»Ich weiß, aber … Ein Studium funktioniert so nicht. Und ich mag mein Fach. Es ist nur …«

»Du bist der praktische, emotionale Typ. Nicht der theoretische, rationale.«

»Genau.« Ich nicke heftig. »Und … Und ich weiß, wie gering die Chance ist, meine leiblichen Eltern jemals zu finden. Wahrscheinlich glauben sie nicht einmal mehr dran, dass ich noch lebe. Oder sie sind selbst schon tot. Ich weiß es nicht. Aber …« Ich verstumme, weil es mich wahnsinnig macht, der Situation derart ausgeliefert zu sein. Ich kann nichts ändern. Alles, was in meiner Macht liegt, habe ich bereits getan.

»Du musst Frieden schließen.« Ted lächelt mit einer Mischung aus Aufmunterung und Vertrauen. »Nicht jetzt. Auch nicht morgen. Vermutlich auch noch nicht nächstes Jahr. Aber irgendwann … Irgendwann wirst du aufwachen, und es wird nicht gut, aber immerhin in Ordnung sein. Und bis dahin bist du nicht allein, wie ich sehe …« Er nickt mit dem Kopf in die Richtung hinter mir. »Wir bekommen Besuch.«

Bei seinen Worten drehe ich mich schnell nach hinten um und sehe Jack auf uns zukommen. Wie damals, im Sommer. Nur dieses Mal in einer dicken Jacke, einem Beanie auf dem Kopf und drei Bechern in der Hand. Über seiner Schulter hängt seine Kamera. »Hi, Ted«, begrüßt er meinen außergewöhnlichen Freund und hält ihm wie selbstverständlich einen der Becher entgegen. Als wären sie alte Freunde und nicht eigentlich zwei Fremde, die sich einander noch nicht offiziell vorgestellt haben. »Kaffee?«

»Aber sicher, Jack. Vielen Dank. Schön, dich endlich kennenzulernen.« Ted zwinkert ihm zu und greift danach. Dann schüttelt er Jack die Hand, ehe dieser sich neben mir in die Hocke sinken lässt.

»Hey«, begrüßt er mich und gibt mir einen Kuss. »Kaffee?«, wiederholt er und lächelt, was mein eigenes Grinsen nur noch breiter werden lässt.

»Danke. Und lieb von dir, dass du auch an Ted gedacht hast.« Ich nehme ihm den Becher ab und nippe an dem Getränk. Nach den Stunden, die ich bereits im Park verbracht habe, tut der heiße Kaffee besonders gut. »Warst du Fotos machen?«

»Jeps.« Er erhebt sich wieder und setzt sich neben Ted auf die Bank, der ihm sofort einen Keks anbietet. »Ich war in Mount Vernon unterwegs. Ein Bekannter von Kelly hat mir einen Tipp gegeben, dass dort heute Nacht wohl ein riesiges neues Graffiti entstanden ist. Ein

Feuer spuckender Drache, ziemlich cool. Wollt ihr ihn sehen?« Er blickt fragend zwischen Ted und mir hin und her. Die Leidenschaft für seine Fotografie schwingt in jedem Wort mit, und wieder einmal wird mir bewusst, wie sehr ich seine Künstlerseele liebe.

»Klar.« Ich nicke, genau wie Ted.

Jack stellt seinen Kaffee auf den Boden und greift nach seiner Tasche. Im Nu hält er seine Kamera in den Händen, klickt sich durch die Bilder und zeigt uns die, die er besonders gelungen findet. Und ich kann nicht anders, als irgendwann nicht mehr auf das kleine Display zu blicken, sondern auf ihn. Auf Jack, seine Hände, sein strahlendes Gesicht, in seine Augen. Auf den Mann, in den ich so sehr verliebt bin. Dem ich genau hier vor fast vier Monaten zum ersten Mal begegnet bin, ohne auch nur zu ahnen, wie sehr er mein Leben auf den Kopf stellen würde. Der so voller Freude und Eifer spricht, wenn es um sein Street-Art-Projekt geht. Und mit einem Mal und vor allem nach meinem Gespräch mit Ted, ist mir klar, dass ich mich nicht länger verstecken will.

Ich bin Aria, 20 Jahre, aufgewachsen in Morgantown, Studentin in Baltimore. Und ich bin Künstlerin.

Denn immerhin das weiß ich. Meine Wurzeln mögen nach wie vor ein Rätsel sein, aber ich weiß, wer ich jetzt gerade in diesem Moment bin. Ich bin eine Kreidekünstlerin.

Entschieden stelle ich meinen Kaffee beiseite, greife nach meinen Farben und beginne zu malen. Ich schattiere, verreibe Kreidestaub ineinander, bringe mehr Bewegung und Dynamik in das Bild, lasse die Hände noch mehr an dem Mädchen zerren. Und zugleich wird ihr Blick immer ruhiger. Ich nehme ihr die Wut und die Angst und die Zerrissenheit mit meinen Farben, bis sie wie eine unumstößliche Statue dasteht. Und dann male ich Wurzeln aus ihren Füßen, die sie erden und ankern und halten und ihr all das geben, wonach ich noch immer suche. Aber plötzlich glaube ich daran, dass Ted recht hat. Mit

Zeit und Geduld und viel Gefühl für mich und meine Wünsche werde ich es schaffen, mich selbst vollständig zu finden.

»Aria?« Es ist Jack, der mich schließlich aus meinem Flow reißt. Als ich aufsehe, bemerke ich, dass er mich besorgt mustert. Ted ist verschwunden. »Bist du okay?«

»Ja.« Ich lächle und lege meinen Kreiderest beiseite. »Alles gut.« Und dieses Mal meine ich es wirklich so. »Ich will mitmachen.«

»Was?« Er hat offensichtlich keinen Schimmer, wovon ich rede.

»Bei deinem Projekt. Ich will mitmachen. Mit ihr.« Ich deutete auf das zerrissene Mädchen im Limbo direkt vor mir.

»Du willst ...« Jacks Augen werden groß. »Wirklich?«

»Ja.« Ich bin fest entschlossen. »Fotografier mich.«

»Ganz sicher?« Er scheint es immer noch nicht glauben zu können. »Du musst nicht ...«

»Ich will es, Jack«, versichere ich ihm. »Mach die Fotos. Ich will teilnehmen. Mit meinem Gesicht. Und meinem Namen. Kein Verleugnen meiner Kunst mehr. Kein Verleugnen mehr von dem, was mich ausmacht. Das hier bin ich. Sie. Und alles, was ich sonst noch zeichnen werde.«

Jack sieht mich immer noch zweifelnd an. »Woher der Sinneswandel? Du wolltest doch partout nicht ...«

»Ich bin nicht Josie, Jack.« Ich weiß, dass er gesagt hat, dass er das Ergebnis nicht wissen muss, weil es keine Rolle spielt. Aber ich will, dass er es erfährt. Er muss die Fakten kennen. Ich bin nicht Josie. Sondern Aria. Einfach nur Aria.

»Nein?« Er verlässt die Bank, kommt die zwei Meter auf mich zu und geht wieder vor mir in die Hocke. Behutsam legt er seine Hände an meine Wangen.

»Nein. Ich bin wirklich nicht sie.« Keine Ahnung, warum ich auf einmal flüstere. »Der Brief ist da, und es gibt keine Übereinstimmung.«

»Okay.« Seine beiden Daumen streichen sanft über meine Wangen, sein Blick hält meinen gefangen. Und ich sehe alles in seinen Augen. Trauer um Josie. Sorgen um Jenn, die er sich trotz des Telefonats immer noch macht. Diese Empfindungen für die beiden werden wohl nie gänzlich verschwinden. Aber das ist okay. Denn allem voran ist da Liebe in seinem Blick. Liebe für mich und für uns und für all das, was wir sind. Zwei Menschen, die einander nicht gesucht und trotzdem gefunden haben.

Und das ist unser Moment.

Epilog

7 MONATE SPÄTER

Jack

»Geht's dir gut?« Aria legt von hinten ihre Arme um mich und schmiegt ihr Gesicht an meinen Rücken. Einen kurzen Moment stehen wir so da, ehe ich mich zu ihr umdrehe und sie in eine richtige Umarmung schließe.

»Ja. Sehr«, sage ich und blicke über sie hinweg in den Raum.

Kelly und Aria haben sich selbst übertroffen. Meine Bilder hängen auf riesige Quadrate gedruckt von der Decke. Die Geschichten und Werke von dreißig verschiedenen Kunstschaffenden. Und sie alle sind heute hier, um die Eröffnung der Ausstellung mit mir zu feiern. Die Galerie ist voll. Und das ist keine Übertreibung. Meine Eltern sind da. Meine Schwester. Mia und Nate, die sich mit Arias Freundinnen unterhalten. Aram und Trent, frisch verheiratet und sonnengebräunt von den Flitterwochen. Kelly, die mich jedem als ihre große Neuentdeckung vorstellt. Ich verteile Visitenkarten, knüpfe Kontakte, und ja, ich bin einfach nur glücklich.

»Weißt du, welches mein Lieblingsbild ist?«, fragt Aria und lehnt sich an mich.

»Das von Tapir? Oder das von dir?«, rate ich grinsend und kassiere dafür einen sanften Boxhieb in die Seite.

»Witzig«, sagt sie und verdreht gleichzeitig die Augen. »Aber nein.

So selbstverliebt bin ich nicht.« Sie zieht mich ein paar Schritte weiter, durch die hängenden Bilderreihen, bis wir vor dem Foto eines Graffitis stehen bleiben, das aus unzähligen Punkten in allen Größen und Farben besteht. »Das hier«, meint sie. »Das Konfettibild.«

»Ja?« Ich gebe ihr einen Kuss auf den Scheitel und genieße den kurzen, ungestörten Moment mit ihr. »Warum?«

»Weil es Hoffnung macht. Alles ist möglich. Du kannst dir vorstellen, dass es Sterne sind. Oder eine geheime, versteckte Nachricht, wenn man die Punkte richtig entschlüsselt. Wie Morsezeichen. Oder du zählst alle Farben des Regenbogens und entdeckst je nach Lichteinfall vielleicht noch ein paar neue. Alles ist richtig, nichts ist falsch. Das mag ich.« Sie stockt. »Und vielleicht bin ich ziemlich sehr in den Fotografen verliebt, der das Bild gemacht hat.« Ihren Worten folgt ein ergebenes Schulterzucken.

»Bist du, ja?« Ich ziehe sie näher.

»Vielleicht.« Aria nickt, stellt sich auf ihre Zehenspitzen und gibt mir einen liebevollen Kuss.

»Da seid ihr ja.« Mias Stimme lässt uns wieder auseinanderfahren. Sie hat Nate dabei und hält genau wie er in jeder Hand ein Glas. »Lasst uns endlich richtig anstoßen.« Sie drückt Aria eins in die Hand, Nate reicht mir eins von seinen. »Auf dich, Jack. Auf dich und das alles hier und auf euch.« Sie zwinkert Aria zu, und ich bin einfach nur froh und dankbar, dass sie einander mögen und Aria direkt in unseren Freundeskreis aufgenommen haben, als ich sie ihnen im Frühling bei unserem ersten gemeinsamen Besuch in Sterling vorgestellt habe.

»Auf uns alle«, sagt Aria, und wir stoßen die Gläser klirrend aneinander.

Für diesen einen Augenblick gehört die Welt uns. Und ich genieße ihn, so gut ich kann. Mit meinen Freunden, mit meiner Freundin. Mit meiner Familie. Ich sehe Mom, wie sie mir über ein paar Köpfe von

Besuchern hinweg zuwinkt. Sie hat sich bei Dad untergehakt und sieht so unglaublich stolz aus. Leah unterhält sich angeregt mit Kelly und wirkt ebenfalls ziemlich zufrieden. Ich glaube, sie wird mich in Zukunft öfter besuchen kommen.

Draußen leuchtet der Himmel in einem kräftigen Sonnenuntergangsrot. Die wenigen Wolken gleichen lodernden Feuerstreifen und verleihen dem ganzen Abend etwas Magisches. In dieser Sekunde geht die Tür auf, und neue Besucher betreten die Galerie. Das geht schon seit einigen Stunden so, doch die Gäste jetzt lassen mich erstaunt innehalten.

»Aria?«, flüstere ich ihr zu.

»Hm?«

»Hast du … Also …« Ich nicke zur Tür. »Ich glaube, da vorne sind Abigail und Jonathan.«

»Wirklich?« Sie reckt den Hals und dreht sich suchend in Richtung Eingang um.

»Hast du sie …«, beginne ich erneut, doch Aria lässt mich nicht zu Ende sprechen.

»Ja, hab ich.« Sie drückt mir ihr Glas in die Hand. »Gestern Abend. Ich will mich und das, was mir wichtig ist, nicht länger verstecken. Streng genommen habe ich ihnen auch lange genug etwas vorgespielt, und … Und sie haben mich großgezogen, und auch wenn ich nicht ihr leibliches Kind bin, sind sie trotzdem …«

»… deine Familie.« Ich nicke wissend. Weil manchmal kein gemeinsames Blut in den Adern nötig ist. Ich weiß nicht, wann Aria ihre Meinung geändert hat und ob das hier tatsächlich bedeutet, dass sie ihnen verzeiht. Aber vielleicht ist es gut, dass sie einen Schritt auf die beiden zugemacht hat. Das heute ist die erste Kontaktaufnahme mit ihnen, nachdem ich Aria damals vom Busbahnhof abgeholt habe. Weihnachten, Silvester und ihren Geburtstag hat sie mit meiner Familie und mir verbracht. Ich kann nur hoffen, dass Jonathan und Abigail Arias Entgegenkommen zu schätzen wissen.

Aufmunternd drücke ich ihre Finger, bevor sie auf ihre Eltern zugeht. Ich beobachte, wie sie die beiden anspricht. Abigail schlägt sich die Hände vor den Mund, als sie Aria erblickt. Es sind fast acht Monate vergangen, seit sie zum letzten Mal bei ihnen gewesen ist. Die Emotionen stehen ihr offen ins Gesicht geschrieben. Sie ist vollkommen davon überwältigt, Aria zu sehen. Jonathan wirkt gefasster, aber auch ihm ist deutlich anzumerken, wie angespannt er ist. Auch wenn ich nach wie vor verurteile, was sie getan haben, verstehe ich, wie es so weit kommen konnte. Und ich bin mir absolut sicher, dass sie alles tun würden, um Aria wieder in ihrem Leben zu haben.

Sie sagt etwas zu ihnen, woraufhin beide nicken und ihr folgen. Bis sie vor dem großen Bild stehen bleiben, das ich von Aria im Park gemacht habe. Das zerrissene Mädchen im Limbo und seine Künstlerin. Zerrissen ist Aria mittlerweile nicht mehr, aber auch nach über einem halben Jahr fällt es ihr manchmal immer noch schwer, damit klarzukommen, dass sie nicht weiß, woher sie stammt. Ich hoffe sehr für sie, dass sie es irgendwann herausfinden wird. Oder dass das Unwissen zumindest leichter zu ertragen sein wird. Immerhin ihr Studium läuft gut. Sie hat zu Beginn des Jahres eine neue Tutorin gefunden, die ihr sogar noch besser hilft als Wesley. Und sie malt. Nicht nur im Park, sondern auch zu Hause, und das in jeder freien Minute und selbst dann, wenn ich sie zu einer Lernpause zwinge. Bald könnte sie eine eigene Ausstellung bei Kelly mit ihren Werken füllen.

»Hey.« Es ist Mia, die mich schließlich aus meinen Gedanken zurück in die Galerie und damit ins Hier und Jetzt holt. »Alles okay?«

»Ja.« Ich wende den Blick von Aria, Abigail und Jonathan ab. »Alles bestens«, entgegne ich. Weil es nicht gelogen ist. »Schön, dass ihr hier seid.« Ich sehe erst sie, dann Nate an. Vor über einem Jahr nach Baltimore gezogen zu sein, war die richtige Entscheidung, aber das heißt nicht, dass ich meine Freunde nicht trotzdem vermisse.

»Na, hör mal. Als ob wir uns deine erste Ausstellung entgehen lassen würden. Machst du Fotos von Nate und mir, bevor wir wieder fahren? So richtig romantische Pärchenbilder, die nicht gestellt aussehen?«

»Klar.« Ich grinse sie an, ehe ich mich an Nate wende. »Noch kannst du flüchten, Mann. Aber wenn sie die Bilder erst einmal hat …«

»Ich will nicht flüchten.« Nate erwidert mein Lachen und greift nach Mias Hand. »Fotos sind kein Problem. Neue Erinnerungen. Du weißt schon. Für mein Album. Wir füllen es fleißig.« Sein Blick huscht kurz zu Mia, die ihn voller Liebe ansieht.

Ich nicke, als ich an mein Geschenk zu seinem letzten Geburtstag zurückdenke. Ein Fotoalbum für all die neuen, schönen Momente, die er erlebt hat, nachdem er aus dem Gefängnis entlassen wurde.

»Das freut mich, Nate.« Ich klopfe ihm einmal auf die Schulter und verspreche den beiden, während ihrer Tage in Baltimore für viele weitere neue Bilder zu sorgen. Dann taucht Kelly wie aus dem Nichts neben mir auf und nimmt mich in Beschlag, weil sie mich dringend jemandem vorstellen muss.

»Geh.« Mia lächelt und kuschelt sich an Nate. »Wir laufen nicht weg. Versprochen.«

»Okay. Bis gleich.« Und während ich Kelly folge und Aria noch immer bei Abigail und Jonathan stehen sehe, weiß ich, dass auch wir ein Album voller Erinnerungen füllen werden. Aria und ich. Mit guten, schlechten und alltäglichen Momenten. Aber jeder einzelne davon wird besonders sein. Weil es unsere Momente sind.

Danksagung

Gute Ideen brauchen Zeit, um zu wachsen, und diese hier musste das ziemlich lange tun. Die Grundidee zu *»The Moment You Found Me«* hatte ich vor vielen, vielen Jahren. Und jetzt endlich konnte ich sie so schreiben, wie es diese Geschichte verdient hat. Zwar anders, als ursprünglich geplant, aber ich glaube, um einiges besser. Deshalb gebührt mein erster Dank meinem wundervollen Verlag. Danke, Ravensburger, für einfach alles. Ich freue mich jeden Tag, dass ihr die Lost-Moments-Dilogie möglich gemacht und ihr so ein wunderschönes Kleid gezaubert habt. Die Cover sind einfach ein Traum!

Ganz besonders danke ich wieder meiner Lektorin Paula. Für all deine Liebe und Zeit, die du Aria und Jack und damit auch mir geschenkt hast. Deine Anmerkungen und Änderungen machen meine Bücher jedes Mal besser. Es ist so gut, wie du meine Schachtelsätze entwirrst. Danke dir!

Ebenso geht an alle Ravensburger-Leute im Hintergrund ein riesiges Dankeschön: Nadja, Steffi, Johanna, Daniela, Maria, Lena, Miriam, Anna. Danke für die tolle Zusammenarbeit.

Danke, Micha. Ich glaube wirklich, dass ich keine bessere Agentin als dich hätte finden können. Du hast mit deiner ruhigen, sanften Art schon mehr als eine schlaflose Nacht verhindert, wenn ich mich selbst mal wieder ein bisschen verrückt gemacht habe. Deshalb: danke. Von Herzen!

Nadine, was soll ich sagen? Zum siebten Mal schwarz auf weiß dankedankedanke, dass du mir hilfst, wenn ich hänge (»Fix it!!!«), so oft mit mir brainstormst, bis alles perfekt ist, und manche Szenen auch fünfmal liest, nur weil ich zwei Worte geändert hab und unbedingt deine Meinung brauche. Jeder sollte eine Nadine-Cheerleaderin haben (aber meine teile ich nicht!). Und ebenfalls dankedankedanke für deinen Blurb. Du hast die schönsten Worte für Aria und Jack gefunden.

Dann ein dickes Danke an die Blumenkohl-Homies: Nadine, Nina und Caro. Ich liebe es, wenn wieder mal eine von uns »Leute!« brüllt, weil es News gibt. So toll, dass wir diesen Weg seit so vielen Jahren gemeinsam gehen.

Danke auch an meine Autorinnen-Kolleginnen und -Freundinnen, ohne die diese Branche so viel weniger Spaß machen würde. Allen voran natürlich Sarah (große Bodensee-Schreibdate-Café-Buchhandlungsbesuche-Liebe), Merit (ganz viel Wortmagie-Treibsandbücher-Meer-Liebe), Kyra (Team Schreibst-du-grad?-Nachteule), Jana (Team vegane RavenQueens, hehe), sowie Anne und Fam (Team Wer-schickt-die-längsten-Podcast-Sprachis?). Schön, dass es euch gibt.

Danke an meine Testleserin Laura. Ich glaube, du hast dich noch mehr in Jack und Aria verliebt, als ich das selbst beim Schreiben getan habe. Das größte Dankeschön, weil du für mich so treu vorabliest, geht dieses Mal an dich.

Danke meinen Freund*innen, die immer ein offenes Ohr für mich haben und sich nicht mehr wundern, wenn ich ihnen seltsame Fragen stelle. Alles nur zu Recherchezwecken, hihi.

Danke auch und ganz besonders an meine Familie: Papa, Nick, Lotte, Mario, Julia, Arne und Daniela. Ihr seid immer da, wenn ich euch brauche, fangt mich auf, wenn ich falle, und ich würde mal sagen, mit euch als Familie habe ich den Jackpot geknackt. Krasse Herde und so. Ich liebe euch!

Danke an dich, Mama. Du bist fort, aber deine Liebe ist immer noch da. In jedem Schmetterling, in jeder Sonnenblume und in allen Erinnerungen. Du bist meine Für-immer-Freundin. Grüß mir die Sterne.

Und schließlich: Danke an jede*n einzelne*n Leser*in. Ich freu mich so, dass du nicht nur zu Band 1, sondern auch zu Band 2 gegriffen hast und in meine Lost-Moments-Reihe eingetaucht bist. Ich hoffe sehr, es hat dir gefallen und wir lesen uns ganz bald wieder.

Alle News zu meinen Büchern findest du auf Instagram unter @rebekka.weiler – ich freu mich, von dir zu hören.

Alles Liebe
Rebekka

LESEPROBE

Alexandra Flint
»Meet Me in Maple Creek«
Maple-Creek-Reihe, Band 1
ISBN 978-3-473-58631-8

KAPITEL 1

Letters in the Sky

Mira

Stille.

Es war so wunderbar still. Friedlich und ruhig, bis auf einen leichten Wind, der den Duft der Natur zu mir trug. Er fuhr durch das Blätterdach über mir, ließ es in den Ästen rauschen und verwirbelte die dunkelblonden Strähnen, die sich aus meinem Pferdeschwanz gelöst hatten.

Es war still – bis auf die kreisenden, lauten Gedanken in meinem Kopf. Dunkle Gedanken, Zweifel, die mich nicht mehr losließen und sich wie fiese Kletten mit Widerhaken in meinem Kopf festgesetzt hatten.

Dad würde das nicht tun. Er würde nicht …

Ich brachte diese Vorstellung erst gar nicht zu Ende, sondern schob sie resolut zur Seite, während ich gegen das Brennen in meinen Augen anblinzelte. Ein einzelner Sonnenstrahl brach durch die Bäume, als wollte mich die Natur daran erinnern, dass ich nicht allein war, auch wenn es sich gerade so anfühlen mochte. Seufzend lehnte ich mich nach hinten, stützte mich auf meine Arme und streckte mein Gesicht in Richtung Himmel.

Es waren Momente wie dieser, die mich immer wieder an diesen Ort zogen, den ich seit meiner Kindheit meinen *magischen Ort* nannte. Ich war als kleines Mädchen hierhergekommen, wenn ich mich mit Elias oder Tami, meinen besten Freunden, gestritten hatte, oder wenn bei meinem Dad Ben und mir der Haussegen mal wieder schief gehangen hatte. Was zugegeben auch heute noch ziemlich häufig der Fall war. Vermutlich, weil wir beide uns einfach zu ähnlich waren.

Jetzt, mit meinen neunzehn Jahren, trieb es mich an diesen Platz, wenn mir mein Studium über den Kopf wuchs, mir die Menschen um mich herum die Luft zum Atmen raubten, oder ich für einige Augenblicke eine Auszeit brauchte. Eine Auszeit von meinem Leben.

So wie jetzt.

Die Gründe, aus denen ich hierherkam, mochten sich geändert haben, aber der Zauber, der mich an diesem Ort wie eine warme Decke umgab, war der gleiche geblieben. Ein Gefühl von Geborgenheit und Sicherheit, das meine aufgekratzten Nerven beruhigte und den Druck von meiner Brust nahm.

Es war, als würde der spiegelglatte See, der den passenden Namen *Mirror Lake* trug, besänftigende Worte murmeln, die wie Balsam für meine Seele waren. Worte, die aus den Tiefen des Wassers zu mir kamen und von den Bergen, die den See im Norden einrahmten, widerhallten. Starke, uralte Ahornbäume säumten das Ufer und hielten ihre mächtigen Äste wie schützende Arme über den flachen Felsen, auf dem ich mich niedergelassen hatte. Überall um mich herum lagen ähnlich geformte Steine, ragten teilweise in den See hinein, als hätte ein Riese einen Sack gewaltiger Murmeln achtlos über die Landschaft verteilt. In der spätsommerlichen Sonne funkelten sie manchmal so, dass sie tatsächlich wie echtes Glas wirkten.

Ich hatte schon ganze Tage auf diesem Felsen verbracht. Vor mir der See, in dem sich die Berge spiegelten, hinter mir der Wald aus Ahornbäumen, der meiner Heimatstadt im Norden Oregons ihren Namen gab. Hier schien alles, was in Maple Creek auf mich wartete, meilenweit entfernt und belanglos zu sein. Als wären die Probleme und Konflikte dort nicht weiter von Bedeutung und würden schlichtweg nicht mehr existieren.

Und gerade heute wünschte ich mir nichts sehnlicher, als dass es wirklich so wäre. Dass dieser Ort die Macht hätte, Sorgen mit einem Fingerschnippen verschwinden zu lassen. Denn dann müsste ich nicht länger mit dem kämpfen, was mir heute Morgen den Boden unter den Füßen weggerissen hatte. Dann könnte ich einfach nach Hause gehen, zurück in mein altes Leben, und so weitermachen wie bisher. Aber ich war alt genug, um zu wissen, dass Wünsche nur selten in Erfüllung gingen und einem oft nichts anderes übrig blieb, als sich mit der hässlichen Realität auseinanderzusetzen. Auch, wenn es schmerzhaft war. Auch, wenn man am liebsten aufgeben und für immer davonlaufen würde.

In meiner Tasche vibrierte etwas – und erinnerte mich daran, dass ich eigentlich nicht *hier* sein sollte, sondern in der Uni an der Seite meines besten Freundes. Nur hatte ich keine Ahnung, wie ich jetzt einfach zur Tagesordnung zurückkehren sollte, nachdem ich diesen verfluchten Brief in Dads Sachen gefunden hatte.

Der Sonnenstrahl, der eben noch mein Gesicht gewärmt hatte, verschwand hinter einer hellgrauen Schäfchenwolke. Kühler Wind frischte auf und ließ das Laub am Boden rascheln. Ein erster Vorbote für den Herbst, der bald in Oregon einfallen würde.

Wieder erklang ein drängendes Brummen, lauter dieses Mal und penetranter. Gut möglich, dass es mir auch nur so vorkam, weil sich der Zauber nach und nach verzog, während die Wirklichkeit ihre kalten Finger nach mir austreckte, um mich zurückzuholen.

Widerstrebend richtete ich mich auf, winkelte ein Bein an und zog meine Tasche auf den Schoß. Tami hatte sie mir bei einer unserer irren Shoppingtouren in Portland aufgeschwatzt mit der Begründung: *Schätzchen, sie ist handgefertigt, aus veganem, weichem Leder, mit bunten Blumenstickereien und Innentaschen. Und es passt verdammt noch mal ein Buch hinein. Also nenn mir einen vernünftigen Grund, der gegen dieses Schmuckstück spricht.*

Mit einem schiefen Grinsen hatte ich sie schließlich gekauft – auch wenn sie in meinen Augen viel zu teuer und in Anbetracht der Tatsache, dass meine Taschenschublade bereits überquoll, nicht unbedingt lebensnotwendig gewesen war. Aber einer Tamara McGivan schlug man eben nichts ab.

Mein Handy setzte zu einem dritten Klingeln an, als ich schließlich den Atem ausstieß und annahm.

»Wo zum Teufel steckst du, Mira?«

Ich kniff die Augen zusammen. *Mist, er ist wirklich sauer.* »Guten Morgen, Elias.«

Am anderen Ende der Leitung hörte ich ihn unzufrieden brummen. »Du weißt, was heute für ein Tag ist, oder? Ich stehe seit einer halben Stunde vor deinem Haus und warte auf dich. Was ist los?«

»Sorry, Eli. Ich habe die Zeit vergessen.« Was für eine bescheuerte Ausrede.

Ich sah meinen besten Freund förmlich vor mir, wie er ungehalten den Kopf schüttelte und sich dabei durch seine dunkelbraunen Wuschellocken fuhr. »Lügen konntest du noch nie. Geschweige denn, eine glaubwürdige Ausrede finden.«

»Manche würden sagen, gerade das sei etwas Gutes«, antwortete ich mit einem leisen Schnauben und griff nach meinem dunkelroten Strickpulli, den ich neben mich gelegt hatte. »Glaubst du mir zumindest, wenn ich dir verspreche, mich sofort auf den Weg zu machen?«

»Schwer zu sagen, aber ich hoffe es. Denn noch mal werde ich dir nicht aus der Patsche helfen.«

Entgegen meiner schlechten Laune und dem Chaos in meinem Kopf sprudelte mir ein trockenes Lachen über die Lippen. Der Druck auf meiner Brust wurde ein wenig leichter. Diese Wirkung hatte Eli schon immer auf mich gehabt. Seine ganz persönliche Superkraft.

»Natürlich würdest du mir helfen. Egal, wie sehr du dich auch dagegen sträubst. Das ist einer deiner Urinstinkte.«

»Ja, ja. Jetzt schwing endlich deinen hübschen Hintern hierher, Mira. Sonst grillt Professor Willingdale uns beide.«

Alles in mir sträubte sich dagegen, mein sicheres Versteck zu verlassen und mich der Welt da draußen – und damit unweigerlich auch meinem Dad und dem Brief – zu stellen. Aber Elias war mein bester Freund, und was ich gesagt hatte, entsprach der Wahrheit. Er würde mir immer helfen, ohne zu zögern für mich in die Bresche springen, also konnte ich im Gegenzug für ihn auch meine eigenen Dämonen zur Seite schieben. Zumindest für den Moment.

Ich schlüpfte in meinen Pulli, hängte mir meine Tasche über eine Schulter und sprang von dem großen Stein. Ein paar bunte Blätter wirbelten auf und raschelten unter den Sohlen meiner Ankle Boots, als ich mich in Bewegung setzte und dem schmalen Pfad durch den Wald folgte.

»Wir treffen uns bei mir. Ich bin in zehn Minuten da.«

»Besser in fünf. Bis gleich.« Dann hatte Eli auch schon aufgelegt.

Leise vor mich hin schimpfend, stopfte ich mein Handy in die Tasche und strich das cremefarbene Kleid, das ich unter dem Pullover trug, glatt. Mit einem wehmütigen Blick sah ich über die Schulter zurück zu meinem geheimen Ort und spürte, wie seine Magie verpuffte, während mich meine Schritte zurück in die Wirklichkeit führten.

Du hattest deine Auszeit, Mira, aber jede Auszeit hat ihr Ende.

Ich verzog das Gesicht und schob ein paar Äste zur Seite, ehe ich den Feldweg erreichte, auf dem ich meinen dunkelgrünen Jeep abgestellt hatte.

Zeit, sich der Realität zu stellen. Willkommen in deinem neuen Leben.

Ein paar Minuten später lenkte ich meinen Wagen mit klopfendem Herzen vor die Doppelgarage unserer Stadtvilla aus grauem, grobem Stein. Der Motor verstummte, genau wie das Radio, von dem ich während der Fahrt kaum etwas mitbekommen hatte, als ich den Schlüssel abzog und aufblickte. Dads Mercedes fehlte in der Einfahrt, was bedeutete, dass er schon in der Uni war und vermutlich genau in diesem Moment Schadensbegrenzung betrieb.

Großartig.

Meine Tasche in der einen, den Autoschlüssel in der anderen Hand, sprang ich aus dem Jeep und schlug die Tür unsanft hinter mir zu. Nur einen Herzschlag später kam Elias auch schon auf mich zu und wirkte alles andere als entspannt. Die Finger hatte er in seinen wilden Locken vergraben, während seine braunen Augen mir förmlich ein Loch in die Stirn brannten.

»Gerade heute, Mira! Wir reden seit Wochen von nichts anderem mehr als *diesem einen* Tag.«

Ich nickte, ein entschuldigendes Lächeln auf den Lippen, und spürte, wie mir das schlechte Gewissen sauer aufstieß.

Eli hatte recht. Wir hatten uns für diesen Tag beinahe zwei Monate lang den Hintern aufgerissen, gearbeitet bis zum Umfallen und unseren kompletten Sommer geopfert. Statt in der Sonne am See zu liegen, hatten wir jede freie Minute genutzt, um voranzukommen und etwas wirklich Großes auf die Beine zu stellen. Wir beide. Gemeinsam. Ihn hängen zu lassen, war eine miese Aktion gewesen. Das wusste ich selbst und ich bereute, dass es überhaupt so weit gekommen war, aber als ich heute Morgen den Brief gefunden hatte –

»Hallo? Mirella? Wo bist du bloß mit deinen Gedanken?« Eli schnipste vor meinen Augen und griff sanft, aber bestimmt nach meinen Schultern. »Du weißt, was heute alles auf dem Spiel steht, oder? Für uns beide.«

Etwas benommen blinzelte ich und nickte. Der Brief konnte – nein, er *musste* bis zum Abend warten. Ich würde Dad später darauf ansprechen und die Sache klären. Sofern man so etwas überhaupt *klären* konnte. »Es tut mir leid«, sagte ich, schluckte und kam mir dabei wie die größte Idiotin vor. »Meine Nerven … liegen blank. Das ist alles.«

Ungläubig zog Eli seine Augenbrauen zusammen und sah mich stirnrunzelnd an. »Du bist immer noch eine miese Lügnerin. Ist alles in Ordnung?«

Ich biss mir auf die bebende Unterlippe und nickte wieder bloß, unfähig, auch nur einen vernünftigen Satz zustande zu bringen.

Mein bester Freund ließ seine Hände von meinen Schultern gleiten und schüttelte den Kopf, ehe er mich ohne ein weiteres Wort in seine kräftigen Arme zog. Mit seinen eins neunzig war er gut eineinhalb Köpfe größer als ich und dank seines Einsatzes fürs Lacrosseteam unserer Uni muskulös und durchtrainiert. Normalerweise liebte ich seine Bärenumarmungen, doch in diesem Moment, in dem ich kläglich versuchte, meine Haltung zu bewahren, war sie alles andere als hilfreich.

»Mira, rede mit mir«, murmelte er an meinem Ohr, während er langsam über meinen Rücken strich.

Ich wollte es ihm sagen. Das wollte ich wirklich, weil ich ihm immer alles sagte. Wir hatten keine Geheimnisse voreinander – das hatten wir noch nie gehabt –, aber ich wusste, dass die Wahrheit in diesem Moment keinen Platz hatte. Nicht jetzt, wo wir uns voll und ganz auf unseren Vortrag konzentrieren sollten und keine Ablenkung gebrauchen konnten. Wir würden danach noch genug Zeit haben, über das zu sprechen, was ich heute in den Unterlagen meines Dads gefunden hatte. Über dieses eine dumme Stück Papier, das meine ganze Welt auf den Kopf gestellt hatte.

Später. Später. Später.

Ich musste es nur oft genug denken, dann würde ich ganz von selbst daran glauben. So war es doch immer.

Also holte ich tief Luft, setzte ein Lächeln auf und befreite mich aus seinen Armen. »Wirklich, es geht mir gut, Eli. Ich bin aufgeregt, habe Lampenfieber und mir ist wegen dieses bescheuerten Vortrags kotzübel, aber ansonsten ist alles in Ordnung.«

Sein Beste-Freunde-Röntgenblick fuhr ein weiteres Mal prüfend über mein Gesicht. Ich konnte die Skepsis in seinen haselnussbraunen Augen förmlich tanzen sehen und hoffte inständig, dass sie über mich hinweggleiten würde. Nur dieses eine Mal.

Nach einer kleinen Ewigkeit – zumindest kam es mir so vor –, in der ich unwillkürlich den Atem angehalten hatte, seufzte er schließlich und ließ von mir ab. »Das ist definitiv kein gutes Zeichen bei jemandem, der sonst nie nervös vor Präsentationen ist.«

Ich zuckte möglichst unbeschwert mit den Achseln und schob mir den Träger meiner Tasche über die Schulter. »Es geht ja auch um etwas, oder nicht?«

Noch einmal warf er mir diesen durchdringenden Blick zu, dann entspannten sich seine Züge endlich und sein typisches Lächeln kehrte zurück. Beinahe wäre mir ein *Halleluja* entfahren.

Gemeinsam liefen wir zu seinem Wagen, dem alten silbernen Honda Jazz seiner Mom, und waren wenig später auf der Hauptstraße. Sie führte einmal durch Maple Creek hindurch und war von ganz unterschiedlichen Lädchen, Bäckereien und Cafés gesäumt. Für einen Mittwochmorgen war es erstaunlich voll auf der Main Street, und wir mussten mehrmals abwarten, bis Fußgänger mit Taschen und Körben die Straße überquert hatten. In den ersten Schaufenstern erkannte ich schon Herbstdekoration, orange-rote Girlanden hingen in den Bäumen, die rechts und links auf den breiten Gehsteigen gepflanzt waren, und immer wieder sprang mir das bunte Plakat des Jahrmarkts entgegen, der in wenigen Wochen hier stattfinden würde. An den Straßenlaternen und über einigen Eingängen wiegte sich die Flagge unserer Stadt im leichten Wind. Ein orangefarbenes Ahornblatt über dem weißen Mirror Lake und die dunklen Berge im Hintergrund waren auf dem rotbraunen Stoff abgebildet.

»Ist deine Mom wieder beim Orga-Team für *Fallington* dabei?«

Keine Ahnung, wer irgendwann mal auf diesen glorreichen Namen für das Spektakel gekommen war, aber seit mittlerweile fünfundfünfzig Jahren war der Herbstmarkt mit seinen Attraktionen einer der Highlights des Maple Countys in Oregon. Und Maple Creek war zu Recht stolz auf das große Festival.

Elias warf mir einen kurzen Seitenblick zu und nickte. »Sie steckt seit Wochen in den Vorbereitungen. Ich bekomme sie noch weniger zu sehen als sonst. Sie lebt quasi auf dem alten Feld.«

»Macy ist auch die Beste, wenn es ums Organisieren geht. Ohne sie wäre *Fallington* nicht das, was es heute ist.«

Er lachte. »Lass sie das bloß nicht hören.«

Mit einem gemurmelten Fluch verstärkte er den Griff um das Lenkrad, als er ein weiteres Mal bremsen musste, während eine Gruppe älterer Damen seelenruhig über den Zebrastreifen wackelte. Es war unübersehbar, dass Elis Anspannung mit jeder Sekunde wuchs, die wir länger brauchten, um die Uni zu erreichen. Mir ging es da nicht anders – nur hatte meine Anspannung einen ganz anderen Grund.

»Mom glaubt schon jetzt, dass sie an jeder Stelle anpacken und überall auf dem Markt die Finger im Spiel haben muss, damit es ordentlich gemacht wird. Pete meinte, sie ist die reinste Glucke. Hütet ihr Ei wie einen goldenen Schatz und gibt nichts aus der Hand.«

Pete war Elias' größerer Bruder und als Schreiner für den Aufbau der Hütten und Stände des diesjährigen *Fallington* zuständig. Ich konnte mir vorstellen, dass die Zusammenarbeit mit Macy nicht einfach war. Sie war eine stadtbekannte Perfektionistin und machte weder halbe Sachen noch Ausnahmen, bis nicht alles genau *so* war, wie sie es sich vorstellte. Ihre akkurate Genauigkeit schien dabei nicht einmal vor ihrem ältesten Sohn haltzumachen.

»Treffender Vergleich«, kommentierte ich und hob einen Mundwinkel, als sich in meinem Kopf das Bild von Macy mit einem goldenen Ei in den Händen formte.

Mein bester Freund atmete mit einem leisen Seufzen aus und fuhr wieder an. Der schnellste Weg zum Campus war trotz Zebrastreifen und alten Herrschaften die Main Street, die an ein paar weiteren Lädchen und dem winzigen Kino vorbei aus dem Zentrum führte. Die Universität lag eine halbe Meile außerhalb, weswegen wir kurz nach dem Stadtkern den Creek überquerten, den wilden Fluss, der vom Mirror Lake kam und Maple Creek von Norden nach Süden durchlief. Auch hier säumten Ahornbäume die felsigen Ufer und bildeten zu beiden Seiten einen dichten Wald. Der Creek selbst war an dieser Stelle mehr eine Aneinanderreihung von Wasserbecken und kleinen Kaskaden, die sich wunderbar fürs Canyoning eigneten.

Elias lenkte den Honda auf die einspurige, dunkelgrüne Eisenbrücke, die über den Fluss führte, und fuhr im Schritttempo über die hölzernen Bohlen. An den Seitenspiegeln war jeweils nur knapp ein halber Meter Luft zu den verschnörkelten Geländern. Als eine der ältesten Brücken Nordamerikas war die *Old Creek Bridge* eines unserer wichtigsten Wahrzeichen und lockte jedes Jahr unzählige Touristen an. Ich hatte sie selbst schon viele Male fotografiert und liebte das Motiv, auch wenn mir das Knarren unter den Autoreifen jedes Mal eine Gänsehaut verursachte.

»Hast du dir die Mail, die ich dir gestern Abend geschickt habe, noch durchgelesen?«

»Du meinst die seitenlangen Anmerkungen von Ethan zu unserer Einleitung?« Fragend runzelte ich die Stirn.

Eli nickte. »Was hältst du davon?«

»Nichts. Wir bleiben bei unserem alten Konzept und lassen alles so, wie wir es mit Professor Willingdale durchgesprochen haben. Ethan mag Ahnung in der Forschung haben, aber er ist ein miserabler Redner. Ich schlafe regelmäßig bei seinen Vorträgen ein.«

»Ich bin froh, dass du das auch so siehst. So knapp vor unserer Präsentation hätte ich ungern noch etwas umgeschmissen. Selbst dann nicht, wenn die Vorschläge von ihm kommen.«

Ethan war der persönliche Assistent unseres Dozenten Professor Willingdale, der unsere Arbeit in den letzten Wochen betreut hatte. Ein Pilotprojekt und deswegen so ungeheuer wichtig für die Universität, den Prof, Eli und mich. Ein Grund mehr, warum ich meine Privatangelegenheiten, die lautstark in meinem Hinterkopf pochten, zurückstellen musste. Es stand zu viel auf dem Spiel: ein nachträgliches Vollstipendium für meinen besten Freund und mich, der Naturwissenschaftspreis der Westküste der USA und die Chance auf ein bezahltes Praktikum im weltweit größten Konzern für angewandte Forschung in Washington.

Eine ganze Menge.

Das alles konnte ich nicht einfach so riskieren, nur weil ich ein altes Schreiben gefunden hatte, von dem ich nicht einmal mit Sicherheit wusste, ob es wirklich das war, für das ich es im Strudel meiner Wut gehalten hatte. Dad und ich hatten keine Geheimnisse voreinander. Daran musste ich mich festhalten. Daran und an dem, was Elias und ich in den vergangenen Wochen auf die Beine gestellt hatten. Nur das zählte.

»Wir bekommen das schon hin, Mira. Ist ja nicht so, als hätten wir in den letzten Tagen irgendetwas anderes gemacht, als uns mit unserem Projekt zu beschäftigen. Wir rocken diese Präsentation und dann lassen wir es uns heute Abend im *Cracked Pot* gut gehen, was meinst du?« Eli stieß mich an und fuhr um ein Pärchen herum, das halb auf der Straße Selfies machte, ehe er wieder beschleunigte. »Oder hast du schon etwas anderes vor? Schließlich kommt Tami wieder.«

Der Name unserer quirligen besten Freundin reichte schließlich aus, um die grübelnde Stimme in meinem Kopf verstummen zu lassen. Ich hatte sie seit Wochen nicht gesehen und freute mich ungemein darauf, sie endlich wieder in die Arme schließen zu können.

»Hast du sie schon erreicht?«

»Nein, aber ich glaube, sie landet auch erst in einer halben Stunde in Portland.«

Tami war beinahe die gesamten Semesterferien in Florida bei ihrer Tante gewesen und hatte uns mit den schönsten Urlaubsbildern versorgt – *gequält* traf es wohl eher –, während Eli und ich nichts Besseres zu tun gehabt hatten, als die freie Zeit vor dem neuen Semester mit freiwilliger, unbezahlter Arbeit zu verbringen. Ein kleines bisschen hatten wir beide sie dafür gehasst, aber nur ein kleines bisschen und im besten Sinne der Freundschaft.

Das eindrucksvolle Hauptgebäude des Unicampus kam in Sicht und sorgte dafür, dass jeder Gedanke an Tami genauso schnell verschwand, wie er gekommen war. Stattdessen rückten der Vortrag und das nervöse Flattern meiner Nerven wieder in den Vordergrund. Zähneknirschend umklammerte ich meine Tasche fester.

Die *Maple University of Oregon* war eine Ansammlung von Gebäuden aus grauem Stein mit großen, weißen Fensterrahmen. Helle Säulen flankierten jeden Eingang, zu dem grob gehauene Treppenstufen führten, auf denen nicht ein trockenes Blatt lag. Unzählige Wege und kleine Plätze, die von Beeten und Holzbänken gesäumt waren, durchzogen den gesamten Campus, in dessen Mitte ein ovaler See lag. Gepflegtes, hellgrünes Gras war auf den Flächen zwischen den Gebäuden angelegt worden und auch hier dominierten alte Ahornbäume die Natur. In wenigen Wochen würden sie in einem kräftigen Orangerot leuchten. Für mich war der Campus in seiner Gesamtheit wunderschön. Es gab Türme und Erker, verspielte Giebel und spitze Dächer, die jedes Gebäude in ein historisches Kunstwerk verwandelten. Einer der Gründe, aus denen ich mich für diese Uni entschieden hatte, anstatt nach Harvard oder Yale zu gehen. Die *MUO* war allein optisch schon das reinste Paradies für eine Architekturstudentin.

Elias lenkte den Wagen zu dem größten der Gebäude, das der Administration, dem Direktor der Universität und der zentralen Verwaltung vorbehalten war. Dort befand sich außerdem die große Assembly Hall im Erdgeschoss, eine der vier Versammlungshallen und der Ort, an dem wir unsere Präsentation halten würden.

Der Motor und das leise Radio verstummten, als wir endlich in einer Lücke auf dem Parkplatz zum Stehen kamen.

»Mira, warte kurz.« Eli berührte mich sanft am Arm, als ich mich in Bewegung setzen wollte und hielt mich zurück. »Ich verstehe, dass du jetzt nicht mit der Sprache rausrücken willst – oder kannst –, mir geht auch der Arsch auf Grundeis, wenn ich an den Vortrag denke, aber ich hoffe wirklich, dass du danach mit mir sprichst. Ich kenne dich schon mein ganzes Leben, und ich sehe, wenn dir etwas auf der Seele liegt.«

Ich erwiderte seinen besorgten Blick und nickte seufzend. Dann schulterte ich meine Tasche und stieg aus. Über das Autodach hinweg schenkte ich ihm ein schwaches Lächeln, das es vermutlich kaum über meine Lippen hinaus schaffte. »Später, okay? Ich verspreche es.«

Eli neigte nur knapp den Kopf und schlug die Tür zu. Damit schien das Thema fürs Erste verschoben. Auf *später*. Langsam, aber sicher begann ich dieses kleine Wort zu hassen.

Im Eilschritt legten wir den restlichen Weg zum Oregon-Building zurück – jedes Gebäude hier war nach einem der Bundesstaaten von Amerika benannt. Wir hatten kaum die Eingangshalle mit der beeindruckenden Kuppel betreten, da stießen wir auch schon auf unser ganz persönliches Empfangskomitee. Es war ziemlich offensichtlich, dass weder die zwei Frauen im Kostüm und mit strengem Dutt noch die Männer in Anzug und Krawatte begeistert über unsere Verspätung waren. Elias versteifte sich neben mir merklich, als sich ihre Aufmerksamkeit auf uns richtete.

»Ms Aberdeen, Mr Morton, ich habe mich bereits gefragt, wann Sie beide hier auftauchen.« Professor Illman, Direktor unserer Universität und absoluter Pünktlichkeitsfanatiker – selbst mein Vater nannte ihn einen Korinthenkacker –, zupfte an den Manschettenknöpfen seines Sakkos herum und bedachte uns mit kühler Missbilligung auf den verkniffenen Zügen. Manchmal fragte ich mich, ob er überhaupt anders als unzufrieden schauen konnte. Neben ihm stand Professor Willingdale, der mindestens genauso unglücklich wirkte. Möglichst unauffällig wischte er sich einige Schweißtröpfchen von der Stirn und blickte immer wieder zwischen uns und den übrigen Anwesenden hin und her. Seiner Anspannung nach zu urteilen, mussten das die Vertreter der anderen Universitäten und des nationalen Forschungsausschusses sein.

Nur Dad, der rechts von Willingdale Stellung bezogen hatte, wirkte nicht, als stünde er kurz vor einem Nervenzusammenbruch. Alles andere hätte mich auch ernsthaft überrascht, denn er hatte sich noch nie etwas aus Titeln gemacht. Mein Vater, Benedict Michael Aberdeen, berühmter Architekt und Ehrenmitglied des Rates der *Maple University of Oregon*, stand völlig entspannt mit den Händen in den Hosentaschen neben den Schlipsträgern und zwinkerte mir lächelnd zu, als wäre alles in bester Ordnung.

Unter normalen Umständen hätte ich das Zwinkern erwidert – das war so eine Sache zwischen Dad und mir –, aber jetzt konnte ich nur an diesen verdammten Brief denken. Ich musterte seine vertrauten Gesichtszüge, während ich mich fragte, ob er wirklich dazu fähig war, mir so etwas *jahrelang* zu verschweigen. Denn wenn ja, war absolut gar nichts in Ordnung.